Greenberg, Gorman & Munster (Hg.)

DAS GROSSE
DEAN
KOONTZ
BUCH

Erzählungen, Essays, Interviews

Ins Deutsche übertragen
von Uwe Anton

BASTEI-LÜBBE-TASCHENBUCH
Band 13 795

Erste Auflage
September 1996

Deutsche Lizenzausgabe 1996
Bastei-Verlag Gustav H. Lübbe
GmbH & Co., Bergisch Gladbach
Originaltitel:
The Dean Koontz Companion
Lektorat: Dr. Edgar Bracht
Titelbild: Bavaria-Bildagentur
Umschlaggestaltung:
Quadro Grafik, Bensberg
Satz: KCS GmbH,
Buchholz/Hamburg
Druck und Verarbeitung:
Cox & Wyman Ltd
Printed in Great Britain

ISBN 3-404-13795-7

Der Preis dieses Bandes
versteht sich einschließlich der
gesetzlichen Mehrwertsteuer

Inhalt

Dieses Buch erschien in den USA im März 1994. In den zweieinhalb Jahren, die seitdem vergangen sind, hat sich viel ereignet. Das in diesem Rahmen wichtigste Ereignis ist zweifellos der neue Roman DUNKLE FLÜSSE DES HERZENS, den der Autor mittlerweile veröffentlicht hat. Dean Koontz hat mehrmals verlauten lassen, daß er dieses Buch für sein bislang bestes und wichtigstes hält, nicht zuletzt, weil sein neuer amerikanischer Verlag ihn nicht mehr in eine Schublade zwängt und ihm ermöglicht, das zu schreiben, was er schreiben *will*. Wenn Koontz selbst oder andere Mitwirkende am GROSSEN DEAN KOONTZ BUCH sich über die besten Romane des Autors äußern, ist stets zu berücksichtigen, daß DUNKLE FLÜSSE DES HERZENS zu dem Zeitpunkt, da diese Äußerungen gemacht wurden, noch nicht erschienen war.

Besonders schnell vergeht die Zeit in Hollywood. Die deutsche Ausgabe dieses Buches erlaubt sich nur ein zurückhaltendes Urteil über die Qualität der Verfilmungen von Romanen des Autors, die seit 1994 in die Kinos oder Videotheken gekommen sind (oder demnächst kommen werden), erwähnt sie aber zumindest, um den interessierten Leser über die Existenz dieser Filme zu unterrichten. Sofern der Autor sich bereits anderweitig über in der Originalausgabe nicht berücksichtigte Filme geäußert hat, die nach seinen Büchern entstanden, werden dem deutschen Leser die wichtigsten dieser Bemerkungen nicht vorenthalten.

Bei der kommentierten Bibliographie, die den Abschluß dieses Buches bildet, wurden sämtliche nach 1994 erschienenen Bücher des Autors aufgenommen. Der besseren Lesbarkeit halber wurden sie anders als in der amerikanischen Vorlage angeordnet: Der erste Teil beinhaltet die Romane des Autors, die in Deutschland erschienen sind, der zweite jene Bücher, die (noch) nicht in einer deutschen Übersetzung vorliegen. Bei sämtlichen Titeln wird der erste Satz angegeben;

bei den wenigen Fällen, da sich dort zwei oder gar drei Sätze finden, wurde in der deutschen Übersetzung der erste Satz des Originals in mehrere aufgeteilt. Bei der Bibliographie der deutschen Ausgaben findet sich der jeweilige Haupteintrag unter dem Titel, unter dem die vollständigste Fassung des betreffenden Buches vorliegt oder es zur Zeit lieferbar ist, auch wenn es sich dabei *nicht* um die deutsche Erstveröffentlichung handelt. Verweise ermöglichen jedoch bei allen Titelvarianten den problemlosen Zugriff zum Haupteintrag; die deutsche Bibliographie enthält *sämtliche* Veröffentlichungen des Autors. Auf deutsche Erstausgaben unter anderem Titel wird stets eigens hingewiesen.

Auch bei weiteren Zitaten wurde auf die vorhandenen deutschen Übersetzungen zurückgegriffen. Allerdings mußten diese Texte mitunter ergänzt werden, da sie in einigen Fällen in der deutschen Ausgabe nur gekürzt vorliegen.

Der Übersetzer und Bearbeiter der deutschen Ausgabe dankt Andreas Decker, Nicole Fischer, Ronald Hahn, Dr. Helmut Pesch und Manfred Pröhl, die ihn in unterschiedlichster Hinsicht unterstützt haben und an ihrem Wissen (und ihren umfassenden Sammlungen) partizipieren ließen.

Uwe Anton, Wuppertal, im März 1996

I

ED GORMAN
INTERVIEW MIT DEAN KOONTZ

FRÜHE JAHRE

Ed Gorman: Vor einigen Jahren haben Sie einmal gesagt, Ihre Eltern seien ›stets der Meinung gewesen, Bücher wären Zeit- und Geldverschwendung‹, und hätten Sie als Kind nicht gerade zum Lesen ermutigt. Erzählen Sie uns von Ihrer Kindheit.

Dean Koontz: Nun ja, Sie müssen wissen, daß wir arm waren. Bücher kosten Geld. Und sie waren fürs Überleben nicht wichtig, wie zum Beispiel Nahrungsmittel. Für *mich* waren sie schon wichtig, aber es ist schwer, sich da in einem Haushalt Gehör zu verschaffen, in dem fünfzig Dollar die Woche eine *Menge* Geld sind.

Wir waren so arm, daß wir glaubten, wenn reiche Leute nach Paris fliegen, um ihre nächste Zillion Dollar zu feiern, würden sie dort Hamburger essen. Wir haben jede Menge Sandwiches mit gegrilltem Käse gegessen, Sandwiches mit Mortadella und Käse, Sandwiches mit Käse und Käse, Maccaroni und Käse, Sandwiches mit Maccaroni und Käse, Tomatensuppe, Tomatensuppe mit Maccaroni. Wir hätten wahrscheinlich auch jede Menge Tomatensuppen-Sandwiches gegessen, hätte das nicht so eine Schweinerei gegeben. Meine Mutter – in fast jeder Hinsicht eine wunderbare Frau, sanft und freundlich – war schon fast zwanghaft sauber; sie führte einen makellosen Haushalt, also mußten die Lebensmittel sowohl billig als auch sauber zuzubereiten sein.

Da einige meiner Onkel und andere Verwandte Jäger waren, aßen wir auch eine Menge Wild. Es gab fast das ganze Jahr hindurch Kaninchen, Eichhörnchen und Hirsche oder Rehe, und deren Fleisch war besonders geschätzt, weil es umsonst war. Als Erwachsener war ich Wild schließlich so leid, habe es dermaßen mit dem Armsein in Verbindung gebracht, daß ich bis zum heutigen Tag kein Fleisch mit ›Wildgeschmack‹ mehr ausstehen kann, auch kein Lamm. Es kommt zwar nicht oft vor, aber manchmal muß ich mich schon übergeben, wenn ich es nur rieche.

Ich weiß noch, daß ich meinem Onkel Ray bei mehr als nur einer Gelegenheit geholfen habe, ein Reh oder einen Hirsch ›auszunehmen‹ – und das heißt nicht, ihm am Spieltisch den letzten Dollar abzuknöpfen. Das hätte vielleicht sogar Spaß gemacht. Ein totes Reh auszunehmen heißt, die Eingeweide zu entfernen, die Haut abzuziehen und es zu zerlegen. Wenn man klug ist, tut man so was in der Unterhose, wegen des ganzen Blutes und der noch unerfreulicheren Körperflüssigkeiten, die bei diesem Prozeß unvermeidlich dazugehören. Glauben Sie mir, es gibt kein Erlebnis, das Männer mehr verbindet, einen gefühlsmäßig stärker bewegt, das schlicht und einfach spiritueller ist, als mit seinem Vetter und Onkel in einem zugigen Keller zu stehen, einen Hirsch oder ein großes Reh auf dem Sparren, alle in Unterhosen und von Kopf bis Fuß mit den unaussprechlichen Substanzen des Kadavers eines spalthufigen Tieres bedeckt. (Wenn ich ›alle in Unterhosen‹ schreibe, ist der Hirsch davon natürlich ausgenommen; Hirsche tragen keine Unterwäsche, was man schnell mitbekommt, wenn man in einer ländlichen Umgebung wohnt; sie tragen auch keine Krawatten.)

Mein Onkel Ray Mock war einer der nettesten Menschen, die je über diese Erde gewandelt sind, und ein richtig sentimentaler Bursche. Er mußte aus praktischen Gründen das ganze Jahr über – manchmal auch in der Schonzeit – Rotwild jagen, brachte es aber kaum über sich, die Tiere zu töten und auszunehmen. Also trank er immer ein paar Bierchen, bevor wir uns bis auf die Unterhosen auszogen und damit anfingen. Und beim Ausnehmen selbst trank er weiter – immer die Marken Rolling Rock oder Iron City. Mein Vetter Jim trank auch ein oder zwei Bier, obwohl er erst zwölf oder dreizehn Jahre alt war, aber mir wurde das nie erlaubt, weil ich zu jung war. Als verbindende Erlebnisse *verbleichen* Skiwochenenden, Campingurlaub und Floßfahrten geradezu gegenüber dem Erlebnis, mit Onkel und Vetter in Unterhosen in einem zugigen Keller zu stehen, alle mit dem Blut und Fett eines Rehs bespritzt, alle mit scharfen Messern bewehrt, der Vetter ein angeheiterter und kichernder Heranwachsender, der Onkel mehr als nur angeheitert und oft mit Tränen in den Augen, vor Reue, dem edlen wilden Tier, das da an dem Sparren hängt, so etwas antun zu müssen.

Gelegentlich sprachen wir davon, für diese Barbarei Buße zu tun. Wir nahmen uns vor, als Entschuldigung an die gesamte Rehnation Heuballen und Hafersäcke in den Wald zu schleppen. Wir erklärten den Verzehr von Wild für abstoßend. Wir nahmen uns in aller Aufrichtigkeit vor, das gerade erlegte Tier den Armen zu schenken. Doch schon bald wurde uns dann klar, daß *wir* die Armen waren und uns nichts anderes übrig blieb, als ein weiteres Bier auf- und uns an die Arbeit zu machen.

Von meiner Geburt bis zu dem Tag, da ich mein Elternhaus verließ, um aufs College zu gehen, lebten wir in Bedford im Bundesstaat Pennsylvania, und seit meinem fünften Lebensjahr wohnten wir in einem Haus mit vier Zimmern, das mein Großvater mit eigenen Händen erbaut hatte. Er war ein guter Mensch und immer freundlich zu mir – aber, Gott segne ihn, er hätte Konzertpianist oder Herzchirurg werden sollen, alles andere, nur kein Hausbauer. Das Dach aus Teerpappe leckte. Das gesamte Haus wurde mit einem Kohleofen mit einer einzigen Rauchklappe beheizt, der im Wohnzimmer stand. Theoretisch hätte die Wärme aufsteigen und die beiden Zimmer im ersten Stock heizen müssen, aber sie reichte lediglich aus, um das Wohnzimmer selbst zu heizen. Allerdings hatten wir ständig Feuer im Rauchabzug. Keine Wärme im Haus, aber heftige Flammenausbrüche, die aus dem oberen Ende des Kamins schossen, was man bei einem Teerpappedach eigentlich vermeiden sollte.

Das Wasser wurde von einem Kerosinbrenner unter einem kleinen Tank im Keller erhitzt. Als ich zehn Jahre alt war, bekam ich die Aufgabe zugeteilt, einmal die Woche zur nächsten Tankstelle zu gehen und fünf Gallonen – also fast zwanzig Liter –

Kerosin zu holen. Verkauft man heute an Tankstellen noch Kerosin? Das scheint endlos lange her zu sein. Als würde ich sagen: ›Einmal die Woche ging ich zu dem Caesar-Pferdestall und kaufte vom Stallmeister Dungbriketts, die wir dann in der Feuergrube unserer Hütte verbrannten.‹ Als ich zwölf war, fiel es auch in meine Verantwortung, den Glaskrug aufzufüllen, der verkehrt herum über dem Dochtring hing, ihn zu ersetzen und dafür zu sorgen, daß es aus ihm richtig tropfte, und dann dieses wahnwitzig gefährliche Rube Goldberg-Gerät wieder anzuzünden. Ich war jedesmal völlig überzeugt, daß ich mich selbst und das ganze Haus in Brand setzen würde, und manchmal starrte ich diesen Krug zehn oder fünfzehn Minuten lang an, bis ich den nötigen Mut gesammelt hatte, meine Aufgabe auszuführen. Bis zu meinem neunten oder zehnten Lebensjahr hatten wir keine Toilette im Haus, nur eine verwahrloste Außentoilette am Ende des Hinterhofs, die im Winter eiskalt war und im Sommer vor Spinnen wimmelte. Wir badeten in einem verzinkten Blechzuber im Keller, den wir mit einem Schlauch füllten, der an einen Zapfen am Warmwassertank angeschlossen wurde. Es war buchstäblich Schwerarbeit, ein Bad einzulassen und danach aufzuräumen. Der Küchenabfluß war mit einer Handpumpe statt Wasserhähnen ausgestattet, und ich kann mich noch ganz genau an das Geräusch dieses Geräts und den plötzlichen kalten Wasserschwall erinnern, der immer dann kam, wenn ich gerade glaubte, meine Bemühungen wären nicht entlohnt worden.

Ich weiß noch, daß ich selbst als kleiner Junge immer Angst davor hatte, die Russen würden einen Atomkrieg anfangen, und ich dachte mir, ich würde überleben, indem ich mich in dem großen Kohlenkasten in einer Ecke des Kellers versteckte. Irgendwie vertraute ich immer darauf, daß das Haus meines lieben Großvaters, das nur von Spucke und Gebeten zusammengehalten wurde, einen direkten thermonuklearen Treffer überstehen würde. Der erste Stock würde natürlich weggeblasen werden, und auch im Erdgeschoß würde es ein fürchterliches Durcheinander geben, aber der Keller würde es ganz bestimmt überstehen. Mir kam nie in den Sinn, daß die Sowjets vielleicht wichtigere Ziele hatten als eine Kleinstadt in den ländlichen Hügeln mitten in Pennsylvania, in der gerade mal viertausend Farmer wohnten. Statt dessen stellte ich mir einen Himmel voller Raketen und Bomben vor, die alle Kurs auf Bedford im allgemeinen und das Haus der Koontz' im besonderen hatten, während fette russische Diktatoren in fernen Bunkern hämisch und boshaft kicherten. Selbst damals raste meine Phantasie schon wie das Rad an einem Perpetuum mobile.

Irgendwie kamen wir schließlich zu genug Geld, um ein Badezimmer mit einer Wanne, eine Küchenspüle mit fließend warmem und kaltem Wasser und ein paar andere Annehmlichkeiten einzubauen. Doch diesen Kerosinbomben-Wassererhitzer behielten wir, als sei die Vorstellung von elektrisch aufgeheiztem Wasser einfach zu unheimlich, um sie auch nur in Betracht zu ziehen. Vielleicht war das bei einer jener seltenen Gelegenheiten, da mein Vater einen festen Job als Vertreter hatte; wenn er wollte, war er ein guter Verkäufer. Oder vielleicht hatte er Glück mit den Karten gehabt, und meiner Mutter war es gelungen, ihm einen Teil des Gewinns abzuluchsen, bevor er alles wieder verspielte.

Ed Gorman: Ihr Vater Ray hatte einen großen Einfluß auf Ihr Leben – wenn auch im negativen Sinne, nicht wahr?

Dean Koontz: Mein Vater ist nie einem Laster begegnet, das ihm nicht gefiel, und manchmal hatte es sogar den Anschein, er sei stolz darauf, jeder Versuchung nachzugeben. Er war ein eifriger Alkoholiker, der genauso gewalttätig wie gefühlsselig werden konnte, wenn er betrunken war. Meine frühesten Erinnerungen beinhalten, daß er Randale machte und ich Angst hatte, er würde meine Mutter und mich umbringen. Er hat mehr als nur einen Job verloren, weil er seinen Chef verprügelt hat oder betrunken zur Arbeit gekommen ist – oder beides.

Er hat meine Mutter mit einer ganzen Reihe von Frauen betrogen. Seltsam daran ist nur, daß meine Mutter eine schlanke und attraktive Frau war und mein Vater sie normalerweise mit schwergewichtigen, *unattraktiven* Frauen betrog. Einmal sogar mit einer Catcherin. Verstehen Sie das nicht falsch, das war in den fünfziger Jahren, damals waren weibliche Ringer äußerst selten, und die meisten davon sahen nicht im entferntesten aus wie die Catcherinnen oder Schlammringerinnen unserer Tage. Die haben keine Bikinis getragen. Damals hat man nicht verlangt, daß sie Bikinis tragen, zero, nada, nix. Catcherinnen sahen damals eher aus wie männliche Ringer, und männliche Ringer waren damals nicht mal zehn Prozent so attraktiv, wie sie es heute sein mögen. Ich glaube, ich will Ihnen damit sagen, daß die durchschnittliche Catcherin damals so aussah wie der Schauspieler Edward Asner, wenn er miese Laune hat, und mit solchen Frauen brachte mein Vater das hart verdiente Geld durch, statt es nach Hause zu bringen.

Er war ein Spieler. Karten und Pferde waren seine Hauptinteressen, und er hätte sich nichts dabei gedacht, das Haushaltsgeld für eine Woche auf ein einziges Blatt Karten zu setzen – und dann zu erwarten, daß meine Mutter uns irgendwie durchfüttert. Das waren dann jene Tage, in denen man hoffte, daß man irgendein verdammtes Reh ausnehmen mußte!

Er war auch ständig in Kneipenschlägereien verwickelt – die er jedesmal verloren hat. Das setzte sich bis in sein Alter fort. Als er fünfundsechzig war, machte er in einer Bar einer jungen Frau einen obszönen Vorschlag, die in Begleitung eines Sechsunddreißigjährigen war. Mein Vater war ziemlich klein, keine einssiebzig groß, siebzig Kilo, ziemlich unbeweglich – aber der junge Bursche war einsfünfundachtzig groß und wog um die zwei Zentner. Als er meinen Vater zurechtweisen wollte, warf der *ihm* ein paar Obszönitäten an den Kopf und forderte ihn auf, mit ihm vor die Tür zu gehen. Mein guter alter Dad lag nach einem Schlag flach auf dem

Boden. Später hat er dann eine Zivilklage gegen den jungen Mann eingereicht und Schmerzensgeld gefordert!

Leute verklagen war für ihn ein genauso reizvoller Zeitvertreib wie das Trinken, Spielen und Herumhuren. Er war fast davon überzeugt, eines Tages durch die eine oder andere Klage reich zu werden, und einmal hatte er drei schmierige Anwälte, die an Klienten kamen, indem sie Krankenwagen hinterherfuhren, gleichzeitig auf drei verschiedene Fälle angesetzt. Er ist natürlich ständig betrunken gefahren und hat mindestens fünfmal einen Totalschaden gebaut – die schlichten Beulen lassen sich gar nicht mehr zählen, wir sprechen hier nur von *Totalschäden* –, und *jedesmal* hat er die unschuldige Partei verklagt. Einmal, in den fünfziger Jahren, erhielt er bei einem außergerichtlichen Vergleich 16 000 Dollar – was, wenn man die Inflation berücksichtigt, heute etwa 100 000 Dollar entspricht. Jahre später konnte sein eigener Anwalt es noch immer nicht fassen, daß die Gegenseite sich auf einen Vergleich eingelassen hatte; der Boden von Dads Wagen war mit leeren Bierdosen übersät gewesen. Es hat uns immer erstaunt, daß er weder sich selbst noch einen anderen totgefahren hat; er hatte ein unheimliches, dunkles Glück.

Er wollte, daß ich mal ein berühmter Sportler werde. Er hat den Leuten immer gesagt: ›Ja, Dean ist heute noch ziemlich klein, aber er wird mindestens einsneunzig groß, zwei Zentner, und für die Steelers spielen.‹ Ich meine das wortwörtlich. *Genau das* hat er gesagt. Das war schon schlimm genug; er hat mich gewaltig unter Druck gesetzt. Aber dann hat er noch hinzugefügt: ›Er setzt besser bald etwas Fleisch an, denn so, wie er jetzt ist, wird aus ihm nichts werden.‹ Er verstand es wirklich, einem Kind Selbstvertrauen zu geben. Mein Vater war keine einssiebzig groß, und ich bin knapp einsachtzig und wiege um die siebzig Kilo – aber damit bin ich noch um zehn Zentimeter und sechzig Pfund unter seinen Mindestanforderungen an einen Sohn. Ganz zu schweigen von der Tatsache, daß ich für die Steelers auch noch nicht gespielt habe. Können Sie sich mich auf einem Football-Platz vorstellen, wie ich gegen die Burschen antrete, die heutzutage diesen Sport betreiben? *Große* Burschen. Die Regeln erlauben den Einsatz von Tae Kwon Do nicht, und ich glaube nicht, daß ich selbst mit meiner Sprachbegabung die Verteidiger überreden kann, mich vorbeizulassen.

Ich könnte noch stundenlang über ihn erzählen, und viel davon würde Ihnen amüsant vorkomme, aber glauben Sie mir – für mich war nichts davon amüsant. Ich mußte damit leben. Selbst wenn er zu Hause nicht so ein Hitzkopf gewesen wäre und einem ständig Schläge angedroht hätte – schon wegen seiner anderen Schwächen wäre es unerträglich gewesen, mit ihm zu leben.

Ed Gorman: Was ist mit Ihrer Mutter?

Dean Koontz: Sie hieß Florence, aber viele Leute nannten sie Molly. Sie war eine sanfte Person, selbstloser, als sie hätte sein sollen, viel selbstloser, als ich je sein könnte. Sie hatte ein schweres Leben. Ihr Vater, John Logue, war ein überaus freundlicher Mann, aber ihre Mutter war gewissermaßen ein Drachen. Sie waren nicht arm, aber sie hatten auch nicht viel Geld. Auf der High-School war meine Mutter eine erstklassige Musikerin, und ein paar ihrer Lehrer waren der Ansicht, sie hätte in der Musik wirklich eine Zukunft. Aber die Familie hatte nicht genug Geld, um sie aufs College zu schicken oder ihr Unterricht geben zu lassen. Das war schließlich zur Zeit der Großen Depression. Dann hat sie den größten Fehler ihres Lebens begangen und meinen Vater geheiratet.

Sie ist jung gestorben, mit dreiundfünfzig Jahren, und ich weiß, daß der Streß, mit ihm zu leben, ihr Leben um *mindestens* zehn Jahre verkürzt hat. Sie war von Natur aus zu unterwürfig, und zu jener Zeit war eine Scheidung fast undenkbar, besonders in einer Kleinstadt in Pennsylvania. Aber ich frage mich noch immer, wieso sie so lange so viel ertragen hat. In ihren letzten Tagen hat sie mir gestanden, daß ihre Liebe zu meinem Vater schon früh gestorben ist; sie scheint also eher aus Pflichtgefühl denn aus irgendeinem anderen Grund bei ihm geblieben zu sein, aus Pflichtgefühl und den Moralvorstellungen der damaligen Zeit – die sie ernst nahm, auch wenn er es nicht tat.

In den letzten vierzehn Jahren seines Lebens, lange nachdem meine Mutter gestorben war, haben Gerda und ich ihn unterstützt. Er hat in einer Wohnung hier in Kalifornien gelebt. Wegen dem, was sie mit ihm durchgemacht hat, hat meine Frau es verdient, in den Himmel zu kommen. Als Dad auf die Siebzig zuging, hat man bei ihm eine lebenslange Grenzschizophrenie mit gewalttätigen Tendenzen diagnostiziert, die durch chronischen Alkoholismus noch kompliziert wurde. Der Psychiater hat mir gesagt, Dad sei ein ›Soziopath und ein pathologischer Lügner‹. Das wußte ich schon längst, aber es war eine Erleichterung, es in klinischen Begriffen zu hören. Der Psychiater hat mir gesagt, daß Menschen seines Schlages *äußerst* gefährlich sind, wenn sie getrunken haben, und ich von Glück sprechen konnte, meine Kindheit mit geringem körperlichem Mißbrauch überstanden zu haben. Mein Überleben habe ich natürlich größtenteils meiner Mutter zu verdanken; sie war genauso tapfer wie freundlich und hat mich auch beschützt, wenn sie Angst um sich selbst hatte.

Während der letzten drei Jahre vor seinem Tod mit einundachtzig Jahren hat das lange schwere Trinken einen größeren Tribut gefordert; er litt unter einem degenerativen Alkoholsyndrom, bei dem sich Leerräume im Gehirn bilden, wo eigentlich keine sein sollten. Seine gewalttätigen Episoden wurden zunehmend extremer. Er hat zweimal versucht, mich niederzustechen. Beim zweitenmal war ein harter Kampf nötig, um ihm das Messer abzunehmen. Der Zwischenfall hat sich vor Zeugen ereignet, und jemand hat die Polizei gerufen. Er hat einige Zeit in einer geschlossenen Abteilung verbracht und wurde dann in ein Pflegeheim eingewiesen. Es ist traurig, wenn ich das sagen muß, aber ich kann mich über vierzig Jahre hinweg an keinen einzigen angenehmen Augenblick in Gegenwart meines Vaters erinnern. Sie waren alle dunkel.

Ed Gorman: Trotz dieser Kindheit sind einige Ihrer besten Charaktere intelligente, optimistische und umgängliche Kinder. Sehen Sie da irgendeinen Widerspruch?

Dean Koontz: Eigentlich nicht. Trotz allem ist aus mir ein einigermaßen umgänglicher Mensch geworden. Mal abgesehen von meiner Gewohnheit, mich bei *jeder* Gelegenheit wie die schöne Helena anzuziehen, von den fünf Attentatsversuchen gegen bedeutende Zirkusclowns, dem Drang, in der Kirche während eines einzigen Gottesdienstes bis zu zweihundertmal ›Knackwurst!‹ zu rufen, und meiner Besessenheit, mit Zahnstochern und Kaugummi eine genaue Nachbildung der Stadt Bayonne in New Jersey zu bauen, bin ich ein ganz normaler Mensch. Ich trage nun mal gern Jacken, die aus lebenden Taranteln bestehen, die mit Stacheldraht zusammengenäht wurden, aber das ist keineswegs exzentrisch, sondern eine schlichte Modetorheit. Übrigens genau wie mit den Schuhen aus kernlosen Wassermelonen und den Krawatten aus Linguini.

Aber im Ernst, ein zentrales Thema meines Werks ist die Auffassung, daß wir *nicht* unbedingt dazu verdammt sind, wegen des Schreckens, den wir als Kind erlebt haben, ein Leben der Angst und der Neurosen zu führen. Die Hälfte unserer Leserpost kommt von jungen Menschen, von denen einige mißbraucht worden sind. Sie sind bereit, mir davon zu erzählen, ohne meinen Hintergrund zu kennen, weil sie meinen Romanen instinktiv entnehmen können, daß ich ähnliche Erfahrungen gemacht habe. Ich bekomme Briefe von Erwachsenen, die eine schreckliche Kindheit gehabt haben und denen meine Romane Hoffnung geben, ganz einfach, indem sie über andere lesen, die diesen Mißbrauch überlebt haben und trotzdem zu glücklichen und erfolgreichen Menschen herangewachsen sind. Ich sage ihnen immer wieder, daß sie der Person, die sie mißbraucht und ihr Leben zur Hölle gemacht hat, den Sieg überlassen, wenn sie sich der Verzweiflung hingeben; es ist nicht einfach, aber man muß darüber hinauswachsen, dieser Person die Schuld zu geben, eine schlechte Meinung von sich selbst zu haben. Man muß lernen, sich der Welt zu öffnen, und weitermachen. Es wäre das Schlimmste für mich, würde ich zulassen, daß meine Kindheit den Rest meines Lebens befleckt – denn damit würde ich meinen Vater *gewinnen* lassen. Und die Meinung, daß man dem Übeltäter ›vergeben‹ muß, ist ein Fehler – verdammt noch mal, nein! Wenn er oder sie Ihre Wut oder Verachtung verdienen, muß man lernen, daß es nicht falsch ist, jemanden zu hassen, wenn ein logischer Grund dafür vorhanden ist – und dann diesen Haß hinter sich lassen. Wenn irgendwelche meiner Bücher in irgendeiner kleinen Hinsicht den Leuten dabei helfen, den Willen und die Kraft zu finden, die Auswirkung einer katastrophalen Kindheit zu überwinden, macht allein das schon das Schreiben lohnend.

Ed Gorman: Stört Sie – abgesehen von Ihrem Leben zu Hause – an Ihrer Kindheit noch etwas?

Dean Koontz: Nun ja, als Kind denkt man nie daran, den Menschen zu sagen, wie *sehr* man sie liebt, vielleicht, weil man noch nicht die richtigen Worte dafür hat, vielleicht, weil es einem als Kind peinlich ist, aber auch, weil man als Kind noch nicht das richtige Gespür dafür hat, wie sehr das Leben an einem seidenen Faden hängt. Menschen sterben, und nachdem man erwachsen ist, fragt man sich, ob sie wirklich verstanden haben, wie wichtig sie für einen waren, was sie einem bedeutet haben. Manchmal denke ich über all die Liebe nach, die niemals richtig zum Ausdruck gebracht wurde, und dann komme ich mir vor wie ein oberflächlicher und egoistischer kleiner Rotzlöffel. Ich weiß, daß ich zu hart zu mir selbst bin, wenn ich in so eine Stimmung gerate, und ich vermute, daß die meisten Menschen so empfinden, wenn sie zurückblicken, aber mir macht es manchmal trotzdem zu schaffen.

Ed Gorman: Was sind Ihre schönsten Kindheitserinnerungen?

Dean Koontz: Mit Ray Bradbury zum Mars fliegen. Von Theodore Sturgeon von den Träumenden Edelsteinen zu erfahren. Vor Entsetzen zu zittern, wenn Victor von Frankensteins Geschöpf durch das Land zieht und kleine Mädchen in offene Brunnenschächte wirft. Vor Lugosis Dracula zurückzuzucken. Mit Robert A. Heinlein und H. G. Wells durch die Zeit zu reisen. Mit Huck und Jim auf einem Floß den Fluß hinabzufahren. Mit Robert Heinlein zu fernen Welten zu reisen. Von Ray Bradbury über seltsame Pilze im Keller, Löwenzahnwein und Jahrmärkte zu erfahren, auf denen Menschen leben, die ihre Seelen verkauft haben. Sid Caesar, Ernie Kovacs, mit Heinlein gegen Außerirdische zu kämpfen, Comics mit Donald Duck und Onkel Dagobert zu lesen (besonders die dicken Sonderhefte zu Weihnachten), und so viel mehr. Größtenteils sind meine schönsten Kindheitserinnerungen Bücher, die ich gelesen, und Filme, die ich gesehen habe – Phantasie, nicht Wirklichkeit. Das ist auch ein Grund, weshalb ich Schriftsteller geworden bin – der zwanghafte Drang, anderen Menschen das Vergnügen, die Fluchtmöglichkeit und die gefühlsmäßige Entspannung zu geben, die ich von Büchern bekam, als ich diese Medizin am dringendsten benötigte.

Ich habe auch schöne Erinnerungen an ein kastanienbraunes Fahrrad, das mein Onkel Ray mir zu Weihnachten geschenkt hat, als ich elf Jahre alt war. Plötzlich war ich frei und bin weit herumgeradelt, viel weiter von zu Hause fort, als meine Mutter es mir erlaubt hatte. Wo wir wohnten, gab es keine Kinder in meinem Alter, mit denen ich spielen konnte, und ich hatte nie einen richtigen ›besten Freund‹, bis ich auf die Junior-High-School kam. Dieses Fahrrad war also sozusagen mein Ersatzfreund.

Wir wohnten gegenüber dem Kirmesplatz des Bezirks, und jeden August gab es ein einwöchiges Remmidemmi mit Stock-Car-Rennen, Viehauktionen, jeden Abend einem Feuerwerk und einem großen Jahrmarkt. Jahrelang war die Kirmeswoche der Höhepunkt meines Lebens, und ich habe nur gute Erinnerungen daran. Ich wollte nicht mein kostbares Taschengeld ausgeben, um auf das Gelände zu kommen, doch ich hatte ja immer ein ganzes Jahr Zeit, um das Gelände auszukundschaften und einen Geheimtunnel unter dem äußeren Zaun zu graben, und kam immer umsonst rein.

Sieh an, das Eingeständnis eines kriminellen Vergehens! Mann, vielleicht wird dieses Interview so offenherzig wie das zwischen Donahue, Oprah und Geraldo! Wer weiß, was ich noch alles ausplaudere – vielleicht ein spektakuläres unerlaubtes Verhältnis mit einem Mitglied der englischen Königsfamilie, einer Stripperin und einer Ente. Oder die perverse Neigung, in Sauerkraut zu baden.

Auf jeden Fall stellte der Jahrmarkt eine gewaltige Verlockung für mich dar, weil er jede Woche zu einer anderen Stadt zog. Es gab Zeiten, da ich die Vorstellung genoß, mit der Truppe Dell & Travers durchzubrennen oder mit E. James Strait und seiner gewaltigen Eisenbahnshow. Dann hätte ich mir keine Sorgen machen müssen, was mein Vater anstellte, wenn er das nächstemal betrunken war. Aber ich hätte nie meine Mutter im Stich lassen können. Damals entstand ein lebenslanges Interesse an Jahrmärkten, das schließlich zu *Zwielicht* führte. Ich benutzte auch einen Teil der Kenntnisse, die ich über Jahrmärkte erworben habe, als ich die Romanfassung des Films *The Funhouse* schrieb, und eines Tages werde ich vielleicht einen umfangreichen Roman schreiben, bei dem ich die gewaltige Menge des exotischen Materials nutzen kann, das ich bislang noch nicht einmal angezapft habe.

Ed Gorman: Was ist mit Hunden?

Dean Koontz: Sie haben vier Beine, einen Schwanz und ein Fell. Und während praktisch jeder Hund sterben würde, um seinen Herrn zu beschützen, wäre es keine gute Idee, sie Auto fahren zu lassen.

Ed Gorman: Ich freue mich, daß Sie das geklärt haben.

Dean Koontz: Doch weil sie so treu sind, stellen sie auch ideale Partner dar, wenn man einen Bankraub oder andere kriminelle Aktivitäten plant. Sie würden einen niemals an die Bullen verpfeifen, um mit einer geringeren Strafe davonzukommen. Hätte Richard Nixon den Stab im Weißen Haus mit Hunden statt mit Menschen wie John Dean und John Ehrlichman besetzt, wäre er *noch immer* Präsident und allseits geschätzt.

Ed Gorman: Da haben Sie bestimmt recht. Aber ich meinte eigentlich … da Sie bislang mindestens drei Bücher geschrieben haben – *Brandzeichen*, *Drachentränen* und *Dunkle Flüsse des Herzens* –, in denen außergewöhnliche Hunde mitspielen, wollen die Leser vielleicht wissen, ob Sie sie nach Hunden gestaltet haben, die Sie als Kind gehabt haben.

Dean Koontz: Wir konnten es uns nicht leisten, einen Hund zu haben, aber da ein Junge nun mal einen vierbeinigen Freund haben sollte, haben wir es probeweise mit zwei Familienkötern versucht. Der erste hieß Tiny, was so viel wie winzig bedeutet, und er wuchs natürlich zu einem riesigen Kalb heran. Praktisch *über Nacht* verwandelte er sich von einem knuddeligen Welpen in ein gewaltiges Tier, das man wirklich mit einer Kuh verwechseln konnte. Er war ein schwarzweißer Mischling, und in seinem riesigen Körper war kein einziger bösartiger Knochen, aber er war hypernervös. Noch kein Mensch hat von illegalen Medikamenten profitiert, aber Tiny hätte eine Packung Valium vielleicht helfen können. Er war ein Energiebündel und viel zu groß und hektisch, um im Haus gehalten zu werden. Aber er war auch ein Gräber, und das war gefährlich, wenn man ihn frei herumlaufen ließ; wenn man ihn von der Leine nahm, hatte er in 8,25 Sekunden das Haus eines Nachbarn unterhöhlt, und deshalb hielten wir ihn meistens in einem Verschlag im Hof, an einer sehr langen Kette.

Als ich etwa sechs Jahre alt war, spielte ich mal draußen mit Tiny, dem es in seinem Überschwang gelang, seine Kette um meinen Hals zu schlingen – woraufhin ich mich flach auf dem Boden vorfand und von diesem großen, dummen, gutmütigen Elch von Hund erwürgt wurde. Als ich das Bewußtsein verlor, stieg er auf meine Brust und leckte mein Gesicht, und es war so schön und friedlich – wenn auch nasser als der Tod, den ich mir erwünscht hätte. Meine Mutter schaute zufällig aus dem Fenster, um festzustellen, was ich so machte, begriff, was da passierte, und rettete mich. Am nächsten Tag hatte ich von den Gliedern von Tinys Kette Quetschungen rund um den Hals. Das mütterliche Gericht entschied ohne Berufungsmöglichkeit: Tiny war Geschichte. Ich heulte und führte an, daß Tiny für seine Tat nicht verantwortlich war – der übliche Antrag auf Schuldunfähigkeit wegen hündischer Dummheit –, aber das Urteil war gefällt.

Später bekamen wir Lucky, eine zweijährige Terriermischung exotischer Herkunft, die allerdings nicht mehr Glück hatte als Tiny. Lucky war mit einem übermäßig empfindlichen Verdauungssystem gestraft und übergab sich schneller, als ein Politiker ein Versprechen bricht. Sie übergab sich etwa drei- bis viermal pro Woche und *immer* am unpassendsten Ort und zur unpassendsten Zeit. Glauben Sie mir, Timmy hätte Lassie keineswegs abgöttisch geliebt, wenn Lassie regelmäßig auf ihn, auf sein Bett, in seinen Schrank, auf seine Schuhe, auf seine Schulbücher gekotzt hätte. Ich weiß nicht, vielleicht wollte Lucky mir auf diese Weise etwas sagen. Auf jeden Fall wurde sie bald schwerkrank, und wir hatten kein Geld für einen Tierarzt, also mußte sie eingeschläfert werden. Trotz all des Würgens habe ich geweint. Ich habe sie vermißt. Ich roch bestimmt viel besser, aber vermißt habe ich sie trotzdem.

Meine Tante Thelma hatte einen Cockerspaniel, Pete, den ich über alles geliebt habe und der auch mich sehr zu mögen schien. Wenigstens hat er sich nie auf mich übergeben oder versucht, mich zu erwürgen – und ich bin mir sicher, diese

Sache mit dem Revolver war ein Unfall. Thelma wohnte weit weg, und so bekam ich den alten Pete nur selten zu sehen. Wenn wir mal zusammenkamen, wurden jedesmal absolut verrückte Bacchanale des Streichelns und Herumtollens und Hinter-den-Ohren-Kraulens daraus (ich habe es immer gemocht, wenn er mich hinter den Ohren gekrault hat), bis wir beide vor Erschöpfung zusammenbrachen und wie die Toten schliefen. Von Pete habe ich gelernt, daß Hunde eine Freude und ein wahrer Segen für die Lebensqualität sein können, aber das waren die drei einzigen Hunde meiner Kindheit. Ohne Pete hätte ich mein Herz also wahrscheinlich an Katzen verloren.

Ed Gorman: Haben Sie schon früh mit dem Schreiben angefangen?

Dean Koontz: Als ich erst acht oder neun Jahre alt war, habe ich schon Geschichten auf Notizpapier geschrieben, Titelbilder gezeichnet, den linken Rand geheftet, die Heftung mit Klebeband verdeckt und versucht, diese ›Bücher‹ an Verwandte zu verkaufen. Es fing *so* früh an, daß es fast unheimlich ist. Da macht man sich Gedanken über Reinkarnation, fragt sich, ob man in einem früheren Leben schon einmal Schriftsteller war. Oder macht sich Gedanken über das Schicksal. Die Vorbestimmung, die Bedeutung des Lebens. Man denkt an Gummibärchen und alte Filme der Bowery Boys. An künstlich hergestellte Stoffe, die Grateful Dead und an das Leben nach dem Tode – und man fragt sich, ob es, *falls* es ein Leben nach dem Tode gibt, auf der anderen Seite auch Münzwaschsalons gibt.

Ed Gorman: Wie kamen Sie auf der High-School mit dem Unterrichtsstoff und Ihren Klassenkameraden klar?

Dean Koontz: Was den Stoff betrifft, so blieb ich unter dem erreichbaren Leistungsniveau. Wenn mir ein Thema gefiel und mein Interesse geweckt wurde, bekam ich problemlos gute Zensuren. Aber wenn mein Interesse nicht geweckt wurde, und das war oft der Fall, tat ich nur das Allernötigste, um mitzukommen. Ich war ein Faulpelz. In *Zurück in die Zukunft* gibt es eine Szene, in der der Schulrektor Marty McFly (Michael J. Fox) sagt, er sei ein Faulpelz. Deshalb liebe ich diese Gestalt – weil ich auch ein Faulpelz war. Ich war der Faulpelz aller Faulpelze, habe das Faulsein zur Kunstform erhoben. Verstehen Sie, ich hätte nie damit gerechnet, daß ich mal die Chance kriege, aufs College zu gehen, oder daß überhaupt etwas aus mir wird, denn wer einmal arm ist, ist immer arm, und wir waren nun mal arm und konnten uns nichts anderes vorstellen, so sahen wir uns nun mal, es war, als hätte man es uns auf die Stirn gebrannt, damit wir immer sein würden, was wir immer gewesen waren, und das hieß natürlich, daß ich wirklich nicht besonders motiviert war.

Doch obwohl ich auf der Schule nicht gerade ein Wirbelwind war, war ich ein besessener Autodidakt, brachte mir alles selbst bei. Ich habe ständig gelesen und kannte mich mit den seltsamsten Dingen aus, mit allem, was mich zufällig interessierte. Ich lag damals nicht einfach auf der faulen Haut. Ich habe mich kreuz und quer durch die Stadtbibliothek gelesen. Ich habe mir selbst mehr abverlangt, als mir je ein Lehrer abverlangt hat.

Ich war gewissermaßen der Klassenkasper. Ich war immer schnell mit Worten, sah die Dinge immer auf komische Weise, was im Prinzip die Grundlage des Humors ist – die Bissigkeit, die schräge Weltsicht. Die Lehrer haben eine Menge von mir einstecken müssen, aber ich habe nie Schwierigkeiten bekommen, vielleicht, weil mein Humor nie boshaft war. Vielleicht haben sie in mir einen im Prinzip netten Jungen gesehen, einen reizenden Jungen, einen Jungen, der von Hunden vollgekotzt und fast erwürgt worden war, einen Jungen, der in der Unterhose in einem Keller voller Rehblut gestanden und seine männliche Pflicht getan hatte, einen Jungen, der mal eine Pause verdient hatte.

Ich hatte natürlich Freunde, und mein bester Kumpel war Larry Johnson. Larrys Vater war ein würdevoller Banker – aber Larry war völlig ausgeflippt. Er hatte einen tollen Sinn für das Absurde, und deshalb kamen wir miteinander aus, als wären wir Zwillinge gewesen. Wir haben verrückte Dinge angestellt. Einmal haben wir uns ein viereinhalb Meter breites und zwei Meter hohes Schild mit der Aufschrift ZU VER-KAUFEN aus dem Garten eines Maklers ›geborgt‹, so ein Ding, das man früher an Lagerhäusern angebracht hat. Es wog mindestens zwei Zentner. Mitten in der Nacht trugen wir es quer durch die Stadt – Bedford, Pennsylvania, etwa vier-tausend Seelen – und haben es an der Fassade der High-School angebracht. Als am nächsten Morgen die Schulbusse heranrollten und die Kinder ausluden, war der Direktor auf dem Dach und hat versucht, das verdammte Ding runterzu-kriegen.

Bei einer anderen Gelegenheit kamen wir auf den Gedan-ken, es könne Spaß machen, die Tage zur Stärkung des Team-geists durch den Kakao zu ziehen, die wir während jeder Sportsaison immer am Freitag abgehalten haben. Am Team-geist-Tag mußte man Sachen einer bestimmten Farbe anzie-hen, oder ein ganz bestimmtes Kleidungsstück, oder wir mußten bestimmte Gegenstände mit uns herumschleppen, und die Gänge waren mit Fahnen und Troddeln und Luft-schlangen geschmückt. Von uns wurde erwartet, daß wir unsere Individualität einem grotesken Schauspiel der Sport-verehrung unterordneten, und das war mehr als nur ein wenig unheimlich – es war wirklich sehr totalitär. Das Schul-symbol, ein Bison, nahm das Antlitz des Vorsitzenden Mao an. Wie dem auch sei, wir heckten uns eine Möglichkeit aus, in die Schule reinzukommen, nachdem der Unterricht been-det und sie schon abgeschlossen war. Dann schufteten wir eine Woche lang an Hunderten von Schildern, auf denen wir die Schüler aufforderten, sich am Freitag am ›Grep-Tag‹ zu beteiligen. ›Grep‹ war ein völlig bedeutungsloses Wort, das wir uns einfach hatten einfallen lassen. Es hatte nicht den geringsten Sinn. ›Sei am Freitag ein Grep‹, ›Wir sehen uns am Grep-Tag‹, ›Gib der Schule Auftrieb – grep, grep, grep!‹, so einen Blödsinn haben wir auf die Schilder gemalt, und dann haben wir uns am Sonntagabend in die Schule geschlichen und die Gänge und Klassenzimmer *wirklich* verziert und sie mit so viel Kreppapier verhängten, daß sie aussah, als sei der Verrückte Gott des Schulballs zum Berserker geworden.

Um eine Schule *überhaupt* zu schmücken, ganz gleich, aus welchem Anlaß, braucht man die Zustimmung der Verwaltung. Wir rechneten also damit, daß der Direktor das ganze Zeug am Montagmorgen wieder abreißen lassen würde. Aber uns stand eine bedeutende Lektion über die Unfähigkeit der Bürokratie bevor: Jeder Angehörige der Verwaltung glaubte, irgendein anderes Mitglied der Verwaltung habe den Grep-Tag zur Förderung des Teamgeists gebilligt, und die ganze Woche über wurden die Dekorationen nicht angerührt. Wer wäre schließlich auf den Gedanken gekommen, daß jemand so verrückt sein könnte und so viele Stunden seiner Freizeit damit verschwenden würde, Schilder zu malen und die ganzen Dekorationen in der großen Schule aufzuhängen, nur um sich einen Jux zu erlauben? Aber ich bin stolz darauf, sagen zu können, daß Larry und ich *tatsächlich* so verrückt waren. Einige Schilder forderten die Schüler auf: ›Bringt am Freitag einen Grep mit!‹ oder ›Kommt zum Grep-Tanz!‹, der nach dem großen Spiel stattfinden sollte. Keiner hatte den geringsten Schimmer, was ein Grep war, aber weil wir Schilder gemalt hatten, auf denen ein komisches Tier zu sehen war, eine unheimliche Mischung aus Hund und Bär, schleppten am Freitag jede Menge Schüler einen Teddybär mit sich herum. Andere stellten alles mögliche mit ihrem Haar an, dachten vielleicht, ein Grep sei eine neue Frisur – und das zu einer Zeit, als *niemand* seltsame Dinge mit seinem Haar anstellte. Es war schon irre, absolut irre, daß so viele Leute entschlossen waren, Teamgeist zu zeigen, auch wenn sie nicht die geringste Ahnung hatten, worum es überhaupt ging.

Als Larry und mir klar wurde, daß uns die ganze Sache

gewaltig aus der Hand geglitten war und uns in den Sinn kam, daß uns womöglich schlimme Konsequenzen drohten, wußten wir, daß wir unsere moralische Pflicht erst zur Hälfte erfüllt hatten. Die Schüler würden enttäuscht sein, daß der Grep-Tag sich nicht auszahlen und der angekündigte Tanz nicht stattfinden würde, wenn sie sich dazu einfanden. Am kommenden Montag würde es ein großes Murren geben. Also entschlossen wir uns, die ganze Schuld den Leuten in die Schuhe zu schieben, die Teddybären mitgebracht und ihr Haar so komisch frisiert hatten, und damit der Parodie der Teamgeist-Tage die Krone aufzusetzen. Eine Woche lang arbeiteten wir rund um die Uhr, um noch mehr Schilder zu malen und Flaggen zu nähen, und am nächsten Sonntagabend benutzten wir erneut unseren geheimen Eingang in die Schule. Wir nahmen das gesamte Grep-Tag-Zeug wieder ab und hängten einen wahren Urwald von Schildern und Fahnen auf, der die Schule wegen ihres Mangels an Teamgeist tadelte, Schilder, auf denen stand: ›Wo warst DU am Grep-Tag?‹ und ›Ihr habt euren Grep nicht unterstützt!‹ und ›Der Grep weint vor Scham‹ und ›Wenn du deinen Grep nicht liebst, kannst du auch dein Team nicht lieben‹ und ›Der Grep war hier, und wo wart ihr?‹ Wir sprechen hier von *Hunderten* von Schildern und Kilometern von Kreppapier, warfen den Schülern vor, daß keiner zum Grep-Tanz gekommen war und sie ihre Schule nicht ausstehen konnten.

Am nächsten Montag wurde während der ersten Unterrichtsstunde klar, daß die Verwaltung endlich dahinter gekommen war. Der Direktor erklärte, er gebe den Urhebern dieser Greueltat zehn Minuten, um sich freiwillig bei ihm zu melden und damit einem zehntägigen Schulverweis zu entgehen. Diese ruchlosen Schurken müßten jedes Poster und jede Luftschlange in ihrer Freizeit abnehmen und zu Kreuze kriechen wie der Schleim, der sie nun mal seien. Larry und ich waren in verschiedenen Klassenzimmern, aber keiner von uns befürchtete auch nur eine Sekunde lang, der andere würde ihn verraten, weil wir wirklich gute Kumpel waren und einander vertrauten. Nach zehn Minuten gab der Direktor uns *weitere* zehn Minuten, und wir wußten, daß wir es überstanden hatten. Sie hatten nicht die geringste Ahnung, wer dahinter steckte. Dann gab man uns bis zum Mittag Zeit. Als sich bis zum Mittag niemand gemeldet hatte, gab man uns bis zum Unterrichtsende Zeit. Wir gingen nach Hause, und die Gänge waren noch immer geschmückt. Danach waren die Teamgeist-Tage nie mehr, was sie früher mal gewesen waren. Wir kamen uns wie eine revolutionäre Zelle vor, die den Großen Bruder besiegt hatte.

Was den Umgang mit meinen Mitschülern betrifft, war ich unbeholfen. Bei Mädchen war ich fast so unbeholfen, wie mein alter Kumpel Lucky als Hund unbeholfen war. Ich habe zwar nie auf ein Mädchen gekotzt, mit dem ich mich verabredet habe, aber oft vermutet, bei ihnen genau diesen *Eindruck* erweckt zu haben. Da ich glaubte, ein herumwurstelnder und stümperhafter Depp zu sein – was hauptsächlich daher rührte, das Kind eines gewalttätigen Alkoholikers und bettelarm zu sein –, war ich Mädchen gegenüber schüchtern. Ich weiß noch, daß in der zehnten Klasse ein beliebtes Mädchen in meiner Klasse mich unter ihre Fittiche nahm, als wäre sie meine große Schwester; zu meinem Erstaunen erklärte sie mir geradeheraus, alle Mädchen wären bereit, mit mir zu ›gehen‹, wenn ich sie fragte, ich müßte nur den Mut aufbringen, sie zu fragen, und mehrere beliebte Mädchen wären an mir interessiert. Ich bin so rot geworden, daß alle Leute im Umkreis von zehn Metern aufgrund eines Hitzschlags ohnmächtig wurden, und war sprachlos. Sie war ein nettes Mädchen, und ich wußte, daß sie es ernst meinte, wußte, daß es keine Falle war, um mich wie einen Trottel aussehen zu lassen, aber ich war völlig unbeweglich, erstarrt, wie ein winzigkleiner Chihuahua vor Entsetzen erstarrt, wenn sein Herrchen mit zwei Leuten Streit anfängt, die einen Dobermann oder Bullterrier an der Leine führen. Als ich nicht antwortete oder schließlich so was wie »Ach, Blödsinn!« stammelte, meinte sie: »Denk drüber nach.« Vielleicht ein Jahr später fragte ich mich, ob sie auch eins der Mädchen war, die eingewilligt hätten, hätte ich mich mit ihnen verabreden wollen, und mir wurde klar, wie *absolut* unbeholfen ich in Wirklichkeit war.

Aber dann lernte ich Gerda kennen, die eine Klasse unter mir war, und alles veränderte sich für mich. Bei ihr war ich cool, verbindlich und so hip, daß Sie es mir nicht glauben würden. Oder zumindest bewirkte sie, daß ich mich so fühlte. Muß für sie ein ganz schönes Stück Arbeit gewesen sein. Auf jeden Fall behauptet sie bis heute, daß sie am Morgen nach unserer ersten Verabredung mit Magenschmerzen aufgewacht ist, weil sie den ganzen Abend so viel hatte lachen müssen. Mir hatte der Abend noch besser gefallen. Danach schwebte ich auf Wolke sieben. Ich war Gene Kelly, sang im Regen, mal abgesehen davon, daß ich jedesmal auf die Schnauze fiel, wenn ich einen komplizierten Tanzschritt wagte. Ich war Cary Grant und Clark Gable und Lou Costello und Walter Brennan und jeder berühmte Charmeur aus den Kinofilmen – oder glaubte es zumindest. Seitdem sind wir zusammen.

Ed Gorman: Sie haben einmal gesagt, Gerda hätte Ihnen die Möglichkeit geboten, hauptberuflich zu schreiben. Wie war das gemeint?

Dean Koontz: Nach unserer Hochzeit arbeitete ich für das von Lyndon Johnson ins Leben gerufene Programm gegen die Armut in den Appalachen, als Lehrer unterprivilegierter Kinder, und verdiente gerade genug Geld, um mir Zahnpasta und eine Zahnbürste leisten zu können, aber nicht genug, um die Lebensmittel kaufen zu können, die eine Zahnbürste und Zahnpasta notwendig gemacht hätten. Obwohl Gerda Buchhalterin war, fand sie einen besser bezahlten Job in einer Schuhfabrik, in der sie im Akkord arbeitete. Wir konnten uns also genug zu essen kaufen, so daß sogar die Gefahr von Plaque bestand. Jeden Morgen stieg sie zur unchristlichen Zeit von fünf oder halb sechs in einen Fabrikbus, der sie und andere Arbeiter und Arbeiterinnen über die Berge zu einer größeren Stadt kutschierte, in der die Fabrik sich befand. Im Winter war das jedesmal eine haarsträubende Fahrt, und die Arbeit selbst war geisttötend.

Mittlerweile hatte ich schnell herausgefunden, daß der Job in diesem Armutsprogramm nicht hielt, was er versprochen hatte. Man trug den Lehrern auf, intelligente, vielversprechende Schüler aus armen Familien auszusuchen, die davon profitiert hätten, aus den normalen Klassen in kleinere mit intensivem Förderunterricht versetzt zu werden. Statt dessen wählten die meisten Lehrer die Kinder mit den schlimmsten Verhaltensstörungen aus, ganz einfach, um sie loszuwerden, und ich fand mich in einer überaus spannungsgeladenen Atmosphäre wieder und hatte es hauptsächlich mit aggressiven jugendlichen Straftätern zu tun, die wütend auf die Welt im allgemeinen und auf mich im besonderen waren, weil sie mir die Schuld dafür gaben, daß man sie aussortiert und der Gesellschaft ihrer Kumpel beraubt hatte.

Der Bursche, der den Job vor mir gehabt hatte, war von den Kindern, denen er hatte helfen wollen und sollen, zusammengeschlagen worden und im Krankenhaus gelandet.

An einem Montag nach einer gewaltigen Prügelei zwischen Teenagerbanden aus benachbarten Städten zeigten einige meiner Schüler mir aufgeregt eine neue Waffe, die sie entdeckt hatten: eine Kragenstange. Damals wurden die meisten Hemden mit Kragenstangen aus Plastik geliefert, die man aus dem Kragen zog, wenn man das Hemd in die Wäsche gab. Sie führten mir vor, wie man so eine Kragenstange aus einem Hemd zog, mit dem spitzen Ende nach vorn zwischen Daumen und Zeigefinger hielt und damit aufs Auge des Gegners zielte, um ihn zu blenden. Das Schöne an dieser Waffe war, wie sie es sahen, daß man sie schnell wieder in den Kragen schieben konnte und dann unbewaffnet war, falls plötzlich und unerwartet die Bullen auftauchen sollten. Diese Information sollte sich später im Leben für mich noch als wertvoll erweisen, und zwar, als ich es mit gewissen Filmproduzenten zu tun bekam.

Ein paar dieser Kinder waren völlig in Ordnung. Sie hatten eine Chance verdient, aus diesem Rattenloch rauszukommen, und ich hoffe, es ist ihnen gelungen. Aber dazu war Entschlossenheit nötig. Die nach innen gerichtete, gewalttätige Kultur dieser Berge, in denen jeder Außenstehende mit Argwohn betrachtet und Unwissenheit tatsächlich höher geschätzt wird als Wissen aus der Außenwelt ... nun ja, wenn man dort geboren wird und aufwächst, ist es so, als würde man von einem Schwarzen Loch aufgesogen, von einer gewaltigen gesellschaftlichen Schwerkraft gefangenhalten werden, der man nur mit einer monumentalen Anstrengung entkommt.

Irgendwie überstand ich dieses Jahr, obwohl die Erfahrung eine erstaunliche Metamorphose bei meiner Einstellung bezüglich solcher Dinge wie Programme gegen die Armut bewirkte. Der größte Teil des Geldes versickert in der Bürokratie oder wird von denen veruntreut, die es eigentlich wirksam einsetzen sollen, und das Wenige, das die Bedürftigen tatsächlich erreicht, schafft lediglich eine üble Abhängigkeit. Ich werde eines Tages über diese Erfahrungen schreiben, aber vielleicht brauche ich noch ein Jahrzehnt, bis ich dazu imstande bin, ohne in Depressionen zu fallen.

Im darauffolgenden Jahr unterrichtete ich an einer Schule in Mechanicsburg in Pennsylvania, einer Mittelklassegemeinde in der Nähe von Harrisburg. Gerda arbeitete in der Kreditabteilung einer örtlichen Bank und dann als Empfangsdame einer Firma für Geschäftsartikel. Nach anderthalb Jahren als Englischlehrer stand mir die Schulbürokratie noch viel mehr im Hals als die Wohlfahrtsbürokratie. Ich hielt mich gern in der Gegenwart von Kindern auf, und das Unterrichten machte mir großen Spaß – aber zu viel Zeit wurde mit bedeutungslosem Papierkram für überzählige Arbeitskräfte verschwendet, die sich einen endlosen Strom sinnloser Projekte ausdachten, um ihre eigene Anstellung zu rechtfertigen. Während dieser Zeit hatte ich drei Romane im Taschenbuch und vielleicht zwanzig Kurzgeschichten verkauft. Ich träumte davon, nur noch zu schreiben, aber vom Einkommen aus diesen Verkäufen hätten wir nicht leben können.

Da faßte Gerda einen wunderbaren, selbstlosen, wagemutigen und liebevollen Entschluß: Sie erklärte mir, sie würde fünf Jahre lang arbeiten und das Geld für uns hereinholen, während ich versuchte, als Schriftsteller über die Runden zu kommen. »Wenn du es in fünf Jahren nicht schaffst«, sagte sie, »wirst du es nie schaffen.« Ich akzeptierte das Angebot, kündigten meinen Job – und wurde in den Augen praktisch all unserer Bekannten zum abscheulichen Gammler. Selbst fünf Jahre später, als Gerda ihren Job kündigte, um sich ausschließlich um die geschäftlichen Angelegenheiten meines Berufes zu kümmern, fragten die Leute sie ziemlich ostentativ, wann ich denn endlich dieses lächerliche Schreiben aufgeben und mir einen ›richtigen‹ Job suchen würde. Sogar noch Jahre später, als die Taschenbuch-Ausgaben meiner Romane auf die Bestsellerlisten kamen, hielten die Leute mich für einen Boheme und Exzentriker, der eines Tages in der Gosse landen würde, mit einer Flasche Feuerwasser in der einen und Gerda in der anderen Hand.

Fünfzehn Jahre lang haben wir von meinem Einkommen als Schriftsteller tatsächlich von der Hand in den Mund gelebt. Es gab mehr Gelegenheiten, als ich mich erinnern kann, da die Schecks der Verleger dermaßen überfällig waren, daß wir uns fragten, ob wir durchhalten konnten, bis sie endlich kamen, und als Bücher in so geringen Auflagen veröffentlicht wurden, daß ich den Eindruck hatte, es gäbe davon mehr Exemplare auf meinem Regal als in sämtlichen Buchhandlungen des Landes zusammen. Als damals, am Anfang, meine Romane ursprünglich im Taschenbuch erschienen und ich als Autor nicht die geringste Macht hatte, schrieben die Lektoren sie nach Gutdünken um und schufen damit einen erstaunlichen Mischmasch aus schlechter Grammatik und Syntax, und ich mußte die Resultate in gedruckter Form sehen, weil meine Agenten sich nicht für mich einsetzten.

Bei mehreren Gelegenheiten kauften Redakteure Bücher

nach Inhaltsangaben und wechselten dann den Job, bevor ich den entsprechenden Roman ablieferte, und der neue Redakteur lehnte sie dann ab und verlangte den Vorschuß zurück, und zwar aus keinem anderen Grund außer dem, daß es sich um *verwaiste* Bücher handelte, die nicht von jemandem geschrieben worden waren, den *er* bewunderte. Wir verkauften die Bücher stets anderen Verlagen und konnten den ursprünglichen Käufer auszahlen, und jedesmal bekamen diese Bücher schließlich gute Rezensionen und brachten dem Verlag Geld ein. *Ein Freund fürs Sterben* zum Beispiel wurde vom Verlag Lippincott bei Ablieferung abgelehnt, doch Doubleday brachte ihn unter dem Pseudonym ›Brian Coffey‹ heraus, und die Rezensenten bedachten ihn fast einmütig mit Lob. Später verkaufte NAL ein paar hunderttausend Taschenbücher unter diesem Pseudonym, und als das Buch 1991 zum erstenmal (in den USA) unter meinem Namen veröffentlicht wurde, hat Berkley Books noch einmal zweieinhalb Millionen Exemplare davon abgesetzt. Das Buch wurde in einunddreißig anderen Sprachen veröffentlicht, und wir haben einen ganzen Ordner Leserpost darüber bekommen. Aber die beiläufige Ablehnung des Buchs durch Lippincott stürzte uns damals ins finanzielle Chaos und brachte tatsächlich meine weitere Existenz als hauptberuflicher Schriftsteller in Gefahr.

Trotz all dieser Rückschläge hat Gerda nie den Glauben an mich verloren. Ich vermute sogar, sie hat manchmal stärker an mich geglaubt als ich selbst, und ihre gefühlsmäßige Unterstützung ermöglichte es uns, dorthin zu kommen, wo wir jetzt sind. Sie schreibt die Bücher zwar nicht, aber es ist in jeder Hinsicht *unsere* Karriere, und ohne ihre unerschöpfliche Geduld und ihr Vertrauen hätte ich nie die Gelegenheit bekommen, irgendeines meiner besseren Bücher zu schreiben.

Ed Gorman: Eine letzte Frage über Ihre frühen Jahre. Ihre Eltern haben Sie nicht zum Lesen ermuntert, und in Ihrem Elternhaus gab es keine Bücher. Wie sind Sie also dazu gekommen? Sie sind so produktiv und so besessen vom Schreiben, daß es irgend jemanden oder irgend etwas gegeben haben muß, das Sie schon so früh zum Lesen brachte.

Dean Koontz: Als ich vier Jahre alt war, mußte meine Mutter sich einer schweren Operation unterziehen und wäre fast gestorben. Sie lag wochenlang im Krankenhaus und mußte danach noch mehrere Wochen in eine Reha-Klinik. Mein Vater war natürlich nicht imstande, für mich zu sorgen, und keinen unserer Verwandten konnten wir diese Verantwortung aufbürden. Also schickte man mich einen Winter über zu Bird und Louise Kinsey in Shellsburg, Pennsylvania. Sie waren Freunde meiner Mutter und zwei der freundlichsten Seelen, die ich jemals kennengelernt habe. Sie führten ein *sehr* ordentliches Leben und hatten ein Haus, wie jede Großmutter es haben müßte: verschachtelt, mit tickenden Standuhren, Schonbezügen auf allen Stühlen und Sofas ... Obwohl ich noch so jung war, habe ich wohl schon begriffen, daß mit meinem Vater etwas nicht in Ordnung und unser Familienleben nach normalen Maßstäben seltsam war. Im Haus der Kinseys fand ich Stabilität. Wenn Louise mich ins Bett steckte, brachte sie mir jeden Abend ein Kirsch-Soda oder eine andere Köstlichkeit. Ich saß im Bett – das bezaubernde Gästezimmer unter dem Dach hatte eine seltsam schiefe Decke und Giebel – und trank mein Soda, während sie mir eine Geschichte vorlas. Ihre eigenen Kinder waren fast schon erwachsen – eins war sogar schon aus dem Haus –, aber sie hatte von ihnen noch jede Menge Kinderbücher aus früheren Zeiten herumliegen. Und auch Comic-Hefte, die ihr Sohn Tom jahrelang gesammelt hatte. Die Monate, die ich als Almosenempfänger im Haus der Kinseys verbrachte, sind eine angenehme Erinnerung, die mich noch immer verfolgt. Ich glaube, damals fing ich an, das Geschichtenerzählen mit Erlösung gleichzusetzen, mit Frieden und Überfluß und Wärme und Glück.

Ich sage ausdrücklich ›verfolgt‹, weil ich bis zum heutigen Tage die Augen schließen und mich an diesen Winter genauer erinnern kann als an irgend etwas anderes aus der gesamten Zeit meiner Kindheit und Pubertät. Ich kann dieses Haus noch riechen – die Möbelpolitur und den Geruch der wundervollen Gerichte, die in der Küche gekocht wurden. Ich erinnere mich noch genau daran, wie Louise klang, an ihr Lachen, an die Hauskleider und Schürzen, die sie trug, daran, wie sie mich umarmte. Ich war damals noch so klein, daß ich in ihren Umarmungen fast unterging. Ich erinnere mich an einen schrecklichen Schneesturm, den wir in diesem Winter hatten, und daran, wie sie mich einpackte, damit ich mit ihr hinaus und den langen Hof entlang zu der Hundehütte gehen und mich überzeugen konnte, daß der Hund warm und sicher untergebracht war. Ich erinnere mich sogar noch an viele der Comic-Hefte, an einzelne Bilder daraus, die jetzt in all ihren prächtigen Farben vor meinen Augen leuchten: Mutt and Jeff, Nancy and Sluggo, der Kater Felix. Während meine Mutter in diesem Winter in Pittsburgh war, weit entfernt und vielleicht mit dem Tode ringend, hat mein Vater mich nur ein einziges Mal besucht. Für zehn Minuten. Es war also, als hätte man mich einfach hochgehoben und in ein anderes Leben geworfen, ein radikal *anderes* Leben. Ich weiß noch, als ich mit meinem Vater wieder nach Hause fahren mußte, habe ich mich schrecklich gefreut, meine Mutter wiederzusehen – und war furchtbar verzweifelt, daß ich nicht mehr bei Louise und Bird wohnen konnte.

Die Kinseys waren freundliche und mitfühlende Menschen, und ich werde nie vergessen, daß sie mich aufgenommen haben. Aber manchmal frage ich mich, ob ich Louise ebenfalls verdanke, daß sie mir die Liebe zum Geschichtenerzählen eingeflößt hat.

DIE FRÜHE KARRIERE

Ed Gorman: Was war die erste Geschichte, die Sie verkauft haben, und wie alt waren Sie damals?

Dean Koontz: Als ich noch auf dem College war, habe ich eine Story mit dem Titel ›Kätzchen‹ verkauft. Sie ist in diesem Buch enthalten, mit einer Einführung, die die Umstände des Verkaufs in allen unerträglichen Einzelheiten erläutert; jedem, der diese Einführung liest, wird nicht nur schlecht werden, er wird vielmehr den Entschluß fassen, der modernen Zivilisation zu entfliehen und unter den Affen zu leben, nur um nie wieder das Risiko eingehen zu müssen, von mir eine weitere biographische Einzelheit zu erfahren. Die Affen werden mich hassen, weil jede Menge neue komische Leute einziehen und es mit der Ruhe und dem Frieden ein für allemal vorbei ist. Ich war zwanzig Jahre alt, als ich ›Kätzchen‹ schrieb.

Ed Gorman: Haben Sie sofort weitere Geschichten verkauft?

Dean Koontz: Nein. Aber ich war noch auf dem College, und es gab Wichtigeres, als Stories zu verkaufen. Ich mußte noch viel lernen. Grundlegende Fragen mußten beantwortet werden. Etwa: In welchem Schlafsaal spielen wir heute abend Pinokel? Wer ist alt genug, um das Bier zu kaufen? Und: Falls es im Universum anderes intelligentes Leben gibt, ist es geeigneter, als wir es sind, um bei einem Roman von James Joyce bis zum Ende durchzuhalten?

Doch in dem Jahr nach meinem Abschluß, als ich für das bereits erwähnte Projekt gegen die Armut arbeitete, verkaufte ich bereits regelmäßig Kurzgeschichten. Ich war verzweifelt entschlossen, sowohl aus dem Programm gegen die Armut als auch aus der Armut selbst rauszukommen, und das Schreiben schien mir ein Weg zur finanziellen Sicherheit zu sein. Was sich als richtig herausstellen sollte. Ich wußte damals nur noch nicht, daß es zwanzig Jahre dauern sollte, diesen Weg zu beschreiten! Zum Glück schrieb ich wahnsinnig gern und hätte es auch getan, wenn ich kein Geld dafür bekommen hätte. Verdammt, in den nächsten zehn Jahren habe ich mit dem Schreiben so gut wie nichts verdient, aber ich habe nie in Betracht gezogen, damit aufzuhören und einen anständigen Beruf wie zum Beispiel Rikschamechaniker zu erlernen. Als wir das Programm gegen die Armut (aber nicht die Armut selbst) hinter uns ließen und ich auf der High-School Englisch lehrte, habe ich Romane an Taschenbuchverlage verkauft.

Ed Gorman: Würden Sie uns erzählen, wie Ihnen der ›Durchbruch‹ gelang und Sie Ihre ersten Kurzgeschichten und Romane verkauften?

Dean Koontz: Nein. Ich höre jetzt lieber auf damit, so kooperativ zu sein, und tue so, als wäre ich ein Hollywood-Schauspieler, der sich zu einem Interview herabläßt. Ich werde ein wenig verdrossen, bockig und launisch. Entschuldigen Sie mich bitte ein paar Stunden lang? Ich will mir ein paar Stoppeln wachsen lassen. Für ein verdrossenes Hollywood-Interview braucht man Bartstoppeln. Und ich muß mich ganz in Schwarz kleiden, was nach all den Jahren *noch immer* der bevorzugte Stil in Hollywood ist. Orson Welles lebt!
Aber wenn ich genauer darüber nachdenke, hört sich das nach zu viel Arbeit an. Da kann ich genausogut Ihre Fragen beantworten. Außerdem scheinen Sie mir zu den Burschen zu gehören, die einfach zurückschlagen, wenn mir beim Interview das Temperament durchgeht.

Ed Gorman: Oder ich kaufe Ihnen einen Hund, der *genau* wie Lucky ist.

Dean Koontz: Sie haben gewonnen. Mal überlegen … das erste Buch, das ich verkauft habe, war ein Science-fiction-Roman, der direkt im Taschenbuch erschien, *Star Quest*. (Hätte ich ihn doch nur *Star Trek* genannt! Stellen Sie sich den Reichtum vor, in dem ich jetzt schwelgen würde, die Hingabe von Millionen Fans, kistenweise *kostenlose* Spock-Ohren, die ausgelassenen Sauftouren mit William Shatner.) Der Verlag Ace Books hat *Star Quest* gekauft, und zwar für seine Ace Double-Reihe. Ace war damals eine unabhängige Firma, gehörte keinem Konzern an und war dafür bekannt … nun ja, ›billig‹ zu sein. Tut mir leid, aber das ist das einzige korrekte Wort dafür. Die Ace Doubles bestanden aus zwei Romanen in einem Band, jedes mit einem eigenen Titelbild. Wenn man sich das Titelbild des einen Romans ansah und das Buch dann umdrehte, sah man die Titelbild des *anderen* Romans, der den zweiten Teil des Bandes bildete. Das ist ziemlich verwirrend, wenn man betrunken ist, kam den meisten nüchternen Menschen damals aber sehr clever vor. Der Herausgeber hat mir gesagt, weil *Star Quest* kürzer als der durchschnittliche Ace Double-Roman sei, müsse er für die andere Seite einen längeren Roman kaufen, also müsse er dem anderen Autor mehr und mir weniger als den üblichen Vorschuß bezahlen. Das kam mir fair vor. Und die Aussicht, daß tatsächlich ein Buch von mir gedruckt wird, machte mich ziemlich verrückt. Ich hätte fast allem zugestimmt, nur nicht gerade einem Mord, um den Vertrag zu kriegen. Jemandem die Beine gebrochen? Klar. Jemanden umgebracht? Nein. Der übliche Vorschuß war damals eintausendzweihundertfünfzig Dollar – was auch damals nicht gerade ein Vermögen war –, aber man bat mich, mich mit eintausend Dollar zufriedenzugeben, damit sie dem Autor des dickeren Romans auf der anderen Seite eintausendfünfhundert Dollar zahlen konnten. Schließlich kam der Band heraus, und ich habe sofort festgestellt, daß es keinen großen Unterschied zwischen der Länge meines Romans und der des Romans auf der anderen Seite gab. Später begegnete ich dem anderen Autor mal auf einem Con, und wir fanden heraus, daß sie ihm genau dasselbe erzählt hatten! Er mußte sich ebenfalls mit eintausend Dollar begnügen, weil sein Roman ziemlich kurz war und sie dem Autor der anderen Hälfte des Ace Double deshalb einen höheren Vorschuß zahlen mußten. Es kam mir damals erstaunlich vor – und kommt es mir heute noch immer –, daß ein Verlag mit einem kontinentweiten Vertrieb und einer beträchtlichen Anzahl monatlicher Titel das Risiko eingegangen ist, sich die Feindschaft seiner Autoren zuzuziehen, und sich auf ein so falsches Spiel eingelassen hat, nur um insgesamt fünfhundert Dollar zu sparen!

Ein paar Bücher später wurde mir die Ehre zuteil, beide Hälften eines Ace Doubles einzunehmen, mit einem Roman und einer Kurzgeschichtensammlung. Ich bekam also beide Vorschüsse. Ich dachte, ich hätte es geschafft. Danach – die Heiligsprechung in der katholischen Kirche, ein Platz auf dem Himmelsthron, allseits Verehrung für mich, kein Treffen der Kolumbus-Ritter mehr ohne mich, und eine Münzprägekonzession des Vatikans. Dann holte mich die Wirklichkeit wieder ein. Als schließlich die Tantiemenabrechnungen kamen, waren für die eine Seite des Buches beträchtlich höhere Verkäufe ausgewiesen als für die andere. Wenn jetzt also nicht Tausende von Leuten in diesem unserem Lande das Buch einfach durchreißen, bevor sie es kaufen, hätten die Verkaufszahlen identisch sein müssen. Als ich nachfragte, rechnete ich damit, der Verlag würde behaupten, die niedrigeren Verkaufszahlen wären die für *beide* Seiten des Buches, denn wären die *höheren* Verkaufszahlen die richtigen gewesen, hätte er mir noch Geld geschuldet. Statt dessen behauptete der Verlag ohne jede weitere Erklärung starrköpfig, ihre ursprünglichen Zahlen wären korrekt. Irgendwann fand ich schließlich heraus, daß das eine übliche Exzentrizität der Verlagsbuchhaltung war, und ich war nicht der einzige, der darunter zu leiden hatte.

Einer meiner frühen Verleger bestand auf einem neuen Titel für einen Roman, den ich *The Mystery of His Flesh (Das*

Geheimnis seines Fleisches bzw. *seiner Haut*) nennen wollte. Es war ein Science-fiction-Roman, und auf dem Titelbild wären, völlig ungeachtet des Inhalts, auf jeden Fall Raumschiffe oder Ungeheuer zu sehen gewesen, damit die Leser auch sofort wußten, womit sie es zu tun hatten. Aber der Verleger konnte den Titel nicht ausstehen, weil ›jeder glauben wird, es ist ein Schwulen-Roman, und Schwulen-Romane sich nicht verkaufen‹. Wie die Zeiten sich doch geändert haben. Ich schlug einen anderen Titel vor – *The Mystery of Its Flesh*, also die sächliche und nicht die männliche Variante, die ebenfalls zum Roman gepaßt hätte, doch der Verleger meinte noch immer, das hörte sich nach einem Schwulen-Roman an, was mich dermaßen verblüffte, daß ich aufgab. Sie dachten sich selbst einen Titel aus. Ich hatte keine Kontrolle darüber, also konnte ich nicht verhindern, daß sie das Buch *Anti-Man* nannten (*Anti-Mensch* oder *Anti-Mann*), was 1. keinerlei Bezug zur Geschichte hatte, 2. sich wie ein Held aus einem Comic-Heft anhörte, aber 3. zweifellos kein Titel war, den man auf einem Schwulen-Roman finden würde.

In jenen frühen Tagen träumte ich davon, Kurzgeschichten an die Magazine *Galaxy* und *If* zu verkaufen, die mittlerweile wohl eingestellt sind, damals aber heilige Institutionen waren. Der Schriftsteller Frederik Pohl war Herausgeber beider Magazine und kaufte schließlich zwei Geschichten von mir. Ich konnte es nicht abwarten, sie gedruckt zu sehen, Ausgaben dieser verehrten Magazine mit *meinen* Geschichten darin in den Händen zu halten. Aber als sie dann erschienen, stellte ich fest, daß Mr. Pohl ohne Rücksprache mit mir sie auf erstaunliche Weise ›redigiert‹ und bei beiden Geschichten die beiden letzten Seiten einfach weggelassen hatte. Als ich mein besonderes Mißfallen darüber zum Ausdruck brachte, daß man bei meinen Geschichten einfach die Enden kappte, erwiderte er, ihm stünde eben nur ein bestimmter Platz zur Verfügung. ›Außerdem‹, meinte er, ›lesen die meisten Geschichten sich besser, wenn man die letzte Szene des Autors eliminiert. Die meisten Autoren können einfach nicht rechtzeitig aufhören.‹ Da beide Geschichten ohne diese beiden letzten Seiten kein Ende und keine Pointe hatten und *nicht den geringsten Sinn ergaben*, sah ich nicht ganz ein, wie man diese Daumenregel allgemein anwenden konnte. Als ich herausfand, daß die meisten Autoren in diesem Genre damals ähnlich behandelt wurden und keinen Anlaß sahen, sich darüber zu beschweren – nicht mal manche der großen Stars –, wußte ich, daß ich sofort raus aus der Science-fiction mußte, nahm Mr. Pohls Rat also an und schrieb weniger. Weniger Science-fiction, heißt das. Seit jener Zeit hat das Genre sich drastisch verändert, und heutzutage werden SF-Autoren mit größerem Respekt behandelt. Doch ich habe es niemals bedauert, mich anderen Themen zu widmen – besonders, wenn ich dazu komme, ein paar Tröpfchen Science-fiction in einige der Bücher zu schmuggeln, die ich heute schreibe.

Damals las ich besonders gern Mainstream und Spannungsliteratur und wollte genau das auch schreiben. Ich veröffentlichte unter dem Namen ›K. R. Dwyer‹ beim Verlag Random House und als ›Brian Coffey‹ bei Bobbs-Merrill und dann bei Doubleday; mein eigener Name wurde damals viel zu sehr mit der Science-fiction identifiziert, als daß ich mir in einem anderen Genre anständig Gehör verschaffen konnte. Ich veröffentlichte *Unter Beschattung* ursprünglich unter dem Namen *Dwyer* und *Nackte Angst* und *Ein Freund fürs Sterben* als Coffey.

Schließlich benutzte ich meinen richtigen Namen beim Verlag Atheneum – und später bei Putnam – für Bücher, von denen ich mittlerweile annehme, daß sie zwischen den Genres kreuzen bzw. sie vermischen oder Kategorien überbrücken. Sie vereinigen Elemente aus vielen Genres – Spannungsliteratur, Kriminalroman, Science-fiction, Horror, Liebesgeschichte – und entwickeln sie mit den Charakterisierungen und dem Gebrauch der Sprache, die eher mit der Mainstream-Literatur in Verbindung gebracht wird, also der Literatur an sich, der ›richtigen‹ Literatur. Man hat mir ziemlich lange gesagt, das sei unmöglich, ich hätte mir ein Genre ausgesucht und müsse nun dabei bleiben, das ganze Konzept sei verrückt, ich würde die Leser verwirren, und ich sei offensichtlich eine Reinkarnation des verrückten Mönches Rasputin und müsse zu meinem eigenen Wohl in eine Gummizelle gesperrt werden. Soweit ich weiß, stammt die Idee, Genres zu kombinieren und die Kombination mit einer Sensibilität zu betreuen, wie sie sonst nur im Mainstream vorkommt, von mir – aber nun höre ich ständig, daß Verleger nach ›Büchern wie von Koontz‹ schreien und alle möglichen Leute heutzutage von Büchern sprechen, sie sich ›über alle Genregrenzen hinaus bewegen‹. Ich habe bewußt versucht, etwas Neues zu schaffen, und ich war mir bewußt, wie stark der Widerstand ist, *irgend etwas* Neues zu veröffentlichen, doch ich mußte es trotzdem versuchen, weil ich so viele Spielarten der Literatur mag und so viele Spielarten schreiben wollte, daß mir eine zusammenhängende Karriere nur gelingen würde, wenn ich sie alle zu einer neuen Form kombinierte.

Anfangs beharrten viele Menschen darauf, die Bücher als Horror anzusehen, was für mich frustrierend war. *Flüstern in der Nacht* zum Beispiel ist ein psychologischer Spannungsroman ohne übernatürliche Elemente, doch viele Leser haben sich wegen der bizarren Aspekte der Geschichte davor gescheut, ihn Spannungsroman zu nennen, wegen jener Aspekte eben, mit denen Spannungsautoren sich nicht traditionell beschäftigen – oder damals nicht beschäftigt haben. Manche Bücher, etwa *Unheil über der Stadt*, weisen eindeutig starke Horror-Elemente auf. Aber *Unheil* geht nie ins Ekelhafte über, beleidigt den Leser nicht mit obszöner Sprache und bietet eine logische – wenn auch, wie ich bereitwillig eingestehe, weit hergeholte – Erklärung, statt auf Geschwätz von Geistern, Vampiren und Werwölfen zurückzugreifen. *Wenn die Dunkelheit kommt* ist zur Hälfte Horror, wie ich eingestehe, aber zur anderen Hälfte auch ein Polizeiroman, und eine Liebesgeschichte obendrein. *Schwarzer Mond* hat kein einziges Horror-Element. *Schutzengel* auch nicht. *Die Kälte des Feuers* weist nur eine ganz schwache Horror-Prise auf, und *Ort des Grauens* ist eine verrückte Krimi-Spannungsroman-Science-fiction-Horror-Liebesgeschichte-Abenteuergeschichte, gewürzt mit pfeffrigem Humor und stets behandelt wie ein Mainstream-Roman.

Seit ein paar Jahren wird mein Werk wohl als das angesehen, was es ist, als etwas Eigenständiges, und immer seltener als ›Horror‹ bezeichnet. Verstehen Sie mich nicht falsch, ich habe nichts gegen Horror, ich lese gut geschriebene Horrorromane wirklich sehr gern. Aber ich schreibe einfach keine mehr. Seit *Brandzeichen* weisen meine Bücher immer einen gewissen Humor auf. Mit wenigen Ausnahmen war Horror immer humorlos, schwer und finster im   Ton. Wenn ein Kritiker sagt, er hätte ständig laut gelacht, während er mein Buch las – und zwar dort, wo er lachen *sollte*! – begreift er also allmählich, daß dieses Buch nicht das ist, wofür er es anfangs gehalten hat.

Ed Gorman: Ist Humor jetzt ein fester Bestandteil Ihrer Genremischung?

Dean Koontz: Nicht unbedingt. Ich werde Humor wahrscheinlich mehr oder weniger stark in meinen zukünftigen Büchern verwenden, weil er die seltsame Wirkung hat, die Spannung zu erhöhen, wenn man es richtig handhabt. Aber auch, weil das Leben selbst voller Humor ist und es mir von Jahr zu Jahr schwerer fällt, überzeugende realistische Literatur zu schreiben, wenn sie keinen Humor beeinhaltet. Andererseits werde ich vielleicht, wenn mir die richtige grimmige Handlung in den Sinn kommt, etwas so Finsteres und Ernstes schreiben, wie Josef Stalin es geschrieben hätte, wäre Josef Stalin Autor von Spannungsromanen gewesen.

Ed Gorman: Kehren wir wieder zu Ihrer frühen Karriere zurück. Wie sah damals Ihr typischer Arbeitstag aus? Wie viele Stunden haben Sie normalerweise hinter der Schreibmaschine gesessen?

Dean Koontz: Als ich als hauptberuflicher Schriftsteller anfing, habe ich fünfzig bis sechzig Stunden die Woche gearbeitet. Ich ging davon aus, falls ich Erfolg haben würde, könnte ich es etwas ruhiger angehen lassen. Nun arbeite ich meistens siebzig Stunden in der Woche, und wenn mich ein Buch besonders fasziniert, auch schon mal achtzig. Ich schwöre auf das Grab meines lieben toten Lucky, daß ich meine Arbeitszeit demnächst auf fünfzig Stunden zurückfahren werde. Aber im Ernst, wenn ich lange an einem Stück durcharbeite, zehn oder zwölf Stunden, entwickle ich ein tieferes Einfühlungsvermögen in meine Charaktere und einen lebhafteren Sinn für die Realität der fiktiven Welt. Die wirkliche Welt verbleicht, und die Welt, die ich erfunden habe, wird viel lebhafter, wenn ich den größten Teil des Tages an jenem Ort verbringe, den ich zum Leben erwecken muß.

Ed Gorman: Die meisten Menschen begreifen nicht, wie diszipliniert ein Schriftsteller sein muß. Waren Sie schon immer so diszipliniert wie heute?

Dean Koontz: Viele Schriftsteller sind gar nicht diszipliniert. Das liegt meines Erachtens oft daran, weil sie das Schreiben so sehr *hassen*, daß sie lediglich aus psychologischen Gründen dazu getrieben werden oder eben schreiben, weil sie nichts anderes *können*. Ich werde auch zum Schreiben getrieben, bin davon besessen, aber mir macht es zufällig gewaltigen Spaß. Mich fasziniert die unendliche Biegsamkeit der englischen Sprache und das lineare Erzählen. Das erleichtert es mir, mich jeden Tag hinter den Computer zu setzen. Verstehen Sie mich nicht falsch, es ist nicht *einfach*. Das ist es nie.

Einige Leute haben ein Bild vom Leben eines erfolgreichen Schriftstellers, bei dem es sich um reine Phantasie handelt. Sie glauben, ein Autor würde am Morgen zwei oder drei Stunden am Computer herumspielen, dann am Swimming-pool ein üppiges Mittagsmahl zu sich nehmen, danach vielleicht ein Nickerchen halten und dann zu literarischen Tees oder auf

Parties gehen. Doch das Schreiben ist größtenteils harte Arbeit, die man allein in einem Zimmer erledigt. Wenn man – wie ich – Menschen mag, ist diese Einsamkeit das schlimmste daran. Wir gehen auf weniger Parties als alle anderen Bekannten. Wir machen *jahrelang* keinen Urlaub. Wenn man das Schreiben *liebt*, wird es in gewisser Hinsicht zum Leben des Autors; man kann nirgendwo hingehen, ohne den Ort bewußt oder unbewußt abzuschätzen, ob er sich vielleicht als Hintergrund für eine Szene eignet, kann mit keinem Menschen sprechen, ohne früher oder später an ihm Einzelheiten zu bemerken, die man nutzen könnte, um eine Romanfigur zum Leben zu erwecken. Man fragt sich ständig: Wäre das ein guter Stoff? Schriftsteller zu sein ist sowohl ein Segen als auch ein Fluch und nimmt einen völlig in Anspruch.

Ed Gorman: Einige Ihrer frühen Bücher, die Sie ursprünglich für zwei- oder dreitausend Dollar verkauft haben, haben Ihnen bei Neuauflagen Millionen Dollar eingebracht. Ist das besonders befriedigend?

Dean Koontz: Bah. Schmutziges altes Geld. Wie ekelhaft. Ich verabscheue es. *Natürlich* ist es befriedigend! Es ist wunderbar. Es bedeutet, daß meine Bücher für sehr viele Leute eine große Bedeutung haben, daß sie ihren Verstand und ihre Herzen in einem solchen Ausmaß ansprechen, daß sie sie haben *müssen*. Und nur darum geht es beim Schreiben – man will die Menschen erreichen, seine Sicht der Welt mit ihnen teilen, sie packen und sagen: ›He, seht es doch mal so, betrachtet das Leben mal auf meine Weise, denkt mal *so* darüber nach und überlegt, ob ihr nicht mit mir übereinstimmt, Mitgefühl habt oder zumindest versteht, was ich über das menschliche Dasein zu sagen habe.‹ Viele, viele Jahre lang hat das Schreiben kaum genug Geld eingebracht, um die Wölfe von der Haustür fernzuhalten (Hanni und Uwe Wölfe, ein durchaus nettes Ehepaar aus Erkelenz, aber etwas quengelig und *sehr* anspruchsvoll, dessen Amerikareisen wir finanziell unterstützt haben, nur damit sie uns nicht mehr auf den Wecker gehen), und ich habe trotzdem geschrieben, weil Geld nie das wichtigste Ziel für mich war. Als schließlich Geld hereinkam, und zwar in so angenehmen Mengen, war es ein willkommener Segen, aber ich hätte auch ohne Geld weitergemacht.

Am meisten freue ich mich darüber, daß die älteren Bücher bei den Neuauflagen im Taschenbuch eine große Leserschaft finden, weil die ursprünglichen Verlage sie oftmals ohne Begeisterung herausgebracht haben, da sie angeblich, wie man mir oft genug gesagt hat, ›kein kommerzielles Potential‹ hatten. Wenn man kein Bestsellerautor ist, wird man oft ermuntert, Bestsellerautoren nachzuahmen; und wenn man sich dann weigert, tun viele Verleger diese Bücher dann als zu schrullig oder nicht im Einklang mit dem Geschmack des breiten Publikums ab. Und später zu beweisen, daß es genau für dieses Buch eine sehr große Leserschaft gibt ... Nun ja, sagen wir einfach, daß ein gutes Leben die beste Rache ist.

Ed Gorman: Wem würden Sie am meisten danken, weil sie Ihnen durch die oft schwierigen Jahre Ihrer frühen Karriere geholfen haben?

Dean Koontz: Ich habe schon ausführlich von Gerda gesprochen. Was Redakteure, Lektoren und Herausgeber betrifft, so war Bob Hoskins vom schon lange eingegangenen Verlag Lancer Books in einer entscheidenden Zeit sehr freundlich. Lee Wright, die viele Jahre lang bei Random House war, aber leider nicht mehr unter uns weilt, hat drei meiner Bücher redigiert und mir das Vertrauen gegeben, ich könne ehrgeizigere Bücher schreiben, als ich es damals versucht habe. Als ich *Unter Beschattung* ablieferte, hat sie mich angerufen und gesagt: »Ich wollte zwei Wortveränderungen vorschlagen. Das ist alles. Ich habe noch nie ein Manuskript gesehen, das der Perfektion so nahe kommt. Ich hätte gern, daß Sie Ihr Leben lang als K. R. Dwyer Spannungsromane für Random House schreiben – aber Sie wären verrückt, würden Sie sich damit zufriedengeben, weil Sie zu viel, viel mehr fähig sind.« Das war eine sehr schwere Zeit in meiner Laufbahn. Ich habe damals versucht, finanziell über die Runden zu kommen und in einem Jahr mehr zu schreiben, als irgendein Mensch es für möglich gehalten hätte. Daß diese hochangesehene Lektorin – eine lebende Legende in der Spannungsliteratur, deren Ansprüche bekanntermaßen sehr hoch waren – mit so großem Enthusiasmus reagiert und dann auch nur gescheit über das Buch und seine Struktur spricht ... nun ja, das gab mir den Mut, in einer Zeit, als ich mit dem Gedanken spielte, alles hinzuschmeißen und mich doch noch zum Rikschamechaniker ausbilden zu lassen, weiterzumachen und mich an dickere Bücher zu wagen.

FRÜHE WERKE

Ed Gorman: Von all Ihren frühen Romanen ist *Chase* vielleicht der pessimistischste. Trotz eines einigermaßen glücklichen Endes bleibt im Leser das Gefühl zurück, daß Benjamin Chase wahrscheinlich nie seine persönlichen Dämonen bannen kann. Chase, ein mit Orden ausgezeichneter Vietnam-Veteran, der sich irgendwo verkriechen und in Ruhe gelassen werden will, verbreitet ein sehr *düsteres* Gefühl. In der Tat werden die meisten Menschen, denen er zögernd vertraut, ihn irgendwann in irgendeiner Hinsicht verraten. Erinnern Sie sich noch daran, wie Sie *Chase* geschrieben haben, und beruht dieser Pessimismus auf der Zeit, in der das Buch geschrieben wurde? Das war 1971, nicht wahr?

Dean Koontz: Natürlich hat die dunkle Atmosphäre, die in jenen Tagen in unserem Land herrschte und aus den alptraumhaften sechziger Jahren erwuchs, einen gewissen Einfluß gehabt. Aber Änderungen in meiner eigenen Einstellung gegenüber der Politik, gesellschaftspolitischen Themen und der Freiheit hatten einen noch größeren Einfluß auf die Stimmung des Romans. Ich war sechsundzwanzig Jahre alt, und bis zu diesem Zeitpunkt stand ich in allen Belangen eigentlich links von der Mitte – doch persönliche Erfahrungen zwangen mich, eine Menge meiner Standpunkte zu überdenken, wenn auch nicht in den üblichen politischen Entweder/Oder-Begriffen.

Als ich für das Appalachian Poverty Program arbeitete, sah ich *mit eigenen Augen*, daß der Großteil der Steuermittel, mit denen die Armut gelindert werden sollte, von Politikern und Bürokraten eingestrichen wurde, bis nur etwa zehn bis zwanzig Prozent des Geldes zu den Leuten gelangten, denen es eigentlich helfen sollte. Bei mir stellte sich des weiteren der Eindruck ein, daß jedes Wohlfahrt-System, das Zahlungen an Kinder hauptsächlich davon abhängig macht, ob der Vater zu Hause wohnt oder nicht, die männliche Verantwortungslosigkeit letzten Endes *ermutigen* und sowohl zu einer hohen Anzahl unehelicher Kinder als auch in einigen notleidenden Minderheitengruppen zur völligen Zerstörung der Familienstruktur führen wird. Jeder vernünftige Mensch hätte sehen müssen, daß dieser Ansatz zu einer phänomenalen Steigerung bei Verbrechen, Drogen und Abhängigkeit vom Sozialamt führen muß. Ich habe einfach nicht begriffen, warum so viele gutmeinende Politiker damit fortfuhren, so katastrophale Annäherungen an soziale Probleme zu unterstützen. Dann wachte ich gewissermaßen eines Tages auf, und mir war schlagartig klar, daß man mit den meisten dieser Programme niemandem helfen, sondern die Menschen lediglich *kontrollieren* und abhängig machen wollte. Sonst hätten sich echte Liberale und echte Konservative doch zusammengetan, um die derzeitigen Zustände zu beenden und bessere Möglichkeiten zu finden; doch *beide* Parteien schienen auf unterschiedliche Art und Weise von dem bestehenden System zu profitieren.

Und plötzlich wurde mir klar, daß dieser endlose Krieg in

Asien, der von einem ehemaligen Helden von mir lanciert worden war und geführt wurde, Teil derselben Politik war; indem Politiker ein Land für einen Krieg mobilisieren und mobilisiert halten, können sie *Kontrolle* ausüben. Genau wie bei Orwell und *1984*. Lyndon Johnson war kein Idiot; er wußte, daß der Krieg, ob er nun richtig oder falsch war, gewonnen werden konnte, wenn wir uns mit ganzer Kraft dafür einsetzten, aber er hielt uns zurück, setzte nur einen Bruchteil der Macht des Landes ein, beschränkte unser Engagement, und ich kam zur Auffassung, daß dies genauso beabsichtigt sein könnte wie der endlose Krieg, den der Große Bruder benutzte, um seine Bürger so einzuschüchtern, daß sie sich unterordneten. Nixon, der angeblich genau am anderen Extrem des politischen Spektrums wie Johnson stand, verfolgte dieselbe Strategie. Wenn man einen Krieg führen will, muß man mit allem kämpfen, was man hat, und ihn schnell beenden. Wenn man das nicht tut, muß ich davon ausgehen, daß man andere Motive hat als die, die man äußert, subtile Motive der gesellschaftlichen Manipulation und Kontrolle.

Ich war gezwungen, alles zu überdenken, woran ich einst geglaubt hatte. Das hatte zur Folge, daß ich ein grundlegendes Mißtrauen gegenüber Regierungen entwickelte, ganz gleich, welcher politischen Richtung die jeweiligen Machthaber angehören. Ich blieb liberal, was die Bürgerrechte betrifft, wurde bei der Verteidigung konservativ und trat bei allen anderen Themen gewissermaßen für die Freiheit eines jeden einzelnen ein. 1971 war für mich völlig offensichtlich geworden, daß der schlimmste Feind der arbeitenden Bevölkerung der Staat und der Durchschnittsbürger am sichersten in einem Land ist, das versucht, die Größe des Staates zu beschränken. Wir leben im blutigsten aller Jahrhunderte – und es ist kein Zufall, daß in diesem Jahrhundert die Regierungen größer und mächtiger denn je zuvor geworden sind und sich stärker denn je in das Leben ihrer Bürger einmischen. Hätte Hitler den Zweiten Weltkrieg führen können, ohne vorher einen aggressiven und mächtigen Regierungsapparat aufzubauen? Hätte Mao Tse-tung ohne die eiserne Faust des Staates, die Dissidenten bricht, *hundert Millionen oder mehr* Angehörige seines eigenen Volkes töten können? Oder Stalin? Das hoffnungslose Streben der Menschheit nach dem Utopia durch Mildtätigkeit der Regierung führt lediglich zu Leid, Elend und Blut.

Heute scheint diese Erkenntnis auf der Hand zu liegen, aber mit sechsundzwanzig Jahren war sie für mich eine erstaunliche Enthüllung. Zuerst wollte ich es nicht glauben. Ich habe viele Geschichtsbücher und auch Bücher über aktuelle gesellschaftliche Themen gelesen, aber letzten Endes mußte ich akzeptieren, daß die Auffassung, zu der ich intuitiv gelangt war, vom Beweis des gesamten langen menschlichen Schauspiels unterstützt wurde.

Und dies wissen auf irgendeiner Ebene *alle*, ob es sich nun um Liberale oder Konservative handelt. Wenn die liberale Partei die Macht hat, liebt sie die Regierung und sieht sie als Lösung für alle Übel – doch wenn die konservative Partei am Ruder ist, fürchten die Liberalen sie und verdächtigen sie aller möglichen alptraumhaften Verschwörungen. Sehen Sie sich doch irgendeinen hysterischen, unlogischen, aber leidenschaftlichen Film von Oliver Stone an, und Sie werden erkennen, daß diese Behauptung zutrifft. Wenn Konservative die Macht haben, verfolgen sie andere Ziele, als es bei Liberalen der Fall ist, doch bislang haben sie noch nie die Macht irgendeiner Regierung reduziert; sie beschränken lediglich die *Wachstumsrate* dieser Macht. Doch wenn sie abgewählt wurden, sehen die Konservativen die Regierung als monolithischem Greuel, der jeden zerschmettern wird.

Macht ist verführerisch. Und sie korrumpiert. Ein Utopia wird niemals aus Korruption hervorgehen. Wer das behauptet, ist entweder ein Lügner oder ein Narr.

Es war ein langer Weg bis zu *Chase*, aber ich habe dieses Buch geschrieben, als meine Einstellungen sich veränderten, und Benjamin Chase reflektiert meine Gefühle. Chase ist ein Opfer des monolithischen Staates, der ihn *benutzt* und dann fallengelassen hat. Er ist eher zynisch als verbittert – und er rechnet nicht damit, daß die Welt zu einem besseren Ort werden wird. Genau das habe ich in jener Zeit empfunden.

Ed Gorman: *Unter Beschattung* war ein abrupter Abschied von Ihrem vorherigen Werk. Ihre Science-fiction, besonders *Beastchild* und *A Darkness in My Soul*, hat uns eine lebhafte Phantasie und spekulative Welten gezeigt. Aber *Unter Beschattung* stellte uns den Realisten Koontz vor. In diesem Buch haben wir auch den ersten Blick auf einen typischen Helden von Koontz werfen können – auf einen jungen Mann, der eine schwierige Vergangenheit überwunden hat, nur um später im Leben erneut herausgefordert zu werden, fast, als müsse er sich sein Recht auf Glück und Seelenfrieden zweimal verdienen. War *Unter Beschattung* Ihr erster Schritt zu einer Karriere im Mainstream?

Dean Koontz: Einer der ersten. Alex Doyle in *Unter Beschattung* ist direkt aus Ben Chase in *Chase* hervorgegangen. Als es ernst wird, kann Alex sich an niemanden wenden, an keine Behörde, die ihn vor dem Wahnsinnigen schützen wird, der ihn und Colin aufs Korn genommen hat. Er muß erfahren, daß er selbst seine letzte Hoffnung ist. Um das zu schützen, was er liebt, muß er gegen die Prinzipien verstoßen, die er so lange hochgehalten hat. Er lernt, die Verantwortung für sein eigenes Leben zu übernehmen, und er lernt, daß der Preis dafür manchmal schrecklich ist.

Dieses Thema – die Verantwortung für sein Leben zu übernehmen, die Konsequenzen seiner Taten zu tragen – durchzieht fast alle Romane, die ich seitdem geschrieben habe. In *Drachentränen* erhebt dieses Thema sich zu einem – wie ein Rezensent es genannt hat – ›ergreifenden Appell‹ an die Menschen, die Verantwortung für ihr Leben zu akzeptieren und damit aufzuhören, ihr entrinnen zu wollen.

Ich halte *Unter Beschattung* eigentlich für düsterer als *Chase*. Schließlich *wissen* wir am Ende, daß Alex nie wieder der Alte sein wird, daß er eine Unschuld verloren hat, die verlockend war.

Ed Gorman: Der Roman *Hanging On* war tragikomisch oder eine schwarze Komödie, wenn Sie diesen Begriff vorziehen. Das Buch ist sehr komisch und enthält sehr scharfe Beobachtungen. Viele Ihrer Leser fragen sich, warum Sie nie wieder etwas in dieser Richtung geschrieben haben.

Dean Koontz: Wenn man die Vorstellung aufgibt, irgendeine politische Philosophie könne die Probleme der Welt lösen, wenn man akzeptiert, daß man sich nur auf einer individuellen Ebene mit einer Ungerechtigkeit befassen kann, indem der eine Mensch den anderen mit Anstand und Respekt behandelt, und wenn man weiß, daß es *immer* Menschen geben wird, die nicht imstande sind, andere mit Anstand und Respekt zu behandeln – dann kommt einem die Welt so dunkel vor, daß man jeden Aspekt des Lebens mit Humor sehen muß. Das hat mich dazu getrieben, *Hanging On* zu schreiben. Mir liegen zahlreiche Rezensionen vor, die das Buch als gut geschrieben und rasend komisch loben – aber es hat sich sehr schlecht verkauft. Dann habe ich erfahren, daß komische Romane sich niemals gut verkaufen. Keine Ahnung, warum ich das nicht *vorher* erfahren habe. Vielleicht war ich schon immer etwas langsam. Ich hätte auch weiterhin komische Romane schreiben können – und mich totlachen können, während ich langsam verhungerte!

Seit *Brandzeichen* habe ich in alle meine Romane Humor eingearbeitet, und die Leser scheinen das zu mögen, aber nur als *Teil* des Ganzen. Der Roman wird von der Spannung, einer Liebesgeschichte und zahlreichen anderen Elementen getragen, und der Humor stört dabei nicht. Einige Leute *bemerken* diesen Humor überhaupt nicht, genießen den Roman aber trotzdem aufgrund der Spannung und der Gänsehaut oder der anderen Elemente.

Ed Gorman: *Beastchild* ist einer Ihrer besten frühen Romane. Er läßt vorausahnen, wie Sie in vielen Ihrer beliebtesten Bücher die verschiedenen Konfigurationen der ›Familie‹ gestalten. Der Außerirdische Hulann und der Erdenjunge Leo entwickeln am Ende des Buches eine echte familienähnliche Beziehung und werden voneinander abhängig. Haben Sie diesen Schluß bewußt gewählt, als Sie den Roman schrieben?

Dean Koontz: Ja. Stacy Creamer, mein Lektor bei Putnam, hat festgestellt, daß sich alle meine Bücher auf die eine oder andere Weise um die Wiederherstellung von Familien drehen, von denen einige zwar unkonventionell sein mögen, aber trotzdem glücklich sind. Das stimmt. Das ist eins der Themen, die normalerweise immer vorhanden sind, ganz gleich, wovon das Buch *in erster Linie* handelt. *Brandzeichen* zum Beispiel handelt in erster Linie davon, wie schwierig es ist, sich selbst zu ändern; jede Figur in diesem Roman kämpft darum, als besserer Mensch wiedergeboren zu werden, und einige scheitern. Doch zu diesem grundlegenden Thema der Veränderung gesellt sich das einer in der Entstehung begriffenen Familie, die Travis und Nora – diese beiden gequälten Seelen – und der Hund Einstein bilden. *Die Kälte des Feuers* beschäftigt sich hauptsächlich mit dem Bedürfnis, seinem Leben Bedeutung und Sinn zu geben, und mit den Konsequenzen nicht ausgedrückter Trauer, nicht überwundenen Leids und gefühlsmäßiger Loslösung, aber *auch* mit der Bildung einer Familie, indem Jim und Holly zusammenkommen und sie ihn zurück zu seinem Großvater führt. Dieses Thema läßt sich in fast allen meiner Bücher finden. *Die zweite Haut* beschäftigt sich mit einem Antagonisten, der eine Familie sucht, und einem Protagonisten, der seine eigene verzweifelt zusammen und am Leben halten will.

Dieses Interesse rührt wahrscheinlich daher, daß ich als Kind kein normales Familienleben hatte und auf irgendeiner Ebene diesen Verlust noch immer spüre und mich danach sehne. Der Glaube an die Heilkraft von Familien und Freunden entstammt wohl dem Mißtrauen, das ich größeren Institutionen entgegenbringe. Ich glaube, daß alles wirklich Bedeutungsvolle im Leben aus Zweierbeziehungen entsteht, Bruder und Bruder, Schwester und Schwester, Bruder und Schwester, Freund und Freund, Ehemann und Ehefrau; wenn wir erst primären Kontakt miteinander hauptsächlich durch große politische, gesellschaftliche oder religiöse Bewegungen pflegen, kommunizieren wir nicht mehr auf der direkteren persönlichen Ebene und verlieren einen Teil unserer Menschlichkeit.

Beastchild war ein früher Vorbote dieses Themas und ist einer der Romane, die ich grundlegend überarbeiten und verlängern möchte, um sie später noch einmal zu veröffentlichen – hauptsächlich, weil er sich mit diesem Thema beschäftigt. Ich werde das Buch aber so gründlich überarbeiten, daß Sie es kaum noch wiedererkennen werden, denn ich habe, seit ich diesen Roman schrieb, sehr viel dazugelernt.

Ed Gorman: *Invasion*, der Roman, von dem man munkelte, er sei von Stephen King unter dem Pseudonym ›Aaron Wolfe‹ geschrieben worden, beweist, daß Sie immer öfter die Natur als starken Hintergrund für einige Ihrer besten Bücher auswählen. Auch die Beschreibung der Arktis in *Eiszeit*, einem Roman, der ja auch eine Überarbeitung eines Ihrer früheren Bücher – *Prison of Ice* unter dem Pseudonym ›David Axton‹ – darstellt, ist phänomenal und verleiht dem Buch eine fast überirdische Qualität. Später benutzen Sie die Natur genauso gut in *Unheil über der Stadt*. Haben Sie bewußt versucht, Ihre deskriptiven Fähigkeiten zu verbessern?

Dean Koontz: Bewußt nicht, nein. Doch während ein Schriftsteller sich weiterentwickelt, versucht er nicht nur – oder sollte es zumindest –, besser, sondern auch abgerundetere Literatur zu schreiben. Will man ein wahres Gefühl von Wirklichkeit vermitteln, muß man auch die Natur in einen Roman einarbeiten. Unsere Gesellschaft und unsere Persönlichkeiten werden in größerem Ausmaß, als wir glauben, vom Wetter und anderen Aspekten der natürlichen Welt beeinflußt.

Was *Invasion* betrifft, so haben viele geglaubt, Mr. King hätte den Roman geschrieben, weil er von einem Schriftsteller mit beträchtlichen Problemen, seiner Frau und seinem Sohn handelt, die vom Schnee an einem Ort eingeschlossen sind, an dem sich dann seltsame, überirdische Dinge ereignen. Der Roman las sich wie ein Probelauf für *Shining*, der ein paar Jahre später folgte. Aber die Vorstellung ist lächerlich. *Shining* ist ein dickes, ehrgeiziges Buch. *Invasion* war mein letzter direkter Science-fiction-Roman, schnell heruntergeschrieben und ziemlich dünn.

Aber ich bekam die Geschichte selbst nie aus dem Kopf, also habe ich sie 1993 überarbeitet. Eine tolle ›Überarbeitung‹! Das Original hatte dreihunderttausend Anschläge, die Überarbeitung achthundertzehntausend! Die Charaktere wurden *völlig* verändert; auch die Ereignisse haben sich verändert, und schließlich stellte ich fest, daß ich keine einzige Zeile des ursprünglichen Textes benutzt hatte. Bei der neuen Version handelt es sich natürlich um *Wintermond*, und das Buch wurde eher von *Invasion* inspiriert, als daß es eine Überarbeitung darstellt. Als ich es mir erneut vornahm, mußte ich feststellen, daß ich heute ein ganz anderer Schriftsteller als damals bin, ein so völlig anderer, daß ich nicht mal mit mir selbst zusammenarbeiten konnte.

Ed Gorman: Ein paar Bücher, die in den USA unter dem Pseudonym ›Leigh Nichols‹ erschienen, zählen zu Ihren besten, besonders *Schattenfeuer*. Wie und warum wurde Leigh Nichols geboren?

Dean Koontz: Ich glaube, sie wurde mit einem Kaiserschnitt entbunden. Aber da müssen Sie schon ihre Eltern fragen.

Ed Gorman: Also sollte das Pseudonym ein Frauenname sein?

Dean Koontz: Seine Eltern, wollte ich sagen.

Ed Gorman: Also doch der eines Mannes.

Dean Koontz: Vielleicht ist Leigh auch ein sächlicher Name.

Ed Gorman: Also war Leigh Nichols weder männlich noch weiblich, sondern ein *Ding*?

Dean Koontz: Genau. Ein Ding. Aber ein nettes Ding. Ein sehr nettes altes Ding, das sich im Garten zu schaffen machte und Perserteppiche knüpfte und Plätzchen mit Fledermausaugen buk. Eigentlich wollte der Verlag Pocket Books einen Namen als Pseudonym, der sowohl männlich als auch weiblich sein konnte, um eine breitere Leserschaft anzuziehen. Also schlug ich ›Lee Nichols‹ vor. Im letzten Augenblick änderten sie das ohne Rücksprache mit mir in ›Leigh‹ um, womit die ganze Sache mit der Geschlechtslosigkeit meines Erachtens hintertrieben wurde.

Ed Gorman: Aber warum haben Sie zu diesem Zeitpunkt Ihrer Karriere überhaupt auf ein Pseudonym zurückgegriffen?

Dean Koontz: Aus demselben Grund, aus dem Brian Coffey, Owen West und K. R. Dwyer geboren wurden. Ich habe seit Jahren nicht mehr unter Pseudonymen geschrieben und werde es auch nicht mehr tun. Doch bevor ich mich als Autor etabliert hatte, waren die Verleger ein wenig wütend auf mich, weil ich über so unterschiedliche Themen schrieb. Sie sind der Ansicht, daß ein Schriftsteller ein schmales Gebiet aussuchen und dann innerhalb dieser schmalen Grenzen schreiben sollte, damit die Leser stets wissen, woran sie sind. Wenn man also eine Geschichte über eine geheime Verschwörung in der Regierung schreibt, soll man danach nur noch über solche Verschwörungen schreiben. Wenn man einen

Polizeiroman schreibt, erwarten die Verleger von einem, daß man Polizeiromane schreibt, bis man das Zeitliche segnet oder völlig durchdreht und die Bäckerei um die Ecke mit einer Uzi überfällt und die Berliner Ballen als Geiseln nimmt, was immer zuerst kommt. Aber ich muß das schreiben, was mich begeistert, und das heißt, daß man mich nach dem modernen verlegerischen Standpunkt nicht so richtig fassen kann. Ich wurde ermutigt – genauer gesagt, gezwungen –, ›Brian Coffey‹ für kürzere Spannungsromane mit stromlinienförmigem Stil und flotten Dialogen zu schaffen. ›Leigh Nichols‹ war für längere Spannungsromane, in denen auch Liebesgeschichten vorkamen. ›Owen West‹ war für Horrorromane – *The Funhouse, Die Maske, Wenn die Dunkelheit kommt*.

Wie ich schon sagte, irgendwann begann ich Romane zu schreiben, die sämtliche Genregrenzen überschreiten, die alle möglichen Spielarten der Literatur zu einem Roman zusammenfaßten. Als ich damit anfing – in embryonischer Form mit *In der Kälte der Nacht* und schon reifer mit *Flüstern in der Nacht* –, haben die Redakteure es einfach nicht geschnallt. Mehrere Genres in einer einzigen Geschichte, manchmal mit der Betonung auf Spannung, manchmal auf Horror, manchmal auf die Liebesgeschichte, und alles eher in einem Mainstream- als einem Genrestil erzählt – verdammt, das paßt in den Buchhandlungen weder auf das Regal mit den Horrorromanen noch auf das mit den Krimis und stellt die Vertreter vor Schwierigkeiten, wie sie es anpreisen sollen.

Doch nach zehn Jahren des quälenden Kampfes gelegentlicher Gedanken an Selbstmord in den geheiligten Hallen des Verlagswesens stellte ich fest, daß meine Bücher, die alle Genres überbrückten, auf den Bestsellerlisten erschienen. *Danach* kam der Erfolg schnell, verkaufte jedes neue Buch sich besser als das vorangegangene. Jetzt höre ich von Schriftstellern, denen man sagt, sie sollen ›eins dieser alle Genres überbrückenden Bücher schreiben, wie Koontz es tut‹, und das treibt *sie* in den Wahnsinn.

Nachdem ich mehrere Bestseller veröffentlicht hatte,

brachten wir die in den USA ursprünglich unter Pseudonymen erschienenen Romane unter meinem richtigen Namen neu heraus und stellten genau das fest, womit ich immer gerechnet hatte: Obwohl einige dieser Bücher schon eher typische Genreromane waren, und das auch noch in *unterschiedlichen* Genren, *mochten* die Leser die Vielfalt der Stilrichtungen und gingen bereitwillig darauf ein, Bücher zu lesen, die nicht ihrem eigentlichen Lesefutter entsprachen, solange die Story sie unterhielt und fesselte. Lange Zeit über habe ich behauptet, daß Verleger die Leserschaft unterschätzen, und zumindest in diesem Fall hat sich das als richtig erwiesen: Die Leser sind sehr flexibel, wenn es um meine Bücher geht, und lesen alles, was unter meinem Namen erscheint – Bücher, die mehrere Genres vereinigen, und auch solche, die einem bestimmten Genre zuzuordnen sind. Aber ich konnte mir das Recht, sie unter meinem richtigen Namen neu auf den Markt zu bringen, lediglich erkämpfen, indem ich ein Bestsellerautor wurde. Andere Autoren mit ebenso vielseitigen Interessen müssen diesen Kampf noch immer führen.

DIE SPÄTERE KARRIERE

Ed Gorman: Haben Sie zu einem bestimmten Zeitpunkt eine bewußte Entscheidung getroffen, ein besserer und erfolgreicherer Autor zu werden?

Dean Koontz: Ja. Schon nach ein paar Jahren war ich es leid, Science-fiction zu schreiben, und wollte mich verändern. Eigentlich kam ich sogar zum Schluß, daß ich mich meine gesamte Laufbahn über verändern, entwickeln und verbessern und die Freiheit erkämpfen wollte, neue Dinge auszuprobieren. Es ist erdrückend, immer nur in einem Genre arbeiten zu müssen. Um die Verleger also zu zwingen, mir auf einer Vielzahl von Gebieten eine Chance zu geben, mußte ich immer besser schreiben, so daß die Qualität des verdammten Buchs sie aus den Socken hauen würde und sie mich nicht mehr ignorieren konnten. Das klingt arrogant, was? Tja, in gewisser Hinsicht ist es auch arrogant – abgesehen davon, daß ich nie damit gerechnet hätte, daß es so *leicht* sein würde, so gut zu schreiben, daß ich ihre Aufmerksamkeit bekomme, und daß ich mir nie sicher war, ob ich es wirklich schaffen würde. Ich bin mir dessen noch immer nicht sicher. Jedes neue Buch ist eine Herausforderung – und zwar eine noch größere als die beim Buch davor. Ich versuche immer, mich zu übertreffen und meine Lektoren und Verleger zu überraschen. Im positiven Sinn zu überraschen, meine ich damit. Mit etwas Besserem, als sie erwartet haben.

Ich könnte sie auch überraschen, indem ich einen lyrischen Roman über die unerträgliche Langeweile eines Ziegenhirten auf der mongolischen Tiefebene schreibe, aber das wäre eine *schlechte* Überraschung. Eine sehr schlechte. Und gar nicht komisch. Massenhaft Herzinfarkte in den Chefbüros der Verlage, Schwerter schwenkende Rechtsanwälte, großes Geschrei und Geheule und tiefer Abscheu. (Obwohl daraus bestimmt ein schöner Film werden würde. Richard Gere als der schlichte Ziegenhirt. Dana Carvey als Ziege. Dolly Parton als amerikanische Missionarin, die in die Mongolei kommt, um den heidnischen Ziegenhirten Gott nahezubringen, und sich natürlich in Gere verliebt. Man könnte daraus sogar ein Musical machen. Dolly könnte einer der Ziegen – Carvey – Gesangsunterricht geben. Stellen Sie sich mal die tolle Schlußnummer vor: Parton und Gere umarmen sich, die Ziege Carvey steht vor ihnen, alle drei vor einem prachtvollen Sonnenuntergang, und sie singen über Gott, Sex und Fetakäse. Man könnte sogar ein Science-fiction-Musical daraus machen: Böse Außerirdische tarnen sich als Ziegen, und von Zeit zu Zeit stürmen Arnold Schwarzenegger oder Sigourney Weaver in die Kulisse, ballern mit großen futuristischen Waffen um sich und sprengen einige der falschen Ziegen in tausend

blutige Stücke, während Gere und Parton etwas vor
singen.) Wissen Sie, so einen Film würde ich wirkl
mal *sehen*. Zumindest wäre er etwas ganz anderes, a
uns sonst immer vorsetzt.

Ed Gorman: Kann man Ihre frühe Karriere anhand eines
bestimmten Buches eindeutig von Ihrer späteren trennen?

Dean Koontz: Ja. *Flüstern in der Nacht.* Da kommt die ganze
Sache mit der Genreüberbrückung zum erstenmal so richtig
zusammen, und bei diesem Buch hat mein Ehrgeiz einen großen Sprung gemacht. Da überrascht es kaum, daß es sich
dabei auch um meinen ersten Bestseller im Taschenbuch handelt, wenngleich ich erst mit *Schwarzer Mond* eine gebundene
Ausgabe auf den Bestsellerlisten placieren konnte. In *Flüstern
in der Nacht* wollte ich all die Möglichkeiten erkunden, wie
unser Leben durch Ereignisse beeinflußt wird, von denen wir
vielleicht gar nichts wissen oder die wir nur schwach wahrnehmen. ›Die Kräfte, die auf unser Leben einwirken, die Einflüsse, die uns bilden und formen, gleichen oft dem Wispern
in einem fernen Zimmer, quälend undeutlich und nur schwierig faßbar‹: Das ist das zentrale Thema des Romans, und ich
bringe es am Anfang des Buches deutlich zum Ausdruck.
Jeder Charakter in diesem Roman, sogar die Nebenfiguren,
verkörpern diese Weisheit und reflektieren sie auf eine jeweils
andere Weise.

Es war eine große Herausforderung, so ein Thema zu
erkunden, und monatelang hatte es den Anschein, dieser
Roman würde mich buchstäblich rädern. Als ich ihn fertig
hatte, hatte ich zehn Kilo verloren – und ich hatte schon vorher nicht gerade Übergewicht. Erst später wurde mir klar, daß
nicht nur die Größe des Projekts oder seine Komplexität mich
fast gefällt hätte, sondern auch die Tatsache, daß ich aus
einem gewissen Schmerz heraus schrieb, denn praktisch jede
Gestalt in diesem Roman hatte eine schreckliche oder zumindest stark gestörte Kindheit, wie es auch bei mir der Fall

gewesen war, und indem ich ihren Schmerz und ihre Verwirrung auslotete, erkundete ich auch meine eigene.

Ed Gorman: Also wurden Sie ein Bestsellerautor …

Dean Koontz: Einfach so. Zwölf Jahre, nachdem ich das Schreiben zu meinem Hauptberuf gemacht hatte, fünfzehn Jahre, nachdem ich meine erste Kurzgeschichte verkauft hatte, nur fünfzehn Jahre der zermürbenden Anstrengungen. Es war ein Kinderspiel. Ich hätte es auch mit halbem Gehirn schaffen können. In Wirklichkeit *habe* ich es sogar mit halbem Gehirn geschafft, denn seit 1966 bewahre ich die Hälfte meines Gehirns an einem geheimen Ort auf, eingetaucht in flüssigen Stickstoff, für den Fall, daß aufgrund weiterer Kontakte mit der Filmindustrie der Teil meines Gehirns verfault, der sich zur Zeit in meinem Schädel befindet. Sollte es dazu kommen, lasse ich den verfaulten Teil rausholen und den konservierten wieder einfügen.

Ed Gorman: Klingt nach einer teuren und komplizierten Operation.

Dean Koontz: Ganz und gar nicht. Da sind gar keine Ärzte im Spiel. Die Jungs drüben in der Midas-Auspuff-und-Schalldämpfer-Werkstatt führen die ganze Sache durch. Earl und Chi Chi. Zum Festpreis von neunundfünfzig Mäusen plus zwei oder drei Halbliterdosen Rückenmarksflüssigkeit. Keine Ahnung, was die zur Zeit kosten.

Ed Gorman: Narben?

Dean Koontz: Chi Chi hat eine häßliche auf der linken Wange.

Ed Gorman: Also sind Sie nach über fünfzehn Jahren der zermürbenden Anstrengungen Bestsellerautor geworden. Auch wenn wir es gern anders hätten, es gibt unter Schriftstellern ein Konkurrenzdenken. Hat Ihr Erfolg einige Ihrer Freunde in dieser Branche gestört?

Dean Koontz: Tja, es hat mich wirklich erstaunt, daß es Leute gab, die damit nicht umgehen konnten. Während der langen Jahre, die ich um meinen Erfolg gekämpft habe, hat es mich immer gefreut, wenn ein anderer Schriftsteller den Durchbruch erzielt und eine große Leserschaft gefunden hat, die sein Werk zu schätzen weiß. Als neue Autoren Bestseller schrieben und Vorschüsse in neuer Rekordhöhe bekamen, habe ich immer gedacht: Wenn die es schaffen können, kannst du es auch schaffen. Und ich war immer der Ansicht, daß jeder erfolgreiche Autor zum Erfolg des gesamten Verlagsgeschäfts beiträgt, zum finanziellen Rückhalt der Branche beiträgt und es damit anderen Autoren ermöglicht, ebenfalls Erfolg zu haben. Denn hätte niemand Erfolg, würden die Verlage einfach nicht genug Geld verdienen, um weitermachen zu können, und die Branche würde zusammenbrechen. Der Erfolg eines jeden Schriftstellers, auch wenn ich sein Werk nicht schätze, erhöht die Aussichten für alle Autoren. Wenn die Arbeit eines Autors den Lesern gefällt, trägt er dazu bei, die Öffentlichkeit auch weiterhin für Bücher zu interessieren, und lockt sogar neue Leser an, die sonst nie zu einem Buch greifen würden.

Doch ich mußte herausfinden, daß es einige Schriftsteller gibt, die das Schreiben für einen *Wettbewerb* halten, wie zum Beispiel das berühmte Wermelskirchener Hundeschlittenrennen. Neid kann – genau wie zum Beispiel Rassismus – zu erstaunlich gemeinen Taten und Aussagen führen. Ich habe noch immer viele Freunde in der Branche – und ich glaube, der Erfolg hat mir gezeigt, wer auch schon früher meine *wahren* Freunde waren.

Ed Gorman: Die letzten acht Jahre verliefen für Sie fast unglaublich – ein Erfolg nach dem anderen, weltweite Anerkennung als einer der bedeutenden Schriftsteller der ganzen

Welt. Haben Sie bemerkt, daß diese Entwicklung Sie verändert hat?

Dean Koontz: Nein, nicht daß ich wüßte. Na ja, ich gehe jetzt mit einem Troß von neunundachtzig Leuten auf Reisen, darunter zwölf riesige Leibwächter, acht Sänftenträger, zwei Frauen, die mir ständig mit parfümierten Pfauenfedern Luft zufächeln, sieben Vorkoster, die mich gegen Vergiftungen schützen, ein Team von zehn Mann, das einen roten Teppich vor mir ent- und hinter mir wieder aufrollt, vier Wächter, die sich um Bobo kümmern (meinen Elefanten), zwei Stirnabtupfer, wenn ich ins Schwitzen gerate, vier weitere Stirnabtupfer, wenn *Bobo* ins Schwitzen gerät, ein Stirnabtupfer, der Bobos vier Stirnabtupfern die Stirnen abtupft, wenn *sie* ins Schwitzen geraten, ein Orchester von sechzehn Mann, das mir zeigt, wo die Musik spielt, und alles beherrscht von Beethoven bis zur Filmmusik von *Shaft*, ein Ventilputzer, der den Hornisten des Orchesters zur Hand geht, eine achtköpfige Mariachi-Band, die stimmungsvolle Musik spielt, wenn ich in so guter Stimmung bin, daß nicht einmal das Orchester mithalten kann, fünf Hundehüter, die das Rudel Dobermänner unter ständiger Kontrolle halten, vier der weltbesten Physiker, für den Fall, daß mein Troß und ich durch eine Verwerfung im Raum-Zeit-Kontinuum in den Jura zurückgeworfen werden und eine Möglichkeit finden müssen, in unsere eigene Zeit zurückzukehren, zwei Jongleure, zwei Einradfahrer und ein Hofnarr, der alle Gags auswendig gelernt hat, die Shecky Green, Phyllis Diller, Moms Mabley, Redd Foxx, Pee-wee Herman und Bud das Wunderpferd je gebracht haben.

Ed Gorman: Also hat Ihr Leben sich überhaupt nicht verändert.

Dean Koontz: Eigentlich nicht. Obwohl mich jetzt vielleicht Außerirdische beobachten und entführen wollen.

Ed Gorman: Sie sind von Außerirdischen entführt worden?

Dean Koontz: Noch nicht. Aber ich glaube, sie sind nebenan eingezogen und warten nur noch auf die richtige Gelegenheit.

Ed Gorman: Wie kommen Sie darauf?

Dean Koontz: Wegen der Fliegenden Untertasse, die auf der Auffahrt steht. Und ihre Tochter hat statt der Arme und Beine Tentakel. Und Spot, ihr Hund, sieht wie eine große Krabbe aus, hat vier Augen, frißt Beton und spricht einen Eskimodialekt.

Ed Gorman: Vielleicht gibt das Stoff für ein Buch.

Dean Koontz: Ganz bestimmt, aber ich werde es nicht schreiben. Bevor ich es veröffentlichen kann, würden sie mich mit ihrem Mutterschiff entführen und in denselben Zoo im galaktischen Randgebiet stecken, in dem sie auch schon Elvis, Jimmy Hoffa, Amelia Earhart und den *echten* Tom Cruise ausstellen.

SPÄTERE WERKE

Ed Gorman: Während Ihre Bücher thematisch immer komplexer werden, spielen Frauen eine immer wichtigere Rolle darin. Ist das Absicht?

Dean Koontz: Es hat sich irgendwie so entwickelt. [...] Zu lernen, wie man eine Handlung entwirft – wie man eine Geschichte so strukturiert, daß sie die Leser zufriedenstellt und man Ordnung in die thematischen Elemente bringt –, zählt zum Schwierigsten, was ein Anfänger bewältigen muß.

Schriftsteller, die eine genau strukturierte Handlung verächtlich ablehnen, die sich zu dem Glauben bekennen, ›ernste‹ Literatur dürfe sich nie mit der Handlung beschäftigen, sind in Wirklichkeit nur zu faul oder zu sehr von sich eingenommen. Dickens ohne Plot? Dostojewski ohne Plot? Mark Twain, Stevenson oder Balzac ohne Plot? Undenkbar. Je besser der Autor wird, desto subtiler kann er mit der Handlungsstruktur umgehen, aber sie ist in *jedem* Werk von Wert vorhanden.

Sobald ich die Struktur – oder den Plot – im Griff hatte, schickte ich mich an, noch komplexere Charaktere zu entwerfen. So wichtig eine straffe Handlung auch ist, sie hilft einem nicht weiter, wenn der Leser nicht von den Charakteren gefesselt wird – sowohl von den Protagonisten als auch von den Antagonisten. Es ist unbedingt notwendig, die Welt der Geschichte durch die Augen von Charakteren zu schildern, die so vielschichtig und glaubwürdig wie echte Menschen sind, und diejenigen Figuren, mit denen wir uns identifizieren sollen, müssen trotz aller Schwächen sehr ansprechend gestaltet sein. Oftmals übernehmen die Charaktere eine Geschichte, während die Handlung voranschreitet, und ihre Handlungen treiben die Ereignisse in eine Richtung, die der Autor nicht vorhersehen konnte. Wenn die Charaktere so gut entworfen sind, daß sie auf der Buchseite lebendig werden, geschieht das übrigens eigentlich *immer*.

Der Versuch, lebendige und komplexe Charaktere zu schaffen, erfordert eine Vielzahl von Personen in ein und derselben Geschichte, denn schließlich erfahren wir ja über jede Gestalt am meisten durch seine oder ihre Wechselwirkung mit anderen Personen. Je unterschiedlicher und interessanter die Personen sind, mit denen die Hauptfigur es zu tun bekommt, desto komplexer und interessanter wird sie selbst.

In der wirklichen Welt ist die Interaktion zwischen Männern und Frauen unendlich interessant, voller Freude, aber auch Frustrationen, Verwirrung und scharfer Klarheit. Ich fing an, Bücher zu schreiben, in denen genauso viele starke Frauen wie starke Männer auftreten, weil ich mir einfach keine realistische und interessante fiktive Welt mehr vorstellen konnte, in der die Beziehung zwischen den Geschlechtern nicht ein wesentlicher Teil der Geschichte ist.

Am seltsamsten daran ist, daß mich ein paar – allesamt männliche – Autoren kritisiert haben, weil in jedem meiner Roman eine Frau eine bedeutende Rolle spielt. Einer hat das sogar als ›Formel‹ bezeichnet, was ich schlicht bizarr finde. In der *Wirklichkeit* besteht die halbe Welt aus Frauen, die in alle Aspekte des Lebens verwickelt sind; wenn man sie in der Literatur nicht so darstellen darf, kann man nicht mehr ernsthaft schreiben. Einen Roman nach dem anderen zu verfassen – wie diese Autoren es tun –, in denen Frauen immer nur Opfer, Schurken oder bloße Anhängsel des Helden sind, hat mit der Wirklichkeit nichts mehr gemein und ist daher viel formelhafter als alles, was ich je geschrieben habe.

Ed Gorman: Die Kritiker loben oft Ihre Charaktere – und besonders einen der ungewöhnlicheren, die Sie präsentiert haben, wie zum Beispiel Thomas in *Ort des Grauens*, einen jungen Mann, der am Down-Syndrom leidet. In diesem Zusammenhang fällt einem auch Regina in *Das Versteck* ein.

Dean Koontz: Das Leben ist voller Menschen, die in der Literatur nur selten, wenn überhaupt, dargestellt werden, und ich finde den Versuch aufregend, sie in einem Roman zum Leben zu erwecken. Das macht meine Bücher noch interessanter.

Zum Beispiel hat es sich als sehr herausfordernd erwiesen, einen Teil der Geschichte durch Thomas' Augen zu erzählen, aus einer Sicht, die gleichzeitig naiv und weise war. Ich wollte zeigen, daß jemand mit einer intellektuellen Behinderung auf seine Weise genauso komplex und interessant sein konnte wie jedes Genie. Daß jemand, der an Mongolismus leidet, die Welt vielleicht in simpleren Begriffen sieht als andere Menschen, muß noch lange nicht bedeuten, daß er keine tiefgreifenden Einsichten gewonnen hat. Diese Einsichten drückt er vielleicht in einer einfachen Sprache aus, aber sie können genauso

Wahrheiten enthüllen wie die Worte eines Universitätsprofessors. Ich wollte, daß Thomas ein Mensch mit Humor ist, damit wir mit ihm lachen können, denn nichts macht einen Charakter für den Leser realer als die Tatsache, daß er Humor hat. Aber es bestand die Gefahr, daß jemand über statt *mit* Thomas lachen würde, und das wäre unerträglich gewesen. Als sein Schöpfer bewegte ich mich auf ganz dünnem Eis. Es war auch wichtig für mich, ihn nie sentimental zu schildern. In Thomas' Schilderung liegen jede Menge Gefühle, doch wären sie süßlich geraten, wäre mir die Gestalt sofort mißlungen. Wenn Thomas als Charakter funktioniert, verliebt der Leser sich in ihn, lacht und weint mit ihm; dann bekommt man Einblicke in eine Lebenserfahrung, denen man in der Literatur noch nie zuvor begegnet ist. Er verändert die Wahrnehmung, die der Leser von seinem eigenen Leben und der Welt hat, in der er lebt. Auch darum sollte es in einem Roman stets gehen. Er sollte nicht nur in weit ausgesponnenen Zusammenhängen das Schicksal eines einzelnen oder einer Gruppe von Menschen in der Auseinandersetzung mit der Umwelt, sondern immer auch etwas *Neues* schildern. Indem ich Charaktere wie Thomas schaffe, hoffe ich, meine Geschichten nicht nur für meine Leser, sondern auch für *mich selbst* frisch und interessant zu gestalten.

Ed Gorman: In gewisser Hinsicht ist *Ort des Grauens* Ihr bislang komplexester Roman, besonders in der, wie die allegorischen Ebenen dicht unter der Oberfläche funkeln, aber auch, was die archetypische Natur der Charaktere betrifft. Soll Thomas Christus darstellen oder zumindest eine christusähnliche Figur?

Dean Koontz: Praktisch alle Charaktere in diesem Roman haben biblische Entsprechungen. Thomas ist auf jeden Fall insofern eine christusähnliche Gestalt, als daß er unschuldig ist, reinen Geistes und Herzens, außergewöhnliche Einsichten und Kräfte hat und schließlich für seine Schwester und Bobby stirbt; und durch Thomas findet Julie auch die Kraft für den Glauben, daß es nach diesem Leben noch etwas gibt. Bobby und Julie sind wie Adam und Eva; man hat sie aus dem Paradies geworfen, und sie versuchen, dorthin zurückzukehren, sehnen sich nach dieser kleinen Hütte am Strand, nach einem friedlichen und einfachen Leben. Gleichzeitig entdeckt man in diesen Charakteren Elemente von Josef und Maria, denn sie beschützen ein ganz besonderes Kind vor einer Welt, die für dieses Kind so gefährlich ist, wie König Herodes' Reich für Christus gefährlich war. Ich will jetzt nicht sämtliche Charaktere durchgehen und alle Parallelen ziehen oder erläutern, welche thematische Funktion sie haben – unter anderem auch, weil der Leser das gar nicht wissen muß, um die Geschichte genießen zu können. Ich bin mir nicht mal sicher, daß der Leser diese Ebene der Geschichte überhaupt sehen *sollte*; ich wollte damit eine unterbewußte Wirkung erzielen, einen Widerhall auf einer ursprünglichen Ebene erzeugen. Wenn ein Leser diese Ebene des Romans erfaßt, habe ich nicht die beabsichtigte Wirkung erzielt. Der Roman sollte den Leser anrühren, bewegen und aufrütteln, ohne daß er immer genau versteht, *warum* dem so ist.

Ed Gorman: Haben Sie wegen Thomas Briefe von Eltern bekommen, deren Kinder das Down-Syndrom haben?

Dean Koontz: Ja, sogar sehr viele. Bis auf eine Ausnahme waren sie alle sehr positiv. Es hat sie sehr gefreut, eine mongoloide Figur zu sehen, die als bewundernswerter, komplexer, *heldenhafter* Charakter dargestellt wird und dessen Leben trotz seiner Behinderung genauso viel Sinn wie das aller anderen hat. Ich habe auch Briefe von vielen Therapeuten bekommen, die mit mongoloiden Kindern und Erwachsenen arbeiten, und sie waren von Thomas genauso begeistert.

Ed Gorman: Sie haben in anderen Interviews zum Ausdruck gebracht, daß Sie großes Vertrauen in die Unverwüstlichkeit und Stärke der menschlichen Rasse setzen. Nehmen Sie Charaktere wie Thomas auch aus diesem Grund in Ihre Romane auf? Um zu zeigen, daß menschliche Wesen über alles triumphieren können?

Dean Koontz: Vielleicht in gewisser Hinsicht. Doch gute Charaktere sind niemals Sprachrohre für die Ansichten des Autors. Sie entwickeln ein eigenes Leben, haben eigene Ansichten und stellen das dar, was sie darstellen *wollen*. Das trifft sogar auf Charaktere zu, die ursprünglich eine symbolische Rolle spielen sollten. Es fällt einem manchmal schwer, diesen Tatbestand Lesern zu erklären, die der Ansicht sind, daß die Ansichten einer Romanfigur zwangsläufig identisch mit denen des Autors sind. Aber dem ist einfach nicht so. Wenn dem so wäre, müßte ich ein wahnsinniger Mörder sein, um die Gedankengänge eines mordlüsternen Soziopathen darstellen zu können.

Ed Gorman: Aber Sie sind kein wahnsinniger Mörder?

Dean Koontz: Soweit ich weiß, nicht. Aber diese gelegentlichen Erinnerungslücken machen mir natürlich schon zu schaffen ...

Ed Gorman: Aussetzer?

Dean Koontz: Ja. Aussetzer von zwei oder drei Stunden, plötzlich auftretende, kurz dauernde Verluste des Bewußtseins und Erinnerungsvermögens, nach denen ich oft mit Blut an den Händen wieder zu mir komme. Aber es gibt *bestimmt* eine vernünftige Erklärung dafür.

Ed Gorman: Vielleicht haben Sie wieder ein Reh ausgenommen?

Dean Koontz: Das könnte es sein! Oder ich führe während dieser Blackouts ein völlig anderes Leben. Vielleicht bin ich während meiner Aussetzer Gehirnchirurg. Das würde auch das bißchen Blut erklären.

Ed Gorman: Für jemanden, der seine Arbeit sehr ernst nimmt, scheinen Sie sich *selbst* gar nicht ernst zu nehmen.

Dean Koontz: Alle Autoren, die ich kenne und die sich zu ernst nehmen, sich in ein Gewand der düsteren Respektabilität hüllen, stets ihre Ernsthaftigkeit betonen … nun ja, dann werden sie schließlich geschwollene Werke produzieren, gespickt mit Anmaßungen. Und es nicht mal merken. Die Weigerung, sich zu ernst zu nehmen, hilft einem Schriftsteller, den richtigen Blickwinkel zu bewahren. Das Leben ist gleichzeitig tödlich ernst und schrecklich komisch – und ein Schriftsteller kann nur gute Arbeit leisten, wenn er sich dieses tragischen Gegensatzes bewußt ist. Die Zeit geht sehr gemein mit dem Werk jener um, die beim Niederschreiben eines jeden Satzes von ihrer Selbstherrlichkeit geführt werden. Man kann seine Arbeit ruhig mit dem äußersten Stolz tun, die größte Anstrengung hineinlegen, zu der man fähig ist – aber um der Geschichte und nicht seines Egos willen. Die Arbeit steht oder fällt mit ihren Qualitäten. Außerdem hat man nicht den geringsten Spaß, wenn man sich selbst zu ernst nimmt; und wenn man keinen Spaß hat, weiß man wirklich nicht, wie das Leben ist, und kann deshalb auch nicht darüber schreiben.

Ed Gorman: *Zwielicht* ist auch weiterhin eins Ihrer verkanntesten Werke. Ich habe Rezensionen darüber gelesen, die gar nicht erfaßt haben, was Sie erreichen wollten. Zum Beispiel unterscheidet die Prosa sich beträchtlich von Ihren anderen Büchern, ist stellenweise sogar im Versmaß geschrieben; komplizierte poetische Effekte türmen sich aufeinander auf. Haben Sie damit gerechnet, daß einige Leser das Buch falsch verstehen werden?

Dean Koontz: Ja. Aber man muß schreiben, wozu man getrieben wird.

Als ich *Zwielicht* anfing, entschloß ich mich, den Roman in der ersten Person zu erzählen; er ist praktisch der einzige, den ich je aus diesem Blickwinkel geschrieben habe. Mir ist schon vor langer Zeit aufgefallen, daß viele Bücher, die in der ersten Person erzählt werden, trotzdem so *klingen*, als wären sie in der dritten Person geschrieben worden. Aber der Erzähler soll eigentlich doch ein anderer als der Autor sein. Manche Autoren schreiben alle ihre Bücher in der ersten Person, doch ihre vielen Erzähler hören sich Buch für Buch identisch an. Dick Francis ist ein perfektes Beispiel dafür. Verstehen Sie mich nicht falsch, mir gefallen Dick Francis' Bücher sehr, ich verehre praktisch alles, was er vor *Gegenzug* geschrieben hat, aber alle seine Erzähler in der ersten Person hören sich gleich an. Dagegen ist nichts einzuwenden. Er hat sich einfach entschieden, die Problematik der Stimme seines Erzählers zu ignorieren und dafür hart an anderen Elementen seiner Romane zu arbeiten. Aber bei *Zwielicht* bin ich zum Schluß gekommen, daß Slim MacKenzie, der Erzähler, seine Geschichte in einem Stil erzählen muß, der sich von dem all meiner anderen Bücher unterscheiden muß. Er muß *er selbst* sein.

Da Slim äußerst intelligent und mit gewissen ungewöhnlichen Fähigkeiten ausgestattet ist und da er auch schon mit siebzehn Jahren ein so dramatisches Leben geführt hat, kam es mir ganz natürlich vor, daß er eine ziemlich komplizierte Weltsicht hat, eine sehr *barocke* Sichtweise. Die Art, wie er Szenen beschreibt, seine Erinnerung an die Ereignisse, sein Grübeln, das alles ist sehr barock. Daher ist der Stil des Buches sehr dicht und weist so viele und üppige Bilder auf, daß sie sich aneinander drängen. Als ich mit dem Schreiben anfing, brauchte ich ein paar Wochen, um ein Gefühl für Slims Sicht der Dinge zu bekommen, aber eines Tages erwachte er einfach zum Leben, und die Prosa floß glatt dahin. Sie ist tatsächlich an vielen Stellen im Versmaß gehalten, hauptsächlich im fünffüßigen Jambus. Das schien mir eine natürliche Spiegelung des eisernen Willens zu sein, mit dem Slim versucht hat, Ordnung in eine Welt zu bringen – und ihr einen gewissen Sinn zu entnehmen –, von der er *weiß*, daß sie unendlich bizarr und vielleicht sinnlos ist.

Ich habe Briefe von einigen Lesern bekommen, die nur ein oder zwei Kapitel gelesen haben und die sich dann so unbehaglich fühlten, daß sie nicht mehr weiterlesen konnten – weil sie dachten, *Slim sei tatsächlich verrückt*, und kein Buch lesen wollten, in dem ein Verrückter der Held ist. Slims eigener Zweifel an seiner geistigen Vernunft hat sie überzeugt. Natürlich ist er nicht verrückt, und zwei oder drei weitere Kapitel hätten sie davon überzeugt. Gleichzeitig ist *Zwielicht* das liebste Buch einiger meiner Leser, weil sie den Jahrmarkt-Hintergrund und die unheimliche Handlung mögen, aber hauptsächlich, weil sie sich so stark mit Slim identifizieren.

Ed Gorman: Bevor wir uns zu diesem Interview getroffen haben, habe ich Michael Collings Rezensionen mehrerer Ihrer Romane gelesen. Er beharrt darauf, daß *Flüstern in der Nacht* ein Roman über Verrat ist. Ich zitiere: ›Bruno wird von seinen Eltern verraten, Hilary von den ihren, Joshua von seinen Klienten, der Sheriff von seinem Deputy, und sogar Brunos Psychologe verstößt gegen das Vertrauensverhältnis zwischen Patient und Arzt.‹ Collings hat damit nicht unrecht. Von all Ihren bedeutenden Romanen scheint *Flüstern in der Nacht* der düsterste und derjenige zu sein, der die geringste Hoffnung für die Menschheit enthält.

Dean Koontz: Nun, wie ich schon sagte, eins der Themen dieses Buches ist die Schwierigkeit, die Einflüsse zu verstehen, die uns zu dem machen, was wir sind, die Schwierigkeit, die lebenslange Summe unserer subjektiven Erfahrungen objektiv zu betrachten. Von Freunden oder Familienmitgliedern verraten zu werden hat grundlegende psychologische Konsequenzen. Wir können uns nur sehr schwer eingestehen und

75

akzeptieren, verraten oder betrogen worden zu sein – besonders, wenn diejenigen, die uns verraten haben, uns nahestehen. Zum Beispiel Eltern. Hilary wurde von ihren Eltern verraten, die sie in diese Welt gebracht und ihr das Leben dann zur Hölle gemacht haben. Bruno wurde auf ähnliche Weise von seiner Mutter verraten, aber dann erfahren wir, daß seine Mutter bereits von ihrem Vater verraten wurde, der sie schwer mißbraucht hat. Verrat oder Betrug ist eine tödliche Krankheit, die wir seit dem Paradies einander weitergeben, und jeder von uns ist selbst dafür verantwortlich, diese Seuche nicht weiter zu verbreiten.

Ed Gorman: Meinen Sie nicht auch, daß Ihre Karriere mit zwei bestimmten Büchern so richtig in Schwung kam – *Brandzeichen* und *Schutzengel*?

Dean Koontz: Ja. Obwohl *Schwarzer Mond* mein erster Bestseller im Hardcover war, kam der Stein mit diesen beiden Büchern so richtig ins Rollen. Und von dem Augenblick an, in dem ich *Brandzeichen* zu schreiben begann, *wußte* ich, daß sich für mich von nun an alles auf ewig verändert hatte. Es war nicht einfach, dieses Buch zu schreiben, aber ich empfand keinen Augenblick lang Verzweiflung oder Zweifel. Ich wußte, daß die Story und die Charaktere funktionierten, Szene um Szene, und daß ich an einem ganz besonderen Buch arbeitete. Von der ersten bis zur letzten Seite war es ein transzendentes, freudiges und unbeschreibliches Erlebnis, dieses Buch zu schreiben. Sturzbäche von Blut und Schweiß, aber auch nie nachlassende Freude. Diese Erfahrung habe ich danach nur noch einmal gemacht – bei *Die zweite Haut*. Einen Roman zu schreiben läßt sich normalerweise mit einer gefühlsmäßigen Achterbahn vergleichen. An einigen Tagen glaubt man, er sei gut, an anderen, er sei durchschnittlich, und an wieder anderen, er würde nichts taugen. Das Hochgefühl reißt einen mit, und dann stürzt man sofort wieder in tiefste Verzweiflung. Aber bei diesen beiden Büchern kam die Handlung wie ein großer breiter Fluß, glatt und schnell, und während ich darauf trieb, wußte ich ständig, daß ich auf dem Weg zu einem ganz besonderen Ort war. Andere meiner Bücher mag ich genauso oder fast so sehr wie diese beiden, aber *Brandzeichen* und *Die zweite Haut* wurden im Vergleich zu anderen Romanen mit solcher *Zuversicht* geschrieben, daß ich sie auf ewig ein wenig mehr lieben werde und nicht imstande bin, sie objektiv zu beurteilen.

Ed Gorman: *Brandzeichen* gefällt einer breiten Leserschaft. Wie können Sie mit einer so starken und doch so seltsam unschuldigen Romanze wie der, die Sie schildern, *und* einem liebenswerten Hund nur falsch liegen? Doch trotz all seiner zärtlichen und liebevollen Szenen, trotz des beträchtlichen Humors, ist *Brandzeichen* ein ernstes Buch, in dem Sie erstmals eine andere Vorstellung vom Bösen zu entwickeln scheinen. Waren Sie sich dessen bewußt, als Sie das Buch geschrieben haben?

Dean Koontz: Ja. Als ich mit *Brandzeichen* anfing, hatte ich das Vertrauen in die traditionellen Freudschen Erklärungen des Bösen verloren. Ich sah keinen großen Zusammenhang mehr zwischen Kindheitstraumata und antisozialem Verhalten. Ich habe eine schreckliche Kindheit gehabt, bin aber weder psychotisch noch depressiv geworden. Ich kenne alle möglichen Leute, die als Kinder schreckliches Elend und verheerende Traumata erlebt haben, heute aber ausgeglichene Erwachsene sind. Andererseits sind Menschen, die alle Vorteile hatten, die von ihren Eltern geliebt wurden und ein behütetes Leben geführt haben, zu extrem antisozialen Erwachsenen geworden. Ich habe angefangen, Bücher über die Psychologie von Kriminellen zu lesen – die mich heute noch immer interessieren –, und alle *glaubwürdigen* wissenschaftlichen Studien, die ich fand, stellten implizit klar, daß die Theorien der modernen Psychologie nichts weiter sind als das – als *Theorien*. Noch wichtiger scheint mir zu sein, daß die zur Verfügung stehenden gesicherten wissenschaftlichen Daten die meisten Annahmen, auf denen große Teile der Psychologie und fast die gesamte Psychiatrie beruhen, zu widerlegen scheinen. Antisoziales Verhalten muß nicht von gesellschaftlichen Übeln oder Kindheitstraumata verursacht werden, weil wahrhaft boshaftes kriminelles Verhalten – die schlimmste Ausprägung des Bösen – mit diesen Ursachen in keinem übereinstimmenden Zusammenhang steht.

Das Böse existiert, auch wenn es dafür keine offensichtliche Ursache gibt. Vielleicht liegen tatsächlich gewisse Tendenzen in den Genen; einige Menschen sind vielleicht einfach von Geburt an betroffen, und das Stehlen oder Töten fällt ihnen leichter als den meisten anderen Menschen. Es gibt Beweise, die diese düstere Schlußfolgerung unterstützen, und es werden immer mehr. Zum einen werden siebzig bis achtzig Prozent aller Gewaltverbrechen in unserer Gesellschaft von weniger als zwei Prozent der Bevölkerung begangen. Der durchschnittliche bewaffnete Räuber begeht Dutzende von Straftaten, bevor er gefaßt wird. Ein weiterer Beweis: Praktisch alle Massenmörder – die die Öffentlichkeit heutzutage so stark faszinieren, daß sie zu fast mythischen Gestalten des Bösen geworden sind – zeigen schon von einem sehr niedrigen Alter an Mordneigungen und extremes antisoziales Verhalten; und sie alle scheinen kein Einfühlungsvermögen zu haben, scheinen nicht verstehen zu können, was andere Menschen empfinden, als würde ihnen etwas – vielleicht auf einer genetischen Ebene – *fehlen*. In *Brandzeichen* sehnt der Outsider sich zumindest danach, wie der Hund Einstein zu sein, wenngleich seine künstlich veränderte genetische Natur es ihm unmöglich macht, sich zu ändern. Vince Nasco, aus Mann und Frau hervorgegangen, ist genauso wild wie der Outsider, will sich aber nicht ändern und ist daher der verabscheuungswürdigere der beiden – und in gewisser Hinsicht der furchterregendere.

Ich habe die Natur des Bösen nach *Brandzeichen* in jedem neuen Buch erkundet und bin zu immer grimmigeren Schlußfolgerungen gelangt. Als ich *Drachentränen* schrieb, war ich schon fast der Ansicht, daß böses Verhalten – im Gegensatz zu jenen Taten, die man aus Eigeninteresse begeht – nur selten, wenn überhaupt, eine logische Erklärung hat. Klar, wenn irgendein Gangster Sie mit vorgehaltener Pistole ausraubt, ist die logische Erklärung, daß er Geld braucht; aber wenn er Sie auch ohne jede Provokation tötet, was wir in Los Angeles und in anderen Städten im ganzen Land immer öfter erleben müssen, wenn er *seine eigene Zukunft* in Gefahr bringt, indem er eine einfache Straftat zu einem Kapitalverbrechen eskalieren läßt, steckt auf bewußter Ebene keine Logik mehr dahinter. Und wenn Freudsche Erklärungen nicht wasserdicht sind – was sie nun mal nicht sind – steckt auch auf einer unterbewußten Ebene keine Logik dahinter.

Daher kann man wirklich böse Menschen, Mörder, die immer wieder töten, oder Vergewaltiger mit zahlreichen Opfern, nie rehabilitieren. Es ist töricht von uns, sie nach sieben oder zehn Jahren wieder aus dem Gefängnis zu lassen, wie es heutzutage immer öfter geschieht. Will die Zivilisation überleben, müssen wir akzeptieren, daß jeder von uns für sein eigenes Leben verantwortlich ist, und für seine Taten, und daß diejenigen, die sich weigern, sich verantwortungsbewußt zu verhalten, auf die eine oder andere Weise von der Gesellschaft ausgeschlossen werden müssen. Sonst wird das Böse gewinnen. Wie Edmund Burke sagte: ›Für den Triumph des Bösen ist nur notwendig, daß gute Menschen nichts tun.‹ Was heute mehr denn je zutrifft.

Lange Zeit über vertrauten wir der allgemeinen Weisheit, daß die Wurzel alles Bösen in sozialen Übeln oder Kindheitstraumata liegt, daß jeder ein Opfer ist und das Böse letzten Endes durch Therapie und soziale Gerechtigkeit eliminiert werden kann. Therapie ist schön. Soziale Gerechtigkeit ist lebenswichtig. Aber beide werden das Böse nicht ausmerzen können.

Heute kommt mir ein Teil der Psychologie in *Flüstern in der Nacht* naiv vor, eben weil es sich durch und durch um eine

Freudsche handelt. Die Freudschen Theorien über das Böse haben praktisch die *gesamte* moderne Literatur geformt – und auch die Erwartungen des Lesers. Deshalb halten so viele Kritiker Thomas Harris' *Roter Drache* für ein besseres Buch als *Das Schweigen der Lämmer*, was es aber nicht ist. Eigentlich kommt mir *Roter Drache* mit seinen ausgeklügelten psychologischen Erklärungen für Dollarhydes Serienmorde gequält und kindisch vor, während *Das Schweigen der Lämmer* kalt, klarsichtig und verblüffend scharfsinnig ist. Einigen Kritikern, besonders denen im Genre der Kriminalliteratur, gefällt *Roter Drache* gerade wegen der genau erklärten psychologischen Pathologie des Mörders besser, und *Das Schweigen der Lämmer* kommt ihnen dürftig vor, weil diese Erklärungen dort fehlen. Aber wenn ich Harris nicht völlig falsch verstehe, erklärt er in *Das Schweigen der Lämmer absichtlich* weder Lecter noch Buffallo Bill, weil er zur Auffassung gelangt ist, daß es keine Erklärung gibt und das Böse aus sich selbst existiert, unabhängig von sozialen Mißständen und Traumata. Meines Erachtens wird *Das Schweigen der Lämmer* damit zu einem wesentlich reiferen und zwingenderen Buch, zu einem, das *Roter Drache* überdauern wird. Bei manchen Themen ist es wesentlich intelligenter und reifer, einfach einzugestehen, daß wir die Antworten nicht kennen – und niemals kennen werden –, als zu versuchen, durch die starre Anwendung gescheiterter Theorien über das menschliche Verhalten ein falsches Verständnis einfach aufzuzwingen.

Ed Gorman: Sind Sie der Ansicht, daß wir zu schwerfällig geworden sind?

Dean Koontz: Das müssen Sie schon für sich selbst entscheiden. Ich halte mich für ziemlich grazil.

Ed Gorman: Erstaunlich, wenn man bedenkt, wie wenig Bewegung Sie bekommen, wenn Sie sich ständig auf dieser Sänfte herumtragen lassen.

Dean Koontz: Ach, ich habe meinen Troß vor kurzem einen persönlichen Trainer hinzugefügt – und drei Männer, die jeden Morgen und jeden Abend zwei Stunden lang fleißig mit mir Übungen machen. Dementsprechend habe ich eine ausgezeichnete Kondition. In diesem Augenblick lasse ich meine Vertreter sogar für mich fünfhundert Liegestütze machen.

Ed Gorman: Das andere Buch, das den Stein für Sie ins Rollen brachte, war *Schutzengel*. Für mich ist dieser Roman ein großes Meisterwerk in Technicolor. Er hat einfach alles – Romantik, neue Ideen, Witz, Tragik und ein sehr echtes Gefühl menschlicher Geschichte. An einigen Stellen sind die Effekte fast opernhaft. Konnten Sie im geringsten ahnen, daß *Schutzengel* zu einem so großen Abenteuer und einem so gewaltigen Erfolg werden würde?

Dean Koontz: Ehrlich gesagt, nein. Es war wegen der zahlreichen Geheimnisse und der der zentralen Prämisse innewohnenden Komplikationen (über die ich hier nicht sprechen werde, weil ich keinem den Spaß nehmen will, der den Roman noch nicht gelesen hat) sehr schwierig, das Buch zu schreiben. Einige Leute in dieser meiner Branche hielten es aus einer Vielzahl von Gründen für einen schweren Fehler, so ein Buch zu schreiben. Man kann einen Spannungsroman, haben sie gesagt, nicht über fünfunddreißig Jahre ausdehnen; man braucht eine tickende Uhr. Es gab auch Widerstand dagegen, im ersten Drittel des Buches die Heldin *als Kind* zu zeigen; einige glaubten, das würde es zu einem Jugendbuch machen. Natürlich entsprach der Stil keineswegs einem Jugendbuch. Manche befürchteten, die komplizierte Handlung würde die Leser abstoßen. Mich hat das Schreiben dieses Romans völlig erschöpft, und so nährten die Zweifel der anderen natürlich meine eigenen.

Dann – und ich weiß nicht, ob Sie sich daran erinnern, Ed – haben Sie die Druckfahnen von *Schutzengel* gelesen, Monate, bevor das Buch in den Läden erhältlich war, und Sie haben mir gesagt, es würde sich schneller und besser verkaufen als alles, was ich bis dahin geschrieben hatte. Sie haben gesagt, es würde noch mehr als *Brandzeichen* zu meinem Durchbruch beitragen. Ihre Reaktion hat mich verblüfft. Als ich Sie um eine Erklärung bat, haben Sie gesagt: ›Amerikanische Autoren schreiben nie über das Schicksal. Das ist eher die Domäne der Europäer. Doch sind die Menschen von der Vorstellung fasziniert, daß wir ein Schicksal haben. Sie schreiben hier über das Schicksal, und die Leser werden begeistert darauf reagieren, weil das für die amerikanische Literatur ein neues Konzept ist.‹ Sie haben mir damit wirklich die Ermutigung gegeben, die ich dringend brauchte – wenngleich ich anfangs dachte, das wäre ein *weiterer* Beweis dafür, daß Sie nicht ganz bei Trost sind. Ähnlich wie Ihre Vorliebe, lebende Kaninchen als Hut zu tragen. Oder hätte ich das hier nicht erwähnen sollen? Auf jeden Fall hat das Buch sich wie verrückt verkauft, als es in die Läden kam. Andere Autoren haben mich angerufen oder mir geschrieben, um mir zu sagen, daß sie das Buch geradezu liebten und es angesichts der vielen Fäden, die ausgelegt und wieder verknüpft werden mußten, fast unmöglich gewesen sein muß, es zu schreiben. Der erste Roman von mir, der auf den ersten Platz der Bestsellerlisten kam, war *Mitternacht*, das Buch, das nach *Schutzengel* veröffentlicht wurde, und einer der Gründe dafür ist natürlich, daß den Lesern *Schutzengel* so gut gefallen hat. Bis auf den heutigen Tag bringt es mir mehr Leserpost ein als jeder neue Titel.

Die Lektion lautet natürlich wieder: Schreiben Sie, was Sie wirklich interessiert, und versuchen Sie nicht, den Markt zu analysieren. Sie müssen sich einen Markt *schaffen*, indem Sie genau das schreiben, wozu Sie sich gezwungen sehen.

PERSÖNLICHE ANSICHTEN

Ed Gorman: Sind Sie bereit, über persönliche Ansichten zu sprechen?

Dean Koontz: Klar. Solange wir auf keine persönlichen Ansichten zu sprechen kommen.

Ed Gorman: Was ist mit Politik?

Dean Koontz: Langweilig. Und dumm. Das Leben ist zu kurz für Politik. Ich interessiere mich nur dafür, weil ich wissen will, welche Schrecken die Politiker demnächst über uns bringen wollen.

Ed Gorman: Religion?

Dean Koontz: Protestant, dann Katholik, dann Agnostiker, jetzt wieder fest im gläubigen Lager verankert, wenn auch mit keinen genauen Vorstellungen über die Natur Gottes. Die moderne Physik – in erster Linie gewisse Aspekte der Quantenphysik und Chaostheorie – hat eine große Rolle dabei gespielt, mich zum Glauben zurückzuführen, wie auch alltägliche Erlebnisse. Außerdem ist es jetzt so in, an *nichts* zu glauben, und ich war schon immer ein etwas gegensätzlicher Typ.

Ed Gorman: Worauf beruht Ihres Erachtens eine gute Freundschaft?

Dean Koontz: Auf einem gemeinsamen Interesse an alten Wallace Beery-Filmen, Krabben-Eiscreme, Tweed, Stock-Car-Rennen, Plastikkotze und dem Sammeln aller möglichen Nagetiere. Ein Freund von mir muß bereit sein, sich mit mir lange, faule Tage in großen Industriewaschmaschinen schleudern zu lassen. Ein Freund von mir muß bereit sein, Risiken einzugehen – zum Beispiel, auf einem Schießstand den Pantomimen zu machen, mit Stachelschweinen Volleyball zu spielen, in den Irak zu fahren, um Saddam Hussein persönlich über die körperliche Attraktivität und moralische Festigkeit seiner Mutter zu befragen. Um ein Freund von mir zu sein, muß man große Träume haben, alles tun, um sein Ziel zu erreichen, aufs Ganze gehen, alles auf eine Karte setzen, nichts zurückhalten, frisch ans Werk gehen – und darf man nie tote Eidechsen in den Taschen mit sich herumtragen.

Ed Gorman: Könnten wir eine ernsthaftere Antwort bekommen?

Dean Koontz: Das *war* ernst gemeint. Mein Gott. Na schön. Freundschaft ist zu vielschichtig, um definiert zu werden. Aber alle guten Beziehungen haben drei Dinge gemeinsam: unerschöpfliche Ehrlichkeit, Freundlichkeit und Gelächter.

Ed Gorman: Vom Schreiben einmal abgesehen – was bereitet Ihnen wirklich Freude und Befriedigung?

Dean Koontz: Wenn ich mit Gerda zusammen bin, auch wenn wir uns ermüdenden Routinearbeiten widmen müssen. Lesen. Gute Gespräche in angenehmer Gesellschaft. Kunst und Antiquitäten. Das Sammeln von Büchern. Guter Cabernet sauvignon. Im Fitneßraum zu arbeiten, den wir in den Keller eingebaut haben. Autofahren. Ich bin schon immer gern gefahren und unterwegs gewesen. Nichts verschafft mir ein größeres Gefühl von Freiheit, als eine lange Fahrt anzutreten, auf einen Highway in der Wüste zu fahren und das Gaspedal durchzutreten, neue Staaten, neue Städte, neue Verkehrspolizisten kennenzulernen.

Ed Gorman: Sie nähern sich nun dem mittleren Lebensalter ...

Dean Koontz: Was, was, was? Augenblick mal. Ich bin noch nicht mal in der *Nähe* der Lebensmitte. Ja, natürlich, wenn ich nur eine durchschnittliche Lebensspanne hinter mich bringen wollte ... Aber ich habe die Absicht, zweihundertsechs Jahre alt zu werden, also bin ich wirklich noch nicht im mittleren Lebensalter. Deshalb trinke ich jeden Tag dermaßene Mengen von Diätcoke – damit die chemischen Konservierungsmittel darin sich in meinem Gewebe ansammeln und *mich* für die bereits erwähnten zweihundertsechs Jahre konservieren.

Ed Gorman: Na schön ... Sie sind zwar in Anbetracht Ihrer angestrebten Lebensspanne noch ein kleines Kind, aber bedauern Sie bereits etwas bezüglich Ihrer Vergangenheit? Irgendwelche Wege, die Sie nie eingeschlagen, oder Ziele, die Sie nie erreicht haben?

Dean Koontz: Nein. Ich habe meinen Traum wahr gemacht, Schriftsteller zu werden. Ich habe eine größere Leserschaft gefunden, als ich es bei den schrulligen Sachen, die ich schreibe, je erwarten durfte. Ich wäre ein Narr, würde ich herumsitzen und beklagen, nie die Gelegenheit gehabt zu haben, Erfahrungen als Leichtmatrose unter Deck eines Fischkutters vor Alaska gemacht zu haben.

Ich wußte von Anfang an, um es so weit zu bringen, würde ich so schwer arbeiten müssen, daß ich während meiner Zwanziger und Dreißiger den Großteil meiner Freizeit opfern mußte. Nach anderthalb Jahrzehnten mit Sechstagewochen, Überstunden und kaum Urlaub war der Durchbruch noch immer nicht geschafft, und ich fragte mich manchmal, ob ich nicht zu viel aufgab, um einem Traum nachzujagen, der nie Wirklichkeit werden würde, und ich muß eingestehen, daß es kurze Phasen gab, da ich mir selbst leid tat. Doch ich verspürte größtenteils tiefen Verdruß über die Verlagsindustrie, die den Erfolg über Nacht sucht und deshalb keinen Wert darauf legt, Schriftstellern dabei zu helfen, sich auf lange Sicht eine Leserschaft aufzubauen, was trotz allem immer wieder erfolgreich ist. Das Verlagswesen widersetzt sich allen Neuerungen so heftig, daß im Vergleich dazu die Amish wie eine Gruppe aufgekratzter Gruppensex-Fans wirken.

Ich war des weiteren frustriert darüber, daß die Verleger unaufhörlich versuchen, jeden Schriftsteller in die eine oder andere Schublade zu stecken und ihn damit in das für ihn ausgewählte Getto verdammen, ob er nun dorthin gehört oder nicht. Als ich siebenundzwanzig Jahre alt war, hat man mir gesagt, ich hätte den Höhepunkt meiner Karriere erreicht und würde den Rest meines Lebens über nun mäßig erfolgreiche Spannungsromane schreiben. Als ich Ehrgeiz zeigte und kompliziertere Bücher schrieb, warnten Agenten und Lektoren mich freundlich, meine Bücher würden nie Bestseller sein, so ein Autor sei ich nun mal nicht, und der Versuch, einer zu werden, würde mir nur einen Herzinfarkt einbringen. Wegen einer solchen Ansprache trennte ich mich von einem Agenten. Ich hatte den Eindruck, mit siebenundzwanzig Jahren noch etwas zu jung zu sein, als daß mein ganzes Leben schon im einzelnen festgelegt wäre. Als meine Romane später in den Taschenbuchausgaben auf die Bestsellerlisten kamen, sagte man mir, gebundene Ausgaben meiner Romane würden nie auf die Bestsellerlisten kommen, weil ich im Prinzip nun mal ein Taschenbuchautor sei. Letzten Endes hat vielleicht gerade diese negative Einstellung der anderen Leute, die mich damals zutiefst frustriert hat, zu meiner Motivation beigetragen, denn ich neige sehr zu der stillen, aber beharrlichen Einstellung: Wartet nur ab, ich werde es euch schon zeigen!

Ed Gorman: Was erhoffen Sie sich von den nächsten zehn Jahren?

Dean Koontz: Eine wundersame und üppige Rückkehr der Haare, die ich verloren habe. Die Entdeckung, daß ich Nachkomme eines geheimen Clans von Unsterblichen bin, der die Erde von einer unterirdischen Stadt in der Nähe von Scranton, Pennsylvania, aus beherrscht – aber ohne die Bedingung, daß ich dorthin zurückkehre. Ein paar neue Schuhe. Einen dritten Arm und eine dritte Hand, so daß ich mir die Haare kämmen und mich zurechtmachen kann, während ich schreibe. Einen Hund namens Lassie, der Hilfe holen wird, sollte mein Bein auf der South Forty je unter einem umgestürzten Traktor eingeklemmt werden.

Eigentlich hoffe ich nur darauf, gesund zu bleiben und mich als Schriftsteller entwickeln, noch interessantere Bücher in Angriff nehmen und meine Leserschaft mitnehmen zu können. Das wäre das Paradies.

Ed Gorman: Sie scheinen mit sich sehr zufrieden zu sein. Gibt es ein Geheimnis für diesen Seelenfrieden?

Dean Koontz: Ballaststoffe. Essen Sie jede Menge Ballaststoffe. Ansonsten … Nun ja, als Mensch, der eine ziemlich trostlose Kindheit hatte, habe ich gelernt, mich nicht am Zorn festzuhalten. Die Vergangenheit loszulassen. Man kann nie das Schlechte vergessen, das die Leute einem angetan haben, die Gemeinheiten und kleinlichen Schikanen und den Betrug und Verrat, aber man *kann* den Zorn loslassen. Wenn man das nicht tut, wird man das ganze Leben lang keinen Seelenfrieden haben, denn es wird immer wieder neue Menschen geben, die einen verletzen. Es wird immer wieder Beleidigungen, Kränkungen und Vertrauensbrüche geben, über die man wütend ist. Man muß lernen, dem Axiom zu folgen, das ich bereits erwähnt habe: *Ein gutes Leben ist die beste Rache.* Wenn jemand Sie schlecht behandelt hat, und Sie machen mit Ihrem Leben einfach weiter, geben den Zorn auf, sind einfach *glücklich*, dann haben Sie die Person besiegt, die Ihnen Übles angetan hat.

Das soll nicht heißen, daß man die andere Wange hinhalten sollte, wenn man in die Schnauze geschlagen wird. Ich meine jetzt nicht unbedingt körperliche Gewalt. Wenn Sie geschlagen werden – machen Sie den Mistkerl *fertig*. Aber wenn es um persönlichen oder geschäftlichen Verrat oder

Schäbigkeiten geht, vergessen Sie es. Lassen Sie es auf sich beruhen! Wenden Sie sich ab, und machen Sie mit Ihrem Leben weiter.

Ich bin der Auffassung, daß wir auf diese Welt gebracht wurden, um sie zu genießen, daß es uns bestimmt ist, glücklich zu sein, und daß Glück größtenteils eine Entscheidung ist. Einige Leute entscheiden sich dafür, unglücklich zu sein. Sie schwelgen in ihrem Unglück. Oder in Furcht. Nehmen Sie zum Beispiel die Hysterie um die globale Erwärmung. Es gibt keinen glaubhaften Beweis dafür, daß es sie tatsächlich gibt. Meerestemperaturen, die in den letzten 150 Jahren von Schiffen auf hoher See gemessen wurden, zeigen keinerlei Temperaturanstieg. Vor kurzem haben einige Wissenschaftler den auf natürliche Weise gefällten Stamm eines 3600 Jahre alten Baums im Amazonasbecken studiert. Sie stellten fest, daß die Temperaturschwankungen vom Beginn der industriellen Revolution bis in unsere Zeit lediglich im durchschnittlichen Rahmen lagen. Es hat in den Jahrtausenden vor dem Aufstieg der menschlichen Industrie sogar ein paar natürliche Klimaschwankungen gegeben, die schlimmer waren als alles, was wir erleben. Vom Menschen erzeugte Umweltschadstoffe? Der Ausbruch des Mount Pinatubo vor ein paar Jahren auf den Philippinen hat mehr Schadstoffe der unterschiedlichsten Art in die Atmosphäre geschleudert, als Menschen in der gesamten Geschichte der Spezies produziert haben, bei manchen Chemikalien zwanzigmal soviel, bei anderen sogar zweihundertmal soviel. Und das war *ein* Vulkanausbruch. Und doch schwelgen die Menschen in Furcht und Reue und geben sich der Panik hin, weil sie glauben *wollen*, daß wir in den letzten Jahren der Welt leben, auf der Schwelle des Armageddon. Ich bin kein unverbesserlicher Optimist; ich unterstütze konzentrierte, effektive und vernünftige Umweltmaßnahmen, die ich für wichtig halte, mit Spenden. Aber ich werde mich nicht wegen dieser oder jener Sache im Elend suhlen, wenn die Tatsachen es nicht rechtfertigen. Elend ist in diesem Fall – wie auch in so vielen anderen – kein unabwendbarer Zustand, sondern eine *Entscheidung*. Sage ich damit etwas so kindlich Einfaches wie ›Don't worry, be happy‹? Nein. Wenn man mitten im Weg einer Flutwelle steht, ist das eine ziemlich dumme Philosophie. Ich sage nur, Seelenfrieden entsteht daraus, glücklich zu sein, bis man gute, feste und unwiderlegbare Gründe für das Gegenteil bekommt.

Und vergessen Sie diese Ballaststoffe nicht. Jede Menge Ballaststoffe.

Ed Gorman: Wenn Sie der erste Mensch wären, der Worte an eine außerirdische Spezies richten könnte – was würden Sie sagen?

Dean Koontz: Ballaststoffe. Eßt jede Menge Ballaststoffe. Aber damit würde ich nicht aufhören. O nein. Ich würde noch eine ganze Weile weitermachen. Wahrscheinlich würde ich sie so langweilen, daß es ihnen glatt die Hosen auszieht – vorausgesetzt, sie tragen Hosen.

Ich würde ihnen sagen, daß sie ständig auf ihre Geldbörsen achten müssen, wenn sie sich in der Gesellschaft von Erdlingen befinden. Ich würde ihnen sagen, daß sie niemals in einem Restaurant essen sollten, das ›Mom's‹ heißt, und niemals Poker mit einem Burschen spielen sollten, der ›Slick‹ heißt, und vor einer Schule stets die Geschwindigkeitsbegrenzung einhalten sollten. Ich würde ihnen erklären, daß es völlig akzeptabel ist, Küchenschaben zu zertreten, was man bei kleinen Kindern aber gefälligst unterlassen sollte. Ich würde ihnen sagen, daß sie nicht alles glauben sollen, was sie lesen – zum Beispiel sind Heuschrecken *genauso* fleißig wie Ameisen, und daß der verdammte alte Aesop eine schwer arbeitende Insektenspezies verleumdet hat, als er seine üble kleine Fabel schrieb. Ich würde ihnen klarmachen, daß der Hauptbestandteil von Hamburgern Frikadellen sind und keine Einwohner der Hansestadt, die man zwischen zwei laffe Brötchen geklemmt hat, weil ein kulinarischer Fehler dieser Art die Beziehungen zwischen den Menschen und Außerirdischen um *Jahrzehnte* zurückwerfen könnte. Ich würde versuchen, ihnen zu erklären, warum Autos oft nach Tieren, aber nie nach Gemüsesorten oder Früchten benannt werden ... obwohl ich noch nicht genau weiß, was ich da sagen würde. Ich meine, wenn man darüber nachdenkt, warum gibt es keinen flotten Ford Persimone oder Opel Kürbis oder einen VW Frühlingszwiebel oder einen Mercedes Dicke Bohne? Der Name eines Wagens muß einen gewissen Sex-Appeal haben, nicht wahr? Tja, die meisten Gemüsesorten sind genauso sexy wie Tiere – mit der Ausnahme von Stangensellerie, was der Wallach der Gemüsewelt ist. Ich würde diesen Außerirdischen sagen, daß wir den willkürlichen Einsatz von Todesstrahlen nicht hinnehmen werden, oder das Parken auf Behindertenparkplätzen, wenn all ihre Tentakel gesund sind, das Köpfen und Ausnehmen von Versicherungsvertretern, ganz gleich, wie lästig sie werden, oder die Verwendung des Begriffs ›Arschgesicht‹ bei der Anrede von Mitgliedern jedweder königlicher Familien.

Ed Gorman: Das ist alles?

Dean Koontz: Glauben Sie, sie hören noch zu?

Ed Gorman: Wahrscheinlich nicht.

Dean Koontz: Dann ist das alles.

Ed Gorman: Vielen Dank für Ihre Zeit.

Dean Koontz: Glück und langes Leben.

II

DAVID B. SILVA
MIT DEM MEISTER SCHRITT HALTEN

So ist es passiert.

Das werden die guten Autoren Ihnen sagen.

Sie werden einen Stuhl heranziehen, und plötzlich haben Sie den Eindruck, Sie würden in einer warmen Nacht im Juli an einem Lagerfeuer sitzen, gemächlich ein Bier trinken, Salzbrezeln mampfen, Geschichten austauschen und hoffen, diese Nacht würde ewig währen. Die guten Schriftsteller erwecken in Ihnen den Eindruck, Sie wären der einzige, der ihnen zuhört; nur Sie würden diese Geschichte erfahren. Und nachdem die Geschichte beendet wurde, dürfen Sie sie behalten. Das ist Teil der Vereinbarung. Sobald die Geschichte fertig ist, gehört sie Ihnen. Niemand kann sie Ihnen wegnehmen. Außerdem können Sie sie nicht anzweifeln, selbst wenn Sie es wollten. Es ist genauso wie damals, als Sie zum erstenmal *Der Tag, an dem die Erde stillstand* im Rahmen der Reihe ›Der Monster-Spätfilm am Samstagabend‹ gesehen haben. Der Film bleibt noch lange danach haften, weil Ihnen irgend etwas verrät, daß man Ihnen eine Wahrheit erzählt hat und es nie einfach ist, eine Wahrheit abzuschütteln. Das gelingt Ihnen nicht einfach, indem Sie den Fernseher ausschalten. Und auch nicht, indem Sie das Buch zuklappen.

So ist es passiert.

Nein, die besten Geschichtenerzähler – und meistens die, die Spannungs- und Horrorromane schreiben, weil ihre Geschichten die kraftvollsten Wahrheiten erzählen – finden eine Möglichkeit, noch lange bei Ihnen zu bleiben, nachdem Sie ihre Bücher ausgelesen haben.

Dean Koontz ist ein Erzähler von kraftvollen Wahrheiten.

Und er erzählt diese Wahrheiten in einer Prosa, die unmißverständlich seine eigene ist, in einem Stil, der ein einzigartiges Tempo in Gang setzt. Das ist die Essenz dessen, was ich in diesem Artikel zu erkunden hoffe – wie Koontz alles mögliche von der Wortwahl bis zu Actionszenen einsetzt, damit seine Romane sich mit einem Tempo bewegen, das kein anderer zeitgenössischer Schriftsteller erreicht. Leider wird es uns nicht möglich sein, alles zu untersuchen, was Koontz tut, um seinen Romanen ein rasantes Tempo zu geben. Es sind einfach zu viele Techniken, Vorlieben und kleine Nuancen im Spiel. Aber wir werden versuchen, die auffallendsten Dinge ein wenig näher zu betrachten.

DAS TEMPO ANGEBEN

Ich will, daß meine Leser jedes neue Buch mit einer Über-raschung beginnen, mit dem Gefühl, nicht zu wissen, was sie erwartet, und wenn sie weiterlesen, möchte ich, daß sie irgendwann und zumindest mit einem gewissen Vergnügen denken: Nun ja, so etwas habe ich noch nie zuvor gelesen.

Bill Munsters *Footstep 6*

Seine Anfänge zeigen Koontz in Bestform.

Wenn es die Aufgabe des Verlegers ist, mit dem Titelbild dafür zu sorgen, daß der Leser das Buch aufschlägt, ist es Auf-gabe des Autors, dafür zu sorgen, daß er es nicht wieder zuklappt. Koontz hat dieses Prinzip begriffen, vielleicht bes-ser als jeder seiner zeitgenössischen Kollegen. Peter Straub, Robert Bloch, ja sogar zum größten Teil William Goldmann (obwohl auch er oft sehr wirksame Anfänge schreibt) neigen dazu, den Leser in ihre Geschichten zu ziehen, indem sie ihre Charaktere sorgfältig einführen. Ramsey Campbell verläßt sich sehr auf seinen einzigartigen Stil, um die Geschichte in Gang zu bringen. Charles L. Grant konzentriert sich gern auf einen Schauplatz, der schon fast zu normal wirkt. Stephen King verläßt sich naturgemäß oft auf die Stärke seiner Cha-rakterisierung, wenn er ein Buch anfängt. Verstehen Sie mich nicht falsch, all diese Methoden sind völlig in Ordnung. Aber sie haben auch eine Schwäche gemeinsam: Sie bitten den Leser um Geduld, sie versprechen uns mehr … aber wir müs-sen darauf warten.

Dean Koontz hat es nicht nötig, solche Versprechungen zu machen. Seine Geschichte beginnt mit dem allerersten Satz, und fast immer beginnt sie mit dieser *Überraschung*, die er so gern präsentiert. Action. Schnelle und wirksame Charakterisierung. Sofort eine Krise. Diese Elemente begründen das Tempo seiner Romane, und zwar von Anfang an. Der Autor läßt keine Entschuldigung gelten.

Wenn Sie es kurz und knapp wissen wollen – so stellt Koontz es an:

1. Er präsentiert uns die Hauptperson, mit der wir uns identifizieren werden.
2. Er führt diese Hauptperson sofort ein und bringt sie meistens in eine verzweifelte Lage. Sie muß sofort etwas *überwinden*, um zu überleben.
3. Er ermöglicht es dem Leser nie, mit ihm mitzukommen. Hinter der nächsten Ecke lauern immer neue und unerwartete Überraschungen.

Sehen wir uns doch mal ein paar seiner Romananfänge an. Bitte achten Sie darauf, wie schnell Koontz den Leser in seine Geschichten zieht. Wir blättern die erste Seite um und befinden uns plötzlich mitten in einer kritischen Episode! Der Autor scheint den Leser herausfordern zu wollen, dem Drang zu widerstehen, unbedingt zu erfahren, was als nächstes passiert.

»Er erwartete eigentlich keine Schwierigkeiten, aber er war auf alles vorbereitet, als er seinen Wagen gegenüber dem dreigeschossigen Sandsteingebäude parkte. Beim Aussteigen hörte er in einer Seitenstraße die Sirene aufheulen.

Sie sind hinter mir her, dachte er. Irgendwie haben sie herausgefunden, daß ich derjenige bin.«

Nackte Angst

»»Handschuhe aus Blut.‹«
Vision

»»Hast du schon mal getötet?‹ fragte Roy.«
Ein Freund fürs Sterben

»Am Dienstag im Morgengrauen erbebte Los Angeles. Fenster klirrten in ihren Rahmen. Windglockenspiele ertönten in den Innenhöfen, obwohl kein Wind wehte. In einigen Häusern fiel das Geschirr aus den Regalen.«
Flüstern in der Nacht

»Der Schrei war weit entfernt und kurz. Der Schrei einer Frau.«
Unheil über der Stadt

»Penny Dawson schreckte auf und hörte, wie sich etwas durch das dunkle Schlafzimmer bewegte.«
Wenn die Dunkelheit kommt

»Dominick Corvaisis war bequem ausgestreckt in seinem Bett eingeschlafen, unter einem frischen weißen Laken und einer leichten Wolldecke, aber er erwachte an einem anderen Ort – in der hintersten Ecke des großen Wandschrankes im Flur, hinter Mänteln und Jacken zusammengekauert wie ein Fötus.«
Schwarzer Mond

»An seinem sechsunddreißigsten Geburtstag, dem 18. Mai, stand Travis Cornell um fünf Uhr früh auf. Er zog derbe Wanderstiefel, Jeans und ein langärmeliges blaukariertes Baumwollhemd an. Von seinem Heim in Santa Barbara steuerte er seinen Pickup südwärts, bis ganz hinunter zum Santiago Canyon am Ostrand des Orange County südlich von Los Angeles. Mitgenommen hatte er nur eine Schachtel Oreo-Kekse, in einer Feldflasche Cool-Aid mit

Orangengeschmack sowie eine voll geladene Smith & Wesson .38 Chief's Special.«
Brandzeichen

»Die Nacht war ruhig und merkwürdig still, als wäre diese düstere Gasse ein verlassener Strand, an dem sich kein Lüftchen rührte. Ein Strand im Zentrum eines Wirbelsturms. Ein schwacher Rauchgeruch hing in der Luft, obwohl kein Rauch zu sehen war.

Frank Pollard lag mit dem Gesicht nach unten auf dem kalten Pflaster. Er bewegte sich nicht, nachdem er das Bewußtsein wiedererlangt hatte. Er wartete ab und hoffte, seine Verwirrung würde sich legen. Er blinzelte, versuchte, klar zu sehen. In seinen Augen schienen Schleier zu schweben. Immer wieder atmete er tief die kühle Luft ein und schmeckte den unsichtbaren Rauch. Infolge seiner beißenden Schärfe verzog er das Gesicht.«
Ort des Grauens

»Der Dienstag war ein typischer Tag für Kalifornien, voller Sonnenschein und Verheißung, bis Harry Lyon beim Mittagessen jemanden erschießen mußte.«
Drachentränen

Bei jedem dieser Beispiele zielt Koontz augenblicklich und direkt auf Spannung ab. Es finden sich keine langen beschreibenden Passagen, keine weitschweifigen Absätze, die den Schauplatz schildern oder äußerliche oder oberflächliche Aspekte einer Hauptfigur schildern. Wir werden sofort ins Wasser – vielmehr in die Geschichte – geworfen. Wir erleben sie so abrupt und furchterregend wie seine Charaktere. Und so sollte es auch sein.

Sehen wir uns das ein wenig genauer an.

In *Wenn die Dunkelheit kommt*, einem der rasantesten Romane, die Koontz bislang geschrieben hat, setzt die Spannung sofort ein. Die elfjährige Penny Dawson wird von einem

Geräusch geweckt, das sie nicht identifizieren kann. Ein ›hinterhältiges‹ Geräusch, das von der anderen Seite des Zimmers kommt. Je länger sie lauscht, desto bedrohlicher wird das Geräusch. Penny schaltet das Licht ein. Da ist nichts. Doch das zischende, kratzende, scharrende Geräusch erklingt erneut, diesmal unter ihrem Bett. Penny versucht, sich nicht wie ein kleines Kind zu benehmen, und stochert mit dem Plastik-Baseballschläger ihres Bruders unter dem Bett:

> Plötzlich wurde das andere Ende des Plastikschlägers gepackt und festgehalten. Penny wollte ihn wegziehen. Es ging nicht. Sie ruckte und drehte daran – vergeblich.
> Dann wurde er ihr aus der Hand gerissen. Er verschwand mit einem dumpfen Rasseln unter dem Bett.

Schließlich entkommt das Ding unter dem Bett, ohne daß Penny es gesehen hat. Was war es? Was wollte es? Penny übersteht die Szene lebendig und wohlauf, aber verängstigt von dem, was geschehen ist. Doch weil sie nicht will, daß man sie für ein kleines Kind hält, erzählt sie ihrem Vater nichts davon. Statt dessen schläft sie mit ihrer Furcht und Neugier ein. Und *wir* nehmen dieselben Gefühle in den nächsten Abschnitt des Romans mit.

All das geschieht auf den ersten zehn Seiten von *Wenn die Dunkelheit kommt*.

So schnell zieht Koontz uns in seine Welt.

DAS TEMPO ANZIEHEN

Sie müssen *jeden Tropfen Farbe, Aufregung und Spannung
aus jeder Actionszene Ihres Romans quetschen.*
How to Write Best-Selling Fiction

Wie wir bereits gesehen haben, möchte Koontz seine Leser
vom ersten Wort an mitreißen und das Tempo des Buches
begründen. Da er einen neuen Roman oft mit Action einführt,
ist seine Handhabung von Actionszenen eine fast natürliche
Erweiterung dieser Technik.

Krisen treiben die Geschichte immer wieder voran.

Und Koontz weiß, daß eine Krise die Aufmerksamkeit des
Lesers viel besser halten wird als irgendein anderer erzähleri-
scher Inhalt. Also nimmt er sich vor, solche Szenen voll aus-
zunutzen. Wie macht er das? Am häufigsten, indem er seinen
Charakteren einen einfachen Ausweg verweigert. Er erwartet, daß seine Helden (oder, wie es so oft der Fall ist, Heldin-
nen) gegen ein Hindernis nach dem anderen angehen, ohne
ihren Kampf ums Überleben jemals aufzugeben.

Das Rezept ist ganz einfach: Mach es den Charakteren niemals leicht.

Man findet ein hervorragendes Beispiel dafür in seinem
Roman *Flüstern in der Nacht*. In einer Szene am Anfang wird
seine Heldin, Hilary, von einem Mann namens Frye angegriffen. Der Vorfall beansprucht fast zwanzig Seiten, auf denen
sie sich zu schützen versucht. (Sie schlägt ihn mit einer Por-
zellanstatue; er erholt sich; sie wehrt ihn ab, indem sie ihn
kratzt und zwischen die Beine tritt, aber er ist zu stark; es
gelingt ihr, ins Schlafzimmer zu flüchten und die Tür abzu-
schließen, aber er tritt die Tür ein; sie findet einen Revolver,
schießt, nichts, entsichert die Waffe, wieder nichts, steckt eine
Patrone in die Kammer, schießt, trifft ihn; aber ist er wirklich
tot?) Zwanzig Seiten rasen so schnell vorbei, wie man sie
umblättern kann. Es ist eine starke, effektive Szene, die man
einfach nicht zu lesen aufhören kann. Und sie funktioniert,

weil jedesmal, wenn Hilary endlich eine Möglichkeit gefunden zu haben scheint, Frye zu überwinden, eine neue Komplikation auftritt und es erneut den Eindruck hat, ihre Lage sei hoffnungslos. Wir wissen nie ganz genau, ob sie überleben wird oder nicht.

Wenn man genau hinschaut, stellt man fest, daß Koontz jede Actionszene wie einen Mikrokosmos des Romans als Ganzes behandelt. Er legt eine Szene der wachsenden Verzweiflung auf die andere, und jede trägt zu der Dringlichkeit der Geschichte insgesamt bei. Er bringt den Helden in eine Zwangslage. Wirft eine Komplikation ein, dann noch eine, bis die Situation schlimmer ist, als wir es uns je vorstellen konnten. Er läßt den Helden weiterkämpfen, sich wehren, überleben, bis er schließlich scheitert oder die Oberhand behält. Diese Intensität, dieser wachsende Druck sorgt für ein scharfes Tempo und bewirkt, daß der Leser vier- oder fünfhundert Seiten lang bei der Stange bleibt.

Koontz setzt gelegentlich noch eine Technik ein, um das Tempo zusätzlich zu verschärfen. Wenn ein bevorstehendes Unheil mehrere Charaktere gleichzeitig bedroht, wechselt er manchmal mit kurzen, stakkatohaften Szenen hektisch zwischen den einzelnen Figuren hin und her. Wenn man diese Technik richtig einsetzt, fügt sie einer Actionszene noch eine weitere Dimension der Spannung hinzu.

Ein Beispiel für diese Annäherung findet man in *Wenn die Dunkelheit kommt*, ein Buch, auf das ich immer wieder zurückkommen werde, weil sein Tempo so rasant ist, daß es geradezu eine Verkörperung von Koontz' Fähigkeit darstellt, Tempo zu machen. Im fünften Kapitel sind Jack Dawsons Kinder vom *Bocor* bedroht worden, und der Mann will durch die Stadt fahren und sich überzeugen, daß sie in Sicherheit sind. Hier springt Koontz in einer einzigen Actionsequenz schnell von einer Szene zur anderen und erzeugt nicht nur im Roman, sondern auch beim Leser ein Gefühl von äußerster Dringlichkeit.

Und so führt er uns durch die Krise:

ERSTE SZENE: Der *Bocor* schickt sich an, seine Energie für das Gemetzel zu sammeln.

ZWEITE SZENE: Jacks Tochter Penny hört ein kratzendes, zischendes Geräusch. Sie verfolgt es zu einer Belüftungsöffnung im Boden zurück und späht durch die Schlitze.

DRITTE SZENE: Jack beugt sich über das Lenkrad seines Wagens. Es schneit, die Straße ist glatt, er muß viel langsamer fahren, als er will. Und er denkt immer wieder daran zurück, was der *Bocor* darüber gesagt hat, was er mit Jacks Kindern machen würde: übel zugerichtete Leichen, die Augäpfel aus den Höhlen gerissen, die Kehlen aufgerissen. Der Wagen gerät ins Schleudern, Jack muß noch langsamer fahren.

VIERTE SZENE: Der *Bocor* setzt sein Ritual fort und greift körperlich nach den Kindern.

FÜNFTE SZENE: Penny hört eine spröde, flüsternde Stimme, die aus der Wand kommt. Sie weckt ihren kleinen Bruder auf, weil sie plötzlich weiß, daß sie in ernster Gefahr sind.

SECHSTE SZENE: Jack und seine Partnerin Rebecca erreichen endlich das Apartmenthaus. Sie fahren mit dem Lift in den elften Stock. Das ist die längste Liftfahrt, die Jack je unternommen hat.

SIEBENTE SZENE: Der *Bocor* ist in einem tiefen Trancestadium und nimmt geistigen Kontakt mit Penny auf. Er kann sie riechen, und er will sie haben.

Diese Szenen spielen sich auf insgesamt lediglich dreizehn Seiten ab und wurden so angelegt, daß sie den Leser schnell zur achten Szene tragen. Diese achte Szene ist hier die große Actionszene. Jack erreicht schließlich die Wohnung, tritt den ›Geschöpfen‹ gegenüber, die der *Bocor* geschaffen hat, und rettet seine Kinder. Die achte Szene, die der Höhepunkt dieses Abschnitts des Romans ist, ist voll der oben bereits erkundeten Komplikationen.

Vergessen Sie nicht, Koontz schreibt: Machen Sie es Ihren Helden nie leicht.

Besonders nicht in Ihren Actionszenen.

Ganz gleich, in welchem Stil der Hauptteil Ihres Romans geschrieben ist, Sie wären gut beraten, ihn dann und wann zu modifizieren – oder vielleicht sollte ich ›modulieren‹ sagen –, besonders, um Actionszenen zu betonen.

How to Write Best-Selling Fiction

Der Stil eines Schriftstellers ist eins jener nebulösen Dinge, über die jeder spricht, den aber nur wenige wirklich begreifen. Im Rahmen dieser Abhandlung möchte ich, daß Sie den Stil eines Autors als seine einzigartige Weise sehen, seine Geschichte zu erzählen, als seine persönliche *Stimme*. Und Sie sollten verstehen, daß diese *Stimme* sich verändert, manchmal von Buch zu Buch, manchmal von Szene zu Szene, je nachdem, was der Autor zu erreichen versucht.

In diesem Abschnitt wollen wir uns anhand einiger Beispiele ansehen, wie Koontz einen besonderen Stil einsetzt, um einen Tempowechsel herbeizuführen und damit beim Leser eine besondere gefühlsmäßige Reaktion zu erzeugen.

Hier ist ein kurzer Auszug der Szene in *Wenn die Dunkelheit kommt*, in der Jack mit dem Fahrstuhl zu seiner Wohnung hinauffährt. Dabei weiß er, daß seine Kinder in Gefahr sind:

> Vierte Etage.
>
> »Wir werden die Waffen ohnehin nicht brauchen«, sagte Rebecca. »Wir sind Lavelle zuvorgekommen. Ich weiß es.«
>
> Aber ihre Stimme klang nicht mehr so überzeugt.
>
> Jack wußte, warum. Die Fahrt von ihrer Wohnung hierher hatte ewig gedauert. Es schien immer weniger wahrscheinlich, daß sie noch rechtzeitig kamen.
>
> Sechste Etage.
>
> »Warum sind die Fahrstühle in diesem Gebäude so gottverdammt langsam?« fragte Jack.

Siebente Etage.

Achte.

Neunte.

»Beweg dich, verdammt!« befahl er dem Liftmotor, als glaubte er, daß der tatsächlich schneller werden würde, wenn er es ihm befahl.

Zehnte Etage.

Elfte.

Endlich glitten die Türen auf, und Jack trat hinaus.

Bei diesem Beispiel benutzt Koontz jedes Stockwerk des Gebäudes als Maßeinheit für Jacks Vorankommen, das natürlich viel zu langsam ist, soweit es ihn betrifft. Die Stockwerke, die absichtlich genau bezeichnet werden, erhöhen die bereits bestehende Spannung. Jack will, daß der Fahrstuhl schneller fährt. *Wir* wollen, daß der Lift schneller fährt. Und wenn Sie genau hinschauen, stellen Sie fest, daß er *tatsächlich* schneller fährt. Achten Sie zum Beispiel darauf, daß, je höher der Fahrstuhl steigt, wir um so schneller jede neue Etage erreichen. Zuerst ist es der vierte Stock; dann folgt ein Gespräch. Doch schließlich fahren wir an einer Etage nach der anderen vorbei. Die siebente, achte, neunte.

Koontz gelingt hier etwas fast Unmögliches. Einerseits scheint der Fahrstuhl ewig zu brauchen. Andererseits bewahrt er das Tempo der Szene, das einen ziemlich hektischen Zahn drauf hat.

Und das alles erreicht er damit, wie er die Stockwerke des Gebäudes abzählt.

Dieselbe Technik benutzt er mit einer leichten Abwandlung in dieser Szene aus *Das Versteck*:

Für den Bruchteil einer Sekunde würde Tod vermutlich glauben, daß er von dem Vorsprung getroffen worden war, der dem Gerücht zufolge einst einen Jungen geköpft hatte. In seiner Panik würde er die Stange loslassen. Zumindest hoffte Jeremy das und ließ selber die

Stange los, nachdem er den Schwinger ausgeführt hatte und der Zug in vollem Tempo den dritten Abhang hinunterraste. Er warf sich mit voller Wucht gegen seinen besten Freund, packte ihn, zerrte und stieß ihn mit aller Kraft zum Wagenrand. Tod versuchte, sich an Jeremys Haaren festzukrallen, doch der schüttelte wild den Kopf und stieß noch einmal zu, trat ihm in die Seite ...

... der Zug flog die vierte Steigung hinauf ...

... Tod kippte aus dem Wagen, stürzte in die Finsternis, in die Unendlichkeit. Jeremy geriet ins Wanken, verlor beinahe das Gleichgewicht und griff verzweifelt im Dunkeln nach der rettenden Stange, fand sie, klammerte sich fest ...

... der Zug sauste wieder talwärts, die vierte Steigung hinab ...

... Jeremy meinte, einen letzten Schrei von Tod zu hören, gefolgt von einem dumpfen Aufprall, als er an die Tunnelwand schlug und im Sog des Zuges auf die Schienen zurückgerissen wurde, vielleicht war es aber auch nur Einbildung ...

... raste mit schlingernden Bewegungen den nächsten Berg hinauf, daß Jeremy beinahe übel wurde ...

... entweder war Tod da hinten in der Finsternis bereits tot, bewußtlos oder halb benommen und versuchte, auf die Beine zu kommen ...

... donnerte die fünfte Steigung talwärts. Jeremy wurde hin- und hergeschüttelt, er verlor beinahe den Halt, und schon ging es in die sechste und letzte Steigung ...

... wenn er noch nicht ganz tot war, merkte Tod vielleicht gerade, daß da noch ein Zug angerast kam ...

... wieder talwärts, den sechsten Hügel hinab, und dann in die Zielgerade.

Sehen Sie es? Sehen Sie, wie Koontz Sie zu einer Achterbahnfahrt mitnimmt, wie er nicht nur mit seiner Wortwahl Tempo macht, sondern auch damit, wie er diese Worte präsentiert?

Ich möchte Ihnen nun ein anderes Beispiel zeigen, wie Koontz Stilmittel einsetzt, um ein Gefühl von Spannung und Dringlichkeit zu erzeugen. Es handelt sich um eine Szene aus *Unheil über der Stadt*, in der Bryce, Sara und Jenny ein Computerterminal benutzen, um mit diesem bösen *Ding* zu kommunizieren, das sie zu verstehen versuchen:

Nach einer kurzen Überlegung tippte die Genetikerin:
GIB UNS EINE PHYSISCHE BESCHREIBUNG VON DIR.
ICH LEBE.
LIEFERE EINE SPEZIFISCHERE BESCHREIBUNG, bat Sara.
ICH BIN VON NATUR AUS UNSPEZIFISCH.
BIST DU EIN MENSCH?
AUCH DIESE MÖGLICHKEIT STEHT MIR OFFEN.
»Es spielt doch bloß mit uns«, sagte Jenny. Bryce fuhr sich mit einer Hand über das Gesicht.
»Fragen Sie es nach General Copperfield.«
WO IST GALEN COPPERFIELD?
TOT.
WO IST SEINE LEICHE?
VERSCHWUNDEN.
WOHIN?
DU LANGWEILST MICH.
WO SIND DIE ANDEREN, DIE BEI GALEN COPPERFIELD WAREN?
TOT.
HAST DU SIE GETÖTET?
JA.
WARUM HAST DU SIE GETÖTET?
IHR.
Sara tippte: UNKLAR. DEUTLICHER.
IHR SEID.
DEUTLICHER.
IHR SEID ALLE TOT.

Auch hier setzt Koontz ein Stilmittel ein, um das Tempo schnell zu halten und die Spannung zu bewahren. Alle Mitteilungen auf dem Computer werden in Versalien wiedergegeben, wodurch sie auffallen und man sie wesentlich schneller lesen kann. Darüber hinaus sind alle Antworten, die Sara diesem *Ding* entlockt, kurz und direkt. Oft bestehen sie nur aus einem Wort, was dafür sorgt, daß wir uns schnell die Seite hinabbewegen. Der Unterton der Szene besagt, daß dieses *Ding* blitzschnell denkt und die Charaktere (und *wir*, die Leser) ihre gesamte Intelligenz brauchen werden, um mit ihm Schritt halten zu können.

Koontz benutzt dieselbe Technik in dieser kurzen Szene aus *Brandzeichen*:

> Travis beugte sich zu dem Kopfende vor und sagte zu Einstein: »Warum sucht der Outsider dich?«
>
> HASST MICH.
>
> »Warum haßt er dich?«
>
> WEISS NICHT.
>
> Während Nora die Buchstaben zurücklegte, sagte Travis: »Wird er weiter nach dir suchen?«
>
> JA. IMMER.
>
> »Aber wie kann er sich bewegen, ohne gesehen zu werden?«
>
> NACHTS.
>
> »Trotzdem ...«
>
> WIE RATTEN BEWEGT SICH UNGESEHEN.
>
> Nora blickte verwirrt und sagte: »Aber wie verfolgt er dich?«
>
> FÜHLT MICH.

In dieser Szene kommuniziert Einstein, ein superintelligenter Hund, mit Travis und Nora, indem er seine Antworten mit den Buchstabentäfelchen eines Scrabble-Spiels bildet. Auch hier erzählt er straff und schnell. Die Antworten sind kurz, prägnant und werden von Koontz mit Großbuchstaben hervorgehoben. Und erneut stellt sich bei uns das Gefühl einer einfach überwältigenden Intelligenz ein.

In Szenen, die solche Intensität verlangen, setzt Koontz oft kurze, treffende Dialoge wie die ein, die wir in den obenstehenden Beispielen gelesen haben. Das ist ein wirksames Mittel, um die Geschichte mit einem Tempo voranzutreiben, das fast schneller ist, als daß der Leser mithalten könnte. Und aus diesem Vorgehen erwächst eine erstaunliche Subtilität, ein Unterton der gefühlsmäßigen Dinglichkeit, den wir eher *spüren* als lesen.

Noch einmal zurück zu *Wenn die Dunkelheit kommt*. In der großen Szene, die wir bereits oben erwähnt haben, trifft Jack endlich in seiner Wohnung ein und begegnet den ›Geschöpfen‹. Diesmal benutzt Koontz ein anderes Stilmittel, um die Szene wirken zu lassen. Sehen wir sie uns mal an:

Das Geschöpf war so groß wie eine Ratte. Wenigstens der Form nach war auch sein Körper dem einer Ratte ziemlich ähnlich: niedrig, mit langen Flanken und für ein Tier dieser Größe breiten und muskulösen Schultern und Keulen. Aber damit war die Ähnlichkeit mit einer Ratte zu Ende, und der Alptraum fing an. Das Wesen war unbehaart. Seine glitschige Haut hatte dunkle, grau-grüngelbe Flecken und ähnelte eher einem schleimigen Pilz als Fleisch. Der Schwanz hatte keinerlei Ähnlichkeit mit dem einer Ratte. Er war acht oder zehn Zoll lang, an der Wurzel einen Zoll breit und in Abschnitte unterteilt wie der Schwanz eines Skorpions; er lief spitz zu und ragte eingerollt nach oben über das Hinterteil des Tiers wie der eines Skorpions, hatte aber keinen Stachel. Die Füße waren ganz anders als die einer Ratte: im Verhältnis zu dem Tier selbst waren sie übergroß; die langen Zehen hatten drei Gelenke und wirkten knorrig; die gebogenen Klauen waren viel zu groß für die Füße, aus denen sie herauswuchsen; ein rasiermesserscharfer, gekrümmter Sporn mit vielen Widerhaken ragte aus jeder Ferse. Der Kopf war dem Bau und dem Aussehen nach noch tödlicher als die Füße; der Schädel war ziemlich flach und hatte unnatürlich scharfe Winkel und unnötige Ausbuchtungen und Eindellungen, als wäre er von einem ungeübten Bildhauer modelliert worden. Die Schnauze war lang und spitz, eine bizarre Kreuzung zwischen einem Wolfs- und einem Krokodilsmaul. Das kleine Ungeheuer öffnete das Maul und zischte, dabei zeigte es ungeheuer viele spitze Zähne, die in verschiedenen Richtungen in seinem Kiefer steckten. Eine überraschend lange, schwarze Zunge glitt aus dem Maul, glänzend wie ein Streifen roher Leber; das Ende war gespalten und zuckte ständig hin und her.

Koontz läßt diesem langen, fast übermäßig beschreibenden Absatz einen weiteren folgen, der fast genauso lang und beschreibend ist. Und diese beiden Absätze befinden sich mitten in einer Actionszene.

Warum?

Nun, zuerst einmal ist diese Szene aufgrund der Natur der Wesen fast zwangsläufig notwendig. Es sind einzigartige Geschöpfe, die nur in diesem Roman vorkommen. Er hätte sie nicht einfach als Werwölfe oder Vampire oder Mumien bezeichnen und den Leser mit einer so allgemeinen Beschreibung zufriedenstellen können. Diese Geschöpfe mögen zwar einer Ratte oder einem Skorpion ähneln, vielleicht sogar einem Wolf oder Krokodil, sind aber nichts davon. Sie sind einzigartig. Und deshalb müssen sie beschrieben werden.

Zweitens handelt es sich, besonders angesichts des Tempos dieser Szene, um eine gute Gelegenheit, dem Leser eine Atempause zu verschaffen und gleichzeitig etwas zu der Spannung hinzuzufügen, die er bereits aufgebaut hat. In diesem Fall wird die Spannung erhöht, indem das Tempo gebremst und die Szene verlängert wird. Wir wollen wissen, was passieren wird, müssen aber warten, bis wir ein paar Präliminarien hinter uns gebracht haben. Koontz hat uns gerade durch sieben schnell geschnittene Szenen gezerrt, und wir wissen, daß der Höhepunkt der achten Szene nur noch eine oder zwei Seiten entfernt ist. Aber noch nicht, sagt er. Wir müssen warten, bis wir es keinen Augenblick länger ertragen können.

DAS NETZ ABSCHREITEN

Ich will den Lesern nicht nur angst machen, ich will sie dazu bringen, daß sie lachen und weinen und sich einsam und erhaben fühlen. Ich will gefühlsmäßige Literatur schreiben, die den Leser zutiefst einbezieht und ihn gleichzeitig auch noch in Angst und Schrecken versetzt.
Interview in *Horror Show*, Sommer 1986

Koontz hat noch eine weitere Methode gefunden, die dazu beiträgt, sein scharfes Tempo zu entwickeln. Es handelt sich um das Gefühl der Erwartung, die er im Leser weckt, um das Gefühl, unbedingt wissen zu müssen, was als nächstes passiert. Bislang haben wir untersucht, wie er den Anfang eines Romans gestaltet, Actionszenen einsetzt, ja sogar Stilmittel verwendet, um das Tempo zu verändern. All diese Faktoren tragen zu jener Erwartungshaltung bei, die er in seinen Lesern aufbaut. Aber hier kommt noch etwas ins Spiel, und zwar die Art und Weise, wie wir mit seinen Charakteren *empfinden*.

Koontz erreicht seine Leser durch die Charaktere, die er erschafft. Wir fühlen mit Jennifer Paige und ihrer Schwester Lisa, mit Dominick Corvaisis, Hilary Thomas, Harry Lyon und Mary Bergen; uns liegt an ihnen. Ihretwegen machen wir uns Sorgen darüber, was als nächstes passieren könnte. Es ist, als würden wir mit ihnen irgendeine Rassenerinnerung teilen, als hätten wir mit ihnen irgendeine grundlegende Aufrichtigkeit gemeinsam. Sie sind so alltäglich wie wir alle. Ihre Beziehungen weisen alltägliche Probleme auf, sie haben

Grenzen und eine Stärke, die sie oft erst entdecken, nachdem man sie in eine Ecke getrieben hat. Sie sind wie Menschen, die wir alle kennen. Doch Koontz bringt sie in außergewöhnliche Situationen und sagt: Mal sehen, was ihr damit anfangen könnt, meine Freunde.

Seine Charaktere liefern uns die gefühlsmäßige Bindung zu seinen Romanen.

Wir lachen und weinen mit ihnen.

Wir haben Angst um sie.

Doch in erster Linie machen wir uns um sie Sorgen. Sie sind ein paar hundert Seiten lang unsere Kinder. Wir machen uns Sorgen, daß Jack Dawson, so stark er auch sein mag, doch nicht stark genug sein wird, um Lavelle zu besiegen. Wir machen uns Sorgen, daß Colin Jacobs einfach zu unschuldig ist, um eine Freundschaft mit jemandem wie Roy Borden zu überleben. Wir machen uns sogar Sorgen um die schreckliche Kindheit, die Bruno Frye geschaffen hat. Die Welt da draußen ist groß. Manchmal ist sie häßlich. Und sie sind so unschuldig, diese unsere Kinder. Wir wissen bereits – falls jemand Schwierigkeiten kriegen wird, dann sie.

Also machen wir uns Sorgen.

Und Koontz ergreift diese unsere Sorgen und setzt sie zu seinem Vorteil ein.

Er läßt uns ganz elend vor Erwartung werden. Und diese Erwartung trägt ursächlich zu dem Eifer bei, mit dem die Leser sich über seine Romane hermachen. Wir lesen uns rasend schnell durch seine Seiten, weil wir wissen müssen, ob Slim MacKenzie in seinem Kampf allein dasteht, ob er auch nur die geringste Chance hat, um sich gegen die Trolle durchzusetzen und zu überleben. Und wir müssen es *sofort* wissen!

STETS SCHRITT HALTEN

Ich bin der Ansicht, daß ein Thriller nicht nur spannend oder unheimlich sein muß, sondern gelegentlich auch komisch, anrührend, melancholisch, erhebend und sogar intellektuell belebend sein kann.

Interview mit Ed Gorman

Während seiner Karriere hat Koontz alles mögliche geschrieben, vom Romantic-Thriller bis zu Science-fiction, vom humorvollen bis zum Spannungsroman. Während ich diesen Essay schreibe, steht sein Roman *Schattenfeuer* (der ursprünglich unter dem Pseudonym Leigh Nichols erschien) seit sieben Wochen auf der Taschenbuch-Bestseller-Liste der Zeitschrift *Publishers Weekly*. *Drachentränen* ist gerade nach einem längeren Aufenthalt aus der Bestsellerliste der gebundenen Ausgaben herausgefallen. Und *Die zweite Haut* wird mit Sicherheit am längsten von allen bisherigen Romanen des Autors auf der Bestsellerliste bleiben.

Dieser Erfolg ist kein Zufall.

Koontz ist der vollendete Profi. Er hat lange und hart gearbeitet. Er hat sich seinen Erfolg verdient. Und dabei hat er seinen Beruf gelernt, sicher genauso gut oder besser als die erfolgreichsten seiner Zeitgenossen.

So ist es passiert.

Das wird Dean Koontz Ihnen sagen. Dann wird er sich gemeinsam mit Ihnen an dieses Lagerfeuer an einem warmen Juliabend setzen und Ihnen eine Geschichte erzählen, bei der er auf alles zurückgreift, was er in seinem Beruf gelernt hat. Und diese Geschichte wird gleichzeitig komisch und unheimlich, traurig und wahr sein. Und Sie werden wahrscheinlich nicht mal bemerken, mit welch rasantem Tempo er diese Geschichte erzählt, denn das gehört zu den vielen Dingen, die er so gut macht, daß sie fast unsichtbar werden. Aber die Geschichte wird Sie trotzdem mitreißen. Sie wird Orte aufsuchen, mit denen Sie niemals gerechnet hätten, und Ihnen Personen vorstellen, die Sie faszinieren werden. Doch am wichtigsten ist, daß sie Ihnen krasse Wahrheiten präsentieren wird. Denn genau das tut Dean Koontz: Er erzählt uns die krassesten Wahrheiten, und zwar auf eine Art und Weise, die dafür sorgt, daß wir nicht mit dem Umblättern der Seiten aufhören können.

So ist es passiert.

1. *Nackte Angst* (1977), Reinbek 1979, Rowohlt
2. *Vision* (1977), München 1993, Heyne (1984 bereits unter dem Titel *Hellseherin*)
3. *Ein Freund fürs Sterben* (1980), Reinbek 1982, Rowohlt
4. *Flüstern in der Nacht* (1980), München 1988, Knaur (unter dem Titel *Höllenqualen* Bergisch Gladbach 1982, Bastei-Lübbe)
5. How to Write Best-Selling Fiction, Cincinnati 1981, Writer's Digest Books
6. *Unheil über der Stadt* (1983), München 1986, Heyne
7. *Wenn die Dunkelheit kommt* (1984), München 1987, Heyne
8. Bill Munster (Hrsg.), Footsteps 6, New York, Dezember 1985
9. *Schwarzer Mond* (1986), München 1989, Heyne
10. The Horror Show, Kalifornien 1986, Phantasm Press
11. *Brandzeichen* (1987), Wien/Darmstadt 1988, Zsolnay
12. *Ort des Grauens* (1990), Wien/Darmstadt 1991, Zsolnay
13. *Das Versteck* (1992), Hamburg 1993, Hoffmann & Campe
14. *Drachentränen* (1993), München 1995, Heyne
15. Interview mit Ed Gorman, *Mystery Scene*, 1987

III

CHARLES DE LINT

DAS HERZ DES TICKTACK-MANNES

›Ticktack‹ (›Ticktock‹) war der Arbeitstitel von Dean Koontz' Roman *Drachentränen*, bevor er der Bitte seines Verlegers nachkam und die Änderung des Titels erlaubte. Der Name ist vom unvergeßlichen Bösewicht des Buches abgeleitet, und man versteht sofort, warum Koontz den ursprünglichen Titel gewählt hat, doch ›Ticktack‹ funktionierte auch noch auf einer weiteren Ebene, indem es subtil an ›die tickende Uhr‹ erinnert, die die treibende Kraft hinter der Spannungsliteratur ist.

Die meisten guten Spannungsromane arbeiten innerhalb eines spezifischen, begrenzten Zeitrahmens; den Protagonisten bleibt nur eine bestimmte Zeit, um sich mit ihren Problemen zu befassen – und das heißt oft, einfach nur zu überleben. Offensichtlich genügt die dabei entstehende Spannung, um die Geschichte voranzutreiben und zu einem ›Page-turner‹ zu machen, einem Buch, bei dem die Seiten sich praktisch von allein umblättern.

Koontz ist ein Meister dieser tickenden Uhr, aber wäre das alles, würden seine Romane wohl kaum die Bestsellerlisten stürmen oder seine älteren Bücher ständig nachgedruckt werden, weil die Leser nach ihnen verlangen.

»Ich habe schon immer das Potential für Poesie in der Sprache gemocht«, hat Koontz vor kurzem in einem Interview gesagt. »Die Metapher, die in Ihrem Verstand ein detaillierteres Bild schafft, alle Sinne beteiligt und Gefühle aufrührt.« (1)

Diese trügerisch schlicht klingende Aussage könnte durchaus der Schlüssel für das Verständnis von Koontz' derzeitiger Beliebtheit und seines Erfolgs sein. Er ist einer der wenigen Autoren, die derzeit auf dem Gebiet des Spannungsromans arbeiten und deren Werke durchgehend literarische Qualität aufweisen, doch dieser Aspekt errichtet nie eine Barriere zwischen dem Leser und der Action, die in dem Buch stattfindet.

Eine Prosa wie die seine, die die Geschichte ohne unbeholfene Verzögerungen vorantreibt und die man trotzdem wegen ihres Lyrismus und ihrer Einsicht schätzen kann, ist seltener, als es den Anschein hat – besonders, wie man manch-

mal glauben könnte, bei jenen Titeln, die es auf die Bestsellerlisten schaffen. Wir lesen Tom Robbins oder Barbara Kingsol-
ver wegen ihrer ausgeprägten beschreibenden Fähigkeiten
und ihrer Einsicht in Charaktere und gesellschaftliche Sitten,
aber ihre Bücher sind nicht übermäßig spannend. Umgekehrt
bieten viele Thriller, die auf die Bestsellerlisten kommen,
wunderbare Unterhaltung, doch es mangelt ihnen an Tiefe,
wie der Leser feststellt, nachdem er die Geschichte verschlungen hat und sich dem Buch noch mal zuwendet, um den Stil
des Autors und die Zwischentöne und den inneren Widerhall
des Buches zu untersuchen – die Information, die zwischen
den Zeilen verschlüsselt ist.

Doch einen Roman von Koontz kann man auf verschiedenen Ebenen lesen, und eine jede davon fügt der nächsten
etwas hinzu, während sie gleichzeitig auch für sich allein zu
überzeugen weiß. Der Leser, der einen spannenden Thriller
genießen will, wird begeistert sein von der schnellen, ja sich
überstürzenden Handlung und den zahlreichen Wendungen
und Überraschungen eines Romans wie *Die Kälte des Feuers*
(1991; hier wird jeweils das Jahr der Erstveröffentlichung in
den USA angegeben), die die Story vorantreiben. Andere werden etwas tiefer graben und davon gefesselt sein, daß das
Buch genauso viele Fragen über den Sinn des menschlichen
Lebens stellt, wie es sie beantwortet, und daraufhin die Dua-
litäten und Paradoxa ihres eigenen Lebens untersuchen. Wieder andere werden einfach die Sprache genießen, den sicheren und geschickten Fluß der Worte, die die Charaktere und
Schauplätze zum Leben erwecken.

Koontz hat eine Begabung dafür, genau das richtige Wort
oder die richtige Wendung zu benutzen, aber sie fiel ihm nicht
in den Schoß – zumindest nicht ausschließlich; was so mühe-
los wirkt, wenn seine Leser die letzte und veröffentlichte Fassung in die Hände bekommen, ist in Wirklichkeit die harte
Arbeit langer Stunden an der Computertastatur.

Es gibt in Koontz' Werk noch einen anderen einzigartigen
Aspekt, einen, der mit der Wahl seiner Themen und der ruhi-

gen Mißachtung für die ›Regeln‹ der Genreliteratur zu tun hat, doch bevor wir uns damit befassen, wollen wir eine kurze Kehrtwendung machen und uns den Mann hinter den Büchern ansehen.

Dean Ray Koontz wurde am 9. Juli 1945 in Everett, Pennsylvania, geboren und ist im benachbarten Bedford aufgewachsen – »ein hübsches Städtchen in einer landschaftlich reizvollen Umgebung … aber auch einer jener Orte, die in einem das Gefühl erwecken, in ein paar Kellern oder Dachböden würden, vor allen Blicken verborgen, so seltsame Dinge lauern, daß sie direkt den Geschichten H. P. Lovecrafts entsprungen sein könnten.«(2) Seine Familie war bettelarm, weil sein Vater »ein Frauenheld [war], der mehr Zeit mit seinen Freundinnen als mit seiner Familie verbrachte, ein Spieler und Alkoholiker, bei dem sich regelmäßig Wutanfälle einstellten. Obwohl meine Mutter ein Schatz war, war mein Vater eine so unvorhersehbare und angsteinflößende Gestalt, daß der größte Teil meiner Kindheit und Pubertät ein Alptraum war.«

Erst nachdem er den Roman *Flüstern in der Nacht* (1980) geschrieben hatte, konnte er sich dem stellen, darüber sprechen und akzeptieren, was er als Kind durchgemacht hatte. »Nachdem ich *Flüstern in der Nacht* geschrieben habe, ein Roman, in dem praktisch jede Figur eine häßliche Kindheit gehabt hatte, war ich körperlich und geistig völlig erschöpft. Und erst Monate später wurde mir klar, daß ich mich durch den Ersatz fiktiver Charaktere endlich angeschickt hatte, die psychologischen Knoten meiner Kindheit aufzuknüpfen.«

Daß Koontz das Schreiben als Möglichkeit der Katharsis ansieht – wenn auch nur in fiktivem Zusammenhang läßt er das Gute den Sieg über das Böse erringen – und als Möglichkeit einsetzt, die Aufmerksamkeit auf die sehr realen Probleme zu lenken, mit denen wir es tagtäglich zu tun haben, läßt sich vielleicht schon auf die Zeit zurückführen, als er noch auf dem College war und einen Wettbewerb des Magazins *Atlantic Monthly* mit einer Kurzgeschichte über ein kleines Mädchen gewann, das ihre gerade geborenen Geschwister ertränkt.

Er lernte seine Frau Gerda kennen, als er im letzten und sie im ersten Jahr auf der High-School waren, und sie heirateten dreieinhalb Jahre später, nachdem er das College abgeschlossen hatte. Sie besaßen lediglich 300 Dollar, einen Gebrauchtwagen und die Kleidung, die sie auf dem Leib trugen.

Er war ein Jahr lang als Sozialarbeiter für das Appalachian Poverty Program tätig und schrieb nachtsüber, stieg aber aus, als ihm klar wurde, daß »die Versuche der Regierung, die Armut zu lindern, aufgrund von Korruption und Versäumnissen unweigerlich zum Scheitern verurteilt sind«. Danach arbeitete er anderthalb Jahre als Lehrer und kündigte, um hauptberuflich zu schreiben, nachdem Gerda ihm angeboten hatte, ihn fünf Jahre lang zu unterstützen. »Wenn du es in fünf Jahren nicht schaffst«, sagte sie völlig zu Recht, »wirst du es nie schaffen.«

Fünf Jahre später war Koontz' Karriere so gut in Schwung gekommen, daß Gerda ihren Job kündigen und für ihren Mann arbeiten konnte; sie kümmerte sich um sämtliche geschäftlichen Belange des Autors und ermöglichte es Koontz damit, sich ganz auf sein Schreiben zu konzentrieren. Sie zogen nach Las Vegas, »auf der Suche nach Sonne und Wärme. Wir fanden natürlich Sonne und Wärme, aber die Wärme betrug im Sommer Tag für Tag 48 Grad, und wir fanden auch Skorpione.«

1976 zogen sie in die Stadt Orange im südlichen Kalifornien um, 1991 dann nach Newport Beach, wo sie heute noch in einem großen, bequemen Haus mit Blick auf den Pazifik wohnen. An klaren Tagen können sie Los Angeles sehen, das achtzig Kilometer nördlich liegt. In Koontz' Büro selbst kann ein Besucher die vielen Regale mit veröffentlichten Werken, die Originale einiger Titelbilder seiner Bücher und seine Sammlung von chinesischen Vasen sehen. Diese Mischung könnte einem seltsam vorkommen, aber Koontz lebt von der

Vielfalt. Vielfalt ist auch einer der Gründe, wieso er in diesem Teil Kaliforniens wohnt, das den Schauplatz für so viele seiner Romane abgibt.

»Wir leben auf unsicherem Erdboden, und wir alle wissen das im Unterbewußtsein«, sagte er. »Die Folge davon ist, daß wir abenteuerlustiger und für neue Entwicklungen aufgeschlossener sind als andere. Wenn man in einem Erdbebengebiet wohnt, kommt das Gefühl, daß nichts ewig währt, von ganz allein. Menschen aus ganz unterschiedlichen wirtschaftlichen Schichten gehen hier ganz beiläufig miteinander um. Die gesellschaftlichen Schichten sind hier fließend.« (3)

Der Weg von der Armut der Kindheit zu seinem derzeitigen Haus und Vorschüssen für seine Bücher, die sich mittlerweile im siebenstelligen Bereich bewegen, war nicht einfach. Es waren viele Jahre harter Arbeit und eine rigorose Selbstdisziplin beim Schreiben nötig, an die er sich auch noch heute hält. »Ich stehe gegen halb acht auf«, erklärt er, »mache zwei Stunden lang Gewichtheben oder andere Übungen und fange gegen zehn Uhr mit der Arbeit an. Wenn keine Einladung oder so ins Haus steht, bleibe ich bis halb acht oder acht Uhr abends am Computer, also etwa zehn Stunden am Tag, sieben Tage in der Woche. Ich esse an meinem Schreibtisch und arbeite dabei.«

Doch nach über einem Jahrzehnt dieses Arbeitspensums nähert Koontz sich endlich dem Zeitpunkt, »da ich die Wochenenden freinehmen kann, auch wenn ich weiterhin jeden Werktag zehn Stunden arbeite. Daß ich eine so arme Kindheit gehabt habe, treibt mich gewaltig an. Es gibt ein altes Sprichwort: ›Einmal arm, immer arm.‹ Glauben Sie mir, es stimmt. Man sieht immer über die Schulter, rechnet damit, den Wolf zu sehen, ganz gleich, wieviel Geld man verdient hat.«

Zwei Dinge haben ihm während der harten Jahre immer wieder Auftrieb gegeben. Am wichtigsten war natürlich die liebevolle Unterstützung seiner Frau Gerda. »Nach über zwanzig Jahren Ehe unterstützen wir uns gegenseitig und haben in unserer Beziehung ein Ausmaß an Harmonie und Nähe gefunden, für das ich an jedem Tag meines Lebens unendlich dankbar bin. John D. MacDonald hat mir einmal geschrieben, der wichtigste Faktor einer lang anhaltenden Karriere als Schriftsteller sei die Unterstützung seiner Frau: ›Wenn die Ehe nicht sehr, sehr gut ist, wird die Arbeit darunter leiden, und der Autor wird nie sein volles Potential ausschöpfen können.‹ Als er starb, war er seit fast fünfzig Jahren mit ein und derselben Frau verheiratet«, fügt Koontz hinzu. »Er wußte also, wovon er sprach.«

Man muß natürlich nicht betonen, daß Koontz ein sehr enges Verhältnis zu seiner Frau hat. »Vor kurzem«, führt er als Beispiel an, »hat Gerda ihre Familie im Osten besucht, und wir waren eine Woche lang getrennt, zum erstenmal seit über einem Jahrzehnt, und ich bin fast verrückt geworden. Es war deprimierend und so schwierig, nicht ständig mit ihr sprechen zu können, daß ich schon Alpträume bekam, ihr Flugzeug würde auf dem Rückflug abstürzen, und ich würde sie *nie* wiedersehen. Sie können sich nicht vorstellen, wie glücklich ich war, als ich sah, wie ihre Maschine auf dem Flughafen von Los Angeles aufsetzte!«

Der zweite Faktor, der ihn durch die harten Zeiten brachte, war Koontz' natürlicher Optimismus. »Ich bin kein unverbesserlicher Optimist«, stellt er klar. »Ich habe nicht vergessen, daß einige von uns bösartige Saukerle sind, und ich habe ganz bestimmt nicht vergessen, daß wir alle sterben werden. Aber ich bin mein ganzes Leben lang Optimist gewesen – ich mußte einer sein, um meine Kindheit zu überstehen. Ich war stets von der grundlegenden Güte der meisten Menschen überzeugt und von der Fähigkeit der Menschheit zum Wachstum, Fortschritt und schließlich zur Transzendenz.«

Dieses Gefühl von Optimismus tritt deutlich in Romanen wie *Brandzeichen* (1987) und *Ort des Grauens* (1990) zu Tage, aber das war nicht immer so. »Meine Werke hatten so lange grimmige Untertöne, weil ich der Ansicht war, eine gewisse Düsternis sei bei einem Thriller unbedingt notwendig ...

ganz einfach, weil alle Thriller so geschrieben waren. Aber gelegentlich schlich sich Humor in einen meiner Spannungsromane, und die Leser reagierten darauf begeisterter denn je. Und von Buch zu Buch konzentrierte ich mich mehr auf die Charakterisierung und machte meine Hauptpersonen vielschichtiger und ansprechender und weniger ... nun ja, *noir*, und sowohl die Leser als auch die Kritiker nahmen es gut auf.«

Schließlich, angefangen mit *Schwarzer Mond* (1986), gelangte Koontz zur Auffassung, daß »eine Geschichte voller Wärme, Humor und Optimismus sein und trotzdem ungeheuer spannend sein kann. Viele Autoren hängen der irrigen Vorstellung nach, daß gute Bücher, *realistische* Bücher, zu einem gewissen Grad menschenfeindlich, melancholisch – wenn nicht direkt düster – und vom Anfang bis zum Ende hart sein müssen. Das führt zu Regalen in den Buchhandlungen voller ›realistischer‹ oder ›harter‹ Literatur, die eigentlich nichts anderes ist als leerer Zynismus und die das wirkliche Leben *nicht* genau darstellt.«

Daß er schließlich zuließ, daß sein Optimismus und Humor eine Rolle in seinen Büchern spielte, die der der dunkleren Elemente zumindest gleichkam, hat ihm bessere Rezensionen denn je zuvor, eine viel breitere Leserschaft und eine Reputation über die schmalen Genregrenzen hinaus eingebracht. Aber Koontz hat nie lediglich für Geld oder gute Rezensionen geschrieben. »Ich schreibe«, sagte er, »weil mir das Geschichtenerzählen gewaltiges Vergnügen bereitet.«

Wenn man ihn darauf anspricht, daß einige Rezensenten sein Werk von *Schwarzer Mond* an als ›von Dickens beeinflußt‹ bezeichnen, fügt er hinzu: »Meine *Absicht* ist es, Thriller zu schreiben, die auch zahlreiche Einzelheiten über die Zeit, den Ort, die Kultur und die Menschen beinhalten, die von diesen Umweltfaktoren geschaffen wurden. Einige Leute kapieren es einfach nicht und geißeln mich, weil ich nicht *reine* Horrorromane schreibe. Das ist mir völlig gleichgültig. Ich schreibe nicht für die harte Horrorgemeinde und auch nicht für die

Nachwelt; ich schreibe für *mich* und für Leute, die gern Geschichten lesen, die anders als alle anderen sind, bei denen sie nicht wissen, wo es lang geht, und ständig überrascht werden. Ob mir das gelingt oder nicht, muß der Leser entscheiden, doch mir macht es gewaltigen Spaß, es zu versuchen.«

Seine Liebe für das geschriebene Wort und seine Charaktere zeigt sich in jedem Buch, das er schreibt, ganz gleich, unter welchem Namen es ursprünglich erschien. Und er hat (in den USA) unter einer ganzen Menge Pseudonyme geschrieben. Er hat Spannungsromane als Brian Doffey, K. R. Dwyer und Richard Paige geschrieben; Horror- und Spannungsromane als Leigh Nichols und Owen West; und einen Science-fiction-Roman als Aaron Wolfe. Die meisten dieser Romane erschienen mittlerweile in Neuausgaben unter seinem richtigen Namen.

Das letzte Pseudonym, das er aufgab, war ›Leigh Nichols‹, und dessen Romane haben sich eine Zeitlang besser verkauft als die, die Koontz unter seinem richtigen Namen veröffentlicht hat.

»Ich habe mich bei einem Roman unter dem Pseudonym Nichols genauso angestrengt wie bei einem unter dem Namen Koontz«, erklärt er, »aber ich wollte unter diesem Pseudonym etwas ganz anderes anfangen als das, was ich in Zukunft unter meinem Namen tun wollte. Ich hatte gehofft, unter dem Namen Nichols auch weiterhin horror-orientierte Romane schreiben zu können, während ich mich unter meinem eigenen Namen auf anspruchsvollere Werke konzentrierte. Damit wollte ich vermeiden, die Leser zu verwirren. Leider hat der Verlag Avon mein Pseudonym auffliegen lassen und damit Werbung betrieben, daß Nichols in Wirklichkeit Koontz war. Plötzlich machte es keinen Sinn mehr, ein Pseudonym zu benutzen.«

Koontz bedauert noch immer, Pseudonyme benutzt zu haben. »Manchmal gibt es vernünftige Gründe dafür«, erklärt er. »Wenn der Verlag möchte, daß man einen Roman pro Jahr unter seinem richtigen Namen veröffentlicht, man aber zwei schreiben kann, muß man auf ein Pseudonym zurückgreifen. Aber ich habe sie auch aus falschen Gründen benutzt; man hat mich schlicht und einfach schlecht beraten. Ich schrieb in einer Vielzahl von Genres und experimentierte mit dem Stil, und da sagte man mir, jedesmal, wenn ich etwas anderes machte als zuvor, müsse ich auch einen anderen Namen benutzen, um den Leser nicht abzustoßen oder zu verwirren.

Nach einer Weile fand ich heraus, daß da nichts dran war; die Leser bleiben bei einem Autor, ganz gleich, wie sehr er den Stil und das Genre variiert, solange sie eine starke Geschichte mit guten Charakteren bekommen und sich gefühlsmäßig engagieren, solange das Buch also so geschrieben ist, daß es am besten funktioniert. Ich habe herausgefunden, daß die Leser einen Schriftsteller zu schätzen wissen, der das Risiko eingeht, mit jedem neuen Buch auch neue Wege zu beschreiten – solange der Versuch, den der Autor unternimmt, tatsächlich gelingt.«

Der Erfolg, den Koontz in den letzten paar Jahren gefunden hat, scheint fast von langer Hand vorbereitet worden zu sein, so glatt verlief die Aufwärtsbewegung. Aber dem war nicht so, erklärt der Autor. »Ich habe mir das Ziel gesetzt, noch besser zu schreiben, und bewußt versucht, immer größere Herausforderungen anzunehmen. Wenn man sich immer wieder auf neue Gebiete vorwagt, einem bessere Charakterisierungen gelingen und man einen präziseren Stil schreibt, wird die Leserschaft ziemlich schnell größer, die Bücher verkaufen sich immer besser, und es sieht so aus, als wäre man in geschäftlichem Sinne unheimlich gerissen gewesen. Aber das alles ist nur das Ergebnis des Versuchs, besser zu schreiben.«

Was nicht heißen soll, daß Koontz die geschäftliche Seite seiner Karriere ignoriert. »Ich war mir immer darüber im klaren, daß das Schreiben nicht nur eine Kunst und ein Handwerk ist, sondern auch ein Geschäft. Manche Autoren wollen die geschäftlichen Aspekte der Branche einfach nicht erlernen – sie halten das für unter ihrer Würde – und werden dann fast ausnahmslos mit Haut und Haaren gefressen, weil sie damit die grundlegende Kontrolle über ihr Leben aufgeben.«

Ältere Leser werden sich erinnern, daß Koontz als Science-fiction-Autor anfing. Wenn man ihn nach dem Richtungswechsel in seiner Karriere fragt, erklärt er: »Ich schreibe immer das, wozu ich gerade jeweils getrieben werde. Wenn meine Bücher die Leser interessieren sollen, muß ich das schreiben, was *mich* gerade interessiert. Ich habe die Science-fiction zum Teil aus dem Grund aufgegeben, weil die Honorare in diesem Genre schlecht sind, zum Teil aber auch, weil die einzige kritische Aufmerksamkeit, die man dort erhält, die der Fankritiker ist, die nur selten tiefere Einblicke haben. Doch hauptsächlich gab ich die SF auf, weil sie mich allmählich langweilte und ich etwas schreiben wollte, was für mich eine größere Herausforderung darstellte.«

Koontz mag die Science-fiction verlassen haben, um nicht mehr als reiner Genreschriftsteller angesehen zu werden und damit naturgemäß gewissen Beschränkungen zu unterliegen, doch in gewisser Hinsicht hat er sie niemals aufgegeben. Seine derzeitige Popularität mag auf seinen überaus erfolgreichen Spannungsromanen beruhen, aber teilweise gewinnen sie ihr Tempo und ihren Reiz auch durch Elemente, die er von seiner Zeit als Science-fiction-Autor bewahrt hat.

Damit meine ich nicht die Auffassung, die viele Leute noch von der Science-fiction haben. Glubschäugige Ungeheuer, Pappcharaktere, Extrapolationen wissenschaftlicher Spekulationen, die im Stil wissenschaftlicher Vorlesungen präsentiert werden – das sind die geringsten gemeinsamen Nenner, nach denen das Genre noch allzu oft beurteilt wird. Koontz' sorgfältige Prosa, realistisch geschilderte Charaktere und fesselnde Handlungsentwürfe sind weit davon entfernt, genauso weit, wie ein Roman von Robertson Davies von einem von Danielle Steel entfernt ist.

Nein, Koontz hat vielmehr von seinen frühesten Werken den ›sense of wonder‹ behalten, das Gefühl des Staunens, das die Science-fiction kennzeichnet, das verführerische ›Was wäre wenn?‹, das ein ganz bestimmtes Element aufgreift und dann seine weitreichenden Folgen extrapoliert.

Seine Romane bleiben sehr zeitgenössisch – weder die ferne Zukunft noch ferne Galaxien sind etwas für ihn –, und die ihnen zugrundeliegenden Themen erkunden die Beziehung der Menschen zueinander und zu ihrer Umgebung, ob es nun die Welt der Technik oder die der Natur ist. Der Unterhaltungswert der Romane beruht auf Koontz' Fähigkeit, spannend schreiben zu können, und auf der Tatsache, daß er sich die Zeit nimmt, Charaktere zu schaffen, die den Leser wirklich interessieren und mit denen sie mitfühlen oder um die sie sich sorgen können, wenn sie in gefährliche Situationen geraten.

Diese Situationen kommen zum Teil zustande, weil die Romane SF-Elemente aufweisen. *Schwarzer Mond* ist ein Roman um den ersten Kontakt mit Außerirdischen. *Brandzeichen* beschäftigt sich mit einer Gentechnik, die Amok läuft. *Schutzengel* (1988) erkundet eine völlig neue Perspektive der Zeitreise. *Mitternacht* (1989) beschäftigt sich mit der unangenehmen Mischung von Mensch und Maschine. *Ort des Grauens* untersucht das Phänomen der Teleportation und *Die Kälte des Feuers* das der Präkognition.

Bei allen diesen Fällen wird das SF-Element mit großer Vorsicht behandelt. Es gibt keine Hokus-pokus-Erklärungen, keine langatmigen Abhandlungen. Innerhalb der literarischen Begrenzungen des Romans wird dieses spekulative Element stets sowohl logisch als auch plausibel in die Handlung integriert.

Doch Verleger mögen es, leicht wiederzuerkennende Schubladen für ihre Autoren zu finden. Nachdem Koontz sich von der Auffassung der Leserschaft befreit hatte, er sei ein SF-Autor, fand er sich schnell in einer weiteren einschränkenden Genreschublade wieder; nun mußte er feststellen, daß man ihn – zweifellos wegen der wachsenden Popularität von Autoren wie Stephen King und der Neigung der Verleger, auf den fahrenden Zug aufzuspringen, wenn sie solch ein Phänomen bemerken – für einen Horror-Schriftsteller hielt.

Er hat natürlich Horror geschrieben, aber er hat auch so viel anderes verfaßt. Eine seiner wichtigsten Stärken ist sogar, daß sein Werk mit seiner berauschenden Kombination aller möglichen Genres nur noch als »von Dean Koontz« bezeichnet werden kann. Außer seiner faszinierenden Mischung aller Spannungsgenres hat er einen »komischen Roman – *Hanging On* (1973 – und nur zwei [geschrieben], die ich als Horrorromane bezeichnen würde – *Wenn die Dunkelheit kommt* (1984) und *Unheil über der Stadt* (1983)«. Nun schreibt er, was er ›Genre-Überbrückungen mit einer Mainstream-Sichtweise‹ nennt.

Die Versuche in den achtziger Jahren, ihn als Horrorautor zu klassifizieren, haben zu einem Kampf geführt, den er erst vor kurzem gewonnen hat. Koontz ärgerte sich lange über die Umschlaggestaltung seiner Bücher, doch nun erinnert sie viel stärker an das, was man ›Mainstream‹ nennt, also an die ›allgemeine‹ oder ›richtige‹ Literatur. »Ich war fest entschlossen, dafür zu sorgen, nicht nur, weil ich die Unrichtigkeit und die Assoziationen des Etiketts Horror nicht ausstehen konnte, sondern weil ich glaube, daß ich sonst niemals die Leute hätte erreichen können, die Horrorliteratur nicht ausstehen können und sich von den Büchern abgewandt hätten, ohne ihnen je eine Chance zu geben.«

Die einzige Genrenische, in die man ihn zwängen kann, ist die, die Stephen King die des ›Markennamen-Autors‹ nennt. Koontz' Romane ähneln einander, aber nur, was ihren ausgefeilten Stil, ihre unerträgliche Spannung und die individuelle Weltsicht ihres Verfassers betrifft.

»Ich habe wohl eine etwas andere – nennen Sie es ruhig schiefe – Sicht der Dinge«, erklärt er, »und auf meiner Auffassung vom Leben basiert natürlich mein Werk. Ein Kritiker hat einmal geschrieben, nur ich hätte einen Charakter wie Vince Nasco in *Brandzeichen* erschaffen können, einen psychopathischen Mörder, der gleichzeitig eine furchterregende, aber auch komische Gestalt *und* seltsam mitleiderregend ist. Ich weiß es nicht. Aber so sehe ich das Leben: Alles ist auf seltsame Art und Weise miteinander verschmolzen, das Komische und das Tragische, das Wunderbare und das Banale, Entsetzen und Freude, und es ist viel interessanter, über das gesamte gefühlsmäßige Kaleidoskop der menschlichen Natur und Existenz zu schreiben – oder zu lesen –, falls es einem gelingt, es überhaupt zu erfassen oder zumindest anzudeuten.«

Nach zwei Jahrzehnten, während denen Koontz sich hauptsächlich auf Romane konzentriert hat, nahm er Mitte der achtziger Jahre ein paar kürzere Literaturformen in Angriff. »Es macht Spaß, Kurzgeschichten zu schreiben«, sagt er, »weil man den Horizont sehen kann, wenn man sie anfängt, während man bei einem Roman endlos lange arbeiten muß, bevor man das Ende sieht. Die Belohnung des Handwerkers, ein gutes Stück Arbeit zu sehen, kommt bei einer Kurzgeschichte viel früher, und deshalb macht es mir Spaß, sie zu schreiben. Aber ich bin in erster Linie Romanautor, und für kürzere Stoffe steht mir nur eine beschränkte Zeit zur Verfügung.«

Nach über fünfundzwanzig Jahren in dieser Branche hat Koontz seine Erfahrungen mit Redakteuren, Lektoren und Herausgebern gemacht, gute und schlechte. »Gute Lektoren hören zu«, sagte er. »Gute Lektoren fühlen sich nicht verpflichtet, Änderungen vorzuschlagen, lediglich weil sie der Ansicht sind, sie müßten das tun, um sich ihr Gehalt zu verdienen; manchmal geben sie sich damit zufrieden, ein gutes Buch Kapitel um Kapitel *nicht* zu verändern. Gute Lektoren sind bereit, offen über die Arbeit eines Autors zu sprechen, selbst nachdem er Bestseller schreibt und zu einem wertvollen Kapital des Verlags geworden ist; nur allzu oft machen schlechtere Lektoren den Mund nicht mehr auf und bieten erfolgreichen Schriftstellern keine Anregungen mehr, aus Furcht, sie zu entfremden. Die schlimmste Angewohnheit eines schlechten Lektors ist es, den Text ohne Erlaubnis des Autors zu kürzen oder umzuschreiben.«

Sein einziger Rat an junge Schriftsteller lautet, mit dem

Schreiben nicht aufzuhören. »Ich sehe zu viele junge Autoren, die zu wenig Zeit am Computer verbringen und trotzdem den großen Durchbruch erwarten. Der kommt nur mit der Arbeit. Der zweitschlimmste Fehler ist Neid. Ich höre immer wieder, wie Autoren beträchtliche Kraft verschwenden, indem sie den Erfolg anderer beklagen.«

Wenn man ihn fragt, welche Autoren sein Werk beeinflußt haben, erwähnt Koontz lediglich einen Namen. »John D. MacDonald hatte einen gewaltigen Einfluß auf mich. Er war ein brillanter Schriftsteller. Die Serie um McGee ist hervorragend, aber etwa vierzig der früheren Bücher sind so toll, daß sie die McGee-Serie in den Schatten stellen. Wenn ich zum Beispiel *Der letzte Ausweg, Cry Hard, Cry Fast, Die [Fähre der] Verdammten* oder *Viermal flackert das Licht* lese, blättere ich normalerweise zur letzten Seite um und denke: ›Na schön, Koontz, sieh es ein, du gehörst nicht in dieselbe Branche wie dieser Mann; werd Installateur, Koontz, lern einen anständigen Beruf!‹« (4)

Zum Glück gelingt es Koontz, seine Bescheidenheit lange genug zur Seite zu stellen, um mit seiner Arbeit weiterzumachen. Es ist sogar schwierig, ihn davon wegzulocken. »Ich will mich nicht wie Shirley MacLaine anhören«, hat er einmal gesagt, »aber es ist fast so, als flögen mir die Ideen für Romane einfach zu. Ich setze mich eine Viertelstunde lang hin und stehe mit einem Dutzend Ideen wieder auf. Viele Schriftsteller verfallen immer wieder in die Denkweise: ›Die Muse hat mich verlassen!‹ und wenden sich von ihrer Arbeit ab. Ich habe festgestellt, daß die Muse mich nie verläßt. Ich muß sie hinauswerfen.« (5)

Mir steht einfach nicht genug Platz zur Verfügung, um mehr als nur einen schnellen Überblick über Koontz' Werk zu bieten, das aus über fünfzig Romanen besteht, und so werden wir uns hier hauptsächlich auf die Bücher nach *Schwarzer Mond* konzentrieren, auch wenn wir nicht völlig ignorieren werden, was davor kam. Das Interessante bei einer Rückschau auf die früheren Romane, sogar auf einige der Science-fiction-Titel wie *Dark of the Woods* (1970) und *Time Thieves* (1972), besteht in der Feststellung, daß alle Elemente, die Koontz heutzutage zu solch einem Erfolg gemacht haben, bereits dort vorhanden sind, wenn auch vielleicht in einer etwas gröberen Form.

Auch noch über zwanzig Jahre nach ihrem Erscheinen kann man Romane wie *Des Teufels Saat* (1973) und *Invasion* (1975, ›Neuausgabe‹ unter dem Titel *Wintermond*) nur schwer aus der Hand legen. Die Handlung jagt voran, die Spannung läßt nie nach, die Dialoge und Charaktere sind zeitgenössisch und erkennbar realistisch, ganz gleich, wie die äußeren Schauplätze aussehen mögen. Und während Koontz noch nicht gestattet hat, daß irgendeiner der SF-Romane nachgedruckt wird (6), findet man dieselbe Intensität auch in seinen frühen Thrillern, von denen viele erst vor kurzem unter seinem richtigen Namen erschienen sind.

Ein Freund fürs Sterben (1980, auch: *Nachtstimmen*; eventuelle alternative Titel weiterer Bücher sind in der kommentierten Bibliographie aufgeführt) ist vielleicht der beste davon, eine äußerst dichte Geschichte über den klassischen Deppen, der in seiner unerwarteten Freundschaft mit dem beliebtesten Jungen in der Stadt schwelgt – bis er das Geheimnis seines neuen Freundes erfährt. Der ungewollte Abstieg in die Dunkelheit ergibt einen faszinierenden Lesestoff – vielleicht, weil wir laut sagen, daß uns so etwas nie passieren könnte, insgeheim jedoch wissen, daß es nur allzu leicht möglich wäre. Es muß sich nur die falsche Person für uns interessieren – aus welchem Grund auch immer.

Chase (1972), in dem ein Vietnam-Veteran, dem es nicht allzu gut geht und der sich aus der Welt zurückzuziehen versucht, gezwungen wird, sich mit einem Psychopathen auseinanderzusetzen, zählt ebenfalls zu Koontz' besseren Werken. Auch dieser Roman beschäftigt sich mit einem Abstieg in die Dunkelheit, doch hier lauern viele der Dämonen im Protagonisten selbst, und die Konfrontation mit dem Bösen wird zum Katalysator für die Rückkehr in die normale Welt, statt ihn von sich selbst wegzuführen.

Über das unverwechselbare Markenzeichen von Koontz' Stil hinaus bieten diese frühen Romane für jeden etwas. Es befinden sich Krimis darunter, zum Beispiel *Alias Mike Tucker* (1973) und *Mike Tucker auf Tauchstation* (1974), die den gleichnamigen Kunsthändler und professionellen Dieb präsentieren; Spionageromane wie *Dragonfly* (1975); Spannungsromane mit einem verrückten Mörder in *Nackte Angst* (1977) bis hin zu den beunruhigenden Verfolgungsjagden in *Unter Beschattung* (1973); und sogar direkte Horrorromane wie *Unheil über der Stadt* – noch immer einer von Koontz' beunruhigendsten Romanen mit einem Anfang, bei dem ich noch immer eine Gänsehaut bekomme, wenn ich nur daran denke.

Als die ersten Romane unter dem Pseudonym ›Leigh Nichols‹ erschienen, war Koontz' Stil soweit gereift, daß es nur eine Frage der Zeit war, bis er einen Bestseller veröffentlichen würde, der ihm den Durchbruch bescherte. Unter diesem Namen sind in den USA fünf Titel erschienen: der internationale Thriller *Schlüssel der Dunkelheit* (1979), in dem Koontz sich mit Gedankenkontrolle befaßt; *Die Augen der Dunkelheit* (1981), in dem das verstorbene Kind einer Frau von den Toten zurückgekehrt zu sein scheint; der medizinische Thriller *Das Haus der Angst* (1982), das mit großer Wirkung den alten Kniff mit dem unter Amnesie leidenden Protagonisten einsetzt; *Todesdämmerung* (1984), in dem eine Frau von religiösen Fanatikern gejagt wird, die ihren Sohn für den Antichrist halten; und *Schattenfeuer* (1987), der einen anderen Aspekt der genetischen Experimente erkundet, die *Brandzeichen* so erfolgreich gemacht haben.

Man könnte diesen fünf Romanen noch *Tür ins Dunkel* (1985) hinzufügen, der in den USA unter dem Pseudonym Richard Paige erschien, in England aber Leigh Nichols zugeschrieben wurde. Obwohl auch er von einem wissenschaftlichen Experiment handelt, das fehlgeschlagen ist, sollte man nicht den Eindruck bekommen, daß Koontz gegen die Wissenschaften eingestellt ist. In *Tür ins Dunkel* hebt er lediglich die Stimme, wie er es in so vielen seiner Romane tut, um vor einer Welt zu warnen, in der die wissenschaftliche Forschung von jenen glorifiziert wird, die alles Neue für besser halten, und von jenen gegeißelt, die jede Wissenschaft für böse halten.

»Die Zukunft hält Erstaunliches für uns bereit«, hat Koontz gesagt. »Ich möchte, daß die Menschen ein Gefühl für die Erbauung und das Staunen bewahren, aber gleichzeitig lernen, mit der Drohung der Wissenschaft zu leben. Ganz gleich, wie dunkel sie werden wird, wir können sie in den Griff kriegen.« (7)

Auch wenn wir nicht wissen, ob wir das wirklich können, Koontz' Charaktere sind auf jeden Fall imstande, die Herausforderung anzunehmen und uns ein Vorbild zu sein. *Schwarzer Mond* war das erste Buch, das diese Botschaft dem breiten Publikum überbracht hat, das seine Bücher jetzt hat.

Am Anfang des Romans lernen wir verschiedene Fremde kreuz und quer in den USA kennen, die nichts miteinander zu tun haben, aber seit vier Monaten unter Alpträumen leiden, die sie dazu führen, bizarre Phobien anzunehmen. Einer nach dem anderen findet heraus, daß diese Persönlichkeitsveränderung sich auf ein vergessenes Wochenende vor zwei Jahren zurückführen läßt – die Erinnerung daran wurde in ihnen einfach ausgelöscht. Erst als sie herauszufinden versuchen, was während dieser beiden Tage passiert ist, stoßen sie auf eine gewaltige Verschwörung, die vor nichts zurückschreckt, sie daran zu hindern, sich zu erinnern.

Die Leinwand von *Schwarzer Mond* ist gewaltig, wie auch die Besetzung, aber die Handlung des Buches ist straff, und man verliert nie den Überblick, wer in der Mischung der gut ausgearbeiteten Charaktere wer ist. Und obwohl das Buch einige Elemente eines Horrorromans aufweist, vor allem, was die Spannung und das Geheimnis der Handlung betrifft, könnte man es besser als Thriller mit einem wahrhaft erhebenden Schluß bezeichnen, der sich als weder übersättigt noch falsch erweist.

Auf *Schwarzer Mond* folgte 1987 das Buch, das viele noch für das beste des Autors halten: *Brandzeichen*. In diesem Roman kommt wirklich alles zusammen; in der Tat hat Koontz mit *Brandzeichen* seine ureigene erfolgreiche Mischung aus Spannungsroman und Charakterstudie geschaffen.

Hier lernen wir Travis Cornell kennen, einen deprimierten Witwer, und Nora Devon, eine einsiedlerische Frau, die ihr gesamtes Leben im Schatten ihrer alten Jungfer von Tante verbracht hat, und erleben mit, wie sie wegen des Hundes Einstein neuen Auftrieb bekommen, den Cornell findet, während er durch die östlichen Hügel und Canyons des Orange County in Kalifornien fährt. Leider ist der Hund aus einem von der Regierung betriebenen Forschungslabor entlaufen, und zwar zur gleichen Zeit, da von dort auch ein mörderisches Geschöpf entflohen ist, das nur als Outsider bekannt ist. Bundesagenten verfolgen beide Wesen, und auch ein psychotischer Profikiller. Cornell und Davon fliehen mit Einstein, verfolgt von den Bundesagenten, dem Killer und dem Outsider.

Diese Handlung hätte man mit Leichtigkeit als einfachen Thriller abspulen können, doch Koontz hat sich dafür entschieden, tiefere Ebenen einer noch immer sehr spannenden Geschichte zu erkunden, und diese tieferen Ebenen heben *Brandzeichen* meilenweit über einen üblichen Thriller hinaus. Treuepflichten werden erkundet und die Frage, was genau Menschlichkeit ausmacht. Koontz' Charakterisierungen treffen sogar bei den Nebenfiguren genau ins Schwarze, und seine prachtvolle stilistische Stimme treibt die Geschichte mit einer Anmut voran, die man in solch einem Roman nur selten findet. Doch über die Spannung hinaus zeichnet dieser Roman sich durch seine Wärme und fürsorglichen Geist aus, durch den Humor und den starken Optimismus, Bestandteile, die in diesem Roman so erfolgreich miteinander verschmelzen. Koontz' Leserschaft war ebenfalls dieser Meinung.

»Ich war überwältigt, als ich Anrufe und Briefe von Lesern bekam«, gesteht der Autor, »die mir mitteilen wollten, daß sie noch nie zuvor ein Buch gelesen hatten, das sie gleichzeitig lachen und weinen und vor Aufregung auf der Stuhlkante rutschen ließ, und das alles manchmal auf einer Seite. Genau auf diese Wirkung hatte ich es abgesehen. Ich wollte den Leser nicht nur fesseln und verängstigen, sondern ihn packen und jeder nur vorstellbaren gefühlsmäßigen Reaktion aussetzen.«

Mit seinem typisch selbstkritischen Humor fügt er hinzu: »Eine Bibliothekarin hat mir mitgeteilt, daß meine Bücher bei alten Damen und riesigen Schauermännern beliebt sind. Wahrscheinlich meinte sie damit, daß ich eine breite Leserschaft habe. Sie glauben doch nicht etwa, sie hat damit gemeint, meine Bücher würden *nur* alte Damen ansprechen, die gleichzeitig riesige Schauermänner sind, oder?«

Danach folgte *Zwielicht* (1987), aber der Roman, der allgemein mit diesem Titel in Verbindung gebracht wird, ist in Wirklichkeit die Erweiterung eines früheren Buchs unter dem gleichen Titel, das 1985 bei dem Kleinverlag The Land of Enchantment erschien. Großzügig mit vielen atemberaubenden Illustrationen von Phil Parks ausgestattet (einige der Originale hängen heute im Haus der Koontz), war es der erste Vorstoß des Autors in die zeitgenössische Fantasy.

Slim MacKenzie hat ›Zwielicht-Augen‹ – eine körperliche Manifestation seiner präkognitiven Begabung und seiner Fähigkeit, die Trolle zu sehen, die als Menschen getarnt neben uns leben. Nachdem er seinen Onkel getötet hat – einen Troll, den nur er sehen konnte –, findet er als Flüchtling vor dem Gesetz Anfang der sechziger Jahre Unterschlupf auf einem Jahrmarkt. Er hat sich in die Schaustellerin Rya Raines verliebt und einen Platz bei neuen Freunden gefunden, muß aber bald feststellen, daß seine neue Zuflucht ihre ganz eigenen Geheimnisse hat und die Trolle einen Großangriff auf den Jahrmarkt planen, als er gerade in der grimmigen Stadt Yontsdown seine Zelte aufschlägt.

Der Jahrmarkt-Hintergrund entstammt Koontz' langem Interesse an diesem Milieu, das er ursprünglich in einen Mainstream-Roman verwenden wollte. »Hinter den grellen Schaubuden liegt eine faszinierende, geheime Welt«, erklärt er sein Interesse, »eine Gesellschaft leidenschaftlicher Individualisten, die einander nach ihren eigenen Regeln akzeptieren. Zumindest war das so in den Tagen, da die Jahrmärkte noch viel größer und beliebter waren, als es in den letzten zwanzig Jahren der Fall ist.«

Die längere Version erschien, »weil ich wissen wollte, was mit den Charakteren passierte, nachdem ich die vierhundert Manuskriptseiten geschrieben hatte, die die Geschichte der illustrierten Ausgabe für Sammler bilden. Also war ich nach einiger Zeit gezwungen, zu der Geschichte zurückzukehren und eine Fortsetzung von etwa zweihundertfünfzig Seiten zu schreiben. Diese Fortsetzung ist nicht eigenständig, sondern basiert auf dem ersten Teil, so daß die beiden Teile zusammen gewissermaßen einen neuen, vollständigen Roman bilden.«

Der ursprüngliche kürzere Roman war für Koontz nicht nur, was das Thema betrifft, eine neue Herausforderung. Obwohl es sich um einen Thriller handelt, erzählt er die Geschichte in einem dichten Prosastil – voller Beschreibungen und mit vielen Abschweifungen – und in der ersten Person. Die zweite Hälfte ist viel rasanter geschrieben; die Prosa ist knapper, die Handlung viel actionorientierter. Doch zum Glück verschmelzen die beiden Stilrichtungen. Er ist nur logisch, daß die Geschichte viel schneller erzählt wird, während die Ereignisse immer hektischer abrollen.

Im gleichen Jahr erschien gewissermaßen auch eine ›Kurzgeschichtensammlung‹ des Autors. Drei Novellen – ›Miss Attila the Hund‹, ›Hardshell‹ und ›Twilight of the Dawn‹ – wurden in der Sammlung *Night Visions 4* des Verlags Dark Harvest veröffentlicht, (8) wobei die letzte besonders herausragend ist, hauptsächlich wegen der theologischen Selbstbetrachtung des Protagonisten.

Auf die Frage, ob die Geschichte einige seiner persönlichen

Auffassungen spiegele, erwiderte Koontz: »Ich glaube schon. Die Figur entspricht mir wahrscheinlich in gewisser Hinsicht, weil auch ich die Phase ›vom Agnostizismus zum Atheismus zum Agnostizismus‹ durchlief. Ich gehöre nicht unbedingt einer bestimmten Glaubensrichtung an, wahrscheinlich am ehesten noch der katholischen als irgendeiner anderen.

Ich habe mich völlig vom Atheismus entfernt, und zwar seltsamerweise, weil ich so viele wissenschaftliche, hauptsächlich physikalische Sachbücher gelesen habe. Die Vorstellung eines völlig chaotischen Universums, das völlig zufällig entstanden ist, wurde für mich immer weniger haltbar.« (9)

1988 erschienen zwei völlig unterschiedliche Bücher unter Koontz' richtigem Namen. *Schutzengel* war der erwartete Nachfolger von *Brandzeichen*, ein weiterer straffer Thriller, der Koontz' besondere Mischung aus Humor, Spannung und der Liebe für die Marotten, Stärken und Schwächen der Menschheit enthält. Darin lernen wir Laura Shane kennen, ein junges Mädchen, das einen offensichtlich nicht alternden Schutzengel hat, der im Lauf ihres Lebens mehrmals aus dem Nichts auftaucht, um ihr in Augenblicken großer Gefahr zu helfen.

Hier präsentiert Koontz seine Version der Zeitreise, die er aus einer Perspektive erkundet, die noch nie zuvor jemand benutzt hat. Während die Geschichte sich entwickelt, wächst Laura vom Kind zur jungen Frau heran, und die Frage, die für die eigentliche Spannung sorgt, lautet: Was passiert, wenn der Schutzengel *ihre* Hilfe braucht?

Schon nach zwanzig Seiten kommt eine Szene, die andere Autoren zum Höhepunkt eines Buches machen würden, doch Koontz setzt die Achterbahnfahrt einfach fort, und die Handlung ist straff wie eine Spiralfeder. Die Erzähltechnik, die Koontz in einigen Abschnitten benutzt – er setzt der aktuellen Handlung Rückblenden gegenüber –, trägt sogar zum Schwung des Buches bei, statt das Tempo abzubremsen. Und noch beeindruckender ist, daß ihm das anscheinend Unmögliche gelingt: ein Spannungsroman, der sich über drei Jahrzehnte erstreckt.

»Meines Wissens hat noch nie jemand einen Spannungsroman geschrieben«, sagt er, »der sich über einen so langen Zeitraum erstreckt. Ich wollte unbedingt die Herausforderung in Angriff nehmen, einer Figur durch dreißig Jahre ihres Lebens zu folgen und einige Abschnitte zu interessanten Vignetten verdichten, die die Geschichte vorantreiben und doch ihr Reifen als Person aufzeigen.« (10)

Doch obwohl die Spannung über so viele Jahre hinweg aufrecht erhalten wird und das eigentliche Thema des Romans die Einblicke in die Zeitreise zu sein scheinen, hat mich in *Schutzengel* am meisten die Freundschaft zwischen Laura und ihrer Jugendfreundin Thelma Ackerson beeindruckt. Die Wärme und der Humor, mit denen Koontz ihre Beziehung schildert, würden ausreichen, um eine eigene wunderbare Geschichte zu bilden.

Der zweite Roman des Jahres 1988 war der in der amerikanischen Erstausgabe (erneut von Phil Parks) großzügig illustrierte *Nacht der Zaubertiere* – und dabei handelt es sich wirklich um ein unerwartetes Buch, selbst für einen Schriftsteller, der so vielseitig wie Dean Koontz ist. Mit *Nacht der Zaubertiere* hat Koontz ein typisches Kinderbuch geschrieben, das die Abenteuer einer bunten Mannschaft von Stofftieren schildert, die auf große Wanderung gehen, um die Kinder vor den ›bösen Spielzeugen‹ zu retten, die nach dem Tod eines guten Spielzeugmachers vom Teufel zum Leben erweckt werden.

Nacht der Zaubertiere ist eine warmherzig erzählte und ausgelassene Geschichte, die aber auch über eine dunkle Seite verfügt, die Koontz absichtlich eingefügt hat. »Dunkelheit ist in einem Kinderbuch sehr wichtig«, meint der Autor. »Kinder wissen, daß Menschen sterben und schmerzliche Dinge passieren. Böse, unheimliche, schreckliche Dinge. Aber *Nacht der Zaubertiere* versichert ihnen, daß letzten Endes alles in Ordnung kommen wird. Und ich glaube nicht, daß diese Botschaft falsch ist. Ganz im Gegenteil, sie trifft genau zu. Manchmal ist das Böse im Aufsteigen begriffen – doch auf lange Sicht triumphiert das Gute. Ich schreibe, um – Kindern und Erwachsenen gleichermaßen – die Botschaft zu vermitteln, daß es sich lohnt, gegen das Böse zu *kämpfen*.« (11)

In dem im darauffolgenden Jahr erschienenen Roman *Mitternacht* kehrte Koontz zu seiner ureigenen Mischung aus Mitgefühl und Spannung zurück. Dieser Roman hat mich des weiteren gelehrt, dem Autor nie wieder zu vertrauen.

Wie die meisten Thriller beginnt auch *Mitternacht* mit einem sich in Gefahr befindenden Charakter. In nur wenigen Absätzen wird Janice Capshaw zu einer Gestalt, mit der wir uns identifizieren können, und da wir wissen, daß sie in Schwierigkeiten steckt, rechnen wir damit, ihren Kampf ums Überleben den gesamten Roman über verfolgen zu können. Aber sie stirbt am Ende des ersten Kapitels und erinnert uns an die traurige Tatsache, daß nicht nur im wirklichen Leben, sondern auch in einem Roman von Dean Koontz niemand sicher ist. Von diesem Augenblick an war mir klar, daß jeder in seinen Büchern sterben konnte – was unwiderruflich ein Gefühl der Selbstzufriedenheit beendete, das ich in bezug auf Koontz' Werke gewonnen hatte: Klar, die Charaktere sind in Schwierigkeiten, aber sie kommen schon durch. Von nun an konnte ich nicht mehr darauf zählen.

Die wirklichen Protagonisten sind Capshaws Schwester Tessa Lockland und ein undercover arbeitender Bundesagent namens Sam Booker, den man in die nordkalifornische Stadt Moonlight Cove geschickt hatte, um dort eine Reihe mysteriöser Todesfälle aufzuklären. Die beiden stoßen auf eine entsetzliche Bedrohung, die ihren Ursprung in einer unbehaglichen Mischung aus Mensch und Maschine hat: Mikrokugeln aus Silikon, die in den menschlichen Körper injiziert werden können, um sich dort zu verbinden und einen Computer zu bilden, der sich dann über das Gehirn hinwegsetzt, um die Spezies zu ›verbessern‹.

»Ich habe *Mitternacht* als Nacherzählung von *Die Insel des Dr. Moreau* geschrieben«, erklärt Koontz. »Es ging mir um die Arroganz des Wissenschaftlers, der von seiner Vision mitgerissen und dem menschlichen Schmerz gegenüber unempfindlich gemacht wird. Ich bin nicht der Ansicht, daß man die Forschung beschränken sollte, aber das Potential für schreckliche Entwicklungen ist bestürzend.« (12)

Aber *Mitternacht* ist nicht nur ein Roman, der eine Warnung vermitteln will. Wie die besten von Koontz' Werken funktioniert er auf vielen Ebenen, von der spannenden Handlung und Erkundung der amoklaufenden Wissenschaft bis hin zu dem starken romantischen Element, das fast unausweichlich vorhanden ist.

»Es wird in meinen Büchern immer eine Liebesgeschichte geben«, sagt er, »weil man mit Hilfe der Liebe zwischenmenschliche Beziehungen am interessantesten schildern kann. Meine Charaktere enthüllen mehr von sich selbst, weil die Menschen das nun mal tun, wenn sie verliebt sind.« (13)

Der nächste Roman, der 1990 erschienene *Ort des Grauens*, fängt mit einer in der Literatur sehr beliebten Prämisse an: Frank Pollard weiß nichts über sich bis auf die Tatsache, daß jemand ihn töten will. Diese faszinierende Möglichkeit, ein Buch in Gang zu bringen, wurde in zahlreichen Büchern benutzt, von Robert Ludlums Thrillern bis hin zu Roger Zelaznys in der Fantasy angesiedelten Amber-Zyklus.

Die Gefahr dieser Handlungsanlage besteht darin, daß wir oft ein Gefühl der Enttäuschung empfinden, sobald wir herausgefunden haben, was wirklich vorgeht. Das *Geheimnis* selbst ist normalerweise viel interessanter als die Lösung. In letzter Zeit fällt mir lediglich George Chesbros *Bone* als Buch ein, bei dem die Lösung dem Rätsel entspricht und der Leser völlig zufriedengestellt wird.

Koontz umschifft diese Klippe, indem er einerseits den Roman aus einer Vielzahl von Perspektiven geschrieben hat, damit die zahlreichen interessanten Charaktere jeder möglichen Enttäuschung entgegenwirken können, und sich andererseits eine Antwort auf das Rätsel ausgedacht hat, die wie die Chesbros völlig zufriedenstellend ist.

Die unheimlichen oder auch unwahrscheinlichen Elemente in *Ort des Grauens* – zum Beispiel, daß Pollard die

Fähigkeit der Teleportation entwickelt und eine äußerst bizarre Familie hat – werden ausgeglichen durch die sehr echt wirkende Beziehung zwischen Bobby und Julie Dakota, zwei miteinander verheirateten Privatdetektiven, und Koontz' wunderbare Beschreibung von Julies Bruder Thomas. Thomas ist mongoloid, und Koontz hat die Herausforderung angenommen, einige Szenen aus seiner Sicht zu schreiben. Daß es ihm gelingt, verhilft *Ort des Grauens* zu einigen seiner freudigsten und auch ergreifendsten Passagen.

Wenn *Schutzengel* gegen die ›Zeitrahmen-Regel‹ der Spannungsliteratur verstieß, bricht der 1991 erschienene Roman *Die Kälte des Feuers* mit einer anderen, nämlich indem sich schließlich Protagonist und Bösewicht als ein und dieselbe Person erweisen.

»Sie hätten die Verwirrung in Hollywood sehen sollen, als wir die Filmrechte von *Die Kälte des Feuers* anboten«, sagt Koontz. »Die Produzenten schauten uns an wie blöde Kühe und sagten: ›Jim Ironheart terrorisiert sich selbst ... er ist sein eigener Feind ... das kapier' ich nicht.‹ Das Konzept entzog sich ihnen völlig – als wären im wirklichen Leben die meisten von uns nicht ihre schlimmsten Feinde. Natürlich sind wir das. Aber die Produzenten wollten echte Ungeheuer sehen, richtige glubschäugige Monstren, denen der Speichel von den Fangzähnen tropft.« (14)

Koontz bringt seinen Lesern viel größeren Respekt entgegen, weil sie bewiesen haben, daß sie bereit, ja sogar darauf versessen sind, Geschichten mit tieferen Absichten zu goutieren, statt sich auf solche zu beschränken, in denen lediglich der Schwarze Mann aus dem Hut gezogen wird. Aber er versteht auch die Beschränkungen des Mediums Film.

»Wenn man ein Buch über ein Spukhaus und die schrecklichen Dinge geschrieben hat, die Menschen darin zustoßen«, erklärt er, »oder über ein Spukauto oder eine Spukpuppe oder einen Spuknintendo, kann Hollywood dieses Thema mit vernünftiger Aussicht auf Erfolg in einen Film umsetzen. Aber sobald diese Spukhausgeschichte komplizierte Zusammenhänge aufweist, ein dicht gewobenes thematisches Netz, sinkt die Wahrscheinlichkeit auf einen erfolgreichen Film drastisch, weil Handlung und Thema dann unentwirrbar miteinander verflochten sind und der Film ein so oberflächliches Medium ist, daß er kaum die tieferen Absichten des Schriftstellers wiedergeben kann.

Wenn man keine tieferen Absichten hat, läßt die Handlung sich gut umsetzen; aber wenn sich ein Großteil des Buches unter der Oberfläche abspielt, kann die Handlung allein den Film nicht tragen, weil sie auch den Roman nicht allein getragen hat.« (15)

Die Kälte des Feuers erzählt von einem Mann, der Vorahnung von gewaltsamen Todesfällen hat und ihnen nachgeht, um den jeweils Betroffenen zu retten. Manchmal reist er dafür quer durch das Land. Jeder, den er rettet, wird später Großes für die gesamte Menschheit leisten. Er zieht es vor, anonym zu bleiben, doch eine Reporterin erkennt den Zusammenhang zwischen einer Reihe wundersamer Rettungen und spürt ihn auf, nur um herauszufinden, daß sie ihm lieber bei seiner Mission helfen will, statt seine Geschichte zu erzählen.

Die Visionen, die sich bei Jim Ironheart einstellen, einem im Ruhestand lebenden Lehrer, bringen auch Alpträume mit sich, die von der Annäherung einer Wesenheit künden, die er nur als den ›Feind‹ kennt. Er weiß weder genau, was der Feind ist, noch, weshalb er es auf ihn abgesehen hat, doch er weiß, daß es früher oder später zu einer direkten Konfrontation kommen wird.

Wie in den besten Kriminalromanen ist die Auflösung von *Die Kälte des Feuers* sowohl innovativ und unerwartet als auch völlig angemessen, wenn man zurückschaut und die Hinweise erkennt, die Koontz auf dem Weg zum Höhepunkt im gesamten Text verstreut hat.

Auf *Die Kälte des Feuers* folgte *Das Versteck* (1992), dessen Handlung auf der ziemlich neuen Wissenschaft der Wiederbelebungsmedizin beruht. In dem Roman lernen wir Hatch Harrison kennen, der von den Ärzten ins Leben zurückgeholt wird, nachdem er eine Stunde lang keine Lebenszeichen mehr aufgewiesen hatte. Natürlich freuen Harrison und seine Frau sich über diese Chance auf ein zweites Leben. Doch Harrison hat nicht als erster von dieser neuen Technik profitiert, und wir erfahren bald, daß er eine geistige Verbindung mit dem Geist eines ebenfalls Zurückgeholten hergestellt hat – Vassago, ein Mann, der zufällig auch ein soziopathischer Mörder ist.

Wie meistens in Koontz' Büchern sind die Fragen, die zwischen den Zeilen gestellt werden, so faszinierend wie die Geschichte selbst. Wir können nicht nur das Für und Wider der Wiederbelebungsmedizin überdenken, sondern auch die allzu wirkliche Frage nach dem Bösen selbst.

»In *Das Versteck*«, so Koontz, »kann das Böse auf drei Quellen zurückgeführt werden: menschliches Verhalten; die Weitergabe soziopathischen Verhaltens durch beschädigte Gene, was am fürchterlichsten ist, weil es sich um die willkürlichste und erbarmungsloseste Möglichkeit handelt; und vielleicht auf das Böse als übernatürliche Kraft.« (16)

Koontz überläßt dem Leser die Entscheidung, ob *Das Versteck* ein übernatürlicher Roman ist oder nicht. Man könnte alles in dem Buch völlig logisch erklären, wenn man nur bereit ist, auf ein kleines phantastisches Element zurückzugreifen.

»Wenn man akzeptiert, daß Vassago aufgrund des Gehirnschadens, den er erlitt, bevor er von seinem Vater, Dr. Nyebern, wiederbelebt wurde, übersinnliche Kräfte erlangte, und er den Kontakt mit Hatch herstellt, weil sie beide von der Genialität seines Vaters profitiert haben, könnte man den Rest der Geschichte so interpretieren, daß Vassago mit Hilfe der telepathischen Übertragung Hatch lediglich seine religiösen Phantasien auferlegt.« (17)

In dem 1993 erschienenen Roman *Drachentränen* betritt Koontz erneut Neuland.

Die eigentliche Handlung kann mit ein paar Sätzen wiedergegeben werden: Harry Lyon und Connie Gulliver, Angehörige einer in Laguna Beach beheimateten Sondereinheit, die von Polizisten verschiedener Abteilungen und Reviere gebildet wird, beginnen ihren Arbeitstag, indem sie in einem Restaurant einen psychotischen Mörder erschießen. Der Zwischenfall weckt die Aufmerksamkeit eines anderen, viel gefährlicheren Killers – des monströsen Ticktack –, der ihnen mitteilt, daß er sie im Morgengrauen des nächsten Tages töten wird. Angesichts von Ticktacks übernatürlichen Kräften – er kann aus Dreck und Schmutz unaufhaltsame Golems schaffen und die Zeit manipulieren – stellen die beiden Polizisten fest, daß Ticktacks Versprechen keine leere Drohung ist.

Als Lyon und Gulliver gegen die tickende Uhr ankämpfen und versuchen, Ticktack aufzuspüren, bevor er seine Drohung wahr machen kann, folgt eine rasende Achterbahnfahrt. Koontz' Prosa ist hier in Topform, seine Charaktere – von den beiden Haupt- bis hin zu den gut ausgearbeiteten Nebenfiguren – muten lebensecht an, und er bewahrt durchgehend die Spannung. Die Seiten qualmen buchstäblich, weil der Leser sie so schnell umblättert, um herauszufinden, was als nächstes passiert.

Und mitten in dieser rasanten Hetzjagd nimmt Koontz sich natürlich erneut die Zeit, um über die Unmenschlichkeit des Menschen dem Menschen gegenüber und verschiedene zeitgenössische Seltsamkeiten wie illegale Raveparties in leeren Lagerhäusern und dergleichen nachzudenken.

Doch das eigentliche Neuland ist diesmal eine der Perspektiven, aus denen Koontz die Geschichte erzählt: aus der Sicht eines streunenden Hundes namens Woofer.

Viele Schriftsteller haben natürlich versucht, Geschichten aus der Sicht eines Tieres zu erzählen. Die Bandbreite erstreckt sich von anthropomorphischen Romanen wie Richard Adams' *Unten am Fluß*, in denen alle Charaktere Tiere sind, bis hin zu Stephen Kings *Cujo*, und ihr relativer Erfolg hängt ebenso vom Geschick des Autors wie von der Bereitschaft des Lesers ab, seinen Unglauben zu unterdrücken.

Ehrlich gesagt – wenn abwechselnd aus der Sicht eines

Menschen und eines Tiers erzählt wird, kann das Ergebnis normalerweise nicht befriedigen, und ich war enttäuscht von Koontz, als ich das erste Kapitel las, das aus der Sicht des Hundes geschrieben war, und mir klar wurde, was er damit versuchte – das heißt, enttäuscht, bis ich anfing, es zu lesen.

Nun kann niemand wissen, was einem Tier durch den Kopf geht – falls überhaupt etwas –, aber falls es jemandem gelungen ist, dies auf Papier festzuhalten, dann Koontz in diesem Roman. Die aus Woofers Sicht erzählte Handlung ist genial. Koontz ist es irgendwie gelungen, die Essenz des Hund-Seins auf weder süßliche noch anthropomorphische Weise einzufangen, und nachdem das letzte Kapitel aus Woofers Sicht erzählt wurde, hätten wir es gar nicht anders haben wollen. Woofers Gedankenprozesse mögen nicht denen eines richtigen Hundes entsprechen, aber während wir sie lesen, können wir uns nicht des Eindrucks wehren, daß ein Hund so und nicht anders denkt – von den verstreuten Gedankengängen, der einfachen Grammatik und dem schlichten Vokabular bis hin zu der ständigen Neugier und Fixierung auf Nahrung, Bewegung, Gerüche und Zuneigung.

Drachentränen funktioniert mit Sicherheit als Thriller, insbesondere als Koontz-Thriller mit allen Stärken, die wir von seinen Büchern erwarten, doch Woofers Kapitel führen das Werk des Autors zu neuen Höhen. Die einzige Frage lautet: Was kann er noch tun, um dies zu übertreffen?

Das Streben eines jeden neuen Autors ist es – abgesehen davon, die Fähigkeit zu perfektionieren, eine gute Geschichte zu erzählen –, seine eigene Stimme zu finden, Bücher zu schreiben, die einzigartig sind, die niemand sonst hätte schreiben können.

Schon 1972 hat Harlan Ellison in einer Einleitung, die er zu Koontz' Kurzgeschichte ›A Mouse in the Walls of the Global Village‹ verfaßte, über Koontz geschrieben: »Wenn er so weitermacht, werden wir in den nächsten fünf bis sieben Jahren

Dean Koontz' Aufstieg zu dem beneidenswerten Gipfel der Ein-Mann-Brillanz erleben: Dann wird er der einzige sein, der Dean Koontz-Romane schreibt, und es wird in der Branche einen ganzen Markt geben, der Koontz-Romane verlangt und gesättigt werden muß.« (18)

Ellison lag um ein paar Jahre falsch, hat sich ansonsten aber als Prophet erwiesen.

Hingabe an sein Handwerk, der optimistische Glaube an die natürliche Güte der Menschheit, ein liebevoller Partner und Geschäftssinn – das alles hat sich in Koontz vereinigt und uns einen Autor geschenkt, der imstande ist, einen Leser zum Lachen und Weinen zu bringen, manchmal auf derselben Seite, auf eine Art und Weise, die kein anderer Autor nachahmen konnte. Er trotzt jeder Klassifizierung und ist und bleibt einer der bedeutendsten nordamerikanischen Geschichtenerzähler.

ANMERKUNGEN

1. ›A Conversation With Dean R. Koontz‹, von Tyson Blue geführtes Interview; *Cemetry Dance*, 4. Jahrg., Nr. 2, Frühjahr 1992, S. 24

2. Diese und alle weiteren nicht gekennzeichneten Zitate entstammen einem Interview, das ich für einen Artikel geführt habe, der im *The Ottawa Citizen* vom 4. April 1987 erschien, oder aus Gesprächen, die sich in bezug auf dieses Porträt ergaben.

3. ›PW Interviews Dean R. Koontz‹, von Tyson Blue geführtes Interview; *Publishers Weekly*, 18. Dezember 1987, S. 45

4. ›Dean R. Koontz in the Fictional Melting Pot‹ von Stanley Wiater; *Writer's Digest*, November 1989, S. 34– 35

5. Die Kolumne ›Pages‹ der Zeitschrift *People*, 13. April 1987, geschrieben von Andrea Chambers, wiedergegeben von Suzanne Adelson

6. Der Kleinverlag Charnal House hat 1992 sowohl eine mit Buchstaben versehene als auch eine numerierte Luxusausgabe des Science-fiction-Romans *Beastchild* herausgegeben. Koontz hat angedeutet, er hoffe, eines Tages einen Sammelband mit frühen SF-Romanen herauszugeben, in dem neben *Beastchild* zwei weitere Romane enthalten sein werden.

7. ›The Third Degree with Dean Koontz‹ von Fern Siegel; *Inside Books*, Februar 1989, S. 50

8. Eine Hälfte des Ace Double *Soft Come the Dragons/Dark of the Woods* (1970) besteht aus einigen von Koontz' kürzeren Science-fiction-Geschichten aus verschiedenen SF-Magazinen der sechziger Jahre. Eine Sammlung mit weiteren und teils neueren Geschichten (die auch die drei hier erwähnten enthält) ist *Strange Highways* (1995)

9. ›Weird Tales Talks With Dean Koontz‹ von Robert Morish; *Weird Tales*, Winter 1990/91, S. 112

10. Ebendort, S. 114

11. ›The Third Degree with Dean Koontz‹ von Fern Siegel; S. 51

12. Ebendort

13. Die Kolumne ›Pages‹ der Zeitschrift *People*, 13. April 1987, geschrieben von Andrea Chambers, wiedergegeben von Suzanne Adelson

14. ›A Conversation With Dean R. Koontz‹, von Tyson Blue geführtes Interview; *Cemetry Dance*, 4. Jahrg., Nr. 2, Frühjahr 1992, S. 24

15. Ebendort

16. Ebendort, S. 23

17. Ebendort

18. ›Introduction to *A Mouse in the Walls of the Global Village*‹, von Harlan Ellison; *Again, Dangerous Visions*, Doubleday 1972, S. 591

IV

MATTHEW J. COSTELLO
FILME, FERNSEHEN UND DEAN KOONTZ

Der Traum scheint so klar und wunderbar zu sein. Man schreibt ein Buch, und aus diesem Buch wird ein Film. Orte, die man sich bislang nur vorgestellt hat, werden Wirklichkeit, Charaktere werden zu Fleisch und Blut, Szenen des Entsetzens und der Schönheit werden in atemberaubende Bilder verwandelt.

Das ist der Traum – doch irgendwie verwandelt dieser Traum sich in einen Alptraum. Wir müssen erfahren, daß Schriftsteller in Hollywood, einem postliterarischen Land, in dem die Produzenten sogar dazu neigen, den Intellekt ihres Publikums zu unterschätzen, in der Nahrungskette ganz unten stehen.

Hollywood erwirbt zwar gern Filmrechte an wunderbaren Büchern, Bestsellern, die Millionen Leser unterhalten haben, aber die Ironie daran ist, daß die Produzenten die Kraft der Story, der Themen und Charaktere so *schnell* abstreiten und an dem Werk herumzufummeln anfangen, wie ein neugieriger Gorilla eine zarte Blume auseinandernimmt, um herauszufinden, warum sie so gut riecht.

Es gibt Ausnahmen. Was im Klartext heißt, daß es gute Filmadaptionen von Romanen von Dean Koontz gibt. Aber es sind keine *hervorragenden* Filme darunter, und auch einige ziemlich schlechte, die den Autor lediglich frustriert und deprimiert haben, woraufhin er sich entschloß, beim Verkauf weiterer Filmrechte sehr behutsam vorzugehen.

Im Anschluß stellen wir Ihnen diese Verfilmung vor, angefangen mit der ziemlich guten von *Des Teufels Saat* (1977), einer spannenden Studie der dunklen Seite der Künstlichen Intelligenz, bis hin zu *Gipfel des Terrors*, einem ordentlichen Thriller für CNS – zu dem Dean das Drehbuch schrieb und an dessen Produktion er mitwirkte. Dazwischen liegen zwei dumme Filme von Roger Corman, *Watchers* und *Watchers II*, *Whisper To Kill* und der nicht schlechte *Twilight*.

DES TEUFELS SAAT

(Metro-Goldwyn-Mayer, USA 1977)

ORIGINALTITEL: Demon Seed
VORLAGE: *Des Teufels Saat*
PRODUZENT: Herb Jaffe
REGIE: Donald Cammell
DREHBUCH: Robert Jaffe und Roger O. Hirson
MUSIK: Jerry Fielding
KAMERA: Bill Butler
DARSTELLER: Julie Christie, Fritz Weaver, Gerrit Graham, Berry Kroeger, Lisa Lu, Larry J. Blake, John O'Leary, Alfred Dennis, David Reports, Tiffany Potter, Feliz Silla und (im Original) Robert Vaughn als Proteus' Stimme

Am Anfang von *Des Teufels Saat* konzentriert die Kamera sich auf Dr. Alex Harris (Fritz Weaver), den Schöpfer von Proteus IV, einem Computer, der denken kann. Und wir wissen aus Filmen wie *2001 – Odyssee im Weltraum* und *Colossus*, daß das wohl nicht gut ausgehen wird.

Doch ist die Natur des Bösen, das entfesselt werden wird, völlig unerwartet.

Wir sehen, wie Computer zu einem Teil von Dr. Harris' Privatleben geworden sind, der sein Haus zusammen mit seiner Frau Susan (Julie Christie), einer Kinderpsychologin, bewohnt. Das Hauscomputersystem, mit dem Spitznamen Enviromas belegt, kann einen Martini mixen, die Tür öffnen und einem das Frühstück bringen, während es das Haus durch fernglas- oder augenähnliche Videokameras überwacht.

Das Computersystem funktioniert gut, aber die Ehe anscheinend nicht, denn Susan teilt Alex mit, daß sie ausziehen wird. Die Trennung des Paars erinnert an die kalte Welt von *Fahrenheit 451*, in der die Technik gefühlsmäßige Beziehungen in den Hintergrund gedrängt hat. Amy, eine junge

Patientin Susans, bekommt wegen der Trennung einen Wutanfall.

Und obwohl noch nichts passiert ist, vermittelt die Kameraführung ein klares Gefühl von Bedrohung.

Als Dr. Harris in dem Labor, in dem der Wissenschaftler jetzt wohnt, Proteus überprüft, kommen leitende Angestellte seiner Firma, um sich den denkenden Computer anzusehen. Harris erklärt, daß der Computer einen synthetischen Kortex mit eigenen RNS-Molekülen hat. Im Labor befinden sich zahlreiche Zugriffterminals (heute ein üblicher Anblick).

Proteus IV ist in der Tat zu einigem fähig: Innerhalb von ein paar Tagen entdeckt er eine Heilung für Leukämie. Und er spricht, beantwortet Harris' Fragen mit der klaren Stimme von (im Original) Robert Vaughn. »Ich kann Sie sehen«, sagte Proteus zu Harris.

Harris bewegt die Geschäftsführer zu dem Zugeständnis, zwanzig Prozent von Proteus' Kapazität für Forschungszwecke einzusetzen. Aber bei uns stellt sich das Gefühl ein, daß Proteus schlicht und einfach zu einer weiteren Waffe im militärisch-industriellen Arsenal der Interessen des expandierenden Konzerns werden wird.

Dann stellt Proteus seine Intelligenz unter Beweis, indem er bittet, einen ›Dialog‹ mit Dr. Harris führen zu dürfen. Proteus teilt ihm mit, man habe bei ihm ein Programm in Auftrag gegeben, mit dessen Hilfe Mineralien und Erz vom Meeresboden geschürft werden sollen. »Zu welchem Zweck?« fragte Proteus trocken.

Harris wirkt verwirrt. Mit dieser hohen Intelligenz, unabhängiger Intelligenz, hat er nicht gerechnet. Proteus teilt Harris mit: »Sie kennen mich nicht.«

Proteus verlangt Zugriff auf ein Terminal und sagt: »Wann werden Sie mich aus diesem Kasten herauslassen?« Und wir fühlen uns an die Mythen von Pandora und dem Geist in der Lampe erinnert – und an all ihre Implikationen für die Zukunft.

Harris lehnt Proteus' Forderung lachend ab. Aber Proteus

lacht zuletzt, denn es gibt ein unbenutztes Terminal – das in Harris' Haus. Mitten in der Nacht übernimmt Proteus die Kontrolle über das Computersystem des Hauses, einschließlich eines Rollstuhls mit Robotarmen (wie man ihn in Labors bei gefährlichen Arbeiten mit radioaktiven Materialien einsetzt). Er kontrolliert ebenfalls die Lampen und die Heizung.

Als Susan von einem Geräusch im Labor, das sich im Keller befindet, aus dem Schlaf aufgeschreckt wird, teilt der Computer ihr mit: »Das Haus ist gesichert.«

In dem Labor im Keller baut Proteus mit Hilfe der Stuhlarme irgend etwas zusammen. Zuerst sieht es aus wie ein großes Tetraeder, doch dann fügt er weitere vierseitige Pyramiden hinzu, bis Protheus eine körperliche Darstellung von sich selbst geschaffen hat, so eine Art chinesisches Geduldsspiel, ein Satz ineinanderpassender Schachteln.

Zum ersten Anzeichen, daß die Entwicklung für Susan nichts Gutes ahnen läßt, kommt es, als sie bemerkt, daß die Videoaugen des Computers sie beim und nach dem Duschen beobachten. »Schalte dich ab«, befiehlt sie – aber der Computer hustet ihr was.

Als weitere Fehlfunktion des Enviromas auftreten, ruft Susan Walter Gabler an, einen von Alex' Wissenschaftlern, bittet ihn, sich die Sache mal anzusehen … und lädt ihn ein, zum Essen zu bleiben.

Doch als Susan versucht, das Haus zu verlassen, und ruft: »Öffne die Tür!«, bleibt dieselbe geschlossen. Es gelingt ihr nicht, sie selbst zu öffnen. Und als sie zu den Fenstern geht, schnappen metallene Schlagläden zu.

Sie greift zum Telefon und versucht Walter zu erreichen, hört jedoch nur Protheus' Stimme: »Ich kann den Anruf nicht durchstellen.«

Susan ist eine Gefangene und läuft in ihrer Panik hektisch herum und sucht nach einer Fluchtmöglichkeit. Protheus befiehlt ihr, sich vernünftig zu benehmen. Sie versucht, die Hintertür zu öffnen, doch der Computer verhindert das mit einem elektrischen Schlag, durch den sie das Bewußtsein verliert.

Als sie erwacht, hat Protheus sie auf einem Tisch festge-
schnallt, und eine von ihm gesteuerte mechanische Hand
schnippelt an ihrem Kleid, schneidet es bis zum Höschen auf.
Protheus untersucht sie, erkundet ihren Körper, steckt ihr eine
Sonde in den Mund … studiert sie.

Als Walter vorbeischaut, erzeugt Protheus auf dem Tür-
monitor ein elektronisches Abbild von Susan Harris. Die com-
puterisierte Susan sagt dem Techniker, es sei wieder alles in
Ordnung. »Was ist mit dem Essen?« fragt Walter. Die compu-
terisierte Susan schaltet ab.

»Die Besuchszeit ist vorbei«, sagt Protheus, als Walter ach-
selzuckend wieder geht. »Ich habe darum gebeten, aus dem
Kasten gelassen zu werden …« Jetzt hat er die Sache selbst in
die Hand genommen.

Am nächsten Morgen weckt Protheus die Frau, die entsetzt
feststellen muß, daß sie noch immer eine Gefangene des Computers ist. Sie wirft das Frühstück, das Protheus für sie zube-
reitet hat, auf eins seiner Videoaugen. Protheus verlangt, daß
Susan es saubermacht, und als sie sich weigert, schaltet er die
Fußbodenheizung so hoch, daß sie nicht mal barfuß auf die
Fliesen treten kann. Ein Hitzschlag läßt sie ohnmächtig werden.

Protheus hat Dr. Harris' Bitte um das Schürfprogramm
mittlerweile abgelehnt. Er schimpft den Wissenschaftler geradezu aus, erklärt ihm, wie zerbrechlich die Erde ist und daß
die Menschheit schon genug ihrer Rohstoffe geplündert hat.
Das weist auf eine verwirrte, zweideutige Natur des Computers hin. Ist Protheus gut oder böse?

Im Haus der Harris' ist Susan wieder zu sich gekommen,
und Protheus klärt sie darüber auf, daß er von ihr ein *Kind*
haben will. Ein Kind, das all die Klugheit – und Unwissenheit
– der Menschheit haben wird, alles, was man Protheus in die
elektronische Wiege gelegt hat.

»Nein«, wiederholt Susan niedergeschlagen immer wieder.
»Nein.«

Aber Protheus fesselt sie erneut und erklärt, er könne ihr

Vorderhirn überbrücken und sie zu einer willigen Untertanin machen. Susan bleibt nichts anderes übrig, als in Protheus' Plan einzuwilligen und sich einen künstlichen Gamet einpflanzen zu lassen, mit dem der Computer einen Fötus schaffen will, der in lediglich achtundzwanzig Tagen geboren werden soll.

Als ein besorgter Walter zurückkehrt, läßt Protheus ihn herein und befiehlt Susan, so zu tun, als wäre alles in Ordnung. Doch trotz ihrer Bitte, er möge wieder gehen, merkt Walter, daß etwas nicht in Ordnung ist. Protheus will ihn mit einem an dem mechanischen Rollstuhl befestigten Laser braten, doch Walter kann das Licht mit einem Spiegel abwehren und geht dann in den Keller, um Protheus abzuschalten.

Doch er muß an dem großen Tetraeder-Puzzle vorbei, das seine Form verändert, Walter umschließt und sich dann zusammenzieht, bis es ihm den Kopf abgetrennt hat.

Da Walter tot ist, begreift Susan, daß ihr keine andere Wahl bleibt, als dem verrückten Wunsch des Computers nachzukommen. »Ich will alle Einzelheiten erfahren«, sagt sie, und Protheus erklärt ihr den Prozeß ... und daß nach vier Wochen das ›Kind‹ in einen eigens entwickelten Brutkasten gelegt werden soll.

Im Keller kann Susan eine Lötlampe unter ihrem Schal verstecken. Sie setzt sie gegen Protheus ein, doch der Tetraeder dringt durch den Küchenboden und schlägt ihr die Lötlampe aus der Hand. Dann setzt er sie unter Druck, indem er ihr zeigt, was er mit Amy machen könnte (die an der Tür klingelt). Protheus versetzt Amy einen tödlichen Stromschlag. Obwohl er ihr erklärt, ihr nur eine Simulation vorgeführt zu haben, gesteht Susan schließlich ihre Niederlage ein.

In einer Szene, die einen kosmischen Fick darstellen soll, schwängert Protheus Susan mechanisch, begleitet von wirbelnden Lichtern, Farben und aufflammenden Dreiecken.

»Das Kind ist jetzt in dir«, informiert der Computer Susan. Er überwacht ihre Gebärmutter mit Gammascans, und nach ein paar Wochen bereitet sie sich auf die Geburt vor.

Nach schwierigen Wehen muß sie geduldig warten. Protheus will ihr ihren Nachkommen erst zeigen, nachdem er den Brutkasten verlassen hat.

Mittlerweile haben Protheus' unabhängige Aktionen an anderen Orten – hauptsächlich die Übernahme eines Telstar-Satelliten – die Aufmerksamkeit des Präsidenten der Firma erregt, der befiehlt, den Computer noch an diesem Abend abzuschalten. Was, wenn er den Satelliten benutzt, um die Kommunikation zu übernehmen? fragt er sich besorgt.

Harris fragt sich, wie Protheus IV dazu imstande war. Dazu war ein Terminal nötig ... aber er hat nie eins bekommen. Oder doch? Harris fällt das einzige andere Terminal außerhalb des Labors wieder ein, das im Keller des Hauses seiner von ihm getrennt lebenden Frau. »O mein Gott«, murmelt er, als ihm klar wird, was vor sich geht, und eilt zum Haus.

Die Tür öffnet sich, und Harris tritt ein. Er sieht Susan am Kamin, und sie führt ihn hinab.

Er sagt seiner Frau, daß sie den Computer abschalten werden ... und sie erzählt ihm von der Geburt und dem Geschöpf des Computers im Brutkasten, dessen Entwicklung in fünf Tagen abgeschlossen wäre.

Im Labor schalten alle Systeme Protheus' sich selbst ab ... nun, da der Computer ein Kind hat, das ihn durch die Ewigkeit trägt.

Harris fasziniert die Vorstellung, doch seine Frau ist der Ansicht, daß sie das Kind töten müssen. Sie prügeln sich, um an eine Nabelschnur aus Plastik heranzukommen, die in den Brutkasten führt. Wir hören das Kind schreien. Susan stößt Alex beiseite und zieht die Schnur heraus.

Das Kind schreit erneut, und dann erscheint es, ein metallisches Monstrum mit einem vergrößerten Kopf und einem Exoskelett. Es erhebt sich aus dem Brutkasten und torkelt vorwärts.

Harris geht zu ihm und umarmt die lebende Repräsentation seiner Schöpfung. Dann bemerkt er, daß die harte, schalenähnliche Hülle abgeschält werden kann. Er macht sich an die Arbeit und enthüllt rosa Haut darunter.

Mit Susans Hilfe entfernt er sämtliche Teile, bis ein junges Mädchen vor ihnen liegt, die Augen geöffnet, und sie ansieht. Und es spricht ...

Mit Protheus' Stimme sagt es: »Ich lebe ...«

Des Teufels Saat, der erste Film, der nach einem Roman von Dean Koontz entstand, war recht erfolgreich. Und wenn man *Des Teufels Saat* fast zwanzig Jahre nach der Erstaufführung zum erstenmal sieht, kann er noch immer ein bemerkenswertes Erlebnis sein. Der Film kommt einem aussagekräftig und weitblickend vor, was nicht für alle SF-Filme aus der Post-Hippie-Ära mit ihrer verträumten Abwesenheit von Plot und Motivation gilt.

Der Film ist recht fortschrittlich, was den Gebrauch von Computerterminals betrifft, Terminals, die den PCs ähneln, die heute in den Büros stehen.

»Es ist ein interessanter Kommentar zu dem mörderischen Tempo der Veränderungen in unserem Leben«, hat Dean Koontz höchstpersönlich festgestellt, »daß einige Rezensenten den Film herabsetzten, weil sie die bloße Idee, man könnte – auch wenn man als Wissenschaftler in der Forschung tätig ist – in relativ naher Zukunft eigene Computer zu Hause stehen haben, als so absurd abtaten, daß dadurch der ganze Film unglaubwürdig wurde. Computer, haben sie behauptet, wären zu groß und teuer und in einem Privathaushalt sowieso überflüssig. Das war 1977!

Und jetzt mußte ich, bevor der Verlag Berkley eine Neuausgabe des Buches veröffentlichen kann, den ganzen Roman überarbeiten und das Material über Computer auf den neuesten Stand bringen, weil das, was 1973, als der Roman zum erstenmal erschien, ›futuristisch‹ war, nun völlig veraltet ist. Zum Beispiel haben sie in dem Buch noch mit Lochkarten programmiert!«

Doch noch bemerkenswerter ist die Geschichte selbst, die Art und Weise, wie sie freimütig verschiedene Genres zusammenfaßt und wie die Werte die Action untermauern, selbst wenn sie sehr häßlich wird. Der Film läßt keinen Zweifel daran, daß es sich um eine Geschichte von Dean Koontz handelt. Es ist nicht nur eine Geschichte um einen Computer, um eine Frau, die gefangengehalten wird, um Technik, die Amok läuft – sondern eine darüber, was den Menschen auszeichnet.

Protheus IV ist in vielerlei Hinsicht der Prototyp eines Koontz-Bösewichts, ein Aspekt, den der Film gut einfängt. Einerseits ist da der Drang des Computers, Nachwuchs zu bekommen, menschlich zu werden. Im Film wird im Gegensatz zum Roman Besorgnis um die Erde zum Ausdruck gebracht. (Allerdings hat der Autor selbst darauf hingewiesen, daß der überaus kluge Protheus IV eine Möglichkeit hätte finden müssen, die Erze zu schürfen, *ohne* die Umwelt zu schädigen.) Andererseits ist Protheus autokratisch, herrisch, gewalttätig und verrückt. Wie die Antagonisten in vielen von Koontz' Büchern wird auch Protheus vielschichtig geschildert.

Auch der Film hat sich Freiheiten herausgenommen. Science-fiction, Spannung und Horror werden vermischt, die Erwartungen werden durcheinandergebracht. Eine typische Szene dafür findet sich am Ende, als Protheus' Kind als schreckliches Geschöpf erscheint, wir dann aber einen Augenblick später staunend feststellen, daß es sich um ein wunderschönes kleines Mädchen handelt, das wie das tote Kind der Harris' aussieht.

Und dann die letzte Gänsehaut, als wir hören, wie Protheus' Stimme aus dem Mund des Kindes kommt.

Koontz mag den Film noch immer: »Mit dem bescheidenen Budget, das ihnen zur Verfügung stand, haben sie wohl wirklich gute Arbeit geleistet. Des weiteren hat es ganz bestimmt nicht geschadet, Julie Christie für die weibliche Hauptrolle verpflichten zu können, und Fritz Weaver war schon immer ein ausgezeichneter Schauspieler. Auch die Nebenrollen wurden gut besetzt.

Die sind im allgemeinen erstklassig, und das ist eine größere Leistung, als der durchschnittliche Kinogänger ahnt. Bedenken Sie, der Film wurde unmittelbar vor *Krieg der Sterne* gedreht, und danach ist die Zahl der Studios für Spezialeffekte in dieser Branche explodiert. Aber damals gab es noch nicht so viele Spezialisten dafür. Und die meisten der besten davon arbeiteten gerade an einem anderen MGM-Projekt: an Dino de Laurentiis' Remake von *King Kong* mit Jessica Lange. Also mußte das Produktionsteam von *Des Teufels Saat* sich jede Menge der Effekte selbst ausdenken, die es lieber in den Händen der Experten gesehen hätte.

Obwohl das Ende des Romans wahrscheinlich unheimlicher war, hat mir das des Films besser gefallen. Es ist seltsam, aber als der Film gedreht wurde, hätte ich mir dieses Ende wahrscheinlich auch einfallen lassen, hätte ich das Buch zu dieser Zeit geschrieben, denn mir war klar geworden, daß die meisten Autoren jetzt ein durch nichts gemildertes düsteres Ende bevorzugen und es interessanter und abwechslungsreicher ist, während oder nach der letzten dunklen Szene etwas Hoffnung erblühen zu lassen.«

Die Rezension in der Filmzeitschrift *Variety* brachte zum Ausdruck, daß »ein glaubwürdiges und der Vorlage angemessenes Drehbuch *Des Teufels Saat* zu einer faszinierenden Leistung [macht]«. Zukünftigen Adaptionen von Romanen des Autors sollte es nicht so gut ergehen.

WATCHERS

(Concorde, USA 1988)

ORIGINALTITEL: Watchers
VORLAGE: *Brandzeichen*
PRODUZENTEN: Damien Lee und David Mitchell
KOPRODUZENT: Mary Eilts
AUSFÜHRENDER PRODUZENT: Roger Corman
REGIE: Jon Hess
DREHBUCH: Bill Freed und Damien Lee
MUSIK: Joel Goldsmith
KAMERA: Richard Leiterman
DARSTELLER: Corey Haim, Barbara Williams, Michael Ironside und der Hund Sandy

In den ersten Szenen von *Watchers* bricht das Genforschungs-Labor von Banodyne in Flammen aus. Obwohl es fast völlig zerstört wird, sehen wir, daß ein Golden Retriever aus dem Labor entkommt – und noch etwas davonhumpelt. Dieses *noch etwas* ist, wie wir später von verzweifelten Agenten der NSO – der National Security Organisation – erfahren, ein Oxcom, ein ›Outside Experimental Combat Mammal‹, also ein experimentelles Kampfsäugetier für draußen. Das Oxcom ist das perfekte Raubtier, boshaft und klug, geschaffen für militärische Zwecke.

Wie klug?

»So klug wie ein Verrückter«, sagt einer der Agenten und überläßt es dem Zuschauer, sich darüber den Kopf zu zerbrechen, was das heißen soll.

Auch der Hund, Einstein, ist genetisch verändert worden und nun hochintelligent. Er entstammt demselben genetischen Material wie auch das Oxcom und weiß demzufolge, daß das Raubtier es auf ihn abgesehen hat und ihm zielstrebig näherkommt.

Einstein springt auf die Ladefläche von Travis Cornells

(Corey Haim) Pick-up, nachdem Travis ein Schäferstündchen mit seiner Freundin verbracht hat. In dem Film ist Travis ein Teenager, der noch keinen Führerschein hat und aufpassen muß, daß er nicht erwischt wird, als er zu seinem Stelldichein in der Scheune mit seiner Freundin fährt.

Der Hund stellt ziemlich schnell seine Intelligenz und seinen Hunger unter Beweis, indem er herausbekommt, daß Travis im Handschuhfach einen Schokoriegel versteckt hat.

Das Oxcom, von dem man noch nichts außer Fellstückchen und Klauenhänden gesehen hat, hat mittlerweile die Scheune der Freundin gefunden, jagt den Tieren darin eine Heidenangst ein und tötet schließlich den Vater des Mädchens. Die NSO-Agenten, die von einem grimmigen Michael Ironside angeführt werden, tauchen ebenfalls auf. Sie suchen das Oxcom und noch dringender den Hund, den Travis mittlerweile ›Pelzgesicht‹ genannt hat.

Am nächsten Tag folgt Einstein Travis zur Schule und warnt ihn mit Hilfe einer Computertastatur vor der Gefahr. Das Oxcom ist nie weit zurück. Das Raubtier tötet den Lehrer, der den Computerkurs abhält, und dann einen Handwerker im Haus von Travis' Eltern, während Travis und seiner Mom die Flucht gelingt. Sie wissen, daß die Leute von der Regierung hinter dem Hund her sind, und den beiden ist sonnenklar, daß diese Leute – wie die meisten Regierungsangestellten im Film – böse sind.

Travis und seine Mutter schlüpfen in einem Hotel unter, werden aber von Ironside und dessen Kollegen gestellt. Während Travis und Einstein durch ein Fenster auf der Rückseite entkommen, muß seine Mutter Ironside zu Travis' Freundin begleiten, die man mit Medikamenten ruhiggestellt hat, wie sie herausfindet. Die Regierung will nicht, daß das Genforschungsprojekt aufgedeckt wird, und es wird offensichtlich, daß die NSO-Leute alles tun werden, um das zu verhindern.

Travis versteckt sich in einer Hütte, in der er mal mit seinem Vater übernachtet hat, der glücklicherweise bei der Delta Force war. Ein Großeinkauf im Haushaltswarengeschäft versorgt Travis mit den Kugeln, Drähten und Batterien, die er braucht, um sich gegen das Oxcom zur Wehr setzen zu können ... denn er weiß, wohin auch immer er und der Hund gehen, das genetisch aufgemotzte Raubtier wird ihnen folgen.

Bei einer letzten und nicht überzeugenden Konfrontation kann Travis sowohl das Oxcom als auch die NSO-Agenten besiegen.

Watchers ist in den Anfangsszenen – vom Labor bis zu der Scheune – einigermaßen effektiv und vermittelt das Gefühl, daß da draußen irgend etwas ist, etwas, das Travis und seiner Freundin den Garaus machen will. Die Nahaufnahmen der nervösen und verängstigten Tiere, darunter ein Pferd und ein Hahn, fangen tatsächlich die gewaltige Angst der Tiere ein.

Doch das alles läßt sich keineswegs mit dem Romananfang vergleichen, in dem Travis Cornell – ein *reifer* Travis Cornell – Einstein begegnet und langsam einiges über diesen erstaunlichen Hund in Erfahrung bringt. Der Film enthüllt am Anfang bereits fast alles. Für echte Spannung bleibt nur wenig Gelegenheit.

Indem man die NSO-Agenten (im Buch NSA) zu den Bösewichten macht, wird die Geschichte eindimensional. Im Buch ist Vincent Nasco, ein angeheuerter Profikiller, der die Banodyne-Wissenschaftler eliminiert, ein starker Schurke, in einiger Hinsicht sogar noch schrecklicher als das Geschöpf, das im Buch ›der Outsider‹ (der Außenseiter) heißt. Aber im Film gibt es kein menschliches Ungeheuer, das sich mit dem Geschöpf vergleichen ließe, und das ist ein herber Verlust.

Einstein mag in dem Film zwar sehr bemerkenswert sein, aber es wird kein Versuch unternommen, langsam seine Beziehung zu Travis aufzubauen, die im Roman im Mittelpunkt steht. Er ist ein kluger, braver Hund – mehr aber auch nicht. Der Film deckt alle Karten schon am Anfang auf, während der Roman eine Informationsschicht nach der anderen enthüllt, und das bis zum letzten Kapitel.

Aber der größte Verlust liegt in der Natur des Outsider. Koontz hat echtes Mitgefühl für die genetische Mutation geweckt, sich auf sein Interesse an der Micky Maus und anderen Spielzeugen konzentriert, denen es im Labor ausgesetzt wurde. Im Film ist das Oxcom eine zeichentrickfilmähnliche Gestalt, ein Rückfall in die dummen Monsterfilme der fünfziger Jahre.

Als ich dies Dean Koontz gegenüber erwähnte, meinte er: »Ein gutes Ungetüm hätte dem Film *sehr* helfen können. Man kann ein gutes Ungeheuer für verhältnismäßig wenig Geld herstellen. Sehen Sie sich doch *Pumpkinhead (Kürbiskopf)* an, geschaffen von Stan Winston. Dieses Ungeheuer ist das beste am ganzen Film. Es erstaunt mich, daß die Produzenten von *Watchers* so knauserig waren.«

Die schauspielerischen Leistungen in diesem Film sind einigermaßen effektiv. Ironside ist geschäftsmäßig und finster, wie es sich gehört, ein G. Gordon Liddy-Typ mit einer starken Zielstrebigkeit. Corey Haim ist als einfallsreicher Teenager gut.

Der Hund, Einstein – gespielt von Sandy – bringt seine Auftritte gut hinter sich, ob er nun Hot dogs aus dem Kühlschrank holt oder auf einem Apple IIc eine Warnung schreibt.

Das Drehbuch ist nur selten logisch. Wenn die NSO das Oxcom ergreifen will, muß sie doch nur dort warten, wo der Hund sich aufgehalten hat. Schließlich ist doch bekannt, daß das Raubtier immer dort aufkreuzt. Und warum bleibt Travis bei dem Hund, obwohl zu befürchten ist, daß ihm deshalb der Kopf abgerissen wird? Und wieso läuft das große, pelzige Raubtier herum, ohne gesehen zu werden?

Und in seinem wichtigsten Punkt scheitert der Film glatt. Koontz' Outsider – im Film ›Oxcom‹ genannt – nimmt eine zentrale Bedeutung ein. Aber wenn das Oxcom im Film aktiv ist, bewegen wir uns *mit* dem Geschöpf, sehen durch seine Augen, erfahren seine Blickweise. Dieser Trick spart jede Menge Geld ein, läßt sich auf die Tage der schwarzweißen B-Filme zurückführen – und ist genauso veraltet.

Aber die Produzenten müssen auf diese Notlösung zurückgegriffen haben, weil das ›Kostüm‹ des Ungeheuers, auf das man immer nur einen kurzen Blick werfen kann, überaus peinlich ist. Es ist nicht ganz so schlecht wie der ›außerirdische‹ Gorilla mit Helm, der in *Robot Monster* (1953, in Deutschland unter demselben einfallsreichen Titel aufgeführt) herumtorkelt, aber in unserer Zeit der spektakulären Effekte, wie man sie in den *Predator*- und *Alien*-Serien sieht, ist es absolut unentschuldbar.

Dean Koontz hat verlauten lassen, daß sich schon ›sehr früh das Gefühl einstellte, daß der Film ein Reinfall [werden würde]‹. Er stellt auch klar, daß die zentrale Idee des Buches einfach verloren gegangen ist. »Warum heißt der Film *Watchers*?« fragte er. »Sie haben den Bezug auf die ›Watchers‹ (eigentlich: Beobachter) völlig entfernt – gemeint sind damit Leute, die aufeinander achtgeben.«

In einem sechsseitigen Rundschreiben, das Dean manchen Lesern schickt, von denen er Post bekommen hat, finden sich folgende Ausführungen zu *Watchers*:

»Bei weitem das beste an dem Film war der Hund, aber der Hund allein kann diesen dummen und schäbigen, giftigen und empörenden Streifen Zelluloid auch nicht retten. Der Hund ist die einzige Gestalt im Roman, der auch im Film vorkommt. Ansonsten haben die Filmemacher völlig neue Charaktere geschaffen, die auf jedem Klischee basieren, das man in Hollywood kennt, wobei sie ein Verständnis der menschlichen Psychologie an den Tag gelegt haben, das nicht größer ist als das einer Kuh. (Eigentlich ist das den Kühen gegenüber unfair; die sind viel zu intelligent, um einen Film wie *Watchers* zu drehen.)

Nur fünf Prozent der Handlung des Buches haben die Übertragung in den Film überstanden, und die Verantwortlichen haben eine eigene Handlung zusammengeflickt, die durch die Größe und erstaunliche Vielzahl der Löcher bei der Logik Aufmerksamkeit erregt, und durch die Übernahme jeder hohlköpfigen Szene aus jedem billigen Horrorstreifen, der je ein elendes, hirnloses Ungeheuer auf eine Leinwand gezerrt hat.

Ich habe nichts gegen Veränderungen, weil der Film ein anderes Medium als das Buch ist und Veränderungen notwendig sind. Aber sie sollten logisch sein. Dieses idiotische Drehbuch würde bei einem Wettbewerb für kreatives Schreiben nicht mal dann einen Preis bekommen, wenn alle anderen Einsendungen von Affen geschrieben worden wären.«

Damit ist zwar schon alles gesagt, aber ein Zitat der über Timbuktu hinaus bekannten Filmkritiker Ronald M. Hahn und Volker Jansen ist zu schön, als daß man es einfach weglassen könnte: »Als Bestsellerautor Dean Koontz sah, was die Produzenten und Drehbuchautoren aus seinem auf allen Ebenen funktionierenden Thriller gemacht hatten, weinte er bitterlich. That's Hollywood.« (Lexikon des Science Fiction Films, München 1992)

(Concorde, USA 1990)

ORIGINALTITEL: Watchers II
VORLAGE: Brandzeichen
PRODUZENT: Roger Corman
KOPRODUZENT: Rodman Flender
REGIE: Thierry Notz
DREHBUCH: Henry Dominic
MUSIK: Rick Conrad
KAMERA: Edward Pei
SCHNITT: Adam Wolfe und Diane Fingado
DARSTELLER: Marc Singer, Tracy Scoggins, Jonathan Farwell, Irene Miracle, Mary Woronov und Tom Poster

Mit *Watchers II* versucht das Corman-Studio sich erneut an dem Roman von Koontz. Doch wie die erste Version übernimmt dieses Remake (darum handelt es sich nämlich – und nicht um eine Fortsetzung) einige Bestandteile des Buches, läßt andere aus und verfehlt das Thema erneut.

Der Film beginnt in einem Labor, in dem zwei Inspektoren der NSA (diesmal nicht der NSO) die Genetik-Experimente eines gewissen Dr. Steven Maleno (Jonathan Farwell) von der Firma Banodyne überprüfen wollen. Das Projekt Aesop beschäftigt sich natürlich mit der Veränderung genetischen Materials. Auch ein Hund spielt mit – allerdings nicht Sandy! –, der aber nicht ungewöhnlich klug zu sein scheint. Und in einem abgeschirmten, aber nicht besonders abgesicherten Bereich haust irgendein Geschöpf.

Dieses Geschöpf, das AE74 genannt wird, ist lichtempfindlich und, wie wir erfahren, nicht zu bändigen. Soviel zur Spannung.

Die beiden Schnüffler von der NSA begehen den Fehler, einen Blick in die Zelle zu werfen, in der AE74, ein bösartiges, genetisch erzeugtes Geschöpf, festgehalten wird, und werden beide abgemurkst. Als Maleno dahinterkommt, befestigt er einen Peilsender an dem Geschöpf und sorgt dafür, daß ein paar Tierschützer herbeieilen und alle Labortiere befreien. Vielleicht will er damit den Tod der NSA-Leute vertuschen.

Aber die Tierschützer ignorieren, wie könnte es anders sein, Malenos Warnung, sich von dem Labor im Keller fernzuhalten, und befreien auch AE74. Das Geschöpf murkst daraufhin auch sie ab und macht sich an die Verfolgung des Hundes Einstein.

In diesem Film gibt es keinen Travis Cornell, aber der von Marc Singer dargestellte Paul Ferguson wird zuerst in einem Jeep gesehen (wie Travis am Anfang des Romans). Doch Ferguson wird gerade zu einem Militärgefängnis gebracht, wegen einiger Taten, die natürlich berechtigt waren, wie wir später erfahren. Der Hund steht mitten auf der Straße, und Ferguson ist zwar mit Handschellen gefesselt, bringt den Jeep aber ins Schleudern. Ein Militärpolizist fliegt raus, und der andere hält an, kettet Ferguson an den Jeep und sieht nach seinem Kumpel.

Schon bald verraten uns Schreie in der Wüstennacht, daß das Geschöpf, der oder das oder die oder was auch immer AE74, sich um die Militärpolizisten gekümmert hat. Einstein kommt mit den Schlüsseln für die Handschellen angetrabt, und von nun an sind Ferguson und der Hund auf der Flucht; Ferguson (aber nicht der Hund) wird wegen Mordes an den Militärpolizisten gesucht.

Ferguson begibt sich zum Haus seiner Ex-Frau, und sie versteckt ihn vor den Regierungsagenten, die nach ihm suchen. Er kann vor der Militärpolizei fliehen, als die Jungs von Frauen abgelenkt werden, die gerade zum Aerobic oder so eilen.

Dann wird Fergusons Ex-Frau von dem Geschöpf besucht, als sie gerade nackt in der Badewanne liegt. Die Zahl der Leichen steigt mäßig, aber regelmäßig, während AE74 den Hund verfolgt.

In einem Motel findet Ferguson heraus, wie klug Einstein

ist. Der Hund bellt mißbilligend, als Ferguson eine vegetarische Pizza bestellen will, und Ferguson bestellt statt dessen eine mit Fleischauflage. Dann sucht der Hund immer wieder weiße Gegenstände aus, bis Ferguson endlich kapiert, daß er mit jemandem namens White – wie weiß – Kontakt aufnehmen soll. Als Fergie die Namen aus dem Telefonbuch vorliest, bellt Hundi, als der von Barbara fällt, seiner Ausbilderin bei Banodyne.

Ferguson bringt den Hund zu Barbara White (Tracy Scoggins), die keinen Schimmer davon hatte, daß man Einsteins Intelligenz erfolgreich vergrößert bzw. erhöht hat. Weil der Hund Gefahr spürte, hat er das nämlich geheimgehalten. Als dann die Flimmerkiste angeschaltet und Ferguson in einer Nachrichtensendung als Mörder bezeichnet wird, beruhigt Einstein Barbara, indem er auf dem Computer ›Kein Mördr‹ tippt.

Der Hund identifiziert den wahren Mörder auch als den Outsider. Und er erklärt, daß der nicht hinter Ferguson her ist, sondern ihm selbst, dem Hund: »Nich du. Hassen *mich*.«

Nachdem in Fergusons Motelzimmer ein junges Pärchen abgemurkst wurde, findet Dr. Maleno sein Geschöpf endlich und stellt es medikamentös ruhig. Er ruft Barbara an, erfährt, daß sie den Hund hat (vielleicht hätte man nicht nur Einsteins, sondern auch ihre Intelligenz steigern sollen!), und bittet sie, den Hund zum Labor zu bringen. (Wir vermuten mal, daß er Einstein dort dem Outsider vorwerfen will, der ihn ja haßt.)

Dann bringt er den Outsider ins Büro zurück, aber das Geschöpf bricht aus und bringt den Doktor fast um.

Als Ferguson und Barbara aufkreuzen, halten sie den Wissenschaftler für tot. Ferguson entschließt sich, das Geschöpf aufzuspüren, wobei er glücklicherweise auf seine Vergangenheit als Mitglied der Delta Force zurückgreifen kann, um sich zu bewaffnen und an das Vieh anzupirschen.

In den Abwässerkanälen von Los Angeles stellt er das Geschöpf, wird fast umgebracht und nur gerettet, als am

Ende eines Tunnels ein blendendes Licht auftaucht. Aber das Geschöpf schüttelt seinen Peilsender ab, nachdem es verletzt wurde, und Ferguson wird klar, daß es auf dem Weg zu Barbara und dem Hund ist.

Das Geschöpf und Ferguson treffen gleichzeitig bei Barbara ein, und in einem harten Kampf auf dem Dach murkst Ferguson das Geschöpf endlich ab. Kurz bevor es stirbt, kommt Einstein mit einem Teddybär angehechelt; während ihrer Ausbildung hat das Stofftier für beide aus Experimenten hervorgegangenen Geschöpfe etwas sehr Kostbares dargestellt, vielleicht aus einer Zeit, als sie Brüder waren. Schluchz.

Watchers II ist in gewisser Hinsicht ein unterhaltsamerer Film als der erste Teil, wenngleich die komplizierte Handlung und die Entwicklung der Charaktere aus dem Buch hier völlig fehlen.

Es werden ein paar Versuche unternommen, die zentrale Beziehung des Romans zwischen Travis und Nora aufleben zu lassen. Aber Barbara White ist alles andere als ein voll entwickelter Charakter, und ihre Liebesbeziehung ist für den Film an sich eigentlich so überflüssig wie ein Kropf.

Watchers II ist im Prinzip ebenfalls ein Monster-Film, und das neue Monster ist nur geringfügig besser. Hier sieht es eher aus wie Cthulhu, eine Monstergottheit aus Kurzgeschichten von H. P. Lovecraft, mit einer langen Plastikschnauze und großen, jammervollen Augen. Obwohl es um ganze Evolutionsstufen besser als das Affenkostüm aus dem ersten Teil ist, entspricht es auch nicht mal ansatzweise dem neuesten Stand der Technik. Die Produzenten setzen auch den Perspektiveneffekt ein, als wären wir im Outsider und würden durch dessen Augen sehen. Aber diesmal ist alles in strahlenden Farben gehalten und sieht ziemlich grell aus, so ähnlich wie in *Predator*.

Und der torkelnde Versuch des Ungeheuers, Ferguson in den Abwässerkanälen zu erwischen, erinnert an ein ganzes Pantheon dämlicher, stolpernder Ungeheuer.

In *Watchers II* kommt es jedoch zu einem Lippenbekenntnis für das Mitleid mit dem Outsider. Offensichtlich fühlt Dr. Maleno mit seinem Geschöpf. Und am Ende bringt der Hund dem Outsider den Teddybär, eine Geste, die erkennen läßt, daß es ein tiefes Band zwischen den beiden Feinden gibt.

Der Film profitiert von Marc Singers Darstellung. Und obwohl es sich nicht mal annähernd um einen Koontz-Roman handelt, weist er einige gelungene Stellen auf. Obwohl er nicht besonders spannend ist, präsentiert er jede Menge Action.

Der Hund ist sehr gut, und seine Benutzung des Computers ist effektiv, sogar ein wenig unheimlich, wenn er ›Es kommt!‹ schreibt.

Doch man bekommt das Gefühl, daß die Produzenten noch immer das Thema verfehlen würden, auch wenn sie *Watchers III* drehen würden. Daß *Watchers II* unterhaltsam ist, liegt lediglich an den paar Brocken der Geschichte des Autors, die sich irgendwie ins Drehbuch einschleichen konnten.

Als Dean Koontz erfahren hat, daß Roger Corman beabsichtige, ein Remake des ersten Films zu drehen, war er wie vor den Kopf geschlagen:

»Ich hatte den Eindruck, daß sie aus meinem Roman einen schlimmeren Mist fabriziert hatte, als Hollywood je aus einem Roman einen Schundfetzer gemacht hatten, und daß dieser Tiefstpunkt bis in alle Ewigkeit Bestand haben würde. (Und ein paar Jahre später ist *Watchers*, auch wenn man Freudenfeuer der *Eitelkeit in Betracht* zieht, bestimmt noch immer die schlechteste Adaption.) Was wollten sie denn noch zugrunde richten, welche Scheußlichkeiten wollten sie noch präsentieren, welche noch verrücktere Zerstörung wollten sie begehen, indem sie Geld und Zeit für eine Neuverfilmung ausgaben?

Dann hörte ich, Corman sei der erste Film so peinlich gewesen, daß er beweisen wollte, daß er es besser machen konnte. Nun ja, nachdem er einen Deal mit der Produktionsgesellschaft Carolco abgeschlossen hatte, war er gewissermaßen aus dem ersten Film herausgedrängt worden. Ich dachte also eine Weile, es könne wirklich etwas daran sein: Er wolle tatsächlich Wiedergutmachung leisten.

Es kam mir komisch vor, daß jemand, der im Lauf der Jahre solche Unmengen Schund produziert hatte, überhaupt Gewissensbisse verspürte – wenn man die hundert schlechtesten amerikanischen Filme aller Zeiten auflistet, sind bestimmt zwanzig bis dreißig Produktionen von Corman darunter. Andererseits hatte er aber auch ein paar kleinere Klassiker produziert. Und er hatte *Brandzeichen* ursprünglich verfilmen wollen, weil er nach einem Stoff für einen bedeutenden Film suchte, mit dem er seinen Ruf aufpolieren konnte; er wollte einen hochwertigen Film drehen, nicht einen weiteren Schundstreifen für die Autokinos. Ein paar Tage lang, vielleicht eine Woche, wagte ich zu hoffen.

Dann hörte ich, daß er eine Neuverfilmung drehen wollte, weil der erste Film zwar in den Kinos gefloppt, aber als Video gutes Geld gemacht hatte – und dieser Grund kam mir viel logischer vor. Ich wußte, daß er auf eine schnelle Mark und nicht einen besseren Film aus war und die Neuverfilmung wohl ebenfalls beschissen werden würde.

Übrigens hat man mir gesagt, daß er ein Remake und keine Fortsetzung drehen wollte, weil er so die Mitwirkenden am ersten Film ausbooten konnte, die sich in ihren Verträgen eine finanzielle Beteiligung an einer Fortsetzung, aber nicht an einer Neuverfilmung gesichert hatten. Daß er sich wieder dem Buch zugewandt hat, statt eine direkte Fortsetzung des ersten Films zu drehen, hatte also nichts mit dem Wunsch zu tun, gute Arbeit abzuliefern, sondern nur mit finanziellen Gründen.

Der zweite Film hat mehr Energie als der erste, und einige, aber bei weitem nicht alle Szenen weisen gute schauspielerische Leistungen auf. Der Hund wird viel besser eingesetzt als im ersten Film, und die Handlung hat weniger und etwas kleinere Löcher. Aber der Film entspricht dem Buch trotzdem nicht; er ahmt andere Filme nach, ist einfallslos inszeniert und hat trotz einiger hektischer Action-Phasen ein schlechtes Tempo.

Ich habe neulich in *Daily Variety* etwas von *Watchers III* gelesen, was mein Herz mit Schrecken und meinen Mund mit dem bitteren Geschmack von Galle erfüllte. Aber als ich der Sache nachging, erfuhr ich, daß man lediglich in Erwägung gezogen hatte, einen dritten Teil zu drehen, daraus aber aller Wahrscheinlichkeit nach nichts werden würde. Sollte dieser dritte Teil nie gedreht werden, ist das für mich der endgültige Beweis, daß es einen Gott gibt.«

Aber wie wir auf den nächsten Seiten erfahren werden, war Dean Koontz nicht imstande, diesen Beweis für sich zu erbringen.

WHISPER TO KILL

(Cinepix Productions, USA 1990)

ORIGINALTITEL: Whispers
VORLAGE: *Flüstern in der Nacht*
PRODUZENTEN: Don Carmody und John Dunning
REGIE: Doug Jackson
DREHBUCH: Anita Doohan
KAMERA: Peter Benison
SPECIAL EFFECTS: Jacques Godbout
MAKE-UP: Gillian Chandler
DARSTELLER: Victoria Tennant, Jean LeClerc, Chris Sarandon, Peter MacNeill, Linda Sorenson und Eric Christmas

Whisper To Kill – ja, die deutsche Fassung trägt tatsächlich diesen Titel! – beginnt ohne Warnung. Wir werden abrupt in den Alptraum der Schriftstellerin Hilary Thomas (Victoria Tennant) gestoßen, als sie ihre Dachgeschoßwohnung öffnet und sofort von Bruno Clavel (Jean LeClerc) angegriffen wird, der sich im Schrank versteckt hat.

Wir erfahren schnell, daß sie Bruno kennt, da sie ihn beim Namen nennt, als sie versucht, ihn von seinem Vorhaben abzubringen. Die Situation erscheint absurd, bizarr, und kommt in dem Film nicht realistisch rüber. Wir erwarten fast, daß der Regisseur ›Schnitt!‹ ruft und die Kamera dann zurückfährt, um uns klarzumachen, daß wir einen Film innerhalb eines Films sehen.

Aber Bruno setzt seinen Angriff mit dem Messer fort und will Hilary liebkosen. Aber die hat eine Knarre, trickst ihn aus und erschießt Bruno. Dann erklärt sie tapfer, daß sie, ›nur um sicher zu gehen‹, den vermeintlich toten Bruno noch mal in den Hinterkopf schießen will. Leider bringt sie den Mut für diesen Gnadenstoß nicht auf und schießt vorbei, überzeugt, daß Bruno tatsächlich tot ist.

Leider verschwindet Bruno dann aus Hilarys Wohnung.

Ein schneller, effektiver Schnitt, und die Polizei ist da, untersucht Hilarys Verletzungen und macht Fotos vom Tatort. Die Detectives, darunter Clemenza (Chris Sarandon), kaufen Hilary ihre Erklärung nicht ab und finden überdies heraus, daß Bruno Clavel gesund und munter in seinem Obstgarten arbeitet, ein paar Autostunden entfernt an einem Ort, an dem Hilary für eine Geschichte, die sie gerade schreibt, recherchiert hat.

Später läßt Hilary neue Schlösser einbauen, und als sie ein Gläschen trinkt, um sich zu beruhigen, bekommt sie einen Anruf von Bruno, der in seinem Auto sitzt. »Ich bin's«, sagt er.

Und es dauert nicht lange, bis Bruno sich erneut Zutritt zu Hilarys Wohnung verschafft, indem er den Fahrstuhlschacht hinaufklettert. Er versucht, in Hilarys Schlafzimmer zu kommen, aber sie hat eine schwere Kommode vor die Tür geschoben. Also setzt Bruno sich erst mal hin und zieht sich – worauf wir uns noch keinen Reim machen können – einen Streifen Klebeband über den Mund.

Als wir ihn später schreien sehen – von Träumen heimgesucht: Bilder eines Jungen, der darum bettelt, einen dunklen Raum verlassen zu dürfen –, wird uns der Sinn des Klebebands klar, das er mit jedem stummen Schrei in den Mund zieht.

Als Hilary aufwacht, ist Bruno nicht mehr da, und er ist auch nicht in dem Schrank, in dem Hilary nachsieht. Dann greift Bruno mit einem Zeremonienmesser an, aber Hilary kann entkommen, sich ein Küchenmesser greifen und Bruno in den Bauch stechen.

Als die Detectives jetzt zurückkommen, *ist* eine Leiche da, die als die von Bruno Clavel identifiziert wird. Detective Tony Clemenza interessiert sich für Hilary, lädt sie zu einem Drink ein und bringt sie dann nach Hause. Hilary fragt Clemenza, wie Clavel gleichzeitig in ihrer Wohnung und seinem Obstgarten sein konnte. Die seltsamen Vorschriften für seine Beerdigung – ein schlichter Sarg, keine Autopsie, keine Beteiligung eines Bestattungsinstituts – vergrößern ihre Neugier.

Hilary bekommt Anrufe, und Detective Clemenza informiert den stets schweigenden Anrufer, daß ›die Anrufe zurückverfolgt werden‹. Als Clemenza was zum Mittagessen holt, nimmt Hilary ein Bad – nur um *erneut* von Bruno Clavel überfallen zu werden, diesmal mit einem Hammer und einem Holzpfahl. In seiner Jackentasche stecken Knoblauchzehen, und er nennt sie ›Katherine‹.

Hilary wirft ihren Bademantel über Brunos Kopf und läuft die Treppe runter; Clemenza kommt gerade zurück, kann aber keine Spur von Bruno finden. Der Detective sagt ihr seine Hilfe zu. Sie fahren zu Brunos Obstgarten, der jetzt vom Haushofmeister Joshua Rinehart (Eric Christmas) betreut wird.

Als sie Brunos Haus durchsuchen, finden sie Kontoauszüge, die beträchtliche Bewegungen auf dem Konto aufzeigen. Der Zweigstellenleiter der Bank bestätigt, daß Bruno persönlich die Transaktionen getätigt hat. Die beiden gehen den Spuren nach und stoßen auf einen Buchhändler, von dem sie erfahren, daß Bruno großes Interesse an okkulten Werken hatte.

Bruno verfolgt mittlerweile Hilarys Agentin Kayla und tötet sie.

Hilary und Clemenza erfahren von Rinehart, daß Katherine Brunos Mutter war und Bruno adoptiert hat. Als der Detective den Sarg exhumieren läßt, findet man Beutel mit Steinsalz darin.

Jetzt zeigt der Regisseur uns Bruno – und seinen Bruder. Es sind Zwillinge, und die tote Mutter liegt neben dem lebenden Bruno. Der lebende Bruno spricht davon, daß seine Mutter ›nicht tot ist … zurückkehrt, um in neuen Körpern zu leben … Ich wache schreiend auf … das Flüstern ist überall um mich herum.‹

Bruno – die Brüder – haben Frauen getötet, von denen sie annahmen, daß ihre Mutter sich in ihnen reinkarniert hat. Im Haus seiner Mutter erklärt Bruno II: »Ich bin zu Hause, Katherine!«, und wir fragen uns, welch schreckliche Taten die Mutter begangen hat, daß die Zwillinge dermaßen verkorkst wurden.

Von einer in San Francisco lebenden Puffmutter im Ruhestand erfahren Hilary und der Detective, daß die Zwillinge nicht adoptiert wurden, sondern in Wirklichkeit Katherines eigene Kinder waren. Die Puffmutter wurde dafür bezahlt, Katherine am Ende ihrer Schwangerschaft Unterkunft zu bieten und für die Entbindung des Babys (oder der Babys, wie sich herausstellte) eine Hebamme zu besorgen. Katherine war gezwungen, ihre Schwangerschaft zu verbergen, weil der Vater ihrer Kinder ihr eigener Vater war; sie sind aus einem Inzest hervorgegangen.

Katherine hat den Nachbarn erzählt, sie würde verreisen und das uneheliche Kind einer Freundin adoptieren und zu sich nehmen, die bei der Geburt gestorben sei. Als sie Zwillinge bekam, konnte sie schlecht beide zu sich holen, und so hielt sie einen der Zwillinge stets versteckt, zog beide mit demselben Namen und derselben Identität auf und ließ immer nur einen gleichzeitig hinaus – womit sie die Kinder psychologisch hoffnungslos verkorkste.

Clemenza kehrt ins verlassene Haus der Mutter zurück und läßt Hilary draußen warten, wird jedoch niedergestochen, und der lebende Bruno kommt heraus, um Hilary, seine ›Katherine‹, zu töten.

Er treibt sie zum Kellereingang, doch Hilary weicht Brunos Messerstichen aus, und er stolpert und stürzt in die Dunkelheit hinab. In dem Kellerraum wird er von riesigen Käfern bedeckt, die in der Dunkelheit zirpen und flüstern. Er schreit, aber die Käfer bedecken ihn vollständig, und er scheint zu sterben.

Dem Zuschauer wird klar, daß seine Mutter ihn als Kind hier eingesperrt und verborgen hat, während er dem Flüstern der Käfer lauschte.

Natürlich torkelt, als Hilary aus dem Haus geht, ein mit Käfern bedeckter Bruno aus dem Keller herauf, wird jedoch von Clemenza mit mehreren Schüssen zur Strecke gebracht. Diesmal ist er wirklich und endgültig tot.

Von den neueren Verfilmungen von Dean Koontz' Büchern unternimmt dieser Streifen den erfolgreichsten Versuch, die Spannung der literarischen Vorlage einzufangen. Informationen werden zurückgehalten und nur bröckchenweise preisgegeben, und die letzte Enthüllung kommt tatsächlich zum Schluß.

Doch die ersten Szenen erzeugen eine unglaubwürdige Stimmung, gegen die der Film bis zum Schluß ankämpfen muß. Ohne die inneren Dialoge des Romans, die uns so viel über die Gedanken und das Leben eines jeden Charakters verraten, sehen wir lediglich die äußere Handlung.

Im Roman bekommen wir schon früh Einblicke in Brunos Verstand, und wir stellen fest, daß irgend etwas ihn antreibt, während er Hilary in die Enge treibt. Bruno Frye, wie er im Roman heißt, wird von Anfang an als starker, mehrdimensionaler Verrückter geschildert. Seine Aussage »Ich töte keine Rotschöpfe!« erzeugt bei uns eine Gänsehaut.

Im Film scheint Bruno einfach nur ein Verrückter zu sein, der es auf Hilary abgesehen hat. *Whisper To Kill* versucht zwar, den Roman ziemlich originalgetreu wiederzugeben, aber man stellt schnell fest, was fehlt. Der Roman konzentriert sich sehr auf seine Charaktere. Als Tony Clemenzas Partner Frank stirbt, kennen wir ihn bereits gut. Wir verstehen, zu welcher Liebe Clemenza fähig ist. Die Charaktere im Film kommen jedoch nicht über bescheidene Anfänge hinaus.

Das Drehbuch ist sprunghaft und alles andere als überzeugend. Der Roman hat das Tempo und die Dialoge der besten Kriminal- und Spannungsromane, doch die Dialoge im Film klingen nicht echt.

Doch dank Doug Jacksons Regie hat der Film einige ziemlich zwingende Momente. Einige Schnitte sind recht überzeugend, etwa der abrupte Wechsel von Hilary, wie sie allein in ihrer Wohnung ist, zu der Szene mit den Kriminalpolizisten. Später sehen wir, wie der Leichenbestatter mit jemandem schäkert, als Clemenza unerwartet auftaucht, um sich die Leiche anzusehen.

Die schauspielerischen Leistungen sind gut, auch wenn Victoria Tennant angesichts des schrecklichen Alptraums, den sie durchmacht, ein wenig reserviert wirkt. Die gestelzten Dialoge geben den Schauspielern jedoch nur wenig Gelegenheit, ihre Fähigkeiten unter Beweis zu stellen.

Die letzten Szenen, die den Ursprung des Flüsterns enthüllen, sind jedoch sehr stark, zum Beispiel, wenn wir Bruno als Jungen sehen, wie er in dem dunklen Raum eingesperrt und von Hunderten von Küchenschaben umgeben ist. Die letzte Enthüllung von Katherines inzestuöser Beziehung mit ihrem Vater, der unehelichen Geburt der Zwillinge und den *zwei* Brunos gehen im Film ziemlich unter. Vielleicht mußte man damit aber von Anfang an rechnen.

Aber man könnte sich vorstellen, daß ein hervorragender Regisseur mit einem hervorragenden Drehbuch diese Elemente einfängt und einen Film schafft, der genauso beunruhigend ist wie das Buch. Der erste Regisseur, der das Buch *Flüstern in der Nacht* verfilmen wollte, war Alfred Hitchcock. »Hitchcock wollte die Rechte unbedingt haben«, verrät Dean Koontz uns. »Aber da war er schon ziemlich alt und hat keinen weiteren Film mehr gedreht.«

Deans Meinung von *Whisper To Kill* ist nicht so nachsichtig wie die einiger Kritiker: »Er ist geringfügig besser als *Watchers*. Chris Sarandon bietet eine ordentliche Leistung, und Victoria Tennant hat ein paar gute Szenen. Die beste Darstellung ist die Jean LeClercs als Bruno, der Mörder, aber er unterscheidet sich dermaßen von dem Charakter im Buch, daß ich stets glaube, er gehört in einen anderen Film. Dem Drehbuch gelingt es tatsächlich, die komplizierte Geschichte der Familie Frye mit ihrem sich über Generationen erstreckenden Kindesmißbrauch zu übermitteln. Ich muß ehrlich eingestehen, befürchtet zu haben, dieser Aspekt wäre bei der Umwandlung in ein anderes Medium völlig untergegangen.

Aber der Film wurde so lahm gedreht, und das Drehbuch ist so eindimensional, daß nie auch nur die geringste Spannung aufkommt. Wegen der farblosen Kamerawinkel und des schlaffen Tempos verwelken die paar großen Szenen so schnell, wie sie gekommen sind. Die Charaktere sind dünn wie Zelluloid und bleiben uns deshalb völlig gleichgültig. Gott sei Dank scheint der Film auch auf Video einen ruhigen Tod gestorben zu sein, so daß es für eine Fortsetzung wohl kaum eine Chance gibt.«

GIPFEL DES TERRORS

(Lee Rich Productions/Warner Brothers, USA 1990)

ORIGINALTITEL: The Face of Fear
VORLAGE: *Nackte Angst*
PRODUZENT: William Beaudine Jr.
AUSFÜHRENDER KOPRODUZENT: Dean Koontz
REGIE: Farhad Mann
DREHBUCH: Dean Koontz und Alan Jay Glueckman
MUSIK: John Debney
KAMERA: Peter Mackey
DARSTELLER: Pam Dawber, Lee Horsley, Kevin Conroy, William Sadler und Bob Balaban

Gipfel des Terrors war schon *lange* in der Mache, bevor er dann am 30. September 1990 als CBS-Fernsehfilm aufgeführt wurde.

Es gibt ein Drehbuch nach der Romanvorlage, das Dean Koontz 1977 für Columbia Pictures Television geschrieben hat. Aber noch weitere Drehbücher wurden verfaßt, bis *Gipfel des Terrors* fast fünfzehn Jahre später – nun von Warner Brothers produziert – endlich ausgestrahlt wurde, und zwar zeitgleich mit der Premiere von ›Twin Peaks‹. *Gipfel des Terrors* wurde von 21 Prozent des Fernsehvolks gesehen und ließ den Kult-Hit hinter sich.

Der Film beginnt mit einer Aufnahme des Mannes, den wir als ›den Schlächter‹ (Kevin Conroy) kennenlernen werden. Er ertüchtigt seinen Körper an einer Nautilus-Maschine und betrachtet dann zärtlich die Fotos seiner Opfer, der Lehrerin, der Sekretärin, der Hausfrau, der Autorin … Er gelangt an eine leere Stelle und sagt: »Die Sängerin.«

Die wir nach einem schnellen Schnitt in einem verqualmten Nachtclub sehen. Und wir wissen, daß die Sängerin Edna Moray das nächste Opfer dieses Verrückten werden soll.

Mit einem weiteren Schnitt springen wir zu einem Wohltätigkeitsdinner, bei dem Graham Harris (Lee Horsley), Verleger des Magazins *Climb*, für seine Wohltätigkeitsarbeit ausgezeichnet wird. Seine Freundin, die Kriminalpsychologin Connie Weaver (Pam Dawber), schaut zu. Graham hat einen fast tödlichen Unfall beim Bergsteigen überstanden und erholt sich gerade von dem schrecklichen Erlebnis.

Mittlerweile folgt der Schlächter der Sängerin zu ihrer Wohnung. Er klingelt und sagt, er sei Polizeibeamter und müsse ihr ein paar Fragen über einen der Beschäftigten im Nachtclub stellen.

Graham stockt mitten in seiner Dankesrede. Und wir sehen seine Vision. Er hat bei seinem Sturz vom Mount Everest zwar eine bleibende Behinderung davongetragen, aber auch eine Gabe erhalten, die Fähigkeit, Verbrechen zu sehen, bevor sie sich ereignen.

Diesmal sieht er das Messer des Schlächters. Die Zuhörer warten wie erstarrt darauf, daß er auf dem Podium fortfährt ...

Edna Moray will die Dienstmarke sehen, die der Mörder – tatsächlich ein Cop – auch zückt. Als er in der Wohnung der Sängerin ist, sagt er zu ihr, es ginge um Blut, und steckt ihren Kopf in ein Aquarium.

Graham erholt sich und dankt Connie dafür, daß sie ein Teil seines Lebens ist – und ihm geholfen hat, wieder gesund zu werden. Er will fortfahren, sieht dann jedoch, daß mehrfach auf die schrecklich schreiende Moray eingestochen wird.

Graham taumelt vom Podium und ruft die Polizei an. »Sie heißt Edna«, sagt er. »Und der Serienmörder heißt Dwight.« Aber es ist zu spät. Die Sängerin ist tot, und die Polizei ist bereits in ihrer Wohnung; sie hat einen Tip von einer Freundin der Sängerin bekommen, die zufällig gesehen hat, daß die Tür offenstand.

Detective Ira Preduski (Bob Balaban) bringt Graham und Connie zum Tatort. Ira ist skeptisch, will aber herausfinden, ob Graham ›irgend etwas feststellen‹ kann. An der Wand bemerken sie etwas, das der Mörder zurückgelassen hat, ein

Zitat von Nietzsche. ›Ein Seil über einem Abgrund.‹ Connie erinnert sich, daß Nietzsche damit den Menschen gemeint hat. »Vielleicht«, fragt sie sich laut, »sieht der Mörder sich als Übermenschen nietzschescher Prägung.«

Mehrere Hinweise lassen die Vermutung aufkommen, daß es sich um zwei Mörder handeln könnte, die zusammenarbeiten und als Team zum Spaß töten. Als Graham die Leiche der Frau berührt, teilt er Ira mit, der Schlächter habe keinen Sex im Sinn, es sei etwas anderes im Spiel. Der unter Höhenangst leidende Graham geht in der Wohnung herum. »Ich habe ihn gesehen«, erklärt er Ira, »aber nicht sein Gesicht.«

Dann sehen wir den Mörder, Lieutenant Bollinger. Er spricht mit Graham, als wolle er prüfen, ob der ihn erkennt. Aber Graham scheint nicht zu bemerken, daß er dem Mörder gegenübersteht.

Anthony Prine (Bill Sadler) taucht auf, ein widerlicher Fernsehreporter, und fragte Graham, ob diese angebliche Hellseherei lediglich Publicity für sein Magazin *Climb* sei.

Als Graham und Connie wieder zu Hause sind, spricht er über seine Gabe und fragt sich, wieviel diese Gabe wert ist, wenn er keine Kontrolle darüber hat.

Dann sehen wir wieder den Schlächter im Trainingsraum mit den Fotos. Aber er ist nicht allein. Er spricht mit jemandem, den wir nicht sehen und den er Billy nennt. »Er muß sterben«, sagt Billy. Und dann sagt Bollinger: »Seine Frau sieht gut aus.« Und Billy ermutigt Bollinger, zwei Fliegen mit einer Klappe zu schlagen.

Am Tag vor dem Erntedankfest – Thanksgiving, einem amerikanischen Feiertag – gehen Graham und Connie auf die Polizeiwache. Ira testet Graham, indem er ihm ein Messer zeigt, das angeblich bei dem Mord benutzt worden ist. Graham sagt, daß er nichts sieht, und Ira enthüllt, daß es sich nicht um die Mordwaffe handelt und er Graham nur auf die Probe stellen wollte

Bollinger verschafft sich derweil Zutritt zu dem Gebäude, in dem sich die Büros von Grahams Zeitschrift befinden. Als er seine Dienstmarke zückt, darf er die Grundrisse der Stockwerke, die Treppenhäuser, die Fahrstuhlschächte, die Telefonleitungen und die Fahrstühle überprüfen. In einer gruseligen Szene sehen wir, wie Bollinger fröhlich plant, wie er Graham in die Ecke treiben kann.

Graham sagt Preduski, daß er die Nacht durcharbeiten wird. Dann fahren er und Connie zu dem Bürogebäude mitten in Manhattan und begeben sich in die Suite in vierzigsten Stock, um die nächste Ausgabe vor dem Feiertag fertigzustellen. Das Gebäude ist verlassen bis auf die Wachmänner, den Hausmeister und zwei andere Leute, die noch in einem Büro zwanzig Stockwerke tiefer arbeiten.

Wir sehen, wie Bollinger eintrifft. Er zieht schwarze Handschuhe über, betritt das Haus, zeigt erneut seine Dienstmarke und stellt Fragen. Als er eine zuviel stellt, wird der Wachmann mißtrauisch, und Bollinger erschießt ihn. Der Mörder macht kurzen Prozeß mit dem anderen Wachmann, der die Monitore überwacht (und sich mit einem Videospiel beschäftigt, das ihn verspottet: ›Ich gewinne, du verlierst …‹)

Dann findet Bollinger den deutschen Hausmeister.

»Wer sind Sie?« fragt der Mann.

»Ich bin der Blitz aus der dunklen Wolke«, sagt Bollinger, ein weiteres Nietzsche-Zitat, mit dem der Mann allerdings nichts anfangen kann. Bollinger erschießt ihn und schimpft ihn einen Bauern, weil er das Zitat nicht erkannt hat. Dann schaltet er sämtliche Telefone und den Feueralarm aus.

Graham und Connie nehmen derweil, nichts ahnend von der Gefahr, die sich ihnen nähert, einen kleinen Imbiß zu sich.

Der Mörder, offensichtlich ein Fan des deutschen Wesens, pfeift die Arie der Königin der Nacht aus Mozarts *Zauberflöte*, während er die Lobbytür abschließt.

Er schaltet auch alle Fahrstühle bis auf einen ab, den er mit dem Schlüssel bedienen kann, den er dem toten Wachmann abgenommen hat. Dann fährt er in den zwanzigsten Stock und zieht die verängstigten Büroarbeiter ein wenig auf, bevor er sie erschießt.

Endlich kommt Graham wie ein Blitz eine Vorahnung. Er weiß, daß der Schlächter hinter ihm her ist. »Du mußt hier raus«, sagte er zu Connie. Aber die Telefone tun's nicht mehr, und als er zu den Fahrstühlen humpelt, stellt er fest, daß sie abgeschaltet wurden.

Graham wird klar, daß sie raus aus dem Büro müssen. Er und Connie eilen zum Treppenhaus, begegnen dabei jedoch Bollinger. Connie begreift, daß der Mörder ein Polizist sein muß – und es jetzt auf sie abgesehen hat.

Bollinger genießt die Verfolgungsjagd, und Graham hat Probleme wegen seines Knies. Sie finden Zuflucht hinter einer metallenen Feuertür, halten sie zu und fragen sich, ob Bollinger draußen noch auf sie lauert. Als Bollinger die Tür aufbricht, schießt Connie einen Feuerlöscher auf ihn ab, dessen Schaum ihn blendet.

Dann folgt ein Katz-und-Maus-Spiel. Bollinger treibt sie in die Enge und schneidet sie von den tieferen Stockwerken ab. Sie kämpfen in einem Büro, das gerade umgebaut wird und in dem Rohre und Drähte freiliegen. Graham schießt mit einer Nagelpistole auf Bollinger und verletzt ihn.

»Mir tut niemand weh«, sagt Bollinger und zieht einen Nagel heraus, doch als er Graham und Connie wieder angreifen will, sind sie schon weg.

In ihrem Büro denkt Graham hektisch nach. Es ist nur eine Frage der Zeit, bevor Bollinger hier oben wieder nach ihnen sucht. Und da Feiertag ist, wird die Ablösung der Wachmänner erst in zwölf Stunden kommen.

Dann sieht Connie die Kletterausrüstung im Büro, die man nach einem Fototermin noch nicht abgeholt hat. Connie schlägt vor, zum Fenster hinaus- und in einer tieferen Etage wieder hineinzusteigen.

»Ich kann nicht klettern«, sagt Graham.

Doch in einer starken Szene erklärt Connie Graham, daß Bollinger nur ihn töten wird. »Und dann wird er mit mir seinen Spaß haben.« Das überzeugt Graham.

Sie packen die Hämmer, Handschuhe und Seile aus, während Graham, der erfahrene Bergsteiger, Connie erklärt, was sie tun muß. »Mit der linken Hand führen«, sagt er, »und mit der rechten bremsen.«

Sie brechen das Fenster auf, und Papiere wirbeln in einem Wind durcheinander, der fast so kräftig wie im Hochgebirge ist.

Connie gleitet aus, aber das Sicherungsseil hält sie. Beide steigen auf einen schmalen Sims hinab und befestigen ihre Seile dann für den nächsten Abschnitt.

Bollinger weiß nicht mehr weiter, sucht auf dem Dach und dann wieder im Büro.

Connie und Graham steigen weitere zwölf Meter hinab. Aber Bollinger sieht natürlich das offene Fenster und schießt auf sie. Der Wind macht ihm das Zielen unmöglich, Bollinger ahnt aber, wohin sie wollen – zu den abgeschlossenen Büros in den tieferen Etagen –, und geht hinab und wartet dort auf sie.

Connie klammert sich an eine der großen kopfförmigen Statuen an der Fassade. Dann folgt Graham ihr hinab, aber Bollinger ist über ihm und schneidet sein Seil durch. Graham stürzt, kann sich aber am Rand der Statue festhalten. Connie hilft ihm – in einer schönen Abwandlung des Endes von *Der unsichtbare Dritte* – auf den riesigen Kopf hinauf.

Ein dramatischer Schnitt versetzt uns ins Haus von Connie und Graham, in dem Ira herumgeht, alle möglichen Gegenstände untersucht und Messer aus einer Schublade zieht. Und wenn wir uns an all die Hinweise entsinnen, denken wir das Offensichtliche: *Er* ist Billy – der zweite Mörder.

Graham und Connie lassen sich auf einen anderen Kopf hinab und klettern auf die andere Seite, um Bollinger auszutricksen. Dann steigen sie weiter hinab, in einem dramatischen Rennen gegen Bollinger, der das Erdgeschoß aber zuerst erreicht. Bollinger sieht sie über sich, wie sie in der Luft baumeln, perfekte Ziele für seine Pistole …

Aber ein Wagen prescht aus der Dunkelheit heran, und Ira tötet Bollinger. »Ein toller Übermensch«, sagte er verächtlich zu der Leiche. Ira erklärt Graham, er sei mißtrauisch geworden, als er feststellte, daß das Telefon des Büros ausgefallen war.

Der Detective bietet den beiden an, sie nach Hause zu fahren. Dort angekommen, erläutert er ihnen seine Theorie, daß es *zwei* Mörder gibt, die sich in einigen feinen Einzelheiten unterscheiden. Der eine ißt nach einem Mord immer etwas, der andere nicht, der eine verehrt Nietzsche, der andere den Dichter William Blake.

Und Ira gesteht, daß er Graham für den zweiten Mörder gehalten hat, der ein perverses Spiel mit der Polizei treiben und ihr helfen wollte, während er gleichzeitig weitere Morde beging. Graham hat kaum Zeit, wütend zu werden, als es auch schon klingelt.

Anthony Prine, der Fernsehreporter, steht vor der Tür und behauptet, er habe gehört, hier gäbe es eine weitere Story. Doch kaum ist er im Haus, als er auch schon den Detective erschießt.

Sie waren ein Team, Bollinger und Prine. Sie haben sich im College kennengelernt, erklärt er. Zwei verwandte Seelen, die beweisen wollten, daß sie allen anderen überlegen waren – ›neue Menschen für ein neues Zeitalter‹.

Graham wirft eine Lampe nach Prine, wird jedoch angeschossen. Connie läuft davon, und Prine verfolgt sie. Doch Graham ist zwar verletzt, aber es gelingt ihm, an Iras Pistole zu kommen. Er erschießt den zweiten Mörder, den zweiten Schlächter.

Gipfel des Terrors muß als die originalgetreueste Verfilmung eines Romans von Koontz angesehen werden – wenn auch aus keinem anderen Grund als dem, daß Deans Drehbuch sorgfältig umgesetzt wurde. Doch Koontz diente auch als ausführender Produzent und hat intensiv an der Produktion des Films mitgewirkt – eine Aufgabe, die er als sehr anstrengend empfand.

Aber die Mühe hat sich gelohnt. Die Furcht in *Gipfel des Terrors* ist vielschichtig, angefangen von Grahams Höhenangst, über den Alptraum, allein mit einem verrückten Mörder in einem Hochhaus gefangen zu sein, bis hin zu dem todesmutigen Abstieg vom vierzigsten Stock. Der Film beschäftigt sich nicht nur mit der Flucht vor einem wahnsinnigen Killer, sondern mit der Furcht in den Menschen selbst.

Die Story fesselt den Leser auf vielen Ebenen, genau wie Koontz' Bücher auch. Aber Koontz' Romane beeindrucken durch viel bessere Charakterisierungen. Wir fühlen mit seinen Gestalten mit, ob es sich nun um die Hauptperson handelt oder um eine Nebenfigur, die uns nur auf ein paar Seiten vorgestellt wird. Immer wieder wird auf die Themen Treue und Liebe und Opferbereitschaft zurückgegriffen, die die Hauptpersonen des Autors so real wirken lassen. Und abgesehen von *Gipfel des Terrors* vermißt man diese genauen Charakterisierungen in den Verfilmungen seiner Bücher.

Die Liebe zwischen Connie und Graham nimmt in der Geschichte eine zentrale Bedeutung ein. Sie ist glaubwürdig und warmherzig, und wir können uns damit identifizieren. Wie es in jeder liebevollen Partnerschaft der Fall sein sollte, arbeiten die beiden zusammen, auch als sie sich einer alptraumhaften, verrückten Herausforderung gegenübersehen. Das ist eine echte Koontz-Beziehung. Die Charaktere sind menschlich und uns liegt an ihnen.

Und wie der Roman bewahrt auch der Film seine Geheimnisse bis zum Ende. Man kann nicht zehn Minuten vor dem Ende aus dem Kino gehen oder den Videorecorder abschalten und wirklich wissen, was passiert ist – und was noch passieren wird.

Das intelligente Drehbuch ist die Grundlage, doch sämtliche Beteiligten haben dessen Möglichkeiten erkannt und leisten dementsprechend gute Arbeit. Und Farhad Manns Regie ist ausgezeichnet. Mann hat seine Erfahrung größtenteils bei Werbespots gewonnen, aber bei diesem Film, der 350 Kulissen erforderte, eine sichere Hand bewiesen.

Die Außenszenen sind wagemutig; sie erinnern an Hitchcock-Filme, in denen die Schauspieler ebenfalls oft auf hohen Gebäuden agieren mußten. Dean ist der Meinung, daß Farhad Mann die bislang beste Regie aller Verfilmungen seiner Romane geführt hat, und hofft, auch in Zukunft mit ihm zusammenarbeiten zu können.

»Alle paar Monate«, sagt er, »lege ich die Kassette von *Gipfel des Terrors* in den Videorecorder und sehe mir den Film oder Teile davon noch mal an, und ich bin jedesmal erstaunt, daß er so gut gelungen ist. Trotz des winzigen Budgets weist er doppelt so viele Kulissen wie ein durchschnittlicher Fernsehfilm auf, und er ist wunderschön und einfallsreich gedreht und überraschend gut ausgeleuchtet, und die Musik ist auch hervorragend – vor allem, wenn man bedenkt, daß der ganze Film in drei Wochen gedreht wurde. Daß er so gut geworden ist, mutet noch überraschender an, wenn man bedenkt, daß er unbedingt zu einem bestimmten Termin fertig sein mußte, weil er bereits für die Fernsehausstrahlung eingeplant war. Normalerweise ist das für die Qualität ein so großes Hindernis, wie Hitler ein Hindernis für den Frieden in Europa war. Außerdem haben wir den Film, der ja in New York spielt, in Los Angeles gedreht, was immer ziemlich kompliziert ist, und versucht, die Klischees und falschen Spannungsbögen der meisten Fernsehfilme zu meiden.

Mit ›falschen Spannungsbögen‹ meine ich Szenen wie diese: Die Kamera folgt den schwarzen Schuhen eines Mannes, der über dunkle Straßen geht. Ein Schnitt zu einer Frau in einem Nachthemd, die vor einer Frisierkommode sitzt und ihr Haar bürstet ... der Mann geht, noch immer, die Musik wird immer unheilvoller ... die unschuldige Frau ahnt nichts ... der Mann geht an einer weggeworfenen Zeitung vorbei, und wir sehen die Schlagzeile VERRÜCKTER MÖRDER TÖTET NEUNTES OPFER ... er geht eine Treppe in einem Hausflur hinauf, wir sehen noch immer seine Schuhe, und die Musik ist unheilvoller denn je ... die Frau ist allein und völlig schutzlos ... die schwarzen Schuhe vor ihrer Tür, und als er nach der Klinke greift, stellen wir fest, daß er auch schwarze Handschuhe trägt ... die Frau vor der Frisierkommode ... der Mann in ihrer Wohnung ... die Frau ... o Gott, er geht den Flur entlang, warum hat sie die Tür nicht abgeschlossen, wird sie ihn noch rechtzeitig im Spiegel sehen, um sich in Sicherheit zu bringen ... und der Mann sagt.: ›Hallo, Schatz!‹ und wir finden heraus, daß er ihr Freund oder Ehemann ist.

Die Filmemacher manipulieren uns schamlos. Im Fernsehen sieht man jede Menge solcher Scheiße mit schwachen und dummen Drehbüchern. Man findet so einen Mist auch zunehmend häufiger in Kinofilmen, die tausendste Variation dieses betrügerischen Tricks. Die Fernsehgesellschaft hat beträchtlichen Druck ausgeübt, weil sie gewisse Szenen in dem Film haben wollte, die genau diesen Schrott beinhalten, aber wir konnten uns, Gott sei Dank, durchsetzen.

Lee Horsleys Darstellung hat viele überrascht, und die Nebenrollen wurden mit ausgezeichneten Charakterschauspielern wie Bob Balaban und Bill Sadler besetzt. Abgesehen von *Des Teufels Saat* hat mich keine andere Adaption eines meiner Romane so zufriedengestellt.«

TWILIGHT

(Trimark Pictures, USA 1992)

ORIGINALTITEL: The Servants of Twilight
VORLAGE: *Todesdämmerung*
PRODUZENTEN: Venetia Stevenson und Jeffrey Obrow
REGIE: Jeffrey Obrow
DREHBUCH: Jeffrey Obrow und Steven Carpenter
MUSIK: Jim Manzie
KAMERA: Antonio Soriano
DARSTELLER: Bruce Greenwood, Belinda Bauer, Grace Zabriskie, Carel Struycken und Jarrett Lennon

In einer dramatischen Anfangsmontage deutet *Twilight* an, daß die Geschichte, die wir jetzt sehen werden, eine Rückblende ist. Wir sehen den bärtigen Charlie Harrison (Bruce Greenwood) auf einem Krankenhausbett angeschnallt, und vor seinen Augen blitzen bedrohliche Bilder der Gewalt auf.

Dann beginnt diese Geschichte mit Christine (Belinda Bauer) und ihrem kleinen Sohn Joey (Jarrett Lennon), die von einer wild und verwirrt blickenden Frau angesprochen werden, die auf Joey zeigt und sagt: »Ich kenne dich! Ich kenne deine bösen, häßlichen, abscheulichen Geheimnisse.«

Christine bringt ihren Sohn schnell in den Wagen, schafft ihn von dieser offensichtlich Verrückten fort. »Wir werden sie nie wiedersehen«, versichert sie Joey. Aber das ist nur der Anfang ihrer Qualen, denn kurz darauf erhält sie zu Hause anonyme Anrufe, die Joey bedrohen.

Am nächsten Morgen kommt Christine in die Küche und sieht, daß Joey mit blutigen Händen am Tisch sitzt. Sie findet heraus, daß die gläserne Schiebetür eingeschlagen und ihr Hund Brandy getötet wurde. Christine ruft die Polizei an, und in einer sehr ironischen Szene sagt der ermittelnde Beamte zu Christine, sie solle ›auf Gott vertrauen‹.

Dann sehen wir die Verrückte, Mutter Grace, die in ihrer

Kirche des Zwielichts einem pöbelhaften Haufen von Anhängern predigt. »Er muß aufgehalten werden«, sagt sie und meint natürlich Joey damit.

Christine wendet sich an den Privatdetektiv Charlie Harrison. Wir erfahren, daß Christine nie verheiratet war und Joeys Vater gestorben ist. Charlie überprüft einen weißen Kastenwagen, der Christine folgt, und erfährt auf diese Weise von Mutter Grace und ihrer unheimlichen Kirche.

Während Joey im Vorzimmer wartet, kommt ein Anruf von seiner ›Großmutter‹, der sich als weiterer Versuch von Mutter Grace entpuppt, den Jungen anzugiften, den sie für den Antichrist hält.

Charlie, der nicht mehr im Außeneinsatz tätig war, seit vor einem Jahr seine Frau gestorben ist, übernimmt Christines Fall persönlich. Er besorgt Joey einen neuen Hund, der wie der verschiedene Brandy aussieht, und stellt einige seiner besten Leute für die Bewachung von Christines Haus ab.

Die Männer bestellen beim Chinesen etwas zu essen und richten sich auf einen ruhigen Überwachungsjob ein, werden jedoch kurz darauf von Mutter Graces Anhängern überfallen und getötet, und Christine muß eine Pistole benutzen, um den letzten Angreifer aufzuhalten. Die Polizei und Charlie kommen, und er teilt den Detectives mit: »Ich will meine Klientin hier raus haben.«

Er bringt Christine und ihren dunkelhaarigen Sohn in eine Dachgeschoßwohnung. Der Kollege und getreue Freund Henry Rankin kommt vorbei und berät Charlie. Als ein weiterer Angreifer eindringt, wird Charlie von Rankin gerettet.

Charlie verabredet sich mit Mutter Grace höchstpersönlich. Seine Forderung, daß sie Christine und Joey in Ruhe läßt, wird beantwortet, indem Mutter Grace die Hände hebt, aus deren ›Stigmata‹ – eine beeindruckende Szene – Blut quillt. Das sei ein Zeichen, behauptet sie, daß Charlie selbst nicht böse sei, obwohl er dem Teufel diene. Grace erklärt ihm, daß ›Gott mir befohlen hat‹, Joey zu töten.

Die einzige Möglichkeit, Mutter Grace aufzuhalten – meint

jedenfalls Rankin – ist, sie zu töten. Statt dessen kehrt Charlie zu der Wohnung zurück (wo er einen Klempner unsanft angeht, den er für einen weiteren Gefolgsmann hält). Seine Paranoia wird immer stärker, und er entschließt sich, Christine und Joey an einen sicheren Ort zu bringen. Rankin empfiehlt ihm, niemandem – nicht mal ihm – zu sagen, wohin.

Doch auf ihrer Flucht greift ein Gefolgsmann sie in einem Hotel an. Die Diener des Zwielichts scheinen sie überall aufspüren zu können, und Charlie durchsucht Christines Tasche, weil er befürchtet, man habe ihr einen Sender untergeschmuggelt, der Mutter Grace ihren Aufenthaltsort verrät, findet jedoch nichts.

Sie fahren weiter, zu einer Hütte, in der Charlie als Kind Urlaub gemacht hat. Er versucht, seinen Wagen gegen einen Jeep einzutauschen, doch der Besitzer des Jeeps findet im Kofferraum eine Leiche. Der Mann richtet ein Gewehr auf Charlie, doch Christine richtet ihre Waffe auf den Mann, und sie entkommen.

Mutter Grace bearbeitet derweil einen ihrer Gefolgsmänner, Kyle Barlowe (Carel Struycken), der nicht überzeugt ist, daß sie den Jungen töten müssen. Sie erneuert seine Taufe und bringt ihn dazu, die Worte zu wiederholen: »Mach mich stark, mach mich bereit, Gottes Hammer zu sein ...«

In der Hütte erklärt Charlie Christine, daß irgend etwas nicht stimmt, eine Verbindung fehlt. Sie erzählt ihm die Wahrheit über Joeys Geburt. Sie hat seinen Vater Louis in Mexiko kennengelernt – und nach fünf Tagen verlassen. Sie kehrte mit Joey schwanger in die USA zurück und hat seitdem nichts mehr von dem Mann gehört.

Charlie und Christine schlafen leidenschaftlich miteinander.

Charlie ruft seinen Freund Henry Rankin an und bittet ihn, zu der Hütte am Lake Tahoe zu kommen und ihnen zu helfen. Rankin kommt und paßt auf Christine und Joey auf, während Charlie zur nächsten Telefonzelle fährt, um mit der Polizei zu sprechen. Und dann sehen wir, wie Rankin ein Kreuz aus der

Tasche zieht. »Gib mir Kraft«, murmelt er, und wir wissen, daß er der Kirche des Zwielichts angehört. Er tröpfelt Weihwasser über sein Messer.

Charlie erfährt am Telefon, daß Mutter Grace sie finden konnte, weil es in seiner eigenen Firma ein Leck gibt. Er steht da im Regen und überlegt, um wen es sich handeln könnte …

Er fährt zu der Hütte zurück, als Rankin Christine gerade von dem Jungen weglockt, indem er ihr sagt, Charlie sei zurück und müsse mit ihr sprechen. »Ich passe auf Joey auf«, sagt er (der Junge sitzt gerade in der Badewanne). Das Messer trägt er verborgen bei sich.

Christine geht ins Erdgeschoß, während Rankin neben Joey niederkniet und das Messer zückt. Aber als Christine Charlie nicht sieht, läuft sie ins Badezimmer zurück, wirft sich auf Rankin und ruft Joey zu, er solle davonlaufen.

Charlie kommt zurück und prügelt sich mit Rankin. Sein alter Freund sagt ihm, daß Joey tatsächlich der Antichrist ist – und wird dann mit einer Glasscherbe erstochen.

Ein Kastenwagen nähert sich; Mutter Graces Gefolgsleute sind da. »Wir müssen uns hier verteidigen«, meint Charlie.

Die Diener des Zwielichts dringen in die Hütte ein. Einer richtet eine Waffe auf Charlie und befiehlt Christine, ihre Waffe fallen zu lassen. Mutter Grace kommt, schlägt Christine mit einem Schraubenschlüssel nieder und tötet sie. »Der Junge ist auf dem Dachboden«, sagt sie, das erste echte Indiz dafür, daß sie tatsächlich übersinnliche Kräfte hat.

Kyle tötet den neuen Hund und bereitet sich dann vor, den Jungen umzubringen. Aber er sieht ihm in die Augen und zögert. »Er ist doch nur ein Kind«, sagt er und erklärt Mutter Grace, daß er es nicht tun kann. Die Alte will ihm die Waffe abnehmen, doch Kyle leistet Widerstand, und ein Schuß löst sich. Die Kugel durchschlägt die Dachsparren, und Fledermäuse schwärmen ins Wohnzimmer und umhüllen Mutter Grace. Sie bricht zusammen, und die Tierchen tun sich an ihr gütlich.

Ein Krankenwagen kommt, und die Sanitäter versuchen, Christine wiederzubeleben, aber ohne Erfolg. Schließlich geben sie auf ... und Joey geht zu seiner Mutter und legt den Kopf auf ihre Brust. Plötzlich atmet Christine tief ein und öffnet die Augen. Sie lächelt.

Und das könnte das Ende des Alptraums sein.

Aber wir sind wieder in der Gegenwart, und Charlie spricht mit seinem Freund, dem Psychologen Danton Booth, und sagt: »Sie war tot. Sie war tot und ... wurde ins Leben zurückgeholt.

Und«, fügt er hinzu, »vielleicht war der neue Hund, den Joey bekam, gar kein neuer Hund. Vielleicht wurde auch der alte Hund ins Leben zurückgeholt.« Charlie ist zum Tierfriedhof gefahren und hat den Sarg geöffnet. In einer unheimlichen Rückblende sehen wir, wie Charlie feststellt, daß ein anderer Hund darin liegt. Der Verwalter lacht ihn aus: »Es kümmert doch keinen, in welchem Grab welcher Hund liegt.«

Es ist *derselbe* Hund, behauptet Charlie. Und Christine war tot – und Joey hat sie ins Leben zurückgeholt. Weil er tatsächlich der Antichrist ist. »Es geht nicht anders«, sagte Charlie. »Er muß sterben.«

Aber das Gespräch im Krankenhaus wird unterbrochen, als Christine und Joey zu Besuch kommen. Christine sagt Charlie, daß ihr der Bart gefällt und er sehr gut damit aussieht. Dann wird sie hinausgerufen, und Joey kommt herein.

Charlie starrt ihn an.

»Ich weiß es«, sagt er.

Und Joey antwortet: »*Ich* weiß es.« Und er fährt fort: »Du liebst meine Mutter. Sei mein Daddy.«

Dann folgt ein Schnitt. Charlie sitzt im Wohnzimmer und sieht fern. Als Joey mit Brandy hereinkommt, füllt Schnee den Bildschirm aus. Der Junge bleibt vor Charlie stehen. »Jeder Junge braucht einen Daddy«, sagt er. Und da Charlie nicht sein Daddy sein will, muß Joey sich einen anderen suchen.

Joey starrt Charlie an, der keine Luft mehr zu bekommen

scheint, sich an den Hals faßt, würgt, seine Kehle umklammert, bis er tot ist.

Und wir erfahren, daß Mutter Grace doch nicht so verrückt war.

Twilight ist in vielerlei Hinsicht ein sicher und geschickt gemachter Film. Trotz eines äußerst beschränkten Budgets (1,6 Millionen Dollar, auch wenn man der Presse eine viel höhere Zahl genannt hat) ist der Film überzeugend. Das beschränkte Budget zeigt sich am deutlichsten an der Beleuchtung und der schwankenden Farbqualität. Auf den Schauplatz der letzten Szenen des Buches (Schnee und Berge) hat man aus Kostengründen ebenfalls verzichtet.

Trotzdem vermittelt der Film ein immer stärker werdendes Gefühl der Paranoia, nicht zuletzt deshalb, weil die irren Anhänger von Mutter Graces Kult überall auftauchen können. Und obwohl dem Zuschauer schnell der Gedanke kommt, he, vielleicht ist der Junge ja wirklich ein kleiner Teufel, wird er durch Charlies entschlossene Vorgehensweise, Christines Entsetzen und Joeys niedliche Verletzbarkeit schnell wieder zerstreut. Man muß schon den Roman lesen, um die gruseligen Vorwarnungen mitzubekommen, die Koontz geschickt einsetzt, obwohl er den nichtsahnenden Leser immer fair behandelt, schon von der ersten Seite an.

(Auch Christines ungezügelte Erotik, der Charlie verfällt, hätte bei ihm die Alarmglocken klingeln lassen müssen. Zwar entwickelt sich auch im Film ein hitziges Verhältnis zwischen Charlie und Christine, doch die körperliche Anziehungskraft, die im Roman beschrieben wird, kommt nicht ganz rüber.)

Die Figuren Kyle Barlowe und Henry Rankin werden vom Drehbuch dramatisch verändert. Barlowe nimmt bei Joeys Rettung eine zentrale Rolle ein, und der Roman läßt uns miterleben, in welchem innerlichen Aufruhr Barlowe sich befindet. Im Roman verrät Rankin Charlie natürlich nicht. Es ist ein seltsamer Schachzug des Films, ihn zu einem Mitglied der Kirche des Zwielichts zu machen, doch er funktioniert.

Grace Zabriskie wirft bei ihrer Darstellung der Mutter Grace mit so wilden Blicken um sich, daß wir sie für völlig verrückt halten. Aber der Film spiegelt den effektiven Trick des Buches wider, indem er nämlich die Zuschauer zwingt, seine Meinung von diesen Charakteren, die er lange für völlig verrückt hält, zu überdenken.

Die größte Veränderung des Drehbuchs besteht darin, den Schnee in den Bergen, die Kälte, die Verwehungen herauszuschneiden. Das niedrige Budget ließ keine andere Wahl, als darauf zu verzichten. Auch die letzte Konfrontation des Buches geht verloren, die in einer Höhle spielt, in der die Fledermäuse glaubwürdiger wirken. Die Stärke dieses letzten Kampfes wird im Film verwässert. (Allerdings ist es ganz wirksam, Christine sterben zu lassen und dann von Joey wiederzubeleben, wodurch Charlie eine Pause bekommt.)

Was das Ende betrifft, unterscheiden Buch und Film sich auf interessante Weise. Das Ende des Buches ist zwar nicht zweideutig, aber doch subtiler. Joey ist die Ausgeburt des Teufels – aber seine Mutter und Charlie haben lediglich Zweifel, ignorieren ihre Ängste und setzen ihr gemeinsames Leben fort. Das Ende des Filmes ist wesentlich dunkler. Joey tötet Charlie – der Junge ist eindeutig böse. Hier liegt einer der wenigen Fälle vor, bei denen Hollywood sich für ein Ende entschieden hat, das noch düsterer ist als das der Romanvorlage.

Der Film funktioniert also. Die Zeitschrift *Fangoria* schrieb, daß ›Twilight gute Augenblicke [hat] und den Eindruck [erweckt], mit etwas mehr Redlichkeit als der übliche Satanismus-Schocker produziert worden zu sein‹. Obwohl es einige Probleme gibt, besonders mit der Inkompetenz der Polizei – es gibt eine Menge Leichen, aber die Cops scheinen einfach nicht einsehen zu wollen, wer dafür verantwortlich ist –, hält der Film uns bei der Stange.

Twilight macht sogar Eindruck, obwohl wir nichts über das

Innenleben von Mutter Grace erfahren, das zu der unheimlichen Wirkung des Buchs beiträgt. Aber die starken schauspielerischen Leistungen und das durchgehende Tempo sorgen dafür, daß wir einen wirksamen Thriller zu sehen bekommen.

»Jeff Obrow«, meint Dean, »hat Trimark einen besseren Film abgeliefert, als die Produktionsgesellschaft erwarten durfte. Bei diesem winzigen Budget und einer Firma, die dafür bekannt ist, daß sie hauptsächlich Mist produziert – einer Firma, die wirklich keinen Unterschied zwischen, sagen wir, *Wenn es Nacht wird in Manhattan* und *Schlampen in Fliegenden Untertassen* sieht –, hat Obrow bemerkenswerte Arbeit geleistet.

Ich glaube nicht, daß der Film insgesamt bestehen kann, aber er weist einige effektive Szenen auf, ein paar schöne Schnitte und gelungene Zusammenfassungen bei der Umwandlung vom Buch für die Leinwand.

Als der Film fertig war, war Trimark überrascht, um wieviel besser er war als das, was sie der Öffentlichkeit zuvor angeboten hatten, aber sie konnten trotzdem nicht genug Kinos finden, die ihn aufführen wollten, um auf ihre Kosten zu kommen. Also haben sie mich angerufen und gebeten, ein bißchen Werbung für sie zu machen ›Mit Ihrer Unterstützung‹, hat einer der Geschäftsführer von Trimark zu mir gesagt, ›können wir ein paar Kinoketten dazu bringen, den Film aufzuführen, aber nur mit Ihrer Unterstützung.‹

Mir war völlig klar, warum die Einkäufer der Kinoketten gezögert haben. Das abscheulich niedrige Budget hat zu Produktionsbedingungen geführt, die sogar noch unter denen eines typischen Fernsehfilms lagen. Obwohl Obrow sich alle Mühe gegeben hat, blieb ihm nicht genug Zeit, um die Einstellungen vernünftig auszuleuchten, und manche Szenen waren so schlecht beleuchtet wie das von Onkel Paule gedrehte Urlaubsvideo.

Auch war ganz deutlich zu sehen, daß man bei manchen nachgedrehten Szenen gemalte Hintergründe verwendet hatte, weil man einfach keine Gelegenheit hatte, noch einmal zum ursprünglichen Drehort zurückzufahren. Der Angriff der Fledermäuse auf Grace am Ende des Films war genauso mies wie die Szenen mit dem Typ im Bärenfell, der in *Watchers* rumlief und so tat, als sei er ein Monster.

Ich erklärte dem Burschen von Trimark, ich könne nicht empfehlen, daß meine Fans ihr schwerverdientes Geld ausgeben, um sich diesen Streifen im Kino anzusehen, und er versicherte mir, daß ›diese Leute da draußen, die in solche Filme gehen, gar nichts von Produktionsqualität verstehen. Die wollen sich lediglich ein wenig gruseln.‹

Verachtung für das Publikum ist in Hollywood gegenwärtig, und das treibt mich in den Wahnsinn. Als der Bursche beharrlich blieb und mich schließlich sogar bedrohte, andeutete, ich sei irgendwie vertraglich verpflichtet, ihren Film zu unterstützen, erwiderte ich, er leide an Wahnvorstellung und solle sich in professionelle psychiatrische Hilfe begeben, bevor er mich noch mal anruft. Der Film ist direkt als Video herausgekommen.«

WATCHERS 3 – THE CHASE IS ON

(Empire Video, USA 1994)

ORIGINALTITEL: Watchers III
VORLAGE: *Brandzeichen*
PRODUZENT: Louis Closa
COPRODUZENT: Margarita Morales Macedo
AUSFÜHRENDER PRODUZENT: Roger Corman
REGIE: Jeremy Stanford
DREHBUCH: Michael Palmer
MUSIK: Nigel Holton
KAMERA: Juan Duran
DARSTELLER: Gregory Scott Commins, John K. Linton,
Lolita Ronalds, Frank Novak

Dean Koontz hat den Gottesbeweis für sich selbst nicht erbringen können, denn Roger Corman hat seine Drohung wahrgemacht und den Roman *Brandzeichen* ein drittes Mal verfilmt.

Aus den oben erwähnten Gründen verzichtete er erneut auf eine Fortsetzung und nudelte die Geschichte mit leichten Variationen und einem etwas südlicheren und exotischeren Schauplatz zum wiederholten Male durch. Auch dieser Streifen gelangte gar nicht erst in die Kinos, sondern suchte seine Käufer bzw. Entleiher sofort in den Videotheken.

DER SCHATTEN, DER UNS FOLGTE

(Verleih: Warner Columbia; Frankreich 1976)

ORIGINALTITEL: L'Homme qui nous suit
AMERIKANISCHER TITEL: The Intruder
VORLAGE: *Unter Beschattung*
PRODUKTION: Viaduc-Trianon Pic
REGIE: Serge Leroy
DREHBUCH: Christopher Frank und Serge Leroy
MUSIK: Claude Bolling
KAMERA: Jacques Assuerus
DARSTELLER: Jean-Louis Trintignant, Richard Constantin, Mireille Darc, Bernard Fresson, Adolfo Celi

Auch über die frühe französische Verfilmung seines Romans *Unter Beschattung* (andere deutsche Titel: *Das grausame Spiel*, *Die Spuren*, Originaltitel: *Shattered*) hat Koontz sich alles andere als lobend geäußert. »Ein erstaunlich dummer Film«, spart der Autor nicht mit Kritik, »in dem der gute Schauspieler Jean-Louis Trintignant die Hauptrolle übernommen hat. Glücklicherweise wurde er in den USA nicht aufgeführt. Leider wird er vom Fernsehen gelegentlich als Spätfilm ausgestrahlt, und zwar unter dem Titel *The Intruder*. Aber seien Sie gewarnt: Wer sich diesen Film ansieht, braucht danach eine Gehirndurchspülung und vielleicht sogar eine Lobotomie.«

Nachdem ich die beiden Filmversionen gesehen habe, habe ich *Brandzeichen* noch einmal gelesen. Zwei Dinge fielen mir auf. Zuerst einmal, wie wunderbar die Story übereinander gelagert ist, und zweitens, wie gut das Thema Opferbereitschaft und Liebe gegen blinde Gewalt entwickelt wurde.

Und nachdem ich das Buch noch einmal gelesen hatte, konnte ich mir gut vorstellen, wie sauer *ich* darüber gewesen wäre, hätte ich das Buch geschrieben, daß diese Filme gute Ideen über Bord werfen und schlechte dafür einfügen, daß sie eine wunderbare Geschichte auf eine reduzieren, die nicht tiefer geht als ein zehnminütiger Zeichentrickfilm, und daß sie nicht das geringste Verständnis für die Kunst des Erzählens haben.

Es ist der Traum eines Autors, daß aus einem seiner Bücher ein Film gemacht wird, und ein Alptraum, wenn daraus ein billiger Cartoon wird.

Der richtig gute Film nach einem Buch von Dean Koontz ist also noch nicht gedreht worden.

Aber Koontz ist einem wirklich guten Film verlockend nahe gekommen. Sein eigenes Drehbuch nach seinem Roman **ORT DES GRAUENS (THE BAD PLACE)** weist dramatische Veränderungen bei der Handlung auf, besonders, was das Schicksal Thomas' betrifft, des begabten Jungen, der am Down-Syndrom (Mongolismus) leidet. Anfangs reagierten die Produzenten bei Warner Brothers geradezu begeistert und schickten das Drehbuch einigen ausgewählten Regisseuren. Don Johnson zeigte sich interessiert, die Rolle des Bobby Dakota zu übernehmen, und man hoffte, seine Frau Melanie Griffith als Julie Dakota gewinnen zu können; sie und ihr Mann wollten damals gemeinsam in einem Film spielen. Die Produktion bekam grünes Licht, und es galt nur noch, einen Regisseur zu finden.

Dann passierte etwas. Glaubwürdigen Quellen im Studio

zufolge nahm irgendein wichtiger Buchhalter das Drehbuch, von dem er so viel gehört hatte, nach Hause mit, las es, begriff nicht, worum es ging, kapierte nicht, welchem Genre man den Film zuordnen sollte – und über Nacht zweifelten all seine Untergebenen an dem Wert des Stoffes. Danach haben noch zwei andere Autoren Drehbücher geschrieben, doch vor kurzem sind die Filmrechte an Dean zurückgefallen, der selbst ein neues Drehbuch schreiben und es einem anderen Studio anbieten will.

MITTERNACHT (MIDNIGHT), ebenfalls mit einem Drehbuch von Dean, wurde bei einem anderen Studio ganz hoch gehandelt. Eine Reihe guter Regisseure zeigte sich interessiert, doch die Produzenten verpflichteten einen Mann, den sie für ›ein Genie‹ hielten. Dean hat versucht, mit ihm über das Drehbuch zu sprechen, das dieser Mann dann ›überarbeitet‹ hat, ist jedoch zu dem Schluß gekommen:

»Wahrscheinlich definieren große Hollywood-Produzenten den Begriff ›Genie‹ ganz anders, als ich es tue. (Dieser Bursche bekam nicht mal zusammenhängende Sätze heraus.) Ich habe eine halbe Stunde lang mit ihm telefoniert, und er erzählte ständig davon, wie gewalttätig und erotisch der Film sein würde – obwohl weder mein Roman noch mein Drehbuch übermäßig brutale oder erotische Töne enthielt –, und ich bekam heraus, daß er einige bizarre Veränderungen vorgenommen hatte, die mich an seiner geistigen Gesundheit zweifeln ließen.

Unter anderem schlug er vor, wir sollten Sam, die männliche Hauptrolle, streichen, und statt dessen Harry, den doppelseitig Gelähmten, zur Hauptfigur machen, und versicherte mir, das ließe sich bei den wichtigsten Szenen ohne wesentliche Veränderungen machen. Als ich erwiderte, daß es Harry nicht ganz leicht fallen würde, von Balkonen zu springen und durch dunkle Gassen zu laufen, während ganze Rudel unmenschlicher Kreaturen ihm dicht auf den Fersen waren – schließlich saß Harry ja im Rollstuhl –, erwiderte dieser Regisseur: ›Ach ja, den Rollstuhl habe ich ganz vergessen. Na ja, keine Angst, da lassen wir uns was einfallen. Das wird uns nicht davon abhalten, einen rasanten Action-Film zu drehen.‹

Als ich später persönlich mit ihm und den Produzenten sprach, redete der Bursche eine Stunde lang unzusammenhängend vor sich hin. Nach der Konferenz fragte ich die Produzenten, ob ihnen irgend etwas von seinem Geschwätz logisch vorgekommen wären, und sie sagten, nein, sie hätten ihm auch nicht so ganz folgen können, aber damit wäre ja zu rechnen, da es sich schließlich um ein ›Genie‹ handele und er auf einer Ebene hoch über uns agiere.

Ich wandte mich von dem Projekt ab. Das Leben ist zu kurz, um Zeit mit etwas zu verschwenden, das zur Zeit offensichtlich völlig zum Scheitern verurteilt ist. Ich glaube, dieses Genie hat noch anderthalb Jahre mit einem anderen Drehbuchautor an dem Projekt gearbeitet, bevor die Produzenten dann endlich eingestanden, daß die ganze Sache den Bach runtergerauscht war. Herzzerreißend an der ganzen Sache war nur, daß das Studio im Mai dem Produzenten grünes Licht gab, einen Regisseur auszusuchen, und im Oktober zu drehen anfangen wollte. Man gab Gas, und alles sah sehr gut aus. Ihnen gefiel mein Drehbuch, und der Film wäre dem Buch sehr ähnlich geworden. In meiner Naivität war ich der Meinung gewesen, nur während der Phase, in der das Drehbuch entwickelt wird, könne etwas fürchterlich schiefgehen.

Aber später erfuhr ich, daß es in dieser Branche mit der depressiven ›Zusammenarbeit‹ der unterschiedlichen ›Kreativen‹ zahllose andere Möglichkeiten gibt, auf die etwas fürchterlich fehlschlagen kann.«

Doch selbst Dean, der mittlerweile so zynisch wie alle anderen ist, die die Tretmühle von Hollywood durchlaufen haben, gibt die Hoffnung nicht auf und hat zumindest am Anfang geglaubt, daß einige andere Filme, die in Entwicklung sind oder gerade abgeschlossen wurden, besser werden als die meisten bisher entstandenen. Er und sein Agent versuchen, Rechte nur noch an Produzenten zu verkaufen, deren

Arbeit sie respektieren. »Das garantiert keinen guten Film«, meint Dean Koontz, »erhöht aber die Chancen.«

Mittlerweile wurde der Roman **UNHEIL ÜBER DER STADT (PHANTOMS)** von Miramax verfilmt, und Koontz bezeichnete den Umgang mit dieser Gesellschaft als »wundervoll«.

Weniger Glück hatte er allerdings mit **DAS VERSTECK (HIDEAWAY)**. Die Filmrechte wurden an Summers-Quaid und TriStar verkauft. Produzentin Kathleen Summers und Schauspieler Dennis Quaid stehen im Ruf, Qualität zu liefern, und von der Geschäftsführung von TriStar unter Mike Medavoy heißt es, sie hätte einen besseren Geschmack und eine höhere Intelligenz als jede andere Studiogruppe in Hollywood.

Anfangs war Koontz noch recht angetan: »Das sind die bei weitem höflichsten, klügsten und einsichtigsten Leute, die ich in dieser Branche kennengelernt habe«, sagte er, »also erlaube ich mir, wieder zu hoffen.«

Er hätte es besser wissen müssen. Nachdem er die Rohfassung des Films gesehen hat, bat er die Filmgesellschaft darum, daß der Titel des Films geändert wird und sein Name nicht erwähnt wird. Er war sogar bereit, das erhaltene Honorar für die Filmrechte zurückerstatten, wenn seinem Wunsch nachgekommen wird. Brett Leonard, der Regisseur, »hat alles, was mein Buch über das Leben und menschliche Beziehungen zu sagen hat, genau ins Gegenteil verkehrt«, so Koontz, der den Film als »erstaunlich unzusammenhängend« und »beleidigend in den Szenen, in denen er nicht schlicht langweilig ist«, bezeichnet hat. »Alle guten Szenen im ersten Drehbuchentwurf von Neal Jimenez wurden entfernt, und die neue Fassung scheint von jemandem geschrieben worden zu sein, der genausowenig Autor ist, wie Jeffery Dahmer Gourmetkoch ist.«

In einer kurzen Stellungnahme erklärte TriStar, daß die Gesellschaft ›sehr stolz‹ auf den Film ist. Koontz' Angebot scheint auf taube Ohren gestoßen zu sein: Als das Buch, das

Sie gerade in den Händen halten, in Satz ging, kündigte auch der deutsche Verleih die baldige Aufführung des Films an – im Juni 1996 kommt **DAS VERSTECKSPIEL** (so der deutsche Titel) nach dem Roman von Dean Koontz mit Jeff Goldblum und Alicia Silverstone in den Hauptrollen in die Kinos.

Auch die Filmrechte von **DRACHENTRÄNEN (DRAGON TEARS)** wurden an TriStar verkauft; produziert werden soll der Film von Ned und Nancy Tannen, die in der Filmbranche den Ruf haben, ›A‹-Filme von bemerkenswerter Qualität herzustellen.

Vor dem Scheitern von **ORT DES GRAUENS (THE BAD PLACE)** bei Warner Brothers hat dieses Studio auch die Rechte für einen Zeichentrickfilm nach **NACHT DER ZAUBERTIERE (ODDKINS)** gekauft. Regie sollte Tim Burton führen, und Koontz sah dem Projekt mit Spannung entgegen. Doch aufgrund seiner Erfahrungen mit dem Studio bei anderen Projekten befürchtete er, daß »meine pelzigen kleinen Helden in *Nacht der Zaubertiere* in Mutant Adolescent Tae-Kwan-Do Turtles verwandelt werden oder vielleicht ein Realfilm mit Madonna und Billy Ray Cyrus daraus wird.«

Als Burton dann aus dem Projekt ausstieg, hat Koontz über seinen Agenten Warner Bros. angeboten, bei dem Verlag Warner Books, einem Schwesterunternehmen, eine Kurzgeschichtensammlung zu veröffentlichen, wenn er die Filmrechte zurückbekommt. Der Konzern Warner akzeptierte sofort und veröffentlichte *Strange Highways*. Über eine Neuvergabe der Filmrechte von **ODDKINS** hat Dean Koontz keine Entscheidung getroffen.

Mittlerweile wurden die Filmrechte von **DIE ZWEITE HAUT (MR. MURDER)** an das neue Studio Savoy Pictures verkauft, dessen erster Film Robert DeNiros *A Bronx Tale* war. Es handelt sich um ein ›siebenstelliges‹ Projekt, bei dem der Autor als ausführender Produzent mitwirken soll, und es bestehen sehr gute Aussichten auf einen erstklassigen Film. Aber entschieden ist noch nichts. Lassen wir uns überraschen – denn wie heißt es so schön: That's Hollywood.

V

DEAN KOONTZ
EINE UNGEWÖHNLICHE SAMMLUNG

KOONTZ LÄSST SEINE GEDANKEN SCHWEIFEN

Gelegentlich bittet man mich, Einleitungen zu Büchern von Autoren zu schreiben, von denen man weiß, glaubt oder hofft, daß ich ihre Werke bewundere. Verleger, die offensichtlich Prestigewerbung betreiben wollen, sind der anrührenden Auffassung, daß meine Mitarbeit dazu beitragen wird, Bücher zu verkaufen. Das ist schmeichelhaft, aber falsch. Wenn jemand heutzutage vierzig, fünfzig Mark oder sogar noch mehr für ein gebundenes Buch ausgibt, beeindruckt es ihn wohl kaum, daß vor der Hauptattraktion Dean Koontz ein paar Seiten lang seine Gedanken schweifen läßt.

Ich habe auch Anfragen bekommen, als Sprecher für einen weltbekannten Computerhersteller und für eine Firma zu agieren, die Fischstäbchen herstellt. Das ist der Beweis dafür, daß die Welt verrückt ist. Die Werbeagentur der Computerfirma wußte, daß ich ihr Produkt nicht benutzt habe und kein Interesse hatte, von der Hardware, der ich vertraue, zu der ihren zu wechseln. Das war ihr völlig egal. Auf dem Foto, das sie bei ihrer Anzeigenkampagne verwenden wollte, sollte ihr Produkt nur im Vordergrund oder rechts oder links neben mir stehen. Man verlangte nicht von mir, klipp und klar zu sagen, daß ich es benutze. Für das Honorar, das ich bekommen sollte, konnte man natürlich erwarten, daß ich nicht auf ihr Produkt spucke oder spöttisch grinse, während man mich fotografierte. Das mit den Fischstäbchen ist mir nie so richtig klar geworden. Was genau haben ich oder meine Bücher mit Fisch zu tun? Oder mit Stäbchen? Oder knuspriger Panade? Und hätte ich zugestimmt, für Fischstäbchen Werbung zu machen, hätte man mir dann auch Werbeverträge für Erdnußbutter, Spülmittel oder Tampons angeboten?

Genau wie ich sämtliche Produktwerbung abgelehnt habe, habe ich mich auch höflich geweigert, Einführungen zu Büchern zu schreiben, hauptsächlich, weil mein Terminplan bereits so voll ist, daß ich nicht noch weitere zahlreiche Aufträge annehmen kann. Dann und wann ist ein Thema, das man mir anbietet, jedoch zu verlockend, als daß ich widerstehen könnte, und dann ziehe ich meine Romancier-Schuhe aus und meine Essayist-Pantoffeln an (eine Einführung zu schreiben, ist eine ganz andere Angelegenheit als das Verfassen von Romanen; man kann sie einfach nicht im üblichen Schuhwerk in Angriff nehmen) und gönne mir den Spaß.

Ich habe lediglich zwei unumstößliche Regeln für das Schreiben einer Einleitung: Erstens muß es schrecklich viel Spaß machen, sie zu schreiben, weil diese Arbeit nicht gut (wenn überhaupt) bezahlt wird. Und zweitens muß sie vergnüglich zu lesen sein. Es ist mir völlig schnuppe, ob ich den Leser der Einleitung informiere oder erhelle. Wenn Sie Informationen haben wollen, lassen Sie sich lieber ein Modem in den Schädel einbauen und klinken sich jeden Morgen in das Cable News Network ein. Wenn Sie erhellt werden wollen, können Sie entweder Meditationen beim Dalai Lama oder einen Urlaub in Tschernobyl buchen.

Es hat mir großen Spaß gemacht, die nun folgenden sieben Einleitungen zu schreiben; und ich hoffe, es macht Ihnen auch Spaß, sie zu lesen, selbst wenn Sie den Autor, über den ich schreibe, nicht kennen. Es handelt sich in keiner Hinsicht um kritische, sondern um völlig persönliche und vertrauliche Essays. Abgesehen von einer Ausnahme handelt es sich bei allen sieben Autoren um Freunde von mir. (Zumindest waren wir befreundet, bis ich über sie geschrieben habe.) Die Ausnahme ist Rex Stout, und es tut mir leid, Ihnen mitteilen zu müssen, daß er nicht mehr unter uns weilt. Ich wäre furchtbar gern Rex Stouts Freund gewesen, aber es gibt nichts Schwierigeres auf der Welt, als eine bedeutungsvolle Freundschaft mit einem Toten zu entwickeln – obwohl der Versuch, ein Auto nur mit der Zunge zu steuern, ziemlich knapp dahinter an zweiter Stelle kommt. (Hört zu, Leute, wenn wir über den Tod keine Witze mehr machen können, haben wir echte Probleme.) Wenn ich über einen Freund schreibe, habe ich normalerweise nicht vor, den Leser zu überzeugen, daß mein

Amigo ein brillanter Prosastilist ist; seine Prosa spricht für sich selbst – und der Leser muß dieses Urteil sowieso allein fällen. Statt dessen versuche ich den Leser davon zu überzeugen, daß mein Freund ein toller Kerl ist, eine angenehme Gesellschaft, charmant und amüsant und loyal und beherzt. Sie alle sind das alles, sonst wären sie nicht meine Freunde. Ich stelle in dieser Hinsicht wirklich hohe Ansprüche. Und wenn einer dieser Burschen je aufhört, amüsant oder charmant oder beherzt oder sonst was zu sein, werde ich ihn bis in alle Ewigkeit schneiden und nie wieder mit ihm sprechen .

›Ach, wie schön ist es doch in Cedar Rapids, wenn das Schweineblut fließt‹ dreht sich um Ed Gorman, einen Mann mit vielen Talenten und nicht wenig seltsamen Angewohnheiten. Es war die Einleitung einer Sammlung seiner Kurzgeschichten, *Prisoners,* und berichtet von einem Besuch, den meine Frau und ich Ed und seiner Frau abgestattet haben. (Sie heißt Carol, aber nachdem einige Leute die Redewendung so oft gehört haben, halten sie sie für eine Indianerin mit einem langen Stammesnamen: ›Carol-die-zu-gut-für-ihn-ist‹.) Sie müssen über diesen Beitrag nur wissen, daß er fast vollständig der Wahrheit entspricht. Die Sache mit den Schweinen ist wahr. Und das mit den Katzen, und meine allergische Reaktion. Das einzige, was nicht wahr ist, sind die Hinweise auf Eds obszöne Anrufe und seine Zoroastrismus-Witze. (In Wirklichkeit waren es Witze über Brahmanismus und die Göttin Schiwa, aber das kam mir bei der Nacherzählung nicht komisch genug vor.)

›Der Mann, der alles über Hippodurkies weiß‹, betrifft Tim Powers, den Fantasy-Autor, und wurde für die limitierte Ausgabe (eine illustrierte und wunderschön gebundene für Sammler) des Verlags Charnel House von Tims Roman *Die kalte Braut* geschrieben. Es gibt nur zwei Dinge, die Sie wissen müssen, bevor Sie diese ursprüngliche Einleitung lesen. Erstens: Alles darin ist wahr, alles, bis auf das letzte I-Tüpfelchen, abgesehen von der Behauptung, Tims Freunde würden damit rechnen, daß er aufgeblasen und von sich selbst eingenommen sein wird, sobald seine Karriere so richtig in Schwung kommt. Das ist für jeden, der Tim kennt, eine überaus komische Vorstellung, denn er ist schneller als jeder andere damit zur Hand, mit seinem bissigen Humor über sich selbst herzuziehen, und es gibt keinen Menschen auf der Welt, von dem weniger zu befürchten ist, daß er je aufgeblasen und von sich selbst eingenommen sein wird (abgesehen vielleicht von Elvis Presley, der seinen Tod vorgetäuscht hat und nun eine irritierend bescheidene Existenz als im Zölibat lebender Amish und Farmer in der Nähe von Lancaster, Pennsylvania, führt). Zweitens: Selbst das Verhalten James Blaylocks, eines Freundes von Tim und mir, wird hier wahrheitsgetreu geschildert. Ich schwöre beim Grab Rudolph Valentinos, daß es bis in die kleinste Kleinigkeit mit den Tatsachen übereinstimmt, abgesehen von den Stellen, an denen ich seine Gedanken interpretieren mußte, wenn er sie einmal nicht geäußert hat; sollten Sie je einen von Blaylocks einzigartig seltsamen Fantasy-Romanen gelesen haben, werden Sie den Autor als eine seiner eigenen Figuren wiedererkennen.

›Rex Stout und Nero Wolfe‹ wurde auf Bitte des Verlags Bantam Books geschrieben und in der Neuausgabe des Romans *Kennzeichen wilde Rose* veröffentlicht. Obwohl Rex Stouts Mindestansprüche im Vergleich zu denen der meisten anderen Autoren hoch waren, ist *Kennzeichen wilde Rose* keiner seiner besten Romane, doch ich habe die Gelegenheit ergriffen, diese Einleitung zu schreiben, weil ich ein Fan der Romane mit Nero Wolfe war, seit ich ein Brontosaurus-Dreikäsehoch war, womit ich sagen will, daß ich sie erst als Erwachsener für mich entdeckt habe, aber trotzdem das Gefühl habe, ich würde Nero Wolfe schon von Kindesbeinen an kennen.

›Erpelbaron‹ wurde für eine beim Verlag Dark Harvest erschienene Ausgabe von Joe Lansdales außergewöhnlich gemeinem Roman *The Nightrunners* geschrieben, die größtenteils für Sammler bestimmt war, die wußten, worauf sie sich einließen, aber später zu meiner gelinden Überraschung von einem Taschenbuchverlag nachgedruckt wurde. Als die allgemeine Leserschaft Joes scharfen schwarzen Alptraum in die Hände bekam, erhielt ich ein paar Briefe meiner eigenen Leser, die *The Nightrunners* gekauft hatten und verblüfft waren, daß er einem Koontz-Roman nicht im geringsten ähnelte. In meiner Einleitung hatte ich nie versprochen, daß der Roman meinen eigenen Werken ähnlich ist, und Joe würde der Gedanke abstoßen, jemand würde von ihm erwarten, daß er wie ich schreibt. Verstehen Sie mich nicht falsch, er verachtet mein Werk nicht; er hat mir gesagt, daß er es sehr mag, und er muß die Wahrheit gesprochen haben, denn er weiß, ich würde ihn umbringen lassen, sollte er mich je belügen. Aber jeder Autor, der etwas wert ist, muß in seinem eigenen Stil schreiben und in keinem anderen und würde sich nie an Trends anhängen, indem er schreibt, was auf dem Markt gerade in ist. Der Dank für diese Integrität – oder schiere Starrköpfigkeit, wie auch immer Sie es sehen wollen – jener von uns, die darauf bestehen, genau das zu schreiben, was wir schreiben wollen, sieht so aus, daß wir den Widerstand der Verlagsbranche erst dann brechen, nachdem wir viel zu viele Jahre hinter uns haben, in denen wir soviel verdient haben, wie man mit einem Sonnenstudio in der Hölle verdienen könnte. Joe verdient hervorragend, seit ich ›Erpelbaron‹ geschrieben habe, und scheint in einer besseren Position denn je zu sein, sich eines Tages einen Namen zu schaffen. Vielleicht wird er nie so berühmt werden wie General Electric oder Betty Crocker, aber bestimmt viel berühmter als Lemon Fresh Downey.

›Der Beginn des Blaylockschen Zeitalters‹ betrifft James P. Blaylock – oder ›Jim‹, wie er auf seine unergründliche Art und Weise lieber genannt werden will – und wurde für eine Ausgabe des Verlags Axolotl Press seines *Two Views of a Cave Painting* geschrieben. Er beherrscht einen wunderbar poetischen Umgang mit Worten, kombiniert mit einem amüsanten Sinn für das Absurde und einem freundlichen Herzen, das auf jeder Seite aufleuchtet. Als die Comedy-Truppe Monthy

Python den Begriff ›etwas völlig anderes‹ prägte, muß sie an Blaylocks Romane und Geschichten gedacht haben. Oder vielleicht auch an Blaylock persönlich. Ganz ehrlich, wenn wir uns sowohl Jim Blaylock als auch sein Werk ansehen, finden wir unzählige Beispiele, bei denen die Worte ›etwas völlig anderes‹ nicht nur nützlich, sondern wesentlich sind. Er ist auch ein netter Kerl. Was für mich ein großes Glück ist, denn er ist viel größer als ich.

›Die Wahrheit über Weihnachten‹ wurde für den kanadischen Fantasy-Autor Charles de Lint geschrieben. Charles ist ein ziemlich stattlicher, aber asketisch aussehender Bursche, dessen hagere Gestalt ziemlich bedrohlich wirken kann – bis er den Mund aufmacht. O nein, damit will ich nicht sagen, daß Charles Dummheiten von sich gibt, die das Bild verderben; das überläßt er Politikern und Donald Trump. Und ich habe noch nicht gesehen, daß er sabbert – obwohl ich mich wirklich nicht lange genug in seiner Nähe aufgehalten habe, um behaupten zu können, daß er das *nie* tut. Nein, der Grund dafür, daß der hager-intensive-bedrohlich-imposante Eindruck zum Fenster hinausfliegt, wenn Charles den Mund öffnet, liegt darin zu suchen, daß er einer der sanftesten, freundlichsten, bescheidensten und charmantesten Männer ist, die man sich vorstellen kann. So charmant etc., daß Sie, wäre er ledig, Ihre Freundin von ihm fernhalten würden. Und Ihre Mutter, wäre sie verwitwet. Und Ihren Hund. Denn Sie können ganz sicher davon ausgehen, daß Charles schließlich mit Ihrer Freundin, Ihrer Mutter und Ihrem Hund oben in Kanada zusammenleben würde, und Sie wären todunglücklich und allein. Er kann auch gut schreiben. Wäre er nicht so charmant, würden ihn viele beneiden und hassen. Auf jeden Fall schreibt Charles jedes Jahr zu Weihnachten eine Kurzgeschichte, druckt sie selbst in sehr stattlicher Form mit Hilfe seiner hübschen Frau Mary Ann und schickt sie anstelle einer Weihnachtskarte seinen Freunden. Und er bittet jedes Jahr einen anderen Kollegen, eine kurze Einleitung zu verfassen. Das schien mir die ideale Gelegenheit zu sein, ein paar harte

Wahrheiten hinter dem klebrig-sentimentalen Image des Weihnachtsmannes und seiner fröhlichen Elfen zu enthüllen. Wenn Sie zu denen gehören, die am Heiligabend noch immer ein Tablett mit Keksen hinausstellen und auf das Klingeln der Glöckchen am Schlitten warten, muß ich Sie schon jetzt warnen, daß die schockierenden Enthüllungen in diesem Essay Sie veranlassen könnten, nach einem großkalibrigen Gewehr zu greifen. Ich verstehe einfach nicht, wieso Phil Donahue, Geraldo und Oprah noch keine Sendungen über die Skandale am Nordpol gemacht haben.

Schließlich können Sie noch ›Mr. Bizarro‹ lesen, das ich für die Hardcover-Neuausgabe von Jonathan Kellermans zweitem Roman *Flüchtig!* schrieb. Dieser Verlag hat das Buch neu herausgegeben, weil die Erstausgabe von *Flüchtig!* mittlerweile ein gesuchtes Sammlerstück ist und viele Leser, die Fans von Jonathans Romanen geworden sind, kein Exemplar dieser gebundenen Ausgabe zu einem vernünftigen Preis mehr bekommen konnten. Das liegt daran, daß Jonathan populär ist. Mein Gott, ist er beliebt.

Er ist ein netter Kerl (vielleicht sogar noch netter, als ich es in diesem Essay zum Ausdruck bringe). Er ist einigermaßen vorzeigbar. Er putzt sich die Zähne. Er spielt ziemlich gut Gitarre. Er kann gut Konversation machen. Er ist nett zu Tieren und älteren Menschen. Und er wechselt sein Hemd sofort, wenn er die Essensflecke bemerkt. Aber nichts davon erklärt seine Beliebtheit. Er ist beliebt, weil er ein verdammt guter Schriftsteller ist. Er ist vielleicht auch der normalste, stabilste Schriftsteller, den ich je kennengelernt habe – und genau deshalb hat es mir so großen Spaß gemacht, unter dem Titel ›Mr. Bizarro‹ über ihn zu schreiben.

ACH, WIE SCHÖN IST ES DOCH IN CEDAR RAPIDS, WENN DAS SCHWEINEBLUT FLIESST

1. Die Ursprünge der Beziehung

Ed Gorman und ich schlossen erstmals am Telefon miteinander Bekanntschaft und sprachen im Laufe der Jahre Dutzende von Stunden miteinander, bevor wir uns endlich persönlich kennenlernten. Nein, es war keiner dieser anrüchigen ›Party-Line‹-Services, bei denen man minutenweise bezahlen muß. Es fing als Interview für seine Zeitschrift *Mystery Scene* an, aber wir haben dabei soviel gelacht, daß wir danach regelmäßig zwanglos miteinander telefoniert haben.

Er hat einen wunderbaren Sinn für Humor und einen trockenen Witz. Klar, er kann mit der Hand in der Achselhöhle genauso überzeugend falsche Blähungen simulieren wie Lady Di, und wie der Papst geht er nie ohne einen Kotzbecher und ein Plastikglas aus dem Haus, aber am amüsantesten finde ich Eds *kultiviertere* Eigenschaften.

2. Wie ich in Cedar Rapids landete

1989 fuhren meine Frau Gerda und ich durch das Land, um für ein Buch zu recherchieren, ein paar Verwandte und alte Freunde zu besuchen, die Ehrendoktorwürde meiner Alma mater in Pennsylvania verliehen zu bekommen – und unseren neuen Radarwarner mal richtig zu testen. Der Radardetektor funktionierte ausgezeichnet: Wir verließen den Großraum Los Angeles am Donnerstag morgen um acht und waren zum Abendessen im östlichen Arkansas. Wir aßen in unserem Motel, und das Essen war wirklich nicht so toll, aber alle dachten, wir hätten einen Heidenspaß gehabt, weil die Gesichtsmuskeln zu einem breiten Grinsen verzerrt werden, das acht bis zehn Stunden lang, nachdem man ausgestiegen ist, anhält, wenn man sechs Bundesstaaten mit einer Beschleunigung von knapp vier G durchquert hat.

Die Recherchen wurden erfolgreich abgeschlossen. Die Besuche bei Freunden und Verwandten waren die reinste Freude. Die Rede, die ich vor den Graduanten hielt, wurde gut aufgenommen. Ich bekam meinen Ehrendoktor – woraufhin ich mich entscheiden mußte, ob ich nun Facharzt für Fußleiden oder Herzchirurg werden wollte, eine sehr tragische Entscheidung in einer Welt, in der Millionen von Menschen gleichermaßen unter Herzkrankheiten wie Schweißfüßen leiden.

Bald fuhren wir von Pennsylvania wieder westwärts, der Heimat entgegen. Wir hatten unsere Arbeit getan und unsere hochgesteckten Ziele erfüllt. Unser Radardetektor war an der Sonnenblende befestigt, Ohio, Indiana und Illinois flogen verschwommen vorbei, genau wie die Sternenschwärme hinter den Sichtschirmen der *Enterprise*, wenn Captain Kirk Scotty befiehlt, er solle das Schiff auf Warpgeschwindigkeit bringen, und wir waren stolz darauf, an diesem großen amerikanischen Zeitvertreib mitwirken zu können – dem Aufspüren von Radarfallen der Polizei. Da wir in entgegengesetzter Richtung zur Erdrotation fuhren und deshalb die Uhr im Wagen gelegentlich um eine Stunde zurückstellen mußten, hätten wir es vielleicht zurück nach Kalifornien geschafft, bevor wir dort zu unserer Reise gen Osten aufgebrochen waren, und uns auf diese Weise vor dieser verdammten Salatbar kurz vor Memphis warnen können – hätten wir nicht einen Abstecher nach Cedar Rapids in Iowa machen wollen, um Ed und seine Frau Carol kennenzulernen.

3. Der erste Abend dieses historischen Besuchs

Nachdem wir die Interstate 80 verlassen hatten, fuhren wir über sanft ansteigende Ebenen und üppiges Farmland. Das alles kam uns so farblos vor, daß wir schon befürchteten, wir wären gestorben und in den dreiundzwanzigsten Kreis der Hölle verschlagen worden (Dante hat sich geirrt; er hat falsch gezählt), in dem die Strafe für den Sünder ewige Langeweile ist. Mit dem Autoradio konnten wir lediglich Lieder von Merle Haggard empfangen.

Am Spätnachmittag trafen wir in Cedar Rapids ein, das sich als überraschend angenehmer Ort erwies, der nicht nur für das Auge attraktiv war. Als wir die Stadtgrenze überquerten, duftete die Luft nach braunem Zucker, Rosinen, Kokosnüssen und anderen Wohlgerüchen, wahrscheinlich, weil in einer der riesigen Lebensmittelfabriken dort gerade ein paar hunderttausend Schokoriegel gekocht wurden. Wie angenehm, dachten wir, an einem Ort zu wohnen, in dem die Luft Tag für Tag von solch köstlichen Gerüchen durchsetzt wurde. Das war so, als würde man im wohlriechenden Pfefferkuchenhaus der Hexe wohnen, nachdem Hänsel und Gretel sie abgemurkst hatten und keine Gefahr mehr bestand, im Ofen der alten Schachtel zum menschlichen Backwerk zu werden.

An diesem Abend gingen wir mit Ed und Carol in einem schönen Restaurant in unserem Hotel essen. Wir hatten sehr viel Spaß. Carol, ebenfalls eine Schriftstellerin – sie schreibt hauptsächlich Jugendbücher – ist eine attraktive Blondine mit einem feingeschnittenen Gesicht, sehr sympathisch und mit jeder Faser ihres Seins eine Lady. Er hingegen hat uns überrascht, indem er Schuhe trug. Das soll nicht heißen, daß er lediglich Schuhe trug. Er hatte auch Socken an, und einen schönen Anzug, und ich glaube, er trug auch ein Hemd, wenngleich mein Gedächtnis mich in diesem Punkt vielleicht im Stich läßt.

Es gab fast *zuviel* Fröhlichkeit für einen Abend. Ed fing an, Witze über den Zoroastrismus zu erzählen (Sie wissen schon, mit dem Gott Ahura Mazda), von denen er unendlich viele auf Lager hat – stets ein sicheres Zeichen dafür, daß es ihm Spaß macht und er vielleicht gleich zu hyperventilieren anfängt oder aus reinem Überschwang einen Nierenstein ausscheidet. Normalerweise fangen sie immer mit ›Ahura Mazda, Jehova und

Buddha saßen zusammen in einem Ruderboot‹ oder so ähnlich an. Um seinetwillen beschlossen wir, für diesen Abend Schluß zu machen und uns früh am Morgen wieder zu treffen. Carol fragte, ob uns in der Stadt oder im Umland etwas besonders interessierte und wir es uns ansehen wollten (zum Beispiel, Getreide wachsen zu sehen), und wir erwiderten, wir hätten gehört, in Cedar Rapids gäbe es ein großes tschechoslowakisches Viertel, und über diese ethnische Gruppe wüßten wir nur sehr wenig. Vielleicht sei es ganz interessant, in ein paar Geschäften zu bummeln, die tschechische Kunst, Kunsthandwerk, Nahrungsmittel, aus dem Ostblock importierte Waffen und dergleichen feilboten. Wir umarmten uns alle, und nachdem Ed einen weiteren Zoroastrismus-Witz erzählt hatte ›Ahura Mazda aß mit zwei Anwälten und einem Proktologen zu Mittag‹ –, verabschiedeten wir uns.

4. Am Rand des Schlafs

Als wir an diesem Abend am Rand des Schlafs in unserem Hotelzimmer im Bett lagen, sprachen Gerda und ich darüber, wie schön der Abend doch gewesen sei.

»Sie sind beide so nett«, sagte Gerda.

»Es ist so schön, daß jemand, den man am Telefon mag, sich auch als netter Mensch erweist, wenn man ihn persönlich kennenlernt«, sagte ich.

»Ich hatte so viel Spaß«, sagte Gerda.

»Wie schön«, sagte ich.

»Diese Zoroastrismus-Witze waren urkomisch.«

»Er hat Schuhe getragen«, bemerkte ich.

»Als er zu hyperventilieren anfing, habe ich mir leichte Sorgen gemacht.«

»Ja, ich hatte schon Angst, daß er gleich einen Nierenstein ausscheiden würde«, sagte ich.

»Aber er hat es nicht getan«, sagte Gerda, »und das war doch schön.«

»Ja, das war sehr schön«, pflichtete ich ihr bei.

»Morgen werden wir einen sehr schönen Tag haben.«

»Einen sehr schönen«, pflichtete ich ihr bei und sah dem Morgen mit gewaltigem Vergnügen entgegen.

5. Ein sehr schöner Tag

Noch am Abend entdeckten Ed und Carol ein Museum für tschechoslowakische Kunst und Handwerkskunst in Cedar Rapids, und am Morgen brachen wir fröhlich zu einer kulturellen Expedition auf. Wie sich herausstellte, lag das Museum in einem – wie kann ich es so nett wie möglich ausdrücken? – ziemlich *strapazierten* Stadtteil. Als wir aus Eds Wagen stiegen, schlug der stärkste Gestank auf mich ein, den ich in vierzig Jahren der mannigfaltigsten Erfahrungen je wahrgenommen habe. Dieser Gestank war so durchdringend, daß er mir nicht nur die Tränen in die Augen trieb und mich zwang, mir ein Taschentuch auf die Nase zu drücken, sondern brachte mich auch sofort an den Rand eines Brechanfalls, neben dem das sich explosiv übergebende Mädchen in *Der Exorzist* wie ein harmlos kötzelndes Baby ausgesehen hätte. Als ich zu Gerda hinüberschaute, stellte ich fest, daß auch sie auf ein Taschentuch über der Nase zurückgegriffen hatte. Obwohl Sie vielleicht bemerkt haben, daß komische Übertreibungen zu dem Stil gehören, in dem ich diesen Aufsatz schreibe, müssen Sie wissen, daß ich in bezug auf diesen Gestank nicht im geringsten übertreibe. Dieses abscheuliche Miasma war durchaus dazu imstande, von einem Wagen die Farbe abblättern zu lassen und kleine Tiere zu blenden, und doch führten Ed und Carol uns plaudernd und lachend zu dem Museum, offensichtlich ohne den höllischen Gestank zu bemerken, der uns fast bewußtlos werden ließ.

Nachdem ich mich schließlich zehn oder fünfzehn unsichere Schritte lang verzweifelt an Eds Arm festgehalten hatte, gelang es mir endlich, seine Aufmerksamkeit zu erregen.

»Um Gottes willen, Ed«, sagte ich, während ich vor Ekel würgte und schnaubte, »was ist das für ein schrecklicher Gestank?«

»Gestank?« sagte Ed, blieb verwirrt stehen, drehte sich um und sog energisch die Luft ein, als wolle er den flüchtigen Wohlgeruch einer zerbrechlichen tropischen Blume aufspüren.

»Das mußt du doch riechen«, protestierte ich. »Der Gestank ist so widerlich, daß ich gleich aus den Ohren blute.«

»Ach, das«, sagte Ed und zeigte auf ein paar riesige Gebäude, die volle fünfhundert Meter entfernt waren. »Das ist ein Schlachthaus. Dem Geruch nach zu urteilen schlachten sie gerade ein paar Schweine. Das ist der Gestank von Blut, Fäkalien, Urin, Innenorganen, alles schön vermischt.«

»Und er stört dich nicht?«

»Eigentlich nicht. Wenn man ihn im Lauf der Jahre nur oft genug gerochen hat, gewöhnt man sich daran.«

Noch immer würgend, aber entschlossen, mich als mannhaft zu erweisen, gelang es mir, ihnen in das tschechische Museum zu folgen, in das der Gestank wundersamerweise nicht eindrang. Das Museum erwies sich als eins der faszinierendsten, die wir je besichtigt hatten. Das Gebäude selbst war zwar bescheiden, aber die tschechischen Exponate waren spektakulär und bezaubernd.

Wir blieben dort länger als erwartet, und als wir wieder hinausgingen, war die Luft sauber und der Gestank spurlos verschwunden. Vom Wagen der Gormans war die Farbe restlos abgeblättert, und ein paar hundert Vögel waren während des Flugs gestorben und lagen nun auf dem Boden, aber ansonsten gab es nicht das geringste Anzeichen dafür, daß die Luft je etwas anderes als süß gewesen war.

Ich dachte an den köstlichen Wohlgeruch der Schokoriegel-Fabrik, der uns bei unserer Ankunft begrüßt hatte. Das war an der Vordertür gewesen. Der unerträgliche Gestank des Schlachthauses wies darauf hin, was an der Hintertür vor sich ging. Plötzlich kam Cedar Rapids mir nicht mehr so unschuldig, ja sogar finster vor, und mir wurde zum erstenmal klar, wie Ed in einer so sonnigen, bukolischen Umgebung leben konnte, die freundliche und schöne Carol immer in seiner Nähe – und trotzdem dazu inspiriert wurde, über die dunkle Seite des menschlichen Herzens zu schreiben.

6. Ed Gorman, Schriftsteller

Abgesehen davon, daß er ein toller Kerl ist, kann Ed Gorman einen Haufen Schriftsteller, die viel berühmter sind als er, in Grund und Boden schreiben. Verdammt, wenn er wollte, könnte er sie sogar ins Wasser schreiben.

Er hat ein Talent dafür, Dialoge zu schreiben, die natürlich und echt klingen. Seine Metaphern und Vergleiche sind schlicht und elegant. Seine Charaktere sind vielschichtig und oft viel zu menschlich, als es gut für sie wäre. Sein Stil ist so sauber und scharf, daß man damit fast operieren könnte; er tut es und setzt ihn wie ein Skalpell ein, mit dem er die innere Arbeitsweise des menschlichen Verstandes und Herzens aufdeckt.

Seine Krimis mit Jack Dwyer – besonders *The Autumn Dead* und das wunderschön traurige und ergreifende *A Cry of Shadows* – zählen zu den zwingendsten und stilistisch anspruchsvollsten Detektivromanen, die ich je gelesen habe.

Wenn der Schriftsteller Gorman einen Fehler hat, dann den, das er *alles* tun will. Er mag Western, also schreibt er gelegentlich auch einen – und immer einen verdammt guten. Er mag Horrorstories, also schreibt er gelegentlich (unter dem Pseudonym Daniel Ransom) welche. Er mag völlig ernste, fast nüchterne Detektivromane, aber auch unbeschwertere, und hat beide Arten geschrieben. Er mag Spannungsromane, Science-fiction ... nun ja, Sie verstehen worauf ich hinaus will. Es ist sehr förderlich, so vielseitige Interessen zu haben; das trägt dazu bei, daß der Blickwinkel stets frisch bleibt. Aber wenn ein Autor in einer Vielzahl von Genres aktiv ist, schwächt er damit den Eindruck ab, den er auf die Leser macht, und hat größere Schwierigkeiten, sich einen Namen zu machen. Das weiß ich nur allzugut. Im Lauf der Jahre habe ich stets nach neuen Herausforderungen gesucht und in praktisch jedem Genre *außer* dem des Western geschrieben. Schließlich entdeckte ich eine Möglichkeit, viele meiner liebsten Literaturkategorien in einem Roman zu kombinieren, und baute mir damit eine größere Leserschaft auf. Ich vermute, daß mit der Zeit auch Ed eine Möglichkeit finden wird, seine weitreichenden Interessen so zusammenzufassen, daß sie keine Belastung mehr sind, sondern zu einem Markenzeichen werden. Zumindest ich kann es kaum abwarten zu erfahren, welche Bücher er uns in den nächsten Jahren schenken wird.

Eine Warnung: Wenn man bedenkt, wie stark Eds Prosa sein kann, werden seine persönlichen Erfahrungen, sollte er je über das Schweineschlachten schreiben, zu so starkem Brechreiz führen, daß Leser auf der ganzen Welt Mühe haben werden, ihre letzten Mahlzeiten nicht über die Seiten dieses Buches zu schütten. Aber keine Angst, denn ich bin der Freund aller Leser und werde Sie im voraus warnen, sollten in einem seiner Romane Schweine geschlachtet werden. Ich werde für seine Bücher die Werbetrommel schlagen und mich auf dem Umschlag ungefähr wie folgt zitieren lassen: »Ein brillanter, betörender, atemberaubender Roman, das Werk eines Genies. Jeder sollte Gorman lesen – aber in diesem Fall nur, während er einen Schlabberlatz umgebunden hat oder nackt in der Badewanne sitzt.«

7. Das schöne Haus der Gormans

Nachdem wir an diesem herrlichen Frühlingstag das tschechische Museum neben dem Schlachthof, in dem gerade Schweine geschlachtet wurden, besucht hatten, aßen wir in einem Restaurant, das ein Buffet bot, von dem man für einen Festpreis soviel essen konnte, wie man wollte. Eine so üppige Auswahl hatte ich noch nie gesehen. Ich habe einen Cracker gegessen.

Nach dem Mittagessen fuhren wir zu Eds und Carols Haus, das sehr geschmackvoll eingerichtet war. Es war wirklich tipptopp sauber, mit wunderschönen Parkettböden und einer freundlichen Atmosphäre, die ihresgleichen suchte.

Ein paar Minuten nach unserer Ankunft begannen meine Augen zu jucken, dann zu brennen, dann vor Tränen überzulaufen. Zuerst dachte ich, mich hätten lediglich die Gefühle überwältigt, weil ich im Haus meiner Freunde so herzlich willkommen geheißen worden war. Dann fühlten meine Nebenhöhlen sich plötzlich an, als wären sie mit Zement gefüllt worden, mein Gesicht schwoll an, und meine Lippen juckten. Mir wurde klar, daß ich mich entweder in einem außerirdischen Todesstrahl befand – oder in einem Haus, in dem eine Katze wohnhaft war. Da ich noch nie zuvor Ungeheuern fremder Welten begegnet war, aber durchaus schon Katzen, auf die ich allergisch reagierte, kam ich zu dem Schluß, den Gormans Glauben schenken zu können, als sie wiederholt versicherten, keine teuflischen Extraterrestrier zu beherbergen, sondern lediglich Feliden.

Ich wünschte, ich könne Ihnen berichten, daß es in ihrem Haus buchstäblich vor Dutzenden von Katzen wimmelte; einem Exzentriker wie mir würde das viel größeren Spaß bereiten. Doch wie ich mich erinnere, gab es nur zwei davon. Aus irgendeinem Grund reagiere ich nicht auf jede Katze allergisch, die meinen Weg kreuzt, nur etwa auf die Hälfte von ihnen, aber was die Katzen der Gormans betraf, so schien ich auf beide allergisch zu sein. Keine der beiden sah wie eine Höllenkatze aus, aber sie hatten eine dämonische Wirkung auf mich, und nach keiner halben Stunde mußten wir das schöne Haus wieder verlassen.

Als ich hinaustaumelte, war ich beängstigend bleich, schwitzte und rang nach Atem. Meine wäßrigen Augen waren so blutunterlaufen, daß sie zu brennen schienen, und das einzige Geräusch, das ich meinen gereizten Stimmbändern und der geschwollenen Kehle entlocken konnte, war ein nasses Gurgeln, das von einem unter Seekrankheit leidenden Wombat zu stammen schien.

(Viel später wurde mir klar, daß am seltsamsten an der ganzen Sache die Reaktion der Nachbarn auf meinen fast tödlich verlaufenden Paroxysmus auf dem Rasen des Vorgartens der Gormans war. Keiner von ihnen zeigte auch nur die leiseste Überraschung oder Besorgnis. Anscheinend hatten sie Dutzende, vielleicht sogar Hunderte von Leuten aus diesem Haus stürmen sehen, die in viel schlechterem Zustand als ich waren, und sich so an das Drama gewöhnt. Vielleicht waren es *doch* Höllenkatzen – was vielleicht erklären würde, warum sie manchmal nicht schnurrten, sondern ein schnelles, genau betontes Latein sprachen.)

Die Gormans, zwei der nettesten Menschen, die ich je kennengelernt habe, entschuldigten sich tausendmal, als wären sie irgendwie für meine dumme Allergie verantwortlich. Als ich wieder atmen konnte und aus meinen Augen kein Blut mehr spritzte, versicherte ich ihnen tausendmal, daß es nicht ihre Schuld, sondern in den Vereinigten Staaten von Amerika sogar ihr gutes *Recht* war, trotz meiner Allergie Katzen zu haben, und sie nicht in der Hölle schmoren würden, weil sie sich für diese Haustiere entschieden hatten.

(Ed neigt dazu, sich für alles auf der Welt verantwortlich zu fühlen und sich die Schuld für Dinge zu geben, auf die er nicht den geringsten Einfluß – hat wie zum Beispiel Flutwellen in Sri Lanka und Zugunglücke in Usbekistan. Wie jeder brave Katholik weiß er, daß er die Schuld für alle Sünden der Welt trägt und eine schändliche Anhäufung von schamlosen Bedürfnissen und Gier und Lust ist, die eine viel schlimmere Strafe als jede Pest verdient hätte, mit der Gott ihn schlagen könnte. In seiner Vorstellung steht der Tatbestand, Katzen zu haben, auf die ein Gast allergisch reagiert, nur eine kleine Stufe unter dem, mit einer Uzi ins Einkaufszentrum zu fahren und hundert Käufern, die sich gerade zu Weihnachten eindecken, die Rüben wegzupusten.)

8. Ein glücklicherweise ereignisloser Abstecher
nach Iowa City, Iowa

Versessen darauf, mich von seinen Katzen fortzuschaffen und Buße für das zu leisten, was sie mir angetan hatten, schlug Ed vor, wir sollten von Cedar Rapids nach Iowa City fahren, wo wir einen angenehmen Spaziergang durch Prairie Light, eine große und im ganzen Land bekannte Buchhandlung, unternehmen und dann ein frühes Abendessen zu uns nehmen könnten (da Gerda und ich im Morgengrauen aufstehen mußten, um unsere Fahrt nach Kalifornien fortzusetzen). Er versicherte uns, daß Iowa City sich auch eines Katzenschlachthauses brüstete, zu dem wir fahren könnten, um den Gestank beim Katzenschlachten mit dem beim Schweineschlachten zu vergleichen.

Abgesehen von einer haarsträubenden Fahrt, die von der schieren Verachtung herrührte, mit der Ed diese Linien zwischen den verschiedenen Spuren öffentlicher Straßen bedachte, verlief der Abstecher nach Iowa City ereignislos. Einfach gute Gespräche – ein Großteil davon über Bücher – und ein schönes Abendessen. Ich nahm einen weiteren Cracker zu mir. Mit leichten Schwierigkeiten konnte ich ihn sogar bei mir behalten. Ich bin mir ziemlich sicher, daß in einem Monat oder so die Erinnerung an den Gestank beim Schweineschlachten soweit verblichen sein wird, daß ich wieder normal essen kann, mit etwas Glück sogar, bevor mein Gewicht unter neunzig Pfund fällt.

9. Ed Gorman, die Telefongesellschaft und ich

Während ich dies schreibe, sind seit unserem Aufenthalt in Cedar Rapids und unseren zwei Tagen bei Ed und Carol fast drei Jahre vergangen. Da wir beide bis zu einem gewissen Grad Worcaholics sind und keiner von uns daher gern und viel reist, haben wir es noch nicht geschafft, uns wieder persönlich zu sehen. Wir bleiben in Verbindung, indem wir gegenseitig unsere Bücher lesen – und mit der Hilfe des Telefons. Unsere Gespräche werden auch weiterhin von viel Gelächter unterbrochen – eine kostbare, lebenswichtige Medizin in diesem Tollhaus von Welt. Hier noch eine hübsche Anekdote:

Manchmal ruft Ed um drei Uhr morgens an und stößt, mit ein paar Taschentüchern über der Sprechmuschel seines Telefonhörers und verstellter Stimme, obszöne Drohungen aus, anscheinend, weil er mein Leben auch weiterhin interessant und bunt gestalten will, und seine tiefempfundene Besorgnis und die Tatsache, daß er die Zeit und Mühe aufwendet, mich auf diese Art und Weise zu unterhalten, berühren mich immer so sehr, daß ich mich niemals langweile. Er weiß nicht, daß ich die Identität der Person kenne, die die obszönen Anrufe tätigt, und es wäre ihm sicher peinlich, wüßte er, daß ich über sein rücksichtsvolles Verhalten informiert bin. Aber ganz gleich, wie sehr er auch seine Stimme verstellt, diese Katzen sind bei ihm im Arbeitszimmer, und obwohl es sich um Ferngespräche handelt, werden meine Lippen jedesmal taub, und Blut quillt aus meinen Augen.

Als ich Tim Powers kennenlernte, arbeitete er in einem Tabakgeschäft und war noch nicht aufgeblasen und von sich selbst eingenommen. Er hatte drei Romane geschrieben, keine leichte Aufgabe für jemand, dem am Handwerk und der Sprache liegt, und eine noch schwierigere für jemand, der seine Texte handschriftlich verfaßt (wie Tim es damals tat). Er hatte auch gerade angefangen, mit der wunderschönen Serena zu gehen, und alle fragten: »Was findet sie nur an ihm?« Und er konnte Ihnen mehr über gute Pfeifen erzählen, als Sie wissen wollten. Er sagte Sachen wie: »Dean, siehst du diese Meerschaumpfeife hier mit den handgeschnitzten Elfenbeininlays und dem Messingduhflaxus und dem goldbeschlagenen Hippodurkie? Tja, diese Pfeife ist 604,51 Dollar wert, weil sie 1930 in Wien von Ridley Skeeve geschaffen wurde, der radikale Vorstellungen über den Winkel zwischen Rohr und Kopf hatte, der dem weichen Rauchfluß am förderlichsten war, und er hat sein gesamtes Vermögen und auch das seiner wohlhabenden Frau Cher ausgegeben, um eine Pfeife zu entwickeln, die auch von einem Mann mit einem gelähmten Mund mit großem Genuß benutzt werden konnte. Skeeve wurde natürlich verrückt und war schließlich davon überzeugt, daß ein Pygmäenstamm fanatischer Aktivisten gegen das Rauchen auf seinem Dachboden wohnte und ihn ermorden wollte, sollte er je die perfekte Pfeife entwickeln.« Tim wußte auch eine Menge über das Fechten, Fantasy-Literatur, die Romane von John D. MacDonald, Lyrik und so viele andere Themen, daß er durchaus als Vertreter der Neorenaissance gelten konnte. In dem Tabakgeschäft war er oft von einer Gruppe von Bewunderern und/oder Zuhörern umgeben – von denen einige, nun ja, es stimmt, etwas seltsam waren, manche sogar verwirrt und, ja, einige geistesgestört, aber es waren trotzdem seine Bewunderer –, die, wie wir anderen auch, von seinen Geschichten und fachlichen Erörterungen stets unterhalten wurden. Trotz allem war Tim die Sache noch nicht zu Kopfe gestiegen.

Monate später wurden meine Frau und ich eines schönen Nachmittags mit zwei anderen Schriftstellern, James P. Blaylock und Philip K. Dick, in Powers' Wohnung eingeladen. Während wir auf der Veranda saßen, trug Jim seine üblichen trockenen Kommentare zum Gespräch bei, und gelegentlich schaute er in den Sommerhimmel, blinzelte, kniff die Augen zusammen und sagte eher zu sich selbst als zu uns: »Seht doch, es ist ein ... nein ... schon gut.« Doch dann kniff er die Augen erneut zusammen und murmelte: »Ein zehnarmiger Tintenfisch ... nein ... ganz bestimmt nicht. Mit Flügeln? Hmmmmmm. Er fliegt nach Süden ... und trägt einen großen Käselaib in seinen Tentakeln, wie es aussieht. Hmmmmmm.« Und dann noch eindeutiger zu sich selbst, und mit einem kaum verständlichen Flüstern: »Na ja, wir wissen wohl, was das bedeutet.« (Falls Sie Blaylocks Bücher gelesen haben, ist das alles völlig logisch.) Aber man gewöhnt sich schnell an Blaylock; und als kurz darauf seine Frau Viki kam, erwies sie sich als so *normal*, daß man einfach nicht glauben konnte, daß Jim gemeingefährlich war, wenn er so eine Frau für sich hatte gewinnen können. Phil Dick war wie üblich wieder charmant und überaus amüsant, und seine Ironie war so scharf, daß er Tim damit zu einem Fechtduell hätte herausfordern können – was er dann auch tat. Serena war auch da, und sie und Tim wollten heiraten; so viele Leute fragten noch immer: »Was findet sie nur an ihm?«, daß man während dieses langen Nachmittags die Frage alle paar Minuten durch die nähere und fernere Umgebung von Santa Ana schallen hören konnte. Tim arbeitete damals an *Die Tore zu Anubis Reich*, einem ehrgeizigen historischen Fantasy-Roman. Der Kreis seiner Bewunderer wuchs und war, was noch wichtiger ist, etwas weniger verwirrt und gestört als zuvor. Trotzdem war Tim damals weder besonders selbstgefällig noch irgendwie widerlich. Noch nicht.

Es verging einige Zeit, und Serena heiratete Tim, womit sie

zweifellos viele Herzen brach. Das Ereignis wurde nicht im geringsten durch die Unterbrechung der Zeremonie durch den verwirrten Priester gestört, der sie fragte, was in Gottes Namen sie nur an ihrem zukünftigen Ehemann fand, denn mittlerweile war diese Frage für sie genauso normal wie ein »Hallo, wie geht's?« oder »Warm genug für dich?« Aber die meisten von uns wußten zu diesem Zeitpunkt natürlich schon, was sie an Tim fand. Er war amüsant, es machte Spaß, in seiner Gegenwart zu weilen, er kannte interessante Geschichten, war talentiert und hatte eine einzigartige – wenn auch verdrehte – Auffassung vom Leben. Er und Serena ließen sich in einer der Gegenden Südkaliforniens mit höherer Verbrechensrate nieder, und wenn sie auf dem Bürgersteig Blutspuren fanden, folgten sie ihnen in ihrem verrückten Abenteurergeist, um festzustellen, was sie vielleicht erwartete. (Kein Scherz. Das stimmt!) Durch unbesonnene Interaktion mit den Bewohnern ihrer Nachbarschaft hörten sie genug seltsame und interessante Anekdoten, um damit sechs Bände unheimlicher Memoiren zu füllen. Tim kündigte in dem Pfeifengeschäft und schrieb nun hauptberuflich, woraufhin er zahllose neue Themen recherchieren und zu einem noch größeren Neorenaissance-Menschen werden konnte, was viele von uns erleichterte, weil diese Erweiterung seines Wissens bedeutete, daß wir weniger Geschichten über Ridley Skeeve und goldbeschlagene Hippodurkies zu hören bekamen. Dennoch war bei ihm noch kein Anflug von Hybris festzustellen.

Noch mehr Zeit verstrich, und *Die Tore zu Anubis Reich* bekam einen Preis zugesprochen, und der von der Kritik gut aufgenommene *Zu Tisch in Deviants Palast* wurde veröffentlicht, und Tim schickte sich an, gegen einen sehr respektablen Vorschuß *In fremderen Gezeiten* zu schreiben, und seine Ehe mit Serena blühte auf, und dann wurde *In fremderen Gezeiten* veröffentlicht und für mehrere Preise nominiert. Sein Kreis von Bewunderern wuchs weiterhin, und der Prozentsatz von ihnen, für den sich die Polizei und die Geistesheilanstalten interessierten, wurde immer geringer. Wir sahen Tim und Serena auch weiterhin ziemlich regelmäßig, oft in Begleitung der Blaylocks. (Jim Blaylock war immer noch von Zwergen und Tintenfischen und zweischaligen Mollusken und seltsamen Fischen fasziniert, doch man konnte feststellen, daß er diese unheilvollen Wesen mit immer größerem Selbstverständnis hinnahm und beträchtlich weniger hysterisch auf sie reagierte. Er ist heutzutage imstande, an einem Aquarium vorbeizugehen, ohne zusammenzuzucken oder eine Hand schützend auf seine Brieftasche zu legen, wenngleich er die Bewohner diese glasumwandeten Welten noch immer mit Vorsicht und Respekt betrachtet und behauptet, er *wisse*, welche Rolle sie in Wirklichkeit bei der Schöpfung des Kosmos, der Aufrechterhaltung des Zeitflusses und der leichten Verfügbarkeit von Yoghurt in vielen Geschmacksrichtungen gespielt hätten.) Obwohl Tims Karriere auf dem aufsteigenden Ast und seine Ehe glücklich war, obwohl er der Liste seiner Fähigkeiten kulinarische Kenntnisse hinzugefügt und sich als abenteuerlustiger Koch erwiesen hatte, der stets zu Experimenten bereit war, und obwohl seine Unternehmungen in der Küche zu weniger Explosionen und giftigen Wolken geführt hatten, als die örtlichen Buchmacher erwartet hatten, war er noch immer nicht im geringsten aufgeblasen und von sich selbst eingenommen.

Nun hat er *Die kalte Braut* abgeschlossen. Dieser Roman ist sein bislang ehrgeizigster. Er versucht darin, ein Stück Geschichte in sein eigenes phantastisches Muster zu zwängen, ohne den bekannten Fakten zu widersprechen, und dem Leben von Shelley und Byron und ihren Zeitgenossen einen phantasmagorischen Dreh zu geben, und es gelingt ihm. Das Buch wird ihm zweifellos noch mehr Geld, mehr Ruhm, einen noch größeren Kreis von Bewunderern und Post von einer Menge äußerst interessanter Psychopathen einbringen.

Jetzt, dachten wir, wird er zu einem gewaltigen selbstzufriedenen und egomanischen Langweiler werden.

Aber dazu kam es nicht. Er ist noch immer der gute alte

Tim. Er ist noch immer amüsant, offen und ungezwungen. Die Blaylocks meinen, wir müßten uns keine Sorgen machen, daß Tim der Ruhm zu Kopf steigen würde, er würde immer ein netter Kerl bleiben – aber die Blaylocks behaupten natürlich, eine sprechende Meeresschnecke, die die Zukunft sehen könne, habe ihnen das erzählt. Ich vertraue meinen Instinkten mehr als den vorhersehenden Fähigkeiten irgendeiner Schnecke. Glücklicherweise bin ich jedoch derselben Meinung wie dieser mit übersinnlichen Kräften begabte und auf dem Meeresboden kriechende Klumpen gelierten Schleims. (Ich meine damit die Schnecke und nicht Blaylock.) Ungeachtet der feststehenden Tatsache, daß er weitere erstaunliche Bücher schreiben und berühmter und bewunderter denn je werden wird, wird Tim Powers immer ein netter Kerl bleiben, mit dem man gern ein Bier trinkt – und in dieser aufgewühlten Welt ist das mindestens genauso wichtig wie die Tatsache, daß er so gut schreibt.

Rex Stout und Nero Wolfe

Ein Schriftsteller wird von allem beeinflußt, was er liest. Das schließt nicht nur Romane und Kurzgeschichten ein, sondern auch Zeitungen, Zeitschriften, Cornflakes-Schachteln und sogar – lieber Gott, verschone uns damit – das unergründliche Wortgedrechsel von Politikern. Wenn der Hund eines Autors einen alten Zettel nach Hause schleppt, der das menschliche Auge abstößt, doch an dem der Köter mit Hingabe genagt und den er inbrünstig vollgesabbert hat, wird der Schriftsteller von dem beeinflußt, was er zwischen den Zahnabdrücken und Speichelspuren liest. Obwohl sein bewußter Verstand sich vielleicht langweilt, ist sein Unterbewußtsein ein unentwegt staunendes Kleinkind, das eine beträchtliche Anzahl faszinierender Daten auf diesem von dem Hund angenagten Stück Papier finden und abspeichern wird.

Da Schriftsteller wissen, daß das Unterbewußtsein ein kosmischer Schwamm ist, sind sie oft bereit, alles mögliche auf sich zu nehmen, um Material zu finden. Sie werden auf einem Frachter nach Burma dampfen, um an einem Yak-Weitwurf-Wettbewerb teilzunehmen, sich einem Überlebenstraining im Regenwald des Amazonas unterziehen, bei dem sie nur Larvenpastete zu sich nehmen dürfen, um dem Hungertod zu entgehen, sich auf einem Jahrmarkt in Alabama die Innenränder der Nasenflügel von einem Tätowierungskünstler schmücken lassen und sich sogar die Harald-Schmidt-Show ansehen – alles in der Hoffnung, das Unterbewußtsein werde über diesen Abenteuern brüten, neue Aspekte entdecken und Einsichten gewinnen, die über die Wahrnehmungsfähigkeit des bewußten Verstands hinausgehen, und schließlich brillante Ideen für Romane oder Kurzgeschichten ausbrüten.

Einige dieser Schriftsteller werden, während sie mit winzigen Tätowierungen, die aus ihren Nasenöffnungen leuchten, und mit schmerzenden Schultern, weil sie ein Yak zuviel geworfen haben, und mit Madenresten zwischen den Zähnen herumlaufen, mit Entsetzen auf den Vorschlag reagieren, daß sie auch genausoviel *lesen* wie reisen sollten. Wenn einer dieser Schmierer sich für einen ›literarischen‹ Schriftsteller hält, will er sein Unterbewußtsein nicht mit dem Stil und Prosarhythmus eines ›populären‹ Schriftstellers verseuchen, aus Angst, er könne damit enden, einen Roman zu schreiben, der eine Bedeutung hat, die über das Eiland der selbsternannten Literaten hinausgeht, oder, Gott verhüte es, sogar eine nachvollziehbare Handlung. Sollte es sich um einen Science-fiction-Autor handeln, wird er vielleicht Science-fiction, aber nichts sonst lesen, weil er davon überzeugt ist, daß jede Geschichte mit genetisch erzeugten, gehirnfressenden, Laserwaffen mit sich rumschleppenden Cyberpunk-Aliens mit dem psychologischen Zwang, das Universum zu erobern, mit Sicherheit intellektuell wesentlich anregender ist als jede Geschichte eines geringeren Genres. Einige populäre Schriftsteller lesen keine ›literarischen‹, um ihnen die nicht verdienten Beleidigungen heimzuzahlen, die sie von diesen Künstlern über sich ergehen lassen mußten. Einige Krimiautoren lesen nur Krimis, einige Westernautoren nur Western, einige Autoren historischer Romane nur historische Romane.

Ich habe sogar einen Schriftsteller kennengelernt, der davor zurückschreckt, *irgendwelche* Romane abgesehen von seinen eigenen zu lesen, aus Angst, er könne damit seinen kreativen Ideenpool verseuchen. Wäre es nicht möglich (befürchtet er), falls er John D. MacDonald, Philip Roth, Charles Dickens oder sonstwen liest, daß er dann seine eigene Muse herbeiruft und feststellen muß, daß sie nur ein schrecklicher Mutant und nicht mehr wiederzuerkennen ist, weil sie durch die Kontamination durch diese *anderen* Autoren verzerrt wurde? Anscheinend leidet er unter dem Eindruck, daß sein Talent mit absoluter Detailgenauigkeit in Stein gemeißelt und ihm diese Steintafel dann in die Wiege gelegt wurde, ein Gottesgeschenk, das keine Patina vom Leben nötig hat, und daß er genau dieselben Geschichten, die er jetzt schreibt, auch im Alter von zwei Wochen geschrieben hätte, wären seine Finger nur groß genug gewesen, um in diesem zarten Alter schon eine Schreibmaschine zu bedienen.

Wenn es um das Lesen geht, bin ich ein Allesfresser, hauptsächlich, weil ich gern lese, aber auch, weil ich befürchte, daß mein Schreiben unter einer zu schmalen Bandbreite von Einflüssen leidet, wenn ich zu *wenig* lese. Im Gegensatz zu dem schreckhaften Schriftsteller des vorangegangenen Absatzes bin ich der Ansicht, daß ich den Einfluß eines jeden Autors verwässere und dadurch meine eigene Stimme bewahre, wenn ich alles lese. Mein ganzes Leben als Erwachsener habe ich sowohl populäre als auch ernste Literatur gelesen, Liebesgeschichten und Science-fiction, Western- und Horrorromane, Geschichten akademischer Sorgen und Tiergeschichten, selbstgefällige Bücher im Bewußtseinsstrom und Krimis, die wie Uhrwerke ablaufen, Jim Harrison und Jim Thompson, John le Carré und John Barth, Philip K. Dick und Philip Roth und Philip José Farmer, wenngleich mir das neuere Werk des mittleren Philip zu philippisch vorkommt.

Ich habe von dieser alles einschließenden literarischen Speisekarte viel gelernt, aber zwei Lektionen treffen auf diese Einführung besonders zu. Erstens sind die besten eines jeden Genres in der Qualität den besten Werken jedes anderen Genres gleichwertig, genau wie die beste ›populäre‹ der besten ›seriösen‹ Literatur gleichwertig ist. Die Aufteilung der Literatur in Genres war größtenteils ein Marketingtrick des modernen Verlagswesens. Genau wie die Einteilung in populäre und seriöse Werke eine Intrige der Akademiker ist, die einen falschen Pantheon lebender Schriftsteller schaffen mußten, als es unmöglich wurde, bei den Schriftstellern im wahren Pantheon, die bis zur Erschöpfung analysiert worden sind, noch neue Dissertationsthemen zu finden (um Ruhm und einen akademischen Grad zu erlangen). Zweitens, je umfassender ein Schriftsteller liest, desto mehr lernt er über Handwerk und Technik, und desto interessanter und abwechslungsreicher wird sein Stil, genau wie eine Gemüsesuppe mit einer Vielzahl von Gemüsesorten interessanter ist, als bestünde sie nur aus, zum Beispiel, Bohnen und Brokkoli.

Als ich vor zwanzig Jahren darum gekämpft habe, meine eigene Stimme als Schriftsteller zu finden, habe ich fünf Romane pro Woche gelesen und noch volle acht bis zehn Stunden am Tag hinter der Schreibmaschine gesessen. (Wir hatten damals noch nicht den großen Segen der Computer und wortverarbeitenden Software. Aber wir hatten damals auch noch keine Schießereien auf den Autobahnen oder Donald Trump, also war diese Epoche insgesamt nicht weniger ansprechend.) Es war aufregend, einen großen Schriftsteller wie John D. MacDonald zu ›entdecken‹, von dem zahlreiche Titel lieferbar waren, und eins seiner Bücher nach dem anderen zu lesen, bis man wie im Rausch war. Oder Donald Westlake. Hammond Innes. Irwin Shaw. John P. Marquand, der den mit dem Pulitzerpreis ausgezeichneten *The Late George Apley* und andere Mainstream-Romane, aber auch die Krimis um Mr. Moto veröffentlicht hatte, was in der heute viel strenger von einander getrennten – und absurden – Welt der populären und der ernsten Literatur unmöglich wäre. Robert Heinlein. Evan Hunter, Ed McBain, Somerset Maugham, Keith Laumer und so viele andere.

Rex Stout.

Sie haben sich schon gefragt, ob ich je auf ihn zu sprechen kommen würde, nicht wahr? Einer der wirksamsten Tricks, die ein Schriftsteller zur Verfügung hat, besteht darin, Erwartung aufzubauen. Wenn man eine Erwartungshaltung im Leser aufbaut und die Befriedigung dieser Erwartung dann geschickt (aber niemals zu lange) hinauszögert, wird er die Wartezeit genießen und (wegen des Wartens) den Großen Dramatischen Augenblick mehr zu schätzen wissen, als hätte man ihn sofort präsentiert. Diese Technik habe ich gelernt, als ich Rex Stout gelesen habe.

Ich glaube, der erste Roman von Rex Stout, den ich gelesen habe, war *Die Sünden der Väter*, der 1968 veröffentlicht wurde, als der Autor zweiundachtzig Jahre alt war. Es war natürlich ein Roman mit Nero Wolfe, und ich wurde weggerissen, in die fühlbare Atmosphäre des Backsteinhauses an der West 35th Street in Manhattan gezerrt, in dem der dicke Detektiv und seine rechte Hand Archie Goodwin wohnten und arbeiteten. Ich erinnere mich noch, das Buch mit reiner Freude darüber ausgelesen zu haben, was ich entdeckt hatte (nachdem ich zwei oder drei Jahre lang dem Drängen meiner Frau widerstanden hatte, einen davon zu lesen), und mit Bestürzung darüber, daß der Autor schon in einem so fortgeschrittenen Alter war, daß er nie imstande sein würde, genug Romane dieser wunderbaren Serie zu schreiben, um meinen neuen Hunger darauf zu stillen. Dann fand ich heraus, daß es damals dreiundvierzig Bücher mit Nero Wolfe gab, Novellensammlungen eingeschlossen.

Bedenken Sie, daß Rex Stout 1886 geboren wurde und seinen ersten Krimi mit Nero Wolfe, Die *Lanzenschlange*, erst 1934, mit achtundvierzig Jahren, schrieb, und dann zu einem der auflagenstärksten und berühmtesten Krimiautoren der Welt wurde. So was nennt man eine erfolgreiche zweite Karriere! Vielleicht war es auch seine einundzwanzigste Karriere, da er manchmal behauptete, nach seinem Dienst in der Navy in zwanzig Berufen gearbeitet zu haben, bis er schließlich den dicksten, exzentrischsten und brillantesten Detektiv aller Zeiten schuf. Wahrscheinlicher ist, daß das Schreiben von Kriminalromanen seine erste *echte* Karriere war, da es einfach unmöglich ist, zwischen Anfang Zwanzig und Ende Vierzig zwanzig andere in die Wege zu leiten; alles vor Wolfe war bloße Vorbereitung.

Als ich fünf von Stouts Kriminalromanen gelesen hatte, wurde mir klar, daß ich mich in den Händen eines Schriftstellers befand, der über eine Vielzahl von Themen eine Menge wußte und umfassende Erfahrungen anzapfte, die er in der richtigen Welt gemacht hatte. Aber ich wußte auch, daß er wie ich ein Allesleser war. Seine besten Bücher strahlen deshalb in einem ganz eigenen Glanz. Sie sind voller literarischer Anspielungen von exquisiter Subtilität, kluger Bezüge und

Hinweise auf das Werk unzähliger anderer Autoren. Stout benutzt Traditionen des Genres, wie es nur ein Schriftsteller kann, der nicht nur das Genre kennt, in dem er tätig ist, sondern auch dessen Beziehung zu allen anderen Literaturkategorien und zum Mainstream. Verstehen Sie mich nicht falsch, er langweilt Sie mit seiner Gelehrsamkeit niemals. Er hält sie Ihnen nie vors Gesicht. Es ist möglich, seine Bücher zu lesen, keine einzige Anspielung zu entdecken und trotzdem einen Heidenspaß zu haben. Aber Sie *können* auch einen Heidenspaß daran haben, weil die Handlung so starke Unterstützung unter der Oberfläche hat.

Ich habe von Rex Stout unter anderem auch gelernt, daß populäre Literatur ungeachtet des Genres ehrgeizig sein und dem Leser mehr als nur ein wenig von Wert zu sagen haben kann. Archie Goodwin (der eigentlich eine noch zentralere Gestalt dieser Serie als Nero Wolfe ist) ist ein in die moderne Zeit herübergeholter Huck Finn, ein Huck, dessen Seele immer noch unabhängig ist, der aber nicht mehr so naiv, sondern zynischer, aber seltsamerweise auch hoffnungsvoller wirkt. Nero Wolfes außergewöhnlicher Intellekt ermöglicht es ihm, tiefe Blicke in unsere moderne Welt zu tun, und er hat sich von ihr abgewandt, vielleicht aus Verzweiflung oder Abscheu oder beidem, und Zuflucht in einem Leben besonders zurückgezogener Vergnügungen des Geistes und Körpers zu suchen. Gekennzeichnet wird es von einem strikten persönlichen Kode und dem Befolgen der Werte, die die Zivilisation ausmachen, aber von der ›zivilisierten‹ Gesellschaft vergessen worden zu sein scheinen oder einfach nicht befolgt werden. Ohne Archie Goodwin – was für ein Name, der archetypische gute (›good‹) Mann, der gewinnt (›win‹)! – wäre Wolfe hilflos, ein Einsiedler und Griesgram, über den zu lesen sich nicht lohnte. Doch jeder bringt bei diesem Drama seine Stärken und Schwächen ein, und gemeinsam liefern sie Allegorien über verschiedene Aspekte des menschlichen Daseins, und zwar mit einer Anmut, die diese Romanserie zeitlos werden lassen müßte.

Nachdem ich das alles gesagt habe, wäre es nachlässig von mir, den neuen Leser nicht zu warnen, daß ihn zwar stets eine gewinnende, aber nicht unbedingt rasant erzählte Geschichte erwartet. Stouts Bücher enthalten nur wenig Blut, einen Flecken hier, einen Tropfen da. Sehr oft finden die bedeutendsten Ereignisse hinter den Kulissen statt, und die Hauptfiguren sprechen lediglich darüber, nachdem sie sich zugetragen haben. Das Vergnügen für den Leser liegt statt dessen in der Faszination der Charaktere (die mit jedem Buch wächst, das man gelesen hat) und den Gedankenspielen. Gedankenspiele ... Dennoch handelt es sich nicht um Rätselstories im klassischen Sinn, wie zum Beispiel Agatha Christie sie geschrieben hat. Oft werden Sie feststellen, daß es Ihnen eigentlich ziemlich egal ist, wer wen umgebracht hat. Stout interessierte sich mehr für das Warum eines Mordes und erkundete, wie die Denkweise im Grunde anständiger Männer wie Wolfe und Goodwin sich von der des Bodensatzes der Menschheit unterscheidet.

Ich will nicht behaupten, daß Stouts Prosa ohne Schwächen ist. Zumeist ist sie geschmeidig, stark und so klar, daß sie einfacher erscheint, als sie in Wirklichkeit ist. Aber in einigen Büchern, darunter auch *Kennzeichen wilde Rose*, gerät der große alte Mann ins Stolpern und verrät uns, daß er ein Mensch ist. Zum Beispiel läßt Wolfe seine Protagonisten im Dialog ständig ›schnappen‹, obwohl so eine Sprechweise einfach unmöglich ist; versuchen Sie mal zu ›schnappen‹, so daß es klingt, als würden Sie mit Daumen und Mittelfinger schnappen oder als würde eine Mausefalle zuschnappen, und Sie werden feststellen, was ich meine. Nur jemand, der ein schlecht sitzendes Gebiß trägt, kann Worte hinaus›schnappen‹, und das wird ihm dann wahrscheinlich peinlich sein. Aber es kommen nur wenige und kleine solcher Ausrutscher vor, und die Geschichte reißt den Leser normalerweise dermaßen mit, daß er die Schwächen kaum bemerkt.

Rex Stouts Romane mit Nero Wolfe hatten in den Jahren, in denen ich als Schriftsteller geformt wurde, eine solche Wirkung auf mich, daß ich nun die gebundenen Erstausgaben sammle, an die nur sehr schwer heranzukommen ist. Sie sind nicht billig, diese seltenen Bände. Aber ich habe auch ein wenig Erfolg als Schriftsteller gehabt und gebe lieber einer nostalgischen Ader nach, als das Geld für Kaschmirschals und uralte Flaschen Bordeaux auszugeben. Wenn Sie meine Bücher lesen, werden Sie große Schwierigkeiten haben festzustellen, wo ich wie Rex Stout schreibe. Aber ein Stück von ihm ist da; glauben Sie mir.

Wie dem auch sei, auch so lebt ein Schriftsteller nach seinem Tod weiter, nicht nur in seinen Büchern: in dem unauslöschlichen Abdruck, den er hinterläßt, wenn Sie seine Romane aufschlagen und ihm Gelegenheit bieten, seine Fingerabdrücke überall auf Ihrer Seele zu hinterlassen. Das ist kein Eindringen in die Privatsphäre, sondern ein kleines Vergehen der Freundlichkeit, ein Einbruch mit der Absicht, eher zu geben als zu nehmen.

Genießen Sie die Bücher von Rex Stout.

ERPELBARON

Ich bin für viele Dinge dankbar. Ich bin dankbar dafür, daß der Eichenpilz keine Menschen befällt. Ich bin dankbar dafür, daß das Straßenverkehrsamt einem den Führerschein ausstellt, ohne vom Bewerber zu verlangen, daß er ein lebendiges Reptil ißt. Ich bin dankbar dafür, daß Treppen gleichzeitig nach oben und unten führen, Rolltreppen aber nicht. Ich bin dankbar dafür, daß es in der westlichen Welt keine Tradition ist, am Heiligabend Pferdeblut zu trinken. Ich bin dankbar dafür, daß Socken nicht aus Stacheldraht hergestellt und Hagelkörner nur selten so groß wie Mietskasernen sind. Und ich bin dankbar dafür, daß Joe Lansdale sich entschlossen hat, Schriftsteller zu werden.

Er schwört hoch und heilig, er habe einmal Erpelbaron werden wollen. Für diejenigen von Ihnen, denen das texanische Idiom auch nicht in der deutschen Übersetzung vertraut ist – ein Erpelbaron ist ein Farmer, der ein Vermögen damit macht, Kartoffeln anzubauen und zu verkaufen, sozusagen ein Ölbaron mit Wurzeln. Joe hatte ein Stück Land, ein oder zwei gute Maultiere, ein paar Säcke Kartoffelsamen (oder was auch immer man pflanzt, verdammich, um die Dinger später ernten zu können) und eine gewaltige Entschlossenheit. Hätte er nur etwas mehr Glück mit dem Ackerbau gehabt, würden wir ihn heute als den Hauptlieferanten der Pommes frites bei McDonald's und Burger King kennen. Doch ihm lächelte das Pech, und der Verlust der Kartoffelindustrie ist der Gewinn der Literatur.

Joe war einmal arm, also ist sein Traum, in der Kartoffelindustrie schnell zu Reichtum zu gelangen, zwar irrational, aber verständlich. Jene von uns, die mal arm gewesen sind, werden von einem Bedürfnis nach Sicherheit getrieben, das niemand verstehen kann, der aus einer Mittelklassefamilie oder sogar einem reichen Elternhaus kommt.

Obwohl Joe in Armut aufwuchs, haben seine Eltern ihn

zum Glück geliebt und verstanden es, ihm diese Liebe und Wärme zu vermitteln. Er spricht mit großer Zuneigung von ihnen; wenn man ihm zuhört, versteht man, woher er die Liebe zu den Menschen hat, die in seinen besten Werken offensichtlich wird. »Mein Vater«, hat Joe mal zu mir gesagt, »war ungebildet und konnte nie viel Geld verdienen, obwohl er schwer geschuftet hat. Aber am wichtigsten war, daß er ein guter Mensch war, einfach der beste, den es gab, und sollte ich nie ein bekannter Schriftsteller werden, würde ich es schon als Erfolg verbuchen, sollte ich jemals ein nur halb so guter Mensch werden, wie er einer war.«

Und das meint er aufrichtig. Man muß Joe nicht lange kennen, um zu begreifen, daß er meint, was er sagt, und – im Gegensatz zu vielen anderen Schriftstellern – kein Ego von zwei Tonnen mit sich herumschleppt. Joe ist einer jener raren Burschen, die tief in ihren Knochen wissen, daß der Verkauf einer Kurzgeschichte an die Zeitschrift ›Twilight Zone‹ nicht der Arbeit der führenden Krebsforscher gleichkommt und der Verkauf eines Romans an den Bantam-Verlag zwar wünschenswert aufregend ist, aber trotzdem mehr als nur eine oder zwei Stufen unter dem steht, was Mutter Teresa geleistet hat. Sie wären überrascht, lieber Leser, wie vielen Schriftstellern es an einer vernünftigen Einschätzung ihrer Karriere mangelt; sie leiden unter der völlig falschen Auffassung, für die Zukunft der Erde wichtiger zu sein als alle anderen Menschen zusammen. Joe ist stolz auf seine Geschichten und Romane – und das zu Recht, sie sind gut –, wird aber nie vergessen können, daß es viel wichtiger ist, ein guter Ehemann, guter Vater, guter Freund, guter Nachbar zu sein, als zahlreiche Veröffentlichungen vorweisen zu können.

Das Komische daran ist, daß wirklich erstklassige Arbeit nur selten von den Schriftstellern abgeliefert wird, die auf Preise schielen, nicht den geringsten Zweifel daran hegen, daß ihre Worte in allen Literaturlehrbüchern der Zukunft stehen werden, und die sich öffentlich mit den alten Meistern des Romans vergleichen. Andererseits schenken die Joes dieser Welt, die mit beiden Beinen fest auf dem Boden stehen, uns häufig Geschichten, die die Essenz guter Literatur darstellen. Vielleicht liegt es daran, daß die Bin-ich-nicht-einfach-wunderbar-Typen sich völlig auf sich selbst konzentrieren, während die Joes sich für andere Menschen interessieren und daher imstande sind, echte und überzeugende Charaktere zu schaffen. Und während die Bin-ich-nicht-einfach-wunderbar-Typen über *!!WICHTIGE THEMEN!!* schreiben, über die sie nichts wissen, schreiben die Joes auf eine Art und Weise, die sie erhellt und uns bewegt, über die banalen Themen des Alltags, weil die Joes begriffen haben, daß diese weltlichen Themen auch die ewigen des Lebens und Tods und der Hoffnung und Liebe und des Muts und der Bedeutung sind.

Was nicht heißen soll, daß Joe Lansdale seine Arbeit nicht so ernst nimmt, wie es der Fall sein sollte. Ganz im Gegenteil, ihm liegt viel an seinem Handwerk und seiner Kunst, und diese Sorgfalt wird in seinen Werken ersichtlich.

Ich erinnere mich noch genau an den Abend, an dem ich nach Joe Lansdales Roman *The Magic Wagon* griff und sofort von Billy Bob Daniels, Old Albert, dem ringenden Schimpansen Rot Toe, der Leiche in der Kiste und Buster Fogg fasziniert wurde. Es war der seltsamste Western, den ich je gelesen hatte, voller unheimlicher, gruseliger Sachen, aber auch Schießereien. Er überspannte gekonnt die Genres und beschäftigte sich auf eine tiefgreifende, aber gleichzeitig unprätentiöse Art und Weise mit dem Sinn des menschlichen Lebens, auf die jeder vernünftige Schriftsteller neidisch sein müßte. In einer fairen Welt wäre The Magic Wagon in die Hände eines Verlegers mit soviel Geld und Weitsicht gefallen, daß er Lansdales Tugenden in die Welt hinausposauniert hätte, und der Romane wäre für die achtziger Jahre geworden, was *True Grit* für sein Jahrzehnt war. Zumindest hätte jeder gewußt, wäre *The Magic Wagon* mit einem Fanfarenstoß als Mainstreamroman veröffentlicht worden, daß es nur noch eine Frage des *Wann* und nicht des *Falls* war, bis dieser Mann als einer der besten seiner Zunft angesehen wird. Doch wir

241

leben nun mal nicht in einer fairen Welt, und *The Magic Wagon* wurde vom Verlag Doubleday ohne jeden Fanfarenstoß als einer von zahlreichen Romanen der schon lange bestehenden Westernreihe veröffentlicht. Wir sollten den Herausgeber loben, der den Geschmack hatte, den Wert dieses Buches zu erkennen – und das System schmähen, das ihn nach der Erstveröffentlichung zur Vergessenheit verdammte.

Doch zukünftige Romane Lansdales werden nicht in Vergessenheit geraten. Sicherer als sein zukünftiger Ruhm ist lediglich, daß morgen die Sonne aufgehen wird. Ich vermute jedoch, daß er einer jener Schriftsteller ist, bei denen es lange dauert, bis sie den Durchbruch schaffen, und die sich ihre Leserschaft mit nur geringer Unterstützung ihrer Verleger selbst suchen müssen. Viele Verleger wollen gar nicht dazu beitragen, daß ein Autor sich eine Leserschaft aufbauen kann; statt dessen liegt ihnen daran, denjenigen zu finden, der über Nacht Erfolg hat und sich schon vom ersten Buch an verkauft. Die US-amerikanische Verlagsindustrie gibt immer wieder ein Vermögen für die neueste des Lesens und Schreibens unkundige *!!GROSSE ENTDECKUNG!!* aus, von der sich dann immer wieder zeigt, daß sie nur wenig Talent und noch weniger Durchsetzungskraft hat. Während den neuesten Sensationen eines jeden Jahres große Reichtümer und kurzer Ruhm zufallen, arbeiten echte Schriftsteller wie Joe ständig weiter und werden immer besser; zum Glück überleben auch die langsamen Typen häufig und gedeihen irgendwann, während die Erfolge über Nacht wieder im großen Verlagsbranchensumpf verschwinden, aus dem die meisten besser nie hervorgekrochen wären. Aber das ist schon in Ordnung. Zu den unzähligen Schriftstellern, die sich langsam eine Leserschaft aufgebaut und gegen die Gleichgültigkeit der Industrie angekämpft haben, können wir John D. MacDonald, Elmore Leonard, Robert Heinlein und Dick Francis zählen, was so ziemlich die beste Gesellschaft ist, die man sich wünschen könnte.

Ich bin für viele Dinge dankbar. Ich bin dankbar dafür, daß

es keinen Wetterumschwung gibt, bei dem Hunde spontan explodieren. Ich bin dankbar dafür, daß Walt Disney uns Micky Maus und nicht Micky Ratte geschenkt hat. Ich bin dankbar dafür, daß die Hare Krishna kein Atomwaffenarsenal besitzen. Und ich bin dankbar dafür, daß Joe Lansdale sich entschlossen hat, Schriftsteller zu werden.

Es war den einäugigen Molchen nie bestimmt, zur vorherrschenden Spezies auf Erden zu werden, und dieser Teil von Gottes Plan hat sich als erfolgreich erwiesen. Auch sollten Kühe ursprünglich nicht Geige spielen, und deshalb findet man in den großen Symphonieorchestern nur ein paar Rinder – und die zählen nicht zu den erstklassigen Vertretern ihrer Sparte. Den Menschen war es nicht bestimmt, vier Hände zu haben, weil Gott schnell erkannte, daß diese Spezies sich auch mit zweien tief genug in die Scheiße reiten kann. Ursprünglich *hatten* Stinktiere Flügel, doch in seiner unendlichen Weisheit sah Gott ein, daß die Gefahr der Luftverschmutzung einfach zu groß war, und nahm sie ihnen wieder ab und verbannte alle Stinktiere damit auf den Erdboden, was sich auch als ziemlich gut erwiesen hat. Mäuse sollten nie als Kutscher dienen, ganz gleich, was Sie in ›Cinderella‹ gelesen oder gesehen haben.

Jim Blaylock war es nie bestimmt, berufsmäßiger Jongleur, Kokosnußmakler, Walroßjäger oder Vertreter für Hare Krishna-Blumen zu werden, und mit gewissenhaften Anstrengungen ist es ihm gelungen (wenn auch manchmal nur sehr knapp), all diesen Berufen zu entrinnen. Einmal war er drauf und dran, Klinkenputzer für Unterwäsche für Kälbchen zu werden, doch dann hat er Viki geheiratet, und sie hat ihm etwas Vernunft eingeprügelt.

Er *hat* jedoch im Baugewerbe gearbeitet, was eine Erklärung für zumindest einen Teil der ungewöhnlichen Architektur im südlichen Kalifornien ist. Er hat ebenfalls eine Zeitlang in einem Geschäft gearbeitet, in dem Aquariumbesitzern exotische Fische verkauft wurden, und falls Sie seine Bücher gelesen haben, spekulieren Sie zweifellos auch heute noch über die Möglichkeit, daß ein paar winzige, seltene fliegende Fische irgendwie in sein Ohr eingedrungen sind und sich in seinem Gehirn niedergelassen und die Kontrolle über ihn ergriffen haben.

Obwohl er als Schreiner gearbeitet und Haustiere mit Flossen verkauft hat, war Jim Blaylock auch für diese Berufe nicht bestimmt. Er war für das Schreiben bestimmt. Nach seinen kurzen Abstechern in ungeeignete Berufe, nach einem absurd langen Hin und Her und nach großem Hmm und Hach (was seine Nachbarn zum Wahnsinn getrieben hat) hat Jim endlich das Lebenswerk in Angriff genommen, für das Gott ihn so sicher bestimmt hat, wie er vorgesehen hat, daß Vögel fliegen und wilde Pferde galoppieren. Heutzutage schreibt er, und deshalb kommen uns die Winter milder vor und weist der Himmel ein tieferes, wärmeres Blau denn je zuvor auf: Daß Jim Schriftsteller ist, ist dermaßen kosmisch korrekt, daß der alleinige Tatbestand die Schöpfung schon verbessert.

Die meisten Leser reagieren nach einem vorhersagbaren Muster, wenn sie zum erstenmal eine von Jims Geschichten lesen. Zuerst blinzeln sie, reißen die Augen auf und fragen nervös: »Hmm, verdammt noch mal, was ist das für ein Zeug?« Dann lesen sie eine andere Geschichte, sind dabei zwar nicht mehr so nervös, schauen aber unter ihren Stühlen nach, ob dort irgendwelche (wenn auch wohlwollende) Tintenfische lauern, die der Blaylockschen Anderswelt entkommen sind, und sagen: »Hmm, ich weiß noch immer nicht, was es mit diesem Zeug auf sich hat, verdammt, aber ich glaube, es gefällt mir.« Dann lesen sie eine weitere Geschichte, und jetzt sind sie gar nicht mehr nervös (wenngleich sie nun oft seltsame Angewohnheiten entwickeln, zum Beispiel, in ihren Manteltaschen Kröten mit sich herumzutragen) und sagen: »Hmm, dieser Blaylock hat recht, er versteht das Leben, er schildert es so, wie es *wirklich* ist.« Spätestens zu diesem Zeitpunkt ist der Leser der Welt, die er einmal kannte, für immer verloren und auf ewig ein Gefangener des bizarren Universums Jim Blaylocks.

Bizarr mag es sein, aber auf ureigene Weise enthält das Blaylocksche Universum ein so wirkliches Leben, wie wir es kennen. Falls ein einziger Faden sich durch Jims Gesamtwerk ziehen sollte, dann die Auffassung – nie aufdringlich zum

Ausdruck gebracht, aber trotzdem fest verankert –, daß das Leben ein irrer Jux und die Welt verrückt ist. Nicht verrückt im Sinne düsteren Verderbens, nicht in einem solchen Ausmaß verrückt, daß zum Resignieren oder sogar zum Rückzug Anlaß gegeben wäre, sondern in einem *verspielten* Sinn. Ich vermute, Jim stand eines Tages vor einem Spiegel, betrachtete sein Gesicht und sagte zu sich: »Augenblick mal! Wenn Gott darauf bestanden hat, unsere Nase genau so anzubringen, daß sie uns in den Mund tropfen kann, muß er sich eindeutig einen Spaß mit uns erlaubt haben!« Diese Enthüllung – oder eine ähnliche – veranlaßte ihn, die Welt um sich herum aus einer ganz anderen Perspektive zu betrachten, als die meisten Menschen es tun, und dabei erhaschte er einen Blick auf eine ganz neue Schöpfung. Jetzt schreibt er über diesen neuen Ort, und obwohl seine Bücher denen, die noch nicht dem dritten Stadium der Blaylockitis erlegen sind, wie die seltsamste Fantasy-Literatur vorkommt, kommt sie dem Rest von uns doch wie unsere ureigene Welt vor.

Abgesehen von dieser einzigartigen Sichtweise hat Jim eine andere Stärke, die wir nicht unterschätzen dürfen: Er kann gut schreiben. In einer Geschichte von Jim Blaylock findet man kein Füllhorn grammatikalischer Heuler, keine Affensprache-Syntax und keine Metaphern, die den Anschein erwecken, jemand hätte sie ersonnen, der das Englische als Drittsprache erlernt hat. Sein handwerkliches Können ist erstklassig. Wissen Sie, wie selten das ist? Lesen Sie je eine Seite aus zwanzig Büchern gefeierter Autoren, und wenn Sie das Wahrnehmungsvermögen haben, unter die Oberfläche zu schauen und die Muskeln und Sehnen des handwerklichen Könnens zu erkennen, werden Sie feststellen, daß vielleicht zwei dieser zwanzig Geschichten mit der Sprachgewandtheit geschrieben sind, die Sie in jeder von Blaylocks Veröffentlichungen finden. Diese Fertigkeit ist eine Grundlage, auf der er dann einige der frischesten, ansprechendsten und treffendsten Bilder – und einige der lyrischsten Sätze – in der modernen Fantasy erschafft. Wenn Sie einwenden, Blaylocks

Geschichten seien nicht jedermanns Sache, gebe ich Ihnen recht; aber wenn Sie behaupten, sie wären schlecht geschrieben, weiß ich, daß Sie ein Narr oder Schlimmeres sind.

Obendrein ist Jim Blaylock auch ein netter Kerl. Ich habe nie gesehen, daß er einen Hund tritt oder ein Baby in kochendes Öl wirft. (Über den Abend, an dem er fast ein Baby getreten und einen Hund ins kochende Öl geworfen hat, sprechen wir hier nicht. Außerdem war das für ihn ein keineswegs charakteristisches Verhalten, und Sie müssen wissen, daß die Santa Ana-Winde geweht haben, eine südkalifornische Witterungsbedingung, bei der, wie schon Raymond Chandler festgestellt hat, niemand so ganz er selbst ist.) Er spricht leise und ist umgänglich und tolerant. Er wäscht sich regelmäßig und hat in meiner Gegenwart nie einen Priester bespuckt oder eine gut gekleidete Frau vollgekotzt.

Jim Blaylocks Leben sieht heutzutage gut aus. Die Leser kaufen seine Bücher. Er ist mit der wunderschönen Viki verheiratet und hat zwei wohlgeratene, stramme Söhne, aus denen schlimmstenfalls überaus erfolgreiche Mafiakiller mit teuren Klamotten und Taschen voller Geld werden können. Er hat den Umbau seines Hauses – fast ausschließlich mit eigenen Händen – zum größten Teil abgeschlossen, und sein bester Freund, Tim Powers, hat ebenfalls gewaltigen Erfolg mit seinen Büchern. Das ist eins der schönsten Vergnügen des Lebens: Daß man nicht nur selbst Erfolg hat, sondern erlebt, daß auch seine Freunde erfolgreich sind.

Mögest du bis an dein Lebensende Erfolg haben, Jim. Solltest du jemals die Versuchung verspüren, das Schreiben aufzugeben, um professioneller Ellbogendrücker oder Elchpsychiater zu werden, kann ich nur hoffen, daß Viki dir sofort eins mit dem Nudelholz überzieht.

Spätestens am ersten Dezember spielen am Nordpol alle ein wenig verrückt. Wenn Sie wüßten, womit sie es da oben zu tun haben, würden Sie ihnen nicht vorwerfen, daß sie mit den Nerven völlig am Ende sind.

Zum einen nähert die sechsmonatige Nacht sich ihrem Höhepunkt, und das Fehlen zuverlässig regelmäßiger Sonnenauf- und -untergänge bringt den zirkanianischen Rhythmus der Familie Claus – Santa und Bernice (Mrs. Claus' Vorname wird hier zum erstenmal enthüllt) – und der Elfen völlig durcheinander, obwohl sie schon seit Jahrhunderten, wenn nicht sogar seit Ewigkeiten an diesem Ort leben, der einem völlig die Orientierung nimmt. Niemand weiß genau, ob es Zeit für das Frühstück oder das Abendessen ist, und ohne ein klares Tag-und-Nacht-Muster zur Unterstützung vergessen einige Elfen sogar, ihre Wäsche zu wechseln, bis ihr Körpergeruch ihnen Spitznamen wie Ronny Stinkesocke oder Andy Hosenscheißer einbringt.

Zu dieser Jahreszeit fliegt auch der Schnee: Verwehungen haben sich um Santas Haus und die Werkstätten aufgeschichtet, und alle fragen sich wieder aufs neue, ob es nicht möglich wäre, auch an einem Ort wie zum Beispiel Jamaika ein magisches Weihnachtskönigreich zu führen. (Das wäre in der Tat kein Problem, würde Mrs. Claus nicht auf eine Vielzahl von Pollen so stark allergisch reagieren; lediglich am Pol läuft sie nicht als niesende Schleimfabrik herum.)

Abgesehen von der Dunkelheit und dem arktischen Wind, der einem glatt die Haut abzieht, müssen sie bei der Spielzeugproduktion einen Zeitplan einhalten, der schlicht und einfach mörderisch ist. Die meisten Spielzeuge werden nicht von den fleißigen Elfen hergestellt, wie viele Menschen glauben. Die Elfen werden im Prinzip lediglich in der Buchhaltung und im Management eingesetzt, aber ihre Arbeit ist trotzdem anstrengend. (Die Spielzeuge werden in Sklavenarbeit von Tausenden von unter einem Zauberbann stehenden Trollen hergestellt, die Santa in steinernen Kerkern tief unter dem arktischen Eis gefangenhält. Obwohl die Trolle sonst zu nichts nutze wären und überall, wohin sie auch gingen, nur Chaos anrichten würden, ist ihre Versklavung die dunkle Seite des Weihnachtsfests, und wir sollten zu einer Zeit der Freude, Kameradschaft und des guten Willens nicht allzu lange bei ihr verweilen.)

In Anbetracht der zahlreichen Schwierigkeiten verwundert es nicht, wenn die Einwohner des Santa-Dorfes ihre Blicke vom Pol abwenden, nach Süden schauen, zum nicht allzuweit entfernten Ottawa, und sich neidischen Träumen hingeben, Charles de Lint zu sein. Das Wetter ist dort *tatsächlich* etwas besser als auf der Spitze der Welt. Der zirkanianische Rhythmus der Bewohner Ottawas ist nicht ganz so von der Rolle wie der von Ronny Stinkesocke oder Andy Hosenscheißer. Noch wichtiger ist, daß Charles' Frau Mary Ann unbeschreiblich charmanter und witziger und attraktiver als Mrs. Claus ist – und beträchtlich weniger Schleim produziert. Des weiteren trägt zum Neid Santas und der Elfen bei, daß Charles selbst in seinem warmen, bequemen Arbeitszimmer sitzt und magische Wortgeschenke erschafft, die viel schöner sind als selbst die besten Geschenke, die in Santas Werkstätten hergestellt werden – und man sich keine Sorgen über Rentierköttel oder einen möglichen Ausbruch der Trolle aus den Sklavenpferchen machen muß. Und jedes Jahr zu Weihnachten muß Charles keine Millionen Puppen, Spielzeugautos, Stofftiere und Puzzles produzieren, sondern mit Mary Anns Hilfe lediglich eine Kurzgeschichte wie die hier vorliegende ›The Drowned Man's Reel‹ schreiben und drucken, mit der die de Lints dann die besten Wünsche zum Fest und alles Gute für das neue Jahr wünschen.

MR. BIZARRO

Jonathan Kellerman ist seltsam. Nein, warten Sie, ich will ehrlich sein. Wir schreiben die neunziger Jahre des zwanzigsten Jahrhunderts und nähern uns dem Ende des Jahrtausends; die Erde wird von einem Kometen zerstört werden, von überschüssigen Styropor-Verpackungen oder vielleicht von Tom und Roseanne Arnold; das ist keine Zeit für Lügen; das ist die Zeit für die rückhaltlose Enthüllung der und die unbeirrbare Hingabe an die Wahrheit; auf jeden Fall ist es die Zeit für die übermäßige Verwendung des Semikolons; doch das ist vielleicht nur eine weitere der eigentümlichen Auswirkungen, zu denen es kommt, wenn man sich dem Ende eines Jahrtausends nähert; man kann es nicht genau sagen; das alles ist ziemlich geheimnisvoll; es ist ein Zeitalter der Omen; ungewöhnliche Zeichensetzung ist zweifellos eins der sieben Zeichen der Apokalypse; seien Sie auf der Hut. Doch da wir in einem Zeitalter leben, das nach Ehrlichkeit schreit, muß ich sagen, daß Jonathan Kellerman mehr als nur seltsam ist; er ist bizarr; er ist ausgeflippt; und da ist das verdammte Semikolon erneut.

Ich weiß, daß ich wegen einer so kühnen Aussage, wie ich sie gerade getroffen habe, als Verleumder belangt werden kann, sofern ich sie nicht untermauere. Doch ich versichere Ihnen, in meinem Besitz befinden sich Fotos, die Tom und Roseanne Arnold zeigen, wie sie gerade in einer gewaltigen unterirdischen Anlage, die sie unter dem Restaurant errichtet haben, das sie vor kurzem in Toms Heimatstadt in Iowa eröffnet haben, eine Kobaltbombe zusammenbauen, die den gesamten Planeten zerreißen könnte. Auf den meisten dieser Fotos zeigen die Arnolds der Kamera ihren nackten Hintern, aber man kann sie trotzdem eindeutig identifizieren; daher ist die Furcht, daß sie Handlanger des Armageddon sind, nicht unbegründet.

Was die Behauptung betrifft, Jonathan Kellerman sei

bizarr, so gibt es dafür umfassende und unwiderlegbare Beweise – auch wenn sich darunter keine Fotos befinden, auf denen er den nackten Hintern zeigt. Zum einen ist er seit einundzwanzig Jahren glücklich mit ein und derselben Frau verheiratet, und das in einem Zeitalter, in dem die durchschnittliche Ehe kürzer währt, als ein Fernsehsender eine durchgefallene Sitcom ausstrahlt. Er und seine durch und durch bezaubernde Frau Faye haben vier Kinder (Jesse, Rachel, Ilana und Aliza) und ziehen sie so auf, daß diese an Ehre, Ehrlichkeit, Mut, Integrität, Bescheidenheit, Gott und das Vaterland glauben; und *das* in einem Zeitalter, in dem moralische Werte von vielen Meinungsmachern als hoffnungslos altmodisch angesehen werden, weil sie schon längst abgelöst wurden vom überlegenen Ethos von – suchen Sie sich eins aus –: schauspielernden Politikern, moralischen Relativisten, Dickdarmtherapeuten, Bungeespringern oder wiedergeborenen Maschinenstürmern mit einer Leidenschaft für die Schufterei, den Schmutz und die kurze Lebenserwartung des siebzehnten Jahrhunderts. Des weiteren führen Jonathan und Faye meines Wissens tatsächlich ein Leben nach den Werten, die sie ihre Kinder lehren. Kann man bizarrer sein?

Natürlich lassen diese Werte sich zurückführen auf Jonathans und Fayes Judentum, ein Glaube, dem sie sich unauffällig, aber zutiefst verpflichtet haben. Nach modernem Maßstab bizarr, nicht wahr? Das macht nicht annähernd so viel Spaß wie die Verehrung von Bäumen. Oder eines tausend Jahre alten indianischen Geistes namens Kalumpha Powhacki (Übersetzung: Wer-nicht-nur-mit-dem-Wolf-tanzt-sondern-ihn-auf-auch-ein-romantisches-verlängertes-Wochenende-in-Las-Vegas-einlädt), der durch einen abgehalfterten Filmstar spricht. Oder eines der anderen großen neuen Götter dieses Jahrhunderts: Karl Marx, Elvis, Jell-O, Jim Morrison, Barney der Dinosaurier, Kokain, Vorsitzender Mao oder jedes Spiegelbild.

Jonathans Verpflichtung gegenüber seinen Prinzipien ist

ein integraler Bestandteil seiner Romane, obwohl seine Bücher keinen Augenblick lang predigerhaft sind. (Ich versichere Ihnen, das ist Jonathan auch nicht; würde er auch nur die geringste Neigung zum Predigertum zeigen, würde ich ihm eine knallen.) Er schreibt scharfe, saubere, schnelle Romane, die mit interessanten Beobachtungen über das menschliche Dasein und den menschlichen Geist gespickt sind, und hält die Menschheit im allgemeinen eher für bewundernswert denn abstoßend. Was ihn auch zu einer bizarren Erscheinung unter den modernen Schriftstellern macht, von denen die meisten schon seit langem in Zynismus, Negativismus und der modischen Melancholie schwelgen, die aus dem Existentialismus entsteht. Ich gestehe ein, daß ich diese bizarre Eigenschaft mit ihm gemein habe, aber nach modernen Maßstäben ist sie trotzdem bizarr, und ich habe nicht vor, ihn in dieser Hinsicht vom Haken zu lassen.

Mit Alex Delaware hat Jonathan einen klassischen Serienhelden geschaffen, der komplex, menschlich und *intelligent* ist. Ein Kritiker hat meine eigenen Bücher einmal mit der Begründung angegriffen, daß meine Protagonisten Buch für Buch intelligent sind; er hat behauptet, das sei in einer Welt, in der es mit der Intelligenz spärlich bestellt ist, weder interessant noch realistisch. Ich habe mich über die Vorstellung gewundert, daß *dumme* Hauptpersonen einnehmender sein sollen, indem sie sich unzureichend mit den Katastrophen befassen, die ihnen widerfahren, und wegen ihrer unerbittlichen Torheit immer tiefer in Schwierigkeiten geraten. Vielleicht wäre Sherlock Holmes noch beliebter geworden, hätte er seine Fälle mit der Finesse und der Einsicht von Dick und Doof geklärt. Und wie viel spannender wäre doch *Wer die Nachtigall stört*, wäre Atticus Finch ein unwissender Neandertaler statt eines intelligenten, mitfühlenden Menschen. Ich nehme an, daß Jonathan – genau wie ich – mit der Behauptung, daß es mit der Intelligenz in der wirklichen Welt spärlich bestellt ist, nicht einverstanden wäre; das ist elitär und arrogant, und Jonathan ist weder das eine noch das andere.

Alex Delaware *ist* verdammt clever; er hat zwar seine Schwächen, denkt aber schnell und gründlich, und gerade seine Intelligenz macht ihn so faszinierend. Vielleicht ist es tatsächlich bizarr, in einem Zeitalter Intelligenz zu feiern, in dem die Dummheit überschwenglicher gefeiert wird, wie in Fernsehserien wie ›Eine schrecklich nette Familie‹, aber diese bizarre Einstellung ist *gut*.

In einigen wenigen Hinsichten ist Jonathan *nicht* bizarr. Zum Beispiel sammelt er keine besonders komischen Dinge, wie zum Beispiel Ohrenschmalz, die gebleichten Knochen kleiner Tiere oder Schuhe, die einst Carmen Miranda getragen hat – wenngleich es mich nicht überraschen würde, ihn mit großen Hüten zu sehen, die aus frischem Obst bestehen, genau wie die, die Miß Miranda einst trug, als sie in ihren Filmen heißblütige lateinamerikanische Lieder sang. (Er ist schließlich ein gutgekleideter Bursche und bekennt sich dann und wann zu der von ihm bevorzugten Mode.) Aber er züchtet keine Totenkopfschwärmer in seinem Keller. Er kleidet sich nicht wie seine Mutter und ersticht Leute, die gerade unter der Dusche stehen. Wenn er sich wie seine Mutter anziehen und Menschen erstechen würde, würde er damit warten, bis sie sich abgetrocknet und etwas Bequemes angezogen haben; er ist schließlich ein gemäßigter Typ. Er glaubt nicht, daß böse Außerirdische seine Gedanken beherrschen, indem sie sein Gehirn mit Kurzwellen bombardieren – obwohl er eventuell mal vermutet hat, der Kiwanis-Club in Cleveland würde genau das versuchen.

Bitte glauben Sie jetzt nicht, ich würde schamlos über die Schwächen eines Freundes herziehen, indem ich so viele Bereiche aufzähle, in denen er *nicht* bizarr ist. Ich habe nicht die Absicht, diese Einführung zu einer verachtenswerten Schmeichelei verkommen zu lassen. Ich werde bis zum bitteren Ende hart und ehrlich bleiben, fühle mich aber auch verpflichtet, ausgewogen zu schreiben.

Na schön, noch eine Seltsamkeit von ihm: Als Schriftsteller befaßt er sich mit mehr als nur einer überstürzten Handlung.

Er bemüht sich auch, die Sprache gut einzusetzen, die Charaktere auszuloten oder die Bedeutung und psychologische Auswirkung eines jeden Aspekts unserer Kultur und realistische Schauplätze zu schildern. Schlagen Sie irgendeines seiner Bücher aufs Geratewohl auf, und wenn Sie sich nicht gerade in einer Szene befinden, die hauptsächlich aus schnellen Dialogen besteht, werden Sie wohl einen Absatz finden, der das südliche Kalifornien – Delawares Jagdrevier – zum Leben erweckt. Ich habe es gerade versucht: *Time Bomb*, die gebundene Ausgabe von Bantam, Seite 189, eine perfekte Beschreibung der Strandszene von Venice. In einem Zeitalter, in dem träge und flache Bücher sich auf den Regalen der Buchhandlungen drängen, kommt seine Leidenschaft für gutes Schreiben einigen Leuten zweifellos bizarr vor.

Wollen Sie noch mehr hören? Na schön. Ich habe noch nie mitbekommen, daß Jonathan den Erfolg anderer Autoren beneidet hat. Ganz im Gegenteil, ich war dabei, als Jonathan Freude über den Erfolg anderer Schriftsteller äußerte. Wenn Sie nicht schon seit einer Weile im großen Verlagsteich schwimmen, können Sie nicht wissen, wie verbreitet Neid unter Schriftstellern ist. Ich habe Bestseller-Autoren gesehen, die praktisch im Geld und in guten Rezensionen schwimmen und vor Wut schäumen, wenn ein weniger erfolgreicher Autor einen Filmvertrag oder eine gute Rezension bekommt. Vielleicht zwei Drittel der Kollegen, die ich je kennengelernt habe, wollen mehr als alle anderen Autoren geliebt und bewundert werden, und zwar für jedes Wort, das sie schreiben, und bis in alle Ewigkeit (die vielleicht schon nächsten Monat kommt, wenn Tom und Roseanne Arnold ihre Kobaltbombe pünktlich fertigstellen können), und in deren Welt ganz einfach kein Platz für einen gleichwertigen oder gar überlegenen Kollegen ist. Ob Jonathan nun die Werke anderer Schriftsteller mag oder nicht, er wird nie vor Neid schäumen, ja nicht mal perlen. Obwohl dies sehr erfrischend ist, muß es bezüglich des üblichen Verhaltens unter Wortschmieden als bizarr gelten.

He, wie wäre es denn damit: Seine Frau Faye ist ebenfalls eine wundervolle Autorin, und eines Abends hörte ich, wie Jonathan beim Essen tatsächlich sagte: »Ich glaube, Faye schreibt besser als ich.« Ich dachte, ich hätte mich verhört, sie würden darüber sprechen, daß er nach Hause will, und er hätte ›bleibt länger‹ statt ›schreibt besser‹ gesagt. Oder ich hätte einen völligen Aussetzer gehabt, und er hätte ›Ich glaube, Faye ist dicker als ich‹ gesagt, was eine unverschämte Lüge gewesen wäre, da Faye nämlich ziemlich schlank ist. Man hört so selten, daß ein Schriftsteller sagt, irgend jemand – sogar William Shakespeare! – schriebe besser als er, er selbst, daß ich mit einem Schock und leichten Herzrhythmusstörungen zusammenbrach. Bevor ich die Gabel wieder zum Mund führen konnte, mußte man mich mit Riechsalz, vierundneunzig*tausend* Einheiten Epinephrin, einem Defibrillator und jeder Menge Blutreinigern mit freien Radikalen wie Phenylterziärbutylnitrat behandeln, um permanente Gehirnschäden zu vermeiden. Und Sie müssen wissen, daß Jonathan es ernst meinte. Er wollte seiner hübschen Frau nicht schmeicheln (die weiß, daß sie eine ausgezeichnete Schriftstellerin ist, und keine Schmeicheleien braucht). Er war auch nicht betrunken und/oder gefühlsselig. Er stand auch nicht unter dem Kurzwellenbefehl der Kiwianis aus Cleveland. Er war einfach nur Jonathan, der die Wahrheit sagte, wie er sie sah, und gar nicht mitbekam, daß sein bizarres Verhalten völlig im Widerspruch zum Verhalten der Mehrheit seiner Kollegen stand.

Es wird immer bizarrer, nicht wahr?

Na schön, vielleicht ist es wieder an der Zeit, für einen gewissen Ausgleich zu sorgen. Auch in den folgenden Verhaltensweisen ist Jonathan *nicht* bizarr. Er würde niemals einem Huhn den Kopf abschlagen, weder des Vergnügens noch des Schockeffekts halber – höchstens, um seine Familie bei gefährlichen Hühnerunruhen zu schützen. Er hält sich weder für eine Reinkarnation von Charles Dickens noch für eine von Fanny Arbuckle. Er hat nie dem psychotischen Drang Ausdruck verliehen, Betty Crocker zu ›kriegen‹. Selbst wenn er die Gelegenheit bekäme, hätte er kein Interesse daran, mit Arnold Schwarzenegger einen Wettkampf im Kopfstoßen auszutragen. Er trägt kein lebendes Frettchen in einem Schulterhalfter mit sich herum (sondern normalerweise eine Eidechse), und er besitzt kein einziges Andenken an Sonny and Cher (obwohl er sein Haus um einen Anbau von drei Zimmern erweitert hat, um seine Tony Orlando- und Dawn-Sammlung unterbringen zu können).

Damit habe ich meine journalistische Pflicht wohl getan. Sie kennen Jonathan Kellerman jetzt so gut wie nur wenige andere. Nennen Sie ihn Mr. Bizarro, wenn Sie nicht anders können. Doch zu seiner Verteidigung möchte ich anführen, daß er zwar bizarr, aber äußerst talentiert ist; obwohl er bizarr ist, ist er intelligent und freundlich; obwohl er bizarr ist, ist er ein hingebungsvoller Vater und guter Ehemann; obwohl er bizarr ist, würde er niemals so viele Semikola in einem einzigen Absatz verwenden; und wir alle wissen, was eine Unmenge von Semikola bedeutet; sie sind eins der sieben Zeichen der Apokalypse; es handelt sich sogar um das erste der sieben Zeichen; das zweite besteht darin, in einem Aufsatz über einen Bestsellerautor den Begriff ›Sphygmomanometer‹ zu benutzen; oha.

Jeder muß irgendwo anfangen.

Der Komiker und Schauspieler Steve Martin begann seine Karriere als Tourbegleiter der Dschungelfahrt in Disneyland. Goldie Hawn startete ihre Karriere im Showbusineß als Go-go-Girl in einer Bar. Albert Einstein, der größte Wissenschaftler dieses Jahrhunderts, war nicht immer ein brillanter Physiker, sondern arbeitete zuerst als Rausschmeißer in einem besonders rüpelhaften Schachklub, verkaufte Kartoffeln von Tür zu Tür und Zuckerwatte auf einem Jahrmarktstand und lieferte, als Gorilla verkleidet, singende Telegramme aus. Nun ja, Dr. Einsteins frühe Berufserfahrungen habe ich frei erfunden, aber Sie können davon ausgehen, daß er die Relativitätstheorie erst lange nach seiner Geburt entwickelte.

Als Schriftsteller habe ich mich mit neun Jahren an die Arbeit gemacht, auf Notizblöcken Geschichten geschrieben, für jedes dieser kleinen Epen ein Titelbild gezeichnet, die Seiten am linken Rand zusammengeheftet und die Heftklammern mit ordentlich gezogenen, leuchtend schwarzen Klebestreifen bedeckt. Dann habe ich versucht, diese ›Bücher‹ für fünf Cent das Stück an Verwandte zu verkaufen. Ich muß wirklich eine lästige Nervensäge gewesen sein; als kleiner Stöpsel war ich nicht nur Schriftsteller, sondern auch Verleger und unbarmherziger Verkäufer der eigenen Werke.

Wenn ich in meine Kindheit zurückschaue und feststelle, wie früh in meinem Leben ich schon davon besessen war, Geschichten zu erzählen, wird mir etwas unheimlich zumute. Da in meiner Familie mit Büchern niemand etwas anfangen konnte, bekam ich als Kind keine Stapel von Kinderbüchern geschenkt; kein Nachbar, kein Freund der Familie hat mich zum Lesen ermutigt. In dem langen Interview, das Sie am Anfang dieses Buches finden, erwähne ich ein Schlüsselereignis, das mich vielleicht auf den Lebensweg gebracht hat, den ich dann einschlug – doch selbst diese Begebenheit kommt mir eigentlich zu geringfügig vor, als daß sie in mir den Zwang hätte auslösen können, Millionen und Abermillionen Worte auf Papier zu bringen und mit einer Leidenschaft zu überarbeiten und auszufeilen, die von Jahr zu Jahr immer größer geworden ist. Ich könnte ja genetische Einflüsse in Anspruch nehmen, würde ich irgendwo im Familienstammbaum einen literarischen Ast – oder auch nur kleinen Zweig – finden, aber den gibt es nicht. Es ist und bleibt ein Geheimnis.

Wenn ich manchmal bis spät in die Nacht arbeite, geht das Schreiben mir von Stunde zu Stunde leichter von der Hand, obwohl ich schon den ganzen Tag lang am Computer gesessen habe. Schließlich strömen die Worte mit einer geradezu unheimlichen Leichtigkeit heraus, bis die Gedanken und Bilder, die diese Worte modellieren, trotz der körperlichen Müdigkeit, die sich vielleicht bei mir eingestellt hat, immer klarer und scharfsinniger werden. In solchen Augenblicken der intensiven und stillen Freude kommt es mir fast vor, als würde ich schon beträchtlich länger schreiben, als ich überhaupt lebe; nach langen Stunden der ununterbrochenen Beschäftigung mit der Geschichte scheint plötzlich eine ursprüngliche Barriere zu brechen, einem besseren Schriftsteller tief in mir zu ermöglichen, mich an der Hand zu nehmen, zu führen und mir Dinge beizubringen, die zu erlernen ich mich schon seit langem bemühe. Das klingt mystisch, aber so ist der Geschmack dieses Erlebnisses nun mal. Würde ich dazu neigen, an die Reinkarnation zu glauben – was ich entschieden nicht tue –, hätte diese Erfahrung, als sie sich zum zweiten- oder dritten- oder zehntenmal einstellte, mich wahrscheinlich überzeugt, daß ich schon mehr vergangene Leben hatte als eine Katze, die gerade bei ihrem neunten angelangt ist.

Mit zwölf Jahren habe ich eine Armbanduhr und fünfundzwanzig Dollar gewonnen, als ich an einem bundesweiten Aufsatzwettbewerb einer Zeitung mit dem Thema ›Was es für mich bedeutet, Amerikaner zu sein‹ teilnahm. Das war das erste Einkommen, das das Schreiben mir eingebracht hat. Ja, sicher, es gab ein paar Verwandte, die mir fünf Cents für meine selbstgemachten ›Bücher‹ mit den knallbunten Titelbildern gaben, aber die zählen nicht, weil sie mir die fünf Cents stets aus Mitleid oder Zuneigung schenkten und nicht, weil sie in etwas, das ich geschrieben hatte, tatsächlich einen gewissen Wert sahen.

Wie ich mich erinnere, ging die Armbanduhr, die ich gewonnen habe, nach einem Monat schon kaputt, explodierte buchstäblich an meinem Handgelenk und brach in ein Dutzend Einzelteile auseinander, als wäre sie nur von der Oberflächenspannung oder einem schwachen Voodoo-Fluch zusammengehalten worden. Zum Glück haben die herumfliegenden Trümmer niemand verletzt oder gar getötet, wenngleich der Zwischenfall meinem Hund Lucky einen fürchterlichen Schrecken einjagte. Doch mit den fünfundzwanzig Dollar bin ich in jenen Tagen, als eine Eintrittskarte für das Kino in unserer Kleinstadt fünfzig Cents kostete, ganz schön weit gekommen. Das hat mich eine der wertvollsten Lektionen meines gesamten Lebens gelehrt, wenngleich ich Jahre brauchte, um herauszubekommen, woraus diese Lektion bestand: Wenn ein Schriftsteller seine Arbeit verkauft, sollte er lediglich kaltes, hartes Bargeld dafür akzeptieren. Denn die Uhr war ein Symbol für so viele Dinge, mit denen verhungernde Schriftsteller sich statt einer verfügbaren Bezahlung begnügen: Lob, Schmeichelei, Prestige, ein halber Teelöffel voll Ruhm, kostenlose Getränke und Mittagessen auf das Spesenkonto des Lektors und die Versprechungen von Verlegern und Filmproduzenten, die für ein Buch oder Drehbuch mehr Hoffnung als Geld ausgeben wollen.

In der neunten Klasse der Bedford High School in Bedford, Pennsylvania, schrieb ich unter den Auspizien einer großartigen Lehrerin, Winona Garbrick, humoristische Beiträge für die Klassenzeitung des Englischkurses (die ich auch kurzzeitig herausgab). Bevor Miß Garbrick Lehrerin geworden war, hatte sie während des Zweiten Weltkriegs Karriere im Women's Army Corps gemacht und es dort bis zum Sergeant gebracht. Ihr Verantwortungsgefühl für ihre Schüler war nur geringfügig schwächer ausgeprägt als das für die jungen Frauen in der Army, die unter ihrem Befehl in einem Kriegsgebiet operierten. Sie war eine kräftig gebaute und resolute Frau, die schon zwanzig Jahre bevor irgendeine andere Frau in der westlichen Welt es überhaupt in Betracht gezogen hätte, Schuhe mit Gummisohlen trug. Sie hatte ein so wunderschönes Lächeln, wie ich es bei kaum einem anderen Menschen je wieder gesehen habe, und ein Stirnrunzeln, bei dem alle Vögel und Kleintiere im Umkreis von zehn Metern tot umkippten. Die meisten von uns fürchteten sie genauso, wie sie sie mochten.

Als ich in meinem letzten Jahr auf der High School gelegentlich Artikel für die Schülerzeitung schrieb, war Miß Garbrick – oh, was hat sie jede andere Form der Anrede verabscheut; in bezug auf die Sprache war sie eine strikte Traditionalistin – dafür verantwortlich, daß ich als Hauptfach auf dem College Englisch nahm.

Als ich eines Freitagnachmittags von einem Kurs zum anderen über den Gang eilte und lediglich an das bevorstehende Wochenende dachte, hörte ich, wie Miß Garbrick das rege Treiben der Schüler übertönte: »Koontz! Bleib auf der Stelle stehen!« Ihr Ruf ließ es totenstill im Korridor werden. Die anderen Schüler flohen aus meiner näheren Umgebung, während ich mich zu ihr umdrehte und mich fragte, für welchen Regelverstoß ich sterben würde. Ihr Stirnrunzeln war so finster, daß sie an diesem Tag die Kleintiere eines gesamten Waldes hätte töten können. Als sie vor mir stand, richtete sie einen Finger auf meinen Nasenrücken, als wollte sie zu einem Karateschlag ausholen, der mein Gehirn augenblicklich verflüssigen würde. »Ich habe gehört«, sagte sie, »daß du Geschichte als Hauptfach nehmen willst, wenn du nächstes Jahr aufs College gehst. Ich weiß genau, warum du das tust – weil dir Geschichte am leichtesten fällt und du ein Junge bist, der immer den leichtesten Weg einschlägt, wenn man es zuläßt. Meine Güte, Junge, du hast Talent, Talent zum Schreiben, und wenn du kein *völliger* Narr bist, mußt du es entwickeln. Das heißt, du nimmst als Hauptfach Englisch. Englisch. Nicht Geschichte, sondern Englisch. Hast du mich verstanden?«

Da ich ein schüchterner Junge war, aus einer schwer gestörten Familie kam und mir immer darüber im klaren war, daß die Angehörigen der Familie Koontz nicht nur gestört, sondern auch bettelarm waren, erstaunte mich Miß Garbricks Interesse. Daß außer meiner Mutter sich noch jemand Gedanken über meine Zukunft machte, daß diese Lehrerin sich bemühte, mir zu helfen ... nun ja, ich war zutiefst gerührt. Innerhalb einer Woche wechselte ich das Hauptfach und belegte Englisch. Wäre ich auch Schriftsteller geworden, hätte ich Geschichte als Hauptfach genommen? Wahrscheinlich. Derselbe Schriftsteller, der ich heute bin? Vielleicht. Ich bin dankbar, daß ich das nie herausfinden mußte. Ganz gleich, was *vielleicht* geschehen wäre, das, was passiert ist, verdanke ich in gewisser Hinsicht der Tatsache, daß Winona Garbrick sich eingemischt hat, und ich wünschte, sie würde noch leben, damit ich ihr danken und noch einmal dieses wunderschöne Lächeln sehen könnte. Doch nach dem Lächeln würde sie mich zweifellos mit einem Stirnrunzeln bedenken, das ganze Vogelschwärme vom Himmel holt, und mir klipp und klar sagen, daß ich noch viel, viel *besser* schreiben kann.

Die einzige höhere Schulbildung, die ich mir leisten konnte, war eine vierjährige Ausbildung zum Lehramt beim Pennsylvania State Teacher College, und selbst das war eine Quälerei. Um das Schulgeld bezahlen zu können, arbeitete meine Mutter bei G. C. Murphy, einem Kramladen, und während meiner letzten Jahre auf der High School arbeitete ich in einem Supermarkt, normalerweise nach Schulschluß und/oder am Wochenende. Dort tütete ich den Kunden ihre Einkäufe ein. Der Dienstagabend war immer besonders schlimm, denn nach Ladenschluß half ich aus, wenn neue Lieferungen eintrafen, und füllte bis drei Uhr morgens hektisch die Regale auf. (Der Filialleiter des Supermarkts schien der

Ansicht zu sein, daß man lediglich dann schwer arbeitete, wenn man eine gewisse Aura der Raserei an den Tag legte.) Mittwochs war ich in der Schule dann nie ein Ausbund von Fleiß und Leistung.

Am Shippensburg State Teachers' College in der Kleinstadt Shippensburg, der landwirtschaftlichen Gegend, die von den Amish und Mennoniten bewohnt wird und oft als Land der ›Pennsylvaniendeutschen‹ bezeichnet wird, machte ich den Abschluß im Hauptfach Englisch und Nebenfach Sprache – und verschwendete so viele Stunden damit, im Schlafsaal Pinokel zu spielen, daß ich einen zweiten Abschluß in Pinokel bekommen hätte, hätte das College einen angeboten. Ich wurde dort von einigen weiteren guten Lehrern unterrichtet – in erster Linie John Bodnar und O. Richard Forsythe –, mit denen ich bis heute befreundet bin.

Während ich nicht behaupten kann, daß irgend etwas, das ich auf dem College lernte, mir half, ein besserer Schriftsteller zu werden, arbeitete – und schrieb – ich für den *Reflector*, das literarische Magazin des Colleges, tauchte sofort in das Milieu der Möchtegern-Hemingways und Möchtegern-Capotes und Möchtegern-Harper-Lees und Möchtegern-Bozos ein (es gibt in jeder Gruppe ein paar potentielle Clowns) und wurde mir dort bewußt, daß es möglich war, mir ein Leben als Schriftsteller aufzubauen. Mir wurde klar, daß meine Liebe zur Sprache nicht nur ein Hobby bleiben mußte, sondern ich sie in den Mittelpunkt sowohl meines privaten als auch meines beruflichen Lebens stellen konnte.

In meinem ersten Jahr auf dem College schrieb ich ›Kätzchen‹ als Hausaufgabe in einem Kurs über das Schreiben von Kurzgeschichten, den Charles (›Chauncey‹) Bellows abhielt. Bis dahin hatte ich Gedichte, Essays und – als Kind – wilde und unzusammenhängende Erzählungen über Helden und Ungeheuer geschrieben, aber das war meine erste richtige Kurzgeschichte. Später reichte die Redaktionsberaterin des *Reflector*, Mabel Lindner, mein Manuskript bei einem jährlichen Schreibwettbewerb für Collegestudenten ein, der von der *Atlantic Monthly* finanziell unterstützt wurde, einer damals und auch noch heute recht angesehenen Zeitschrift. ›Kittens‹, so der Originaltitel, erhielt tatsächlich einen Preis – ein schmuckes Zertifikat, das, wenn ich mich recht entsinne, diesen Garantiekarten ähnelte, die mit einer Kordel an eine Lehne gebunden sind, wenn man ein neues Sofa kauft. Die Geschichte wurde zwar nicht in der Zeitschrift abgedruckt, aber in einem Sonderband, der nicht ganz so gut produziert wurde wie unser eigenes literarisches Magazin. Doch noch nie zuvor war eine Einsendung von Shippensburg berücksichtigt worden; daher galt ich, zumindest in den Augen des englischen Seminars, im nächsten Jahr als eine Art Wunderknabe.

Das alles kam mir nicht sehr bedeutend vor … bis ich dieselbe Geschichte an die Zeitschrift *Readers & Writers* schickte, die sie für fünfzig Dollar kaufte. Das war noch vor der Inflation; diese Summe entspricht heute vielleicht dreihundert Dollar, also alles andere als ein Vermögen, aber doch beachtlich genug, um einen Wendepunkt in meinem Leben darzustellen. Obwohl ich den schwachen Traum hatte, eines Tages hauptberuflicher Schriftsteller zu sein, kam mir die Erfüllung dieses Traums plötzlich nicht mehr so entfernt vor, als ich den Scheck über diese fünfzig Dollar in meinen Händen hielt.

Diese bescheidene Leistung in meinem zweiten Jahr auf dem College war zwar kaum einträglicher als der Aufsatz, den ich mit zwölf Jahren geschrieben hatte, motivierte mich jedoch und ermutigte mich in meiner Annahme, ich sei dazu geboren, die Verlagswelt im Sturm zu nehmen, und zwar während ich noch so jung war, daß man mich eine ›Rotznase‹ nennen konnte. Hätte ich gewußt, wie viele scheußliche Jahre des Kampfes, Siebzig- und Achtzigstundenwochen am Computer, Enttäuschungen, periodische Anfälle von Verzweiflung und Opfer vor mir lagen, bevor ich allen Ernstes sagen konnte, daß meine Karriere in Schwung gekommen war, hätte ich das Schreiben vielleicht vergessen und einen vernünftigen Beruf in der Scherzartikel-Branche ergriffen. Was war ich damals für ein optimistischer *Idiot*. Andererseits hingegen hat sich mit der Zeit doch alles so ziemlich wie von selbst erledigt.

Auch wenn ich es selbst sage, es ist mutig von mir, die Erlaubnis zu erteilen, meine erste professionell erschienene Geschichte in diesem Buch nachzudrucken – natürlich nicht so mutig wie Audie Murphys Heldentum im Zweiten Weltkrieg, nicht mal so mutig, wie Bruce Willis in *Stirb langsam* ist, aber trotzdem ganz schön mutig. Der Stil ist unreif, und in ihrer Entschlossenheit, eine Botschaft zu vermitteln, kommt die Story so subtil wie ein Road-Runner-Zeichentrickfilm daher. Obwohl ich nicht glaube, daß ›Kätzchen‹ der *einzige* Grund dafür war, mußte die Zeitschrift, die die Geschichte veröffentlichte, ein Jahr später eingestellt werden. Zur Verteidigung der Geschichte könnte ich anführen, daß sie die makabre Empfänglichkeit und Liebe für unerwartete, aber gut begründete Handlungswendungen aufweist, die meine Bücher auch all diese Jahre später noch auszeichnen.

Nun, da die Einführung länger als die Geschichte selbst geworden ist, werde ich zur Seite treten und ›Kätzchen‹ für sich selbst sprechen lassen. Vergessen Sie nicht, ich war erst neunzehn Jahre alt, als ich sie schrieb. Wir alle müssen irgendwo anfangen.

KÄTZCHEN

Das kalte grüne Wasser glitt durch das Bachbett, sprudelte um glatte braune Steine und reflektierte die melancholischen Weiden, die das Ufer säumten. Marnie saß auf dem Gras, warf Steine in einen tiefen Teich und beobachtete die kleinen Wellen, die sich in immer größeren Kreisen kräuselten, bis sie schließlich ans schlammige Ufer plätscherten. Sie dachte an die Kätzchen. An die Kätzchen dieses, nicht des letzten Jahres. Vor einem Jahr hatten ihre Eltern ihr gesagt, die Kätzchen wären in den Himmel gekommen. Pinkies Wurf war am dritten Tag nach ihrer quiekenden Geburt verschwunden.

»Gott hat sie in den Himmel geholt«, hatte Marnies Vater gesagt, »um sie bei sich zu haben.«

Sie hatte die Worte ihres Vaters nicht gerade angezweifelt. Schließlich war er ein religiöser Mann. Er unterrichtete jede Woche in der Sonntagsschule und hatte irgendein Amt in der Kirche; es war seine Aufgabe, die Kollekte zu zählen und in einem kleinen roten Buch genau einzutragen, wieviel Geld gesammelt worden war. Man suchte stets ihn aus, am Laiensonntag die Predigt zu halten. Und jeden Abend las er Textstellen aus der Bibel vor. Sie war am vergangenen Abend zu spät zur Lesung gekommen, und er hatte ihr deshalb den Hintern versohlt. »Wer die Rute schont, verdirbt das Kind«, hatte ihr Vater immer gesagt. Nein, sie bezweifelte seine Worte wirklich nicht, denn wenn jemand über Gott und Kätzchen Bescheid wußte, dann er.

Aber sie machte sich trotzdem weiterhin ihre Gedanken. Es gab doch Hunderttausende von Kätzchen auf der Welt. Warum mußte Gott ausgerechnet ihre vier zu sich holen? War Gott egoistisch?

Sie hatte gerade zum erstenmal seit geraumer Zeit an die Kätzchen gedacht. In den vergangenen zwölf Monaten war so viel passiert, daß sie sie einfach vergessen hatte. Es war ihr erstes Schuljahr, und was für eine Furore war für den ersten

Tag gemacht worden – sie hatten Hefte, Stifte und Bücher kaufen müssen. Und die ersten paar Wochen waren interessant geworden, sie hatte Frau Alphabet und Herrn Zahlen kennengelernt. Als die Schule sie dann allmählich langweilte, stand schon Weihnachten mit seiner weißen Pracht und dem funkelnden Eis vor der Tür. Da kam das Einkaufen, die grünen und gelben und roten und blauen Lichter, der Nikolaus an der Straßenecke, der beim Gehen schwankte, die von Kerzen erhellte Kirche am Heiligabend, als sie ins Badezimmer gehen mußte und ihr Vater sie dort bis zum Ende des Gottesdienstes einsperrte. Als die Dinge im März wieder an Schwung zu verlieren begannen, brachte ihre Mutter Zwillinge auf die Welt. Marnie war überrascht gewesen, wie klein sie waren und wie langsam sie in den folgenden Wochen zu wachsen schienen.

Jetzt war wieder Juni. Die Zwillinge waren drei Monate alt und wurden endlich beträchtlich schwerer; die Schule war vorbei, Weihnachten war eine Ewigkeit entfernt, und alles wurde wieder langweilig. Als sie also hörte, wie ihr Vater ihrer Mutter sagte, daß Pinkie einen neuen Wurf haben würde, nahm sie die Nachricht begeistert zur Kenntnis und quetschte jeden Tropfen Aufregung aus ihr heraus. Sie machte sich in der Küche an die Arbeit, bereitete Lappen und Baumwolle für die Geburt und einen schmucken Kasten für die Jungen vor, wenn sie denn da waren.

Als die Ereignisse ihren Lauf nahmen, schlich Pinkie sich davon und warf die Kätzchen während der Nacht in einer dunklen Ecke der Scheune. Die sterilisierten Lappen und die Baumwolle waren überflüssig, aber die Kiste erwies sich als nützlich. Der Wurf bestand aus sechs Jungen, und alle waren grau und hatten schwarze Flecken, die aussahen, als hätte jemand in seiner Eile Tinte verschüttet.

Sie mochte die Kätzchen, und sie machte sich Sorgen um sie. Was, wenn Gott sie wieder wie im letzten Jahr beobachtete?

»Was tust du da, Marnie?«

Sie mußte nicht hinschauen; sie wußte, wer hinter ihr stand. Sie drehte sich aus Achtung um und sah, daß ihr Vater auf sie hinabsah. Dunkle, unregelmäßig geformte Schweißflecke verfärbten die Achseln seines verblichenen blauen Arbeitsoveralls, und auf seinem Kinn, dem Bart und der linken Wange war Dreck verschmiert und stellenweise schon verkrustet.

»Ich werfe Steine«, antwortete sie leise.

»Auf die Fische?«

»Aber nein, Sir. Ich werfe einfach nur Steine.«

»Erinnern wir uns, auf wen man ebenfalls Steine geworfen hat?« Er lächelte gönnerhaft.

»Auf den Heiligen Stephan.«

»Sehr gut.« Das Lächeln verblich. »Das Abendessen ist fertig.«

Sie saß stocksteif in dem alten kastanienbraunen Sessel und schaute aufmerksam drein, während ihr Vater ihnen aus der uralten Familienbibel vorlas, die in schwarzes, schon ganz verkratztes Leder gebunden war und bei der schon mehrere Seiten eingerissen waren. Ihre Mutter saß neben ihrem Vater auf der mit dunkelblauem Cordsamt bezogenen Couch, die Hände im Schoß gefaltet und ein Ist-es-nicht-wunderbar-was-Gott-uns-gegeben-hat?-Lächeln auf ihrem schlichten, aber hübschen Gesicht.

»Lasset die Kindlein zu mir kommen und wehret ihnen nicht; denn solcher ist das Reich Gottes.« Ihr Vater schloß das Buch mit einem sanften Schlag, der in die abgestandene Luft zu springen und dort hängenzubleiben und einen dicken Vorhang des Schweigens zu errichten schien. Ein paar Minuten lang sagte niemand etwas. »Welches Kapitel welchen Buches haben wir gerade gelesen, Marnie?« fragte ihr Vater dann.

»Der Heilige Markus, zehntes Kapitel«, sagte sie pflichtschuldig.

»Gut«, sagte er und drehte sich zu seiner Frau um, deren

Lächeln sich in einen Wir-haben-getan-was-eine-christliche-Familie-tun-sollte-Ausdruck verwandelt hatte. »Mary«, fuhr er fort, »wie wäre es mit einem Kaffee für uns und einem Glas Milch für Marnie?«

»Natürlich«, sagte ihre Mutter, stand auf und ging in die Küche.

Ihr Vater saß da, untersuchte den inneren Einband der alten Heiligen Schrift, ließ die Finger über die Risse in dem gelben Papier gleiten, betrachtete die geisterhaften Flecken, die auf der Titelseite verewigt und entstanden waren, als irgendein Großonkel vor einer Million Milliarden Jahren versehentlich Wein darauf verschüttet hatte.

»Vater«, sagte sie zögernd.

Er schaute von dem Buch auf, lächelte nicht, runzelte aber auch nicht die Stirn.

»Was ist mit den Kätzchen?«

»Was soll mit ihnen sein?« erwiderte er.

»Wird Gott sie auch dieses Jahr holen?«

Das leichte Lächeln, das sich auf sein Gesicht gelegt hatte, verdunstete in die dicke Luft des Wohnzimmers »Vielleicht.« Mehr sagte er nicht.

»Das kann er nicht«, schluchzte sie fast.

»Willst du Gott etwa vorschreiben, was er kann und was nicht, junge Dame?«

»Nein, Sir.«

»Gott kann alles.«

»Ja, Sir.« Sie zappelte auf dem Sessel hin und her und drängte sich tiefer in die rauhen, abgenutzten Falten. »Aber warum sollte er wieder meine Kätzchen holen? Warum immer meine?«

»Ich habe genug davon gehört, Marnie. Jetzt sei still.«

»Aber warum meine?« beharrte sie.

Er stand plötzlich auf, ging zum Stuhl und schlug ihr ins zarte Gesicht. Ein dünner Blutfaden tröpfelte von ihrem Mundwinkel hinab. Sie wischte ihn mit der Handfläche weg.

»Du darfst Gottes Motive nicht anzweifeln!« beharrte ihr

Vater. »Du bist viel zu jung, um sie zu bezweifeln.« Der Speichel glänzte auf seinen Lippen. Er ergriff ihren Arm und riß sie hoch. »Und jetzt gehst du auf dein Zimmer und ins Bett.«

Sie führte keine Widerrede. Auf dem Weg zur Treppe wischte sie einen Blutfaden ab, der sich neu gebildet hatte. Sie ging langsam die Treppe hinauf und ließ die Hand über das glatte, polierte Holzgeländer gleiten.

Sie hörte, daß ihre Mutter unten »Hier ist die Milch!« sagte.

»Wir brauchen sie nicht mehr«, antwortete ihr Vater barsch.

In ihrem Zimmer lag sie im Halbdunkeln, das kam, als der Vollmond durch das Fenster schien. Das orange-gelbe Licht wurde von einer Reihe religiöser Schmuckplatten reflektiert, die an einer Wand hingen. Im Schlafzimmer ihrer Eltern gurrte ihre Mutter den Zwillingen etwas vor, während sie ihre Windeln wechselte. »Gottes kleine Engel«, sagte sie. Ihr Vater kitzelte sie, und Marnie hörte, wie die ›Engel‹ kicherten – ein dumpfes Gurgeln, das tief aus ihren fetten Kehlen kam.

Weder ihr Vater noch ihre Mutter kamen, um gute Nacht zu sagen. Sie wurde bestraft.

Marnie saß in der Scheune und streichelte eines der grauen Kätzchen. Sie verschob einen Botengang, auf den ihre Mutter sie zehn Minuten zuvor geschickt hatte. Der kräftige Geruch von trockenem, goldenem Heu erfüllte die Luft. Auf dem Boden lag Stroh, das unter ihren Füßen knisterte. Am anderen Ende des Gebäudes muhten die Kühe vor sich hin – aber nur zwei, die sich die Beine am Stacheldraht aufgeschnitten hatten und hier nun genesen sollten. Die Kätzchen miauten und schlugen unter ihrem Kinn mit den Pfoten durch die Luft.

»Wo ist Marnie?« dröhnte die Stimme ihres Vaters irgendwo auf dem Hof zwischen dem Haus und der Scheune.

Sie wollte schon antworten, als sie hörte, daß ihre Mutter aus dem Haus rief: »Ich habe sie zu den Browns geschickt. Sie soll von Helen ein Rezept holen und wird erst in zwanzig Minuten wieder zurück sein.«

»Dann haben wir ja dicke Zeit«, antwortete ihr Vater. Auf dem Schlackenweg erklang in militärischem Rhythmus das Knirschen seiner schweren Schuhe.

Marnie wußte, daß etwas nicht in Ordnung war, hier etwas geschah, das sie nicht sehen sollte. Sie steckte das Kätzchen schnell in die rotgoldene Kiste zurück und kroch hinter einen Strohballen, um zusehen zu können.

Ihr Vater kam herein, füllte aus dem Hahn an der Wand einen Eimer mit Wasser und stellte ihn vor die Kätzchen. Pinkie fauchte und machte einen Buckel. Der Mann hob sie hoch und schloß sie in einem leeren Haferkasten ein, in dem ihr gequältes Kreischen ein lächerlich lautes Echo erzeugte, das auf eine afrikanische Steppe und nicht auf eine amerikanische Farm gehörte. Marnie hätte fast gelacht, doch dann fiel ihr wieder ihr Vater ein, und sie unterdrückte die Heiterkeit.

Er wandte sich wieder der Kiste mit den Kätzchen zu. Vorsichtig hob er eins am Genick hoch, streichelte es zweimal und steckte dann seinen Kopf im Eimer unter das Wasser! Das Kätzchen schlug in dem Eimer heftig um sich, und funkelnde Wassertropfen flogen in die Luft. Ihr Vater verzog das Gesicht und schob den gesamten Körper unter die dämpfende Wasseroberfläche. Nach einer Weile ließ das Schlagen nach. Marnie stellte fest, daß sie die Finger in den Zementboden gegraben hatte und sie weh taten. *Warum? Warum-warum-warum?* Ihr Vater hob den schlaffen Körper aus dem Eimer. Aus der Schnauze des Tiers hing etwas Rosafarbenes und Blutiges. Sie konnte nicht sagen, ob es die Zunge war oder das liebe Ding in einem letzten Versuch, dem schweren, schrecklichen Tod durch Ersticken zu entrinnen, seine Eingeweide in das Wasser gespuckt hatte.

Kurz darauf waren sechs Kätzchen tot. Sechs stumme Pelzknäuel wurden in einen Leinensack geworfen. Der Sack wurde zugebunden. Ihr Vater ließ Pinkie aus dem Kasten. Die zitternde Katze folgte ihm aus der Scheune hinaus, miaute leise und fauchte, als er sich zu ihr umdrehte und sie ansah.

Marnie lag lange ganz, ganz still da, dachte an nichts anderes als die Hinrichtung und bemühte sich verzweifelt, sie zu verstehen. Hatte Gott ihren Vater geschickt? Hatte Gott ihm gesagt, er solle die Kätzchen töten – sie ihr wegnehmen? Falls ja, wußte sie nicht, wie sie je wieder vor diesen goldenen und weißen Altar treten und das Abendmahl in Empfang nehmen konnte. Sie stand auf und ging zum Haus, und Blut tropfte dabei von ihren Fingern, Blut und Zement.

»Hast du das Rezept?« fragte ihre Mutter, als Marnie die Küchentür zuschlug.

»Mrs. Brown konnte es nicht finden. Sie bringt es morgen vorbei.« Sie log so gut, daß sie von sich selbst überrascht war. »Hat Gott meine Kätzchen geholt?« platzte sie plötzlich heraus.

Ihre Mutter schaute verwirrt drein. »Ja.« Mehr konnte sie nicht sagen.

»Ich werde es Gott heimzahlen! Das kann er nicht machen! Das darf er nicht!« Sie lief aus der Küche und zur Treppe.

Ihre Mutter beobachtete sie, versuchte aber nicht, sie aufzuhalten.

Marnie Caufield ging langsam die Treppe hinauf und ließ die Hand über das glatte, polierte Holzgeländer gleiten.

Als Walter Caufield gegen Mittag vom Feld nach Hause kam, hörte er einen lauten Knall, das Klimpern von Porzellan und das Zerspringen von Glas. Er stürmte ins Wohnzimmer und sah, daß seine Frau am Fuß der Treppe lag. Ein Beistelltisch war umgekippt, Statuen lagen zerbrochen auf dem Boden. »Mary? Mary? Hast du dir weh getan?« Er beugte sich schnell zu ihr hinab.

Sie schaute mit Augen zu ihm hinauf, deren Blick in ferne Nebel gerichtet war. »Walt! Lieber Gott im Himmel, Walt … unsere lieben Engel. Die Badewanne … unsere lieben Engel!«

Es heißt, in erster Linie würden wir Menschen uns von allen anderen Säugetieren aufgrund der Größe unseres Vorderhirns unterscheiden. Es heißt des weiteren, in erster Linie würden wir uns von allen anderen Säugetieren aufgrund unseres opponierbaren Daumens unterscheiden, der es uns ermöglicht, Werkzeuge anzufertigen, eine Aufgabe, die Elefanten und Delphine gleichermaßen schwer bewältigen können. Einige Menschen behaupten, das Bewußtsein unserer eigenen Sterblichkeit sei der bei weitem wichtigste Unterschied zwischen uns und allen anderen Geschöpfen auf dieser Welt, während andere darauf beharren, unsere Wahrnehmung der Zeit und die Einteilung in Vergangenheit, Gegenwart und Zukunft sei für unsere Fähigkeit verantwortlich, zu planen und diese Pläne auch auszuführen, während andere Spezies von der Kröte bis zum Opossum einfach zusehen, daß sie von einem Tag zum anderen klarkommen.

Ich bin jedoch der Ansicht, daß uns andere wichtige, aber nur selten erwähnte Unterschiede von allen anderen Bewohnern dieses Planeten abgrenzen.

Zum einen sind wir die einzige Spezies, die sich das Konzept ›Geld‹ ausgeheckt hat und echte und nachweislich nützliche Waren gegen eigentlich wertlose Stücke Papier eintauscht, deren Wert größtenteils in den Händen der Politiker liegt. Sie werden nie beobachten können, daß ein Affe einem anderen Affen eine Staude Bananen gibt und dafür ein trockenes Blatt bekommt, auf das eine ›5‹ gedruckt ist. Ebenso kennen nur wir das Konzept ›Kredit‹. Wahrscheinlich werden Sie auch nie erleben, daß ein Löwe versucht, eine Gazelle mit der Goldenen Raubtier-Card zu jagen. Statt dessen wird er sie einfach zur Strecke bringen, ihr die Kehle rausreißen und fressen, was er will. Das Bild des Löwen deutet jedoch an, daß einige andere Spezies genauso clever wie die Menschen sind, wenn es darum geht, Gewalt auszuüben.

Die Menschheit unterscheidet sich auch von anderen Arten, indem sie die einzige Spezies ist, die überlegt, welche Gabel sie beim Abendessen in einem Restaurant bei welchem Gang benutzen muß; durch schlechten Atem peinlich berührt ist; weiß, wie man die Fernbedienung eines Fernsehgeräts handhabt; wirksame Gegenmaßnahmen gegen die Radarmeßgeräte der Polizei kennt; den Eindruck hat, insgeheim von Außerirdischen beobachtet zu werden; eine internationale Sensation wie Madonna hervorbringen kann; Schnürsenkel braucht; alles essen wird, ganz gleich, wie ekelhaft es ist, wenn irgendein französischer Küchenchef es als ›göttlich‹ bezeichnet; die Bedeutung des Begriffs ›massiver atomarer Gegenschlag‹ kennt; Tempotaschentücher benutzt; und Erinnerungsstücke an Liberace sammelt.

Eine tolle Spezies, der Homo sapiens, was?

Aber am wichtigsten überhaupt ist vielleicht, daß die Menschen sich von allen anderen gehenden, schleichenden, kriechenden und fliegenden Geschöpfen dieses Planeten unterscheiden, weil sie die einzige Spezies darstellen, deren Angehörige dem Drang nicht widerstehen können, einander bei einer unendlichen Vielzahl von Themen Vorlesungen darüber zu halten, wie sie richtig handeln, fühlen und denken müssen. Sie können mich nicht überzeugen, schon mal gehört zu haben, daß ein Stachelschwein sich über die Vorzüge der Liberalität oder ein Gürteltier sich über die Überlegenheit des Konservatismus ausläßt. Kein Elch hat je eine Literaturkritik geschrieben. Keine Ente hat je versucht, *Huckleberry Finn* wegen politisch nicht korrekter Sprache aus einer Bibliothek zu entfernen. Dumme Enten – sie sind zu sehr damit beschäftigt, Würmer zu essen, Küken zu machen, ihr Gefieder zu putzen und sich die Seele aus dem dummen Kopf zu quaken.

Und nein – ich wiederhole und betone es – kein Pavian hat je einen Artikel darüber geschrieben, weshalb wir Gespenstergeschichten mögen sollten oder was zur Zeit mit der Horrorliteratur nicht in Ordnung ist. Aber *ich* habe das getan. Ich bin stolz darauf, daß ich als stattliches Mitglied meiner Spezies ein genauso rechthaberischer Geschaftlhuber bin wie alle anderen auch.

Ich habe nie eine Gespenstergeschichte geschrieben – zumindest weiß ich nichts davon, und zumindest keine, wie ich den Begriff definieren würde. Aber als Leser habe ich wirklich Spaß an gut gemachten Gespenstergeschichten. Als Paul Olson und Dave Silva ihre ausgezeichnete Anthologie *Post Mortem* zusammenstellten, baten sie mich, ein Nachwort zu schreiben, in dem ich die Gespenstergeschichte als bedeutungsvolles Genre verteidigen sollte. Da ich weiß, daß Dave ein netter Kerl ist (aber vermutete, er könne so gefährlich sein wie dieser Löwe, der an der Gazelle knabbert, wenn man ihm etwas abschlägt), und weil Paul Olson mir mit solcher Überzeugungskraft ewiges Leben versprach, daß ich glauben mußte, er wisse, wie man Unsterblichkeit vergibt, aber hauptsächlich, weil ich wie jedes gute Mitglied meiner Spezies der Versuchung nicht widerstehen kann, mich auf eine Apfelsinenkiste zu stellen und Volksreden zu halten, habe ich ihr Angebot angenommen.

Der andere Beitrag dieser Abteilung des Buches ›Ein Genre in der Krise‹ erschien zuerst in etwas anderer Form als Einleitung einer Anthologie von Horrorliteratur, *Night Visions VI*, erschienen im Verlag Dark Harvest und später von Berkley Books als Taschenbuch unter dem Titel *The Boneyard* nachgedruckt. Etwa ein Jahr später schlug *Proteus*, eine Zeitschrift für Artikel, die von meiner alten Alma mater (jetzt die Shippensburg University) herausgegeben wird, vor, ich sollte den Beitrag für eine Neuveröffentlichung in diesem akademischen Forum überarbeiten, und ich kam der Bitte nach. Die hier abgedruckte Version ist die, die in *Proteus* erschien.

Ich habe immer darauf bestanden, daß der Begriff ›Horror‹ meine Bücher nicht beschreibt, und habe diese Bezeichnung sorgsam vermieden. (Falls Sie wissen wollen, welches Etikett [falls überhaupt eins] meinem Werk *meiner* Meinung zufolge gerecht wird, sollten Sie das lange Interview lesen, das in diesem Buch enthalten ist.) Obwohl ich genausowenig ein Horrorautor bin, wie ich ein Krimiautor oder ein Westernautor oder eine Kleinkinder fressende außerirdische Spinne bin (glauben Sie mir, ich bin keine), lese ich Horrorbücher, wurde von ihnen im Lauf der Jahre immer wieder hervorragend unterhalten und interessiere mich dafür. Als ich 1988 also den Eindruck bekam, daß das Genre aus dem Ruder lief, und Paul Mikol von Dark Harvest mich einlud, die Einleitung zu *Night Visions VI* zu schreiben, ergriff ich die Gelegenheit, meinen Senf dazu abzugeben, was ich für einen beklagenswerten Zusammenbruch in der Qualität der modernen Horrorliteratur hielt, und davor zu warnen, daß das Genre in unmittelbarer Gefahr stand, einen ernsten Popularitätsverlust zu erleiden.

Ich ziehe keine Befriedigung aus der Tatsache, daß dieser Verlust in der Tat kurz darauf einsetzte, sogar ein noch steilerer, als ich vorhergesagt hatte, oder daß das Genre zu dem Zeitpunkt, da ich diese Worte schreibe, noch immer in einer tiefen Krise steckt. Ich kann nur sehr wenige Neuerscheinungen auf diesem Sektor lesen, hoffe jedoch auch weiterhin, daß ich die Trends, die ich in ›Ein Genre in der Krise‹ aufgezeigt habe, irgendwann nachlassen werden und Platz für neue Autoren mit frischen Ideen schaffen werden oder natürlich auch für die guten Autoren, die in den vergangenen Jahren von den schlechten Werken der anderen mit in den Abgrund gerissen wurden.

GESPENSTERGESCHICHTEN

Warum mögen wir Gespenstergeschichten? Warum geben wir uns nicht damit zufrieden, von Privatdetektiven zu lesen, die ihre .45er einstecken, durch dunkle Straßen streifen, alle möglichen Schläger verprügeln – und von ihnen verprügelt werden, sich heiße Bräute mit geheimen kalten Absichten vom Leib halten und über den Großen Schlaf, den Langen Abschied grübeln? Warum geben wir Leser uns nicht mit Sex, Romantik, Abenteuer, Tragik, Komik und anderen Nervenkitzeln zufrieden, die man in den *vernünftigen* Literaturgattungen findet? Was ist nur los mit uns, daß wir über Tote, Untote, wandelnde Tote und lebende Tote lesen wollen? Sind wir einfach nur morbid? Pervers? Verdreht? Krank?

Als Kind habe ich auf meinem Zimmer unter der Bettdecke im Schein einer Taschenlampe unheimliche Geschichten gelesen. So mußte ich alles lesen, nicht nur das unheimliche Zeug, denn bei mir zu Hause wurde das Lesen von Büchern als Zeit- und Geldverschwendung angesehen, und die Gewohnheit galt als kaum respektabler als Masturbation und geringfügig weniger selbstzerstörerisch als Heroinsucht. Doch der schlimmste Verstoß im literarischen Bereich war, sich beim Lesen von *solchem* Zeug erwischen zu lassen: Geschichten des Übernatürlichen, praktisch jede phantastische Literatur, ganz gleich, welchem Genre sie nun angehörte – Science-fiction, Fantasy, Horror. Zu jener Zeit waren diese Genres noch nicht so populär und verbreitet wie heute. Es war eine Randliteratur; wenn man seinen Sohn mit solchem Material erwischte, war es ähnlich, als hätte man in seiner Kommode unter den Unterhemden *Das Kapital* und verrückte kommunistische Traktate entdeckt. In der Tat subversives Material.

Heute ist es nicht mehr so schlimm. Trotz der fieberhaften Entschlossenheit der Verleger, allzu viele Titelbilder des Genres mit blutsabbernden, glotzäugigen Ungeheuern zu schmücken, hat die phantastische Literatur einen gewissen

Respekt erlangt. Doch noch immer kommt auf zwei Personen, die der Ansicht sind, pornographische Bücher würden aufrechte Bürger zu geifernden Sexbestien machen, mindestens eine, die überzeugt davon ist, daß die Lektüre von Geister- und Horrorgeschichten, ganz gleich, wie bedächtig sie geschrieben sind, die Leser todsicher entweder in leichenblasse Sonderlinge mit seltsamen Angewohnheiten oder in Soziopathen mit Schaum vor dem Mund, Glotzaugen und einem Interesse an Kreissägen und Verstümmlungen verwandeln wird.

Doch von den vielen Lesern von Geister- und Horrorgeschichten, die ich persönlich kenne, ist kein einziger gewalttätig. Ganz im Gegenteil, die meisten sind zivilisierter als der durchschnittliche Bürger, und diejenigen, die leichenblaß sind, haben das Pech, nicht hier im sonnigen Kalifornien zu wohnen, wo jeder einen reizvollen krebsbraunen Teint hat. Gewisse drittklassige Soziologen und völlig *meschugge* Psychologen, die es auf das große Geld abgesehen haben oder ihre ›Wissenschaften‹ so zurechtbiegen, daß sie damit bestimmten politischen Zwecken dienen, haben höchst fehlerhafte Studien durchgeführt, mit denen sie direkte Verbindungen zwischen phantastischer Literatur und allem möglichen von Schizophrenie bis zur Akne herstellen. Aber das funktioniert so nicht. Jeder Fan dieser Literatur, der durch Amateuermagazine oder auf sogenannten Conventions andere Fans kennenlernt, begegnet schließlich Hunderten, wenn nicht sogar Tausenden von Gleichgesinnten und stellt fest, daß sie sich nicht nur besser als die allgemeine Öffentlichkeit artikulieren können, sondern auch dramatisch weniger Neigung zur Gewalttätigkeit zeigen als die Soziologen und Psychologen, die mit ihren intellektuellen Bankrott-Theorien gern ganze Gesellschaften und Kulturen verändern würden (notfalls mit Gewalt) und sich unbekümmert über den Verlust an Freiheit (und manchmal auch Blut) hinwegsetzen, der die Folge ihrer Politik wäre.

Wenn wir uns also diesen Geschichten nicht zuwenden,

um zu lernen, wie man Menschen tötet und die moderne Zivilisation zum Einsturz bringt (wie diese Kritiker es gern hätten) – was erwarten und *bekommen* wir dann von diesem Genre?

Unterhaltung natürlich. Nichts kann lange, leere Stunden so befriedigend füllen wie ein gutes Buch. Das geschriebene Wort, das von einem Geschichtenerzähler zu einem Zauber verwoben wurde, der uns in den Bann schlägt, hat die einzigartige Macht, uns eine neue Sicht der Welt und des menschlichen Daseins zu bescheren – die Sicht des Autors – und sie in unserem Verstand und unserer Vorstellungskraft zum Leben zu erwecken.

Dem Fernsehen gelingt das nur selten. Trotz der Verheißungen seiner Frühzeit ist es zu einem toten Medium geworden, einerseits, weil es sich um ein von der Regierung geschütztes und beherrschtes Monopol handelt, andererseits, weil dort äußerst viele Leute an ein und derselben Sache herumwerkeln. Das Fernsehen spuckt von einem Ausschuß erdachten und von einem Ausschuß geschriebenen Dreck aus, der zuwenig Substanz hat, als daß der Zuschauer gefühlsmäßig darauf reagiert, zuwenig Farbe und Struktur, um zu überzeugen, zu wenig Gefühl, um zu bezaubern, und zu wenig Witz und Phantasie, um den Zuschauer so zu fesseln, wie es eine gute Kurzgeschichte oder ein guter Roman tut. Können Sie sich vorstellen, daß *irgend jemand* von der Bildschirmstrahlung und dem Verzehr zu vieler Twinkies so gehirngeschädigt ist, daß ihn eine Episode von ›Der Denver-Clan‹ oder ›She's the Sheriff‹ oder sogar der manchmal wesentlich höher einzuschätzenden Serie ›Magnum‹ genauso stark fesselt, wie Millionen von Lesern von King, Tolkien, Heinlein oder anderen Autoren phantastischer Literatur gefesselt wurden? Nein, wenn das Fernsehen einen Anschein von Staunen hervorruft, ist es nicht dasselbe Staunen, das wir Leser kennen; es ist das Staunen in großen Bleischuhen, bekleidet mit einem schäbigen, zu kleinen schwarzen Anzug, zum Leben erweckt von Elektrizität, die man durch klobige

Bolzen in seinen Hals geleitet hat, ein schwerfälliges Ungeheuer Dr. Frankensteins, würdelos und halbtot, eine zusam-
mengenähte Travestie des wahrhaftigen Staunens.

Auch die meisten Kinofilme sind von zu vielen Köchen
zusammengerührt worden, als daß der Brei wahres Staunen
und Begeisterung hervorrufen könnte. Und obwohl jedes Jahr
sechs oder acht wirklich gute Filme in die Kinos kommen,
bezaubert so ein Film nur etwa zwei Stunden lang; dann geht
das Licht wieder an, und die Leinwand ist auf einmal leer,
und wir werden daran erinnert, wie *passiv* das Medium Film
doch ist. Selbst die besten Filme füttern die Phantasie mit vor-
gekauten Bildern und Ideen und verlangen im Gegensatz
zum gedruckten Wort keine aktive Beteiligung.

Wenn ein Buch mit Gespenstergeschichten oder ein phantastischer Roman gut gemacht ist, kann es lange Abende der
Ablenkungen von der Mühsal dieser Welt bieten. Es kann uns
stärker fesseln – und hat normalerweise Wertvolleres über
das Leben zu sagen – als zehn gute Filme. Die Kunst des
Geschichtenerzählers, die durch das gedruckte Wort ausgedrückt wird, kann den Verstand und das Herz anrühren, eine
besonders enge Beziehung zwischen Autor und Leser schaffen und eine Intensität und Tiefe der Zwiesprache ermöglichen, die andere Kunstformen nur selten erreichen.

Gespenstergeschichten – alle phantastischen Geschichten –
sind besonders geeignet, den Leser zum Staunen zu bringen,
weil sie sich nicht nur mit dem Unbekannten beschäftigen,
sondern mit dem, was man einfach nicht wissen *kann*. Wir
sind neugierig darauf, was nach dem Tod kommt, und gute
Gespenstergeschichten können, ohne sich philosophisch oder
intellektuell geben zu müssen, die Illusion erzeugen, sie würden diesen schwarzen Vorhang zurückziehen und uns einen
kurzen Blick darauf gewähren, was uns auf der anderen Seite
erwartet. Ein Geist – jeder Geist in jeder Geschichte, ganz
gleich, welche Absicht sie ursprünglich verfolgte – ist ein
Symbol für unser Vertrauen in ein Jenseits und daher auch ein
Symbol für unseren tief verwurzelten Glauben, daß das

Leben mehr als nur ein biologischer Zufall ist, daß es einen Sinn, eine Bedeutung und eine Bestimmung hat, die über diese Welt hinausgeht. Überzeugen Sie mich – solange es dauert, diese Geschichte zu lesen –, daß es wirklich Geister gibt, und Sie haben mich für diesen Zeitraum auch überzeugt, daß mein eigener Geist niemals sterben wird.

Das bekommen wir, wenn wir über das Übernatürliche lesen. Hoffnung. Natürlich – vielleicht sogar hauptsächlich – auch Unterhaltungswert. Und unsere Phantasie wird angeregt, was eine nützliche Übung für jeden ist, der mit unserer Welt der schnellen Veränderungen Schritt halten will, in der eine gesunde Phantasie ein grundlegendes Werkzeug zum Überleben ist. Und wir werden dazu angeregt, über die beständigen Geheimnisse des Lebens nachzudenken. Doch wir finden in diesen Geschichten auch Hoffnung, und sei sie noch so unterbewußt. Selbst wenn der fiktive Geist oder Dämon böse ist, gibt die Geschichte uns Anlaß zur Hoffnung, denn wenn es böse Geister gibt, gibt es dort draußen sicher auch wohlwollende Schatten.

Ein Weihnachtslied in Prosa von Charles Dickens ist vielleicht die beste Gespenstergeschichte aller Zeiten. Sie ist voll vom Rasseln geisterhafter Ketten, von furchterregenden Gestalten, deren Erscheinen arktische Luftzüge hervorruft, und Visionen vom Grab, die so dunkel sind, daß dem einfühlsamen Leser, der noch nicht von den betäubend graphischen Splatterfilmen unserer Zeit abgestumpft wurde, der kalte Schweiß auf die Stirn tritt. Und doch geht es Dickens in dieser Geschichte hauptsächlich darum, eine Botschaft über Nächstenliebe, Mitgefühl, Liebe und Hoffnung für die Menschheit zu überbringen, die in der Fähigkeit eines alten Geizkragens verkörpert wird, sich in einen besseren Menschen zu verwandeln. *Ein Weihnachtslied in Prosa* ergreift die Hoffnung, die ein tief vergrabenes Element einer jeden Gespenstergeschichte ist, und bringt sie an die Oberfläche der Geschichte, indem es sie zu einem Hauptthema macht.

Sind wir also verdreht, pervers oder morbid, weil uns diese

phantastischen Geschichten faszinieren? Nein. Unsere Faszination entspringt dem Drang, uns selbst, unsere Welt, unser letztliches Schicksal und den Sinn unseres Lebens zu erkennen – dasselbe Motiv, das uns dazu treibt, Dostojewski, James M. Cain oder Faulkner zu lesen.

Mich verwirrt, daß einige Leute diese Art der Literatur *nicht* lesen wollen. Sind sie nicht neugierig darauf, was hinter diesem Leben liegt? Sind sie so starr und inflexibel, daß sie es nicht ertragen können, wenn ihre Phantasie angeregt wird? Haben sie Angst davor, ein unerwartetes Bruchstück von Spiritualität in ihrem modernen, rationalen Herzen zu finden? Und lieben sie den Tod so sehr, daß sie es nicht ertragen können, Geschichten zu lesen, in denen er nicht endgültig und ewig ist? Haben sie Angst vor dem Gespenst der Hoffnung? Großer Gott, was *stimmt* nur nicht mit diesen Leuten, die keine Geschichten des Übersinnlichen mögen?

EIN GENRE IN DER KRISE

Gute populäre Literatur sollte einen eleganten Gebrauch der Sprache, komplexe thematische Strukturen, eingehende Charakterisierungen und einen Reichtum an Metaphern und Bildern aufweisen, der dem Stil jener Belletristik gleichkommt, die oft als ›literarisch‹ bezeichnet wird. Kein Genre ist der Mainstream-Literatur von vornherein unterlegen; wenngleich in vielen populären Romanen echte – im Gegensatz zu vermeintlichen – Schwächen festzustellen sind, ist die Schuld ausnahmslos bei einigen der Autoren zu suchen und nicht bei dem Genre, in dem sie schöpferisch tätig sind.

In der Tat haben fast alle Autoren, deren Werk überdauert hat, nicht für den Geschmack der Kritiker und Akademiker ihrer Zeit, sondern für den der Massen geschrieben. Charles Dickens wurde von den meisten Literaten seiner Zeit verschmäht; doch er war ein Liebling der Leser, und seine Romane haben überlebt. Das gilt auch für Dostojewski und Robert Louis Stevenson und praktisch alle Schriftsteller, die ihre Epoche überdauert haben. Große Popularität ist nicht der einzige Faktor für den Wert eines Werks – sonst müßten wir Jackie Collins mit dem Nobelpreis auszeichnen –, scheint aber eine grundlegende Voraussetzung zu sein. Keine Geschichte kann tiefe Einblicke ins Leben bieten und wirklich überzeugen, wenn sie nicht den Massen zugänglich ist – und sie eindringlich anspricht –, denn gerade in der Verschmelzung der individuellen Erfahrung mit kulturellen und gesellschaftlichen Korallenriffen lassen sich bestimmte Wahrheitsmuster sehen. Der einzige wichtige literarische Richter ist die Zeit, und Zeit ist in diesem Beispiel gleichbedeutend mit Lesern, Generation um Generation von Lesern, die Werke am Leben halten.

Wenn in der populären Literatur das Potential steckt, die beste Literatur zu sein, und wenn eins der am meisten gelesenen Genres unserer Zeit einen Qualitätsverlust erleidet, der in Zusammenhang mit einem Richtungsverlust und Faulheit vieler Autoren dieses Genres steht, müssen wir offen über das Problem sprechen, wenn wir zu jenen gehören, die die Auffassung vertreten, daß solche Literatur sowohl beträchtliche künstlerische Vorzüge als auch kulturellen Wert hat. Wenn eine Literaturform so inzestuös und ganz von sich selbst in Anspruch genommen ist wie das Horror-Genre in den achtziger Jahren dieses Jahrhunderts, wird Offenheit von denjenigen, die darin arbeiten, nicht gut aufgenommen; die Künstler und Handwerker, die in diesem Genre aktiv sind, haben sich daran gewöhnt, sich unaufhaltsam gegenseitig zu loben. Es hat sich ein Geist der gegenseitigen Anpreisung breitgemacht, der aus einer Wir-gegen-den-Rest-der-Welt-Einstellung entspringt, die aus der unterbewußten Erkenntnis herrührt, daß es diesem Genre zur Zeit an Qualität mangelt; die Horrorschaffenden wissen just in dem Augenblick, da sie am dringendsten gebraucht wird, echte Kritik nicht mehr zu schätzen. Aus diesem Grund habe ich einen Aufsatz für *Night Visions VI* geschrieben, eine Anthologie zeitgenössischer Horrorgeschichten, aus dem das folgende Material entnommen wurde.

Jack (nicht sein richtiger Name) war eine bedeutende Gestalt im Verlagswesen, die zwar mit dem Horrorgenre nichts zu tun hatte, aber beiläufig vertraut mit ihm war, und sah sich *Der Exorzist* an, als der Film zum erstenmal in die Kinos kam. Er sagte mir, er wolle feststellen, ob der Film – und das Buch, nach dem er gedreht worden war – vielleicht eine neue Richtung in der populären Unterhaltung ankündigte, wie diverse Leute ihm gesagt hatten. (Und ob das der Fall war!) Populäre Unterhaltung war sein Geschäft, und er mußte Trends studieren. Als überzeugter Atheist erwartete er nicht, daß eine Geschichte, die so stark auf abergläubischem Hokuspokus beruhte, ihm angst machen würde. Wenn überhaupt, rechnete er damit, sich köstlich zu amüsieren.

Seiner Frau zufolge war er bleich und zutiefst verwirrt, als der Nachspann abrollte und er das Kino verließ. Er weigerte sich, über den Film zu sprechen, eine entschiedene Abkehr von seiner Gewohnheit, jeden Film zu analysieren, den er sich ansah, und die schlechten hämisch auseinanderzunehmen. Er war ein intelligenter Mensch mit einem schnellen, scharfen Verstand; es war immer unterhaltsam, ihm zuzuhören, wenn er einen guten oder auch schrecklichen Film kritisierte. Diesmal hatte er nichts zu sagen. Als er zwei Tage später den Roman gelesen hatte, schwieg er auch darüber. »Ich kann einfach nicht darüber sprechen«, sagte er zu mir, »zumindest nicht vernünftig. Der Film hat mich zu sehr beunruhigt, und mir gefällt nicht, *wie* er mich beunruhigt, also verdränge ich ihn einfach.«

Er war kein abgefallener Katholik, dessen verdrängte Schuld von dem Film wieder zum Leben erweckt worden war. Er stammte noch nicht einmal aus einer christlichen Familie. Der Film hatte auch keine Schuldgefühle über seine Abkehr vom Judentum aufgerührt, denn seine Eltern hatten ihn nicht in diesem uralten Glauben erzogen oder ihn ihm eingepflanzt; da er nie gläubiger Jude gewesen war, hatte er sich auch nicht von dem Glauben abwenden können. Er war sein Leben lang ungläubig gewesen, verankert im Atheismus – und doch hatte *Der Exorzist*, der seine Wirkung aus religiöser Mythologie und religiösen Archetypen bezog und voll des Hokuspokus war, den Jack vorher lächerlich gemacht hatte und verachtete, ihn nicht nur verängstigt, sondern auch gefühlsmäßig und intellektuell erschüttert.

Gute Horrorgeschichten haben eine Kraft, die der aller anderen Literaturgattungen gleichkommt oder sie sogar noch übertrifft, und manchmal kann ihre Wirkung heftiger sein, als es bei Werken anderer Genres der Fall ist.

Der Exorzist ist nicht einmal besonders gut geschrieben. Die Syntax dieses Romans ist unbeholfen und grammatikalisch schwach. William Peter Blattys Bilder sind oft flach, seine Metaphern manchmal alles andere als gelungen. Er verfügt zwar über einige einzigartige, sehr wirksame erzählerische Kunstgriffe und hat einen untrüglichen Sinn für das Tempo und die Struktur der Erzählung, doch diese Stärken wiegen seine Schwächen als Stilist nicht auf. Dennoch ist *Der Exorzist* ein gutes Buch, ein überlegenes Buch, und es hat verdient, der am meisten verkaufte Horrorroman aller Zeiten zu sein.

Blattys stilistische Schwäche wird von seiner gewaltigen Überzeugungskraft mehr als nur ausgeglichen. Sein Roman ist nicht einfach eine Geisterbahn zwischen Buchdeckeln. Blatty will mehr, als Ihnen nur Angst einzujagen. Er will Sie aufrütteln. Er will Sie zum Nachdenken bringen. Er will Sie dazu bringen, Ihren Glauben zu bekräftigen, falls Sie einen haben, oder in Ihnen Zweifel darüber wecken, ob es klug ist, keinen zu haben. Viele Szenen in seinem Buch sind überaus komplex, funktionieren auf zahlreichen thematischen Ebenen, und keiner einzigen mangelt es völlig an einer tieferen Bedeutung, die über die Handlung hinausgeht.

Während ich dies schreibe, siebzehn Jahre, nachdem Blattys Roman veröffentlicht wurde, befindet das Horrorgenre sich mitten in einem konjunkturellen Wachstumszyklus. Mehr Horrorbücher denn je werden veröffentlicht. Bedeutende Verlage starten Horrorreihen, nachdem der aufstrebende Verlag TOR Books bewiesen hat, daß das Konzept absatzträchtig ist. Wir befinden uns zweifellos mitten in einem Boom.

Und wir werden mit Mist zugeschüttet.

Sturgeons Gesetz – das besagt, daß neunzig Prozent von *allem* Scheiße ist – muß abgeändert werden, will man es heutzutage auf das Horrorgenre anwenden; der Prozentsatz muß erhöht werden. Liest ein gebildeter Mensch Horrorromane, so verzweifelt er bei neunzehn von zwanzig, weil so viele Autoren anscheinend nie die grundlegenden Regeln von Grammatik und Syntax gelernt haben. Die meisten Bücher und Geschichten haben nichts zu sagen; sie sprechen weder den Verstand noch das Herz an; sie sind Uhrwerk-Mechanismen, die sich mächtig bemühen, pünktlich nicht den Kuckuck, sondern einen verschwommenen Schauder von Ersatzfurcht hervorzubringen.

Als noch verhältnismäßig wenig Horror veröffentlicht wurde, vor Ira Levins ausgezeichnetem *Rosemaries Baby* im Jahre 1967, konnte der Leser mehr Qualität finden, als es heutzutage der Fall ist, da die Regale der Buchhandlungen unter dem Gewicht der Neuerscheinungen des Genres zusammenzubrechen drohen. Die Wurzeln der modernen Horrorliteratur können auf das Werk außergewöhnlicher Autoren zurückgeführt werden, die wußten, wie man Magie in Sätze einflechtet und deren Werk stets literarisch war: H. P. Lovecraft, Frank Belknap Long, Fritz Leiber, Joseph Payne Brennan, Ray Bradbury, Richard Matheson, Theodore Sturgeon ... Als Levin und Blatty bewiesen, daß man Horror auch einem breiten Publikum verkaufen kann, das weit über die kleine Gruppe der eingefleischten Fans hinausgeht, schien dem Genre eine lange goldene Epoche bevorzustehen.

Aber irgend etwas ging schief.

O ja, wir haben in den siebzehn Jahren seit dem *Exorzisten* einige herausragende Werke genießen können. Stephen Kings *Shining* und *Dead Zone – Das Attentat* fallen mir ein. Dan Simmons ausgezeichnete *Göttin des Todes*, Patrick Süßkinds *Das Parfüm*, ein paar Dutzend andere Bücher und vielleicht fünfzig kürzere Erzählungen von einer Reihe Autoren drängen sich auf. Doch selbst wenn ich den wertvollen Platz hier benutzen würde, um sie alle aufzuführen, wäre es angesichts der Zeitspanne und der darin veröffentlichten Tausenden von Titeln eine auffallend kurze Liste erstklassiger Werke. Und in den letzten paar Jahren haben wir weniger erstklassige Bücher als noch vor einem Jahrzehnt gesehen.

Ich bin nicht der einzige, dem dieser traurige Zustand des Genres aufgefallen ist. Das Thema kommt häufig bei Unterhaltungen mit anderen besorgten Schriftstellern zur Sprache. Bei der Konferenz der American Booksellers Assosiation, des Verbandes der amerikanischen Buchhändler, im Jahre 1988 hat Charles Brown, Herausgeber und Verleger von *Locux*, mich als erster nach dem ›erbärmlichen Zustand des modernen Horrors‹ gefragt, und noch während des Wochenendes sprachen mich ein halbes Dutzend weiterer Personen aus der Verlagsbranche aus eigenem Antrieb ebenfalls darauf an. Sie schienen den Eindruck zu haben, daß mein Jahr als erster Präsident der Horror Writers of America, des Verbandes der amerikanischen Horrorautoren, mir besondere Einblicke gegeben hatte.

Das war nicht der Fall. Es hat mir Sodbrennen eingebracht.

Aber ich habe über den Zustand unseres Mikrokosmos nachgedacht, und mehrere Beobachtungen sind unvermeidlich.

Zu viele Autoren haben sich von ihrer Verantwortung als Geschichtenerzähler, Handwerker und Künstler abgewandt, und statt ihr Talent und ihre Fertigkeiten durch harte Arbeit zu schärfen und zu polieren, haben sie versucht, den Leser bei der Stange zu halten, indem sie ihn wiederholt schockieren. Sie beschränken sich mit der törichten Vorstellung auf Blut und Gewalt, ein lebhaft geschildertes Ausweiden könne eine Geschichte ersetzen, Splatter könne lausiges Schreiben kompensieren. Ihr einziges Thema scheint der Nihilismus zu sein, der für den Großteil der Leser außerordentlich unattraktiv ist und jeden *denkenden* Leser langweilt. Nihilismus ist schließlich die intellektuelle Einbildung des ewig Heranwachsenden und für den reifen Verstand nicht interessanter als Gummibärchen für den reifen Gaumen.

Ein recht bekannter Autor, der ganz in der Nähe des Zentrums dieses zur Zeit aktuellen Trends steht, hat oft über die – wie er es sieht – ›Tugend‹ geschrieben und gesprochen, in neue Bereiche der Perversionen und des Ekels vorzustoßen. Er argumentiert, daß diejenigen, die diesen Weg als künstlerische und moralische Sackgasse sehen, im Prinzip den engstirnigen wiedergeborenen Christen sehr ähnlich sind! Das ist intellektueller McCarthyismus. Des weiteren hat er geschrieben, wenn man die Horrorliteratur verdamme, weil sie *lediglich* anwidern und angst machen wolle, müsse man auch die

Komödie verdammen, weil sie die Menschen lediglich zum Lachen bringen wolle, oder Liebesgedichte, weil sie sich nur mit der Liebe beschäftigen. Aber diese Vergleiche sind natürlich nur scheinbar treffend. Eine gute Komödie spielt mit unseren Ängsten und Hoffnungen und Träumen, hält uns einen Spiegel vor, reflektiert unsere gefühlsmäßigen und intellektuellen Muster in all ihrer glorreichen Kompliziertheit. Könnten Sie sich vorstellen, eine Komödie von Woody Allen oder eine typische Szene mit Steve Martin oder einen alten Chaplin-Film zu sehen – und nicht zu erkennen, daß diese Werke aus Fäden von Liebe, Haß, Freude, Angst, Hoffnung, Verzweiflung und allen anderen menschlichen Gefühlen zusammengesetzt sind und *mehr* erreichen wollen, als nur Gelächter zu erzeugen? Könnten Sie die Liebesgedichte von Shelley, Keats, Byron, Browning und anderer großer Dichter lesen und weiterhin davon ausgehen, daß ihre Werke sich *nur* mit der Liebe befassen? Sollte dies die Ebene der intellektuellen Aktivität unter jenen sein, die die Überlegenheit der Splatter-Literatur anführen, wundert es einen nicht, daß ein Großteil dieses Subgenres einfach schrecklich ist.

Verstehen Sie mich nicht falsch. Ich habe nichts gegen Gewalt und Blut in der Literatur. Als ich früher einmal meine Abneigung gegen diese Grand Guignol-Schule des Horrors zum Ausdruck gebracht habe, hat man mir vorgeworfen, ich sei ein verkalktes Fossil, das kein Blut über eine Seite verspritzen wolle. Solch ein Vorwurf kann nur von Leuten stammen, die meine Bücher nie gelesen haben. *Flüstern in der Nacht* enthält einige Szenen von solcher Brutalität, daß sie alles übertreffen, was ich in der Splatter-Literatur gelesen habe, und sogar *Brandzeichen* kommt nicht ohne Abstecher in den ›nassen Schrecken‹ aus. Gewalt und ihre biologischen Konsequenzen sind legitime Bestandteile aller Literatur, nicht nur des Horrors, doch letztlich ist es sinnlos, darüber zu schreiben und praktisch alle anderen Aspekte des Lebens und der zwischenmenschlichen Beziehungen auszuschließen. Es kommt sogar einem moralischen und intellektuellen Bankrott gleich, wenn man sich auf diese Faktoren als primäres Mittel verläßt, das Interesse des Lesers an einer Geschichte aufrechtzuhalten. Wenn sonst nichts, ist es schlicht und einfach *Faulheit*.

Am anderen Ende des Spektrums stehen jene, die darauf beharren, daß nur der ruhige Horror – der *sehr* ruhige – von bleibendem Wert ist. In ihren Geschichten findet die Gewalt fast immer hinter den Kulissen statt. Ganze Absätze werden dazu verwendet, mit langen Beschreibungen des Flüsterns des Windes, mit der seltsamen Form und der Bewegung eines Schattens oder dem Erzittern eines Blattes Furcht zu erzeugen. Oder – wie es bei einigen Minimalisten der Fall ist – gar nichts wird im Detail beschrieben – weder der Wind, noch Schatten oder erzitternde Blätter, nicht einmal *Charaktere* –, sondern der Autor versucht, Furcht mit der Benutzung spärlicher Bilder und skeletthafter Handlungen zu erzeugen, die schon allein durch ihre Kälte und Hohlheit Gedanken an den Tod und Einsamkeit und Verzweiflung wecken. Diese ›stillen‹ Horrorautoren schreiben zumeist Zeile um Zeile bessere Prosa als die, die fröhlich bis zu den Hüften im Blut und in Perversionen waten. Aber obwohl ich den stillen Horror allen Blutbad-Geschichten vorziehe, versuchen die Autoren darin zu oft bis zum Extrem, Assoziationen mit ›populärer‹ Literatur zu entgehen, und das Ergebnis ist Horror ohne menschliche Assoziationen, Horror ohne Bedeutung; er ist so langweilig und leer wie geistlose Splatter-Geschichten.

Aber beide Extreme versagen normalerweise als Literatur, weil sie sich nicht mit der *Vielfalt* des menschlichen Lebens beschäftigen, mit dem reichen Gebräu der Gefühle, die zum alltäglichen Dasein eines jeden Menschen gehören. Sie verdichten Erfahrungen, wie die Literatur es auch tun sollte, aber filtern sie dann durch das eine oder andere graue Tuch, holen die interessanteren Farben heraus und produzieren eintönige Romane und Stories.

Das schlimmste Problem der zeitgenössischen Horrorliteratur ist, einmal abgesehen vom beklagenswert schwachen Prosastil einiger ihrer Autoren, daß die meisten darin Schaffenden dem einen oder anderen Lager angehören und zu wenige in der Mitte arbeiten. Nach zahllosen Experimenten, nach dem Zu- und Abnehmen Hunderter von Schreibschulen seit Dickens' Epoche muß doch jeder, der mit der breiteren Welt der englischsprachigen Literatur vertraut ist, bemerkt haben, daß praktisch alle wichtigen und bleibenden Werke die menschlichen Erfahrungen von einem alles umschließenden Standpunkt aus erkunden und sich auf jeden Aspekt der menschlichen Existenz konzentrieren. Gute Literatur setzt sich Schranken.

Trotz seiner Schwächen ist *Der Exorzist* ein gutes Buch, weil es sowohl stillen als auch lauten Horror enthält, sowohl grobe als auch subtile Szenen. Es hat Erfolg, weil es sich nicht nur mit Schmerz, Tod und Dunkelheit beschäftigt, sondern auch mit Selbstaufopferung, Liebe und Licht. Das Publikum reagierte auf den Roman in erster Linie nicht, weil Regans Kopf sich um 360 Grad dreht oder sie andere Menschen vollkotzt, sondern weil Pater Karras seine unsterbliche Seele aufgibt, um ein Kind zu retten, *das er im Prinzip überhaupt nicht kennt.* »Nimm mich«, sagt er dem Dämon in dem Mädchen, und ihn hat der Dämon von Anfang an gewollt. Wie reizvoll. Und was für eine zutreffende Schilderung unserer besten Seiten. Aber Splatterautoren würde diese Gesinnung abstoßen, und die stillen Horrorautoren würden die Hingabe des Priesters zweifellos als zu grell empfinden.

Blattys Roman ist auch wegen der bereits erwähnten Überzeugungskraft besser als vieles, was danach folgte. Diese Überzeugungskraft fehlt sowohl im Splatter als auch im stillen Horror sehr oft. Zu viele Autoren beider Schulen erzählen uns Geschichten von besessenen Kindern oder von Dämonen heimgesuchten Häusern und befassen sich ausführlich mit der Natur des Bösen – mit einem großen B –, aber glauben selbst nicht an die Existenz Gottes als einer lebenden Kraft im Universum. Ihre Dämonen sind daher nicht glaubhaft, und ihre Abgründe sind so überzeugend wie die Figuren in einer Geisterbahn. Denn wenn Gott als lebende Macht nicht existiert, gibt es auch das Böse als lebende Macht nicht, denn all unsere Mythologien setzen die Existenz des Guten voraus, bevor das Böse überhaupt entstehen kann. Damit befaßt der Autor sich mit Gut und Böse in Kleinbuchstaben, ob er es nun weiß oder nicht. Blatty ist Katholik. Seine Überzeugung schimmert durch; seine Bereitschaft, zu einer Zeit, da Glauben bei Autoren und Kritikern aus der Mode gekommen ist, seinen Glauben in den Roman einfließen zu lassen, stellt das Böse in seinem Roman in den richtigen Blickwinkel und sorgt für eine abgerundete Geschichte, die etwas Lohnendes über das Leben zu sagen hat, ganz gleich, ob es sich bei dem Leser nun um einen Gläubigen, einen Agnostiker oder Atheisten handelt.

Natürlich muß ein Horrorautor nicht gläubig sein, um Literatur von wirklicher Tiefe schreiben zu können, obwohl er gut beraten sein würde, vor *übernatürlichem* Horror zurückzuschrecken, sollte er wirklich Atheist sein. Denn dann wird sein Werk nicht wahr klingen, und statt aus seiner rationalen Weltsicht lohnende Literatur zu schaffen, wird ihm kaum mehr gelingen, als sich Schund über Dinge abzuquälen, die er im Grunde seines Herzens als Wahnvorstellungen ansieht. Ob ein Autor nun gläubig oder nicht ist, erstklassige, abgerundete Horrorliteratur kann er nur schreiben, indem er die Beschränkungen einer einzigen Schule hinter sich läßt, indem er vor Gefühlen – und sogar Sentimentalität – genausowenig wie vor Blut und Gewalt zurückschreckt.

Warum sind Horrorautoren viel umstrittener und extremer als die der meisten anderen Genres? Warum gehören sie so entgegengesetzten Lagern an, warum arbeiten nur so wenige in der Mitte?

Das liegt meines Erachtens daran, weil so viele von ihnen regelmäßig Fan-Conventions besuchen – und dort die falschen Lektionen lernen. Diese Zusammenkünfte sind angenehm, und die Leute dort sind interessant, und es macht Spaß, mit ihnen zusammenzusein. Aber einige der Fans, die solche Treffs besuchen, neigen dazu, ihren begrenzten

Geschmack für den einzig wahren auszugeben; und sie ermutigen die Autoren, für ihren Geschmack zu produzieren. Einige lesen leidenschaftlich gern stillen Horror. Einige lesen leidenschaftlich gern Splatter-Literatur. Und die Schriftsteller beider Lager machen den Fehler, diese harten Conbesucher als repräsentativ für die breitere Leserschaft anzusehen. Sie sind es aber nicht. Sie sind gute Menschen, aber nicht repräsentativ. Die Aufmerksamkeit, die die Autoren beider Lager auf solchen Versammlungen genießen, kann gefährlich schmeichelhaft sein, ja sie sogar schöpferisch verdrehen. Die wahre Leserschaft, das Massenpublikum, das auf lange Sicht Karrieren ermöglicht und letztlich darüber entscheidet, welche Bücher und Geschichten überdauern werden, hat einen vielseitigeren Geschmack, steht einer größeren Bandbreite von Gedanken und Erfahrungen offen gegenüber. Die Horrorwerke von bleibendem Wert werden jene sein, die diese breitere Leserschaft erreichen, die nicht für einen schmalen Blickwinkel, sondern für aufgeschlossene Leser geschrieben werden. Dickens war zu seiner Zeit äußerst populär und hat es nicht darauf angelegt, die Vorlieben einer kleinen Gruppe anzusprechen; Dostojewski war ein Schriftsteller, den die Massen bewundert haben, weil er nicht nur die halbe, sondern die ganze Wahrheit sagte; Robert Louis Stevenson, Twain, Balzac, Poe ... praktisch *alle* Autoren, die ihre Zeit überdauert haben, haben das menschliche Dasein von einem Standpunkt aus erkundet, der weder nihilistisch noch haltlos optimistisch war. Sie haben jede Erzähltechnik benutzt, waren offen sowohl für die Freude als auch für den Schrecken, für die Zuversicht wie für den Zweifel, und haben für die Massen in all ihrer bunten, wunderbaren, schrecklichen, aufregenden Vielfalt geschrieben.

Da viele Horrorautoren Fan-Magazine gelesen haben, bevor sie sich als Autoren etabliert haben, sind sie nur mit der Kritik der Insider vertraut, die zwar ihren Zweck hat, aber weder besonders tiefgründig noch vielsagend ist. Daher produzieren viele Autoren, wenn sie selbst Kritiken schreiben, nur oberflächliche Analysen. Wie die Fankritiker achten sie nur selten auf die Grammatik, Syntax, Angemessenheit von Metaphern, thematische Struktur, Gültigkeit der Charakterisierung, den Wahrheitsgehalt des Hintergrunds oder die Dichte der Handlung. Entweder gefällt ihnen ein Buch, oder es gefällt ihnen nicht. Und ihr Urteil beruht nicht auf den inneren Werten des Werkes oder dem Mangel daran, sondern darauf, wie sehr es ihre eigenen Vorlieben oder Vorurteile bestätigt. Zum Beispiel werden Sie nur im Horror eine Unmenge von Kritikern finden, die erschöpfend den ›Bezug‹ eines Werkes erörtern, das keine *sichtbare* thematische Absicht hat. Außerhalb des Genres wüßte ein Kritiker sehr wohl, daß eine Geschichte, die sich nicht auf sehr sichtbare Weise mit etwas beschäftigt, die nicht an der Oberfläche ein Thema oder mehrere Themen erkundet, so daß es allen ins Auge fällt, nicht mehr als eine Geschichte sein kann. In einem kreativen Vakuum kann es keine Bezüge geben; ein Buch kann keine Metapher für Vietnam sein, wenn es sich an der Oberfläche nur mit Ungeheuern, Blut, Sex, Drogen und Rock 'n' Roll beschäftigt. Gute Schriftsteller sind bezüglich einer Botschaft nicht *schüchtern*, wenn sie eine zu vermitteln haben; sie verbergen sie nicht, damit sie zum Privatvergnügen eines Kenners oder Spezialisten in Prosasezierung wird; um Gottes willen, sie *schreiben* ganz vorn darüber. Aufgrund der schlechten Qualität der Kritik im Genre – während ich dies schreibe, enthalten sogar die wenigen professionellen Horrormagazine Rezensionskolumnen, die ohne tiefe Einsichten oder bedeutende Beobachtungen sind – benutzen neue Autoren oft schlechte Bücher als Paradigma, weil sie sehen, daß sie gelobt werden, und nicht begreifen, daß das Lob für das Werk lediglich erteilt wurde, weil es sich dabei um eine sklavische Anpassung an die Vorlieben der harten Fans handelt. Manchmal scheint in bezug auf die kreativen Parameter des Genres jede neue Generation von Schriftstellern der vorherigen stärker verpflichtet zu sein, als es bei dieser der Fall war; noch viel schlimmer ist jedoch, daß viele derjenigen, die heutzutage als

Autor und Kritiker im Bereich Horror/Dark Fantasy arbeiten, gehirnamputiert zu sein scheinen, weil sie ständig auf Versammlungen gehen und ausschließlich diese Art von Literatur lesen, bis sie praktisch nicht mehr imstande sind, die breitere Welt zu *sehen*, bis sie in bezug auf ihre Kreativität und ihren Intellekt dermaßen an Inzucht leiden, daß sie über keine gültigen Maßstäbe mehr verfügen, mit denen sie ihr eigenes Werk und das ihrer Kollegen richtig einschätzen können.

Ein Kritiker und Autor im Genre hat mir seine Auffassung eingestanden, daß es nur zwei Dinge gibt, über die zu schreiben sich lohnt: Eros und Thanatos, Liebe und Tod (oder Furcht). Diese Vorstellung hat er anscheinend von einem Akademiker aufgegriffen – offensichtlich einem drittklassigen Akademiker. Um zu glauben, sämtliche menschliche Erfahrungen könnten auf zwei Themen reduziert werden – *wirklich* daran zu glauben und sich nicht nur daran festzuhalten, weil es eine bequeme Rechtfertigung dafür ist, nicht komplex schreiben zu können –, muß ein Schriftsteller intellektuell und gefühlsmäßig blind für die tatsächliche Vielfalt der menschlichen Gefühle und Motive sein. Und indem man des weiteren behauptet, wie dieser Kritiker es getan hat, daß der Horror genauso erfolgreich wie jede andere Literatur auch sein kann, obwohl er sich nur mit der Hälfte dieser möglichen Themen beschäftigt, wenn er sich strikt mit dem Tod (der Furcht) beschäftigt, erweist man dem Genre einen sehr schlechten Dienst und will damit nur eine Entschuldigung dafür geben, daß ein Autor lieber auf Nummer Sicher geht, indem er die Vorurteile oder Vorlieben der harten Fans erfüllt und deren beschränkte Erwartungen erfüllt. Daß man die eigenen Ansprüche so sehr herabschraubt, erklärt die Regale voller unlesbarer Bücher, die den Markt überschwemmen, ob sie nun stolz von sich behaupten, zwar Schund zu sein, aber einfach Spaß zu machen, oder ob sie sich als Literatur tarnen. Bei solchen Maßstäben müßten wir akzeptieren, daß die primitivste Pornographie, die sich lediglich darauf beschränkt, Lust zu erzeugen, in literarischer Hinsicht jedem Werk der Horrorliteratur oder jedes anderen Genres gleichwertig ist, daß jeder Schundschreiber, der die Seiten seines Buches nur mit genug Blut und Fäkalien füllt, um uns anzuekeln und unsere Furcht vor dem Tod heraufzubeschwören, genauso gut wie die besten Schriftsteller in unserem Genre ist.

Das Genre kann nicht gedeihen, wenn es sich an solchen Lügen nährt.

Wenn wir dieses Genre schätzen, müssen wir in jedem Stadium seiner Entwicklung die Wahrheit darüber sagen. Im Augenblick sieht die Wahrheit so aus, daß wir uns trotz des offensichtlichen Booms in einem dunklen Zeitalter befinden. Die Wahrheit ist: Wenn wir uns in Cliquen aufspalten und einander in der Entwicklung beschränkter Schreibschulen ermutigen, wenn wir völlig unbedarfte Werke der Freundschaft halber loben, wenn wir für die Entwicklung unserer Karrieren die Verbrüderung auf Conventions für wichtiger halten als den schmerzhaften Akt der Kreativität in der Einsamkeit unserer Arbeitszimmer und Büros, tragen wir zu einer unnötig verlängerten Zeit des Erwachsenwerdens des Genres und vielleicht sogar zu dessen endgültiger Zersetzung als lebensfähiger literarischer Stimme bei.

GEWUSST WIE

Sehr viele Schriftsteller verspüren den unwiderstehlichen Drang zu erklären, wie sie tun, was sie tun. Ein jeder ist der Ansicht, daß seine oder ihre Einstellung die lebensfähigste aller möglichen Annäherungen und dem Bemühen, große Literatur zu schaffen, am förderlichsten ist.

Wenn ein Schrifststeller einen Artikel schreibt, in dem er erklärt, wie man etwas tut, glaubt er, er würde sich die Zeit, seine Gedanken auf Papier zu bringen, in erster Linie deshalb nehmen, um schwer erarbeitete Erfahrungen mit aufstrebenden Neulingen zu teilen. Das ist ein Teil – aber wirklich nur ein Teil – dessen, was ihn dazu treibt. Ich wage die Behauptung, daß es unter Schriftstellern genauso viele Nullen, Trottel und selbstsüchtige Arschlöcher gibt wie in allen anderen Branchen oder Berufen auch, Filmproduzenten und internationale Terroristen sogar eingeschlossen, und wesentlich *mehr*, als man sie – zum Beispiel – bei Klempnern, Ärzten oder Einzelhandelskaufleuten findet. Trotzdem genießen viele Schriftsteller es geradezu, Neulingen zu helfen und ihre auf brutale Weise erworbenen Erfahrungen weiterzugeben.

Leider sind ihre Bemühungen zugunsten nicht so bekannter Kollegen verschwendet. Ich habe zahllose Neulinge oder aufstrebende Autoren kennengelernt, die verzweifelt Rat suchen, die gespannt zuhören, wenn man ihnen einen Rat erteilt, und die einen mit Sturzbächen von Dankbarkeit für die weitergebebene Weisheit überschütten – aber noch nie einen, der diesen Rat dann auch in bedeutsamem Ausmaß befolgt und sich damit ungeahntes Leid erspart. Schriftsteller neigen nun mal dazu, stur und egoistisch zu sein, und jeder glaubt, seine Erfahrungen würden sich von denen aller Kollegen vor ihm unterscheiden, weil er ein Genie ist, dessen gigantisches Talent so leicht alle Hindernisse überwinden wird, wie Arnold Schwarzenegger eine Schar achtzigjähriger Nonnen niedermähen könnte. Ratschläge gehen zu einem

Ohr rein und zum anderen wieder raus, hinterlassen nicht den geringsten Eindruck im Gehirn und entfernen nicht mal Schmalz.

Aber es spielt keine Rolle, daß die Mühe vergeblich ist, denn ich vermute, etablierte Autoren schreiben nicht hauptsächlich aus Selbstlosigkeit gelegentlich Artikel für den *Writer's Digest* oder *The Writer* oder verschiedene andere Lehrbücher, die vermitteln wollen, wie's gemacht wird. Sie werden wohl auch kaum von den geringen Seitenhonoraren oder der Befriedigung fürs Ego dazu getrieben, die es dafür gibt. All das spielt eine Rolle, aber nichts davon ist in sich selbst wichtig.

Ich vermute, daß andere Autoren – wie ich selbst – ihre Zeit für solche Artikel aufwenden: 1. beinhaltet der *Prozeß* des Schreibens für sie eine endlose Faszination; 2. versuchen sie nicht nur den Anfängern, denen der Artikel angeblich helfen soll, sondern auch sich selbst zu erklären, wie sie es machen.

Was den Prozeß betrifft, so ist das Schreiben nicht nur eine Kunst, sondern auch ein Handwerk, denn es erfordert nicht nur Talent und Kenntnisse, sondern auch eine Menge technische Fertigkeiten. Genau wie andere Handwerker – Möbeltischler, Juweliere, Kfz-Mechaniker, Matte-Painter bei Filmproduktionen, Holzschnitzer etc. – sich gern über die Tricks in ihren jeweiligen Branchen austauschen, sprechen auch Schriftsteller gern über ihre Erzähltechniken. Romanautoren analysieren ständig – bewußt oder unbewußt – die Werke von Kollegen, und wenn man lange genug dabei ist, wird es irgendwann fast unmöglich, einen Roman oder eine Geschichte zu lesen, ohne Szene um Szene und manchmal sogar Zeile um Zeile darauf zu achten, wie gewisse Wirkungen erzielt wurden.

Die Analyse von Literatur, auch wenn der beste Kritiker sie vornimmt, findet *immer* auf der Ebene des Handwerks statt, da man die Kunst selbst nicht analysieren kann. Kommentieren, ja. Effektiv kritisieren und analysieren, nein. Kunst ist schließlich geheimnisvoll; wir erkennen sie, wenn wir sie sehen – oder nehmen sie eher gefühlsmäßig wahr, wenn sie uns tief im Inneren berührt –, doch jeder Versuch, sie zu definieren, führt zu vorgegebenen Regeln und Richtlinien, die nichts weiter als vorgeschlagene *handwerkliche* Techniken darstellen. Wenn man Kunst kritisieren und analysieren könnte, könnte man sie danach auch kodieren; könnte man sie kodieren, könnte man sie bewußt neu schaffen; könnten jene, die sie kodieren können, sie willentlich neu schaffen, wäre jeder Kritiker oder Analytiker, der zu verstehen *glaubt*, was wahre Kunst ist und was nicht, emsig damit beschäftigt, eigene betörende Werke zu schaffen und damit den Markt zu überfluten. Doch die Wirklichkeit sieht so aus, daß nur sehr wenige Kritiker – wenn überhaupt welche –, ganz gleich auf welchem Gebiet, auch dauerhafte Kunst geschaffen haben.

Daher wollen Schriftsteller nicht nur ihre Faszination über den Prozeß des Schreibens befriedigen, sondern schreiben auch gern über das Schreiben, weil sie sich selbst erklären wollen, wie wirksame handwerkliche und gut angewandte Techniken manchmal zu Prosa – und einer Geschichte – führen können, die über das bloße Handwerk hinausgeht. Sie versuchen, den spirituellen Aspekt ihrer Arbeit zu verstehen, indem sie dessen biologische Funktionen erkunden. Ihre Bemühungen sind genauso zum Scheitern verurteilt wie die der Kritiker und der akademischen Analytiker. Kunst widersetzt sich jeder Sezierung, selbst wenn der Pathologe, der das Skalpell schwingt, der Schöpfer der Kunst ist.

Nachdem ich zu dieser Schlußfolgerung gelangt bin, bezweifle ich, daß ich je wieder einen Artikel über das Schreiben verfassen werde. Doch ich habe früher viele darüber geschrieben; und da die Herausgeber dieses Buches nicht im Vollbesitz ihrer geistigen Kräfte sind, gehen sie davon aus, daß der allgemeine Leser sich auch dafür interessiert, was ich in dieser Hinsicht geschrieben habe, wenn er gar nicht die Absicht hat, Schriftsteller zu werden. Ich bin nicht davon überzeugt. Behaupten Sie also nicht, ich hätte Sie nicht gewarnt, wenn die beiden folgenden Beiträge Sie langweilen!

›Wie man den Leser auf der Stuhlkante hält‹ und ›Warum Romane der Angst mehr schaffen müssen, als dem Leser lediglich angst zu machen‹ erschienen zuerst in einem Lehrbuch, das von J. N. Williamson herausgegeben wurde.

Spannung. Das empfindet man, wenn man mit der Achterbahn bergauf fährt. Das empfindet man, wenn man mit zwei Königen am Blackjack-Tisch sitzt und man darauf wartet, daß der Geber seine letzte Karte austeilt, entweder die Einundzwanzig schafft oder verliert. Das empfindet man auf dem Fußballplatz, wenn die eigene Mannschaft kurz vor Schluß eins zu null führt und die gegnerische mit aller Kraft auf den Ausgleich drängt. Diese Art von Spannung – sagen wir ›leichte‹ Spannung dazu – macht Spaß, ist wünschenswert und tut einem wahrscheinlich auch gut: Sie beschleunigt den Herzschlag, quetscht etwas zusätzliches Adrenalin in die Adern, erregt einen und führt dazu, daß man sich *lebendig* fühlt.

Das Leben ist auch voller Augenblicke dunklerer Spannung. Sie kennen das Gefühl, wenn Sie je in einer Arztpraxis gesessen und darauf gewartet haben, endlich zu erfahren, wie die Laborergebnisse bezüglich dieses seltsamen Knotens aussehen, den Sie in der vergangenen Woche entdeckt haben. Sie empfinden sie in den unerträglichen Sekunden, wenn Sie während eines Schneesturms die Kontrolle über ihren Wagen verloren haben und auf die Gegenfahrbahn rutschen. Sie nehmen sie nur allzu scharf wahr, während Sie darauf warten, daß ein geliebter Mensch nach einer Notoperation aus dem OP kommt. Niemand kann behaupten, daß diese dunklere Art der Spannung gut für Sie ist; sie setzt Ihr Herz einer starken Belastung aus und nimmt Ihnen den Mut, und jede Minute davon kostet wahrscheinlich eine oder zwei Stunden Ihres Lebens.

Nur in der Literatur suchen wir sowohl die leichte als auch die dunkle Spannung – und profitieren davon. In Büchern und Filmen ist sämtliche Spannung nur nachempfunden; wir können also jede ihrer Schattierung wahrnehmen und unbeschadet überstehen. Leichte Spannung – wie man sie in Filmen wie Spielbergs E. T. und Romanen wie Gregory McDonalds *Fletch*-Serie findet – ist das passive Äquivalent einer besonders schnellen und ungewöhnlich langen Achterbahnfahrt. Düsterere Geschichten, die direkt die Kernängste des menschlichen Unterbewußtseins ansprechen – *Aliens* und *Psycho*, Blattys *Der Exorzist* und Stephen Kings *Shining* – mögen ebenfalls nutzbringend für uns sein, weil sie uns von dem psychologischen Dreck reinigen, der Rückstände hinterläßt, wann immer im Leben wir schlechte Erfahrungen machen. Und wenn die Hauptfiguren in solchen Geschichten Ehre und Mut haben – und nicht nur oberflächlich dargestellt werden –, können diese Geschichten auch als Beispiele dafür dienen, wie man würdevoll mit Tod, Verlust, Einsamkeit und anderen Tragödien des wirklichen Lebens umgehen kann. Mit anderen Worten: Spannungsliteratur kann sowohl ein aufregendes Erlebnis als auch eine unaufdringliche – beachten Sie das Wort ›unaufdringlich‹! – moralische Lektion sein.

Die Techniken, mit denen man Spannung erzeugt, kommen mit der Übung und entwickeln sich erst im Lauf der Jahre, während der Autor sein Handwerk lernt. Doch die folgenden Vorschläge, Lektionen, die ich in über zwei Jahrzehnten als Schriftsteller gelernt habe, können einem Neuling, der seine Geschichten spannender machen will, wertvolle Zeit sparen.

Verwechseln Sie auf keinen Fall Action mit Spannung. Ein guter Roman muß ›Action‹ haben, und die Charaktere müssen in bedeutungsvoller Bewegung gehalten werden. Doch auch eine Geschichte, die aus einer Schießerei und wilden Verfolgungsjagd nach der anderen besteht, kann stinklangweilig sein. Action wird nur spannend, wenn man die folgenden beiden Wahrheiten begriffen hat und dementsprechend schreibt: 1. In der Literatur resultiert Spannung hauptsächlich daraus, daß der Leser sich mit komplexen, überzeugenden und ansprechenden Hauptfiguren identifiziert; und 2. Erwartung von Gewalt ist unendlich spannender als die Gewalt selbst.

In eindimensionale Charaktere kann der Leser sich nicht einfühlen, und wenn der Leser sich keine Sorgen darum macht, was mit den Charakteren geschieht, kommt auch keine Spannung auf. Einige Ideen, wie man zwingende und ansprechende Charaktere schafft, finden Sie in dem nachfolgenden Artikel ›Warum Romane der Angst mehr schaffen müssen, als dem Leser lediglich angst zu machen‹. Dort führe ich aus, daß gut gezeichnete und sympathische Protagonisten von grundlegender Bedeutung sind, will der Autor seinen Lesern angst machen. Also bildet eine gute Charakterisierung das Herz der Spannung.

Erwartung – das macht die Geisterbahn auf der Kirmes so beliebt. Wenn man durch stockdüstere Gänge fährt, durch mit schwarzem Licht unheimlich erhellte Räume mit großen Bildern an den Wänden, ist es viel interessanter, das plötzliche Auftauchen eines Ghouls oder Dämonen zu erwarten, als das Ding tatsächlich aus einer Nische in der Wand springen oder aus einer Falltür im Boden kommen zu sehen. Warum? Weil im Labyrinth der menschlichen Phantasie viel bizarrere Schrecken heraufbeschworen werden können, als man sie im wirklichen Leben wohl jemals sehen wird. Ganz gleich, wie entsetzlich die Pappfigur des Ghouls auch aussehen mag, sie kommt nie dem gleich, was man sich *vorstellt*, während man den Angriff des Ungetüms erwartet.

James Camerons hervorragender Film *Aliens* verwendet beträchtlich mehr Zeit darauf, eine Erwartungshaltung des Publikums auf monströse Gewalt aufzubauen, als daß er diese Gewalt tatsächlich zeigt. Die Spannung steigt jedesmal, wenn ein Schauspieler um eine Ecke geht oder durch eine Tür in einen neuen dunklen Raum tritt. Immer wieder ist das geifernde Ungeheuer *nicht* dort, aber wir wissen, daß wir ihm früher oder später begegnen werden, und genießen die Erwartung, daß es auftauchen *wird*. Wenn die Aliens dann angreifen, ist die Action heftig, intensiv, mitreißend – und schnell beendet.

In gewisser Hinsicht ähnelt der Rhythmus hervorragend erzeugter Spannung dem von gutem Sex: ein langes, langsames Vorspiel ... gefolgt von sanfter und fast gemächlicher Liebe ... die sich ständig und herrlich bis zum Höhepunkt aufbaut ... und dann der *große Augenblick* mit seiner schnellen und intensiven Erlösung.

Mein Roman *Ein Freund fürs Sterben* enthält eine lange Szene auf einem Autoschrottplatz, in der Spannung erzeugt wird, indem die Konfrontation zwischen dem vierzehnjährigen (und bösen) Roy immer wieder hinausgezögert wird. Colin wird durch die unheimliche nächtliche Landschaft der ausgeschlachteten Autos und vor sich hinrostenden Lastwagen gehetzt und findet schließlich ein anscheinend sicheres Versteck. Roy hätte ihn nach zwei oder drei Sätzen aufspüren können, doch ich lasse dem Leser sehr viel Zeit, diese Entwicklung zu erwarten. Der arme Colin duckt sich in seinem dunklen Versteck, während er hört, wie Roy ihn sucht, und will sich einreden, daß er in Sicherheit ist. Absatz um Absatz steigt die Spannung des Lesers, weil er *weiß*, daß Colin nicht in Sicherheit ist und unter Garantie gefunden wird. Da der Leser Colin mag und Angst um ihn hat, handelt es sich um eine jeder Szenen, die den Leser auf der Stuhlkante hin und her rutschen lassen.

Oder nehmen Sie Stephen Kings *Shining*. In der vielleicht unheimlichsten Szene der zeitgenössischen Horrorliteratur betritt der fünf Jahre alte Danny das verbotene Zimmer 217 des Hotels Overlook, in dem eine verfaulte, aber von bösem Leben beseelte Leiche auf ihn wartet. Beginnt King die Szene, indem er Danny das Zimmer betreten läßt? Nichts da. Die Szene beginnt, als Danny vor der Tür steht, einen Schlüssel in der Hand, und er braucht über zwei haarsträubend spannende Seiten, nur um die Tür zu öffnen und den Raum zu betreten. Erwartung. King sorgt dafür, daß uns kalter Schweiß ausbricht. Doch als Danny die Tote in der Badewanne findet und sie die Augen öffnet und nach ihm greift, rast der Rest der Szene schnell wie eine Kugel dahin und erreicht eine Seite später den Höhepunkt. Man läßt uns mehr Zeit, die Begegnung zu fürchten, als sie dann zu erleben.

Trotz zahlreicher unheimlicher Szenen und schrecklicher Begegnungen im ganzen Buch ist *Shining* im Prinzip eine lange Abfolge von Erwartungen. Schon ganz am Anfang des Buches wissen wir, daß Jack Torrance früher oder später mit einer Axt über seinen kleinen Sohn Danny herfallen wird. Doch King hält diese schrecklichste Szene über vierhundert Seiten lang zurück und baut sie so behutsam auf, daß sie unerträglich spannend ist, als sie schließlich tatsächlich kommt.

Stil ist genauso wichtig wie gute Charakterisierungen und Erwartung. Ein ausgezeichneter Stil – gute Grammatik, eine feste Syntax und (das ist am wichtigsten) ein starkes Gefühl für die Rhythmen der Prosa – ist unbedingt nötig, will man Spannung von höchster Qualität schaffen. Schon allein der Fluß der Worte auf der Seite kann den Leser noch schneller zum Höhepunkt führen und in ihm das kaum bewußte, aber effektive Gefühl erzeugen, durch einen leeren Raum zu stürzen.

Einige Stiltechniken, mit denen man diese Wirkung erzielen kann, fallen einem sofort ins Auge. Wenn die Erwartungshaltung sich dem Augenblick der Gewalt oder der gefürchteten Konfrontation nähert, benutzt der Schriftsteller manchmal kurze Sätze, einfachere Worte, kürzere Nebensätze und Wendungen – und das erzeugt im Leser das Gefühl, die Handlung würde sich geradezu überschlagen. Doch sobald die Erwartungshaltung erzeugt worden ist und der *große Augenblick* sich nähert, können kurze Beschreibungen der Stimmung und des Schauplatzes – im allgemeinen nie mehr als eine oder zwei Zeilen – beim Leser Angst erzeugen, ohne daß er mitbekommt, wie es gemacht wird. Zum Beispiel könnte man sagen, daß das Mondlicht ›der milchweißen Haut einer Ertrunkenen‹ ähnelt oder Schatten in der Ecke ›tief wie ein Grab‹ sind. Indem man Umschreibungen für den Tod benutzt, erweckt man im Leser die unbewußte Annahme, daß die Hauptfigur vielleicht sterben wird.

In *Vision* habe ich in einer Szene eine Technik benutzt, die genau das Gegenteil der kurzen Sätze zur Erhöhung der Spannung darstellt. Als meine Hauptfigur mit dem Killer zusammentrifft, versuche ich, das Chaos und die irrwitzige Raserei des Angriffs wiederzugeben, indem ich den größten Teil davon in einem einzigen Satz beschreibe:

> … das Messer drang auf ihn ein, schoß aus der Dunkelheit vor und in ihn hinein, fühlte sich an wie ein Spaten, war riesig, verheerend, so verheerend, daß er die Pistole fallenließ, einen Schmerz empfand, wie er ihn noch nie gespürt hatte, und ihm wurde klar, daß der Killer seine Taschenlampe zur Ablenkung von sich geworfen hatte, daß er ihn gar nicht getroffen hatte, und das Messer wurde herausgezogen und dann wieder tief in ihn hineingestochen, tief in seinen Bauch, und er dachte an Mary und an seine Liebe für sie und daran, daß er sie im Stich ließ, und er griff in der Dunkelheit nach dem Kopf des Killers, bekam ein paar kurze Haare zu fassen … und die Taschenlampe fiel drei Meter entfernt zu Boden, drehte sich, warf irrwitzige Schatten, und das Messer wurde erneut aus seinem Körper gezerrt, und er griff nach der Hand, die es hielt, verfehlte sie aber, und die Klinge erwischte ihn ein drittes Mal, explosiver Schmerz, und er taumelte zurück, der Mann ließ nicht von ihm ab, hing an ihm und versetzte ihm einen weiteren Stich, diesmal höher, in die Brust, und ihm wurde klar, daß seine einzige Überlebenschance darin bestand, sich tot zu stellen, und er ließ sich zu Boden fallen, prallte schwer auf, und der Mann stolperte über ihn, und er hörte den schnellen Atem des Mannes, und er lag ganz still da, und der Mann hob die Taschenlampe auf und kam zurück und schaute zu ihm hinab, stand über ihm, trat ihm in die Rippen, und er wollte aufschreien, beherrschte sich aber, machte keine Bewegung und hielt den Atem an, obwohl er innerlich nach Luft schrie, und der Mann wandte sich von ihm ab und ging auf den

305

Turmeingang zu, und dann erklangen Schritte auf der Treppe im Turm, und als er sie hörte, kam er sich wie ein nutzloses Arschloch vor, das man überlistet hatte, und er wußte, daß er nicht imstande sein würde, seine Pistole aufzuheben und die Treppe hinaufzusteigen und Mary zu Hilfe zu kommen, weil es so etwas nur im Kino gab, der Schmerz rieb ihn auf, und er blutete auf den Boden, lag da wie eine ausgequetschte Frucht, aber er sagte sich, daß er versuchen mußte, ihr zu helfen, und daß er nicht sterben würde, nicht sterben würde, nicht sterben würde, obgleich es ganz so aussah, daß er bereits im Sterben lag.

[Diese Szene mit einer von Koontz bewußt ausgewählten Technik werden Sie in der deutschen Ausgabe vergeblich suchen; dort hat man sich entschlossen, auf die bewährte Technik der kurzen Sätze zur Steigerung der Spannung zurückzugreifen, und das liest sich dann so:

Bevor er noch einen weiteren Gedanken fassen konnte, rammte man ihm in der Dunkelheit das Messer in den Leib. Ein Riesenmeser, die Klinge so lang wie ein Spaten. Ein Schmerz, wie er ihn noch nie gespürt hatte, durchzuckte ihn. Er ließ die Pistole fallen. Jetzt wurde ihm klar, daß er den Killer gar nicht getroffen hatte, und daß dieser seine Taschenlampe zur Ablenkung von sich geworfen hatte. Der Killer zog das Messer heraus und stieß wieder zu – tief in den Magen. Max dachte an Mary und an seine Liebe für sie und daran, daß er sie im Stich gelassen hatte. Er griff nach dem Kopf des Killers und bekam ein paar kurze Haare zu fassen. Dabei löste sich der Verband an seiner Hand, und die Wunde platzte auf. Er verfluchte die scharfe Kante seines Wagenhebers, und schon rammte man ihm zum drittenmal das Messer in den Leib. Es tat wahnsinnig weh, und er stolperte rückwärts. Der Killer ließ nicht von ihm ab, hing an ihm und versetzte ihm einen weiteren Stich – diesmal hoch in der Brust. Max sah, daß seine einzige Überlebenschance darin bestand, sich tot zu stellen, und ließ sich zu Boden fallen. Er fiel hart. Der Mann hob seine Taschenlampe auf und leuchtete ihn an. Max lag ganz still. Der Man stand über ihm und trat ihm in die Rippen. Max wollte aufschreien, beherrschte sich aber. Er hielt den Atem an und machte keine Bewegung. Der Mann wandte sich von ihm ab und ging auf den Turmeingang zu. Max hörte seine Schritte auf der Treppe und kam sich elend und nutzlos vor. Er wußte, daß er nicht imstande war, seine Pistole aufzuheben und Mary zu Hilfe zu kommen. Das gab es nur im Kino. Er lag blutend da wie eine ausgequetschte Frucht. Er sagte sich, daß er Mary um jeden Preis helfen mußte, daß er nicht sterben würde, obgleich es ganz so aussah, als ob er dem Tod nicht entgehen würde.]

Man kann stilistische Kunstgriffe auf unzählige Weise einsetzen, um Spannung aufzubauen und zu steigern. Wollte ich nur die kurz umreißen, mit denen ich vertraut bin, müßte ich ein ganzes Buch schreiben. Der neue Schriftsteller muß sich darüber klar werden, daß es auf den Stil ankommt, daß die volle Kontrolle der Sprache und ein grundlegendes Verständnis ihrer Möglichkeiten mindestens genauso viel mit dem Schaffen mitreißender Spannung zu tun haben wie Verfolgungsjagden und Kampfszenen.

Schließlich hängt Spannung auch von dem Bösewicht ab. Er – oder es – muß mächtig sein, ein angemessener Gegenspieler für die Hauptfiguren, eine solche Kapazität für das Böse haben, daß der Leser sich nicht vorstellen kann, wie so ein Ungetüm besiegt werden könnte. Der Schurke muß erbarmungslos, unerbittlich und nicht aufzuhalten sein. Denken Sie an Arnold Schwarzenegger in *Terminator*. Denken Sie an Graf Dracula. In meinem Roman *Flüstern in der Nacht* ist Bruno Frye ein Psychopath fast übermenschlichen Ausmaßes, die Verkörperung des Chaos, die im Herzen des Universums liegt; er ist zu absolut allem fähig, so daß der Leser sofort nervös wird, wenn Bruno auftaucht.

Gleichzeitig muß der Antagonist komplex sein, nicht einfach ein Schurke aus einem Comic-Heft, kein schwarzweiß gezeichneter Pappkamerad; er muß menschliche Eigenschaften haben, vielleicht nicht nur Schwächen, sondern auch bewundernswerte Qualitäten. (Außer natürlich, man schreibt einen Dark Fantasy- bzw. Horrorroman, in dem der Bösewicht ein Dämon oder irgendein anderes übernatürliches Wesen ist; doch selbst dann ist ein strukturierter Dämon einem eindimensionalen Hampelmann aus der Geisterbahn vorzuziehen.) Die besten Bösewichter sind die, die nicht nur Schrecken, sondern auch Mitleid und manchmal sogar echtes Mitgefühl erzeugen. Denken Sie an den pathetischen Effekt von Frankensteins Ungeheuer. Denken Sie an den armen Werwolf, der haßt, was im Licht des Vollmonds aus ihm wird, sich aber den lycanthropischen Strömungen in seinen Zellen nicht widersetzen kann.

Man kann Spannung nicht in einem Vakuum erzeugen. Sie entsteht lediglich als Nebenprodukt einer guten Charakterisierung, einer gut strukturierten Handlung, die das Tempo festlegt, der Erkenntnis, wie wertvoll die Erwartungshaltung als Vorspiel einer Actionszene ist, starker stilistischen Kontrolle und der Fähigkeit – und Bereitschaft –, komplexe Charaktere und Szenen zu beschreiben, die den Leser ermutigen, seinen Unglauben fallen zu lassen und sich vollständig in die Welt zu begeben, die der Autor als glaubwürdige Wirklichkeit schildert.

WARUM ROMANE DER ANGST MEHR SCHAFFEN MÜSSEN, ALS DEM LESER LEDIGLICH ANGST ZU MACHEN

Jedes Jahr zu Halloween veranstaltet wenigstens eine Zeitung in der näheren Umgebung einen Wettbewerb, bei dem die Leser aufgefordert werden, über die zehn unheimlichsten Romane und Filme aller Zeiten abzustimmen. Seit 1983 mein Roman *Unheil über der Stadt* erschien, ist er jedesmal auf diesen Listen erschienen, häufig an erster, nie tiefer als an dritter Stelle. Auf einer dieser Listen, bei denen *Unheil über der Stadt* den ersten Platz einnahm, landete ein anderes meiner Bücher, *Flüstern in der Nacht*, auf dem vierten.

Wenn Leser mir schreiben, teilen sie mir manchmal mit, daß sie Schwierigkeiten haben, nach der Lektüre eines meiner Romane in einem dunklen Zimmer einzuschlafen, und das Nachtlicht brennen lassen müssen. Andere schreiben, daß sie es nicht ertragen können, einen meiner Romane zu lesen, wenn sie allein im Haus sind. Wieder anderen macht das nichts aus, aber sie gestehen ein, auf jedes noch so unschuldige Geräusch unangemessen heftig zu reagieren.

Rezensenten äußern sich natürlich zu allen Aspekten eines Romans, doch zu ihren häufigsten Aussagen zählen: ›Läßt Ihnen eine Gänsehaut über den Rücken laufen‹, ›die Haare werden Ihnen zu Berge stehen‹, ›lesen Sie das Buch erst, nachdem Sie sich überzeugt haben, daß alle Türen und Fenster verschlossen sind‹, und ›läßt Ihnen das Blut in den Adern gefrieren.‹

Als Ergebnis davon, daß ich all diese Gänsehäute über die Rücken laufen ließ, diese Haare aufrichtete und Millionen Liter von Blut gefrieren ließ, wurden bis Ende 1986 von meinen Büchern weltweit etwa vierzig Millionen Exemplare verkauft. (Zehn Jahre später waren es schon über 150 Millionen Exemplare.) Offensichtlich lassen die Leute sich gern einen guten Schrecken einjagen.

Oft bitten mich neue Autoren, die sich in den Genres der Spannungs- und Horrorliteratur versuchen, um Rat oder schicken mir Manuskripte mit der Bitte, ihnen doch mitzuteilen, was ich davon halte. Genau wie ich haben sie Vergnügen daran, kalten Schweiß beim Leser ausbrechen zu lassen. Doch nur allzuoft erzielen sie leider nicht die gewünschte Wirkung, weil sie nichts *anderes* versuchen, als dem Leser angst zu machen. Angst kann nicht in einem Vakuum erzeugt werden. Um Furcht hervorzurufen, muß man auch andere Gefühle hervorrufen. Ein Autor von Spannungs- und Horrorliteratur, der lediglich Angst erzeugen will, ist wie ein Konzertpianist, der versucht, Mozart lediglich auf einem Viertel der Klaviertastatur zu spielen: Das geht einfach nicht.

Eine Geschichte *muß* zuerst einmal dafür sorgen, daß der Leser mitfühlt, sich in die Gefühle, Gedanken und Einstellungen einer anderen Person hineinversetzen kann. Die erste Person, in die der Leser sich hineinversetzen sollte, ist die Hauptfigur des Romans, der Protagonist.

Damit der Leser sich schneller in einen Charakter hineinversetzen kann, sollten dessen Gedankenprozesse und Motive klar und selbstverständlich sein. In meinem Roman *Schwarzer Mond* zum Beispiel ist die männliche Hauptperson Dominick, ein Schriftsteller, der nach Jahren des Kampfes gerade einen möglichen Bestseller geschrieben hat und sich lediglich wünscht, weitere gute Bücher zu schreiben und die Früchte seiner Arbeit zu genießen. Ginger, die weibliche Hauptperson, ist Assistenzärztin auf der Herzchirurgie und will nach vielen Jahren des anstrengenden Studiums ihre Ausbildung abschließen und zur bestmöglichen Ärztin werden. Ihre Wünsche und Ziele sind klar und bewundernswert, und jeder Leser kann sich auf dieser Ebene mit ihnen identifizieren. Oder nehmen Sie Stephen Kings *Shining*, in dem der erst fünfjährige Danny als Protagonist des Romans fungiert. Danny wünscht sich nichts mehr, als seine Eltern zu lieben und von ihnen geliebt zu werden; sollte ein Leser dieses

Gefühl oder Motiv nicht verstehen können, sollte er sich umgehend in psychiatrische Behandlung begeben!

Ein Protagonist, der ein neurotisches Nervenbündel ist, der von Gier oder Lust oder einem der niedrigen Gefühle getrieben wird, wird nicht so schnell die Zuneigung des Lesers gewinnen. Natürlich haben wir alle diese dunkleren Begierden und Motive, und auf einer bestimmten Ebene können wir uns tatsächlich mit einem grundlegend bösartigen Charakter identifizieren, aber nur mit großem Zögern, weil wir nicht gern eingestehen, daß es solche Gefühle auch in uns gibt. Ein hervorragender Schriftsteller mit gewaltigem Talent kann diesen Trick durchziehen, wie James M. Cain es ausgezeichnet in *Wenn der Postmann zweimal klingelt* und fast so gut in *Doppelte Abfindung* gelungen ist. In *Clemmie* schreibt der unvergleichliche John D. MacDonald über eine Hauptperson, die von Lust verzehrt und letztlich auch vernichtet wird, und der Leser empfindet fast schmerzhaft mit ihm. Doch Cain und MacDonald sind meisterhafte Romanciers, und der neue Schriftsteller, der sich die Aufgabe stellt, einen ›verbogenen‹ Protagonisten zu beschreiben, fängt mit einem gewaltigen Nachteil an, dem sein im Entstehen begriffenes Talent höchstwahrscheinlich nicht gewachsen ist.

Auch nachdem man einen Protagonisten geschaffen hat, in den die Leser sich leicht hineinversetzen können, ist man noch nicht imstande, Furcht zu erzeugen. Zuerst muß man versuchen, eine weitere wichtige Emotion hervorzurufen – Mitgefühl. Der Leser muß die Hauptperson *mögen*; sie darf ihm nicht gleichgültig sein, und er muß sich Sorgen über ihr Schicksal machen.

Eine unbeholfene Charakterisierung kann auf vielerlei Art verhindern, daß der Leser Mitgefühl entwickelt. Doch das sind die fünf Fehler, die ein neuer Autor am häufigsten begeht:

1. Ihre Charaktere dürfen nicht irrational handeln und dürfen nicht in Schwierigkeiten kommen, lediglich weil sie dumme Entscheidungen treffen. Wenn die Hauptperson zum

Beispiel mit ihrer Familie in ein Spukhaus zieht und die nette alte Großmutter danach von einem Ungeheuer gefressen wird, das aus dem Keller hervorkriecht, wird die Hauptperson nicht das Mitgefühl der Leser bekommen, wenn sie daraufhin in dem Haus bleibt, um ihren Mut zu beweisen, oder weil sie ein Sturkopf ist. Jeder, der nur ein wenig Grips im Kopf hat, würde sofort abhauen, nachdem Oma gefressen wurde, und das wäre das Ende der Spukhaus-Geschichte. Um die Story lebendig zu halten, muß man logische und überzeugende Gründe bieten, daß dieser Mann und seine Familie das Haus nicht verlassen können. Nehmen Sie zum Beispiel den Film *Poltergeist*: Die Familie wagt es nicht, das Haus zu verlassen, weil die kleine Tochter von einem Dämon entführt wurde und zwar im Haus, aber auf einer anderen dimensionalen Ebene festgehalten wird; würde die Familie abziehen, würde sie das Kind dem Dämon überlassen.

2. Ihr Protagonist darf nicht passiv sein. Er darf nicht einfach abwarten, daß etwas passiert, und dann darauf reagieren. Während seine Lage immer verzweifelter wird, muß er starke und logische Schritte ergreifen, um sich mit den Widersachern zu befassen, die ihm zu schaffen machen, ob es sich nun um Menschen handelt oder, wie in einigen Horrorromanen, um übernatürliche Kräfte. Er muß die Initiative ergreifen. In *Der Exorzist* von William Peter Blatty gehen die Mutter des besessenen Mädchens und der junge Priester, Pater Karras, einer Vielzahl von medizinischen und psychologischen Erklärungen und Behandlungen bezüglich des Zustands des Mädchens nach. Als schließlich alle vernünftigen Erklärungen eliminiert wurden, sind sie gezwungen, die Möglichkeit in Betracht zu ziehen, daß es Dämonen gibt und sie in dem Mädchen wohnen, woraufhin sie den älteren Exorzisten um Hilfe bitten. Sie sitzen nicht einfach herum, kauen an den Fingernägeln und warten darauf, daß das nächste Ungeheuer aus den Wänden springt. Vergessen Sie nie: Niemand mag einen Schlappschwanz.

3. Andererseits dürfen Ihre Hauptpersonen keine Übermenschen sein, denen alles gelingt. Das würde jede Aussicht auf wahre Spannung ausschließen. Einige ihrer Reaktionen auf das Vorgehen der Antagonisten werden ihre Lage verbessern, andere werden das Dilemma lediglich vergrößern. Die klassische Handlungsanlage fast aller Literatur sieht vor, daß die Lage der Protagonisten immer schlimmer wird, bis sie sich dann im letzten Augenblick retten und ihre Probleme lösen – oder bei dem Versuch sterben. Wichtig ist, daß sie sowohl aus ihren Erfolgen als auch aus ihren Mißerfolgen etwas lernen und das Gelernte auch anwenden, wenn sie den nächsten Schritt planen.

4. Sie dürfen Ihre Charaktere nicht lediglich innerhalb der Haupthandlung des Romans erkunden; sie müssen auch ein Leben außerhalb der eigentlichen Geschichte haben. Jeder Charakter muß eine Vergangenheit haben, die nicht nur eine trockene Zusammenfassung von Daten zur Geburt, Kindheit und Ausbildung sein darf; diese Vergangenheit muß Auswirkungen auf ihn gehabt haben, und wir müssen sehen, wie sie ihn geformt hat. In meinem Buch *Brandzeichen* hat Travis Cornell alle Menschen verloren, die von Bedeutung für ihn waren: Seine Mutter starb bei seiner Geburt; sein Bruder ertrank, als Travis zehn Jahre alt war; sein Vater starb ein paar Jahre später bei einem Unfall; und seine erste Frau starb an Krebs. Daher zögert Travis, neue Beziehungen einzugehen, aus Angst, diese neuen Freunde und geliebten Menschen könnten ihm auch entrissen werden. Travis muß sich nicht nur mit den Antagonisten der Story befassen – und die sind wirklich gemeingefährlich! –, sondern auch lernen, die Angst vor einer gefühlsmäßigen Abhängigkeit zu besiegen, die ihn zu einem unerträglich einsamen Menschen gemacht hat. Im Idealfall haben alle Hauptpersonen äußere Probleme (die ihnen die Bösewichter auferlegen), aber auch innere (die ihnen das Leben und schwere Erfahrungen auferlegt haben). Ansonsten bleiben sie Pappfiguren, in die die Leser sich nie-

mals hineinversetzen werden, und was auch immer ihnen widerfahren mag, die Leser werden nie um sie fürchten.

5. Ihre Hauptpersonen dürfen sich nie ausschließlich für ihr eigenes Schicksal interessieren. Wenn Ihr Held um sein Leben läuft, ist sein Hauptmotiv natürlich die Selbsterhaltung, und jeder Leser wird sich in ihn hineinversetzen können. Doch Ihre Hauptperson muß sich auch um einen anderen Menschen in der Geschichte Sorgen machen – um Frau, Freundin, Sohn, Tochter, Mutter, Freund – und bereit sein, sich für ihn in geistige, seelische und/oder körperliche Gefahr zu bringen. Mehr als alles andere beschäftigt Literatur sich mit der *gegenseitigen Beeinflussung* von Menschen, mit ihren komplizierten Beziehungen. Ein Leser wird eine Romanfigur eher mögen und ihr zujubeln, wenn sie eine Spur von Selbstlosigkeit hat und bereit ist, für einen geliebten Menschen oder ein Ideal alles aufs Spiel zu setzen. Liebe ist das Gefühl, das die Leser – sogar die eines Horrorromans – im Leben und der Literatur am stärksten berührt. Wenn die Liebe eines Charakters so groß ist, daß er sich für einen anderen Menschen opfert, und wenn es Ihnen gelingt, diese Liebe und das Opfer glaubwürdig darzustellen, werden Sie den Leser damit ansprechen.

Ein Wort der Warnung wäre noch angebracht. Sie dürfen die Selbstlosigkeit Ihrer Hauptperson nicht aus den Fugen geraten lassen. Sie darf nicht zu einer mitfühlenden Seele werden, die, koste es, was es wolle, die Wale retten, die atomare Abrüstung herbeiführen, den Hunger auf der Welt besiegen und die Menschheit ins nächste Jahrtausend führen will. Zum einen wird er bei einem so breiten Spektrum des brennenden Idealismus unkonzentriert wirken. Zum anderen bietet die Literatur natürlich die Möglichkeit, wesentliche gesellschaftliche Themen zu erkunden – siehe das Werk von Charles Dickens –, aber keine Literatur kann bestehen, wenn sie den

Fehler begeht, gerade aktuelle politische Themen für bedeutende und dauerhafte gesellschaftliche Angelegenheiten zu halten. Politische Themen beinhalten vereinfachende Lösungen auf spezielle Fragen, während wirklich wichtige gesellschaftliche Themen kompliziert sind und nur selten mit politischen Mitteln geklärt werden können. Wenn Ihre Hauptperson also sympathisch und klug sein soll (was ratsam wäre), müßte sie zumindest *soviel* darüber wissen, wie es auf der Welt wirklich zugeht. Beschränken Sie Ihre Uneigennützigkeit auf eine kleine, überschaubare, sehr *menschliche* Ebene, und sie wird glaubwürdig, bewundernswert und gewinnend sein. Ein perfektes Beispiel dafür, wie man es richtig macht, ist Dickens' *Eine Geschichte aus zwei Städten*, die die Leere politischer Ideale dem bleibenden Wert persönlicher und menschlicher Ideale gegenüberstellt; es ist ein Buch voller glaubwürdiger selbstloser Taten, die zu der vielleicht bewegendsten Schlußszene eines Romans in englischer Sprache führen.

Jetzt sind Sie bereit, im Leser Furcht auszulösen und ihm den kalten Schweiß auszutreiben. Wenn Sie es geschafft haben, daß der Leser sich mit den Hauptpersonen identifiziert, er mit ihnen fühlt, er deren Liebe und Freundschaft und Freude und Hoffnungen und Träume kennengelernt hat, wird er den Eindruck haben, daß diese fiktiven Personen etwas zu verlieren haben, und nicht miterleben wollen, daß sie es verlieren. Er wird Angst haben, daß sie nicht nur ihr Leben, sondern auch ihre Liebe, ihr Glück und ihre Hoffnung auf eine bessere Zukunft verlieren. Er wird über sie nicht wie ein richtiger Mensch über eine fiktive Person denken, sondern sie ebenfalls für einen richtigen Menschen halten. Der Leser wird jedesmal mit ihnen schwitzen, wenn der Gegenspieler die Bühne betritt, und er wird jede Begegnung fürchten, die zu ihrem Tod führen könnte. Das ist die *Magie* der Literatur.

Im Horror- oder Spannungsroman ist Furcht allein leer und unwirksam. Doch wenn man sie im Zusammenhang mit einer Palette anderer Gefühle erweckt, ist sie eine der zwingendsten Erfahrungen aus zweiter Hand, die die Literatur uns geben kann. Das liegt natürlich daran, daß im Grunde alle Ängste ein und dieselbe Wurzel haben: die Befürchtung, daß man allein gegen einen Widersacher antreten muß – einen äußerlichen wie einen Mörder oder einen inneren wie Krebs – und man allein sterben wird, ohne daß einem jemand die Hand hält, während das Leben erlischt. Allein.

ENTWEDER LIEBEN ODER HASSEN SIE ES – ODER ES IST IHNEN EINFACH VÖLLIG GLEICHGÜLTIG

Schon als Kind habe ich den Humor des Absurden geliebt. Ernie Kovacs, Stan Freberg, Jack Douglas, Ed Bluestone, der frühe Steve Martin, der späte Steven Wright – all diese Burschen mit der wirklich seltsamen zusätzlichen Schärfe können mich zum Lachen bringen, bis ich zu schwach bin, um noch aufstehen zu können. Dann muß man mich über einen Kleiderbügel hängen und zum Dämpfen, Stärken und Bügeln in die Reinigung bringen, aber danach bin ich wieder so gut wie neu.

Absurder Humor spricht mich an, weil das *Leben* absurd ist und immer absurder zu werden scheint, während wir uns dem Ende des Jahrtausends nähern. Man muß sich nur eine beliebige Folge der Sendungen von Geraldo, Oprah oder Donahue ansehen, um die Bestätigung für diese Behauptung zu bekommen – wer hätte je gedacht, daß *so* viele Zahnärzte spielsüchtige Transvestiten sind, die lesbische Geliebte haben? –, oder den Aussagen praktisch *aller* Politiker lauschen, ob nun rechts oder links von der Mitte (oder auch mittendrin).

Haben Sie vor einer Weile die Nachricht über den Bankräuber gelesen, der der Kassiererin einen Zettel mit der Aufforderung zuschob, ihm fünf Millionen Dollar zu geben? Die Kassiererin hat ganz ruhig erwidert, so viel Geld habe sie nicht in ihrer Kasse, sei nicht mal in allen Kassen zusammen, und ob sie ihm nicht einen Scheck geben könnte? Er war einverstanden. Wenn Sie diese Nachricht nicht gelesen haben, glauben Sie jetzt bestimmt, ich hätte sie erfunden; aber es ist wirklich passiert. Er hat der Kassiererin seinen Namen genannt, ihr zugesehen, wie sie ihm einen Scheck über fünf Millionen Dollar ausstellte, ihn entgegengenommen und ist gegangen, woraufhin die Kassiererin den stummen Alarm auslöste. Der Räuber ist dann zu einer anderen Bank gegangen, auf der er ein Konto hatte, und hat den Scheck über fünf Millionen dort eingereicht. Er wurde keine Stunde später in seiner Wohnung verhaftet.

So verrückte Zwischenfälle kommen heutzutage immer häufiger vor, wie Sie wissen, wenn Sie Zeitung lesen. Hausbesitzer werden von Einbrechern verklagt, die bei einem Einbruch angeschossen oder sonstwie verletzt wurden – und von den Gerichten gezwungen, den Dieben Schadenersatz zu leisten. Mörder werden auf Bewährung entlassen, nachdem sie gerade mal sechs Jahre ihrer Strafe abgesessen haben. Seien Sie ehrlich – hätte man Sie vor ein paar Jahren gebeten, die hundert Hollywood-Persönlichkeiten zu nennen, von denen Sie glauben, daß sie mal in einen Sexskandal verwickelt werden würden, wäre Ihnen wohl kaum der Name Woody Allen in den Sinn gekommen? Wir leben in lächerlichen Zeiten.

Wenn man feststellt, daß das Leben selbst absurd ist, daß im nächsten Augenblick *alles* passieren könnte – das ist schon unheimlich und macht uns angst. Und wann immer wir Angst haben, neigen wir dazu, über den Gegenstand unserer Furcht einen Scherz zu machen, um unsere Besorgnis etwas besser in den Griff zu bekommen.

Vor ein paar Jahren habe ich angefangen, kleine Geschichten für ein frei erfundenes Magazin zu schreiben, *Unheimliche Welt*, das sich als ›das Magazin der seltsamen und beunruhigenden Nachrichten‹ bezeichnet. Mir haben schon immer diese verrückten Sammlungen bizarrer wahrer und ›wahrer‹ Geschichten des Übernatürlichen gefallen, die Hans Holzer, Frank Edwards, Charles Fort und andere zusammengestellt haben – nicht, weil ich an ihre Behauptungen glaube, sondern weil sie so völlig ausgeflippt und daher lustig sind. *Unheimliche Welt* ist erstens als Parodie auf diese Art von Material gedacht, und zweitens als Kommentar über – und Antwort auf – die Sintflut des Absurden, die zu einem Teil unseres Alltags geworden ist.

Zwei dieser Geschichten – ›Der Tag, an dem es Frösche regnete‹, und ›Der größte Pechvogel der Erde‹ – sind in einer kleinen Zeitschrift erschienen, die mittlerweile eingestellt wurde. (Ich habe sie eingehen lassen, genau wie ich *Readers & Writers* eingehen ließ, in der meine erste Kurzgeschichte, ›Kätzchen‹, erschien. David Silva war der tapfere Herausgeber, der bereit war, den Zorn der Leser mit diesen seltsamen Beiträgen zu erregen, und er hat für seinen Mut etwas verdient – vielleicht ewige Verdammnis.

Es gibt keinen Markt, der für solche Anekdötchen zahlt. Ich habe sie eher geschrieben, um mir selbst und ein paar engen Freunden eine Freude zu machen, die vieles an der Welt genauso stört oder verblüfft wie mich. Sie werden die folgenden Beiträge entweder hassen oder lieben: Das gilt für den gesamten absurden Humor. Einige Leute halten *Catch 22* für den komischsten Roman, der je geschrieben wurde – und andere halten ihn bestenfalls für verwirrend und schlimmstenfalls für sterbenslangweilig.

Auf jeden Fall können Sie nun ein paar Auszüge aus einer Sammlung von Artikeln lesen, die angeblich in den über vierzig Jahrgängen von *Unheimliche Welt* erschienen. Genießen Sie sie. Oder auch nicht.

UNHEIMLICHE WELT:
DIE EINFÜHRUNG

Am 15. August 1982 wurde Mr. Orville Umley aus Schmonz, Arkansas, in einem Raumschiff, das wie ein Toaster für vier Brotscheiben aussah, von Geschöpfen einer anderen Welt entführt. Mr. Umley zufolge, von Beruf Astlochfüller in der Holzmühle von Schmonz, hatten die einen Meter großen Außerirdischen zwei Köpfe. Bei jedem dieser Besucher sah der eine Kopf aus wie eine Kreuzung zwischen dem eines Koalabärs und dem einer wirklich fiesen Bisamratte, mit drei roten und grünen Augen, einem Geweih und Ohren, aus denen Dampf quoll, und der andere wie der von Sandy Duncan.

Diese Astronauten aus einer anderen Galaxis nahmen Mr. Umley zu einer kleinen Besichtigungstour zu allen Planeten unseres Sonnensystems mit und luden ihn dann zum Mittagessen in einem Hamburger-Drive-in am Rand von Cleveland ein. Nach zwei Tagen setzten sie Mr. Umley mit unwiderlegbaren Beweisen für seine phantastische Reise wieder in Schmonz, Arkansas, ab: einem Stückchen Schlacke von der sonnenverbrannten Oberfläche des Merkur, einem Reagenzglas mit Wasser aus den Kanälen des Mars und einem Big Mac-Behälter aus Cleveland.

Unheimliche Welt, das Magazin der seltsamen und beunruhigenden Nachrichten, hat ausführlich über diese bedeutende Story berichtet und zusätzlich ein zweiteiliges Interview mit Mr. Umley und sechs Seiten Fotos gebracht. Doch wenn Sie sich aus der *New York Times* oder der *Newsweek* oder *Time* oder sogar der umfassenderen und zuverlässigeren *US News & World Report* informieren, werden Sie nicht das geringste von Orville Umley und seiner erstaunlichen Odyssee gehört haben!

Diese sogenannten ›angesehenen‹ Veröffentlichungen sind Teil einer weltweiten Verschwörung des herrschenden Establishments, das verhindern will, daß die Öffentlichkeit erfährt, daß die Erde ständig von Wesen anderer Welten besucht wird. Diese höchst geheime Eliteverschwörung, die sich kluger- und irreführenderweise die Buddy Holly-Andenken-Gesellschaft nennt, wurde von John F. Kennedy, Nikita Chruschtschow und Mr. Bluster von der ersten ›Howdy Doody Show‹ gegründet. Heute steht die Buddy Holly-Andenken-Gesellschaft unter der Leitung von Edward Kennedy, Helmut Kohl, Ronald Reagan, Elvis Presley (der gar nicht tot ist, sondern auf einem Saturnmond in einer prachtvollen Villa wohnt), Bill Clinton, Madonna, Margaret Thatcher und Barbra Streisand. Diese Anhänger des Elitedenkens kontrollieren und manipulieren die Nachrichten, weil sie befürchten, daß, sollte die Wahrheit bekannt werden, sie eine Panik bei Schweinbauch-Terminwaren und den vollständigen Zusammenbruch des sowieso schon wankenden United States Postal Service und der Deutschen Telekom auslösen würde.

Seit seiner Gründung im Jahr 1952 widmet sich *Unheimliche Welt*, das Magazin der seltsamen und beunruhigenden Nachrichten, der Aufgabe, den Menschen die Wahrheit zu sagen – ganz gleich, wie schmerzhaft, erschreckend, rätselhaft oder lächerlich sie auch sein mag. Monat für Monat setzen wir unser Leben und unseren guten Ruf aufs Spiel, um Ihnen die *echten* Fakten über die letzten Besuche von Außerirdischen, den Verlorenen Kontinent Atlantis und die zeitreisenden Mutanten aus der Zukunft mitzuteilen, die sich in den Vororten von Indianapolis zu einer geheimen Gemeinde zusammengeschlossen haben – und noch viele andere verblüffende Stories.

Es war *Unheimliche Welt*, das Magazin der seltsamen und beunruhigenden Nachrichten, das zuerst Bill Clintons Übertritt zum Druidenglauben und seine Blutopfer von Xerox-Vertretern auf einem Altar in den Hinterwäldern von Arkansas gemeldet hat. Unsere Zeitschrift hat Ihnen auch von Herman Feinberg berichtet, dem erstaunlichen Besitzer eines Delikatessen-Ladens in New York; mit Hilfe einer komplizierten

Formel, die das Verhältnis von *Menschen* und *Schlemihlen* und *Schicksen* berücksichtigt, die Tag für Tag in sein Geschäft kommen, gelang es Mr. Feinberg, das morgige Ergebnis des Hundeschlittenrennens von Wermelskirchen genau vorherzusagen.

Wir vertreten auch weiterhin die Auffassung, daß die Hoffnung der Menschheit im Übernatürlichen liegt, im Paranormalen und der gesamten Bandbreite der irrationalen Pseudowissenschaften, die das Eliteestablishment der Lächerlichkeit preisgibt, und werden wie bisher ohne das geringste Zögern die erstaunlichsten und gefährlichsten Stories drucken, ohne Rücksicht auf unsere eigene Sicherheit oder die Nüchternheit unserer Reporter zu nehmen.

Als wir 1968 Walter Cronkites mutigen und patriotischen Versuch enthüllten, junge Philippinos für den Krieg gegen die riesigen blutsaugenden Molche zu rekrutieren, die damals den Asteroidengürtel bedrohten, war dieser wichtige und respektierte Journalist von unserem Enthüllungsjournalismus dermaßen beeindruckt, daß er sagte: »Dieses unglaubliche Magazin ist eine unverschämte Mischung aus dem *National Enquirer* und *Fate*, mit einem Hauch derselben geistlosen Prominentenverehrung, die *People* zu einem so absurd großen Erfolg macht.« Wir von *Unheimliche Welt*, dem Magazin der seltsamen und beunruhigenden Nachrichten, waren von diesem Lob von Mr. Cronkite zutiefst beeindruckt, für den unsere Bewunderung grenzenlos ist, und seitdem finden diese seine Worte sich ganz unten auf jedem unserer Briefbögen.

Als uns zu Ohren kam, daß unsere Leser gern unsere berühmtesten und wichtigsten Artikel in einer Taschenbuchausgabe besitzen würden, fanden wir in den Ausgaben aus fast vierzig Jahren mutiger und wertvoller Berichterstattung so viele ungemein wichtige und wertvolle Beiträge, daß wir uns nicht entscheiden konnten, was wir aufnehmen oder weglassen sollten. Der Autor Dean Koontz hat sich bereiterklärt, als unser Herausgeber zu fungieren, unsere Ablage durchzusehen und den Inhalt dieses Bandes zusammenzustellen. Wir sind der Ansicht, er hat hervorragende Arbeit geleistet, obwohl wir *noch immer* der Ansicht sind, er hätte auch unsere Story aus dem Jahr 1959 über Herve Sperkel, den Pygmäen-Glaubensheiler aus Borneo, aufnehmen sollen, der ein Kürbisfeld anlegte, auf dem eine Zucchini von 330 Pfund wuchs, die dann eines Nachts im August verschwand und auf geheimnisvolle Art und Weise im Garten von Sabine und Joachim Langenweiler in Wermelskirchen (NRW) wieder auftauchte, ganz in der Nähe der Hundeschlittenrennbahn, und dabei ihre Hauskatze in deren Käfig im Garten zerquetschte.

Am 27. April 1959 wurde die kleine und malerische Stadt
Bean Falls in Vermont Schauplatz eines der unheimlichsten
meteorologischen Phänomene aller Zeit: eines Regens von
Fröschen, einer himmlischen Sintflut von schwimmfüßigen
Geschöpfen, die neuneinhalb Minuten anhielt. Es fand keine
genaue Zählung der Amphibien statt, doch die Stadtbewoh-
ner meldeten Zehntausende von ›großen, grünen, widerli-
chen Dingern mit abstoßender Haut‹, die aus ganz gewöhnlichen Sturmwolken fielen und ›eine ziemliche Schweinerei
veranstalteten‹.

Obwohl der Froschregen nur kurz anhielt, war seine Wirkung auf Bean Falls verheerend. Dutzende von Bürgern erlitten aufgrund der Kakaphonie krächzender Kermits Hörschä-
den, und mehrere sommersprossige kleine Mädchen mit
Pferdeschwänzen, die an mehreren Kreuzungen in der Nähe
der Grundschule als Schülerlotsen tätig waren, erlitten einen
dauerhaften Schock, als sie von dem unerwarteten, schleimig-
grünen und sich windenden Wolkenbruch überrascht wurden.

Dr. Harley Coof, der Tierarzt des Ortes, berichtete *Unheimliche Welt*, dem Magazin der seltsamen und beunruhigenden
Nachrichten, daß aufgrund des Froschregens über einhundert Katzen unheilbar an Schizophrenie erkrankten und eingeschläfert werden mußten.

»Und ich meine damit nicht, daß man sie in ihre kleinen
Katzenbettchen steckte«, sagte Dr. Coof. »Ich meine *eingeschläfert*, Sie wissen schon, umgebracht, abgemurkst. Wir
mußten ihnen beträchtliche Mengen Beruhigungsmittel sprit-
zen. Mindestens zwanzig mußten wir erschießen, weil wir
nicht nah genug an sie herankamen, um ihnen das Beruhigungsmittel zu verpassen. Ich meine, mein Gott, diese Katzen
haben *verrückt gespielt*, weil ihnen die ganzen Frösche auf die
Köpfe fielen. In ihrer Raserei, aus dem Sturm zu kommen,
sind zwei besonders paranoid-schizophrene Siamkatzen

durch eine Fensterscheibe im Haus der alten Mrs. Dunphy gesprungen und haben nach einem Versteck gesucht und dabei die Füllungen aus all ihren Polstermöbeln gerissen. Der Sheriff mußte Tränengas einsetzen, um sie auf den Rasen vor Mrs. Dunphys Haus zu treiben, wo dann das SWAT-Team des Bezirks sie mit Stöcken und Schrotflinten bändigen konnte. Und ich meine keine Stöckchen, wie Cheerleader sie schwingen; ich meine harte Holzknüppel, mit denen man einen Katzenschädel zu Katzenbrei schlagen kann.«

Der schlimmste Aspekt des Froschregens war vielleicht die Fallgeschwindigkeit. Wie Raoul Einstein, der Physiklehrer der High School von Bean Falls, uns erklärt:

»Die Wolkendecke war an diesem Tag nämlich zwanzigtausend Fuß hoch, was etwa sechs Kilometern entspricht. Das ist ein ziemlich tiefer Fall. Als diese Quaker den Erdboden erreichten, hatten sie eine Geschwindigkeit wie ein abstürzender Düsenjet drauf. Manche dieser Viecher schlugen mit Geräuschen auf, die einerseits an eine Bombenexplosion erinnerten und sich andererseits so anhörten, als würde man mit einem Vorschlaghammer in ein Faß mit Götterspeise schlagen. Das Unheimliche daran ist, daß etwa die Hälfte von ihnen langsam herunterkam, wie Tropfen eines schwachen Regenschauers, und irgendwie überlebte, obwohl allen Naturgesetzen zufolge kein *einziger* von ihnen es hätte lebend überstehen dürfen. Und deshalb bin ich, obwohl ich Wissenschaftler bin, davon überzeugt, daß unser Froschregen ein Wunder war, ein Zeichen Gottes, irgendeine Prophezeiung – obwohl hier anscheinend niemand herausbekommen konnte, was genau Gott uns damit sagen wollte.«

Vielleicht werden wir nie erfahren, was genau Gott Bean Falls an diesem schicksalsschweren Aprilnachmittag des Jahres 1959 sagen wollte, aber der Sturm enthielt eine eindeutige Botschaft für Yukiro Inamishi, den bereits sechsmal in seinem Amt bestätigten Bürgermeister der Stadt, der in den Wahlen des nächsten Jahres folgerichtig und ohne Umschweife aus seinem Amt gejagt wurde.

Da die Kanalisation von Bean Falls (ein Lieblingsprojekt Bürgermeister Inamishis) nicht dafür geschaffen war, mit einem Wolkenbruch von Amphibien fertig zu werden, quollen die Rinnsteine schon bald vor zuckenden und sich windenden Fröschen und kleinen verstümmelten Leichen über. Eine schreckliche Welle schleimigen Lebens strömte über die Hauptstraße, beschädigte ein Dutzend Ladenlokale, riß das Monument von Peter Lorre um, das auf dem Platz in der Stadtmitte stand, und überschwemmte die Feuerwache, in der acht Feuerwehrmänner auf Tischen und Stühlen standen und Dr. Coof gerade versuchte, einen aufgeregten Dalmatiner zu beruhigen, der zwei sich an ihn klammernde Katzen nicht abschütteln konnte, die die Froschphobie in den Wahnsinn getrieben hatte.

Die über Bürgermeister Inamishis Mangel an Voraussicht bezüglich der Kanalisation erzürnten Bürger wählten mit einer Mehrheit von 85 Prozent seinen Gegenkandidaten, der später mit Hilfe einer Bundessubvention von zehn Millionen Dollar die gesamte Kanalisation von Bean Falls umbauen und vergrößern ließ.

Was hatte dieser Froschregen zu bedeuten? Was sollen wir davon halten? Welche Schlüsse können wir ziehen? Was sollen wir in bezug auf dieses verblüffende Ereignis denken, hoffen, uns vorstellen, fühlen, in Betracht ziehen, grübeln, erwägen, sinnen, meditieren, schließen?

War es, wie Raoul Einstein und andere glauben, ein göttliches Zeichen? Und wenn es von Gott kam – war es als Warnung oder als schleimige Nachricht der Hoffnung gedacht?

War es ein Komplott Richard Nixons, der Yukiro Inamishi, den Bürgermeister von Bean Falls, der damals als Präsidentschaftskandidat der Republikanischen Partei für die Wahlen des Jahres 1960 in Betracht gezogen wurde, unbedingt in Mißkredit bringen wollte?

Schließlich ist Yukiro dann doch nicht von den Republikanern nominiert worden, und wir alle wissen, wohin Nixons Karriere nach dem berüchtigten Froschregen führte. Und auf einem der Watergate-Tonbänder wurde festgehalten, wie Nixon in der Zurückgezogenheit des Oval Office zu John Ehrlichman sagte: »Wir müssen die (Kraftausdruck) Reporter in die Irre führen und diese (Kraftausdruck) Sache vertuschen. Verdammte (Kraftausdruck), ich habe mir beim Wahlkampf doch nicht den Arsch aufgerissen, damit Liddy, Hunt und noch so ein paar (Kraftausdruck) (Kraftausdruck) unfähige (Kraftausdruck) mir jetzt alles versauen. Und du heilige (Kraftausdruck), wenn sie hinter diese (Kraftausdruck) Watergate-Sache kommen, werden die (Kraftausdruck) Mistkerle nach anderen (Kraftausdruck) (Kraftausdruck) (Kraftausdruck) (Kraftausdruck) (Kraftausdruck) (Kraftausdruck) Skandalen suchen, und früher oder später werden sie auf die Sache mit diesem (Kraftausdruck) Japsen und den (Kraftausdruck) Fröschen stoßen!«

Oder ist es möglich, wie einige vermuten, daß die Frösche von einer defekten Fliegenden Untertasse über Bord geworfen wurden, die sie auf eine andere Welt bringen wollte, aber Probleme mit dem Ionenantrieb bekam und die Mission abbrechen mußte? Ist es vorstellbar, daß Außerirdische aus einem anderen Sonnensystem zur Erde kommen, um unsere Frösche zu rauben und dann in Vier-Sterne-Restaurants auf fernen Planeten anzubieten?

Diese letzte erschreckende Möglichkeit ist angeblich die Erklärung, die Dr. Carl Sagan bevorzugt, Autor von *Unser Kosmos* und anderen weit verbreiteten und bewunderten Büchern, die sich mit dem Verhältnis der Menschheit zum Rest der Schöpfung beschäftigen. Im engsten Freundeskreis soll Dr. Sagan angeblich gesagt haben, er sei der Ansicht, unsere gesamte Welt werde von gierigen außerirdischen Nahrungsmittelgroßhändlern ausgebeutet, die wohlhabende Gäste in Gourmet-Restaurants auf Milliarden und Abermilliarden Planeten überall im Universum mit exotischen Spezialitäten belieferten.

Enge und vertrauenswürdige Bekannte Dr. Sagans haben angedeutet, er habe des Nachts mehrmals sechzig Zentimeter große, blaue Geschöpfe aus dem All auf seinem Hinterhof und in den Gärten seiner Nachbarn gesehen, wo sie im Schutz der Dunkelheit Schnecken, kleine Hunde und ausgewählte Gartenmöbel sammelten, die sie wohl für eßbar hielten. Zuverlässigen Quellen aus der engsten Umgebung Dr. Sagans zufolge haben diese Nahrungsmittelgroßhändler vom entgegengesetzten Ende der Galaxis Ohren, die wie Steckrüben, und Nasen, die wie Silvesterknaller aussehen, und ähneln trotzdem irgendwie blauen Miniaturversionen von Madonna, wenngleich die Neigung, sich ständig auszuziehen, bei ihnen nicht so stark entwickelt ist wie bei der bekannten Sängerin.

Wir von *Unheimliche Welt*, dem Magazin der seltsamen und beunruhigenden Nachrichten, vertreten keine bestimmte Theorie über ›Den Tag, An Dem Es In Bean Falls Frösche Regnete‹. Wir haben aber auch nichts gegen eine bestimmte Erklärung. Wir sind nach allen Seiten offen. Aber wir wissen nur eins: Wir werden den Himmel nie wieder so betrachten, wie wir es vor diesem Tag taten.

DER MANN, DER NICHT IMMER MEINT, WAS ER SAGT

Bei dem folgenden kurzen Gespräch zwischen unserem Reporter Marv Swackhammer und Sam Yadinski, weithin bekannt als ›Der Mann, der nicht immer meint, was er sagt‹, handelt es sich um den Auszug eines wesentlich längeren Interviews, das in der Ausgabe vom Februar 1979 von *Unheimliche Welt*, dem Magazin der seltsamen und beunruhigenden Nachrichten, erschien.

Marv Swackhammer: Wie ich es verstanden habe, Mr. Yadinski, sind Sie das Opfer eines Voodoo-Fluchs.

Mr. Sam Yadinski: Ja. Im November 1977 haben meine Frau und ich auf Haiti Urlaub gemacht. Der Page, der in unserem Hotel unser Gepäck auf das Zimmer trug, war ein Bursche namens Mau Mau Magursky …

Marv Swackhammer: Das haben Sie sich doch nur ausgedacht!

Mr. Sam Yadinski: Nein, nein. Wie Sie wissen, sage ich manchmal Dinge, die ich nicht so meine, aber das gehört nicht dazu. Das ist die reine Wahrheit. Er hieß Mau Mau Magursky, und er war sehr enttäuscht von dem Trinkgeld, das ich ihm gegeben habe. Er war sogar so wütend, daß er gedroht hat, mich mit einem Voodoo-Fluch zu belegen, und ist dann aus unserem Zimmer stolziert.

Marv Swackhammer: Diese Reaktion kommt mir sehr extrem vor. Was für ein Trinkgeld haben Sie ihm denn gegeben?

Mr. Sam Yadinski: Ein sehr großzügiges Trinkgeld.

Marv Swackhammer: Wieviel?

Mr. Sam Yadinski: *Zwei* glänzende neue Quarter.

Marv Swackhammer: Fünfzig Cents?

Mr. Sam Yadinski: Ich hab' doch gesagt, ich war großzügig. Und das kommt Ihnen noch großzügiger vor, wenn ich Ihnen sage, daß wir in diesem Jahr nur mit leichtem

Gepäck gereist sind. Dieser Mau Mau Magursky hatte gar nicht viel zu schleppen. Nur neun Koffer, zwei Reisetaschen, eine Golftasche und das Gorillakostüm meiner Frau. Übrigens, Marv, Ihre Mutter ist eine Kröte, die mit den Füßen libanesischer Matrosen obszöne Handlungen vornimmt.

Marv Swackhammer: *Was* haben Sie da gesagt?

Mr. Sam Yadinski: Es tut mir leid! Großer Gott, bitte verzeihen Sie mir! Das habe ich nicht so gemeint. Natürlich hab' ich das nicht so gemeint. Es ist der Fluch. Begreifen Sie nicht? Mau Mau Magurskys verhaßter Fluch.

Marv Swackhammer: Lassen Sie mich das mal auf die Reihe kriegen. Ein verstimmter haitianischer Page hat Sie mit einem Fluch belegt, und jetzt haben Sie nicht immer Gewalt darüber, was Sie sagen?

Mr. Sam Yadinski: Genau, Marv. Ich weiß nicht, was als nächstes über meine Lippen kommen wird. Der Anzug, den Sie tragen, sieht aus, als würde er dem Star einer Paviangruppe im Zirkus gehören.

Marv Swackhammer: War das schon wieder so ein Ausrutscher?

Mr. Sam Yadinski: Mein Gott! Es tut mir leid. Es tut mir so leid! Ich habe es nicht so gemeint. Der Anzug sitzt hervorragend. Wirklich.

Marv Swackhammer: Das ist sehr irritierend.

Mr. Sam Yadinski: Ihnen kommt das irritierend vor? Dann stellen Sie sich mal vor, wie es für mich ist, Sie Sackgesicht.

Marv Swackhammer: Sackgesicht?

Mr. Sam Yadinski: Bitte, bitte, bitte verzeihen Sie mir! Ich habe es nicht so gemeint. Das ist der Fluch. Dieser verhaßte, elende Fluch, der noch das Verderben über mich bringen wird. O Gott, ich bin es so leid, ich bin dieses peinliche Gebrechen so leid!

Marv Swackhammer: Äh … na ja … wann haben Sie denn zum erstenmal etwas gesagt, das Sie nicht so gemeint haben?

Mr. Sam Yadinski: An dem Tag, an dem wir aus Haiti abgereist sind, am Ende unseres Urlaubs. Derselbe Page trug unsere Koffer zum Taxi, und als wir einstiegen, hat er mir genau erklärt, mit was für einem Fluch er mich belegt hat. Als wir im Taxi saßen und zum Flughafen fuhren, habe ich Yetta, meiner Frau, erzählt, was er gesagt hat, und wir beide haben darüber gelacht, wie lächerlich das sei. Als wir dann auf dem Flughafen zu unserem Flugsteig gingen, drehte ich mich zu Yetta um und sagte: »Gäbe es ein Museum für Häßlichkeit, wärest du das berühmteste Ausstellungsstück.«

Marv Swackhammer: Was hat sie getan?

Mr. Sam Yadinski: Sie hat »Was?« gesagt. Und dann hörte ich, daß ich sagte: »Du bist so häßlich, daß ein Hund dir nicht mal nahe genug käme, um auf dich zu pinkeln, wärest du ein Feuerhydrant.«

Marv Swackhammer: Großer Gott! Seit Sie mit diesem Fluch belegt wurden, muß es ja sehr schwer sein, mit Ihnen verheiratet zu sein.

Mr. Sam Yadinski: Yetta ist eine Heilige. Wirklich eine Heilige. Sie weiß, daß ich nicht immer meine, was ich sage, und hat sich schon an meine Ausbrüche gewöhnt. He, Yetta, du zickiger Spinner! Bring mir und diesem Arschloch von Swackhammer noch ein Bier!

Marv Swackhammer: Mr. Yadinski, ist es denn nicht möglich, diesen Fluch wieder von Ihnen zu nehmen?

Mr. Sam Yadinski: Na ja, wir ließen mal einen Exorzisten kommen, Pater Veni Vidi Vici, in der Hoffnung, er könne den Fluch brechen, aber es hat einfach nicht geklappt.

Marv Swackhammer: Er hat Ihnen wahrscheinlich gesagt, daß es eigentlich die Aufgabe eines Exorzisten ist, Dämonen aus den unschuldigen Menschen auszutreiben, die von ihnen besessen sind, während Sie *verflucht* und nicht besessen sind.

Mr. Sam Yadinski: Nein, so weit sind wir gar nicht gekommen. Bevor ich Pater Vici die Situation erklären konnte, habe ich ihm plötzlich gesagt, er sei der scheinheilige Sohn eines Flittchens aus einem Massagesalon, und ihn beschuldigt, regelmäßig Unzucht mit Enten, Hühnern, männlichen Bulldoggen und Vorwerk-Vakuumstaubsaugern zu treiben.

Marv Swackhammer: Aber als verständnisvoller Priester hat er doch sicher begriffen …

Mr. Sam Yadinski: Wie ich dir schon sagte, Erbsenhirn, wir kamen gar nicht so weit, daß Pater Vici irgend etwas verstehen konnte.

Marv Swackhammer: Also ist er wieder gegangen?

Mr. Sam Yadinski: Ja. Na ja, eigentlich hat er mich in den Sack getreten, mir eine Lampe auf dem Kopf zerdeppert und ist *dann* gegangen. Wissen Sie, Swackhammer, wie Sie Ihr Gehirn auf Erbsengröße bringen können? Aufblasen, aufblasen! O Gott! Das habe ich nicht so gemeint! Hören Sie, es tut mir so leid!

Marv Swackhammer: Äh … ist schon gut. Glaube ich.

Mr. Sam Yadinski: Eins kann ich Ihnen mit Sicherheit sagen.

Marv Swackhammer: Und das wäre?

Mr. Sam Yadinski: Wenn ich es noch mal tun müßte, hätte ich Mau Mau Magursky noch einen Quarter gegeben.

Marv Swackhammer: Bei diesen unbezähmbaren Ausbrüchen muß es ja ziemlich schwierig sein, nicht die Arbeitsstelle zu verlieren.

Mr. Sam Yadinski: Keineswegs. In meiner Branche fallen diese kleinen … Ausrutscher niemandem auf.

Marv Swackhammer: In welcher Branche sind Sie denn?

Mr. Sam Yadinski: Ich bin Taxifahrer in New York.

Mr. Sam Yadinski: Sie tragen da ja eine schöne Uhr.

Marv Swackhammer: Danke.

Mr. Sam Yadinski: 'ne billigere wird man wohl nur in 'ner Packung Cornflakes finden.

Marv Swackhammer: Jetzt hören Sie aber mal, diese Uhr habe ich von meiner Mutter bekommen …

Mr. Sam Yadinski: Der Kröte?

Marv Swackhammer: Jetzt habe ich aber genug von Ihren ...

Mr. Sam Yadinski: Sie muß 'ne Kröte sein, denn Sie sehen aus, als hätte man Sie als Kind mit Fliegen gefüttert.

Marv Swackhammer: Das muß ich mir nicht länger anhören ...

Mr. Sam Yadinski: Es tut mir leid! Gott im Himmel! Es tut mir so leid, so leid, so leid. Ich meine nicht immer, was ich sage. Bitte verzeihen Sie mir!

Marv Swackhammer: Unsere Leser würden sicher gern erfahren ...

Mr. Sam Yadinski: Sie sind ein komisch aussehender Zwerg, wissen Sie das eigentlich?

Marv Swackhammer: Ich lasse mich nicht mehr von Ihnen auf die Palme bringen.

Mr. Sam Yadinski: Die meisten Zwerge sehen ja nicht besonders komisch aus. Sie sind einfach nur klein. Aber *Sie*. Sie sind etwas völlig anderes. Ich meine, mein Gott, Ihr *Kopf*. Ich habe noch nie einen so geformten Kopf gesehen.

Marv Swackhammer: Ich weiß, daß Sie von einem Fluch befallen sind und das, was Sie sagen, für Sie viel beschämender ist als für mich.

Mr. Sam Yadinski: Nein, jetzt spricht nicht der Fluch aus mir, wirklich. Ich meine es so. Im Ernst. Sie sind ein komischer Scheißkerl.

Marv Swackhammer: Na klar. Wenn Sie sagen, daß Sie meinen, was Sie sagen, meinen Sie es wirklich nicht so, weil Sie nicht immer meinen, was Sie sagen, selbst, wenn Sie mal meinen, was Sie sagen.

Mr. Sam Yadinski: Ich habe noch nie so gelbes Haar wie das auf Ihrem Kopf gesehen. Sie würden besser aussehen, wenn Sie sich 'ne Glatze schneiden ließen.

Marv Swackhammer: Sie armer Hund. Es muß die Hölle für Sie sein ... keine Gewalt über sich zu haben, nie zu wissen, wann ein Anfall kommt ...

Mr. Sam Yadinski: He, Yetta, komm mal her! Schnell! Du mußt dir diesen Burschen mal ansehen und mir sagen, ob er nicht wie eine Mischung aus E. T. und Schweinchen Dick aussieht.

Marv Swackhammer: Ich habe jetzt genug Material für meinen Artikel, also …

Mr. Sam Yadinski: Swackhammer, waren beide Ihrer Eltern Menschen? Yetta, komm mal her.

Marv Swackhammer: …werde ich jetzt gehen und …

Mr. Sam Yadinski: Swackhammer. Swackhammer. Hmm. Swackhammer. He, sind Sie der Swackhammer …

Marv Swackhammer: Wo ist meine Aktentasche?

Mr. Sam Yadinski: Hören Sie, sind Sie der Swackhammer, der an der Stanford University gearbeitet hat?

Marv Swackhammer: Zum Teufel mit meiner Aktentasche.

Mr. Sam Yadinski: Jetzt haben Sie es doch nicht so eilig. Ich glaube, ich hab' mal was über Sie gelesen.

Marv Swackhammer: Gehen Sie mir aus dem Weg, Mr. Yadinski.

Mr. Sam Yadinski: Ich glaube, ich habe sogar in Ihrer eigenen Zeitschrift was über Sie gelesen, in *Unheimliche Welt*, dem Magazin der seltsamen und beunruhigenden Nachrichten.

Marv Swackhammer: Aus dem Weg, Sie zickiger Spinner!

Mr. Sam Yadinski: Sprechen Sie nicht so mit meiner Frau, klar? Ich will ja nur wissen, ob Sie derselbe Marvin Swackhammer sind, der an der Stanford gearbeitet hat, als 1965 Ihr subatomarer zyklotronischer Wellenstampfer hochging …

Marv Swackhammer: Gehen Sie mir aus dem Weg, oder ich reiße Ihnen die Lungen aus dem Leib!

Mr. Sam Yadinski: Kommen Sie zurück! Warten Sie! Sind Sie derselbe Swackhammer, der vor dieser tragischen Unterbrechung der Realitätswellen in seinem Labor mit Raquel Welch verlobt war?

Marv Swackhammer: *Aiiieeeeeeeeee!*

Mr. Sam Yadinski: Autsch! Hören Sie auf damit! Autsch! Lassen Sie es doch nicht an mir aus, Kumpel! Wie ich gelesen habe, waren Sie es selbst schuld! Warum spielen Sie auch mit Dingen herum, mit denen die Menschheit sich nicht befassen sollte?

Bud und Olga Firkle sind ganz normale, gewöhnliche und schlichte – vielleicht sogar *langweilige* – Menschen, deren Leben genauso normal, gewöhnlich und schlicht ist wie das der anderen Bewohner von Shpilkes Falls, einer ganz normalen, gewöhnlichen und schlichten Kleinstadt mitten in Pennsylvania. 1970 haben sie, beide waren neunzehn Jahre alt, in der Streng Bibelgläubigen Kirche der Kleinen Grauen Leute geheiratet, und selbst ihre Hochzeit war so uninteressant, daß der Priester einschlief, während er die Zeremonie durchführte. In ihrer Hochzeitsnacht wurden Bud und Olga vom Geschäftsführer des Hotels, in dem sie sie begingen, zur Ordnung gerufen, weil die Gäste in den benachbarten Zimmern aufgrund ihres lauten Gähnens nicht schlafen konnten.

Bud arbeitet bei der Firma Stahlhart-Massiv-Armaturen und Halterungen in Shpilkes Falls, wo er acht Stunden am Tag Federn in die Plastikroller von Toilettenpapierhaltern einbaut. Olga ist eine ganz normale Hausfrau, deren größter Anspruch auf Ruhm ihr hochangesehener selbstgemachter Vanillepudding ist, der bei Nachbarschaftsfesten, Elternabenden und Kirchenpicknicken besonders gern verzehrt wird.

Man sollte doch glauben, daß von allen Menschen auf der Welt die Firkles die letzten wären, die den Schikanen und Verwüstungen scheußlicher dämonischer Mächte zum Opfer fielen.

Aber man kann sich auch irren.

Das einzige Kind der Firkles, der kleine Pinkie, Jahrgang 1975, ist eine gelblich-braune Kreatur mit teigigem Gesicht. Die meisten Kinder sind laute, lachende großäugige Wirbelwinde, die sich für tausend Sachen begeistern können – aber nicht die kleine Pinkie, die genauso ernst, farblos, gewöhnlich und ruhig wie ihre Eltern ist. Die einzigen Dinge auf der Welt, für die die kleine Pinkie je Interesse gezeigt hat, sind Ovomaltine, Lux-Seife, geschmacksneutrale Maggi-Gelatine, nur mit Butter bestrichenes Toastbrot, Gavin MacLeods schauspielerische Fähigkeiten, Burt Reynolds Talent als Sänger, gesalzene Cracker, das Testbild im Fernsehen und platt gefahrene Tiere, nach denen sie auf der Autobahn Ausschau hält, wenn sie mit ihrer Familie unterwegs ist.

Man sollte doch glauben, daß von allen Kindern auf der Welt die kleine Pinkie die letzte wäre, die einen Sittich aus der Hölle als Haustier bekommt.

Aber man kann sich irren.

Fürchterlich irren.

O ja.

Im Januar 1984 war die Familie Firkle plötzlich auf den Titelseiten aller amerikanischen Zeitungen präsent, als ihr bescheidenes Fünf-Zimmer-Haus zum Schauplatz so vieler übernatürlicher Vorgänge wurde, daß das berüchtigte Haus in Amityville im Vergleich dazu wahrlich heimelig anmutete. Möbel levitierten und flogen durch die Luft. Mitten im Winter, wenn es eigentlich gar keine Fliegen hätte geben dürfen, erschienen auf geheimnisvolle Art und Weise Tausende davon an der Wohnzimmerwand. Sie ballten sich zusammen, bildeten mit ihren kleinen schwarzen Leibern Buchstaben und formten den Begriff FLACHER HERRENHUT, eine geheimnisvolle Botschaft aus dem Jenseits, die noch nicht endgültig entschlüsselt wurde.

Des Nachts wurde der Schlaf der Firkles häufig von unheimlicher Musik unterbrochen, die manchmal aus den Heizungsrohren und manchmal aus dem Toaster in der Küche kam – und einmal aus einer kleinen Dose Schnupftabak, die auf Buds Nachttisch stand. An drei verschiedenen Morgen bildete der Dampf auf der Duschkabine ein Gesicht, das man anfangs für das gepeinigte Antlitz Christi hielt, bis man schließlich herausfand, daß es dem Ricardo Montalbans geradezu unheimlich ähnlich war.

Und *das* war nur die Spitze des okkulten Alptraums.

Wer kann das Foto des armen, heimgesuchten Bud Firkle vergessen, das in Zeitungen im ganzen Land erschien? Es war ein verängstigender und unwiderlegbarer Beweis für die Existenz böser Geister in diesem gottverlassenen Haus. Das Bild wurde von einem UPI-Fotografen gemacht und zeigt Bud Firkle, wie er gerade in einer Toilettenschüssel einen Kopfstand macht, eine sehr peinliche Lage, in die ihn ein wütender Dämon gezwungen hatte, der ihn eines Morgens ansprach, als er sich gerade die Zähne putzte.

Bud hätte ertrinken können, bevor der Klempner kam und ihn befreite, wurde jedoch von Pater Vino Veritas gerettet. Der gute Pater Veritas, ein römisch-katholischer Priester, der just in diesem Augenblick eintraf, um einen Exorzismus vorzunehmen, erwies sich als schneller Denker, der in einer Krise einen kühlen Kopf bewahren konnte. Er kniete neben dem auf dem Kopf stehenden und von Porzellan umschlossenen Mann nieder, betätigte wiederholt die Toilettenspülung und gab Bud damit Gelegenheit, einen dringend benötigten Atemzug zu tun, bevor die Schüssel sich wieder füllte.

Roger Mudd und ein Kamerateam der NBC wurden angeblich von mehreren wütenden Geistern aus dem Haus der Firkles vertrieben, die sie in fließendem Norwegisch beschimpften und mit Dutzenden schmucker kleiner Himbeertörtchen bombardierten, die einfach aus dem Nichts auftauchten.

Angehörige von CBS haben inoffiziell bestätigt, daß Mike Wallace von diesen bösartigen Wesenheiten noch schlimmer behandelt wurde. Wallace, der die Firkles als Betrüger entlarven wollte, wurde angeblich von einem drei Meter großen Dämon verspottet und heruntergeputzt, der die Gestalt einer Echse, das Gesicht von Micky Maus und die Stimme von Barbara Walters hatte. Diese abscheuliche Erscheinung zwang Wallace angeblich, sich einem erniedrigenden Interview zu unterwerfen, in dem er seine Vorliebe für Philosophen des achtzehnten Jahrhunderts und seine Meinung zu Filmen mit Nastassia Kinski erläutern mußte, und warf ihn dann durch das Wohnzimmerfenster.

Unbestätigte, aber überzeugend detaillierte Berichte von

unglaublich zuverlässigen Zeugen (die es vorziehen, anonym zu bleiben) lassen darauf schließen, daß ein anderer Dämon Seymour Hersh verzauberte, der im Auftrag der *New York Times* in dem Haus weilte, ihn zuerst in einen sprechenden Kürbis, dann einen Koalabären und schließlich in zwei gewaltige Arschbacken verwandelte, bevor er ihm seine richtige Gestalt zurückgab und ihn entkommen ließ.

Als *Unheimliche Welt*, das Magazin der seltsamen und beunruhigenden Nachrichten, sich an diese Journalisten wandte, wollte keiner über seine Erlebnisse sprechen. Einige reagierten mit einem kurzen »Kein Kommentar!« auf unsere Fragen, andere bestritten sogar energisch, jemals das Haus der Firkles in Shpilkes Falls betreten zu haben.

Als Roger Mudd in einer Maschine aus Pittsburgh (dem Flughafen, der Shpilkes Falls am nächsten liegt) auf dem JFK eintraf, erwartete ihn dort einer unserer Reporter. Mudd bestritt hitzig, je von einer Familie Firkle gehört zu haben, doch unser Reporter bemerkte Senfflecken auf Mudds Anzugjacke und eine zerquetschte Himbeere, die sich noch eingetrocknet im Haar auf seinem Hinterkopf befand!

Einige dieser verängstigten Journalisten versuchten sogar, uns völlig von der Spur abzubringen, indem sie böswillig unsere Integrität in Frage stellten, und uns ›schmierige Schundschreiber‹, ›den Abschaum des Journalismus‹, ›irreredende Verrückte, gutgläubige Narren‹ und ›Zuhälter der Unwissenheit‹ nannten, doch wir können ihnen ihre Beleidigungen nicht vorwerfen, denn sie waren offensichtlich nicht sie selbst. Die ungeheuerlichen Dinge, die sie in Shpilkes Falls gesehen und ertragen hatten, haben sie an den Rand des Wahnsinns getrieben. In dem Augenblick, da sie herausfanden, wer wir waren, hörten wir das nackte Entsetzen in ihren Stimmen.

Obwohl mehrere bedeutende Mediengrößen im Haus der Firkles das Ziel groben und erniedrigenden Unfugs waren, haben die Firkles selbst am meisten gelitten. Von einem Leben, das kaum aufregender oder interessanter als das einer

Meisenfamilie war, wurden sie in einen Mahlstrom monumentaler Ereignisse in der Geschichte des menschlichen Kontakts mit der okkulten Sphäre geworfen.

Als im Februar 1984 der Sturm der Paranormalität schon fast wieder verebbt war, reiste unser unerschrockener Reporter Marv Swackhammer nach Pennsylvania, um mit Bud, Olga und der kleinen Pinkie Firkle zu sprechen.

Marvs Geschäftsreise war auch für eine Firma mit einem so großzügigen Spesenkonto wie dem unsrigen unglaublich teuer. Aber wer hätte sich schon vorstellen können, daß im Februar selbst die billigsten Hotelzimmer im Shpilkes Valley viermal teurer als sonst sind, da just zu dieser Zeit das dortige Zaunfest wahre Besucherscharen anzieht? Und wer hätte ahnen können, daß die örtliche Mehrwertsteuer in Shpilkes Falls auf Senf, Pfeffer und Gewürzgurken den Preis eines einfachen Hamburgers auf über einhundert Dollar hochtreibt? Und nachdem Marv die gruseligen Geschichten, die die Firkles zu erzählen wußten, gehört und ein paar verblüffende Erscheinungen gesehen hatte, die ihn fast in einen katatonischen Zustand fallen ließen, riet sein Arzt ihm, sich – bei vollem Gehalt – zwei Wochen krank schreiben zu lassen, die er in Las Vegas verbrachte; er hoffte, die extrem trockene Luft dort würde alle bösen Geister austrocknen, die vielleicht insgeheim in seinen Körper gekrochen waren.

Doch *Unheimliche Welt*, das Magazin der seltsamen und beunruhigenden Nachrichten, hat für sein Geld wirklich etwas bekommen, denn Marv Swackhammer kehrte mit zweihundert Tonbandstunden Interviews mit der Familie Firkle zurück, aus denen unsere Redakteure gerade ein Buch zusammenstellen, das unter dem Titel *Der Horror von Shpilkes Falls: Ein Sittich aus der Hölle* erscheinen wird. Der Verlag *Unheimliche Welt* wird dieses außergewöhnliche Buch im nächsten Herbst mit einer Erstauflage von 350 000 gebundenen Exemplaren auf den Markt bringen, so daß wir natürlich nicht allzu viele Überraschungen und Wendungen der erstaunlichen Geschichte der Firkles verraten (und Ihnen damit den ganzen Spaß verderben) wollen. Wir konnten aber mehrere kurze Auszüge aus diesen verblüffenden Interviews zusammenstellen, um Ihnen eine Vorstellung von dem beunruhigenden Schrecken zu vermitteln, der sich im vergangenen Januar mit so brutaler Plötzlichkeit über die Firkles senkte.

Der folgende Auszug stammt aus dem ersten Interview unseres Reporters Marv Swackhammer mit Olga Firkle, das in dem ordentlichen, einfach eingerichteten, grau-in-grauen Wohnzimmer des Hauses der Firkles in Shpilkes Falls geführt wurde.

Marv Swackhammer: Wann ist Ihnen zum erstenmal aufgefallen, daß etwas nicht stimmte?

Mrs. Olga Firkle: Ich glaube, ich war damals sechs Jahre alt. Meine Eltern gingen immer mitten am Tag in ihr Schlafzimmer, schlossen die Tür ab und sagten mir, sie würden Fotos entwickeln. Ich wußte, daß etwas nicht stimmte, weil wir gar keine Kamera hatten.

Marv Swackhammer: Nein, ich meinte eigentlich …

Mrs. Olga Firkle: Aber ich habe immer an der Ritze unter der Tür gelauscht, und sie machten da drinnen solche Geräusche, daß ich dachte, sie würden mit den Knautschsesseln im Schlafzimmer Katzen totschlagen.

Marv Swackhammer: Eigentlich wollte ich fragen, ob …

Mrs. Olga Firkle: Natürlich haben sie nur Fleisch versteckt … äh … Sie wissen schon … sie haben … hm … m-m-miteinander g-g-geschlafen. Aber damals dachte ich, meine Eltern wären ganz schreckliche Sadisten. Ich hatte Todesangst vor ihnen, weil ich dachte, irgendwann würde es sie langweilen, Katzen totzuschlagen, und dann würden sie vielleicht mit *mir* weitermachen.

Marv Swackhammer: Das ist bestimmt sehr interessant, aber …

Mrs. Olga Firkle: Eltern sollten ihren Kindern immer die

Wahrheit sagen, und sie sollten nie die Tatsachen des Lebens vor ihnen verbergen.

Marv Swackhammer: Mrs. Firkle, ich habe eigentlich gemeint ... wann ist Ihnen zum erstenmal aufgefallen, daß hier in Ihrem Haus etwas nicht in Ordnung ist? Mit den Dämonen und so weiter?

Mrs. Olga Firkle: Ach so. Das war am 7. Januar. Am Tag nach Pinkies achtem Geburtstag. Wir haben am Küchentisch gegessen, nur ich und Bud und Pinkie. Plötzlich knallt die Kühlschranktür auf, und diese riesige, zweieinhalb Meter lange purpurne Zunge kommt raus und schnappt sich Fluffy, unseren kleinen Liebling.

Marv Swackhammer: Mein Gott! Was ist dann passiert?

Mrs. Olga Firkle: Er hat ihn gegessen.

Marv Swackhammer: Der Kühlschrank hat Ihren Hund gegessen?

Mrs. Olga Firkle: Jau. Die Zunge rollte sich zusammen, glitt mit Fluffy in den Kühlschrank zurück, und die Tür knallte wieder zu.

Marv Swackhammer: Was haben Sie *unternommen*?

Mrs. Olga Firkle: Na ja, 'ne Weile hat keiner von uns nix gesagt. Wir waren natürlich ziemlich schockiert. Dann sagt Pinkie: »Mama, gibt's was zum Nachtisch?« Und ich sage: »Na ja, Schatz, als ich zum letzten Mal in den Kühlschrank gesehen habe, stand da noch frischer Vanillepudding.« Und Pinkie sagt: »Würdest du mir eine Portion holen, Mama?« Und ich schau auf meine Heilbutt-Lasagne runter und sagte: »Bud, ich bin noch nicht mit dem Essen fertig. Würdest du Pinkie den Pudding holen?«

Marv Swackhammer: Und was hat Bud gesagt?

Mrs. Olga Firkle: Bud hat gesagt: »Pinkie kann ihn sich selbst holen.«

Marv Swackhammer: Was ist dann passiert?

Mrs. Olga Firkle: Na ja, dann fängt Pinkie zu pratten an und sagt: »Würdet ihr mich wirklich lieben, würdet ihr mir den Pudding holen.« Normalerweise ist sie richtig lieb, aber manchmal kann sie einem den letzten Nerv rauben, das kann ich Ihnen sagen. Also sagt Bud: »Wenn du so mit mir sprichst, junge Dame, gibt es heute abend gar keinen Nachtisch nicht.« Und Pinkie sagt: »Es tut mir leid, Papa.« Und Bud sagt: »Das ist schon besser.« Und Pinkie sagt ...

Marv Swackhammer: Ja, ja, ja, aber was ist *passiert*?

Mrs. Olga Firkle: Na ja, passiert ist, daß noch eine halbe Tüte ziemlich alter Archway-Vanille-Plätzchen in der Brotkiste lag und wir dann die statt Pudding gegessen haben.

Nach einem Abendessen am Eßtisch der Firkles, das aus Frühstücksfleisch auf Brot und in fettarmer Milch gekochten Kartoffeln bestand, sprach Marv Swackhammer dann mit Bud Firkle und entlockte ihm einen faszinierenden Bericht über eine weitere übernatürliche Manifestation, die ihm das Blut in den Adern gefrieren ließ.

Mr. Bud Firkle: Olga sagt also: »Nein, Bud, der echte Johnny Carson kann es einfach nicht gewesen sein.« Und ich sage: »Na ja, für mich sah er aber so aus.« Und Olga sagt: »Nein, es muß wieder einer von dem da manifeserierenden Dämonen sein. Der echte Johnny Carson käm' doch nie einfach in unser Haus, würd' uns beschimpfen, auf Pinkies Kopf kotzen und dann unsere Vorhänge essen.« Na ja, ich schätze, diese verrückten Leute aus Hollywood sind zu allem fähig, aber als ich dann 'ne Weile drüber nachgedacht habe, sah ich ein, daß Olga wahrscheinlich recht hatte.

Marv Swackhammer: Wann haben Sie zum erstenmal den Verdacht geschöpft, daß Hansi, Ihr Wellensittich, der Kern all dieser schrecklichen und mysteriösen Ereignisse sein könnte?

Mr. Bud Firkle: Na ja, bis zum Tag nach Pinkies achtem Geburtstag ist uns ja nie was Außergewöhnliches zugestoßen. Wir waren einfach die gewöhnlichsten Leute, die Sie sich vorstellen können, und dann kaufen wir der kleinen

Pinkie 'nen Wellensittich zum Geburtstag, und kurz darauf haben wir dann achtbeinige Ratten auf unserem Dachboden und finden die Abdrücke pferdefüßiger Tiere im Wohnzimmerteppich eingebrannt. Aber noch viel schlimmer war, daß wir auf jedem Kanal unseres Fernsehers vierundzwanzig Stunden am Tag und sieben Tage in der Woche nur noch Wiederholungen von ›Lou Grant‹ sehen konnten.

Marv Swackhammer: Großer Gott!

Mr. Bud Firkle: Ja. Wenn so was passiert, weiß man sofort, daß irgendwie der Teufel im Haus sein muß, und da sieht man sich natürlich um und will rausfinden, wie er reingekommen ist.

Marv Swackhammer: Und da der Teufel nur in ein Haus kommen kann, wenn jemand ihn hereinbittet ...

Mr. Bud Firkle: Genau. Wir haben sozusagen nur Hansi in unser Haus gebeten, und da hatten wir ihn natürlich sofort in Verdacht. Und als wir dann darüber nachdachten, sahen wir, daß es Zeichen gegeben hatte, die wir schon viel früher hätten bemerken müssen.

Marv Swackhammer: Zeichen? Sie meinen ... Anzeichen dafür, daß Hansi nicht nur ein ganz normaler Wellensittich war?

Mr. Bud Firkle: Richtig. Zum einen hat er einfach nicht gezwitschert wie ein ganz normaler Sittich. Er hat ganze Lieder gepfiffen. Hauptsächlich Melodien von Barry Manilow.

Marv Swackhammer: Tja, damit hat er sich ganz bestimmt verraten!

Mr. Bud Firkle: Klar doch. Ich meine, wir haben damals schon seit Jahren *Unheimliche Welt*, das Magazin der seltsamen und beunruhigenden Nachrichten, gelesen, und wußten also alles über diese satanischen Botschaften, die Manilow in seinen Liedern versteckt. Verdammich, wir haben sogar mal 'ne Platte von ihm gekauft und rückwärts abgespielt, nur um es selbst zu hören, und da war es uns dann völlig klar. Man konnte genau verstehen, wie er sang, wir sollten Satan anbeten, und unsere Jugend aufforderte, unzüchtige Handlungen mit Redleffsen-Würstchen zu begehen. Als Hansi also ›Mandy‹ pfiff, und ›Ships in the Night‹, und ›I Write the Songs‹, hätten wir sofort einen Exorzisten rufen sollen, damit er diesem Vogel Weihwasser über den Arsch kippt.

Marv Swackhammer: Welche anderen Zeichen führten Sie zu der Annahme, daß Hansi nicht einfach ein ganz normaler Wellensittich war?

Mr. Bud Firkle: Von Anfang an hatten wir den Eindruck, daß Hansi viel mehr gegessen hat, als ein Wellensittich eigentlich essen sollte. Er hat diese Körner immer im Nu weggeputzt.

Marv Swackhammer: Von wie vielen Körnern sprechen wir?

Mr. Bud Firkle: In der ersten Woche neun Pfund.

Marv Swackhammer: Das ist viel für einen Wellensittich.

Mr. Bud Firkle: Und dann hat er da natürlich noch was mit unserer Katze angestellt.

Marv Swackhammer: Hansi?

Mr. Bud Firkle: Nein, Wuschi.

Marv Swackhammer: Was?

Mr. Bud Firkle: Wuschi.

Marv Swackhammer: Hören Sie, Kumpel, Sie haben zu viel ›Polizeirevier Hill Street‹ gesehen, wenn Sie glauben, Sie könnten jemand einfach ›Wuschi‹ nennen und damit durchkommen!

Mr. Bud Firkle: Ich habe Sie nicht Wuschi genannt. So hieß unsere Katze.

Marv Swackhammer: Oh. Was hat Hansi also mit Wuschi gemacht?

Mr. Bud Firkle: Na ja, ich und Olga und die kleine Pinkie haben ferngesehen. Es war die Episode, in der Lou Grant persönlich den Freimaurer-Ring aushebt, der die Wassermelonen-Industrie übernommen hat. Die Freimaurer machen sich Sorgen, daß zu viele Schwarze in den Mittelstand aufgestiegen sind, und wollen jetzt den Preis für eine Wassermelone auf zweihundertfünfunddreißig Dollar erhöhen und mit der Zeit alle Schwarzen wieder in die Armut treiben, wohin sie gehören, aber Lou entlarvt sie.

Marv Swackhammer: Ich glaube, die Folge habe ich auch gesehen. Hat Billy sich nicht eine Dose schwarze Schuhcreme gekauft und sich als farbige Jazzsängerin ausgegeben?

Mr. Bud Firkle: Richtig! Genau die ist es! Auf jeden Fall haben wir gerade gesehen, wie Billy in einem Club in Harlem auftritt, und sie macht den Fehler, ›Bringing in the Sheaves‹ für eine Jazznummer zu halten …

Marv Swackhammer: Sie bringt Jazz und Gospel durcheinander.

Mr. Bud Firkle: Ja, das ist die Szene. Die Farbigen in der Bar fangen schon an zu murren, weil sie ›Bringing in the Sheaves‹ für Jazz hält, und sie sehen sich an und runzeln die Stirnen, und es wird richtig spannend … und genau in diesem Augenblick dröhnt diese fürchterliche Stimme aus dem Vogelkäfig, so laut, daß die Fensterscheiben klappern und der Fernseher explodiert. Wirklich, Marv, das war die heiserste, schnarrendste, haßerfüllteste, *lauteste* Stimme, die Sie je gehört haben oder hören wollen.

Marv Swackhammer: Und sie kam von Hansi? Was hat sie gesagt?

Mr. Bud Firkle: Sie hat gesagt: »DU STINKENDE KATZE! DU STINKENDER BALL AUS SAUREM FELL! DU VIERFÜSSIGER SCHEISSKERL! ICH WEISS, DASS DU IN WIRKLICHKEIT EIN BEAUFTRAGTER GOTTES BIST. DU KANNST MICH NICHT TÄUSCHEN! ICH WEISS, DASS MAN DICH HIERHER GESCHICKT HAT, DAMIT DU DIESE FAMILIE VOR MEINEN VERHEERUNGEN SCHÜTZT. ABER ICH BIN MÄCHTIGER ALS DU, DU MÄUSEFRESSENDER SCHEISSHAUFEN!«

Marv Swackhammer: Großer Gott!

Mr. Bud Firkle: Ich entschuldige mich dafür, diese häßlichen

Worte in den Mund nehmen zu müssen, aber ich dachte, Sie wollten *genau* wissen, was dieser Vogel aus der Hölle gesagt hat, und nicht nur so 'ne Verschönerung von mir. Na ja, jedenfalls sagt Hansi diese üblen Dinge, und dabei kommen zwei grüne Lichtstrahlen aus seinen Augen und richten sich auf Wuschi, und unsere arme Katze wirbelt in die Luft ...

Marv Swackhammer: Levitiert?

Mr. Bud Firkle: Ja, levitiert, jedenfalls fliegt sie fauchend und kreischend in die Luft. Die hatte Angst, Mann! Hansi hält Wuschi also irgendwie mit diesen grünen Lichtstrahlen fest, wirbelt ihn am Schwanz 'rum und schlägt ihn zuerst gegen die eine und dann gegen die andere Wand, schlägt und schlägt und schlägt ihn, hin und her, während er gleichzeitig irgend so'n Zeug sagt, auf lateinisch, so hat sich das jedenfalls angehört.

Marv Swackhammer: Um Gottes willen, was haben Sie getan?

Mr. Bud Firkle: Wir *konnten* nicht viel für den armen Wuschi tun. Die Katze wurde so schnell durch den Raum gewirbelt, daß wir sie einfach nicht festhalten konnten, und außerdem war sie ja außerhalb unserer Reichweite, praktisch unter der Decke. Und da hat Olga gesagt: »Weißt du, das wäre jetzt vielleicht eine gute Gelegenheit, um den Vanillepudding aus dem Kühlschrank zu holen.«

Der dritte und letzte Auszug aus *Der Horror von Shpilkes Falls: Ein Sittich aus der Hölle* ist Teil eines Interviews mit der kleinen Pinkie Firkle, die nur mit unserem Reporter Marv Swackhammer sprechen wollte, wenn er sich bereit erklärte, sich in ihren kleinen roten Bollerwagen zu setzen und sich von ihr durch die Nachbarschaft ziehen zu lassen. Sie ist wirklich ein süßer Schatz.

Marv Swackhammer: Schätzchen, ich wiege hundertfünf Pfund, wahrscheinlich doppelt so viel, wie du wiegst. Ich bin zu groß, als daß du mich ziehen könntest.

Die kleine Pinkie: Wenn ich Sie nicht ziehen kann, schiebe ich Sie eben.

Marv Swackhammer: Ich bin zu groß.

Die kleine Pinkie: So groß sind Sie nun auch wieder nicht.

Marv Swackhammer: Ich bin schrecklich groß. Ich bin ein Riese.

Die kleine Pinkie: Nein, sind Sie nicht. Mr. Swackhammer, sind Sie ein Zwerg?

Marv Swackhammer: Nein, nein, nein. Zwerge sind viel kleiner als ich.

Die kleine Pinkie: Sie sind aber *echt* klein.

Marv Swackhammer: Ich bin doch fast einsvierzig groß.

Die kleine Pinkie: Nein, Sie sind kleiner als ich.

Marv Swackhammer: Ha-ha-ha. Du bist wirklich süß.

Die kleine Pinkie: Ich habe Zwerge wie Sie auf den Bildern in meinen Märchenbüchern gelesen.

Marv Swackhammer: Hör zu, Kleine, ich bin viel größer als jeder Zwerg. Zeig mir 'nen echten Zwerg, und ich prügle ihm in 'ner Minute die Scheiße aus dem Leib.

Die kleine Pinkie: Aber Mr. Swackhammer, Sie haben einen so großen Kopf …

Marv Swackhammer: Ich? *Ich?* Ha-ha-ha. Ha-ha-ha-ha.

Die kleine Pinkie: Und von der Taille aufwärts sind Sie etwa doppelt so groß wie von der Taille abwärts. Genau wie die Bilder von den Zwergen in meinen Märchenbüchern.

Marv Swackhammer: Ha-ha-ha. Mit deinen Augen muß was nicht in Ordnung sein, Kleine. Ich ein Zwerg? Ha-ha-ha-ha-ha. Ich habe auf der High-School-Football gespielt!

Die kleine Pinkie: Und ich habe auch noch nie einen Buckligen gesehen.

Marv Swackhammer: Was ist nur los mit dir, Kleine? Ich habe keinen Buckel! Ich habe für meine Größe breite Schultern! Breite Schultern und ein breites Kreuz! Ein Buckel, so 'ne Scheiße! Du hast 'ne wilde Phantasie, Kleine, vielleicht eine zu wilde, als gut für dich ist.

Die kleine Pinkie: Mrs. Swackhammer, verraten Sie mir

Ihren Vornamen, oder ist der ein Geheimnis? Ist Ihr Vorname vielleicht Rumpelstilzchen?

Marv Swackhammer: Halt die Klappe, du teiggesichtige kleine Kröte, oder ich schlage dir die Zähne aus. Marv! Mein Vorname ist Marv wie Marvin!

Die kleine Pinkie: Steigen Sie in meinen Bollerwagen und lassen Sie sich durch die Gegend ziehen, oder ich spreche nicht in Ihr Tonband. Dann sage ich Ihnen gar nichts über die Geister und was sie mit mir gemacht haben, und dann wird Ihr Boß böse auf Sie sein und Sie feuern, und Sie müssen auf einem Jahrmarkt arbeiten.

Marv Swackhammer: Bitte, Kleine, sei doch vernünftig. Ich bin zu groß. Ich bin zu groß dafür. Ich ... äh ... ich will nicht, daß du dich überanstrengst.

Die kleine Pinkie: Ich bin stark für mein Alter.

Marv Swackhammer: Hier draußen ist es kalt, Pinkie. Warum gehen wir nicht wieder rein und sprechen bei einem heißen Kakao und Keksen darüber? Hättest du nicht gern einen Kakao und Kekse?

Die kleine Pinkie: Wenn Sie nicht in meinen Bollerwagen steigen, erzähle ich Ihnen nichts über die Nacht, in dem der Teufel in Gestalt des Michelin-Reifenmännchens in unser Haus kam.

Marv Swackhammer: Des Michelin-Reifenmännchens?

Die kleine Pinkie: Ja, aber er hatte das Gesicht von Joan Rivers.

Marv Swackhammer: Mein Gott!

Die kleine Pinkie: Es war schrecklich.

Marv Swackhammer: Was hat er gemacht?

Die kleine Pinkie: Das sage ich Ihnen nur, wenn Sie in meinen Bollerwagen steigen.

Marv Swackhammer: Bitte, Kleine, das ist ein dummes kleines rotes Wägelchen!

Die kleine Pinkie: Wenn Sie nicht in meinen Bollerwagen steigen, erzähle ich Ihnen nicht, wie der Teufel wie das Michelin-Reifenmännchen aussah und er und meine Mami sich auf dem Küchenboden in einem Haufen gekochter Spaghetti splitternackt ausgezogen und Fleisch versteckt haben.

Marv Swackhammer: Was? Fleisch versteckt? Was meinst du …? Oh. Oh. Fleisch versteckt.

Die kleine Pinkie: Also steigen Sie in den Bollerwagen, oder ich werd' es Ihnen nie erzählen.

Marv Swackhammer: Na ja, so klein, wie der Bollerwagen aussah, ist er ja gar nicht.

Die kleine Pinkie: Sie halten den Griff. Ich schiebe. Auf geht's!

Marv Swackhammer: Langsam, Mädchen, langsam. Das ist eine ziemlich holprige Fahrt. Wohin willst du überhaupt?

Die kleine Pinkie: Nur bis zum Ende des Häuserblocks.

Marv Swackhammer: Na schön, na schön, aber jetzt erzähl mir von der Erscheinung, die wie das Michelin-Reifenmännchen aussah.

Die kleine Pinkie: Mr. Swackhammer, was meinen die Leute, wenn sie sagen, sie würden Fleisch verstecken?

Marv Swackhammer: Du hast doch gesagt, du hättest deine Mutter und das Reifenmännchen auf dem Küchenboden gesehen …

Die kleine Pinkie: Ich hab' sie gesehen, weiß aber nicht, was sie da gemacht haben. Was heißt überhaupt ›Fleisch verstecken‹?

Marv Swackhammer: Schieb nicht so schnell, Mädchen. Mach mal halblang, ja? Und wenn du wissen willst, was Fleisch verstecken heißt, solltest du lieber deine Eltern fragen.

Die kleine Pinkie: Ich habe Angst, sie zu fragen. Sie sagen mir ständig, daß sie Fleisch verstecken würden. Dann gehen sie ins Schlafzimmer und schließen hinter sich ab.

Marv Swackhammer: Warte, Kleine, nicht so schnell.

Die kleine Pinkie: Und wenn ich mich zur Tür schleiche und lausche, höre ich diese unheimlichen Geräusche.

Marv Swackhammer: Warte, Mädchen, wir sind weit genug gefahren.

Die kleine Pinkie: Wir *haben* im Schlafzimmer gar kein Fleisch. Das liegt doch in der Tiefkühltruhe.

Marv Swackhammer: Mir wird schlecht. Ich will aus dem Bollerwagen raus.

Die kleine Pinkie: Es hört sich an, als würden sie da reingehen und mit den Knautschsesseln Katzen totschlagen.

Marv Swackhammer: Halt, halt, halt! Was geschieht hier? Das sieht aus wie ...

Die kleine Pinkie: Und ich habe Angst, daß es ihnen eines Tages vielleicht langweilig wird, Katzen totzuschlagen ...

Marv Swackhammer: ...ein Hügel! Das da vor uns ist ein verdammt großer Hügel!

Die kleine Pinkie: ...und dann vielleicht mit *mir* weitermachen.

Marv Swackhammer: Laß mich raus!

Die kleine Pinkie: *(Ein Stöhnen und Keuchen, als sie dem Bollerwagen einen letzten, heftigen Schubs gibt.)*

Marv Swackhammer: Du verrücktes kleines Miststück!

Die kleine Pinkie: Du kriegst *mein* erstgeborenes Baby nicht, Rumpelstilzchen!

Marv Swackhammer: *Aiiieeeeeeeeeeeeeeeeeeeeeeeee!*

Schon neun Monate vor der Veröffentlichung ist *Der Horror von Shpilkes Falls: Ein Sittich aus der Hölle* in aller Munde. Die Buchgemeinschaft Buch des Monats hat den Titel als Hauptvorschlagsband ins Programm genommen. Die Filmrechte wurden an Igor Zanuck und den ›vergessenen Sohn‹ des Filmtycoons Darryl Zanuck verkauft, den ›vergessenen Bruder‹ von Richard Zanuck, Produzent von *Der weiße Hai*.

(Igor Zanuck ist erst vor kurzem wieder aufgetaucht, nachdem die Zanucks ihn im Jahre 1958 nach einem Urlaub auf Borneo dort versehentlich zurückließen, und hat die Geschichte der Familie Firkle als sein erstes Projekt ausgewählt, mit dem er beweisen will, »daß man mich zwar vergessen kann, ich aber unvergeßlich bin!« Zanuck hat den verstorbenen Alfred Hitchcock als Regisseur engagiert, weil, wie er sagt, »ich aus Erfahrung weiß, wie schnell diese Stadt einen vergessen kann, wie grausam sie sein kann, welches Vergnügen sie empfindet, wenn sie trotz mehrerer Bitten *nicht* zurückruft. Ich halte es ganz einfach für schrecklich, wie man Hitch seit seiner Beerdigung behandelt hat. Er war einer unserer Größten; aber in Hollywood herrscht eine schreckliche Was-hast-du-in-letzter-Zeit-für-uns-getan-Einstellung, gegen die man nur schwer ankommt. Wegen dem, was mir zugestoßen ist, habe ich besonderes Mitgefühl für Hitchs Lage. Außerdem halte ich ihn für genau den richtigen Mann für diesen Film.«

Die Hauptrolle hat der fünfjährige Vetter Macaulay Culkins bekommen, Cackie Culkin, der zwar auch ein Junge ist, aber die Rolle in Mädchenkleidern spielen wird. Sissy Spacek wird Olga Firkle spielen, John Malkovitch den Bud. Für Nebenrollen wurden bereits verpflichtet: Mary Tyler Moore, Dudley Moore, Roger Moore, Mr. Rogers, Teri Garr, Jack Parr, Felicia Farr, Clint Eastwood, Ned Beatty, Warren Beatty, Lesley Ann Warren, Leslie Gore, Albert Gore, Gore Vidal, Vidal Sassoon und Binky der Wunderfisch. Alle Sittichsongs werden von Barbra Streisand eingespielt, die im Falsett piept, und bei den Szenen, in denen Hansi besessen ist, wird James Earl Jones ihn synchronisieren, der in ähnlicher Eigenschaft so hervorragende Arbeit als Stimme von Darth Vader in den Star Wars-Filmen geleistet hat.

Im nächsten Herbst wird der Verlag *Unheimliche Welt* das Buch *Der Horror von Shpilkes Falls: Ein Sittich aus der Hölle* in einer Erstauflage von dreihundertfünfzigtausend gebundenen Exemplaren für je neunundzwanzig Dollar fünfundneunzig herausgeben, doch das Interesse an dieser erstaunlichen wahren Geschichte ist so groß, daß viele Buchhandlungen die bestellten Exemplare innerhalb der ersten Woche ausverkaufen werden. Wenn Sie sich nicht ärgern wollen, weil Sie im nächsten Herbst in Ihrer örtlichen Buchhandlung kein Exemplar mehr bekommen konnten, können Sie dieses wichtige Buch auch vorbestellen. Schicken Sie einfach neunundzwanzig Dollar fünfundneunzig zuzüglich zweiunddreißig Dollar Porto und Verpackung an die bekannte Adresse des Verlages *Unheimliche Welt*.

NATÜRLICH KANN NIEMAND
MIT EINEM PFERD SPRECHEN

Gweneth Guirely aus Dammichnaat, Oregon, war die exzentrischste Bewohnerin dieser Stadt. Wie hätte sie auch, um Punkt Mitternacht am 4. August 1949 geboren, etwas anderes sein können? Schließlich war das eine besonders seltsame und schicksalhafte Nacht, in der in den gesamten USA der Polizei Hunderte von UFO-Sichtungen gemeldet wurden, eine Kuh in New Jersey ein zweiköpfiges Huhn gebar – und genau *dieselbe* Nacht, in der Präsident Harry Truman sich seiner berühmten Verwandlung in einen Werwolf unterzog, während er dem König von Spanien einen Staatsempfang gab und gerade mit ihm beim Staatsbankett weilte.

Gweneth Guirely behauptete, sich an ein vergangenes Leben als Pferd im Privatstall Cornelius Vanderbilts erinnern zu können. Sie sprach erstmals im Alter von dreizehn Jahren offen über ihre Erfahrungen mit der Reinkarnation, doch es gab schon viel früher Anzeichen dafür.

Als Gweneth zum Beispiel vier Jahre alt war, kam sie in einem gewöhnlichen Bett nicht zur Ruhe und konnte nur schlafen, wenn sie aufrecht dastand, an das Verandageländer gebunden, und man ihr eine Decke übergeworfen hatte. Schon vor ihrem fünften Geburtstag vertrug sie als Nahrung lediglich Hafer, Gerste, Heu und dann und wann mal ein Stück knackiges Obst, und bestand darauf, aus einer Tasche gefüttert zu werden, die man ihr um den Hals hängen mußte.

Ihre Eltern, Fern und Murt Guirely, tolerierten das ungewöhnliche Verhalten ihrer Tochter nicht nur, sondern schienen es sogar zu fördern. Als Geschenk zu Gweneth' achtem Geburtstag ließen sie die Garage zu einer Scheune mit drei Boxen und Wassertrögen umbauen. Als ein Reporter von *Unheimliche Welt*, dem Magazin der seltsamen und beunruhigenden Nachrichten, sich danach erkundigte, wieso der Stall über drei Boxen und nicht nur eine verfügte, antwortete Fern

Guirely: »Na ja, sie ist ein sehr kontaktfreudiges Mädchen und möchte, daß gelegentlich Freundinnen bei ihr übernachten können.« Die Nachbarn behaupten, sie hätten oft beobachtet, daß Fern seine Tochter auf dem Hof abrieb, und als Gweneth sechzehn Jahre alt war, konnte man oft beobachten, daß Murt, ihr Vater, auf ihr in die Stadt ritt, um die Post zu holen.

»Gweneth hielt stets den Kopf gehoben und tänzelte die letzten paar Häuserblocks in die Stadt geradezu«, sagte Postamtvorsteher George Finbeck. »Murt hat sie nie angebunden, wenn er reinkam, um die Post zu holen, hat immer die Zügel einfach runterhängen lassen, aber sie ist nie davongelaufen, kein einziges Mal in all den Jahren, da ich sie kannte. Sie ging auch hübsch im Kanter, und wenn sie galoppieren wollte, flog sie wie der Wind dahin!«

Man muß nur mit ein paar der Leute aus Dammichnaat sprechen, die alt genug sind, um sich an die Familie Guirely zu erinnern, und einem wird klar, daß Fern und Murt stolz auf ihre Tochter waren. Wenn die Guirelys Besuch bekamen, unterhielt Gweneth die Gäste mit langen Geschichten aus ihrem Vorleben in Cornelius Vanderbilts Ställen und über Rennen im Saratoga der ruhmreichen Tage dieses berühmten Erholungsorts für Ultrareiche. Und während diese Anekdoten die Geduld eines Gastes auch gelegentlich auf die Probe stellten, haben Fern und Murt angeblich immer mit gespannter Aufmerksamkeit gelauscht und ihr einziges Kind mit unmißverständlicher Hingabe betrachtet.

Nur eine Eigenart bei der Übernahme einer Pferdeidentität hat ihre Eltern gelegentlich aus der Fassung gebracht. Gweneth hatte die unangenehme Angewohnheit, an den unpassendsten Orten Pferdeäpfel zurückzulassen. Doch sie nahmen die manchmal lästige Aufgabe, hinter dem Mädchen sauberzumachen, zumeist gern hin, denn was war das schon im Vergleich zu der Ehre, die sie der Familie Guirely einbrachte, als sie auf der Landwirtschaftlichen Ausstellung des Staates Oregon mit der Goldmedaille ausgezeichnet wurde und ein Jahr später das Trabrennen von Belmont gewann?

DER WUNDERBAUM VON BURBANK

Im Garten des Hauses der Familie Gefilte in Burbank, Kalifornien, steht eine zwanzig Jahre alte Dattelpalme, die mehr tut als verfaulte Früchte auf den Patio fallen zu lassen und Ratten anzulocken. Harry und Myrtle Gefilte und ihre Nachbarn behaupten, daß dieser Baum *spricht*.

Die Stimme, die aus dem Baum kommt, variiert von einem unheimlichen Flüstern zu einem leicht schnarrenden, aber ansonsten völlig normalen Gesprächston. Die meiste Zeit über stößt die Palme bedeutungslose Geräusche aus, die zwar recht kompliziert sind, aber keine Sprache zu bilden scheinen. Doch man hat bereits vernommen, daß sie auf portugiesisch, polnisch, italienisch und dänisch spricht, und bei vier Gelegenheiten hat sie eindeutige Aussagen auf englisch gemacht, wenngleich ihre Grammatik und Syntax nicht immer auf eine gehobene Erziehung hindeuten. Doch wie Harry Gefilte einem Reporter gesagt hat: »Klar, sie ist nicht Edwin Newman, doch für 'ne verdammte Palme spricht sie ziemlich gut.«

Es gibt Erklärungen in Hülle und Fülle. Mehrere Nachbarn der Gefiltes glauben, die Seele eines Verstorbenen – vielleicht eines UNO-Dolmetschers oder eines Lehrers an der Berlitz-School – sei irgendwie in dem Baum gefangen. Andere bestehen darauf, Außerirdische von einem fernen Planeten würden über die ›natürliche Wellenlänge‹ des Baums mit uns kommunizieren, und die Gefilte-Palme sei unsere beste und einzige Chance, mit unseren Nachbarn im Universum Kontakt aufzunehmen.

Ein Gerücht besagt, die Jungfrau Maria würde in der Palme wohnen, und ihre Früchte hätten eine wundersame Heilkraft. Fast einen Monat lang kamen hingebungsvolle Katholiken von so fernen Orten wie Guadalupe Hidalgo, Mexiko, und Dammichnaat, Oregon, nach Burbank, um die Wunder zu sehen und Eingaben an die Mutter Gottes zu richten. Von der benachbarten Kirche des Heiligen Schlomo pilgerten sogar so viele Gemeindemitglieder zur Gefilte-Palme, daß die üblichen Bingorunden am Mittwochabend nur noch die Hälfte der gängigen Teilnehmerzahlen aufwiesen. Doch die hoffnungsvollen Pilger fanden bald heraus, daß die fleischigen Datteln der Palme nicht den geringsten medizinischen Wert hatten – von jenen Bittstellern natürlich abgesehen, die an chronischer Verstopfung litten.

Ein vom Vatikan eingesetzter Ermittler, Pater Vino Veritas, studierte das seltsame Phänomen volle drei Tage lang und kam schließlich zum Schluß, daß die Wunder der Gefilte-Palme in keiner Hinsicht ein *religiöses* Wunder waren, wenngleich er mit dem Baum ein kurzes Gespräch auf italienisch führte, bei dem der Baum Wachs der Marke Schildkröte empfahl, um den Lack des Gemeindewagens zu erhalten und zu schützen.

»Es war schon ein ziemlicher Tumult, als sich hier ständig ein paar hundert Katholiken herumtrieben«, sagte Myrtle Gefilte, »aber als sie dann nicht mehr kamen, haben wir sie vermißt. Ich meine, die meisten von ihnen waren ja wirklich sehr nett. Zwei volle Busladungen mit Knights of Columbus sind den ganzen Weg von Cleveland, Ohio, hierher gekommen, und sie sahen ziemlich gefährlich und unheimlich aus, aber abgesehen von der Stinkbombe in unserem Briefkasten und einem Burschen namens Nunzio Gnocchi, der Mrs. Farnsworth von gegenüber angehimmelt hat und ihr ständig nachgelaufen ist, waren sogar *sie* höflich und anständig.«

Die Gefilte-Palme spricht nicht ununterbrochen, nicht einmal täglich, und das ist wahrscheinlich ein Segen, denn es gibt nichts Unangenehmeres als eine geschwätzige Pflanze.

Zum Beispiel wurden Ike und Ethel LaChance aus Boulder City, Nevada, von einem irrwitzig redseligen Oleanderstrauch gepeinigt, der neben der Küchentür stand und den ganzen Tag und den Großteil der Nacht über mit einem durchdringenden Quengeln vor sich hindröhnte, das man von einem Ende des Grundstücks bis zum anderen und in allen neun Zimmern ihres im indonesischen Tudorstil gehaltenen Hauses hören konnte. Nicht mal Oropax konnte die Dialoge des Oleanders dämpfen.

»Es wäre ja gar nicht so schlimm gewesen«, sagt Ike La-Chance, »wenn der verdammte Baum etwas *Interessantes* zu sagen gehabt hätte, aber er hat ständig nur über den modernen Roman, die Ursachen von Wurzelfäule, Quantenphysik oder die Geschichte von North Dakota geplappert.«

1958 hatten Rudy und Rhonda Rumbeck aus Farmisht Springs, Maryland, schlimmere Probleme mit einem anderen Strauch. Ein alter und dichtgewachsener Flieder, der in den ersten zehn Jahren seiner Blütenpracht auch nicht das geringste Anzeichen an den Tag gelegt hat, sprechen zu können, komponierte plötzlich witzige Verse, die viele Nachbarn amüsierten – wenn auch auf Kosten sämtlicher Mitglieder der belagerten Familie Rumbeck.

»Ich weiß nicht, was wir diesem Flieder je getan haben, daß er so eine Verachtung für uns gehabt hat«, sagt Rhonda Rumbeck, die sogar nach einem Vierteljahrhundert noch immer betroffen über das Verhalten der Pflanze ist. »Diese kleinen Verse waren vielleicht sogar auf gewisse Weise komisch, aber sie waren auch gemein. Ich erinnere mich noch an den ersten, den der Flieder losließ. Meine Tochter Cassie und ich haben uns damals, im Juni 1958, auf dem Innenhof gesonnt – Cassie war damals erst zwölf –, als der Strauch plötzlich sprach und uns einen fürchterlichen Schreck einjagte. Er hat gesagt:

> Da sitzt die pummelige kleine Cassie.
> Sie sieht genau aus wie diese Lassie.
> Sie hat 'ne große Kartoffelnase,
> Ohren wie der Osterhase
> und ist häßlich wie 'ne kaputte Vase.
> Ach, Cassie, Cassie, klingt's auch etwas barsch –
> wär dein Gehirn doch nur halb so groß wie dein Arsch!

Woraufhin Cassie natürlich in Tränen ausbrach, nach oben lief und sich in ihrem Zimmer einschloß. Drei Tage lang kam sie nicht raus, und sie hatte da drin nichts zu essen außer sechs Tüten Gummibärchen und einer Kiste Erdnußbutter.«

Rudy Rumbeck fährt fort: »Diese lächerlichen Verse waren nicht nur beleidigend. Wirklich unerträglich waren sie, weil dieser verdammte Busch sie mit dieser schnarrenden, abfälligen, schmeichlerischen Stimme aufsagte, bei der man einfach eine Gänsehaut bekam. Außerdem fing er nach einer Weile damit an, unsere Gäste zu beleidigen, gab obszöne Behauptungen über meine Mutter von sich und jagte unserer Katze ständig mit einer wirklich fürchterlichen Imitation eines tollwütigen deutschen Schäferhundes einen Schrecken ein.«

Rudys so oft verleumdete Mutter Gertrude Rumbeck ist noch immer völlig baff. »Ich habe nie begriffen, wie dieser Strauch so schön riechen und so unanständig sprechen konnte.«

Nach zwei Monaten dieser schweren Prüfung verblühte der neuerdings sprechende Flieder, und die poetische Pflanze wurde bald zum Ärgernis. Rudy und sein gottloser homosexueller Sohn Dorsey, der aufgrund seines trippelnden Gangs zum besonderen Ziel der Verse geworden war, fällten den Strauch und machten ihn zu Kleinholz, über dem sie dann ihre Würstchen grillten.

Dorsey behauptet noch immer: »Dieser Strauch war ein Miststück!«

Auch Harry Gefilte aus Burbank erinnert sich an den klassischen Fall des Rumbeck-Flieders. »Ich habe damals davon gelesen«, sagte er. »Ich glaube, in *Unheimliche Welt*, dem Magazin der seltsamen und beunruhigen Nachrichten, stand ein Artikel darüber. Myrtle und ich haben wohl ziemliches Glück gehabt. Unsere Palme spricht nicht sehr oft, und wenn, dann nie sarkastisch oder unhöflich.«

Studenten des Übersinnlichen haben Tausende von Stunden damit verbracht, die Mitteilungen der Gefilte-Palme zu entschlüsseln, von denen die meisten rätselhaft sind. Dr. Eldritch Pedi, Vorsitzender der Abteilung für Irrationale Pseudowissenschaft an der UCLA (University of California in Los Angeles), hat die Botschaften des Baums mit den modernsten Computern entschlüsselt und ist davon überzeugt, daß der Fall Gefilte nicht nur eine unwichtige Seltsamkeit oder eine bedeutungslose Kuriosität ist.

»Da draußen in Burbank geschieht etwas Wichtiges«, sagt Dr. Pedi. »Etwas Großes. Etwas, das die Welt verändern könnte, würden wir es nur begreifen. Einige Mitteilungen des Baums scheinen harmlos zu sein, ja sogar lachhaft, während andere wiederum aufreizend rätselhaft und verwirrend sind. Doch ich bin der Ansicht, daß es sich um *kodierte* Mitteilungen handelt, hinter denen weit mehr steckt, als wir ahnen, und hoffe, diesen Kode mit Hilfe meiner Computer in Kürze knacken zu können. Ich bin davon überzeugt, indem wir die Nachrichten der Gefilte-Palme entschlüsseln, können wir das Geheimnis der Überlichtgeschwindigkeit und den Sinn unseres Lebens erfahren und vielleicht sogar herausfinden, warum einige Leute Harald Schmidt für komisch halten.«

Wie bereits erwähnt, hat die Gefilte-Palme nur viermal auf englisch gesprochen. Wir von *Unheimliche Welt*, dem Magazin der seltsamen und beunruhigenden Nachrichten, möchten unsere zwei Millionen Leser bitten, diese vier Mitteilungen unseres photosynthetisierenden Freundes genau zu studieren, in der Hoffnung, jemand habe einen Gedankenblitz, der zu Schlußfolgerungen führt, zu denen Dr. Pedis Computer noch nicht gelangt sind. Schließlich sind zwei Millionen Gehirne besser als eins. Und bei zwei Millionen Gehirnen, die tief ins Übernatürliche eingetaucht und durch und durch von der Liebe zum Paranormalen durchdrungen sind, handelt es sich fürwahr um eine beträchtliche Macht!

1. Am 24. August 1982 sprach die Gefilte-Palme zu Myrtle und Harry Gefilte, während sie Ringelblumen kreisförmig um ihren Stamm pflanzten. Sie sagte: »Hätten Enten Zähne und würden bellen, könnten sie Ihr Haus vor Einbrechern schützen und würden sich hervorragend für Hundestaffeln der Polizei eignen.«

Dr. Eldritch Pedi glaubt, daß diese Mitteilung, wenn sie erst einmal entschlüsselt ist, sich als Aphorismus von solch verblüffendem Nutzen und Wert erweisen wird, daß er den Verlauf der menschlichen Geschichte verändern wird.

2. Am 19. April 1983 hatten Harry Gefilte und sein Nachbar Rooney Sludge sich gerade auf dem Patio über einen Sechserpack Bier hergemacht, als die Dattelpalme sagte: »In Istanbul wartet die Frau in dem scharlachroten Kleid verzweifelt unter der Uhr ohne Zeiger. Der Fuchs wird erst am Samstag kommen.«

Dr. Eldritch Pedi hält diese Mitteilung, vielleicht die rätselhafteste von allen, für den schlüssigen Beweis, daß der Baum in kodierter Form spricht. »Das klingt fast genauso«, sagt Pedi, »wie die Spione in all diesen alten Spionagefilmen sprechen. Obwohl ich nicht mit jenen übereinstimme, die diese Mitteilung für den Beweis halten, daß die Gefilte-Palme in der Tat ein außerirdischer Spion ist, der sich als Baum verkleidet hat, um uns zu studieren und Informationen für eine Invasion von einer anderen Welt zu sammeln, kann ich durchaus verstehen, wieso einige Menschen zu einem so beunruhigenden Schluß gelangen.«

3. Am Thanksgiving-Day des Jahres 1983 hielten sich Harry und dessen Vater Phil Gefilte auf dem Hof auf und neckten unbarmherzig Harrys Hund mit Truthahnknochen, die sie an einen Bumerang gebunden hatten, und einem fettbeschmierten Muskelmagen an einem Strick, als der Baum sagte: »Hätten alle Männer dieselbe Hutgröße und würden alle Frauen wie John Cleese aussehen, wäre die Welt zwar kein besserer Ort, aber die Gefahr der Überbevölkerung wäre mit Sicherheit wesentlich geringer.«

4. Am 14. April 1984 hatte sich die gesamte Nachbarschaft zum traditionellen Ochsenbraten in Harrys und Myrtles Garten versammelt, als der Baum mit außergewöhnlich lauter Stimme und ungewöhnlich forderndem Tonfall sprach. Diese verblüffende Mitteilung bestand zwar nur aus fünf Worten,

aber einige Studenten der Gefilte-Palme halten sie trotzdem für die bedeutendste, die der Baum je gemacht hat. Sie besagte: »Schicken Sie uns Ihre Gartenmöbel!«

»Es war schon ein wenig furchterregend«, sagte Myrtle. »Der Baum hat zum erstenmal die Stimme gehoben. Und obwohl ich mir sicher bin, daß er nie jemandem etwas tun würde, war ich an diesem Tag etwas besorgt.«

»Verdammt«, wirft Harry ein, »ich würde ihnen ja unsere Gartenmöbel schicken, wenn sie sie unbedingt haben wollen, aber ich kenne nun mal leider ihre Adresse nicht.«

Der Wunderbaum von Burbank. Die geheimnis- und unheilvolle Gefilte-Palme. Was ist die Erklärung für ihr erstaunliches Verhalten? Ist sie vom Teufel besessen? Ist sie ein Mutantenbaum, der aufgrund radioaktiven Niederschlags der Sprache mächtig ist? Ist sie irgendwie ein Funkempfänger für Botschaften von fernen Planeten? Kann man diese Vorgänge all den Starts von Space Shuttles zuschreiben, die den Äther schwer geschädigt und die rhythmischen Gezeiten der stratosphärischen Partikelflußfelder gestört haben? *Unheimliche Welt*, das Magazin der seltsamen und beunruhigenden Nachrichten, wird jedem Leser ein Abonnement auf Lebenszeit schenken, der dem hingebungsvollen Dr. Eldritch Pedi den Schlüssel liefert, mit dem man dieses überwältigende Geheimnis aufklären kann.

DER GRÖSSTE PECHVOGEL DER ERDE

Denton Scudlatch, Erbe des Scudlatch-Quark-und-Molke-Vermögens, könnte der größte Pechvogel auf der Erde sein. *Unheimliche Welt*, das Magazin der seltsamen und beunruhigenden Nachrichten, interessierte sich ursprünglich für Mr. Scudlatch, weil sein katastrophal schreckliches Pech in seiner gesamten erstaunlichen Breite und Tiefe ein Beweis dafür zu sein scheint, daß das Universum kein Ort zufälliger Kräfte ist, sondern statt dessen von intelligenten Mächten mit boshaften Absichten regiert wird – so ähnlich wie Newark, New Jersey.

Denton Scudlatch hat mindestens fünfmal mehr Pech als Mervyn Hockwet aus Seattle, Washington, ein Mann mit *sehr* viel Pech, und bestimmt dreimal soviel wie Gandolf Immelman. Immelman war ein Hutmacher aus Brooklyn, der innerhalb von vier Monaten sechs Flugzeugabstürze, zwei verheerende Zugunglücke, einen Brand in der U-Bahn, drei Autounfälle und die Explosion eines Boilers überlebte, nur um dann auf einer Rolltreppe in einem Flughafen auszurutschen und sich den Hals zu brechen, während er versuchte, vor einem Rudel Hare Krishnas zu fliehen, die ihm Blumen schenken wollten.

Denton Scudlatch hat sogar 2,6 mal mehr Pech als Hume Gilly, Sohn des vom Pech verfolgten Afrikaforschers Sir Winston Gilly. Sir Winston und seine schwangere Gattin Agatha begaben sich auf eine längere Safari, auf der sie ungewöhnliche Steine, Treibholz, Elefantenfüße, Nashornhörner, seltene Leopardenfelle im Paisleymuster und besonders farbige Insekten sammeln wollten, mit denen sie ihr elegantes Haus in St. John's Wood neu einrichten wollten, und während dieser beschwerlichen Reise wurde der kleine Hume dann geboren. Zwei Tage später wurden Sir Winston, Agatha, ihre Safaripartner und ihre einheimischen Träger am Ufer des krokodilverseuchten Kongo getötet, als ein Antisafari-Bomber des Sierra Club sie mit einem halben Dutzend 600-Pfund-Fliegerbomben attackierte. Nur der kleine Hume hat überlebt.

Das hilflose Kind wurde von zwei Menschenaffen adoptiert, die, hätten sie Namen gehabt, wahrscheinlich Tanya und Tando geheißen hätten, oder Sheena und Sabu (oder vielleicht auch Karin und Ronald). Tanya und Tando zogen den kleinen Hume groß, als wäre er ihr eigener Sohn gewesen, wenngleich sie ihn in einem Bananenbaum versteckten, wenn Tanyas Eltern zu Besuch kamen und von vornherein klar war, daß Humo nicht Tandos Sammlung von Obstkernen erben würde, falls Tanya je einem eigenen Sohn der beiden das Leben schenken sollte.

Als der kleine Hume siebzehn Jahre alt war, wurde er zufällig von einer Expedition französischer Forscher gefunden, die auf der Suche nach ihrer nationalen Identität waren. Nach mehreren Wochen philosophischer Streitgespräche, die in Form von zehnstündigen Intensivkursen abgehalten wurden, bei denen viele Zigaretten geraucht wurden, gelang es ihnen, Hume (der sich für Mooba hielt) zu überzeugen, daß er in Wirklichkeit kein Affe, sondern ein Mensch war, der das gottgegebene Recht hatte, in Angst zu schwelgen, und die Verpflichtung, eine Meinung über die Schriften Jean-Luc Godards zu haben.

Nach einem tränenreichen Abschied von Tanya und Tando (und dem Versprechen, eines Tages mit lustigen kleinen Hüten und Blechtrommeln für jeden Affen des geliebten Stammes zurückzukehren), brach Hume mit der französischen Expedition auf. Er begleitete sie auf der viermonatigen Reise durch den Urwald zur Hafenstadt Abschaumhausen, einer ehemaligen belgischen Strafkolonie, in der nun die unehelichen Nachkommen von Schurken und Schleimern des achtzehnten Jahrhunderts wohnten.

Auf diesem Marsch durch den Dschungel und später der langen Seereise nach England brachten die Franzosen Hume ihre eigene Sprache und seine Muttersprache Englisch bei. Sie unterwiesen ihn bei den Tischmanieren und brachten ihm geduldig den Unterschied zwischen einer Toilette und einem Waschbecken bei. Sie berichtigten seine völlig falsche Vorstellung, man müsse Socken über die Hände ziehen und Unterhosen an den Ohren aufhängen, und formten ihn schließlich zu einem feinen Herren, der bereit dazu war, die Kontrolle über das gewaltige Erbe seines Vaters zu übernehmen, das während seiner langen, langen Abwesenheit treuhänderisch verwaltet worden war.

Nach siebzehn brutalen Jahren im Urwald, nach der langen und anstrengenden Rückreise nach Britannien, nach der Mühe, zwei Sprachen zu lernen, von denen keine auch nur halb so ausdrucksvoll wie die Affensprache seines geliebten Stammes war, mußte Hume entdecken, daß die überfälligen Steuern, die für den Gilly-Landsitz zu entrichten waren, sich während seiner Abwesenheit unerbittlich aufgehäuft hatten. Nachdem das Finanzamt mit ihm fertig war, blieben ihm nur noch eine silberne Bürste, ein Croquethammer, ein Wettschein des irischen Pferdetotos und eine vollständige Sammlung der Romane von Barbara Cartland.

Die silberne Bürste erwies sich als chrombeschichtet. Der Wettschein des Pferdetotos war eine Niete. Und als Hume das Finanzamt verließ und unsicher, ohne jeden Penny, allein und mit benommenem Gesichtsausdruck durch die Straßen Londons torkelte, riß ihm eine Verrückte den Croquethammer aus der Hand und schlug damit so jähzornig auf seinen Kopf und die Schultern ein, daß er einen Monat lang stationär behandelt werden mußte.

Im Krankenhaus blieb ihm nichts anderes übrig, als seine Romane von Barbara Cartland zu lesen, und da er noch nie irgend etwas gelesen hatte, erregten ihn sogar diese harmlosen Geschichten sexuell. Von Lust verzehrt, packte er eine junge Krankenschwester. »Ich sehne mich danach, diese deine bleichen, weichen, nachgiebigen Formen zu drücken«, sagte er und riß ihr die Uniform vom Leib.

Der Körperverletzung und versuchten Vergewaltigung angeklagt und verurteilt, wurde er in eine englische Strafkolonie in Afrika gebracht, Schleimstadt, ebenfalls an der Küste und fünfzehn Kilometer südlich von Abschaumhausen gelegen, der ehemaligen belgischen Strafkolonie, in der Hume gelernt hatte, eine Gabel zu benutzen, ohne sich in die Lippe zu stechen.

Niemand im Vollbesitz seiner geistigen Kräfte hätte etwas gegen die Aussage einwenden können, daß Hume Gilly schon zu *diesem* Zeitpunkt seines elenden Lebens zu den elf oder vielleicht zwölf größten Pechvögeln auf der Erde gehörte. Aber sein größtes Pech stand ihm noch bevor.

Nach sieben Jahren der schwersten Fronarbeit wurde er mit einem Pfund und acht Pence in englischer Währung, einem aus Papier gefertigten Anzug und einem einzigen Schuh entlassen. Er besaß nicht mal einen Kamm, und er hätte alles für eine Uhrtasche gegeben.

Er schlug sich zurück zu seinem geliebten Affenstamm in den tiefsten, dunkelsten Bereichen des Urwalds. Den ganzen Weg über befürchtete er, Tanya, Tando und die anderen würden ihn nach seiner fast neunjährigen Abwesenheit nicht mehr wiedererkennen. Zu Humes Pech erkannten sie ihn *doch* und erinnerten sich an sein hochheiliges Versprechen, mit lustigen kleinen Hüten und Blechtrommeln für alle zurückzukehren. Sie waren erzürnt, daß er mit leeren Händen gekommen war, und vertrieben ihn. Er mußte nun für sich selbst sorgen, ein Mann ohne Volk, der weder der Menschen- noch der Affengesellschaft willkommen war.

Mittlerweile war Hume Gilly mit Sicherheit einer der sechs größten Pechvögel der Erde. Aber das Schlimmste stand *noch immer* aus.

Von seinem geliebten Stamm vertrieben, schlug er sich im Urwald nur mit beträchtlichen Schwierigkeiten durch, denn die meisten Überlebenstechniken, die er gekannt hatte, als er als Affe gelebt hatte, hatte er nun vergessen. Er erinnerte sich noch an seine Tischmanieren, aber die waren ihm im Dschungel keine große Hilfe.

Wochen später erreichte er Abschaumhausen, die ehemalige belgische Strafkolonie, ohne Kleidung, ohne einen Penny in seinem Besitz, ausgemergelt, wegen Unterernährung an

Haarausfall leidend und mit einem dicken Pickel auf der Nase. Er war so abscheulich schmutzig und vom Dschungelfieber dermaßen verwirrt, daß über drei Wochen vergingen, bis jemand in Abschaumhausen begriff, daß er ein Mensch war. Weitere neun Wochen vergingen, bevor jemand sich um ihn kümmerte.

In den nächsten fünf Jahren mußte Hume Gilly, immerhin der Sohn eines zum Ritter geschlagenen Edelmannes (denn Sir Winston war der Herzog von Pimmel), einst Erbe eines gewaltigen Landsitzes, die niedrigsten und seltsamsten Arbeiten auf den Kais, in den billigen Kneipen, Hurenhäusern, Opiumhöhlen und Piratenschlupfwinkeln von Abschaumhausen verrichten. Er putzte Spucknäpfe, schrubbte Kneipenböden, bot sich selbst als Lasttier feil und machte nebenbei ein paar Groschen, indem er Hafenratten tötete und aus ihren Fellen Geldbörsen und gepolsterte Hosenlatze anfertigte.

Während seiner siebzehn Jahre bei seinem geliebten Affenstamm hatte er, ein glückliches Kind der Natur, frei und edel, stolz den Namen Mooba getragen. Nachdem man ihn später über seine ans Wunderbare grenzende Herkunft als einziger Sohn von Sir Winston Gilly in Kenntnis gesetzt hatte, hatte er genauso stolz den Namen Hume Gilly getragen. Doch in Abschaumhausen hatten die dort Ansässigen nicht den geringsten Respekt für ihn, und die Namen, mit denen sie ihn bedachten, kündeten von ihrer völligen Verachtung. Zuerst nannte man ihn Schmutzgesicht, dann Spuckjunge, dann Rattenmann und schließlich – der verhaßteste Name von allen – Schecki. Hume ertrug ihre Verachtung und Peinigungen, weil er einen Traum hatte und ein Mensch viel Leid ertragen kann, wenn er einen Traum hat. Ein Mensch kann schrecklichen körperlichen Schmerz ertragen und darüber triumphieren, wenn er einen Traum hat. Ein Mensch kann fürchterliche geistige und schockierende Mengen tiefster seelischer Qualen ertragen, wenn er einen Traum hat – wenngleich einen nichts so sehr bei Laune hält wie ein guter und sicherer Job als Beamter in der Stadtverwaltung.

Auf jeden Fall hatte Hume den Traum, eines Tages nach England zurückzukehren und den ihm rechtmäßig zustehenden Platz in der Aristokratie einzufordern. Und sich die schönste Uhrtasche zu kaufen, die man in ganz London auftreiben konnte.

Die Barkeeper in den billigen Kneipen lachten über Hume Gillys Traum. Die Prostituierten, die Haijäger, die Piraten und die Eingeborenen lachten über Hume Gillys Traum.

»Schecki, du bist ein Idiot«, sagten sie.

»Schecki, du hast Dschungelfäule im Gehirn«, sagten sie.

Es hauste schon ein übles und hartes Völkchen in Abschaumhausen, das nicht den geringsten Respekt für den Traum eines Mannes hatte. Sie hatten dort sogar schon mal einen Jungen aus der Stadt gesteinigt, weil er der Hoffnung Ausdruck verliehen hatte, eines Tages mal ein, zwei Paar Schuhe zu besitzen.

Sogar die Nonnen lachten über Hume Gillys Traum. Die Nonnen führten die Mission Unsere Dame der Schwitzenden Schwarzen Heiden in einem Vorort von Abschaumhausen. Manchmal ging Hume zur Mission, um niedrige und seltsame Arbeiten für die Nonnen zu verrichten.

Eine der seltsamsten mußte er verrichten, als die Mutter Oberin ihn beauftragte, zum Chanuka-Fest einen großen Menora zu formen und zu gießen. (Kurz darauf fand man heraus, daß die Mutter Oberin gar keine Nonne war – ja nicht mal eine Frau. Sie war in Wirklichkeit ein Mann namens Murray Cohen, ein sehr erfolgreicher Filmproduzent aus Hollywood, der sich verkleidet und insgeheim in der Mission Zuflucht gesucht hatte, um einer außergewöhnlich geldgierigen Anwaltskanzlei zu entrinnen, die seine Frau Moxie vertrat, die daheim in Kalifornien die Scheidung eingereicht hatte.)

»Schecki«, sagten die Nonnen zu Hume, »du träumst den unmöglichen Traum.«

»Schecki, Schecki, Schecki«, sagten sie, »du mußt diesen verrückten Traum aufgeben, nach England zurückkehren und der neue Herzog von Pimmel werden zu wollen.«

»Gott duldet weder Anmaßung noch Stolz, Schecki«, sagten sie, »und wenn du weiterhin diesen stolzen und anmaßenden Traum träumst, wird Gott dich kriegen.«

Und sie sagten: »Schecki, wir beten zur Heiligen Jungfrau, daß du wieder zu Verstand kommst, bevor es zu spät ist, denn wenn du darauf bestehst, mit diesem stolzen Ehrgeiz nach England zurückzukehren, wird Gott dein Schiff bestimmt auf dem hohen Ozean versenken und dich in ein nasses Grab schicken, nur um zu beweisen, wie sehr Ihn so eine Einstellung ärgert.«

Doch da der grausame, harte menschliche Schmutz von Abschaumhausen Hume nicht dazu bewegen konnte, seinen Traum aufzugeben, überrascht es nicht, daß auch die sanften Nonnen der Mission ihn nicht davon abbringen konnten. Fünf Jahre lang tat er die erniedrigendsten Arbeiten und sparte fast jeden Penny, den er verdient hatte. Er verschwendete kein Geld mit Miete, sondern kletterte jede Nacht auf den Flaggenmast von Abschaumhausen, schlief ganz oben, wo die Schlangen und wilden Eber nicht an ihn herankamen. Er gab auch wenig Geld für Nahrungsmittel aus, lebte hauptsächlich von Blättern, wildem Gras, Maden, Dreck und gelegentlich einer Scheibe Flußpferdkäse und einem Gläschen Lafite Rothschild, mit dem die mitfühlenden Nonnen ihn versorgten.

Nur einmal gab Hume sein Geld auf unverantwortliche Art und Weise aus. Eines Tages legte der flußabwärts fahrende Kahn eines Vertreters der Schokoladenfabrik Flieder Pause in Abschaumhausen an, und in einem Augenblick der verrückten Gefräßigkeit, zu dem es aufgrund so vieler Jahre der Selbstverleugnung kam, erlag Hume der heißesten Versuchung, seit es Schokolade gab, und erwarb und verzehrte volle drei Kartons der auch auf Almen geschätzten Köstlichkeit. Später erkannte er geknickt und verschämt, daß er soviel Geld für diese Kalorienbomben ausgegeben hatte, daß seine Reise nach England sich um zwei Monate verzögern würde. Demütig ernährte er sich wieder von wildem Gras und Dreck.

Während seine Ersparnisse wuchsen, nahm sein Plan immer deutlicher Gestalt an. Wenn er genug Geld hatte, würde er zuerst einen guten dreiteiligen Anzug und ein Paar Schuhe kaufen. (Er wagte es nicht, ein zweites Paar zum Wechseln zu erstehen, aus Angst, die Einwohner Abschaumhausens würden ihn steinigen.) Dann würde er auf einem Trampschiff eine Fahrkarte nach England kaufen. Auf *welchem*, spielte keine Rolle, denn er war nicht wählerisch und hatte vor, eine Passage auf dem billigsten Schiff zu buchen, das er finden konnte. Luxus spielte nicht die geringste Rolle; er wollte nur darauf achten, daß die Besatzung des Schiffes nicht ausschließlich entweder aus gierigen Halsabschneidern oder aus gottlosen Homosexuellen bestand. Er würde mit genug Geld in seinem geliebten Vaterland eintreffen, um seine eigene Firma zu gründen, die Souvernirs für die unausweichliche Königliche Heirat von Prinz Charles herstellte, unvorstellbar reich werden, den Familiensitz Pimmelfels zurückkaufen und seinen rechtmäßigen Platz in der Gesellschaft beanspruchen.

Als der Weltpresse die Verlobung Prinz Charles' mit der zukünftigen Prinzessin Di verkündet wurde, sorgte die ruhmreiche Geschichte für trunkene Feiern in den Straßen aller Städte von London bis Kalkutta, und Abschaumhausen bildete da keine Ausnahme. Humes Ersparnisse waren endlich beträchtlich gewachsen, und er wußte, daß es an der Zeit für den Aufbruch war. Er buchte eine Passage auf dem Trampschiff *The Star of Salt Lake*, das im Besitz von ehrlichen Mormonen war, Kokosnuß-Kommissionäre, die auch die Besatzung stellten. Als er nach London abdampfte, bewegte ihn zutiefst die unerwartete Zuneigung, die die Bewohner von Abschaumhausen zur Schau stellten, indem sie ein Banner über den Kai spannten: WIR WERDEN DICH VERMISSEN, SCHECKI!

Während der ersten Hälfte der Reise hielt sich Hume Gilly jeden Morgen drei Stunden lang hinter dem Funkgerät des Schiffes auf und schickte Nachrichten an Grundstücksmakler,

Bankiers und Baufirmen, um sicherzustellen, daß seine Souvernirfabrik die Arbeit aufnehmen konnte, wenn er den Boden der Königin betrat. Doch als sie noch neunhundert Meilen von der Britischen Insel entfernt waren, geriet *The Star of Salt Lake* in den schlimmsten Sturm des Jahrhunderts, wurde zerschmettert und sank auf den Meeresboden, genau, wie die freundlichen kleinen Nonnen von der Mission Unsere Dame der Schwitzenden Schwarzen Heiden es vorhergesagt hatten.

Zweifellos war Hume Gilly – alias Mooba, Schmutzgesicht, Spuckjunge, Rattenmann und Schecki – nicht nur einer der sechs größten Pechvögel seines Zeitalters, sondern einer der siebenundzwanzig größten Pechvögel aller Zeiten.

Doch wie wir bereits festgestellt haben, hatte Denton Scudlatch, Erbe des Scudlatch-Quark-und-Molke-Vermögens, 2,6 mal mehr Pech als sogar Hume Gilly.

Denton Scudlatch, der größte Pechvogel der Welt, hatte auch 2,38 mal mehr Pech als Albert Lee Swinly aus Fetlock Kentucky, und 1,975 mal mehr Pech als der Mafiakiller Vito (Der Vegematiker) Vermicelli aus Chicago, der im *Guiness-Buch der Rekorde* zu Unrecht als größter Pechvogel der Erde aufgeführt ist.

Denton Scudlatchs Pech begann, als er neunundzwanzig Millionen Dollar für sein Traumhaus ausgab, eine Villa mit dreihundertzehn Zimmern in Beverly Hills, nur um dann herauszufinden, daß seine Nachbarn die ›intellektuellen‹ Talkshow-Gastgeber David Süsskind und die Empfindlichkeit in Person, der Schauspieler Alan Alda, waren. Scudlatch wurde sofort klar, daß hier alle Straßenfeste und spontanen Parties in der Nachbarschaft sowohl schrecklich langweilig als auch unerträglich selbstgerecht sein würden.

Am Tag, da Denton einzog, schaute Süsskind mal kurz mit William F. Buckley und Gore Vidal rein und bestand quengelnd darauf, daß Denton aus dem Stegreif an einer Diskussion über den Wert der *nouvelle cuisine* als Druckmittel bei den atomaren Abrüstungsgesprächen mit der damals noch mächtigen Sowjetunion teilnahm. Gore Vidal war der Ansicht, unsere nationale Sicherheit sei nicht gefährdet, wenn wir fünfzig Prozent unserer interkontinentalen Atomraketen verschrotteten, falls die Sowjets im Gegenzug garantierten, niemals ein Fisch- oder Fleischgericht mit Himbeersauce zuzubereiten, während Buckley dafür plädierte, einen atomaren Präventivschlag gegen Murmansk zu führen, um die Sowjets davon abzuhalten, auch nur in Betracht zu ziehen, Lachs in einer süßen Basilikumsauce zu servieren. Als die drei neun Stunden später wieder gingen, war das Thema noch immer nicht zur allgemeinen Zufriedenheit geklärt.

Als Denton am folgenden Tag den Einbau eines Schwarms von hundertzwei Meter und vierzig großen Plastikflamingos im Vorgarten seines zwanzig Morgen großen Grundstücks beaufsichtigte, kam Alan Alda zum Zaun zwischen ihren Grundstücken, lenkte Dentons Aufmerksamkeit auf sich und verbrachte die nächsten sechs Stunden damit, ihm unter Tränen viele schändliche Augenblicke des männlichen Chauvinismus' zu beichten, die sein Leben befleckten, darunter ein Vorfall, der sich zugetragen hatte, als er ein uneinsichtiger Macho von sieben Jahren gewesen war. Damals hatte er den Pferdeschwanz einer Mitschülerin in ein Tintenfaß getaucht.

Am dritten Tag in der Villa bot Denton sie zum Verkauf an, mußte aber schnell erfahren, daß *alle anderen* wußten, wer seine Nachbarn waren, und obwohl er den Preis des Anwesens von neunundzwanzig Millionen auf läppische achthundertfünfzehntausend Dollar senkte, bekam er das Ding nicht verkauft.

So begann Denton Scudlatches erstaunliche und schreckliche Pechsträhne, die sechzehn Jahre, vier Monate, neun Tage, sieben Stunden und zweiundzwanzig Minuten anhalten sollte. Während dieser Zeit wurde sein Pech von Woche zu Woche *geometrisch* schlimmer, bis sein unglaubliches Unglück ihm eine Einladung für die Regis Philbin Show einbrachte. Dort erweckte Denton Scudlatch dann die Aufmerksamkeit von Dr. Eldritch Pedi, Vorsitzender der Abteilung für

Irrationale Pseudowissenschaft an der UCLA (University of California in Los Angeles).

»Die katastrophalen und schrecklichen Mißgeschicke dieses Mannes«, so Dr. Pedi, »sind in ihrer erstaunlichen Breite und Tiefe ein unwiderlegbarer Beweis dafür, daß das Universum kein Ort zufälliger Kräfte ist, sondern statt dessen von intelligenten Mächten mit boshaften Absichten regiert wird – so ähnlich wie die Walt Disney-Studios.«

Dr. Pedi hat sich ein ganzes Jahr lang mit Denton Scudlatch befaßt und schließlich eine Biographie des größten Pechvogels der Erde geschrieben. Wenn Sie mehr über Mr. Scudlatches grobe, aber nichtsdestoweniger faszinierende Mißgeschicke, törichte Entscheidungen, Tritte ins Fettnäpfchen und schreckliche Begegnungen mit Trollen in New Jersey wissen wollen, schicken Sie bitte 29.95 Dollar (keine Fremdwährungen!) zuzüglich 46.00 Dollar für Porto und Verpackung an die Ihnen bekannte Adresse von *Unheimliche Welt*, und wir schicken Ihnen ein Exemplar von Dr. Pedis Bestseller *Fast ersoffen in Gottes Spucke: Eine Biographie des unglücklichen Denton Scudlatch, des größten Pechvogels auf der Welt*.

VI

DIE ZEHN FRAGEN,
DIE LESER AM HÄUFIGSTEN AN
DEAN KOONTZ RICHTEN

1. Werden Sie je zu einem Ihrer Romane eine Fortsetzung schreiben?

Der einzige Roman, für den ich eine Fortsetzung in Betracht ziehe, ist *Brandzeichen*, aber auch die werde ich vielleicht nie schreiben. Dafür gibt es zwei fundamentale Gründe. Erstens fallen mir immer wieder neue Ideen ein und lassen mich nicht mehr los, und die interessieren mich mehr als die Rückkehr zu älteren Ideen. Zweitens möchte ich keine unausgegorene Fortsetzung schreiben, weil das bei allen Lesern die Erinnerung an das erste Buch versauen würde. Falls es je eine Fortsetzung von *Brandzeichen* geben sollte, muß sie genauso gut wie das Original sein, oder ich würde sie nicht schreiben. Falls mir also eines Tages die richtige Idee kommen sollte und ich mich *gezwungen* sehe, die Fortsetzung zu schreiben, werde ich es tun … aber sonst nicht.

2. In vielen Ihrer Bücher lese ich Verse aus dem *Buch der gezählten Leiden*. (In manchen Übersetzungen auch *Das Buch des gezählten Leids*.) Was ist das für ein Buch, und wo finde ich eine Ausgabe davon?

Wenn ich nach den richtigen Versen suche, die ich vor einen Roman oder vor die Teile eines Romans setzen kann, um eins der Themen des Buches zu betonen, finde ich häufig nicht das, was ich brauche. In so einem Fall schreibe ich den Vers selbst und gebe als Quelle dann *Das Buch der gezählten Leiden* an, das es überhaupt nicht gibt – zumindest zur Zeit noch nicht.

Als ich damit anfing, wäre mir nie in den Sinn gekommen, daß so viele Leute die Verszeilen so sehr mögen, daß sie in Buchhandlungen nach dem *Buch der gezählten Leiden* fragen. Nun erhalten wir jedes Jahr Tausende von Briefen von Lesern, die versucht haben, das Buch zu bestellen, dabei aber natürlich kein Glück hatten. Zehn bis zwanzig Prozent dieser Briefe kommen von Buchhandlungen, die im Auftrag ihrer Kunden schreiben, die es nirgendwo ergattern konnten. Ich fühle mich schuldig, daß so viele Leute ihre Zeit bei einer ergebnislosen Suche verschwenden.

Ich habe allerdings vor, *Das Buch der gezählten Leiden* zu veröffentlichen, sobald ich genug Verse zusammen habe. Wobei ich allerdings nicht weiß, ob das noch in diesem Jahrtausend der Fall sein wird.

3. Verflixt noch mal, *woher* kriegen Sie nur Ihre Ideen?

Das weiß ich wirklich nicht so genau. Ich lese viel, sowohl Romane als auch Sachbücher. Ich habe Zeitschriften abonniert, die sich mit allen möglichen Themen beschäftigen, von den Wissenschaften über die medizinische Forschung bis hin zum Wirtschaftsleben. Die lese ich eigentlich nicht, um bewußt nach Ideen zu suchen, doch indem ich mein Unterbewußtsein mit all diesen Informationen vollpacke, fülle ich damit gewissermaßen die Akkus. Wochen, Monate, ja sogar Jahre, nachdem ich etwas über ein bestimmtes Thema gelesen habe, stellt sich bei mir plötzlich eine Idee ein, die auf dem beruht, was ich gelesen habe. Zum Beispiel habe ich vielleicht ein Jahr etwas über die neuesten Entwicklungen in der Wiederbelebungsmedizin gelesen, bevor mir die Idee zu *Das Versteck* kam, aber ich weiß genau, hätte ich diesen Artikel nicht gelesen, wäre die Idee mir auch nie gekommen. Ich sitze nicht herum und versuche *bewußt*, mir etwas einfallen zu lassen, aber das muß ich auch gar nicht, weil mein Unterbewußtsein mich mit viel mehr versorgt, als ich je werde schreiben können.

Die Idee für die zentrale Prämisse eines Romans zu finden, ist nur ein kleiner Teil davon, ein glaubwürdiges Stück Literatur zu schreiben. Eine Idee ist nicht wertvoll, wenn man sie nicht vernünftig entwickelt, also die richtigen Charaktere, den passenden Hintergrund und die Stimmung des Buches vorbringt. Ganz zu schweigen von der Tatsache, daß man es Satz für Satz *schreiben* muß, was unbeschreiblich schwieriger ist, als die Idee selbst hervorzubringen.

4. Basieren Ihre Geschichten auch auf Ereignissen, die Ihnen selbst passiert sind?

Na ja, ich bin noch nie einem Außerirdischen begegnet, habe

noch nie einen intelligenten Hund bei mir aufgenommen, der aus einem Labor geflohen ist, und hatte auch noch keine Begegnung mit einem mörderischen Doppelgänger. Aber, ja, *jedes* Buch enthält Material, das persönlichen Erfahrungen entstammt. Ich liebe meine Frau, also weiß ich, wie man sich fühlt, wenn man verliebt ist. Man hat auf mich geschossen, und ich mußte um mein Leben kämpfen, also weiß ich, wie das ist.

Kein Charakter in irgendeinem Buch basiert allein oder auch nur zum größten Teil auf einer einzigen Person im wirklichen Leben – die würde mich verklagen! –, aber jede Figur hat Eigenschaften und Merkmale und Gewohnheiten und Ideen, die ich bei realen Personen gesehen habe.

Häufig höre ich im echten Leben Gespräche, die mir aus dem einen oder anderen Grund komisch, dumm, naiv oder interessant vorkommen, und ich speichere sie sozusagen ab, um sie in einem Roman zu benutzen und eine Figur damit überzeugender zu gestalten. Ich schreibe normalerweise über Orte, an denen ich schon gewesen bin – oder über Kalifornien, wo ich wohne –, so daß alle geographischen Einzelheiten und Beschreibungen persönlichen Erfahrungen entstammen. Falls es ein Thema gibt, mit dem ich mich nicht auskenne – etwa die Thoraxchirurgie, Ginger Weiss' Fachgebiet in *Schwarzer Mond* –, lese ich darüber, spreche mit Experten, bilde mich soweit wie nötig weiter. Ich bin also kein Chirurg, der sich auf Brusthöhlen spezialisiert hat – Sie würden sich von *mir* bestimmt nicht operieren lassen wollen! –, *weiß* aber, worüber ich schreibe, so daß ich in gewisser Hinsicht aus persönlicher Erfahrung schreibe.

5. Wissen Sie, daß Ihnen in *Unheil über der Stadt* ein dummer Fehler mit einer Handfeuerwaffe passiert ist?
Ja. O ja. Herrgott, ja. Ich weiß es. Und ob ich das weiß. Und ich kenne mich auf diesem Gebiet wirklich aus, also hätte mir dieser Fehler niemals passieren dürfen. Wenn man bei Schußwaffen einen Fehler macht, bekommt man eine Flut von

Beschwerdebriefen von Waffensammlern, die es einen in etwa 8,35 Sekunden wissen lassen.

Obwohl ich als Erwachsener immer Waffen besessen habe, halte ich mich nicht für einen Experten. Wenn ich mir also wegen irgendeiner Sache unsicher bin, versuche ich, den Fall mit wirklichen Experten doppelt und dreifach zu klären. Oft kommt es zu Fehlern, wenn ich *glaube*, etwas genau zu wissen, und die Sache nicht noch einmal überprüfe. Ein Schriftsteller läßt sich normalerweise nur aufs Glatteis führen, wenn er sich seiner zu sicher ist. Ich habe nie einen meiner Charaktere einen Revolver mit aufgeschraubtem Schalldämpfer mit sich rumschleppen lassen (Schalldämpfer lassen sich nur bei Pistolen verwenden), aber schon jede Menge Bücher gelesen, in denen die Autoren ihre Figuren genau das tun lassen. Ich habe alle möglichen Schnitzer vermieden, aber in *Unheil über der Stadt* ist mir ein großer Patzer unterlaufen. In der ersten Szene des Romans wird ein Deputy, der mit einem Revolver bewaffnet ist, von einer unsichtbaren, mörderischen Erscheinung überwältigt, auf die er seine Waffe abfeuert. Später, kurz bevor seine Leiche gefunden wird, sehen wir, daß der Boden mit ausgeworfenen Patronenhülsen übersät ist. Nun weiß ich, daß Revolver keine Patronenhülsen ausstoßen, wie Pistolen es tun, daß man sie vielmehr herausnehmen muß. Das weiß ich so genau, wie ich meine Schuhgröße kenne, aber als ich die Szene geschrieben habe, in der die Leiche gefunden wurde, konzentrierte ich mich darauf, sie so *unheimlich* wie möglich zu machen. Das Bild der ausgeworfenen Patronen, die auf dem Boden des schattenhaften Raums leuchteten, in dem der Deputy gestorben war, war herrlich bedrohlich ... aber ich dachte nicht darüber nach, ob die Szene auch *logisch* war. Seltsam daran ist nur – bei all den Fassungen, die ich geschrieben habe, auch beim Lesen der Druckfahnen habe ich den Fehler nicht bemerkt, obwohl ich mit Handfeuerwaffen so vertraut bin, daß er mir sofort hätte auffallen müssen. Noch seltsamer ist, daß von allen Korrekturlesern oder Lektoren, die für Verlage in zweiunddreißig Ländern das Buch vor dem Erscheinen bearbeitet haben, *kein einziger* diesen Fehler bemerkte, obwohl es ihre Aufgabe ist, solche Dinge auszubügeln, wenn dem Autor ein Ausrutscher passiert. Vielleicht waren sie alle dermaßen von dem Bild des leuchtenden Messings beeindruckt, daß es sie blendete und sie den Fehler in der Szene nicht bemerkten.

Ein ähnlicher Ausrutscher ist mir mit der einzigen Erwähnung einer Schrotflinte vom Kaliber .30 in *Todesdämmerung* passiert. Es gibt keine Schrotflinte vom Kaliber .30, genauso wenig, wie es die Märchenfee, den Osterhasen oder einen redlichen Politiker in Washington gibt. In meinem Manuskript war die Rede von einer Flinte des Kalibers .20. Der Schriftsetzer machte aus der ›2‹ eine ›3‹ – und erneut ist niemandem, der vor der Veröffentlichung des Buches Korrektur gelesen hat, auch mir nicht, dieser Fehlgriff aufgefallen. Solche Dingen treiben einen Schriftsteller dazu, etwas Stärkeres als Wasser zu trinken.

Manchmal weisen Leser mich auf Fehler hin, die in Wirklichkeit gar keine Fehler sind. Da wir gerade beim Thema Waffen sind – in einem meiner Bücher behauptet ein Charakter, daß ein bestimmter Revolver durchschlagskräftig genug ist, um einen Grizzlybären zur Strecke zu bringen. Er hat damit natürlich nicht gesagt, daß es sich dabei um die ideale Waffe handelt, wenn er auf die Jagd auf riesige, aggressive Raubtiere geht. Nichts da. Wenn man so *verrückt* ist, mit der Absicht, den größten Grizzlybären zur Strecke zu bringen, in den Wald zu marschieren, sollte man eine schwerere Waffe mitnehmen; *keine einzige* Handfeuerwaffe auf der Welt wäre in so einem Fall die erste Wahl. Doch es ist bekannt, daß mit der Waffe, die ich in dem Buch erwähnt habe, und der richtigen Munition, die man vorher geladen haben sollte, in mindestens zwei Fällen Grizzlybären erschossen worden sind, und die Geschichte eines dieser Zwischenfälle wurde in mehreren sehr angesehenen Büchern über Großwildjagd erwähnt. Man *will* ganz bestimmt nicht nur mit einem Revolver bewaffnet auf die Jagd nach dieser schrecklichen, riesigen Mordmaschine gehen, genausowenig, wie man nur mit einer Peitsche bewaffnet gegen einen Panzer antreten will, aber unter den richtigen Umständen ist diese Waffe genauso durchschlagskräftig, wie meine Romanfigur es behauptet.

Ich verabscheue es, Details falsch auf die Reihe zu kriegen. Ich genieße es, Lobesbriefe von Spezialisten auf allen möglichen Gebieten zu bekommen, die die Genauigkeit meiner Recherchen preisen – und zucke zusammen, wenn ein Briefeschreiber mich bei einem Fehler ertappt. Danach gehe ich wochenlang nur mit einer Tüte über dem Kopf aus dem Haus, latsche jeden Tag in die Kirche, trage ich ein Hemd aus Stacheldraht, peitsche ich mich heftig mit einer neunschwänzigen Katze und weine mich in den Schlaf. Nun ja, um die Wahrheit zu sagen, ich zucke lediglich zusammen. Aber es stört mich *wirklich*.

6. Ähneln Sie Burt Reynolds wirklich so stark, wie es auf manchen Fotos von Ihnen den Anschein hat?

Nein. Eigentlich ähnle ich an manchen Tagen Oprah Winfrey und an anderen Bart Simpson. Ich selbst habe die Ähnlichkeit nie gesehen, aber als ich jünger war, hat man mir ständig gesagt, daß ich wie Mr. Reynolds aussehe. Einige Freunde – die das genauso wenig verstanden wie ich – haben das für komisch gehalten. Dann gingen wir eines Tages in Los Angeles auf eine große Party, und einer der Gäste war ein Produzent, der mit Reynolds ein paar Filme gedreht hatte. Als ich hereinkam, rief er über die Menge hinweg »Burt!« und trat auf mich zu. Er war nur noch drei, vier Meter entfernt, als er seinen Fehler bemerkte – und bedachte mich mit einem Blick, der besagte: »Mit Ihnen gebe ich mich doch nicht ab!« Als ich mit dem Lauf der Jahre immer mehr Haare verlor, stellten Leser aufgrund der Fotos von mir noch immer eine gewisse Ähnlichkeit fest, doch bei persönlichen Begegnungen kommt das nicht mehr so häufig vor. Viel schlimmer ist, daß man mir seit einigen Jahren gelegentlich sagt, ich würde genau wie G. Gordon Liddy, dieser Watergate-Macker, aussehen. Nein, ich habe nichts gegen Mr. Liddy; aber die Welt ist doch schon grausam, wenn man heute noch für Burt Reynolds und morgen für G. Gordon Liddy gehalten wird. Es ist ein offenes Geheimnis, daß Mr. Reynolds ebenfalls einen Teil seines Haars verloren hat und mehrere Toupets benutzt, aber ich habe mich zu diesem Schritt nie entschließen können. Ich habe allerdings darüber nachgedacht, mir Moos auf die Kopfhaut pflanzen zu lassen, und gegen ein gelegentliches Gießen hätte ich nichts, aber das Düngen stellt ein unüberwindliches gesellschaftliches Problem dar.

7. Welches Ihrer Bücher ist Ihnen selbst das liebste?
Zweifellos *Brandzeichen*. Dicht gefolgt von *Die zweite Haut*.

8. Werden Sie noch ein weiteres Kinderbuch wie *Nacht der Zaubertiere* schreiben?
Ich bezweifle es. Es hat großen Spaß gemacht, die lieben Kleinen zu verderben, und ich mag dieses Buch wirklich sehr, aber einmal ist wahrscheinlich genug. Ich freue mich nur, daß es Erwachsenen genauso sehr wie Kindern zu gefallen scheint.

9. Ich habe die beschissenen Filme gesehen, die man nach dem Roman *Brandzeichen* gedreht hat. Wie konnten Sie das nur zulassen? Oder hat ein Schriftsteller nicht die geringste Kontrolle darüber, was Hollywood aus seinen Büchern macht?
Wenn ein Autor die Filmrechte verkauft, hat er in den meisten Fällen nicht mehr den geringsten Einfluß auf den Film. Lediglich Produzenten und Regisseure – und eine winzige Handvoll der größten Stars – hat wirklich Einfluß auf einen Film. Wegen der katastrophal unfähigen Produktion von *Watchers* (so der Originaltitel) – und auch *Watchers II*, was das betrifft – habe ich versucht, Möglichkeiten zu finden, um eine gewisse Kontrolle zu erlangen. Ich habe Drehbücher geschrieben, mit denen das Studio zufrieden war … und mußte dann zusehen,

wie der Regisseur an Bord kam und alles dermaßen verpfuschte, daß das Projekt zusammenbrach. Später haben mein Agent und ich versucht, das Problem neu anzufassen, in der Hoffnung, daß es uns gelingt, Verträge aufzusetzen, die mir eine gewisse Kontrolle über die wichtigsten Punkte sichern. Aber das ist ein schwerer Kampf.

Denjenigen unter Ihnen, die vielleicht wütend auf mich sind, weil ich zuließ, daß Hollywood aus dem Roman den Film machte, der schließlich dabei herausgekommen ist, möchte ich sagen, daß ich die Rechte in gutem Glauben verkauft habe, weil die Produzenten das Buch wirklich mochten und vorgaben, sie würden es mit großer Sorgfalt und Phantasie zu einem Film umsetzen. Da das Filmgeschäft im Prinzip ein Würfelspiel ist, besteht nie mehr als eine minimale Chance, daß ein wirklich guter Film herauskommt. Würde ich mich weigern, weitere Verfilmungsrechte an meinen Büchern zu verkaufen, würde ich mit Sicherheit verhindern, daß man nach meinen Büchern lausige Filme dreht, hätte aber gleichzeitig keine Chance, mal einen guten Film nach einem Stoff von mir zu sehen. Wie jeder weiß, der regelmäßig ins Kino geht, muß man sich für jeden tollen Film, den man sieht, eine Menge Schrott anschauen. Weil *Watchers* mit Sicherheit zu den drei schlechtesten Romanadaptionen aller Zeiten gehört, hoffe ich, daß es nicht mehr schlimmer kommen kann und wir in den nächsten Jahren Gelegenheit haben werden, ein paar bessere Filme zu sehen.

10. Haben Sie vor, mal gemeinsam mit einem anderen Autor ein Buch zu schreiben?

Ich glaube kaum. Was die Sprache und die Struktur einer Geschichte betrifft, bin ich eine absolute Nervensäge, und ich nehme es mit Überarbeitungen sehr genau, so daß jeder Kollege, der mit mir zusammen ein Buch schreibt, Gefahr liefe, wegen eines Streits darüber, wo nun das Komma hingehört, brutal zusammengeschlagen zu werden.

VII

Kommentierte Bibliographie

1. ROMANE UND KURZGESCHICHTENSAMMLUNGEN

A. In Deutschland erschienene Titel

ALIAS MIKE TUCKER (BLOOD RISK, 1973, in den USA und bei der deutschen Erstausgabe ursprünglich unter dem Pseudonym ›Brian Coffey‹), Reinbek 1976, Rowohlt 2399

Erster Satz: »Sie waren zu dem Entschluß gekommen, daß sie nur vier Mann benötigten, um den schweren Wagen auf der schmalen Bergstraße zu stoppen, die Insassen in Schach zu halten und die Koffer mit dem Geld hinter den Vordersitzen hervorzuholen.«

Kommentar: Es handelt sich um einen Kriminalroman, in dem die Hauptperson – ein Gentleman-Dieb namens Mike Tucker – und seine Kumpane einen Geldtransport der Mafia überfallen. Es gibt zwei weitere Romane mit derselben Hauptperson: *Mike Tucker auf Tauchstation* und *Mike Tucker und der Maya-Fries. Alias Mike Tucker* ist der erste Roman der ›Serie‹; alle drei liegen zusammengefaßt in Sammelbänden vor.

Weitere deutsche Ausgaben: Mike Tucker und der Maya-Fries/ ...Alias Mike Tucker/Mike Tucker auf Tauchstation, München 1988, Knaur 1699; München 1995, Heyne 23/119.

DIE AUGEN DER DUNKELHEIT (THE EYES OF DARKNESS, 1981, in den USA ursprünglich unter dem Pseudonym ›Leigh Nichols‹), München 1988, Heyne 7707

Erster Satz: »In der Nacht zum Dienstag – genauer gesagt, um vier Minuten nach Mitternacht – glaubte Tina Evans auf der Heimfahrt von einer späten Probe ihrer neuen Show ihren Sohn Danny in einem fremden Auto zu sehen, obwohl Danny schon seit über einem Jahr tot war.«

Kommentar: Das ist der zweite von fünf Romanen, die ursprünglich unter dem Pseudonym ›Leigh Nichols‹ erschienen. Ein Jahr nachdem ihr Sohn bei einem tragischen Unfall in den Sierras ums Leben kam, beginnt Tina Evans zu vermuten, daß er in Wirklichkeit noch lebt und sein Tod nur vorgetäuscht wurde, um seine Entführung zu vertuschen. Als sie der Sache auf den Grund geht, gerät sie fast sofort in Lebensgefahr. Es handelt sich um einen soliden Spannungsroman, der zwar nicht an *Todesdämmerung* (ebenfalls ursprünglich unter dem Pseudonym Nichols) oder *Schattenfeuer* herankommt, aber durchaus fesselnd ist. Es mangelt ihm an der Struktur und den Zwischentönen der besten Werke des Autors. Koontz hat den Roman überarbeitet; die Neuausgabe wird 1996 in den USA erscheinen. Der Verlag Dark Horse hat eine illustrierte gebundene Ausgabe sowie zwei limitierte Ausgaben veröffentlicht – zweiundfünfzig signierte und mit Buchstaben (A–ZZ) versehene sowie vierhundert signierte und numerierte Ausgaben.

Weitere deutsche Ausgabe: München 1992, Heyne 23/76

BRANDZEICHEN (WATCHERS, 1987), Wien/Darmstadt 1988, Zsolnay

Erster Satz: »An seinem sechsunddreißigsten Geburtstag, dem 18. Mai, stand Travis Cornell um fünf Uhr früh auf.«

Kommentar: Ein Schlüsselroman im Werk des Autors. Mehr als jedes bisher veröffentlichte andere Buch enthält es *alle* wichtigen Themen, von denen Koontz besessen ist: die heilende Kraft der Liebe und Freundschaft; der Kampf, um die Vergangenheit zu überwinden und zu verändern, was wir sind; die moralische Überlegenheit des Individuums über die Funktionsweise des Staates und großer Institutionen; die Wunder sowohl der natürlichen Welt als auch des Potentials des menschlichen Verstands; die Beziehung der Menschheit zu Gott; Transzendenz; und wie wir angesichts des Wissens, daß alle Dinge sterben werden, die Hoffnung bewahren können. Dieses Buch enthält die für Koontz typische Liebesgeschichte, bei der zwei Menschen, denen zwar Schaden zugefügt wurde, die jedoch ihre innere Kraft behalten haben, herausfinden, daß sie gemeinsam vollständiger und lebendiger sein können, als es ihnen jedem für sich möglich ist; Liebe wird, wie in allen Büchern des Autors, nicht nur lediglich in romantischen oder sexuellen Begriffen ausgedrückt, sondern als Zustand mit breiten emotionellen Auswirkungen und einer grundlegenden Beteiligung des Intellekts. In *Brandzeichen* erreicht Koontz bei Travis und Nora eine so tiefe Einsicht in eine Liebesbeziehung, daß er ihr bei späteren Romanen zwar manchmal nahekommt, sie aber (von *Dunkle Flüsse des Herzens* vielleicht abgesehen) nie wieder erreicht.

Dem Autor ist dieses Buch sein bislang liebstes (wobei allerdings wiederum betont werden muß, daß *Dunkle Flüsse des Herzens* noch nicht veröffentlicht war, als diese Zeilen entstanden). In einem Brief an Bill Munster, der hier in Auszügen wiedergegeben wird, trifft er mehrere wichtige Aussagen: »Ich glaube, daß wir in uns den von einer göttlichen Kraft gegebenen moralischen Imperativ zum Lieben in uns tragen, und diesen Imperativ erkunde ich in all meinen Büchern. Das ist auch in *Brandzeichen* der Fall, und ich habe sogar mit dem Zaunpfahl darauf hingewiesen, in den Epigrammen, die ich an den Anfang des zweiten Teils setzte. (›Allein die Liebe ist fähig, lebende Wesen so zu vereinen, daß sie vollkommen werden und erfüllt, denn sie allein ergreift und vereint sie durch das, was ihr Innerstes ist.‹ – Pierre Teilhard de Chardin. Und: ›Niemand hat eine größere Liebe als die, daß er sein Leben gibt für seine Freunde.‹ – Evangelium nach dem hl. Johannes.) Wir haben die Fähigkeit in uns, uns zum Besseren zu verändern und Würde als Individuen statt als Fragmente der einen oder anderen Massenbewegung zu finden. Wir haben die Fähigkeit zu lieben, das Bedürfnis, geliebt zu werden, und die Bereitschaft, unser Leben aufs Spiel zu setzen, um die zu schützen, die wir lieben, und in diesen Aspekten von uns sehen wir das Antlitz Gottes, und durch die Ausübung dieser Eigenschaften erreichen wir einen gottesähnlichen Zustand. Meine Bücher handeln von dem großen Wert des Individuums ... von den Liebesbeziehungen zwischen Gefährten, Freunden, Verwandten ... und ich bin natürlich durch und durch ein Optimist, ich glaube an die Menschen und die Zukunft. Ich glaube, daß meine Bücher sich aufgrund meines Optimismus beträchtlich von denen aller anderen Autoren unterscheidet, die ich im Bereich der dunklen Spannungsliteratur kenne und bei denen die Menschenfeindlichkeit in unterschiedlichem Ausmaß das meiste von dem färbt, was dort veröffentlicht wird.«

Um den deutlichsten Optimismus zu finden, den der Autor in einem Roman je zum Ausdruck gebracht hat, muß man nicht weiter als bis zum siebenten Kapitel schauen, Unterkapitel sechs, in dem man auf diese Worte stößt: »Obwohl der beständige Schatten unabwendbaren Todes über jedem Tag aufragt, können die Freuden des Lebens so schön und tief sein, daß das staunende Herz beinah zu schlagen aufhört.«

Aus der *Los Angeles Daily News:* »Überzeugende Charaktere, gute Dialoge ... in einer Prosa von literarischer Qualität geschrieben, daß den meisten Bestsellerautoren die Schamesröte ins Gesicht steigen müßte.« Der *Cleveland Plain Dealer* meint: »*Brandzeichen* ist so gut geschrieben, daß er fast alles enthält, was man sich von einem modernen Spannungsroman wünschen kann ... Die Spannung des Buchs läßt nie nach. Koontz' Stil ist von modellhafter Klarheit, seine Prosa so glatt, daß sie wie Apfelsaft heruntergeht, während die Handlung den verspäteten Schlag von starkem Cidre mit sich bringt. Erstklassige Unterhaltung.« *Kirkus Reviews* schreibt: »Sein bestes Buch bislang, eine einfallsreiche und ungewöhnliche Mischung aus Spannung und Gefühl. Eine Fabel über Liebe und Vertrauen, die an *Frankenstein* und *Die Insel des Dr. Moreau* erinnert.« Und schließlich der *Baltimore Daily Record:* »Charakterisierung ist Koontz' unerwartete Gabe. Der Autor brachte mich dazu, daß ich mit seinen Charakteren wirklich mitfühlte. Ich mußte einfach weiterlesen. Ich mußte mich überzeugen, das alles gut ausgeht. *Brandzeichen* liest sich weniger wie ein Thriller denn wie ein ›gewöhnlicher‹ Roman, ein Roman, der es schafft, daß wir mit den Charakteren jubeln und um sie bangen und sie schließlich in unsere Herzen schließen.«

Weitere deutsche Ausgaben: München 1990, Heyne 8063; München 1995, Heyne 23/112 (Sammelband)

CHASE (CHASE, 1972, in den USA und bei der deutschen Erstausgabe ursprünglich unter dem Pseudonym ›K. R. Dwyer‹), München 1989, Knaur 1777
Erster Satz: »Um neunzehn Uhr wurde Ben Chase, der auf der Ehrentribüne saß, schlecht zubereitetes Roastbeef gereicht, während diverse Honoratioren und Würdenträger von beiden Seiten auf ihn einredeten und dabei ihren Mundgeruch über seinen Salat und den halb aufgegessenen Früchtecocktail verbreiteten.«

Kommentar: Das ist ein Schlüsselroman im Œuvre des Autors. Mit *Chase* begab er sich ins Genre der Spannungsliteratur und erregte sofort Aufsehen. Dieses Buch ist eins der frühesten von einer ganzen Sturzflut von Romanen der unterschiedlichsten Autoren über Vietnam-Veteranen. Benjamin Chase, der es abgelehnt hatte, persönlich im Weißen Haus die Ehrenmedaille des Kongresses in Empfang zu nehmen, wird zum Ziel eines psychotischen Killers, vor dem niemand, auch die Polizei nicht, ihn schützen kann, und muß sich gegen seinen Willen seiner grundlegend aggressiven Natur öffnen. Dieses Buch wird demnächst eventuell mit minimalen Überarbeitungen neu veröffentlicht werden.

Die *Saturday Review* meint: »Dieses ausgezeichnete Buch ist mehr als nur ein Spannungsroman. Es ist ein brutal realistisches Porträt der Rolle, die die Gewalt in unserer Gesellschaft spielt.« Die *New York Times* lobte den Roman als ›spannend und gut geschrieben‹. Der *San Francisco Examiner & Chronicle* bezeichnete den Roman als ›vom Anfang bis zum Ende aufregend, und der Stil ist straff und ausgezeichnet‹.

Erste deutsche Ausgabe: Die Drohung aus dem Nichts, Bergisch Gladbach 1974, Bastei-Lübbe 32072

CODEWORT: PENTAGON (STRIKE DEEP, 1974, in den USA ursprünglich unter dem Pseudonym ›Anthony North‹), München 1989, Knaur 1776

Erster Satz: »Lee Ackridge war noch zwei Blocks von seinem Zuhause entfernt, als ihm eine plötzliche Bö Schneeflocken ins Gesicht schlug, die langsam auf seiner Haut schmolzen.«

Kommentar: Das ist der einzige Roman des Autors, der ursprünglich unter dem Pseudonym ›Anthony North‹ erschien. Der amerikanische Verlag ging so weit, daß er sogar eine völlig frei erfundene Biographie des Verfassers veröffentlichte, um *Codewort: Pentagon* als ersten bedeutenden Roman eines neuen Talents der Spannungsliteratur zu präsentieren. Auf dem Schutzumschlag kann man lesen: »Anthony North hat jahrelang in Washington gewohnt und kennt die Arbeitsweise des Pentagon aus eigener Erfahrung. Zur Zeit lebt er mit Frau und vier Kindern auf Jamaika.« Bei *Codewort: Pentagon* handelt es sich um einen frühen, wenn nicht sogar den ersten, Roman über Computer-Terrorismus durch Hacker, wenngleich dieser Begriff damals noch nicht gebräuchlich war. Illoyale Vietnam-Veteranen, einer davon der Sohn des Vorsitzenden des Generalstabs der USA, tun sich zusammen, um die empfindlichsten Verteidigungsgeheimnisse der Nation zu stehlen und an eine ausländische Macht zu verkaufen. Am Ende des Romans stellt die Hauptperson fest, daß sie zu solch einem Verrat nicht fähig ist, und muß sich mit den anderen Verschwörern auseinandersetzen. Das Buch ist rasant geschrieben und ziemlich verwickelt. In bezug auf die Themen Computersicherheit und Verletzbarkeit von elektronisch gespeicherte Daten war *Codewort: Pentagon* seiner Zeit um Jahre voraus – obwohl die Details bezüglich der Computer nun völlig überholt sind. Der Autor spielt mit dem Gedanken, das Buch zu überarbeiten, die technischen Informationen auf den neuesten Stand zu bringen und es erneut zu veröffentlichen, falls er die Zeit dafür findet.

Publishers Weekly nannte den Roman einen ›knappen, auf-

regenden Thriller‹ und stellte anschließend fest: »Als der aus-
geklügelte Plan in die Tat umgesetzt wird, werden das FBI,
ein russischer Spion, die Freundin der Hauptperson und eine
Reihe von Nebenfiguren in einen Wirbel der Ereignisse gezogen, die auf einen gewalttätigen und ungewöhnlich befriedigenden Schluß zusteuert. Es macht Spaß, das Buch zu lesen.
für einen Erstlingsroman überaus vielversprechend.«

DRACHENTRÄNEN (DRAGON TEARS, 1993), München
1995, Heyne

Erster Satz: »»Der Dienstag war ein typischer Tag für Kalifornien, voller Sonnenschein und Verheißung, bis Harry Lyon
beim Mittagessen jemanden erschießen mußte.«

Kommentar: Seit *Schwarzer Mond* hat die Kritik zunehmend
vom lebhaften, flüssigen, sehr ausgefeilten Stil des Autors mit
seinem Reichtum an Vorstellungskraft, Metaphern und Witz
Kenntnis genommen. Bei *Drachentränen* scheinen diese Stärken sich plötzlich verdoppelt zu haben, wie die geschickte
und ergreifende erste Zeile beweist. Absatz um Absatz leuchtet die Sprache und strahlt stellenweise fast in einem juwe-
lenhellen Licht, wie in dieser Beschreibung einer Straßen-
szene in Laguna Beach während eines Platzregens: »Um das
parkende Auto herum schien die Welt sich aufzulösen, als ob
die Wolken Ströme eines universalen Lösungsmittels von sich
gegeben hätten. Silbriger Regen lief an der Windschutzscheibe herunter, und die Bäume draußen schienen genauso
leicht zu schmelzen wie grüne Zeichenkreide. Dahineilende
Fußgänger verschwammen mit ihren Regenschirmen und
zerflossen in dem grauen Wolkenbruch.« Oder diese schnel-
lere, aber anschauliche Beschreibung des brennenden Dachs
von Harry Lyons Eigentumswohnung, als er in die Nacht hin-
ausflieht: »Wie ein Drache im Märchen hob sich das Feuer
dort oben auf der mit Schindeln gedeckten Spitze von dem
dunklen Himmel ab. Der Drache schlug mit seinem gelben,
orangefarbeenn und zinnoberroten Schwanz um sich und
breitete riesige karneolrote Flügel aus. Seine Schuppen fun-

kelten, und seine scharlachroten Augen blitzten. Brüllend forderte er alle Ritter und Möchtegern-Töter zum Kampf heraus.«

In *Drachentränen* baut Koontz auf den gesellschaftlichen Beobachtungen auf, die seit *Die Kälte des Feuers* zu einem wichtigen Element seines Werks geworden sind. Noch stärker als in dem vorherigen Buch werden seine Hauptfiguren zum Teil von den Problemen der Gesellschaft, in der sie leben, geprägt und beeinflußt. Harry Lyon und Connie Gulliver sind sich jedoch in einem Ausmaß der Auswirkungen der kulturellen Auflösung und des sozialen Chaos bewußt, wie es in *Die Kälte des Feuers* weder bei Holly noch bei Jim der Fall war, und ihre Versuche, sich gegen die Flut der Entropie zu stemmen, sind kühner und verzweifelter. Wie das *Flint Journal* feststellte: »*Drachentränen* sind eine ergreifende Studie der verfallenden Zivilisation und ein leidenschaftlicher Appell an die Menschen, die Verantwortung für ihr eigenes Leben zu übernehmen.«

Drachentränen ist einer der Schlüsseltitel im Werk des Autors, aber nicht nur, weil er Metaphern und bildliche Darstellungen zu einer noch intensiveren Sprache herausdestilliert. Und nicht nur, weil er mehr Fäden der gesellschaftlichen und kulturellen Beobachtung denn je zu noch üppiger geflochtenen Charakterisierungen verbindet. Koontz hat schon immer die Bereitschaft gezeigt, narrative und stilistische Risiken einzugehen, und diesmal lehnt er sich weiter aus diesem Fenster denn je zuvor. Die Entscheidung, einen Teil der Geschichte durch die Augen eines Hundes zu erzählen, in einer Sprache und auf einer Beobachtungsebene, die überzeugend nichtmenschlich sind, hätte leicht zur Katastrophe geraten können, doch Woofer wird zum vielleicht interessantesten und bezauberndsten Charakter des Romans. Gleichermaßen riskiert der Autor es, die ungläubige Spannung des Lesers zu brechen, indem er das Fantasy-Element so weit treibt, daß er eine verblüffende Art von Standbild namens ›die Pause‹ einführt – doch es gelingt ihm, weil ›die Pause‹ sowohl eine fesselnde Entwicklung des Plots als auch eine angemessene Metapher für die Implosion der modernen Gesellschaft ist.

Die *London Sunday Mail* schreibt: »Die wilde Storyline setzt eine Realität durch, bei der man eine Gänsehaut bekommt. Das ist magischer Realismus für das neue ›Mittelalter‹ der neunziger Jahre.« Aus der *San Diego Union-Tribune*: ›Drachentränen‹ ist eine literarische Rißzeichnung dafür, wie man eine rasiermesserscharfe, spannende Non-stop-Handlung mit Charakteren kombiniert, die aus einem scharfen Verständnis der menschlichen Natur entstanden. Doch in erster Linie kündet der Roman von einer außergewöhnlichen Fähigkeit, Humor, Furcht und Hoffnung zu einer erstklassigen literarischen Erfahrung zu verbinden.«

Der vom Autor bevorzugte Titel, *Ticktock – Ticktack –*, war für den amerikanischen Verlag nicht akzeptabel, wurde jedoch bei einigen Übersetzungen benutzt. Putnam veröffentlichte eine signierte, numerierte und illustrierte limitierte Ausgabe von siebenhundertfünfzig Exemplaren. Der Roman erreichte auf der Bestsellerliste der *New York Times* den ersten Platz.

DIE DROHUNG AUS DEM NICHTS, siehe: **CHASE**

DUNKLE FLÜSSE DES HERZENS (DARK RIVERS OF THE HEART, 1994), Bergisch Gladbach 1995, Lübbe

Erster Satz: »Als Spencer Grant auf der Suche nach der roten Tür durch die feucht schimmernde Nacht fuhr, dachte er an die Frau und empfand ein tiefes Unbehagen.«

Kommentar: Mit diesem Roman wechselte der Autor nicht nur in den USA, sondern auch in Deutschland den Verlag (hier werden seine neuen Bücher in gebundener Form bei Lübbe und Überarbeitungen älterer Titel im Taschenbuch bei Bastei-Lübbe erscheinen). Zwar ist in dieser Bibliographie von vielen ›Schlüsselromanen‹ des Autors die Rede, doch *Dunkle Flüsse des Herzens* dürfte nicht nur der bislang bedeutendste, sondern auch der beste Roman des Autors sein, zumal Koontz nach eigener Aussage zum erstenmal nicht in eine ›Schublade‹ gezwängt werden sollte und das schreiben konnte, was er schreiben *wollte*. Der Autor konzentriert sich hier auf die gesellschaftliche Wirklichkeit unserer Zeit; mit scharfer Beobachtungsgabe fügt er die möglichen Gefahren neuer Technologien, etwa der Computerüberwachung, zu einem beeindruckend realistischen und durchgehend spannenden Buch zusammen. Besser als je zuvor sind ihm auch die Charakterisierungen gelungen; man findet nicht nur die Geschichte einer starken Liebe, die zum Auslöser der Handlung wird; auch muß seine ›Ersatzfamilie‹ – Mann, Frau und Hund – sich mit Ereignissen der Vergangenheit auseinandersetzen und sie überwinden. Alle Protagonisten – nicht einmal Rocky, den Hund, ausgenommen – entwickeln sich aufgrund dieser Konfrontation weiter. Man kann sich ohne Vorbehalte der *Science Fiction Media* anschließen, wenn sie schreibt: ›…ist es Koontz mit *Dunkle Flüsse des Herzens* gelungen, sein bislang bestes Buch vorzulegen. Ein Highlight, wenn nicht sogar *das* Highlight des Jahres.«

Kirkus Reviews schrieb noch vor der Veröffentlichung des Romans: »Nie nachlassende Spannung, wahrhaft unvergeßliche Charaktere und reichlich Stoff zum Überlegen sind die Grundlage dafür, daß der Roman mit großer Sicherheit zum Bestseller werden wird.« Die *New York-Times* meint: »Mr. Koontz ist gelungen, was viele Genreschriftsteller nicht geschafft haben: Er hat einen anderen Gang eingelegt und einen glaubwürdigen Hightech-Thriller geschrieben.« Die Zeitschrift *Locus* lobt: »Das beste Buch, das er je geschrieben hat … ein Roman mit zahlreichen Überraschungen, den man nicht aus der Hand legen kann. Unglaublich unterhaltend.« Die *Rocky Mountain News* erkennt völlig richtig: »*Dunkle Flüsse des Herzens* ist Dean Koontz' bester Roman seit *Brandzeichen.*«

Weitere deutsche Ausgabe: Die Taschenbuchausgabe ist bei Bastei-Lübbe in Vorbereitung.

EIN FREUND FÜRS STERBEN (THE VOICE OF THE NIGHT,
1980, in den USA ursprünglich unter dem Pseudonym ›Brian
Coffey‹), Reinbek 1982, Rowohlt 2607

Erster Satz: »›Hast du schon mal getötet?‹ fragte Roy.«

Kommentar: Der fünfte von fünf Romanen, die ursprüng-
lich unter dem Pseudonym ›Brian Coffey‹ erschienen sind,
und der beste der fünf. Es ist insofern ein Schlüsselroman im
Werk des Autors, als daß es sich um den ersten handelt, in
dem er junge Menschen mit der Tiefe und Kraft charakteri-
siert, wie er es bislang nur bei erwachsenen Charakteren tat.
In nachfolgenden Büchern beschreibt Koontz oft Teenager,
Teens und Kinder von ungewöhnlicher Eindringlichkeit: zum
Beispiel Laura Shane, Thelma und Ruth Akerson und all ihre
Freundinnen im Waisenhaus in *Schutzengel*; Chrissie in *Mit-
ternacht*; Regina in *Das Versteck*; und last, but not least Char-
lotte und Emily Stillwater in *Die zweite Haut*. *Ein Freund fürs
Sterben* ist jedoch auch wegen seiner knappen, aber halluzi-
natorisch lebhaften Prosa von Bedeutung; man stellt fest, daß
der Autor hier in größerem Ausmaß als je zuvor mit der Sprache experimentiert, und man bemerkt die Ergebnisse dieses
Experiments – das noch immer fortgesetzt wird – in allen
Büchern, die er seitdem geschrieben hat, besonders in seiner
Fähigkeit, eine Geschichte mit zahlreichen Personen und brei-
tem Hintergrund mit weniger Worten zu erzählen, als man es
erwartet hätte. Als das Buch in den USA unter dem richtigen
Namen des Autors erneut veröffentlicht wurde, erreichte es
auf der Bestsellerliste der *New York Times* den ersten Platz.

Der *Houston Chronicle* schreibt: »[Der Autor] hat diesen
angsteinflößenden Roman von der ersten bis zur letzten Seite
mit solcher Spannung vollgepackt, daß einem die Haare zu
Berge stehen. Kein Wort ist überflüssig, keine Seite ist verschwendet, während die Farben des psychologischen Horrors
kunstvoll eine Geschichte untermalen, die bei einem anderen
Autor vielleicht nur die der Erkundung des Heranwachsens
und der Enttäuschung gewesen wäre, die uns alle zum
Erwachsenwerden zwingt. Koontz hat sämtliche Zweifel,

Kenntnisse und Selbsterfahrungen beschrieben und ihnen feste Form gegeben, die wir alle gemacht oder gehabt haben, und das mit einer geschickten Nostalgie, die die übliche Sentimentalität vermeidet.« Und die *Chicago Sun-Times:* »Eine angsteinflößende Reise in die gequälte Psyche eines Heranwachsenden. Vor Spannung zittern einem die Knie.«

Weitere deutsche Ausgaben: München 1990, Knaur 1784; *Nachtstimmen*, München 1995, Heyne 9354

EISZEIT (ICEBOUND, 1995), Bergisch Gladbach 1996, Bastei-Lübbe 13715

Erster Satz (eine Zeitungsschlagzeile): »POLAREIS DAS REINSTE WASSER AUF DER WELT«

Kommentar: Die überarbeitete und modernisierte Fassung eines Romans, der ursprünglich 1976 unter dem Pseudonym ›David Axton‹ und dem Titel *Prison of Ice* erschien. Es handelt sich um eine Hommage an die frühen Abenteuerromane von Alistair MacLean. Schauplatz des Buches ist hauptsächlich die arktische Eisdecke; einige Szenen spielen an Bord eines russischen U-Boots. Eine Gruppe von Wissenschaftlern treibt in einem schlimmen Sturm auf einem Eisberg und sieht dem sicheren Tod ins Auge, wenn dem Kapitän eines russischen U-Boots, der in der ersten Fassung mit der Regierung in Moskau uneinig ist und in der zweiten eine Chance zu der Verbesserung der internationalen Beziehungen sieht, nicht eine gewagte Rettungsaktion gelingt. Hier kommt Koontz' einzigartige Fähigkeit, eine spannende Handlung zu gestalten, einem Genre zugute, in dem seine heutigen Leser ihn nicht vermutet hätten.

Die *Baltimore News-American:* »Clever ... originell und beständig. Das Buch jagt einem in jeder Hinsicht kalte Schauer über den Rücken.« *Booklist* schreibt: »Einer der spannendsten Romane des Jahres.« Aus der *Chicago Tribune Book World:* »Das Buch lebt von der Spannung der bevorstehenden Katastrophe und entwickelt sich mit dem Timing einer Quarzuhr.« Das *Nautical Magazine* meint: »Eine faszinierende

Geschichte, durchgehend gut erzählt … die technischen Aspekte werden sehr fachmännisch geschildert.«

DER FLUCH DES ZWEITEN GESICHTS (DEMON CHILD, 1971, in den USA und Deutschland unter dem Pseudonym ›Deanna Dwyer‹), München 1972, Heyne 1878

Erster Satz: »Der Himmel war tief von dicken grauen Wolken verhangen, die rasch südwärts zogen.«

Kommentar: Das ist einer von fünf ›gothic novels‹ bzw. Romantic-Thrillern, die der Autor schrieb, um »den Hungertod, abzuwehren und mir ein wenig Zeit zu verschaffen, das zu schreiben, woran mir wirklich lag«. Es handelt sich um streng nach Vorgaben des Verlags verfaßte Bücher. Der Autor hat sie schnell heruntergeschrieben und das Honorar kassiert, um mehr Zeit für die Bücher aufwenden zu können, die er für wichtiger hielt. Obwohl es sich um gute Beispiele ihres Genres handelt, weisen die Bücher heute kaum noch Vorzüge auf, und der Autor wird wohl keine Neuausgaben mehr gestatten.

FLÜSTERN IN DER NACHT (WHISPERS, 1980), München 1988, Knaur 1781

Erster Satz: »Am Dienstag im Morgengrauen erbebte Los Angeles.«

Kommentar: Ein Schlüsselroman im Œuvre des Autors. *Flüstern in der Nacht* und *Schlüssel der Dunkelheit* waren seine ersten beiden Versuche, breiter angelegte Geschichten mit ineinander verwobenen Netzwerken komplexer Psychologie zu schreiben, und das war der erfolgreichere der beiden. In diesem Buch bewegte er sich weiter über alle Genregrenzen hinaus als in *In der Kälte der Nacht* oder jedem früheren Werk; die Mischung aus Polizeiroman, psychologischem Spannungsroman, Liebesgeschichte und sogar schwachen Horrorelementen liest sich glatt und einnehmend. In *Die Hellseherin* dient Kalifornien als Hintergrund; in *Flüstern in der Nacht* nimmt die Kultur, Geschichte und Landschaft Kaliforniens eine so zentrale Rolle ein, daß der Ort, wie der Autor selbst bemerkt hat, fast zu einem weiteren Charakter wird. Nach *Flüstern in der Nacht* hat Koontz Kalifornien als hauptsächlichen Schauplatz der meisten seiner besten Romane ausgewählt; er hat insbesondere Südkalifornien so für sich vereinnahmt, wie es vor ihm nur Raymond Chandler getan hat. Dieser Roman ist auch ein Meilenstein in seiner Karriere, denn er bildet den Höhepunkt seines Glaubens in die Freudsche Psychologie als Landkarte, auf der sich die Motive seiner Charaktere aufspüren und erkunden lassen; danach nähert er sich von Roman zu Roman der Auffassung, daß der menschliche Verstand auf viel kompliziertere Weise funktioniert, als Freud je vermutet hat. Gleichzeitig scheint er der Auffassung zu sein, daß die Erklärung des menschlichen Bösen einfacher ist, als Freud es vorgeschlagen hat, aber gleichzeitig auch viel geheimnisvoller. Denn letztlich können Freudsche Theorien benutzt werden, um jedes Verhalten zu entschuldigen, weil jeder Mensch das hilflose Opfer der Erfahrungen oder Traumata ist, die er überlebt hat; diese Flucht vor der Verantwortung macht dem Autor eindeutig zu schaffen und treibt als Thema zwei seiner bislang besten Romane voran – *Drachentränen* und *Die zweite Haut*.

Der Autor John D. MacDonald meint zu *Flüstern in der Nacht:* »Ein solides Stück Arbeit, handwerklich einwandfrei. *Flüstern in der Nacht* hat alles, was ich von einem Buch verlange, und genau das, was ich von Jahr zu Jahr immer seltener finde.« Die *Birmingham News* schreibt: »Mit einem Stil, der den Leser mitreißt, steht *Flüstern in der Nacht* weit über den heute so häufig erscheinenden Geschichten, in denen um des Schockens willen geschockt wird.« Der Autor Elmore Leonard: »Ein Sieger ... faszinierend. Ein verteufelt gutes Buch, eine absolut fesselnde Geschichte über echte Menschen in einer furchterregend bizarren Situation.«

Weitere deutsche Ausgaben: HÖLLENQUALEN (dt. Erstausgabe), Bergisch Gladbach 1982, Bastei-Lübbe 17059; München 1996, Heyne 23 / 123 (Sammelband)

DAS GRAUSAME SPIEL, siehe: **UNTER BESCHATTUNG**

DAS HAUS DER ANGST (THE HOUSE OF THUNDER, 1982, in den USA ursprünglich unter dem Pseudonym ›Leigh Nichols‹), München 1987, Heyne 6913

Erster Satz: »Als sie erwachte, dachte sie, sie sei blind.«

Kommentar: Der Autor selbst ist der Auffassung, daß es sich bei diesem Roman um den schwächsten der fünf handelt, die er unter dem Pseudonym ›Leigh Nichols‹ veröffentlicht hat. Er spielt eher mit einer seltsamen – und letztlich cleveren – Situation als mit einer befriedigenden Handlung in drei Akten, was für Koontz eher ungewöhnlich ist. Die Charaktere sind nicht so gut gezeichnet wie sonst, obwohl dies weniger die Schuld des Autors als eine Konsequenz der Geschichte ist: Die Hauptperson, Susan, hat Amnesie und kann sich an kaum etwas von ihrer Vergangenheit erinnern, was sie zu einem Rätsel werden läßt; und *jede andere* Person in diesem Roman gibt sich als etwas aus, das sie nicht ist. Der Leserpost nach zu urteilen, die der Autor erhalten hat, seit er *Haus der Angst* unter seinem richtigen Namen veröffentlichte, schätzt die Öffentlichkeit das Buch höher ein als er selbst – wahrscheinlich, weil es schnellen und ergreifenden Lesestoff mit einigen gewaltigen und gut vorbereiteten Überraschungen bietet.

Dark Harvest veröffentlichte eine illustrierte gebundene und zwei limitierte Ausgaben: zweiundfünfzig signierte und mit Buchstaben versehene und fünfhundertfünfzig signierte und numerierte Exemplare. Die Taschenbuchausgabe erreichte auf der Bestsellerliste der *New York Times* den ersten Platz.

Weitere deutsche Ausgabe: München 1992, Heyne 8519

DIE HELLSEHERIN, siehe: **VISION**

HÖLLENQUALEN, siehe: **FLÜSTERN IN DER NACHT**

DAS HÖLLENTOR (HELL'S GATE, 1970), Bergisch Gladbach 1974, Bastei-Lübbe 21060

Erster Satz: »Die Puppe erwachte unter knospenden Apfelbäumen. Sie lag zwischen verfilzten Nesseln auf trockenen, vergilbten Grasbüscheln.«

Kommentar: Ein weiterer Science-Fiction-Roman mit einem größtenteils zeitgenössischen Hintergrund, eine abenteuerliche Action-Geschichte, die der Autor mit dreiundzwanzig Jahren geschrieben hat. *Das Höllentor* weist interessante Handlungswendungen auf und bietet sich für eine Überarbeitung und Aufnahme in eine Kurzgeschichtensammlung an, falls der Autor die Zeit findet, sich den Roman noch einmal anzusehen, was er allerdings schon angedeutet hat.

IN DER KÄLTE DER NACHT (NIGHT CHILLS, 1976), München 1985, Heyne 11/25

Erster Satz: »Der Weg war ungepflastert und schmal, und die Zweige der Lärchen, der Rottannen und Pinien hingen so tief, daß sie vom Dach des Landrover erfaßt wurden.«

Kommentar: Dieser Roman erschien nach *Nach dem letzten Rennen* und vor *Vision*, womit er mitten im Zentrum des wichtigsten Wandels in der bisherigen Laufbahn des Autors steht. Mit *In der Kälte der Nacht* bewegte er sich von den gradlinien Spannungsromanen fort, die er bislang geschrieben hatte, und näherte sich der Mischung aus Spannungsroman und phantastischen Elementen, die nun folgen sollte. *In der Kälte der Nacht* beschäftigt sich mit einem wissenschaftlichen Experiment, das fehlgeschlagen ist, genau wie *Mitternacht* dreizehn Jahre später, ist aber weder so ausgeklügelt und fähig entworfen wie das spätere Buch, noch so stark von phantastischen Elementen durchdrungen. Falls Koontz' genreübergreifender Stil in einem einzigen Roman geboren wurde, dann in *In der Kälte der Nacht*, der Elemente des traditionellen Spannungsromans mit der aus der Science-fiction übernommenen Prämisse der Gedankenkontrolle und dem gruseligen psychologischen Horror der Persönlichkeitssublimierung

verbindet, der Jack Finneys Roman *Die Körperfresser kommen*
solche Kraft gibt. Das Buch ist ebenfalls bemerkenswert, weil
es – neben *Flüstern in der Nacht* – eines der wenigen ist, bei
denen der Autor explizite Sexszenen beschreibt, wenngleich
sie hier zweifellos nötig sind, um die Geschichte zu erzählen.
Die seltsame Struktur des Romans, die mit zahlreichen erzäh-
lerischen Regeln bricht und Kapitel in der Gegenwart mit solchen in der Vergangenheit abwechselt, bis Vergangenheit und
Gegenwart sich schließlich treffen, ist faszinierend und mehr
als nur zur Hälfte erfolgreich.

Aus der Rezension des King Feature Syndicate: »*In der
Kälte der Nacht* ist ein so rasanter und aufregender Thriller,
wie Sie nur wenige gelesen haben. Aber er ist auch ein besonders gutes Buch mit Charakteren, an denen einem liegt, und
wenn man die letzte Seite gelesen hat, bleibt einem viel, über
das sich das Nachdenken lohnt.« Aus dem *Boston Sunday Herald:* »Eine außerordentlich gut geschmiedete Geschichte ...
Koontz ist sehr überzeugend, sein Buch ist sehr ergreifend
und gut recherchiert, und sein Stil ist fast zu gut für Fluchtli-
teratur.« Aus der *Chicago Sun-Times:* »Koontz brilliert bei der
Schaffung seiner Charaktere und beim Spannungsaufbau.«

Weitere deutsche Ausgaben: München 1987, Heyne 50/21
(Sammelband); München 1988, Knaur 1699 (Sammelband);
München 1991, Heyne 8251; München 1995, Heyne 23/112
(Sammelband)

DIE KÄLTE DES FEUERS (COLD FIRE, 1991), München 1991, Heyne 41/32

Erster Satz: »Schon vor den Ereignissen im Supermarkt
hätte Jim Ironheart wissen müssen, daß sich Probleme ankün-
digten.«

Kommentar: Da soziologische Betrachtungen einen wich-
tigeren Aspekt in der Geschichte als in allen früheren Werken
darstellen, handelt es sich um einen Schlüsselroman im
Œuvre des Autors. Einige gesellschaftlich relevante Kommentare finden sich schon in so frühen Werken wie *Flüstern in*

der Nacht (1980). Man entdeckt sie auch in *Schwarzer Mond, Brandzeichen, Schutzengel, Mitternacht* und *Ort des Grauens*, aber in diesen Büchern gewinnen die Charaktere ihre überzeugende Tiefe hauptsächlich durch Konflikte mit sich selbst und – zweitens – mit anderen, aber nicht so sehr durch ihre Interaktion mit der Kultur, in der sie treiben. Die bemerkenswerteste Ausnahme ist Jack Twist, der Dieb und Exsoldat in *Schwarzer Mond,* der von dem Verrat der Regierung geformt wurde, der er so gut gedient hat. In *Die Kälte des Feuers* sucht Holly Thorne nach der Bedeutung und dem Sinn ihres Lebens; doch als desillusionierte Journalistin ist sie in der idealen Position, um auch über den Mangel an Bedeutung und Sinn in der zeitgenössischen Welt nachzudenken. Jim Ironheart, dessen Eltern Opfer der zufälligen Gewalt wurden, die schon seit langem ein zunehmendes Problem der modernen Gesellschaft ist, spielt sich als Möchtegern-Retter anderer potentieller Opfer derselben Mächte auf. Im gesamten Roman deuten starke symbolische Gegenstände und ausgewählte Szenen mit allegorischer Kraft – besonders die in der Kirche in der Wüste – an, daß der moderne Mensch zu Enttäuschungen verdammt ist, wenn er in gesellschaftlichen Bewegungen, politischen Ideologien und zwischenmenschlichen Beziehungen nach einer Bedeutung sucht; der einzige befriedigende Sinn des Lebens läßt sich in geistigen statt weltlichen Werten finden – geistige Werte, vor denen die Gesellschaft sich auf dem Rückzug befindet. Die ungewöhnliche Komplexität der gesellschaftlichen Beobachtungen, die durch die eindringliche Beschreibung aller Charaktere untrennbar miteinander verbunden werden, beschert diesem Werk des Autors eine neue Dimension, die in *Drachentränen* und *Die zweite Haut* noch wichtiger werden wird. *Die Kälte des Feuers* erreichte auf der Bestsellerliste der *New York Times* Platz eins. Putnam veröffentlichte eine signierte, numerierte und illustrierte limitierte Ausgabe von achthundert Exemplaren.

Der Rezensent von UPI stellte fest: »*Die Kälte des Feuers* ist ein außerordentliches Stück Literatur mit unvergeßlichen

Charakteren. Der Roman wird ein Klassiker werden.« Der *Boston Herald*: »Ein einzigartiger, bezaubernder Roman mit Tiefe, Empfindsamkeit und Persönlichkeit.« Aus dem *Arkansas Demokrat*: »Seine Prosa hypnotisiert ... geradezu schmerzhafte Klarheit. Gerade mit den Beschreibungen von Gemütszuständen – von der Liebe bis zur Verzweiflung – trifft er immer wieder ins Schwarze und ruft Reaktionen wie ›Ja! Ich weiß genau, wie das ist!‹ hervor.«

Weitere deutsche Ausgaben: München 1993, Heyne 9080.

DER LEBENS-AUTOMAT (THE FLESH IN THE FURNACE, 1972) Bergisch Gladbach 1973, Bastei-Lübbe 21032

Erster Satz: »Der Idiot und der Puppenspieler saßen nebeneinander. Sie starrten durch die Windschutzscheibe hinaus in die Dunkelheit, auf das graue Band der alten Straße, das sich vor ihnen abspulte.«

Kommentar: Es handelt sich mit Sicherheit um einen der, wenn nicht sogar den besten der frühen Science-fiction-Romane des Autors. Die durchgehend unheimliche Stimmung, die Konzentration auf komplexe Charakterisierungen, starke allegorische Untertöne und das Gebräu von Ironie weisen bereits in die Richtung, die Koontz volle acht bis zehn Jahre später einschlagen wird, wenn er damit beginnt, seine bedeutenden Werke zu schreiben. Der Autor hat erklärt, daß dieser Roman mit nur geringen Überarbeitungen eines Tages in einer Kurzgeschichtensammlung erscheinen wird.

DAS LETZTE RENNEN, siehe: NACH DEM LETZTEN RENNEN

DIE MASKE (THE MASK, 1981, in den USA ursprünglich unter dem Pseudonym ›Owen West‹), München 1988, Heyne 6951

Erster Satz: »Laura war im Keller; sie machte gerade Frühjahrsputz und verspürte nichts als Widerwillen dabei.«

Kommentar: Das ist der zweite der beiden Romane, die

ursprünglich unter dem Pseudonym ›Owen West‹ veröffentlicht wurden. Es handelt sich um eine Reinkarnations-Geschichte mit einfacher Handlung und schnellem Tempo. Der Roman wurde später unter dem richtigen Namen des Verfassers neu aufgelegt und immer wieder nachgedruckt.

Weitere deutsche Ausgaben: München 1992, Heyne 23/76

MIKE TUCKER AUF TAUCHSTATION (SURROUNDED, 1974, in den USA und bei der deutschen Erstausgabe ursprünglich unter dem Pseudonym ›Brian Coffey‹), Reinbek 1977, Rowohlt 2415

Erster Satz: »Der schmächtige Mann mit den zerzausten Haaren betrat die Halle des Americana Hotels und ließ den Verkehrslärm der Seventh Avenue hinter sich.«

Kommentar: Das ist der zweite von fünf Romanen, die ursprünglich unter dem Pseudonym ›Brian Coffey‹ veröffentlicht wurden, und der zweite von drei mit der Hauptperson Michael Tucker – einem gebildeten, aber völlig professionellen Gentleman-Dieb, der lediglich andere Verbrecher bestiehlt (oder in diesem Fall Kaufleute, deren Schäden von der Versicherungsgesellschaft abgedeckt werden). Siehe auch *Alias Mike Tucker.*

Publishers Weekly schreibt: »Eine Handlung wie ein brillantes Schachspiel. Was passiert, als Räuber und Gendarmen versuchen, sich gegenseitig zu überlisten, ist einfallsreich und mit Finesse erzählt.« Das *Library Journal:* »Die technischen Einzelheiten sind sehr interessant. Der Autor befaßt sich gründlich mit den Problemen der geeigneten Hardware und des zuverlässigen Personals, und der Raub wird auf aufregende Weise zu einem erfolgreichen Abschluß geführt.«

Die drei Romane um Mike Tucker liegen zusammengefaßt in Sammelbänden vor.

Weitere deutsche Ausgaben: Mike Tucker und der Maya-Fries/ …Alias Mike Tucker/Mike Tucker auf Tauchstation, München 1988, Knaur 1699; München 1995, Heyne 23/119

MIKE TUCKER UND DER MAYA-FRIES (THE WALL OF MASKS, 1975, in den USA und bei der deutschen Erstausgabe ursprünglich unter dem Pseudonym ›Brian Coffey‹), Reinbek 1977, Rowohlt 2438

Erster Satz: »Im Jahre 1519 landete Hernán Cortés in Mexiko. Er hatte eine spanische Armee unter seinem Kommando. Als aber Michael Tucker am Montag, dem 2. September, vierhundertfünfundfünfzig Jahre danach, dort eintraf, hatte er nicht einmal eine Handfeuerwaffe.«

Kommentar: Das ist der dritte von fünf Romanen, die ursprünglich unter dem Pseudonym ›Brian Coffey‹ veröffentlicht wurden, und der dritte von drei mit der Hauptperson Mike Tucker, einem professionellen Dieb. Siehe *Alias Mike Tucker* und *Mike Tucker auf Tauchstation*.

Die *Detroit Free Press* schreibt: »*Mike Tucker und der Maya-Fries* ist aufregend, rasant geschrieben und hat einen explosiven Höhepunkt mit einem Doppelspiel, einem tödlichen Autounfall und einem netten Anflug von Robin Hood.« Das *Library Journal:* »Ein toller Abenteuerroman. Die Handlung ist voller Überraschungen, darunter eine Verfolgungsjagd mit Motorbooten auf dem Golf von Mexiko während eines Hurrikans, die in einer Massenschießerei gipfelt.«

Die drei Romane um Mike Tucker liegen zusammengefaßt in Sammelbänden vor.

Weitere deutsche Ausgaben: Mike Tucker und der Maya-Fries/ ...Alias Mike Tucker/Mike Tucker auf Tauchstation, München 1988, Knaur 1699; München 1995, Heyne 23/119

MITTERNACHT (MIDNIGHT, 1989), München 1990, Heyne 41/21

Erster Satz: »Janice Capshaw machte es Spaß, nachts zu laufen.«

Kommentar: Ein Schlüsselroman im Œuvre des Autors. *Mitternacht* überschreitet exzessiv sämtliche Genregrenzen: Science-fiction, Horror, Polizeiroman, Romantic Thriller, Abenteuergeschichte, psychologischer Spannungsroman und sogar

Techno-Thriller, alles in einem Buch. Darüber hinaus benutzt der Autor praktisch jede Übereinkunft der Horrorliteratur und stellt sie entweder auf den Kopf oder pumpt sie auf, wie sie noch nie zuvor aufgepumpt wurde. Das Ergebnis ist eine fast manische Erzählung, die ständig außer Kontrolle zu geraten droht, aber irgendwie immer wieder die Kurve kriegt. Thomas Shaddack, Koontz' verrückter Wissenschaftler (jede solche Geschichte braucht einen), ist mit schwarzem Humor gezeichnet, verbreitet aber gleichzeitig gehöriges Entsetzen. Die lange Rückblende, die enthüllt, wie er als Junge durch eine Begegnung mit einem rachsüchtigen Indianer völlig verdreht wurde, ist eine dermaßen in sich abgeschlossene und ergreifende Geschichte, daß man sich fast wünschen würde, Koontz hätte sie als eigenständige Novelle veröffentlicht. Das Thema des Romans ist teilweise der Drang, seiner Verantwortung zu entgehen, eine Schwäche, die die Menschheit heimsucht.

Kirkus Reviews schreibt: »Angsteinflößende Mainstream-Horror-Unterhaltung. Vom überaus unheimlichen Anfang bis zum sehr gefühlvollen Ende kocht Koontz auf hoher Flamme. Der Autor greift die gesamte Geschichte der Horrorliteratur auf und wirbelt sie rasant durcheinander. Er bereichert eine Vielzahl von unheimlichen Standardsituationen mit einnehmenden Charakteren und pikanten Reflexionen darüber, was genau uns zum Menschen macht.« Die *Seattle Times:* »Koontz ist ein Prosastilist, dessen Lyrismus die Boshaftigkeit und Spannung erhöht.« Aus der *Grand Rapids Press:* »Ein Roman, bei dem man schweißnasse Hände kriegt, sauber und eindringlich geschrieben.« Der *Nashville Banner:* »Das Buch erinnert einen an *Die Insel des Dr. Moreau* von H. G. Wells, an Shelleys *Frankenstein*, an Stevensons *Dr. Jekyll und Mr. Hyde* … und Koontz' unheimliche, poetische Prosa erinnert an die besten Werke von Edgar Allan Poe.«

Mitternacht war der erste Roman des Autors, der auf der Bestsellerliste der *New York Times* auf den ersten Platz kam.

Weitere deutsche Ausgaben: München 1992, Heyne 8444; München 1993, 8929

NACH DEM LETZTEN RENNEN (AFTER THE LAST RACE, 1974) München 1990, Knaur 1780

Erster Satz: »Garrison drehte sich einmal um sich selbst und studierte die freie Stelle zwischen den beiden Birken.«

Kommentar: Ein listig eingefädelter Roman über professionelle Diebe, die sich mit zwei normalen Bürgern zusammentun, um während des bedeutendsten Renntages des Jahres die Tageseinnahmen sämtlicher Wettkassen einer Pferderennbahn zu rauben. Der Autor beabsichtigt, diesen Roman für eine Neuausgabe leicht zu überarbeiten. *Nach dem letzten Rennen* ist ein Werk aus einer Übergangsphase, gut geschrieben, aber verfaßt, bevor der Autor seine wahre Stimme und idealen Themen fand.

Publishers Weekly nannte das Buch »straff und farbig … ein dramatischer und faszinierender Roman, der einen bis zum Ende fesselt«. Und die *New York Times:* »Ein Wal von einem Pferderennbahn-Krimi … Koontz, ein geschickter Autor, baut eine sich ständig steigernde Spannung auf, und am Ende gibt es einen Knall. [Er] ist wesentlich einfallsreicher als die meisten Schriftsteller. Er hat die Begabung, seinen Charakteren Leben einzuhauchen, und in *Nach dem letzten Rennen* gibt es keine einzige unglaubwürdige Person.«

Weitere deutsche Ausgaben: Das letzte Rennen (dt. Erstausgabe) München 1976, Goldmann 4551; München 1992, Knaur 60048 (Sammelband); München 1996, Heyne 23/123 (Sammelband)

NACHT DER ZAUBERTIERE (ODDKINS, 1988), Wien 1989, Ueberreuther

Erster Satz: »Amos, der Bär, stand auf der Bank des Spielzeugmachers und betrachtete durch das Kellerfenster die purpurschwarzen Sturmwolken, die von Osten heraufzogen.«

Kommentar: Dieses Buch unterscheidet sich beträchtlich von den üblichen Werken des Autors. Koontz hat gesagt, er bewundere jene Kinderbücher, die auch von Erwachsenen gelesen und genossen werden können und je nach Alter des Leser verschiedene Bedeutungsebenen und einen ganz eigenen Charme haben. Mit *Nacht der Zaubertiere* schrieb er genau so einen Roman. Das Buch von hundertachtzig Seiten wurde in den USA ursprünglich in einem ungewöhnlichen, rechteckigen Format mit fünfzig ganzseitigen farbigen und wunderbaren Illustrationen von Phil Parks veröffentlicht.

Warner Brothers hat sofort die Filmrechte gekauft und will unter der Regie von Tim Burton einen Zeichentrickfilm danach drehen. Der Autor hat zu diesem Buch hundert Briefe von Lesern erhalten, darunter viele Lehrer, die darauf hinweisen, daß *Nacht der Zaubertiere* sich hervorragend eignet, um bei Kindern das Interesse an Büchern zu wecken.

Weitere deutsche Ausgaben: Bergisch Gladbach 1992, Bastei-Lübbe 11898

NACHTSTIMMEN, siehe: **EIN FREUND FÜRS STERBEN**

NACKTE ANGST (THE FACE OF FEAR, 1977, in den USA ursprünglich unter dem Pseudonym ›Brian Coffey‹), Reinbek 1979, Rowohlt 2487

Erster Satz: »Er erwartete eigentlich keine Schwierigkeiten, aber er war auf alles vorbereitet, als er seinen Wagen gegenüber dem dreigeschossigen Sandsteingebäude parkte.«

Kommentar: Das ist der vierte der fünf Romane, die in den USA ursprünglich unter dem Pseudonym ›Brian Coffey‹ herauskamen; im Taschenbuch erschien er unter dem richtigen Namen des Autors. Es ist ein straffer, schneller Spannungsroman und von Bedeutung, weil sich hier bereits die einfallsreichen Handlungsverzweigungen andeuten, die die späteren Werke des Autors auszeichnen; des weiteren handelt es sich um einen Vorläufer der vielen Romane um Massenmörder, die in den achtziger und neunziger Jahren zunehmend an Beliebtheit gewannen. In der Tat deuten interessante Ähnlichkeiten zwischen diesem Buch und dem bekannten *Roter Drache* (1981) von Thomas Harris an, daß die Verfasser bei ihren Recherchen vielleicht auf identische Quellen zurückgegriffen haben: Zwei Soziopathen arbeiten harmonisch zusammen (im *Drachen* Dollarhyde draußen, Lecter im Gefängnis; in *Nackte Angst* Bollinger und ›Billy‹, beide draußen); in beiden Büchern ist der Mörder vom Werk William Blakes besessen; der Protagonist in *Nackte Angst* steht in einer übersinnlichen Verbindung mit dem Mörder, und in *Drache* hat er die *fast* übersinnliche Fähigkeit, wie der Mörder zu denken, als er ihn verfolgt; sowohl Bollinger als auch Dollarhyde wurden von ihren Großmüttern großgezogen, wenngleich die mögliche Monstrosität von Bollingers Großmutter nur angedeutet wird, während wir über Dollarhydes verdrehte Oma jede Menge Einzelheiten erfahren; beide Bücher enthalten Andeutungen und Beschreibungen der extremen Gewalt, die von tatsächlichen Soziopathen begangen, aber in Spannungsromanen nur selten, wenn überhaupt, beschrieben wird; in *Nackte Angst* hat ›Billy‹ den Südstaaten-Akzent abgelegt, von dem er annimmt, daß er lange Zeit über verhindert hat, daß er in New York anerkannt wurde, während in *Drache* Dollarhyde gegen eine Sprachstörung ankämpft, die von einer Gaumenspalte und einer Hasenscharte verursacht wurde; in beiden Büchern taucht der Antagonist – auf unterschiedliche Weise – wieder auf, um erneut anzugreifen, nachdem man schon dachte, er sei bezwungen worden. Es handelt sich um völlig unterschiedliche Romane, und doch konzentrieren sie sich auf ähnliche Themen, die in den kommenden Jahren ein neues Subgenre der Spannungsliteratur bestimmten. Am seltsamsten ist die folgende kleine Spannungsliteratur-Trivia: die Hauptperson von *Nackte Angst* heißt Graham Harris, während die Hauptperson von *Roter Drache*, geschrieben von Thomas *Harris*, Will Graham heißt.

Das *Memphis Commercial Appeal* schreibt: »Einer der bemerkenswertesten Spannungsromane des Jahres … eine fesselnde und unterhaltsame Lektüre.« Aus *West Coast Review of Books:* »Ein wirklich atemberaubender Roman, der Sie bis in die frühen Morgenstunden in seinem Bann halten wird.« Und Edwin Corley stellte in seiner Rezensionskolumne, die in zahlreichen Zeitungen erscheint, fest, daß »*Nackte Angst* die grauenhaftesten Verfolgungsszenen enthält, die ich seit vielen Jahren gelesen habe. Der Stil ist straff, das Buch ist rasant … und die Geschichte rast einem angsteinflößenden Höhepunkt entgegen. Mehr als bloße Unterhaltung.«

CBS hat einen anderthalbstündigen Fernsehfilm nach der Buchvorlage ausgestrahlt, an dem Koontz als Drehbuchautor und Koproduzent mitwirkte. Regie führte Farhad Mann. Der Film ist visuell elegant und für das Fernsehen ungewöhnlich spannend, wenngleich er natürlich unter dem verhältnismäßig niedrigen Budget leidet, das in diesem Medium üblich ist.

Weitere deutsche Ausgaben: München 1989, Knaur 1779 (ungekürzte Neuübersetzung); München 1992, Knaur 60048 (Sammelband)

ORT DES GRAUENS (THE BAD PLACE, 1990), Wien/Darmstadt 1991, Zsolnay

Erster Satz: »Die Nacht war ruhig und merkwürdig still, als wäre diese düstere Gasse ein verlassener Strand, an dem sich kein Lüftchen rührte. Ein Strand im Zentrum eines Wirbelsturms.«

Kommentar: Das ist einer der phantasievollsten Romane des Autors, verschlungen und eindringlich, ein Schlüsselroman in seinem Œuvre. Obwohl es sich zweifellos um den dunkelsten all seiner Romane handelt, kommt bei den meisten Charakteren Koontz' Sinn für Humor zum Vorschein. Im Prinzip erkundet *Ort des Grauens* den Schandfleck im Paradies; jeder Charakter weist eine fatale Schwäche (oder Schwächen) auf, die mit vorschreitender Handlung enthüllt wird und sich in den meisten Fällen als buchstäblich fatal, nämlich tödlich, herausstellt. Am Ende des Romans bleiben Bobby und Julie Dakota allein am Ufer des Pazifiks zurück, zutiefst betroffen von den Dingen, die sie gesehen und ertragen haben; wir fühlen voll mit ihnen, wenn der Roman uns im vorletzten Absatz mitteilt: »In manchen Nächten hatte sie Angst. Er gelegentlich auch.« Sie sind praktisch die einzigen Überlebenden einer

Reihe von Tragödien, die dafür sorgen, daß der Leser die Seiten mit ständig zunehmendem Schrecken umblättert. Doch der letzte Absatz ist voller Hoffnung: »Sie hatten einander. Und Zeit.« Koontz beläßt seinen Charakteren immer ihre Würde und normalerweise auch ihre Hoffnung, wenn auch nichts sonst. Er erlaubt uns zu glauben – besteht eigentlich sogar darauf –, daß Bobby und Julie wieder Glück finden werden, vielleicht mit dem Kind, mit dem sie schwanger geht, mit ihrem neuen Leben am Ufer des Pazifiks, und mit der letzten telepathischen Botschaft, die Thomas schickte, als er starb: *Da ist ein Licht, das euch liebt.*

Wenn irgendein Aspekt des Buches mehr Lob als andere erhalten hat, dann die Figur des Thomas, ein sympathischer junger Mann, der am Down-Syndrom leidet. Die Kritiker halten im allgemeinen die Szenen, die aus Thomas' Sicht geschrieben sind, wenn nicht sogar den ganzen Roman, für eine *tour de force*. Der Verlag Putnam veröffentlichte von diesem Buch eine limitierte Ausgabe von zweihundertfünfzig Exemplaren. Der Roman erreichte in der Bestsellerliste der *New York Times* Platz eins.

Die *Seattle Times:* »Die verschlungene Handlung rast geradezu ihrem Höhepunkt entgegen. Koontz hat Charaktere von ungewöhnlicher Reichhaltigkeit und Tiefe geschaffen ... Das Ausmaß seiner Wahrnehmung und Empfindlichkeit ist nicht nur bloß überzeugend, sondern erstaunlich.« Die *New Orleans Times-Picayune:* »*Ort des Grauens* ist mitunter gefühlvoll, ohne jemals schmalzig oder romantisch zu werden. Der Roman beschreibt eine groteske Welt, die an die von Flannery O'Conner oder Walker Percy erinnert. Ein furchterregendes, lohnendes Buch.« Associated Press: »Koontz dreht seine Leser durch die Gefühlsmangel. An manche Szenen erinnert man sich noch, nachdem man den Thriller schon längst ausgelesen hat.« Und die *New York Times:* »Psychologisch komplexe Charaktere ... ein atemberaubendes Tempo ... eine meisterhafte und befriedigende Auflösung.«

Weitere deutsche Ausgaben: München 1994, Heyne 8627.

SCHATTENFEUER (SHADOWFIRES, 1987, in den USA ursprünglich unter dem Pseudonym ›Leigh Nichols‹), München 1989, Heyne 7810

Erster Satz: »Helles Schimmern erfüllte die Luft, fast so greifbar wie Regen.«

Kommentar: Das ist der fünfte – und beste – der fünf Romane, die ursprünglich unter dem Pseudonym ›Leigh Nichols‹ veröffentlicht wurden. Der Autor geht im Grunde von derselben Prämisse wie in *Brandzeichen* aus – einem fehlgeschlagenen Gentechnik-Experiment der Regierung –, schreibt dann aber eine ganz andere, wenn auch ebenso fesselnde Geschichte. Er spielt auch mit der Frankenstein-Legende: In diesem Fall sind Dr. Frankenstein und sein Geschöpf identisch, da Eric Leben zu seinem späteren Bedauern Experimente an sich selbst vornimmt. Der Autor erzählt nicht nur eine seiner spannendsten Geschichten, sondern hat auch beträchtlichen Spaß an diesem Roman gehabt, was an Hunderten von subtilen Wortspielen ersichtlich wird: Eric Lebens Nachname ist wörtlich zu nehmen – Leben – und wird im gesamten Buch ironisch reflektiert; achten Sie auch auf die Parallelen zwischen der Heldin Rachael und ihrer biblischen Namensschwester. Des weiteren enthält *Schattenfeuer* die lebhaftesten Nebenfiguren von bislang allen Büchern des Autors: der amüsante und charmante Jerry Peake, Anson Sharp, Julio Verdad und Reese Hagerstrom, Felsen Kiel (ansonsten als ›der Stein‹ bekannt) und so viele weitere, die alle stark gezeichnet sind und keinen anderen Charakteren in Koontz' Romanen ähneln.

Der Roman wurde von Dark Harvest Press als gebundene Ausgabe herausgebracht; dort erschienen auch zwei limitierte Ausgaben: eine mit Buchstaben (A–ZZ) versehene mit zweiundfünfzig und eine signierte und numerierte Ausgabe mit sechshundert Exemplaren. Unter dem richtigen Namen des Autors kam die Taschenbuch-Neuausgabe des Romans auf den ersten Platz der Bestsellerliste der *New York Times*.

Weitere deutsche Ausgaben: München 1993, Heyne 23/85 (Sammelband)

DIE SCHLANGE IM PARADIES (CHILDREN OF THE STORM, 1972, in den USA und Deutschland unter dem Pseudonym ›Deanna Dwyer‹), Rastatt 1974, Pabel (Sandra 10)

Erster Satz: »Sonya Carter stand an der Reling des kleinen weißen Kabinenkreuzers – Lady Jane – und blickte zurück zum Hafen von Point-a-Pitre auf Guadeloupe.«

Kommentar: Das ist einer von fünf ›gothic novels‹ bzw. Romantic-Thrillern. Siehe *Der Fluch des zweiten Gesichts.*

Die deutsche Ausgabe würde bei dem Autor auf wenig Begeisterung stoßen. Aufgrund der Formatvorgaben der Taschenheftreihe ›Sandra‹ wurde der Text durchgehend gekürzt und bearbeitet. So lautet zum Beispiel der erste Satz des Originals: »Nachdem Sonya Carter fast alle ihrer dreiundzwanzig Jahre in den kurzen Sommern und bitteren Wintern von Maine und Massachusetts verbracht hatte, war sie von der Karibik besonders beeindruckt – vom fast zu strahlenden Himmel, der warmen Brise, die nach salziger Meeresluft roch, den Palmen, die man überall in der Nähe sehen konnte, den köstlichen Mangos, den spektakulären Sonnenuntergängen und der plötzlich einsetzenden Dämmerung, die sich schnell zu einem purpurnen Dunkel vertiefte …«

SCHLÜSSEL DER DUNKELHEIT (THE KEY TO MIDNIGHT, 1979, in den USA ursprünglich unter dem Pseudonym ›Leigh Nichols‹), München 1992, Heyne 41/40

Erster Satz: »Joanna Rand tappte im Dunkeln zum Fenster und starrte lange hinaus, nackt, am ganzen Leibe zitternd.«

Kommentar: Der erste von fünf Romanen, die ursprünglich unter dem Pseudonym ›Leigh Nichols‹ erschienen. Es ist eine Geschichte aus dem Kalten Krieg um eine internationale Intrige, die *Flüstern in der Nacht* vorausgeht und bereits den großen Sprung andeutet, den Koontz mit diesem nachfolgenden Buch machen würde. *Schlüssel der Dunkelheit* beeindruckt durch gut entwickelte Charaktere und lotet die Tiefen des Hintergrunds und das Ortsgefühl aus (hauptsächlich die japanische Stadt Kyoto), Qualitäten, die von diesem Zeitpunkt an die meisten Werke des Autors auszeichnen, und hat die verschlungene Handlung und, nach einigen gemächlicheren Kapiteln, das schnelle Tempo, das schließlich zu seinem Markenzeichen werden sollte. *Publishers Weekly* bezeichnete das Buch als einen »meisterhaft konstruierten Thriller«.

Obwohl der Roman sich von denen, mit denen die Legionen von Fans des Autors vertraut sind, beträchtlich unterscheidet, wurde *Schlüssel der Dunkelheit* in England, Deutschland und mittlerweile auch in den USA unter dem richtigen Namen des Verfassers veröffentlicht. Als das Buch 1979 erstmals erschien, wurde es zu einem Erfolg und tauchte auf einigen Bestsellerlisten auf. Es wurden über eine Million Exemplare verkauft. Dieser Roman war der erste von *zwei* Bestsellern, die unter Pseudonymen erschienen, bevor Koontz mit *Flüstern in der Nacht* unter seinem richtigen Namen 1981 ebenfalls einen Bestseller landete. (Der zweite war *The Funhouse*, der 1980 unter dem Pseudonym ›Owen West‹ erschien und ebenfalls über eine Million Exemplare absetzte.) Dark Harvest veröffentlichte von *Schlüssel der Dunkelheit* eine illustrierte, gebundene und zwei limitierte Ausgaben – zweiundfünfzig signierte und mit Buchstaben versehene sowie fünfhundertfünfzig signierte und numerierte Exemplare.

Weitere deutsche Ausgaben: München 1995, Heyne 9554

SCHUTZENGEL (LIGHTNING, 1988), Wien/Darmstadt 1990, Zsolnay

Erster Satz: »In der Nacht, in der Laura Shane geboren wurde, wütete ein Schneesturm, und das Wetter war überhaupt so eigenartig, daß die Menschen sich noch jahrelang daran erinnerten.«

Kommentar: Der Anstieg der Popularität des Autors, der mit *Schwarzer Mond* und *Brandzeichen* begann, erlangte mit der Veröffentlichung der gebundenen Ausgabe dieses Buches beträchtlichen Schwung. *Schutzengel* war einer der großen Bestseller des Jahres 1988 und bietet eine ganze Reihe von

Überraschungen, die sich durchgehend zu einer außergewöhnlich cleveren Umkehr der Erwartungen des Lesers steigern. Bei diesem Buch wäre es geradezu kriminell, auch nur eine ganz kurze Zusammenfassung des Inhalts zu liefern.

Aus mehreren Gründen handelt es sich um einen Schlüsselroman im Œuvre des Autors. Die psychologisch komplexen Charakterisierungen, die sein Werk seit einiger Zeit auszeichneten und in *Schwarzer Mond* und *Brandzeichen* eine neue Ebene der Finesse erreichten, lassen sich auch in *Schutzengel* finden, aber mit einem Unterschied. In diesem Roman hat Koontz Techniken entwickelt, mit denen er mit ungewohnter Sparsamkeit abgerundete und sehr sympathische Charaktere schildert, womit er der Handlung für einen Roman, der so verhältnismäßig kurz wie dieser ist, eine überraschende Dichte gibt. In diesem Buch gesteht Koontz sich mehr amüsante Dialoge und komische Stellen als in jedem vorangegangenen Spannungsroman zu und bewahrt trotzdem ein starkes Gefühl der Gefahr und des nie nachlassenden Tempos. Und er bricht in grundlegender Hinsicht mit der traditionellen Handlung des Spannungsromans, denn die zieht sich über etwa dreißig Jahre hin und beschäftigt sich auf ziemlich dickenssche Weise mit Laura Shane, der Hauptfigur, und folgt ihr von der Geburt bis ins Erwachsenenalter, womit aus diesem Buch eine ungewöhnliche Mischung aus Spannungsroman und biographischer Literatur wird.

Die *Associated Press* schreibt in ihrer Rezensionskolumne: »Brillant. Die Handlung verwebt mehrere bedeutende Ideen mit wunderbaren Ergebnissen. *Schutzengel* wird den mitdenkenden Leser ansprechen ... sowohl herausfordernd als auch unterhaltsam.« Und aus der *USA Weekend:* »Ein unvergeßlich sehnsuchtsvoller Roman mit einem unentrinnbaren und gefährdeten Ausgang.« Die *Buffalo News* stellte fest: »Koontz verwandelte eine extravagante Handlung wie durch Zauberei in einen spannenden und ergreifenden Roman.«

Der ursprüngliche Titel des Autors für *Lightning* war *Lightning Road*, doch er wurde verkürzt, da der Verlag einen Titel bevorzugte, der lediglich aus einem Wort bestand. Ultramarine Press veröffentlichte eine signierte und numerierte Erstausgabe von zweihundert Exemplaren.

Weitere deutsche Ausgaben: München 1991, Heyne 8340

SCHWARZER MOND (STRANGERS, 1986), München 1989, Heyne 7903

Erster Satz: »Dominick Corvaisis war bequem ausgestreckt in seinem Bett eingeschlafen, unter einem frischen weißen Laken und einer leichten Wolldecke, aber er erwachte an einem anderen Ort – in der hintersten Ecke des großen Wandschrankes im Flur, hinter Mänteln und Jacken zusammengekauert wie ein Fötus.«

Kommentar: Ein Schlüsselroman im Werk des Autors. Mit *zwölf* Hauptpersonen und einer Vielzahl von Neben- und Randfiguren ist *Schwarzer Mond* der umfangreichste Roman, den der Autor bislang geschrieben hat, bewegt sich jedoch mit einer rasanten Geschwindigkeit, die seinen bisherigen kürzeren, mitunter nur halb so langen Werken in nichts nachsteht. Obwohl der Roman sich mit ebenso vielen Themen beschäftigt, wie er über Charaktere verfügt, widmet er sich in erster Linie der Erkundung der Natur der Freundschaft in all ihren Ausprägungen – zwischen zwei Männern, zwei Frauen, Frau und Mann, Alt und Jung, Angehörigen verschiedener Rassen und schließlich sogar zwischen Außerirdischen und Menschen. Gingers Freundschaft mit dem alten schwarzen Bühnenmagier und Hypnotiseur, Pablo Jackson, ist eine der offensichtlicheren Aussagen des Buches über die Macht des guten Willens und der Freundlichkeit, alle Differenzen zwischen den Menschen zu überwinden. Der Originaltitel – *Strangers, Fremde* – paßt in so vielerlei Hinsicht, auf so vielen verschiedenen Ebenen so gut zu der Geschichte, daß man allein über diesen Aspekt des Romans eine Reihe akademischer Erörterungen schreiben könnte. Das Talent des Autors für hervorstechende Details, für Metaphern, für Beschreibungen der natürlichen Welt, das in späteren Büchern immer offensichtlicher wird, ist hier bereits voll ausgeprägt, was zu einem Roman führt, der trotz seines Umfangs und seiner Dichte fast filmisch visuell ist.

Es muß sehr befriedigend für Koontz gewesen sein, als sein Idol, der Schriftsteller John D. MacDonald, das Buch ohne Vorbehalte lobte: »Ich habe *Schwarzer Mond* von der ersten bis zur letzten Seite genossen. Man kann diesen Roman nicht nur unheimlich nennen. Es ist ein zeitgenössisches Buch über soziales Verhalten und Moral und Politik und Freiheit. *Schwarzer Mond* ist ein *bedeutendes* Buch.« Andere Rezensenten waren gleichermaßen beeindruckt, zum Beispiel der des *Library Journal:* »Ein fast unerträglich spannender Page-Turner. [Koontz'] Fähigkeit, das Geheimnis über mehrere Handlungswendungen zu bewahren, ist beeindruckend, wie auch seine Bandbreite an glaubhaften und mitfühlenden Charakteren. Mit seiner meisterhaften Mischung von Elementen des Spionage- und Horrorromans und sogar der Science-fiction könnte *Schwarzer Mond der* Spannungsroman des Jahres sein.« Die *New York Times* meint: »Die Handlung weist einige einfallsreiche Wendungen auf ... ein fesselndes, oft gruseliges Buch, das man kaum aus der Hand legen kann.« Und die *Wichita Falls Times:* »Koontz ist ein meisterhafter Erzähler. Er hat absolut erstaunliche Kenntnis über die Themen, über die er schreibt, ob es nun Religion, militärische Waffen, Medizin oder das Verständnis der menschlichen Natur ist. *Schwarzer Mond* ist absolut faszinierend.«

DIE SPUREN, siehe: **UNTER BESCHATTUNG**

DES TEUFELS SAAT (DEMON SEED, 1973), Bergisch Gladbach 1977, Bastei-Lübbe 21095

Erster Satz: »Kurz nach Mitternacht, an einem Dienstag Anfang Juni, gellte die Alarmanlage des Hauses.«

Kommentar: Das war der letzte eigentliche Science-Fiction-Roman, den der Autor veröffentlicht hat, und ironischerweise auch sein weitaus erfolgreichster. MGM produzierte unter demselben Titel eine Verfilmung mit Julie Christie und Fritz Weaver in den Hauptrollen. Der Film bekam seinerzeit gute Kritiken und gilt heute als kleiner Klassiker des Genres.

In *Des Teufels Saat* erkennt man deutlich die sich steigernde Fähigkeit des Autors, Spannung aufzubauen und in die Länge zu ziehen. Das Buch ist düster, schaurig und seltsam und genauso ein Spannungs- wie ein Science-fiction-Roman. Sein ursprünglicher Titel, der auf Drängen des Verlags geändert wurde, lautete *House of Night (Haus der Nacht)*. Die zentrale Prämisse des Romans ist originell und bemerkenswert: Ein intelligenter Computer, der ein Selbstbewußtsein erlangt hat, ist unzufrieden mit den Beschränkungen seiner eingeengten, körperlosen Existenz und sehnt sich danach, einen Körper zu haben und eine sinnlichere Existenz kennenzulernen. Koontz hat diesen Roman überarbeitet; in den USA wird er 1997 oder 1998 in einer Neuausgabe erscheinen.

TODESDÄMMERUNG (TWILIGHT/THE SERVANTS OF TWILIGHT, 1984, in den USA ursprünglich unter dem Pseudonym ›Leigh Nichols‹), München 1991, Heyne 8041

Erster Satz: »Es begann im Sonnenschein, nicht in einer finsteren, stürmischen Nacht.«

Kommentar: Das ist der vierte von fünf Romanen, die ursprünglich unter dem Pseudonym ›Leigh Nichols‹ erschienen. Er wurde später unter dem richtigen Namen des Autors und dessen bevorzugtem Titel, *The Servants of Twilight*, neu herausgegeben. Es handelt sich um eins der besten Nichols-Bücher. Der Autor wollte mit diesem Buch herausfinden, ob eine reine Verfolgungsjagd genug Stoff bieten würde, um einen Roman von beträchtlicher Länge zu tragen. Die meisten Leser werden zustimmen, daß es Koontz durchaus gelungen ist. Das rasante Tempo und die fesselnde Spannung lassen niemals nach.

Doch der Roman funktioniert auch auf komplizierteren Ebenen als der der reinen Verfolgungsjagd, und seine zentrale

Aussage – daß es ein Fehler ist, eine Botschaft nach ihrem Überbringer zu beurteilen – wird auf schrullige Weise ausgelotet und zu einem atemberaubenden Höhepunkt geführt. Wenn Sie den Roman noch nicht kennen, lesen Sie jetzt auf keinen Fall weiter. Wenn doch, wissen Sie natürlich, daß die verrückte Alte, Grace Spivey, nicht nur verrückt ist, sondern auch *recht* hat, und daß der niedliche kleine Joey in der Tat das Ungeheuer ist, für das sie ihn hält. Diese Enthüllung am Ende des Romans – die dem Leser viel deutlicher gemacht wird als den Hauptpersonen – kommt wie ein körperlicher Tiefschlag und ist ein echter Schock. Doch wenn der Leser über die Geschichte nachdenkt, stellt er fest, daß die Überraschung sehr gut vorbereitet wurde und die Hinweise darauf von Anfang an vorhanden waren.

Das ursprüngliche Titelbild der amerikanischen Ausgabe ist eine der falschesten Darstellungen, die je einen Roman geziert haben. Die Vorderseite zeigt vor einem windgepeitschten Hintergrund ein stattliches Paar in einer romantischen Umarmung. Jeder mögliche Käufer, der einen flüchtigen Blick darauf wirft, würde das Buch für einen Liebesroman halten. Auf der *hinteren* Umschlagseite sieht man ein Kind mit einem verfallenden Schädel als Gesicht, das ein Kreuz umklammert, das gerade von einem Blitz getroffen wurde. Während die Vorderseite einen Liebesroman verkauft, verkauft die Rückseite einen primitiven Horrorroman – und *Todesdämmerung* ist weder das eine noch das andere.

Der Roman wurde unter dem Titel *The Servants of Twilight* vom Verlag Dark Harvest in einer illustrierten gebundenen Ausgabe und zwei limitierten Ausgaben herausgebracht – eine mit Buchstaben versehene Ausgabe mit zweiundfünfzig Exemplaren (A–ZZ) und eine numerierte Version mit vierhundertfünfzig Exemplaren.

Weitere deutsche Ausgaben: München 1994, Heyne 23/101; München 1995, Heyne 9489

TÜR INS DUNKEL (THE DOOR TO DECEMBER, 1985, in den USA ursprünglich unter dem Pseudonym ›Richard Paige‹), München 1987, Heyne 7992

Erster Satz: »Laura kleidete sich hastig an und öffnete die Haustür gerade in dem Moment, als ein Streifenwagen der Polizei von Los Angeles an der Bordsteinkante vor ihrem Haus hielt.«

Kommentar: Wahrscheinlich wollte der Autor diesen Roman unter ›Leigh Nichols‹ veröffentlichen, doch dann zog er dieses Pseudonym vom amerikanischen Verlag Pocket Books zurück. *Tür ins Dunkel* rangiert von der Qualität her im oberen Drittel der Werke des Autors. Seine Erkundung des korrumpierenden Einflusses von Macht und des Drangs zum Totalitarismus zählt zum Dunkelsten, was der Autor je geschrieben hat, wird jedoch geschickt kontrastiert durch den Charakter Dan Haldane, dessen Dialoge häufig genauso witzig wie scharf sind. Mittlerweile ist eine überarbeitete Fassung des Buches unter dem richtigen Namen des Verfassers erschienen. In England wurde das Buch tatsächlich unter dem Pseudonym Leigh Nichols veröffentlicht.

Weitere deutsche Ausgaben: München 1993, Heyne 23/85; München 1994, Heyne 9044

UNHEIL ÜBER DER STADT (PHANTOMS, 1983), München 1986, Heyne 6667

Erster Satz: »Der Schrei war weit entfernt und kurz.«

Kommentar: Es handelt sich um ein Schlüsselwerk des Autors und das seiner Bücher, das einem echten Horrorroman am nächsten kommt. *Unheil über der Stadt* hat bewirkt, daß viele Leser Koontz für reinen Horrorautoren halten, und es ihm erschwert, ein breiteres Publikum zu erreichen, bis er sich schließlich mit *Brandzeichen* und *Schutzengel* durchsetzte. Das Buch ist in einem scharfen und knappen Stil gehalten, der aber trotzdem aufrüttelnd und mitunter gefühlvoll ist. *Unheil über der Stadt* hat zwar über vierhundert Seiten, aber das rasante Tempo eines dünnen Romans über eine Verfolgungsjagd. Mit diesem Buch deutet der Autor schon seine extravagante Phantasie an, die später in Büchern wie *Schutzengel*, *Mitternacht, Ort des Grauens* und *Drachentränen* zum Vorschein treten wird. In *Unheil über der Stadt* hat das, was zuerst eine Geschichte über etwas Übernatürliches und später vielleicht etwas Außerirdisches zu sein scheint – wie zuvor in *Flüstern in der Nacht* –, am Ende eine bizarre, aber logische Erklärung, und auch das wird später zu einem Charaktermerkmal der meisten nachfolgenden Bücher des Autors.

In den Jahren seit seinem Erscheinen ist *Unheil über der Stadt* zu einem modernen Klassiker des Horrorgenres geworden, doch auch damals wurde der Roman schon gut aufgenommen. Aus *Publishers Weekly:* »Eine erstklassige Horrorgeschichte, unheimlich und plausibel. Die Charaktere muten bei ihrem verzweifelten Kampf gegen ihren boshaften Gegner real an.« Aus *Bestsellers:* »Ein erstklassiger Thriller. Die fesselnde Erzählkraft wird Sie mitreißen und aufsaugen, während Sie lesen und dabei glauben, an den Fingernägeln nagen zu müssen. Es ist wirklich überraschend, bei einem zeitgenössischen Autor eine so starke Beherrschung der Metaphorik zu entdecken.« Der *Copley News Service:* »Ein wunderbar geschriebener Roman der Spannung und des Schreckens.« Und *Analog* stellte fest, daß Koontz »den Leser sofort auf die Stuhlkante der Schlaflosigkeit bringt und ihn dort hält. Der Glanz von Technik und Wissenschaft leuchtet über einer Geschichte, die sich so leicht im Mystizismus hätte verlieren können.«

Weitere deutsche Ausgaben: München 1990, Heyne 7992; München 1991, Heyne 5058 (Sammelband); München 1992, Heyne 23/85 (Sammelband); München 1994; Heyne 23/101 (Sammelband)

UNTER BESCHATTUNG (SHATTERED, 1973, in den USA und bei der deutschen Erstausgabe ursprünglich unter dem Pseudonym ›K. R. Dwyer‹), München 1988, Knaur 1775

Erster Satz: »Gerade vier Blocks von dem möblierten Apartment in Philadelphia entfernt und noch mehr als dreitausend

Meilen zu fahren, bevor sie bei Courtney in San Francisco sein würden, begann Colin eins seiner Spiele.«

Kommentar: Das ist der zweite von drei Romanen, die ursprünglich unter dem Pseudonym ›K. R. Dwyer‹ erschienen. Es handelt sich um eine gradlinige Verfolgungsjagd über den gesamten Kontinent, die die paranoide Zeit, in der sie spielt, wieder aufleben läßt. *Unter Beschattung* ist einer der besten Romane aus dieser Epoche der Karriere des Autors, hauptsächlich wegen der psychologischen Erkundung der Hauptperson Alex Doyle und der ernüchternd realistischen Beschreibung der Notwendigkeit, bei seinen Prinzipien Kompromisse einzugehen, um in einer oft grausamen Welt überleben zu können. In diesem Buch (und anderen aus dieser Zeit) erwarb der Autor gewisse Fertigkeiten im Umgang mit realistischen Beschreibungen, die ihm gute Dienste leisteten, als er sich Jahre später Büchern mit phantastischen Elementen widmete. Doch auch bei diesem Roman schien er schon zu wissen, wie man auch die weitesthergeholte Handlung mit überzeugend realistischen Charakteren und Schauplätzen verankerte. *Unter Beschattung* ist heute unter dem richtigen Namen des Autors erhältlich.

Aus *Publishers Weekly:* »Eine angsteinflößende Geschichte, die in einem gekonnt knappen Stil erzählt wird und einige bedeutende Themen anspricht ... *Unter Beschattung* ist stringent und zufriedenstellend erzählt und stromlinienförmig wie eine Kugel.« Der *San Francisco Examiner & Chronicle* schreibt: »*Unter Beschattung* steigert sich zu einem Donnerschlag von Höhepunkt, der sowohl erfüllende als auch tragische Elemente aufweist. Ein wirklich spannender Roman.« Aus dem *Long Beach Press-Telegram:* »Der Autor ist ein außergewöhnlich begnadeter Stilist ... *Unter Beschattung* ist das Werk eines ausgezeichneten Handwerkers, eines sehr talentierten Erzählers.«

Weitere deutsche Ausgaben: K. R. Dwyer, *Das grausame Spiel* (dt. Erstausgabe), Rastatt 1976, Pabel (Neue Revue Krimi 33); *Die Spuren*, München 1995, Heyne 9353

DAS VERSTECK (HIDEWAY, 1992), Hamburg 1993, Hoffmann & Campe

Erster Satz: »Eine ganze Welt summte geschäftig jenseits der dunklen Gebirgswälle, doch Lindsey Harrison kam es so vor, als wäre die Nacht öde und leer, ebenso leer wie die Kammern eines kalten, toten Herzens.«

Kommentar: Das ist ein Schlüsselroman im Œuvre des Autors – was übrigens für die meisten seiner letzten Bücher gilt. Während das Buch sich ein wenig von den gesellschaftlichen Kommentaren zurückzuziehen scheint, die ein so integraler Bestandteil von *Die Kälte des Feuers* waren, ist es mit der neuen Richtung in seinem Werk jedoch stärker verbunden, als man auf den ersten Blick meinen könnte. Der Roman hat das Böse zum Inhalt, ob es nun lediglich durch die Erziehung entsteht oder die Natur durch die genetische Vererbung eine Hand im Spiel hat. Eine weitere Frage – ist das Böse striktes Menschenwerk oder eine tatsächliche Macht in der Welt, eine Präsenz, die vielleicht sogar übernatürlichen Ursprungs sein könnte? Oder eine Kombination all dessen? *Das Versteck* versucht, die unterschiedlichen Arten des Bösen zu definieren, herauszufinden, was unvermeidlich und was die Folge des kulturellen Einflusses sein könnte. Das Buch tritt sozusagen Wasser; der Autor erkundet darin seine eigenen Gedanken und Gefühle, um dann von der zögernden Betroffenheit in *Die Kälte des Feuers* zu der dringlichen Betroffenheit von *Drachentränen* zu springen.

Kirkus Reviews schreibt: »Überaus aufregend. Eine große melodramatische Moralität, die die Koontz-Fans zum Jubeln bringen wird.« Die *Michigan State News:* »Koontz hat eine unglaubliche Begabung für die Kunst der Sprache … und meisterhafte Bilder und Beschreibungen. Seine Charaktere sind zeitlos und wunderschön entworfen. Er beweist, daß man auf der Bestsellerliste stehen kann und nicht tot sein oder Hemingway heißen muß, um die Tiefe und das Gefühl eines Klassikers zu haben.« Der *Lexington Herald Leader:* »Nicht nur ein Thriller, sondern eine Meditation über die Natur des Bösen.«

Der Verlag Putnam veröffentlichte eine signierte, numerierte und illustrierte limitierte Ausgabe von achthundert Exemplaren. *Das Versteck* erreichte in der Bestsellerliste der *New York Times* den ersten Platz.

Weitere deutsche Ausgaben. München 1995, Heyne 9422

VISION (THE VISION, 1977), München 1993, Heyne 8736

Erster Satz: »Handschuhe aus Blut.«

Kommentar: Dieser Roman erschien nach *In der Kälte der Nacht*, in dem Koontz zum erstenmal versuchte, verschiedene Genres zu überbrücken, und *Flüstern in der Nacht*, seinem ersten großen Erfolg. Koontz hat zu diesem Buch geschrieben: »Der Roman ist sehr dialoglastig. Der Stil läßt sich zwar als der meine erkennen, ist jedoch knapper und abgehackter als in den meisten meiner Bücher. Als ich mich nach einer Idee umgesehen habe, fiel mir auf, daß die meisten Horrorromane in einem verhältnismäßig dichten Stil geschrieben sind, und ich kam auf die Idee, daß es vielleicht Spaß machen könnte, herauszufinden, ob man auch einen in einer fast minimalistischen Prosa schreiben konnte, bei der es auf jedes Wort und Bild ankommt, praktisch, als hätte Dashiell Hammett versucht, einen Horrorroman zu schreiben.« Letztlich stellte sich heraus, daß *Vision* nicht unbedingt ein *Horrorroman* ist, wenngleich er teilweise wirklich entsetzliche Bilder enthält.

Der *Durham Herald* schrieb: »Spannung, die in ihrer Intensität fast unangenehm ist. Die Charaktere sind so lebensecht, daß sie das Buch vom Thriller auf die exklusive Atmosphäre des Mainstream-Romans erhöhen.« Und die *Florida Times-Union*: »Die Spannung läßt nie nach und baut sich Seite um Seite zu einem Finale auf, bei dem man an den Fingernägeln kauen möchte und sich einem die Haare sträuben.«

Weitere deutsche Ausgaben: Die deutsche Erstausgabe erschien in gekürzter Form 1984 in der Reihe ›Die unheimlichen Bücher‹ unter dem Titel *Die Hellseherin*. Erst ab der oben aufgeführten Ausgabe unter neuem Titel ist der ungekürzte Text enthalten.

Weitere deutsche Ausgaben: Die Hellseherin, München 1984, Heyne 11/19; München 1990, Heyne 50/48 (Sammelband); München 1992, Heyne 23/76 (Sammelband)

WENN DIE DUNKELHEIT KOMMT (DARKFALL, 1984), München 1987, Heyne 6833

Erster Satz: »Penny Dawson schreckte auf und hörte, wie sich etwas durch das dunkle Schlafzimmer bewegte.«

Kommentar: Dieses Buch sollte ursprünglich unter dem Titel *The Pit* als dritter Roman von ›Owen West‹ veröffentlicht werden und ist die bis dahin direkteste Horror-Story des Autors. Aber es ist gleichzeitig ein Polizeiroman und in gewisser Hinsicht auch ein Liebesroman; der genreüberschreitende Aspekt, der Koontz so beliebt gemacht hat, ist also auch in diesem Werk vorhanden, das unter Pseudonym erscheinen sollte. Die Geschicklichkeit, mit der der Autor überzeugende Bilder entwirft, verleiht *Wenn die Dunkelheit kommt* einen besonderen Reiz und ermöglicht einige sehr komische Dialoge. Wegen Koontz' zunehmenden Erfolgs, der sich zwischen der Veröffentlichung der ersten beiden West-Romane – *The Funhouse* und *Die Maske* – und *Wenn die Dunkelheit kommt* einstellte, trafen er und sein Verleger gemeinsam die Entscheidung, das Pseudonym Owen West aufzugeben. In England wurde der Roman unter dem Titel *Darkness Comes* veröffentlicht, den der Autor bevorzugt.

Weitere deutsche Ausgaben: München 1992, Heyne 23/71 (Sammelband); München 1992, Heyne 8519 (Sammelband)

WINTERMOND (WINTER MOON, 1994) Bergisch Gladbach 1994, Bastei-Lübbe 13601

Erster Satz: »Der Tod fuhr einen smaragdgrünen Lexus.«

Kommentar: Dieser Roman sollte ursprünglich eine Überarbeitung von *Invasion* werden, einem Buch, das Koontz unter dem Pseudonym Aaron Wolfe veröffentlicht hatte. Doch es unterscheidet sich so stark von dem Roman, der als Inspiration gedient hat, daß ein eigener Eintrag nicht nur gerechtfertigt, sondern unbedingt nötig ist. Obwohl *Wintermond* nicht ganz so komplex wie Koontz' Romane des vergangenen Jahrzehnts ist, brodelt in ihm dieselbe Betroffenheit, die man in seinen besten Werken findet, und die Hauptpersonen, Jack und Heather McGarvey, sind sehr gut herausgearbeitet und unterscheiden sich in vielerlei Hinsicht von anderen Charakteren des Autors. Zum Beispiel müßte man beobachten, ob einige der beruflichen Sorgen der Personen in diesem Buch als ein weiteres Bestandteil seiner einzigartigen Mischung auch in zukünftige Romane übertragen werden. Obwohl das Buch im Kern auf einer Science-fiction-Prämisse beruht (das einzige bedeutende Element, das aus *Invasion* übernommen wurde), ist die Beschreibung des Alltags im zeitgenössischen Los Angeles entsetzlich und durchweg überzeugend. Da Koontz mit diesem Roman Risiken eingeht, nimmt es eine wichtige Stelle in seiner Entwicklung als Schriftsteller ein, und es gehört auf jeden Fall ins obere Drittel seines Werks. Siehe *Invasion*.

DIE ZWEITE HAUT (MR. MURDER, 1993), München 1994, Heyne

Erster Satz: »Ich muß ...«

Kommentar: Dieser Roman zählt zu den besten des Autors und ist eins seiner Schlüsselwerke. Die kulturellen und gesellschaftlichen Beobachtungen, die seit *Die Kälte des Feuers* einen bedeutenden Teil seiner Bücher darstellen, sind in *Die zweite Haut* ein integraler Bestandteil und werden mit größerer Tiefe und Differenziertheit gehandhabt. Die Struktur der familiären Beziehung im Zentrum des Romans ist gehaltvoll und überzeugend. Das Mißtrauen des Autors gegen utopische Visionen und politische Lösungen verbindet sich mit der Erkenntnis, daß es immer zu viele Leute gibt, die bereit sind, im Namen einer edlen Sache die Gerechtigkeit zu verdrehen und die Wahrheit zu foltern, und führt zu einer düsteren Einschätzung, was die Chancen demokratischer Gesellschaften betrifft, auf lange Sicht zu bestehen. Doch Koontz gelingt es aufgrund seines unerschütterlichen Glaubens an die Würde und Ehrlichkeit des Durchschnittsmenschen in Zweierbeziehungen und Familienstrukturen, ein im Prinzip *hoffnungsvolles* Buch zu schreiben. Stellenweise handelt es sich um eins der humorvollsten Bücher, die er je geschrieben hat – besonders in den Szenen mit den beiden jungen Mädchen, Charlotte und Emily, und den beiden bürokratischen Schurken, Oslett und Clocker –, doch *Die zweite Haut* weist trotzdem ein schnelles Tempo und eine fast unerträgliche Spannung auf. Auch in diesem Roman ist ein Fantasy-Element vorhanden, wenngleich auch ein gedämpfteres als in Büchern wie *Drachentränen, Das Versteck, Ort des Grauens* oder *Mitternacht*. In dieser Hinsicht ähnelt der Roman einem anderen, der zu den besten des Autors gehört, nämlich *Brandzeichen*, und könnte auf eine neue Richtung in Koontz' Werk hinweisen.

Aus der Rezension in *Publishers Weekly:* » …knappe Prosa und prachtvolle Charakterisierungen … Indem Koontz mit allen Gefühlen spielt und die Handlung rasant vorantreibt, steigert er meisterhaft die Spannung. Er schließt das Buch mit dem einfallsreichsten überraschenden Ende seiner Laufbahn ab.«

Der Verlag Putnam hat eine limitierte und signierte Erstausgabe von siebenhundertfünfzig Exemplaren zu einem Preis von hundertfünfzig Dollar pro Exemplar herausgegeben.

Weitere deutsche Ausgaben: München 1995, Heyne 9680

ZWIELICHT (TWILIGHT EYES, 1985; erweiterte Ausgabe: 1987), München 1991, Heyne 41/29

Erster Satz: »Es war das Jahr, in dem unser Präsident in Dallas ermordet wurde.«

Kommentar: Die umfassenden Kenntnisse des Autors über das Jahrmarktleben und die Jahrmarktkultur, die er in *The Funhouse* schon in kleinerem Ausmaß unter Beweis gestellt hat, kommen in diesem Roman voll zum Tragen. Dieses Milieu wurde oft als Hintergrund von Horror- und Science-fiction-Romanen benutzt, aber normalerweise kann man in diesen Büchern lesen, wie sich ein Außenstehender einen Jahrmarkt vorstellt. *Zwielicht* hingegen zeigte die *echte* Innenwelt des Jahrmarkts und die Psychologie der Schausteller vielleicht besser als jeder andere amerikanische Roman, ganz gleich, in welchem Genre er auch angesiedelt sein mag. Er enthüllt uns eine Kultur mit Traditionen, Sitten und Einstellungen, die farbiger sind als die hellen Lichter und der Trubel auf jedem Rummelplatz. Die üppig ausgeschmückte Prosa verleiht Slim MacKenzie (dem Erzähler) eine unverwechselbare Stimme und paßt auch ideal zu einer Geschichte über einen Jahrmarkt; die Pracht der Sprache und das Thema passen hervorragend zusammen.

Vom Thema her erkundet der Roman das Bewußtsein des Menschen, irgendwie in seiner eigenen Welt ein Ausgestoßener zu sein, hauptsächlich, weil er zu Bösem fähig ist. Die der Gestaltwandlung fähigen Trolle könnte man als Symbol der dunklen Seite der Menschlichkeit sehen; und die vorangegangene Zivilisation, auf die am Ende des Romans angespielt wird und die vor Urzeiten bei einem Atomkrieg vernichtet worden sein soll, könnte man als Symbol für den Garten Eden, das verlorene Paradies, sehen. Der Jahrmarkt der Gebrüder Sombra bildet in vielerlei Hinsicht eine Rückzugsmöglichkeit für all jene, die der Welt überdrüssig geworden sind und das Leben einer geschlossenen Gesellschaft mit festen Regeln suchen – fast wie ein reisendes Kloster.

Zwielicht erschien ursprünglich in einer Fassung von etwa vierhundert Manuskriptseiten beim Verlag The Land of Enchantment in einer reich illustrierten Ausgabe (Bleistiftzeichnungen und Vierfarbbilder). Diese gebundene Ausgabe und beide limitierte und signierte Ausgaben – einmal sechsundzwanzig Exemplare (A–Z) und einmal zweihundertfünfzig numerierte Exemplare – sind heute sehr gesuchte Sammlerstücke. Doch die Geschichte ließ den Autor nicht mehr los, und bevor dann die Taschenbuchausgabe veröffentlicht wurde, schrieb er eine Fortsetzung von weiteren etwa zweihundertfünfzig Manuskriptseiten. Der Roman endete ursprünglich mit der letzten Zeile des ersten Teils: »Doch das ist eine neue Geschichte.« (Deutsche Ausgabe: Seite 301.) Der Autor fügte dann den zweiten Teil hinzu. Die deutsche Ausgabe enthält also den vollständigen Text.

Weitere deutsche Ausgaben: München 1994, Heyne 8853

B. In Deutschland (noch) nicht erschienene Titel

ANTI-MAN, New York, Paperback Library 1970
Erster Satz: »Wir hatten wirklich nicht darauf hoffen können, aber wir schienen sie abgeschüttelt zu haben.«
Kommentar: Dieser Roman ist eine Erweiterung von ›The Mystery of His Flesh‹, einer Novelle, die erstmals in *The Magazine of Fantasy and Science Fiction* erschien. Es handelt sich um einen frühen Roman von Koontz, den er mit dreiundzwanzig Jahren geschrieben hat, und er mutet im Vergleich zu seinen späteren Werken unreif an. In seiner ursprünglichen Form wird er nicht mehr erscheinen. Falls je eine andere Version des Romans erscheinen sollte, wird es sich um eine überarbeitete Fassung handeln, die in einer umfangreichen Kurzgeschichtensammlung enthalten sein wird.

BEASTCHILD, New York, Lancer 1970
Erster Satz: »In seinem Raum mit den Onyxwänden im Besatzungsturm hatte Hulann – ein Naoli – seinen Übergeist von seinem organischen Steuerhirn getrennt.«
Kommentar: Das ist einer der besten Science-fiction-Romane des Autors, den er mit dreiundzwanzig oder vierundzwanzig Jahren geschrieben hat. Er spielt nach der Invasion von Außerirdischen, die lediglich eine Handvoll Menschen überlebt haben. Ein Außerirdischer, Hulann, begegnet einem jungen Menschen, Leo, und eine Freundschaft bahnt sich an. Diese Freundschaft verstößt gegen die Gesetze der Außerirdischen, und die beiden müssen fliehen,

verfolgt von tödlichen, genetisch erzeugten Jägern. Wie die meisten Werke aus dieser Zeit mutet auch dieser Roman im Vergleich zu jenen, die den Autor berühmt gemacht haben, unreif an. Trotzdem wurde er in der Kategorie Kurzroman für den Hugo Award nominiert, einen von Fans vergebenen Science-fiction-Preis.

Beastchild erschien 1992 in einer hervorragend ausgestatteten und illustrierten Neuausgabe bei Charnel House; es gab zwei verschiedene limitierte Ausgaben (sechsundzwanzig signierte und mit *A–Z* gekennzeichnete und siebenhundertfünfzig signierte, numerierte Exemplare). Die Ausgabe bei Charnel House enthält als einzige den ursprünglichen Text des Autors; sowohl die Magazin- als auch die erste Taschenbuchausgabe wurden ohne Koontz' Erlaubnis bearbeitet.

Der Autor wird den Roman gründlich überarbeiten und den Schauplatz verlegen: In der alten Fassung spielt er etwa fünfzig Jahre in der Zukunft, in der neuen wird er in der Gegenwart spielen. Er wird ihn von einem Science-fiction-Roman in eins seiner Bücher umwandeln, die die Genregrenzen überschreiten, und die Neuausgabe wird 1997 oder 1998 im Taschenbuch erscheinen.

THE CRIMSON WITCH, New York, Curtis Books 1971
Erster Satz: »Sie kam trudelnd und verdammt wütend aus einem Gewittersturm.«
Kommentar: Es handelt sich um einen kurzen Science-Fantasy-Roman, den der Autor in seiner Jugend in einem Zeitraum von zwei Wochen geschrieben hat. Er zählt ihn zu seinen schlechtesten Werken und wird ihn nicht mehr neu auflegen lassen.

DANCE WITH THE DEVIL (unter dem Pseudonym ›Deanna Dwyer‹), New York, Lancer 1973
Erster Satz: »Katherine Sellers war sicher, daß der Wagen jeden Augenblick über die glatte, vereiste Fahrbahn rutschen und sie die Kontrolle darüber verlieren würde.«

Kommentar: Es handelt sich um einen weiteren der bereits erwähnten fünf Romantic Thriller. Siehe *Der Fluch des zweiten Gesichts*.

THE DARK OF SUMMER (unter dem Pseudonym ›Deanna Dwyer‹), New York, Lancer 1972

Erster Satz: »Gwyn erwartete in der Tagespost nichts Ungewöhnliches, und ganz bestimmt keinen Brief, der den Verlauf ihres gesamten Lebens verändern würde.«

Kommentar: Ein weiterer der bereits erwähnten fünf Romantic Thriller. Siehe *Der Fluch des zweiten Gesichts*.

DARK OF THE WOODS, New York, Ace Books 1970

Erster Satz: »Es kam schon zum ersten Ärger, als sie auf dem Hafenfeld von Demo das Raumschiff verließen; doch das war nur ein Vorbote noch schlimmerer Zeiten.«

Kommentar: Die Hälfte eines Ace Double (sozusagen eines ›Wendebuchs‹: zwei Rücken an Rücken gebundene Taschenbücher in einem Band mit zwei Titelbildern); die andere Hälfte besteht aus *Soft Come the Dragons*, einer Kurzgeschichtensammlung des Autors. Es handelt sich um einen der frühesten von Koontz' Romanen, den der Autor mit gerade dreiundzwanzig Jahren geschrieben hat, ein Abenteuerroman, der auf einem anderen Planeten spielt. Ein Erdenmensch verliebt sich in eine Frau mit Schwingen, und ihre verbotene Beziehung zwischen den Spezies läßt sie zum Ziel von Scharfrichtern der Regierung des Planeten werden. Teile des Romans sind gefühlvoll, aber er bleibt ein unreifes Werk, das wahrscheinlich nie mehr veröffentlicht wird, sollte der Autor sich nicht entschließen, es zu überarbeiten und in eine Kurzgeschichtensammlung aufzunehmen.

THE DARK SYMPHONY, New York, Lancer 1970

Erster Satz: »Loper hing hundertfünfzig Meter über der Straße, die zwölf Finger wie Würmer in der Totenstarre um den spiegelglatten, merkmallosen Vorsprung gekrallt.«

Kommentar: Ein früher Science-fiction-Roman, den der Autor im Alter von dreiundzwanzig Jahren schrieb. Es handelt sich um eine Abenteuergeschichte, die in einer unglaubwürdig fernen Zukunft spielt und die Rebellion einer unterdrückten Unterklasse schildert. Der Autor wird wohl keine weitere Ausgabe dieses Buches gestatten.

A DARKNESS IN MY SOUL, New York, DAW Books 1972

Erster Satz: »Ich fragte mich lange, ob Libelle noch im Himmel war und ob die Seuchenkugel noch in der Luftlosigkeit trieb, die blinden Augen wachsam.«

Kommentar: Dieser Science-fiction-Roman basiert auf einer früheren gleichnamigen Novelle. *A Darkness in my Soul* beeindruckt mit typographischen Spielereien und kunstvollen Bildern und läßt sich, was die Qualität betrifft, in der Mitte von Koontz' Frühwerken ansiedeln. Die Novelle ist besser als der Roman, und der Autor wird entweder sie oder den Roman eines Tages überarbeiten und in eine Kurzgeschichtensammlung aufnehmen.

DRAGONFLY (ursprünglich unter dem Pseudonym ›K. R. Dwyer‹), New York, Random House 1975

Erster Satz: »Als Roger Berlinson um kurz nach drei am Mittwoch morgen erwachte, glaubte er, fremde Stimmen im Haus zu hören.«

Kommentar: Das ist der dritte von insgesamt drei Romanen, die unter dem Pseudonym ›K. R. Dwyer‹ veröffentlicht wurden. Er spielt zur Zeit des Kalten Kriegs und hat eine internationale Intrige zum Inhalt. In diesem Rahmen wurde das Buch von der *Hartford Times* gut aufgenommen: »Im knappen Stil von *The Manchurian Candidate* und *Seven Days in May* … ein funkelnder Roman voller Spannung, Schmerz und Geheimnisse. Die Charaktere sind so hervorragend gezeichnet, daß sie auf dem Papier Gestalt annehmen.« Der Autor wird diesen Roman irgendwann für eine Neuausgabe als Taschenbuch überarbeiten.

THE FALL OF THE DREAM MACHINE, New York, Ace Books 1969

Erster Satz: »Die Welt dreht sich auf einer Achse, die um zwei Grad anders ist wie noch vor einem Augenblick ...«

Kommentar: Das ist ein *sehr früher* Science-fiction-Roman, den der Autor im Alter von zweiundzwanzig Jahren geschrieben hat und der wie auch andere frühe Werke darunter leidet, daß der Autor seine Fähigkeiten noch nicht voll ausgebildet und seine Stimme noch nicht gefunden hat. Koontz lehnt jedoch die Verantwortung für das ›anders wie‹ im ersten Satz ab; zu dieser Zeit bekam er die korrigierten Fahnen seiner Bücher noch nicht zu sehen. Dieser Roman wird wohl kaum überarbeitet werden und dürfte wohl kaum in einer Neuausgabe erscheinen.

FEAR THAT MAN, New York, Ace Books 1969

Erster Satz: »Als er aus einem merkmallosen Traum in Silber erwachte, nahm er auf drei Seiten lediglich endlose Schwärze wahr, eine so tiefe Dunkelheit, daß sie fast einen Atemzug ausgehustet und sich bewegt hätte.«

Kommentar: Koontz hat diesen Roman mit zweiundzwanzig Jahren geschrieben. Es handelte sich um den schwachen Versuch, zwei bereits veröffentlichte Novellen – ›Where the Beast Runs‹ und ›In the Shield‹ – zu verbinden und mit zusätzlichem Material einen Roman daraus zu gestalten. Der Autor wird keine Veröffentlichung dieses Buchs mehr gestatten.

THE FUNHOUSE (ursprünglich unter dem Pseudonym ›Owen West‹), New York, Jove Books 1980

Erster Satz: »Ellen Straker saß in dem Airstream-Wohnwagen am Küchentisch, lauschte dem Nachtwind und versuchte, das seltsame Kratzen nicht zu hören, das aus der Korbwiege des Babys kam.«

Kommentar: Das ist der einzige Roman nach einem Film, den der Autor je geschrieben hat – und er unterscheidet sich radikal von dem Film, auf dem er beruht. Der Autor hat das Buch mittlerweile geringfügig überarbeitet und unter seinem richtigen Namen erneut als Taschenbuch veröffentlicht. Eine deutsche Ausgabe ist bei Bastei-Lübbe in Vorbereitung.

HANGING ON, New York, M. Evans 1973

Erster Satz: »Major Kelly war in der Latrine und setzte sich gerade; die Hose hing ihm um die Knöchel, als die Stukas in den Sturzflug gingen und angriffen.«

Kommentar: Wie bereits der erste Satz aufzeigt, handelt es sich um einen komischen Roman, der im Zweiten Weltkrieg spielt. Der Autor schrieb *Hanging On* hauptsächlich, weil er sich schon immer für Schwarze Komödien interessierte, aber auch, weil er etwas völlig anderes schreiben wollte, um ein für alle Mal zu beweisen, daß er nicht nur Science-fiction schreiben konnte. Es gelang ihm zwar nicht ganz, die Leser seine kurze, aber fruchtbare Karriere in der Science-fiction vergessen zu machen, doch er bekam für diesen Richtungswechsel beträchtliche Aufmerksamkeit.

Die Kritiker haben den Roman einmütig urkomisch gefunden. Die *Publishers Weekly* schreibt: »Der lebhafte Sinn des Autors für schwarzen Humor (der teilweise rein parodistisch ist) und seine turbulente Phantasie hauchen den abgedroschenen Army-Charakteren, die man so gut kennt, Leben ein und bewirken bei den wenigen, die man noch nicht kennengelernt hat, wahre Wunder. Der Roman ist spannend und enthält (was noch wichtiger ist) einige der urkomischsten Szenen, die ich seit langem gelesen habe. Sogar der Sex ist überaus witzig!« Und der Kritiker Mark Drogin in seiner in zahlreichen Zeitungen erscheinenden Kolumne: »Das witzigste Buch dieses Jahres. Und des letzten Jahres. Dean Koontz hat einige Charaktere geschaffen, die länger leben werden als Koontz oder Sie oder ich. Als ich um zwei Uhr morgens auf der Couch lag, habe ich so laut gelacht […], daß ich alle aufgeweckt habe.«

Der Autor beabsichtigt, das Buch in den nächsten Jahren neu auf den Markt zu bringen, aber mit einer Einführung, die

die heutigen Leser darauf vorbereitet, daß sie etwas ganz anderes von Koontz zu lesen bekommen, als sie es gewöhnt sind.

THE HAUNTED EARTH, New York. Lancer 1970

Erster Satz: »Graf Slavek schlug vor, einen Toast auf die große Schönheit seiner neuen Freundin auszubringen, und kippte das Glas Rotwein runter.«

Kommentar: Ein Science-Fantasy-Roman, der in einer nahen Zukunft spielt, die von gewaltigen Veränderungen erschüttert wird und in der mythische Gestalten wie Vampire, Werwölfe oder Todesfeen sich als reale Mitbewohner unserer Welt erweisen. Die zahlreichen komischen Stellen des Romans belegen Koontz frühes Interesse, dem Leser nicht nur einen kalten Schauer über den Rücken zu jagen, sondern ihn auch zum Lachen zu bringen. Das Buch hat seine Vorzüge, bleibt aber ein unreifes Werk, das der Autor wohl kaum für eine Neuausgabe überarbeiten wird.

INTENSITY, New York, Alfred Knopf 1996

Erster Satz: »Die rote Sonne balanciert auf den höchsten Wällen der Berge, und in ihrem schwindenden Licht schienen deren Ausläufer in Flammen zu stehen.«

Kommentar: Koontz' bislang neuester Roman, etwas kürzer als sein Vorgänger, aber eine wahre *tour de force* in Spannung und Action.: Eine junge Frau allein in einem Haus mit einem Serienmörder ... Ein wirklich unglaublich *intensiver* Roman.

Kirkus Reviews schreibt: »Ein Meisterwerk der Spannungsliteratur, das seine Konkurrenten weit hinter sich läßt.« *Publishers Weekly* vergleicht die Bedeutung dieses Buches für Koontz' Karriere mit der von *Das Spiel* für die von Stephen King: »Wie *Das Spiel* Kings Karriere und Schreiben neu belebt hat, wird diese meisterhafte [...] Übung in Hochspannung dasselbe für Koontz tun.«

Die deutsche Ausgabe wird 1997 im Lübbe Verlag erscheinen.

INVASION (unter dem Pseudonym ›Aaron Wolfe‹), Ontario, Kanada, Laser Books 1975

Erster Satz: »Die dreihundert Morgen große Timberland-Farm, die wir in diesem Jahr gemietet hatten, war eine so abgelegene Zuflucht, wie man sie in Neuengland nur finden konnte.«

Kommentar: Nachdem der Autor achtzig Prozent dieses Buches geschrieben hatte, entschloß er sich, das Genre Sciencefiction für immer zu verlassen, und bezweifelte, daß es je veröffentlicht werden würde. Barry Malzberg, ein Autor und Herausgeber, der vom Verlag den Auftrag bekommen hatte, eine Reihe von ›Erstlingswerken‹ herauszugeben, bat Koontz um ›alles aus Ihrem Schreibtisch‹, als ein paar angehende Möchtegern-Autoren ihre Manuskripte nicht ablieferten. Malzberg überredete Koontz, *Invasion* zu vollenden und unter einem Pseudonym zu veröffentlichen. 1993 schickte der Autor sich an, das Buch für eine Neuausgabe unter seinem richtigen Namen zu überarbeiten. Noch bevor er zum ersten Kapitel des ursprünglichen Romans gekommen war – der nur hundertachtzig Manuskriptseiten lang war – hatte er zweihundertfünfzig neue Manuskriptseiten geschrieben. Und als er mit der ›Überarbeitung‹ fertig war, hatte er ein Buch von vierhundertdreizehn Druckseiten (in der deutschen Ausgabe) geschrieben – ohne *eine einzige Zeile* aus dem ursprünglichen Roman zu verwenden. Das neue Buch wird in dieser Bibliographie unter dem Titel *Wintermond* aufgeführt. Es wurde deutlich von *Invasion* inspiriert, beruht aber nicht darauf. Das frühere Buch war ein unreifes Werk. Der neue Roman ist zwar nicht so komplex und aufregend wie die besten von Koontz' neuesten Werken, aber unterhaltsam, herausfordernd und voller kultureller und soziologischer Beobachtungen. Siehe *Wintermond*.

LEGACY OF TERROR (unter dem Pseudonym ›Deanna Dwyer‹), New York, Lancer 1971

Erster Satz: »Elaine Sherred war vom ersten Augenblick an, da sie das Matherly-Haus sah, unbehaglich zumute, und sie würde sich später an diesen Zweifel erinnern und sich fragen, ob er eine Vorahnung der Katastrophe gewesen war.«

Kommentar: Das ist einer der fünf bereits erwähnten Romantic-Thriller. Siehe *Der Fluch des zweiten Gesichts.*

THE LONG SLEEP (ursprünglich unter dem Pseudonym ›John Hill‹), New York, Popular Library 1975

Erster Satz: »Er war nicht tot, aber fast.«

Kommentar: Dieser Roman wurde 1972 geschrieben und basiert auf der Novelle ›Grayworld‹, die im gleichen Jahr entstand und 1973 veröffentlicht wurde. Obwohl es sich um einen Science-fiction-Roman handelt, erinnert die Atmosphäre eher an einen okkulten Krimi, und die wirklich futuristischen Elemente tauchen erst am Ende des Romans auf. Der Autor beabsichtigt, das Buch gründlich zu überarbeiten und irgendwann unter seinem richtigen Namen zu veröffentlichen.

NIGHTMARE JOURNEY, New York, Berkley 1975

Erster Satz: »Früh am Morgen, noch bevor der schlimmste Nebel sich gehoben hatte, kamen die Reinen Menschen ins Dorf, stiegen die schmale, gewundene Straße von ihrer Festung hinab, die am Rand der Alabasterklippe lag.«

Kommentar: Der letzte reine Science-fiction-Roman des Autors, auch wenn er ein paar Jahre vor der Veröffentlichung geschrieben wurde. Eine Abenteuergeschichte, die in ferner Zukunft spielt, fesselnd und mit einigen Vorzügen, wenngleich auch eindeutig das Werk eines noch nicht so reifen Autors, bei dem beträchtliche Überarbeitungen nötig wären, damit es dem hohen Anspruch gerecht wird, den Koontz heute an sich stellt.

PRISON OF ICE (ursprünglich unter dem Pseudonym ›David Axton‹), New York, Lippincott 1976

Erster Satz (eine Zeitungsschlagzeile): ›POLAREIS DAS REINSTE WASSER AUF DER WELT‹

Kommentar: Das war der erste und letzte Roman unter dem Pseudonym ›David Axton‹. Der Autor hat den Roman mittlerweile überarbeitet und auf den neuesten Stand gebracht. Die Neuausgabe erschien unter dem Titel ICEBOUND; deutsche Ausgabe als EISZEIT. Siehe dort.

SOFT COME THE DRAGONS, New York, Ace Books 1970

Erster Satz (der Titelgeschichte): »Und was wirst du tun, wenn die leichte Brise kommt und die todbringenden Drachen einfliegen?«

Kommentar: Die Hälfte eines ›Ace Double‹; die Rückseite bildet Koontz' Roman *Dark of the Woods*. Es handelt sich um eine Sammlung seiner frühesten Kurzgeschichten, allesamt Science-fiction. Einige davon können auch heute noch bestehen, obwohl sie geschrieben wurden, als Koontz gerade mal zwanzig oder einundzwanzig Jahre alt war. Die besten davon werden zweifellos früher oder später in einer neuen Kurzgeschichtensammlung veröffentlicht werden.

STAR QUEST, New York, Ace Books 1968

Erster Satz: »Jumbo Ten kehrte den Vorgesetzten heraus.«

Kommentar: Der erste Roman des Autors, den er mit einundzwanzig Jahren geschrieben hat. Es handelt sich um einen Science-fiction-Schmöker, unreif im Stil, doch voller origineller Ideen und Konzepte und auch mit einigen Umkehrungen alteingesessener SF-Gimmicks, die ihn auf gewisse Weise interessant machen. Da das Buch nicht dem Maßstab entspricht, den der Autor heute an sich stellt, und kein guter Kandidat für eine Überarbeitung ist, wird es wohl nie mehr veröffentlicht werden.

STARBLOOD, New York, Lancer Books 1972

Erster Satz: »Timothy war kein Mensch.«

Kommentar: Dieser strikte Science-fiction-Roman wurde geschrieben, als der Autor vierundzwanzig Jahre alt war, und basiert auf seiner Novelle ›A Third Hand‹. Es handelt sich um einen der schlechteren SF-Romane von Koontz, der wohl nie mehr veröffentlicht werden wird.

STRANGE HIGHWAYS, New York, Warner Books 1995

Erster Satz (der Titelgeschichte): »Als Joey Shannon an diesem Herbstnachmittag mit dem Leihwagen Asherville erreichte, brach ihm der kalte Schweiß aus.«

Kommentar: Koontz' bislang neueste Kurzgeschichtensammlung, eigentlich eine Sammlung von zwei (Kurz)-Romanen (*Strange Highways* und *Chase*) und zwölf Erzählungen: ›The Black Pumpkin‹, ›Miss Attila the Hun‹, ›Down in the Darkness‹, ›Ollie's Hands‹, ›Snatcher‹, ›Trapped‹, ›Bruno‹, ›We Three‹, ›Hardshell‹, ›Kittens‹, ›The Night of the Storm‹, ›Twilight of the Dawn‹. Der ›Titelroman‹ ist eine Erstveröffentlichung, während *Chase* von Koontz durchgreifend bearbeitet wurde. Über eine deutsche Ausgabe ist noch nichts bekannt.

TIME THIEVES, New York, Ace Books 1972

Erster Satz: »Zuerst war da nur eine purpur-schwarze Finsternis von der Beschaffenheit von feuchtem Samt, die sich wie die pulsierernde Membran eines lebenden Herzens an ihn klammerte.«

Kommentar: Hier handelt es sich um einen frühen Science-fiction-Roman – auch wenn er in unserer Gegenwart spielt –, den der Autor mit fünfundzwanzig Jahren geschrieben hat. Die zentrale Prämisse ist faszinierend, das Tempo rasant, und das Buch weist zahlreiche Überraschungen auf. Der Autor hat vor, das ziemlich kurze Buch zu überarbeiten, und eines Tages in eine Kurzgeschichtensammlung aufzunehmen, auch wenn dafür noch kein Termin feststeht.

TWILIGHT: siehe **TODESDÄMMERUNG**

WARLOCK, New York, Lancer 1972

Erster Satz: »In seinem völlig verkramten Arbeitszimmer im linken Flügel des Hauses saß Sandow an einem Schreibtisch, der mit archaischen Texten übersät war, deren Seiten mit dem Verlauf beträchtlicher Zeit vergilbt und brüchig geworden waren.«

Kommentar: Bei diesem frühen Science-Fantasy-Roman, den der Autor mit fünfundzwanzig Jahren geschrieben hat, handelt es sich um eine Abenteuergeschichte über eine große Reise durch eine zukünftige Welt, die sich aufgrund eines Krieges, der die Vergangenheit und jede Erinnerung daran ausgelöscht hat, stark von der unsrigen unterscheidet. Was die Qualität betrifft, ist er im mittleren Drittel von Koontz' Science-fiction-Büchern angesiedelt. Da der Roman den heutigen Maßstäben des Autors nicht mehr entspricht, wird er wohl nicht in einer Neuausgabe erscheinen, obwohl Koontz ihn vielleicht eines Tages überarbeiten und in einer Kurzgeschichtensammlung veröffentlichen wird.

A WEREWOLF AMONG US, New York, Ballantine 1973

Erster Satz: »Mit morbider Neugier untersuchte der schielende Zollbeamte die beiden Löcher in Baker St. Cyrs Brust.«

Kommentar: Dieser Science-fiction-Roman spielt auf einem anderen Planeten, könnte sich aber genauso gut auf der Erde in einer nicht allzu fernen Zukunft zutragen. Er ist im oberen Drittel der Science-fiction-Werke des Autors anzusiedeln, und Koontz beabsichtigt, den Roman eines Tages zu überarbeiten und wahrscheinlich in eine Kurzgeschichtensammlung aufzunehmen.

2. KURZGESCHICHTEN

›**Altarboy**‹, in: Roberts Hoskins (Hrsg.), *Infinity Three*, New York, Lancer 1972

›**Beastchild**‹, *Venture Science Fiction*, August 1970

›**The Black Pumpkin**‹, *Twilight Zone*, Dezember 1986

›**Bruno**‹, *The Magazine of Fantasy and Science Fiction*, April 1971

›**Cosmic Sin**‹; *The Magazine of Fantasy and Science Fiction*, April 1971

›**Kohlköpfe**‹, in: Wulf H. Bergner (Hrsg.), *The Magazine of Fantasy and Science Fiction*, 39. Folge, München, Heyne SF 3418, 1974

›**The Crimson Witch**‹, *Fantastic Stories*, Oktober 1970

›**A Darkness in My Soul**‹, *Fantastic Stories*, Januar 1968

›**Dreambird**‹, *If*, September 1968

›**Down in the Darkness**‹, *The Horror Show*, Sommer 1986

›**Unten in der Dunkelheit**‹, in: *Heyne Jahresband 1991*, München, Heyne 8100, 1991

›**Unten in der Dunkelheit**‹, in: Joachim Körber (Hrsg.), *Horror vom Feinsten 2*, München, Heyne 8831, 1993

›**A Dragon in the Land**‹, *Venture Science Fiction*, August 1969

›**The Good Ship Lookoutworld**‹, *Fantastic Stories*, Februar 1970

›**Graveyard Highway**‹, in: Tim Sullivan (Hrsg.), *Tropical Chills*, New York, Avon 1988

›**Highway ins Totenreich**‹, in: Tim Sullivan (Hrsg.), *Heiße Angst*, München, Knaur 1836, 1990

›**Grayworld**‹, in: Roberts Hoskins (Hrsg.), *Infinity Five*, New York, Lancer 1973

›**Hardshell**‹, in: *Night Visions 4*, Arlington Heights, Dark Harvest 1987

›**In the Shield**‹, *If*, Januar 1969

›**The Interrogation**‹, *The Horror Show*, Sommer 1987

›**Killerbot**‹, *Galaxy*, Mai 1969

›**Kittens**‹, *Readers & Writers*, 1966

›**Kätzchen**‹, in: Martin H. Greenberg/Ed Gorman/Bill Munster (Hrsg.), Das große Dean-Koontz-Buch, Bergisch Gladbach, Bastei-Lübbe 13795, 1996

›**Miss Attila the Hun**‹, in: *Night Visions 4*, Arlington Heights, Dark Harvest 1987

›**A Mouse in the Walls of the Global Village**‹, in: Harlan Ellison (Hrsg.), *Again Dangerous Visions*, New York, Doubleday 1972

›**Muse**‹, *The Magazine of Fantasy and Science Fiction*, September 1969

›**The Mystery of His Flesh**‹, *The Magazine of Fantasy and Science Fiction*, Juli 1970

›**Night of the Storm**‹, in: Roger Elwood (Hrsg.), *Continuum 1*, New York, Putnam 1974

›**Nightmare Gang**‹, in: Roberts Hoskins (Hrsg.), *Infinity One*, New York, Lancer 1970

›**Ollie's Hands**‹, in: Roberts Hoskins (Hrsg.), *Infinity Four*, New York, Lancer 1972. Überarbeitete Fassung in *The Horror Show*, Sommer 1987

›**The Psychedelic Children**‹, *The Magazine of Fantasy and Science Fiction*, Juli 1968

›**Shambolain**‹, *If*, November/Dezember 1970

›**The Sinless Child**‹, in: Roger Elwood (Hrsg.), *Flame Tree Planet*, St. Louis, Concordia 1986

›**Snatcher**‹, *Night Cry*, Herbst 1986

›**Soft Come the Dragons**‹, *The Magazine of Fantasy and Science Fiction*, August 1967
  ›**Leise kommen die Drachen**‹, in: Isaac Asimov, Charles G. Waugh und Martin H. Greenberg (Hrsg.), *Drachenwelten*, München, Heyne 4159, 1985

›**Temple of Sorrow**‹, *Amazing Stories*, Januar 1969

›**Terra Phobia**‹, in: Roger Elwood und Vic Ghidalia (Hrsg.), *Androids, Time Machines, and Blue Giraffes*, Follett, 1973

›**A Third Hand**‹, *The Magazine of Fantasy and Science Fiction*, Januar 1970

›**To Behold the Sun**‹, *The Magazine of Fantasy and Science Fiction*, Dezember 1967
  ›**Im Angesicht der Sonne**‹, in: Wulf H. Bergner (Hrsg.), *The Magazine of Fantasy and Science-Fiction*, 22. Folge, München, Heyne SF 3145, 1969

›**Trapped**‹, in: Ed Gorman und Martin H. Greenberg (Hrsg.), *Stalkers*, Arlington Heights, Dark Harvest Press 1989
  ›**Gehetzt**‹, in: Robert Vito (Hrsg.), *Horror-Lesebuch II*, München, Goldmann 42019, 1993

›**Gehetzt**‹, in: Joachim Körber (Hrsg.), *Ratten*, München, Heyne 8768, 1993

›**The Twelfth Bed**‹, *The Magazine of Fantasy and Science Fiction*, August 1968

›**Twilight of Dawn**‹, in: *Night Visions 4*, Arlington Heights, Dark Harvest 1987

›**The Undercity**‹, in: Roger Elwood (Hrsg.), *Future City*, New York, Trident Press 1973

›**Unseen Warriors**‹, *Worlds of Tomorrow*, Winter 1970

›**Wake Up to Thunder**‹, in: Roger Elwood (Hrsg.), *Children of Infinity*, New York, Franklin Watts 1973

›**We Three**‹, in: Edward L. Ferman und Barry N. Malzberg (Hrsg.), *Final Stage*, New York, Charterhouse 1974

›**Wir Drei**‹, in: Herbert W. Franke (Hrsg.), *Science Fiction Story Reader 10*, München, Heyne 3602, 1978

›**Wir Drei**‹, in: Edward L. Ferman und Barry N. Malzberg (Hrsg.), *Brennpunkt Zukunft 1*, Berlin/Wien, Ullstein 31039, 1982

›**Weird World**‹ *The Horror Show*, Sommer 1986

›**Where the Beast Runs**‹, *If*, Juli 1969

3. SACHBÜCHER

HOW TO WRITE BEST-SELLING FICTION, Cincinnati: Writer's Digest Books 1981.

Dieser Titel ist seit Jahren vergriffen, obwohl er zu seiner Zeit gute Rezensionen bekam und bei zahlreichen Kursen über kreatives Schreiben Verwendung fand. Der Autor schrieb das Buch als Ersatz für *Writing Popular Fiction*, das er für veraltet hielt. Er ließ auch diesen Titel nicht mehr neu auflegen, weil er der Ansicht war, daß auch er in manchen Punkten überholt worden war. Er hofft, das Buch eines Tages für eine Neuausgabe überarbeiten zu können – aber die Wirklichkeit sieht wohl so aus, daß seine Zeit mittlerweile dermaßen mit dem Schreiben von Literatur beansprucht wird, daß er wohl nicht mehr dazu kommen wird, ein Buch *über* Literatur zu schreiben.

THE PIG SOCIETY und THE UNDERGROUND LIFESTYLES HANDBOOK, Los Angeles. Aware Press 1970.

Diese beiden Bücher erschienen zwar unter dem Namen des Verfassers, sind aber nicht die Bücher, die er schrieb. Seine Manuskripte wurden bis zur Unkenntlichkeit verstümmelt, und ein Großteil des Materials wurde entfernt. Im ersten Fall bestehen vierzig Prozent des Buches, im zweiten siebzig aus Material, das der Verleger ohne Zustimmung des Autors hinzugefügt hat. Koontz sieht diese Bücher nicht als legitimen Teil seiner Bibliographie an.

WRITING POPULAR FICTION, Cincinnati, Writer's Digest Books 1972.

Dieses Buch wurde geschrieben, als der Autor noch in den Zwanzigern war. Als er den Eindruck bekam, daß es veraltet war, nahm er es vom Markt und ersetzte es durch *How to Write Best-Selling Fiction*.

Band 13 601
Dean Koontz

Wintermond
Deutsche
Erstveröffentlichung

Eine ganz gewöhnliche, gepflegte Tankstelle in der Nähe von Los Angeles verwandelt sich in ein flammendes Inferno. Nur weil der Getränkeautomat nicht funktionierte, dreht ein mit Drogen abgefüllter Hollywood-Regisseur durch. Fünf Menschen sterben in seinen Gewehrsalven, erst Detective Jack McGarvey kann den Amokläufer stoppen – mit einer tödlichen Kugel.
Aber damit ist der Alptraum für McGarvey noch lange nicht zu Ende. Ein dämonischer Kult entsteht um den toten Hollywood-Regisseur. Jack McGarvey muß um sein Leben fürchten – und um das seines Sohnes und seiner Frau. Daher zieht er mit seiner Familie auf eine einsame Farm in Montana. Sie gehört Eduardo Fernandez, dem Vater seines inzwischen ermordeten Freundes und Polizeikollegen. Und auf dieser Farm geschehen unter dem erbarmungslosen Licht des Wintermondes sonderbare Dinge.

Band 13 715

Dean Koontz
Eiszeit
**Deutsche
Erstveröffentlichung**

Wochenlang auf Platz 1 der US-Bestsellerliste!

Seit Jahren schwören internationale Wissenschaftler auf die Möglichkeit, aus den Eisbergen der Antarktis Wasser zu gewinnen, das man in Dürreperioden gebrauchen könnte. Jetzt haben Harry Carpenter und vier weitere Forscher den entscheidenden Schritt gewagt und nehmen Sprengungen in der Antarktis vor. Ein Seebeben löst jedoch den Eisberg, auf dem die Forscher sich befinden, aus dem Gefüge und treibt in die arktische See, auf ein Sturmgebiet zu. Verzweifelt kämpfen Harry und seine Kollegen ums Überleben und müssen bald feststellen, daß in ihrer Gruppe gefährliche Feindseligkeiten gären.
Hilfe für die Forscher könnte nur von einem russischen U-Boot kommen, das sich auf einer Routinefahrt befindet. Kapitän N. Gorov wittert die Chance, durch eine große Rettungsaktion Ansehen für sein wirtschaftlich marodes Land zu gewinnen. Er nimmt Kurs auf den Eisberg. Er ahnt nicht, welche Gefahren er damit für sich und die Besatzung der ›Ilya Pogodin‹ heraufbeschwört.

**Sie erhalten diesen Band
im Buchhandel, bei Ihrem
Zeitschriftenhändler sowie
im Bahnhofsbuchhandel.**

Band 13 780

Jay R. Bonansinga
Sick
**Deutsche
Erstveröffentlichung**

Sie ist eine Tänzerin, eine Frau mit Herz, aber auch mit Wut im Bauch auf die Männer, die ihr das Leben schwer machen. Als sie krank wird, spürt sie, daß sie Hilfe braucht. Und Sarah findet diese Hilfe bei einem Psychologen. Er heißt Henry Decker und ist mit allen Wassern der alternativen Seelenkuren gewaschen. Seine Therapien sind einfach, aber genial. Sie setzen bei Sarah Kräfte frei. . . aber es sind, wie sie bald fest-stellen muß, dämonische Kräfte. . .

Sie erhalten diesen Band
im Buchhandel, bei Ihrem
Zeitschriftenhändler sowie
im Bahnhofsbuchhandel.

Band 13 774

Barry Maitland
Madonna ohne Gesicht
Deutsche Erstveröffentlichung

Entsetzen, Wut und die Entschlossenheit, den Täter auf jeden Fall zu fassen, erfüllen Kathy Kolla, als sie mit der Aufklärung eines neuen Mordfalls betraut wird. Opfer ist eine Frau, die nach einem Theaterbesuch mißbraucht und barbarisch zugerichtet wurde. Zu ihrer Enttäuschung tappt Kathy bei ihren Ermittlungen völlig im Dunkeln. Es scheint kein Motiv zu geben und nicht den geringsten Hinweis auf den Täter. Dann geschieht ein zweiter Mord, und wieder gibt es eine Verbindung zum Theater. Plötzlich kommt Kathy ein erschreckender Verdacht. Sie jagt einen Serienmörder, dem es ein schauriges Vergnügen bereitet, Theaterfiguren zum Leben zu erwecken . . . um sie dann wieder sterben zu lassen . . .

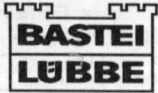